新闻出版博物馆文库·史料

陳蝶衣文集

第一辑

炉边谈话

孙莺◎编

上海人民出版社

目 录

醉芍药楼随笔

言菊朋南来

言菊朋南来，颇传售座甚盛，一日演《二进宫》，据谓座券先一日即售罄。言三有此风头，洵异数矣！愚独不爱好旧剧，故言三出演两周，初未一作座上之客。检点言三所演，尽是《空城计》《卖马》《奇冤报》《探母》一类陈年宿古董之戏，戏剧而无新思想，无论如何不配愚之胃口。第愚亦非绝对不爱好旧剧者，如周信芳演《四进士》《清风亭》，即令愚百看不厌，盖亦惟周信芳出神入化之艺，乃能使人折服耳。据闻言三在黄金后台，常衔一旱烟管，瞑目不语，谓是当年老谭，亦复如是也。学谭而一至于此，可以嗤之以鼻矣！

婴宁①

《迅报》②1939 年 7 月 21 日

---

① “婴宁”为陈蝶衣笔名之一。

② 《迅报》，日刊，1938 年 9 月 15 日在上海创刊，先后于 1939 年 2 月 20 日至 22 日、1939 年 10 月 15 日至 18 日休刊，最终在 1939 年 10 月 31 日停刊。由上海《迅报》报社出版并发行，馆址设在江西路 368 号二楼。

《金银世界》

《金银世界》影片，为华新制片厂出品，迩方映于新光[①]，刘琼在此片中饰一耿直之小学教员，一旦跻身于大人先生之列，自顶至踵，遂一改其旧观，此君演技，乃殊洗练可喜，顾兰君之萧小姐，亦复跌宕风流，几于眉梢眼角，都有戏情。中国女明星中真能做戏者，舍陈云裳名重一时外，亦惟有顾兰君、陆露明，一二人而已。此片不仅演员俱有精彩之演出，对白尤隽永有味。闻系根据舞台剧《人之初》改编，而又出之名教授顾钟彝手笔，自无怪其然矣。

《迅报》1939年7月21日

舞人高碧霞

舞人高碧霞，胸次两乳隆起，有双峰插云之观。吾侪辄呼之曰"喜马拉雅"，碧霞亦不愠。一日与大郎、王引小坐大华，座位适在碧霞后，碧霞见王引，曼声呼"王先生"，王引曰："两个晚上赶拍二十余个镜头，疲苶甚矣！王先生真是吃饭难也。"碧霞为之续一语曰："此当为王先生生财有道。"《王先生吃饭难》与《生财有道》，胥影片名也。近时舞榭之中，甚多才隽之女，若高碧霞女士，然能于顷刻间举影片之名，资为应对，亦足见其聪明绝世矣。

《迅报》1939年7月22日

张雪芳

张雪芳昔鬻舞大东，为愚之启蒙师。然愚于此人，初无良好印

① 新光大戏院，位于宁波路广西路口。

象，暌别数年，以为此女或遣嫁矣。一夕，忽于大华遘之。招愚与之共舞，询其近况，则谓已易名李英，方鬻舞于扬子，约愚得暇往晤。愚漫应之，卒卒亦未践诺。一日，忽又于惠尔登遇其人，御红色橡皮缎旗袍，乃骤增其艳逸，然以有他客在，亦不遑多致语。又一日，则于电车上复相邂逅，乃甚诧遇合之奇。不谓才三数日，又于乐乡饭店楼上相值，谓是觅客人而来。于数旬之中，乃屡屡与此人碰头，一若甚有前缘者。然扬子舞厅，愚始终未尝一往，真觉此中有魔也。

《迅报》1939 年 7 月 22 日

杨文英

杨文英名藉藉于舞榭间，愚乃于前晚始及见之。前晚，愚在大华小坐，文英以大都会打烊后来，有二三姊妹淘俱，文英容色，初不昳丽，且饶有粗犷之气。然能享盛名于舞国，可知其别有制胜之术也。近一时期，盛传杨文英与影人白云嬲，且有嫁娶之约，此则一双艺人，当是女者悦男，则以白云俊朗，以文英配之，犹足为白云抱屈也。尝有人咏杨白之事曰："虽贫小白何须讳，一样挥金买触□。"应杨文英之恋白云，盖一语破的矣。

图 1　杨文英，刊于《电影》1940 年第 71 期封面

《迅报》1939 年 7 月 23 日

王雪艳

合众公司为《文素臣》，费九牛二虎之力，始得一刘琼，今以金二小姐辞刘璇姑，遂亦亟亟于物色继承之人，亦可谓好事多磨矣。合众初时，欲挽请张文娟任此角，人莫不诧其突兀。今摒古寒[1]勿用，复属意于王家小妹子雪艳。雪艳于话剧舞台上，善为风趣之演出，其人亦温婉可喜，然论面部轮廓，则在镜头之上，或且勿逮古寒，国语更无论矣。同一话剧演员，合众舍古寒而取雪艳，辄觉其为计之左。然合众多卓识之士，其赏雪艳于骊黄牝牡之外，殆自有故耳。

《迅报》1939 年 7 月 23 日

海乐笙乐队

海立笙乐队，近渐为人所勿喜，方海立笙锋芒正锐时，婴婴宛宛者悦之，在麦格风畔，聆其歌改良《何日君再来》诸调，亦以为可销魂蚀骨也。阅时既久，人渐恶其浮滑，男人家虑女伴转海立笙念头，不敢登新都之楼。舞女之洁身自好者，虑为人指摘曰“是看相小白脸洋琴鬼而去也”，亦趑趄不前，于是舞厅蒙其害矣。当日璇宫之罗致海立笙，斥重金勿稍吝，不谓乃招致恶果，当亦始意料所不及耳。

《迅报》1939 年 7 月 24 日

《火烧红莲寺》

暴风雨之夕，观《火烧红莲寺》于共舞台，《红莲寺》演至三十三、三十四本，亘时三年，有如火如荼之盛，然至近时，则三层楼观众，啧有烦言，谓兀恶大憨如智圆和尚，奈何集数十侠士之力，犹捉他不住？于是三十四集中，乃有油氽智圆矣。下半年度，共舞台邀

---

① 古寒，曾参演影片《龙潭虎穴》，为香港女演员杨盼盼之母。

赵如泉来，将排演《济公活佛》，共舞台之观众，水准如此，看这一路戏最为对工也。共舞台未来新角，除在返沪途中之赵如泉剧团一行人众外，闻尚有盖玉廷。其人豪迈，有燕赵侠士之风，往年与蓉丽娟同隶丹桂第一台时，愚数数见之，盖演戏火爆，《济公活佛》中，正需要此种人才也。

《迅报》1939 年 7 月 24 日

朱兰珍

逍遥有舞女曰朱兰珍，与愚居同里。愚宵归，恒顺之，或有舞客送其登车，为依依惜别之状，然每晚必有一妪，俟女于公共汽车站，妪衣履都不周，奇丑，人言是女母也。先是有一男子，俟女之归，后男子忽不见，易为此妪。度男子又必为女之夫也。愚初不识女何人，一晚与数友至逍遥，乃见女在座，陈娟娟告我，遂悉其姓氏。女不为浓妆，娥眉淡扫，脂粉皆勿施，在舞厅亦然。意所有舞客必以此女重，然其人乃一有夫罗敷，夫殆不事生产，遂赖此女以为活，而又有一奇丑之母，设舞客知其底蕴，必倒尽胃口矣。顾观乎女每归，时有人送之登车，则度其货腰生涯，正复不恶也。

《迅报》1939 年 7 月 25 日

相敬如宾

一日，与丁悚先生遇于翼楼，丁先生殷殷以愚夫妇间情状为念，愚以一语告丁先生曰："近来愚夫妇之间，已能相敬如宾矣。"丁先生称善曰："是乃良佳！"愚亟亟曰："然非为宾客之宾，乃冰淇淋之冰也。"丁先生又作色曰："是又何必！又何必！"丁先生蔼然长者，自勿以愚刚愎之性为然，其实愚与愚妇，迩时亦颇能和好无间，特不愿以伉俪情深挂在口头上耳。

《迅报》1939 年 7 月 25 日

任黛黛

作诗不能羌无故实，然侧艳之词当例外，玉溪生诗："蜡照半笼金翡翠，麝熏微度绣芙蓉""金蟾啮锁烧香入，玉虎牵丝汲井回"，未必真有其事也。一日，与诸友小坐大都会树荫，诸友各挟隽侣，惟愚独无，而愚当时有句曰："相见近来丰貌腴，稍宜慰藉逼双躯。几丝云鬓吹成浪，一抹樱唇灿有珠。咕嗫捻知占地域，丈夫永愿作侏儒。好风助我招微谴，探得骊龙颔下珠。"盖亦犹义山无题之类耳。愚旧有句曰："旗袍一角轻飏起，探得骊龙颔下珠。"自是恶札，今用之于此，庶几稍觉蕴藉。

舞人任黛黛，初隶惠尔登，其地为远，吾侪有兴与黛黛稔者，劝其他迁，今黛黛果转入大新为夜舞矣。黛黛肌理纤白，助以丰腴，视之亦辄觉风致绝美，所患则在谈吐，略欠学养。吾友青骢尝悦之，然数度宴游，辄复割席，亦以其謦欬为不可聆也。特往者之黛黛，局处一隅，囿于见闻耳！今入大新，境地既迁，濡染自异，会看黛黛不久，且将破壁而飞矣。

《迅报》1939 年 7 月 26 日

刘宝全

大中华此次邀刘宝全来，结果营业失败，宜也！如此皤然一老，要人家花两只洋，看他揎袖，看他吐痰（从旁人言中听来，下走决未领教过)，真将上海人看成瘟生矣。尝怪乎京朝派评剧家，开口老谭，闭口老谭，叫人浑身起鸡皮疮子，若刘宝全，亦只是配享之材耳！上海自小黑姑娘隐，杨莲琴去后，便无好大鼓可听，刘宝全艺纵可取，无如老去龟年，为态奇丑，觌面相对，如何能使人过瘾邪？

愚为此论，或者过苛，刘宝全使非挟有绝艺，如何能享大名？愚于刘耄年登台，恃艺糊口，亦深致同情。特往年听白云鹏大鼓，时时见其吐痰不已，辄存一恶劣印象，勿能稍泯，今闻刘亦如此，若是即使愚不耐。而大中华座价又奇昂，吾侪非资产阶级之人，何苦花两只洋，买一个阔佬名义？更据实以言，则愚与观蠡室主人同为持好色论者，若侯玉兰在黄金唱，花个块八毛，听她一出戏，愚尚愿意，若言菊朋蹒跚登场，愚即掩耳疾走矣。

《迅报》1939 年 7 月 27 日

生活规律

近日习为早起，精神亦未觉如何奋竦，及午后且疲恭不胜，使人昏昏欲睡，转不若往日晌午始起，以抵深宵，犹无倦容也。于是颇觉自处都市中，如吾侪之习为宴游者，欲使生活趋于规律化，一旦改其旧观，实为难事。第有一法，则惟遁迹乡村，向明披衿，垂暮散策，日与渔樵为伍，庶几身心俱泰，无所萦绕，否则逐逐红尘，欲求得宁处之趣，终不可能耳。

时序渐入炎夏，闻西瓜之值每担须六七金，昂于往年者，逾一倍。近时物价腾贵，真使民生有蹙额之苦。往年对于吃西瓜，从来未尝有难色，今岁则不能不计算矣。

王次回诗，常读之便不觉风趣，然亦偶有佳句，如“白杨废圃鸦千点，绿水闲门鸭一群”“二顷松篁非负郭，一船书画便浮家”，如“果实带生趋晓市，禾苗忍死待秋霖”，如“柳桥日淡闻黄鸟，荻浦潮回举白鳞”，颇有放翁风味。惜集中不多见耳。愚近来所作，独学次回侧艳之词，知勿为大儒所喜矣。

《迅报》1939 年 7 月 28 日

消夏播音大会

于永生电台，初观麦格风播音台，盖嘉华化学药糖厂，假座举行消夏播音大会，为荷兰汽水糖宣传也。是日，共舞台之毛剑秋与粉白金、三牡丹皆来。三牡丹歌绝早，而毛剑秋则于午夜十二时轴至。剑秋近来貌益清癯，不久以前，尝以蒋某诬蔑案，萦其心曲，迩方前雪，以是对人有愉容。而三牡丹则各为艳妆，愚抵电台时，方联袂欲行，乃未及闻其妙奏也。女票友中，邢佩芳、佩珏姊妹，未唱而去，共舞台王少楼老板，尝以电话抵电台，点佩珏小姐之歌，不知其人已绝裾而去矣。李丽瑛女士亦参加是会，唱《起解》慢板，张文娟父女极赞其歌喉之佳。此后有文娟、金素雯各唱《宝莲灯》，谢雯琴与靳沛亭合唱《武家坡》。而刘汉臣、王富英、贾筱云，且俱一人歌数折，遂使愚饱聆佳奏。惟王熙春以拍戏未至，为一憾耳。

大华舞厅，可作子夜舞，故晚间十二时以后之舞场市面，乃尽归大华。然近时以来，大华之营业亦稍稍替，则以半夜点心取值太昂也。大华既以子夜舞吸引舞侣，为时稍晏，舞侣不能枵腹以曲踊，势非叫一点点心充充饥不可。而大华之厨房，乃故昂其值，椒盐排骨一客，售至一元六角，是明明为竹杠矣。游舞榭者，虽不计较戋戋数毛钱,然明摆着是竹杠,则大率不甘承受。是以为大华计,使欲舞客闻风而来者,半夜点心之取值,有略予抑低必要也。

《迅报》1939 年 7 月 29 日

西洋影片

西洋影片中,常有拳击表演之穿插,多观之殊不觉其兴趣,而其残忍之状,且以为此类运动,近于野蛮也。此外以赛马为题材者,更属习见。若干日前,《香姝宝马》在丽都开映,即为于赛马中穿插一段罗曼史者,女主角洛丽·泰杨,貌非甚美,全片演出,除前半部彼得之死颇能动人情感外,余即一无可取。赛马一场,亦落窠臼,同一彩色片,乃觉不如《红衣骑警》多矣。

与毛子佩兄合创一《小说日报》,子佩兄曩办《铁报》,与愚为旧宾主,兹盖二度合作也。此报取材以长篇小说为主,集捉刀人、赵焕亭、徐卓呆、陈慎言、炙輠生之作凡十数部而辅之以小品文,期于小型报纸中别创一格。以身边文学之风行,则更广延友好,排日执笔,如灵犀写《偏怜集》,大郎写《刘郎杂写》,一方写《郎当私记》,梦云写《浮生小志》,啼红写《灯边话堕》,益以下走之身边随笔,乃聚有六种之多。而平襟亚先生更允以《襟霞阁杂缀》见贶,亦可谓洋洋乎大观矣。小型报中,惟吾《迅》编制最美,《小说日报》之形式,因亦拟仿略效吾《迅》,读者视之为姊妹刊物,亦无不可也。

《迅报》1939 年 7 月 30 日

行万里路

往时足迹,未尝出苏浙皖三省,及前岁一度出亡,逗留于汉皋者几一载，比归，由粤汉路绕道湘粤而抵香港，复浮海而还海堧，检点行程，殆亦在万里之外矣！古人言“读万卷书，不如行万里路”，愚虽尝长征万里，初未稍益愚学识，车载马迹，可供回忆者，亦惟低徊而已！维时粤汉路以遭轰炸，时复中途停顿。一日，抵乐昌站谓间途有阻，计须翌晚始可行，于是乘客纷纷下车，各入城中觅旅店。风尘困厄，在此乃稍享恬静之趣，愚与秋茵觅得一室，虽不甚广，而窗临通衢，风来襟上，胸次廓然。复以车行多日，尘垢洟浊，则命侍者取水来，一濯积垢。数年来浪迹所至，惟此一宵，乃觉最饶兴趣。盖乘火车而可中途停顿，任纵旅客徜徉于此者一昼夜，实罕有之事也。乐昌为粤北一小县，愚抵广州后数日，传乐昌城中亦为铁鸟所敌，曩日旅舍或者未能保其无恙，而愚于流徙归来后，抑于情怀，略不得舒，缅想旧游，正不知乐昌之镇，何时始许重圆耳！

图2　广东乐昌县城外景色，刊于《时代》1933年第4卷第10期

《迅报》1939年7月31日

诋毁云裳舞厅之文

报间颇有诋毁云裳舞厅之文，勿审何故？云裳场址，虽不十分宽廓，然有火车间设备，风味别具，谈情之侣，固无不以为云裳可资流连也。此外云裳柱饰，两石膏像亦极俯仰咄伸之妙，苟以审美目光观之，则室雅何须大，云裳固有可取之处也。惟有一事，欲为世勋借箸者，则舞女阵容，殊有整饬必要，以世勋手腕，罗致几个红舞女宜非难事。今云裳茶舞，阵容已大见充实，此为于晚舞，似亦宜别延上驷之才，而尽汰所有阿桂姐，庶几壁垒为之一新，则云裳口碑自然转佳矣。

《迅报》1939 年 8 月 5 日

刺激女郎

昔李丽梅在维也纳，吾友铁锥先生，为上“弹簧小姐”之号，丽梅身轻如燕，而富有弹性，真使人有无所不靡之感，称之曰“弹簧小姐”，盖能名实相符也。今丽都侯罗美，亦有“刺激女郎”嘉号，女郎刺激，虽不明其何所取义，然以意度之，当是与“弹簧小姐”四字有异曲同工之妙，而“弹簧小姐”亦大可以对“刺激小姐”也。丽梅在舞榭中，不见其芳踪已久，殆早适人，于是遂让“刺激女郎”独步一时矣。

《迅报》1939 年 8 月 5 日

目疾

愚妇患目疾，日来益剧。方夔阳初生时，亦双目尽赤，以问医者，但曰：“取古力晶注之可已！”于是入中法大药房，购古力晶以治吾儿之目，兼旬而翳尽，目能灼灼视人矣。愚妇平时体质素强，偶有小恙，愚向不经意，及患目疾则大恐，惧不幸而盲，则勿复能料其家中事，是大不便。因复购古力晶，令妇日夕涤之。古力晶有奇效，待一瓶而尽，愚妇目疾殆亦可痊矣。

《迅报》1939 年 8 月 6 日

娱乐事业

一品香之侧，有旷地数弓，近闻将兴建一娱乐场，其中电影、平剧与舞场皆备，是知海上之游戏事业，犹方兴未艾也。现时娱乐之场，大率各营其业，自新都饭店开创，始有舞场与话剧之类，荟萃一时，复有屋顶花园，游客可资徜徉，娱乐事业实在进步之中。今一品香侧所兴建者，虽勿审其性质究若何，然略仿新都饭店之制，则殆可断言也。

《迅报》1939 年 8 月 6 日

《奇双会》

于黄金大戏院观潘太太爨演《奇双会》，汪其俊、江世玉为之配李奇、赵宠，戏不可谓不佳。然不能过瘾，是以愚辄菲薄旧戏，旧戏唱来唱去，总是那么一套，坏不必说它，好亦好不到哪里去。新戏比较可以兴奋，曩时周信芳在黄金排《明末遗恨》《博浪锥》《董小宛》诸出，新戏而具旧剧典型，为愚所爱好。今众口交誉之《文素臣》，则完全改良平剧面目，而出之于才人手笔者，新戏至此，自益臻于化境矣。愚之爱好新戏，亦仅止此类，至若《西游记》《天雨花》之属，自不足以齿及，然当年三星舞台排《水泊梁山》，初数本亦奇佳，而坏则坏在剧名之不伦不类，此所以才人之笔，非余子可以窥堂奥也。

八九年前，愚与金碧玉、王艳芳并王慧兰诸女伶俱稔，艳芳易名玉蓉，今在故都，已享大名。碧玉早嫁，迩始有重上氍毹，赴外埠出演之讯。慧兰则隐于沪上，仅徇人挽请，偶一登场而已。最近长乐剧场易主，接办者即慧兰与坤角须生张连堃，愚与慧兰久暌隔，以办长乐，乃使人觅愚，邀愚擘画。愚于创办剧场为外行，无可贡献者，惟自此复得时聆慧兰之歌，亦一快事。捧场之责，愚当勿辞也。

《迅报》1939 年 8 月 7 日

丁府弥月

丁慕琴先生女公子弥月，同人复小集于慕老府上，慕老贤伉俪好客，数十年如一日，吾侪在丁府，亦往往脱略形迹，无异到了外婆家一样。筵间灵犀与文娟尊人俱茹素，独慧海和尚酒殽并进，愚乃辄非笑灵犀，以为出家人尚且吃荤，而在家人转茹素，真不知所为何来也？酒罢，文娟小姐先后歌《宝莲灯》《空城计》二折，慧海亦歌西皮一段，慕老复欲闻愚唱《斩经堂》，愚之歌喉，实不能上弦，一之为甚，其可再乎？因乞慕老，恕我藏拙。而蒋九公居然亦引吭歌《四进士》一节，全部老路子。向仅知九公擅弹词，不谓亦能皮黄，则真是冷镬子里爆出热栗子来矣。

伏处江关，百无一是，因复拟屏当，作香岛之行。香岛燠热，原不宜客居，惟苏凤、秋雁、光宇、丁聪，并郑应时、徐进之诸兄，俱在香港，可以过从，或不虞客中寂寞。香港为愚旧游之地，尝栖迟于凤辉台者三月,岭头片月,楼外修篁,时萦愚之梦寐。卢一方兄近亦有游港之意,然则盍结伴同行乎?

《迅报》1939 年 8 月 8 日

刘璇姑

《文素臣》中刘璇姑一角,久悬未觉。一日,愚语大郎,曷不请杨文英担任之?文英小姐驰誉于舞国,为十大舞星之一,尝数演话剧,《花溅泪》中之米米,《上海舞女》中之张莉莉,愚皆见之,操国语甚流利,演戏亦能从容不迫,是盖丰于天才者。然大郎方以张文娟、王雪艳事,先后感不快,于吾之言,亦未经意也。不谓合众顷果觅文英,任刘璇姑一角,是合众虽非纳愚之言而所见则正同也。文英小姐与影人白云闹恋爱,曾艳称一时,若论生意眼,文英固时下之"问题人物",即舍此而言声望地位,则文英小姐舞国骄子,亦优于王家小妹子多矣。

嘉华厂发行荷兰汽水糖,一度匄海上诸伶票播音,七日午刻,遂于致美楼[①]小宴伶票,以酬向日之劳。女伶到者四人,为粉牡丹、白牡丹、金牡丹三姊妹,与李雪枋小姐,女票友则仅到一李丽瑛而已。三牡丹各作浓妆,而李雪枋原拟辞不来,以龚家过房爷及共舞台周经理电速乃至。卡尔登诸人,惟高百岁匆匆一至,以事辞去,金素云则以病肺,亦未莅止。电台播音邀伶票参加,类多于播音之时,享以一盏清茶而已。嘉华厂主人情意特殷,乃有盛宴之设,其实亦大可不必也。

《迅报》1939 年 8 月 9 日

---

① 致美楼京菜馆,位于四马路(福州路)大新街口。

共舞台广告

共舞台通俗广告，出吾友龚之方手。之方笔下，有“苗头勿是一眼眼”“结棍杀博”诸术语，常为吾侪所引用。近时戏院广告，多有效之方笔法者，然引用字眼，往往不甚得当，同一成语，在之方用来，能恰到好处，而放在别一则广告上，则觉其不伦不类，此所以之方为天纵之才，邯郸学步者，未足以与之方别苗头也。

愚前记有游港之意，顷秋鸿居士以书来，谓赓夔在港，有招致海上诸友联袂南游，一叙契阔之意。嘱问灵犀、小洛、一方，能否分身？并言，苟诸友愿在港地作稍久之停留者，亦可代为部署云云。意赓夔在港，殆有何新发展，乃不忘故旧，欲招致吾侪而往。友人中，惟愚与一方较闲散，或可应赓夔之招，惟虑港地生活程度，较上海尤高，在香港赚钱，仍不能带到上海来用，故愚虽极愿南游，于此点乃良用踌躇耳。

有人于报端，向愚寻衅，以其口吻，近于傲慢，因草一文以答之，然不欲直指某报某人也。而其人笔下，愈益恣肆，至以“下流”“瘪三”拟下走，是其人非深知下走者，愚遂亦一笑置之，搁笔不欲与较矣。

《迅报》1939 年 8 月 10 日

《侠义英雄谱》

玉田赵焕亭先生所撰武侠小说，洹上寒云公子生前，甚称道之。愚亦深嗜焕亭先生之作。最近，愚主辑《小说日报》，致书先生，请以新作见贶，先生乃寄《侠义英雄谱》一帙来，卷首有序曰：

世之为武侠小说者，非汜滥矜言推理，即支离侈谈神怪，往往不甚顾忠孝侠义之正旨，但极剽悍诡谲之观，以娱浅人之耳目，识者病焉。民国初元，余薄游江左，逢商城熊叟于海虞是上。叟年六十余，黔而髯，多闻故事，娓娓善谈论。石梅者，市之名茶肆也，居西城偏，高敞宜舒眺，临其上，则处山尚湖，豁然在目。每斜阳转西，则茗客麇集，海虞人士，固多风致，因之各茶肆之茗客，亦分曹别偶，有所谓绅士者，名士者，贾人者，下至与隶走卒负贩市痞之沦，各以类聚，纵谈喧豗，不可以耳。予与叟为避嚣计，每携肆茗，就乔木嘉荫，相与小啜清谈。叟既为愚言刘光州奉召寻小南海事（此事余于民初间，作短篇文言，刊于商务印书馆之《小说月报》，篇名《小南海》），复为余言清初孝子曾天保寻师学艺，志复父仇事，其间情节，至为新颖变幻，出人意料。然总不离乎忠孝义侠之正旨。惜乎笔钝，不能发诸侠之精神，然视汜滥支离之作，则差胜矣。

赵焕亭识于忆风庐。

先生所作小说，虽言武侠，然不越情理，在先生说部中，未尝有“一道红光一道白光”之描写。读此序文，则知先生此作，盖亦倾全力为之者矣。

《迅报》1939年8月11日

醉疑仙

醉疑仙随懋昌赴香港，已尽人皆知矣！愚见疑仙，犹在稚齿韶颜时，数年来疑仙于书坛间，负誉甚盛，尝传其抱三不主义：一不嫁亚尔曼①,二不作小星②,三不嫁纨绔子。今卒为徐懋昌量珠聘去,"惟有黄金能市爱",疑仙虽抱负甚高,终不能不为金钱俯首,作富人手中玩物,以前周雪艳随所欢情奔,论者轻之,以视疑仙,实高出多矣。

图3 疑醉仙,刊于《上海画报》1938年第1期

《迅报》1939年8月12日

挖花

有一时期,极好博簺,大约在五年前,吾侪于中国饭店有一长房间,排夕挖花之戏,雄飞、梦云并已故之萝春阁经理李耀亮,皆挖花搭子也。愚于挖花不甚内行,算"道头"皆须倩人为之,然手运不恶,终无大负。所不幸者,则时在冬季,室中水汀开放,燠热过甚,

① "亚尔曼",old man的沪语音译,"老头"之意。

② "小星",语出《诗·召南》:"小星,惠及下也。夫人无妒忌之行,惠及贱妾。"后以"小星"为妾的代称。

而吾侪为博，又往往通宵达旦，肝阳上浮，愚遂得齿槽脓漏之症，到处求医，亘绵半载始痊愈。自受此教训，遂摒绝此一嗜好。近日大郎、楚绥诸兄，博兴弥佳，愚但作壁上观而已。

《迅报》1939 年 8 月 12 日

周瘦鹃

紫罗兰庵主人周瘦鹃先生，于前岁避兵走皖黔，途中始习为诗，近见其绝句数首，俱饶清新俊逸之气，如《园居》云："稚松文竹参差列，结习难忘意自闲。悄立危楼成独笑，门无冠盖即深山。"《幽居》云："枕石临流□向眠，绿荫如梦柳如烟。蝉声却共茶铛沸，茉莉香浓月桂天。"《念故园花木》云："家亡国破花无色，泪眼看花不似春。归去花如依旧好，瓣香日日拜花神。"

愚曩年曾至吴门，访先生于紫兰小筑，园有捷克雕刻家高祺所塑女神捧花之像，高丈许，竟体皆裸，为但杜宇转贻先生者。先生复请俄罗斯技师挎以紫铜，立之花院左隅，其下承以花坛，作八角形，环植红白月季，先生称此像为花神，诗即为此而作。先生此时，每自拟为郭橐驼，甚得阓居之乐，战后流徙数千里，今蛰居生滋，辄有风景不殊之感，故其诗亦有多故国月明之咏也。

图 4　周瘦鹃（左）与程小青合影，刊于《半月》1923 年第 2 卷第 11 期

所识缁流中，慧海和尚能歌，若瓢和尚能画，皆佛门中风雅人也。

慧海之歌，尝于丁慕老府上聆之。若瓢画兰，初见于厕简楼上，近灵犀手中亦有若瓢绘一箑，数笔灵草，甚饶雅趣。愚不好收藏扇箑，然有两人之画，皆为愚所喜，一杭州唐云，一释子若瓢。唐云书法亦奇趣，则不仅爱其画，且兼爱其字也。

《迅报》1939 年 8 月 13 日

《百乐门血案》

愚未弱冠时，即与程小青先生订交，小青先生以著侦探小说知名当世，愚自幼爱读侦探小说，则向往于先生笔下之霍桑，尝投书先生，书“苏州霍桑先生收”，居然得先生覆函。愚少时书淫之深，于此可见。最近，先生译成陈查礼探案若干种，愚于襟霞阁主处，假得一种曰《百乐门血案》，将于愚所辑之《小说日报》上发表。陈查礼探案为美国欧尔特・毕格斯著，国内译本尚罕见，小青先生以侦探名作家，移译此书，文笔之流畅，自非庸手可并语，惟全书长达十万余字，或须亘三四月始能刊毕，则未免使读者悬盼耳。

《迅报》1939 年 8 月 14 日

蓉丽娟

曩时女伶，尝使愚倾心刻骨者，惟一蓉丽娟。丽娟在丹桂第一台时，愚数观是剧，其人腰绝柔，演刀马戏遂愈觉其轻健可爱，时愚方佐林屋师辑《大报》，丽娟亦时时过存。然愚尚年少，虽有爱慕之心，第蕴诸心曲而已。一度为丽娟介绍，至百代公司灌片，惟此一事，得与丽娟稍稍接近。其后丽娟竟嫁小小宝义，闻讯辄为抚然。

愚所识女伶数十人，亦有时共游宴者，然未尝敢稍存亵渎之念。向时下走亦有“少年老成”之美誉，初勿若今日之佻达也。

长乐剧场易主后，以王慧兰为台柱。慧兰初下海时，愚为撰一联，匄张丹翁书之，联曰“慧质宜登大雅”“兰心合寄瑶琴”，联不甚佳，然丹翁书法有奇气，大足为此联生色。曩年慧兰赴粤垣奏艺时，犹挟之俱往，今屈指将届八九年，不知此联如何矣？

与愚同识慧兰者，尚有老友张昭绥君。昭绥亦赠慧兰一联，曰“慧是天所赋”“兰为王者香”，则由看云楼主曹靖陶书之。使吾联而尚存，则昭绥之联，当亦无恙也。

《迅报》1939 年 8 月 15 日

远东舞厅

远东舞厅，在舞场中，仅属第三四流。最近，忽将场中椅桌，尽易为克罗米[①]纯镀者，四壁亦改髹淡奶油色，遂觉观瞻一新。向时，愚流连各舞场，最喜伊文泰之座椅，低而舒适。大都会沙发病其太窄，乃如坐法租界之头等电车，转勿如大新。大新在吾友孙克仁、顾尔康二君擘画下，不但布置得好，舞女阵线亦坚强，故近两月来，愚摒绝宵游后，惟大新犹为常到之地。远东则近始一往，舞场中用克罗米家具者，犹以远东为首创，具见场主之不惜工本也。舞榭陈设，能使人感到气象爽朗，即足以能动舞兴，是场主人失之东隅，便可收之桑榆，远东日来营业奇佳，殆为克罗米号召之力。如果不下此一批本钱，则远东终其局面，永为三四等舞场耳。（恕下走不肖，

① “克罗米”，为 chrome 的音译，即化学元素铬。

图 5 孤岛时期的上海舞厅情形，刊于《大美晚报》1938 年第 5 期

又写了一段舞文。）

《迅报》1939 年 8 月 16 日

叶浅予

《王先生》创造人叶浅予，与梁白波恋爱，时在四年前。叶初甚爱其夫人，为夫人擘画新装，以印花布制旗袍，其后印花布旗袍盛行一时，实浅予夫人其先河开也。后浅予识梁白波，梁亦能画，貌不甚妍，然活泼则胜于叶夫人，遂为叶所钟爱。或言，实白波追求浅予也。战后，浅予犹携之赴汉，寻往重庆，白波忽改嫁一飞机师，而浅予则转辗抵港矣。浅予与其夫人，曾办理离婚手续，其夫人能谅浅予处境，意料浅予他日归来，当能与其夫人破镜重圆矣。

《迅报》1939 年 8 月 18 日

丁一怡

丁一怡兄聪，慕琴先生跨灶之子也，今亦在香港。余余兄在《小锡报》言一怡第一次作漫画，刊于《正气报》。其实一怡六七岁时，即能绘事，尝见有《空城计》《儿子冒充老子》二幅，绘一稚童立案上，戴极大之西瓜皮帽，御黑边眼镜，曳手杖，盖绝富于所谓“稚气美”也。《正气报》所刊，则已在一怡兄出道之时矣。

《迅报》1939 年 8 月 18 日

张德钦律师

张德钦律师，昔尝办理邮政，又一度长两湖特税局，今则为工部局之华委、纳税华人会之常委、难民协会之监委，一身兼三委，亦犹郑虔之三绝也，张律师太夫人徐氏，月之廿七日，值七秩设帨之辰，届时除于复兴园治桃觞外，张律师门墙桃李，更拟为太夫人辑一特刊，张律师征稿及愚，属撰一寿文。愚近来钝笔，思路尤窄，寿文一类一本正经之文章，更非愚所擅长，以是于张律师之命，辄觉无以应。特打油诗之什，愚犹能勉为其难，或者援寿卢文英女士之例，写一首七律，藉为特刊补白乎？张律师蔼然长者，或能谅愚嵇懒，勿加呵责耳！

《迅报》1939 年 8 月 20 日

恶疮

愚妇患目疾，为入中法大药房购古力晶治之，寖已愈矣。不意近日腰间又复生一种恶疮,以问人,曰是蛇胆也。愚属其就医,愚妇惜医药之费,不听,而此物蔓延至迍,患处分布渐如掌大。入晚,痛楚不可耐,则呻吟之声勿绝。愚辄喟然叹曰:“不就医之结果如何?”妇曰:“以为迟延数日,当自愈耳。”愚妇一切皆聪明,惟要她花钱,即不免于糊涂。有疾恙不欲治,自己呻吟痛,又复扰人梦寐,其计之拙,惟有使为其丈夫者,啼笑皆非而已。

《迅报》1939 年 8 月 20 日

调冰偶语

《鸿门宴》

友侪之中，倾折周信芳艺事者，如大郎、培林皆是。愚于信芳诸剧中，最爱《鸿门宴》，向时在天蟾，刘奎官项羽、高百岁刘邦、刘汉臣樊哙、周五宝范增，而为信芳之张良，真一时绝唱。《鸿门宴》中，有一场最可爱，即张良招樊哙拥盾而入后，张良与樊哙，倏忽易一地位，此时两人身段之好看，为任何麒派戏中所无。信芳在黄金时，排《董小宛》，冒辟疆公子入宫一场，捧盥器疾行而前，亦十分好看，惜此戏前半部太弱，遂觉略不如《鸿门宴》。以前《文素臣》未上演时，信芳犹偶贴《董小宛》，今日戏久不唱单出，遑论《鸿门宴》，即《董小宛》亦不可见矣！

某年岁杪，于沪西吴宅堂会中，见马艳芬演《能仁寺》，同时尚有言菊朋之《探母》，臧岚光之《拾玉镯》，及马连昆之《桃花村》，盖皆辇钜金自北平请来者。菊朋之怪腔，在彼时已然，岚光扮相奇丑，两剧胥不能令人满意，惟马艳芬之十三妹，予愚之印象乃特佳，艳芬为马艳秋、马艳云妹，不仅以嗓胜，上装亦绝美，以为此人苟在沪正式出演，必大红无疑。然菊朋、连昆先后来沪，竟无聘艳芬者。

此次更新北上邀角，千呼万唤，始来吴素秋、赵啸澜数人，亦未留意及艳芬，意者艳芬已嫁耶？

婴宁公子

《小说日报》[1]1939年8月15日

多举一次

周梅艳初隶长乐时，一日观其演《战宛城》，饰春梅之王灵珍，忽发一语曰："何必多举一次呐？"人未觉其误，而愚辄为之大笑，盖原词应为"多此一举"也。或曰，春梅小丫鬟，年轻不懂事，自然不理会"多举一次"之好处，如果换了张继的婶娘，必唯恐少举一次，决不会因"多举一次"而发为嗔怪之声矣。

《小说日报》1939年8月17日

胡蝶之孕

若干时前，盛传胡蝶在九龙怀孕，后又谓非确。按：胡蝶怀孕之谣，此已为第二次，当二十五年春间，胡蝶随其藁砧潘有声赴闽，以潘未挈胡返莆田原籍，报间遂谓已有妊，将留福州待产，然厥讯实不确。报间关于胡蝶之孕，一再误传，殆亦深诧潘有声之缺乏生殖力欤？

《小说日报》1939年8月17日

---

① 《小说日报》1939年8月15日在上海创刊，1940年2月6日至10日、1941年1月24日至29日休刊，1941年12月31日停刊，前后共出版353期。该报由上海小说日报社编辑发行，地址在南京路慈淑大楼五楼528号。主要刊载20世纪40年代前后各种类型的小说，并有社会消息的报道。

小雏

许晓初先生未入商界时，有一名绝隽，曰“小雏”，又字凤声，盖本李义山诗“雏凤清于老凤声”之意也。今晓初先生于此两名，胥藏而勿用，但用今日之晓初。晓初即“小雏”二字转音也。

《小说日报》1939 年 8 月 17 日

冯耿光吃耳光

银行家冯幼伟，以捧梅兰芳得名。冯字耿光，其签字左边写一耳，右边写一光，有人见之，辄为担忧曰：“冯六爷总有一天要吃耳光。”去岁，梅博士在香港演剧，冯赴剧院，中途为数人聚殴，冯六爷吃耳光之兆，至此遂验。

《小说日报》1939 年 8 月 17 日

吾报创刊

两月以前，偶与子佩兄言及，盍勿就吾二人之力，办一报纸，以君对外，而愚则负责编辑之责，吾二人分工合作，或能有成。子佩欣然曰：“得子合作，吾无内顾之忧，然报纸命名，实至非易。”愚曰：“吾计之熟矣！此一刊物，当名之曰‘小说日报’，取材以小说为经，小品文为纬，当世小说作家，吾不乏稔识者，试走访之，请为吾报治长篇说部。友好之中，多善写身边文学者，此为近时读报者所嗜，则亦分与就商，请拨繁冗，为吾报写随笔。期能于小型报纸中，别树一帜。若是便不患勿能号召矣。”子佩兄韪吾言，于是开始筹备，经过充分时间之擘划，吾报终乃于新历中秋节创刊，而与读者相见。

吾报创刊，集长短篇小说凡十二部，身边随笔六篇，自有小型报以来，殆未有如吾报阵容之盛者，其间长篇小说，且往往几费唇舌始获首肯，若程小青、王小逸（捉刀人）、廖红豆诸先生，胥排万忙而为吾报执笔。而得平襟亚先生助力，亦复不少。最可感奋者，厥为灵犀、大郎、梦云、一方、啼红诸兄，闻子佩与愚办报，辄慨然曰："两兄有命，自当效劳。"于是遂使吾报之生如剑出丰城，作作有芒。而诸兄之作，各异其篇名，无一字雷同者，则读吾报诸君，当知编者于此，实曾煞费经营者也。

《小说日报》1939 年 8 月 18 日

读者来函

本报既问世，所接勖勉之函，几无日蔑有，此在同人自属欣慰无似。惟读客意见，亦有使同人去从为难者，则以读者嗜好，各不相同，有好侦探而不好武侠者，亦即有好武侠而不好侦探者，旨趣既殊，同人自不能一一使各偿所欲，此在同人，第有唯力是视而已。更有若干读者，殷殷寓书，嘱多刊桃色小说，此在本报则殊碍难从命。本报取材，不敢谓陈义如何之高，然过于诲淫之作品，惟有导人于僻邪之途，不得不归诸摒弃之列。若读者诸君而果爱护本报者，当亦能谅此苦衷也。

读者来函，于本报所载诸家随笔，率多赞美之词，谓阵容之盛，实向所罕见者。此在同人，亦觉差堪自慰。惟灵犀（红萧）笔政甚忙，偶尔中辍，亦有待于读者之原宥。此外若云裳、一方、玲珑、啼红诸君，则以编者之随请，当能勉为其难，日日以佳作飨读者也。

《小说日报》1939 年 8 月 20 日

吾报副刊

本报创刊，辟副刊为二：《小剧场》辑务，丐余余、童晚翠二君主之，余余以“南腔北调人”笔名，著谈戏文字，恒以诙谐之语出之，能不落寻常窠臼，遂为时所传诵。晚翠君与梨园中人多稔熟，记事颇有独得之秘，而文笔亦佳，在戏报记者中，此君实一健者。初不识其人，近得王慧兰为愚介，则亦一温文书生也。《小舞场》由韦陀兄负编辑之责，韦陀兄昔尝创《跳舞世界》周刊，为一“舞场通”，而时下舞文作家之负盛名者，若漫郎、哀王孙、晚蘋、卜卜跳、鲁大夫、蓬尺生、跛贤斋主诸君，胥为吾报执笔，以是副刊之篇幅虽窄，辄觉阵容亦甚壮。此则读吾报者，当知之已审，勿待编者词费矣。

本报以“小说”为名，故所刊长篇独夥，而读者来函颇有以长篇小说头绪纷繁，不易记忆为病者，因嘱设法多刊小品文字。读者盛意，在同人无不拜嘉。兹拟俟《三星会》《断头台上》两短篇结束后，即不再以小说弥补，择小品文字之饶有逸趣者，赓续刊之，以新闻学术语言，则为使读者得更多之精神食粮也。（附志：本报创刊号已在再版中，三日内即可印就。）

《小说日报》1939 年 8 月 22 日

吾妇将还乡

吾妇将作还乡之谋。二三日内，且将成行矣。愚与吾妇，结缡垂八载，惟前岁愚远走汉皋，尝暌隔达一载。而一载之中，愚亦曾不辞道途艰辛，返沪省视吾妇。及重赴汉上，函数十发而未获一覆，自是吾夫妇之间，遂各存芥蒂。洎自愚绕道香岛还上海，终且参商益甚。虽育一儿，亦勿能挽回吾二人之情感于濒绝也。吾夫妇之间，究其实亦无甚深雠，所以勿能和谐者，则由于两人性情俱习于刚愎，以是遇事辄生争执。今兹小别在即，念之不能无黯然，惟吾夫妇相处既勿洽，则小别亦良佳。小别之后，或者两地暌隔，转能稍稍念伉俪之情，各藉书简，慰问离索。若昕夕相见，则惟有诟谇，于吾夫妇实无裨益也。

《小说日报》1939 年 8 月 23 日

潘玉珍

在新都饭店夜花园表演之潘玉珍，不谓乃一须眉丈夫，向时习闻潘玉珍之名，恒以为是一女性，安知彼乃弁而非钗载！黄金大戏院聘宋德珠南来，亦有误宋为女伶，至与人作赌者。然宋德珠之为男性，犹有可说，若男人而名曰“玉珍”，则殆绝无而仅有矣！

《小说日报》1939 年 8 月 23 日

燮阳咳嗽

吾儿燮阳生三月许，忽患咳呛之症，吾妇嘱愚曰：“儿咳嗽勿已，汝归来时，盍携生梨数枚回！”愚以其事琐屑，则应之曰：“欲吾从数十里外购之乎？此间邻近有小菜场，有水果店，汝宁不能往购？”吾妇闻愚之言，第嘿然而已。及愚归，寝亦忘其事，而是夜吾儿咳喘益盛,愚诫吾妇曰:“慎防所患转肺炎,明日当为之延医,毋复惜钱也。”翌日,病似渐转佳,咳喘也不若晚来之促,愚乃奔往小菜场,购生梨三枚归,令煎服之,是时吾儿憨笑如昔,以为亦无事矣。不意午夜归家,儿气喘忽剧,至啼声亦暗,愚乃大怖,以询吾妇,则初未为儿延医也。于是扰攘终夜,乃无术以使吾儿安眠。凌晨,亟抱儿赴医生处求治,医犹未起。待至十时,始获为吾儿诊视,则言所患为痰风,来势剧,姑命一方,苟服后痰不能下,则亦不必复诊矣。是医生之言,明明谓吾儿已濒绝境,而所谓痰风,在西医言即肺炎也。吾儿本肥硕,及染此危症,两颊遂泛蜡黄色,愚属笔记此时,似见吾儿两目发为惨淡之光,宛转哀号于其母怀抱,而此一小生命,正不知在旦夕之顷,为吉为凶也?

《小说日报》1939 年 8 月 24 日

燮阳肺炎

以吾儿燮阳之病,两日来乃寝食都废。吾儿之病,初延沈仲芳医生治之,既断为肺炎,知此病不易治,不得不遍向诸友征询就医之方,或言,若患肺炎,惟有就治于西医,中药虑其奏效缓也。于是以许晓初先生之介,求德医吴忆初诊视,吴医师言:“肺炎非绝症,然来势猛,以入医院为宜。”于是为吾儿注射一针,又处一方。吾妇自抱吾儿归,愚则往配药。此时愚五中几如焚,而配药必稍待须臾,及持药匆匆雇车回,吾儿气喘依然甚剧,愚曰:“万一病状转恶,医院中或有急救之策,设在家中,夜半戒严,呼救无门。”愚意亦以为住医院为善,吾妇虑其费,初勿欲,已而曰:“此事惟汝主之,吾无可无不可。”吾妇是时,殆犹欲与愚作意气之争,愚乃太息而出,托子佩兄代询中德医院[1],能否容纳吾儿?未几子佩以电话报我,谓中德与同德[2],病房胥已人满,兄试向红十字会医院问之。于是愚乃遍致电话于各著名医院,最后赖有一葛女士,在广仁医院为看护,乃为吾侪设法,挪出一室。吾儿至是始得送入医院,已扰攘至上灯时矣。

吾儿入医院后,在门诊室中,一女医师为吾儿诊断,以听筒就吾儿胸次,辨跳动之声,已而院中一孕妇分娩,呼女医去,久久始复来。子佩尝告我,谓汝宜注意汝儿鼻翅,如鼻翅掀动勿已者,则殆矣!于是愚乃注全神于吾儿之鼻,则见有时掀动,有时则否,知势甚危急,然医生于病者须履行种种手续,愚木立于吾儿之旁,睹其挣扎喘吼之状,惟有酸鼻。殆移吾儿入病房,更衣,测热度,以至饮吾儿以药水,已在八时许。看护言犹须灌肠,而院中规则,仅许一人伴病儿,愚乃不得不掉首而出,以为吾儿生死,惟付诸天命而已。愚与吾妇,是日胥未尽粒米。及归,亦彷徨终夜。

诘旦,愚匆匆赴医院探视,则侥天之幸,吾儿之病已大瘳,吾妇告我,谓昨日深晚,先后打针服药三度,至清晨乃现转机之象。愚俯视吾儿,气喘已渐平,且能张目审视其父母,发为咿呀之声。饮以温开水,亦啜之若弥甘。是吾儿或可侥幸脱险境,为父母者,真不禁捏一把冷汗矣!

《小说日报》1939 年 8 月 25 日

《小说偶谈》

近两日来,重受种种刺激,遂致神形俱槁,寝馈都忘。一日之

① 中德医院,位于福熙路(延安中路)457 号。
② 同德医院,位于同孚路(石门一路)67 弄 1 号。

间，第于晨兴后进薄粥半瓯，竟日枵腹，绝不觉馁，惟寸心似焚，神思恍恍惚惚，若有勿能自已者，诵潘振华“鹣盟鲽誓言犹在，月暗风悽梦不温”之诗，真不禁悲从中来，直欲“哭他三万六千场”矣！嗟乎！香妃既逝，薰麝奚从，灯婢虽存，救娥无自，人世间惨酷之事，殆无逾于此者矣！成诗一绝，以志吾痛：

当日银帏悄指时，分明生死两甘之。
于今誓约都成幻，无复低徊诵我诗。

周瘦鹃先生既以《紫兰花片》贻吾报，襟霞阁主平襟亚先生，复陆续寄《小说偶谈》来，俱足为吾报增无上光宠。而两先生之爱护吾报，热忱亦殊可感也。吾报随笔文字，若红鲤之《买愁新集》，云裳之《刘郎杂写》，玲珑之《浮生小志》，之方之《郎当私记》，啼红之《灯边话堕》，俱不同其风格，要皆各饶逸趣。而瘦鹃、襟亚两先生，则说苑前辈，名重当世，今亦为吾报客串执笔，是读者眼福之佳，为何如乎！

《小说日报》1939 年 8 月 26 日

宋妙龄

报间忽发现《宋妙龄敬告女界同胞》广告，往年报间尝盛传宋氏三龄外，复有一妙龄，绮年玉貌，将与唐孟萧将军论婚云云，一时闻者无不歆羡唐之艳福，以为如周公瑾之得小乔也。其后始悉此项传说，实为好事者捏造，不谓今竟有一宋妙龄，在报端刊载启事，而核其内容，则是为某项药品作宣传，乃知系商人之一种广告技巧，是真可谓善于利用者矣。

图 6　宋妙龄之广告，刊于《大美晚报》1939 年 8 月 26 日

《小说日报》1939 年 8 月 27 日

张一沤

张秋虫兄，早岁即惊才绝艳，负文坛盛名。与秋虫稔者，第知其别署曰“百花同日生”，曰“花影楼主”，曰“藕丝”，曰“姜公”，而罕有知其本名者。昨得一讣告，为秋虫之泰水，以病下世，讣上有一行曰“缌服子婿张一沤别署秋虫”，乃知秋虫原名为“一沤”也。

《小说日报》1939 年 8 月 27 日

影迷

忆定盘路[1]上之银宫大戏院，近开映《夫妇之道》一片，有任事于银宫者，为愚述一趣事，谓《夫妇之道》开映之第三日，有一男子，于第一场购票不得，候至第二场，以观众一出一进，汹涌如潮，其人鹄立既久，复为酷热所蒸，入院未几，竟尔晕蹶。左近无医生，院中人乃畀之入对门一药房，施以急救，饮之以痧药水，其人徐徐而苏。既苏之后，初不言归，仍捏其已撕之票，从容而入银宫，观《夫妇之道》至竟。世人每谓嗜好电影者为影迷，若此人者，殆真可名之曰“影迷”矣。

《小说日报》1939 年 8 月 27 日

同病相怜

今日红鲤笔下，时念小云；云裳亦屡记往日与珠儿绻缱事；而吾则方以秋姑之绝裾而去，惙怛勿已。是吾方三人，殆可谓同病相怜者矣！然云裳与珠儿之合，为时甚暂，红鲤与小云，亦鲜悲欢离合之情，勿若吾与秋姑，数年来缠绵悱恻，有甚不平凡之经历，足以使吾回肠荡气者，故所受创痛，吾实最深也。红鲤与愚，各据一案，长日觌面坐，知吾遘剧变，辄抚然相向曰：“吾与足下，盍往酒肆买醉乎？”吾第摇首示勿欲。盖愚平时，虽偶亦纵酒，实非嗜饮，今兹遘意外之变，事之惨痛，实不同于红鲤所遇，酣酒未必即能杀愚悲，愚苟习于颓丧，亦非自处之道。愚于此后，亟待奋竦，惟奋竦始足以雪今日之辱，亦惟奋竦始足以安秋姑之心。秋姑苟知我颓丧，或又将动恻隐之念，则何如吾此际泥首诎膝，以求秋姑之复归于好

① 忆定盘路，今江苏路。

乎？吾雅勿欲重累秋姑，是以不谋转圜之道。若平日兴致佳时，愚诚能畅饮，今则惟有怫郁，怫郁即涓滴勿能下咽，此殆犹为红鲤所未知也。

吾友徐流，常为各刊执笔，青年而负有才华者也。徐流有腻友曰汪小姐，迩时过从至密，数见鹣鲽双影，出入相偕。凡人之初涉情场者，殆无不觉其味醰醰，若往时愚与秋姑，又何尝不然？今则秋姑已辞我而去，乃使愚备尝惨痛，以是于吾友之溺于情爱，辄亦代为惴惴，第愿吾友能好自为之，勿蹈愚之覆辙耳！

《小说日报》1939年8月29日

时作噩梦

日来时作噩梦，一次，梦中似犹晤秋姑，互诉离绪，而有暴客忽攫吾秋姑而去，予大怒，咆哮而前，以利刃揕暴客胸，暴客亦还刺予，予辄觉痛彻心肺，而犹力与暴客斗。未几，暴客终为予所殪，于是秋姑复投入予怀抱，嘤嘤啜泣，若惊恐勿胜者，予亦大恸。号泣而苏，则梦也。抚视枕上，泪痕犹湿，乃知梦虽无凭，而热泪之兹，初不以梦而伪。吾于秋姑之去，人前每强作达观，不谓秋姑犹入吾梦，而有此惊悸之事，是吾于秋姑，殆犹未能释然，则念得噩梦亦佳，梦中之事虽可怖，然犹获睹吾秋姑，差胜于不见也。

酷热之后，忽来暴雨，此所谓天有不测风云也。吾之一生，长处于安乐怡衎之中，初未尝稍有拂逆，洎乎近时，始乃有蹇艰臻至，忧患迭乘，哀乐中年，渐多悲酸之情。谢灵运诗，所谓“即事怨睽携，感物方凄戚”者，吾乃一一如之，人事之变迁，殆犹风云之不测，为力所勿能挽，则亦惟付诸天命。特吾浅弱之性灵，骤膺巨创，实不能堪耳。

《小说日报》1939 年 8 月 30 日

宋德珠初次到申

梨园人物，也好似一朝天子一朝臣，眼睛一霎，差不多到了新陈代谢的时期了！号称“四大名旦”的梅荀程尚，虽然现在还照样是蜚声梨园，但在一般的观念，却都已成为“前辈典型”了。于是长江后浪推前浪，到如今遂有“四小名旦”出现，这“四小名旦”现在应黄金大戏院聘请而来的宋德珠，就是其中一位，还有三位，是毛世来、李世芳、张君秋。其中张君秋与毛世来两位，以前都曾经黄金大戏院请来过，而宋德珠则还是初次到申。据一般传说，宋德珠扮相既俊，嗓子也好，而且还兼擅刀马工夫，这三者俱备，那就不虑不走红。咱们对于这舞台上的后起之秀准备刮目相看吧！

图 7　四小名旦合影，刊于《半月戏剧》1944 年第 5 卷第 4 期封面

《小说日报》1939 年 8 月 30 日

一方之文

一方兄今日一文(见第三版《郎当私记》),殆为下走而发,下走于秋姑之绝裾而去,不无怨艾之词,一方兄所以笑我也。就情理论之,秋姑既举往日缠绵悱恻之情,捐弃于一旦,以为无足重轻,在愚诚亦不必有所眷恋。特愚与秋姑,数年来耳鬓厮磨,情非泛泛。而秋姑之所以辞我而去,实罪在"朕躬",既非秋姑见异思迁,亦非下走床头金尽,徒以小有所不慊,遂濒决裂,此所以使愚哀惋勿已也。秋姑为人温婉,与愚同甘共苦者且数年,愚虽长在蘬危之中,而秋姑未尝稍有不豫色。友侪见者,无不谓秋姑婉娩,乃能事愚维谨,而愚乃有谬悖之行,致重创秋姑之心,自是勿复更见宥,遂使愚无由赎此罪愆。凡情海变幻之事,在旁观者殆无不以为宜看开一点,而身历其境者,虽欲强作达观,亦往往为事实所勿许,况秋姑未尝负我,而吾自愦愦耶?故一方兄之说虽是,然以言愚与秋姑,实又当别论也。

曩时愚与秋姑,尝为小别,以是愚有《琴调相思引》词曰:

花气愔愔湮画帘,十分幽怨扣朱弦,总嫌无计,清此薄寒天。
尚剩麝香浮宝鸭,悔教烛影送金莲,待寻幽梦,愁簇翠眉边。

不谓时至今日,此词犹能应用,而秋风既起,乃倍增人悽恋之情,吾真不知将何以自遣也。

《小说日报》1939年8月31日

苏三劝酒

苏三兄又劝愚饮酒,愚尝言之,饮酒未必能杀愚悲怀,愚但能于欢畅之时，轰饮几杯。既日处于抑塞之中，转恐中酒之后，更滋酸痛，王次回诗所谓“本为无聊借酒浇，酒浇情味更无聊”也。愚自远行归沪以来，未尝有疾恙，前晚偶进面食，及晚竟大呕吐，知愚近来胃纳，渐不甚佳，宁能复与曲糵亲？愚有自知之明，愚酒量本勿宏，若在今日，则酒酣耳热之际，殆惟有痛哭流涕，是必为旁座所窃笑，愚故不欲接受苏兄之劝也。

吾儿燮阳之病，今大瘳矣。当吾儿送入医院后，初经诊断，惟肺仅一部分发炎，犹可治。然吾儿之病，于肺炎外，实犹患“惊”。邻室一病妇，有女戚善推拿，乃密延之来，为吾儿“推惊”。女年仅二十许，绝似女伶王慧兰姊慧珍，而其技亦殊神，第一次推拿后，吾儿即汗出如瀋，泣勿成声者，此时啼声亦骤洪，且有泪矣。翌日更速之来，重为吾儿推拿，言吾儿所患，为一种“弯弓惊”，即勿送医院，推拿亦可愈也。所谓弯弓惊，即小儿卧不安，脊部时时欲屈曲。吾试验之，果然。及吾儿出院，复请女来推拿一次，自是吾儿遂能酣睡。女之技，为乃翁所授，盖传媳不传子者。古来针灸推拿之法，虽涉神秘，然实不背乎医理。吾儿之疾，遂谓就医尚速，然犹幸得推拿之助，乃能转危为安。此推拿女医，居爱多亚路重庆路口天禄茶食号之邻，其翁曰“金福明”，女犹袭其名，但往邻近问讯，无勿知者。门诊仅取值一元，亦至廉也。

《小说日报》1939 年 9 月 2 日

扇面

沈禹钟先生，昔为名小说家，比年佐许晓初先生掌记室，有文酒之会，时值先生，一日晤之于龚翁座上，禹钟先生为愚言，两月以前，中法大药房普遍加薪，自本年一月起追溯补发，各职员骤得二三百金，罔不愁颜立霁。近时物价飞涨，惟中法同人，乃不为经济所困云云。向者愚知许晓初先生，负干济之才，而御下宽，故中法宾主间，能相处翕然。闻禹钟先生言，真欲请隶晓初先生帡幪，庶下走亦得长挹清芬矣。

愚于侦探小说殆亦有独嗜，愚于程小青先生所作《霍桑探案》，无不遍览。顷襟霞阁主人以《幕后秘密》一巨册贻愚，愚能尽一夜之工夫读完之，愚看书之迅捷可知。然亦《幕后秘密》叙事诡奇，能引人入胜，遂使愚手不释卷，必尽悉其底蕴而后快也。小青先生译笔，亦殊流畅，乃愈彰此书结构之美。惟本报所刊《百乐门血案》，冗长至十万字以上，一时匆易窥全豹，乃使酷嗜侦探小说似愚者，为之焦躁匆安耳。

秋风既起，犹有以便面属书者。属书则必兼及吾妇之画。愚近来事冗，于诸友之嘱，未能一一应命，然偶得余暑，亦辄勉书一二，聊以塞责，盖人家既看得起我，在愚亦未便概置勿理，所谓却之不恭也。今夏，冷雨草舍主人于下走字，似独具好感，以扇面送来，达三次之多，其中两箑，已先后缴卷，尚存一页，则犹未命笔。愚写字素不拘谨，费时十数分钟，即可成一箑。案头积件，于三数日内，殆可清理完成，惟有一点，须求恕于诸友者，则吾妇近

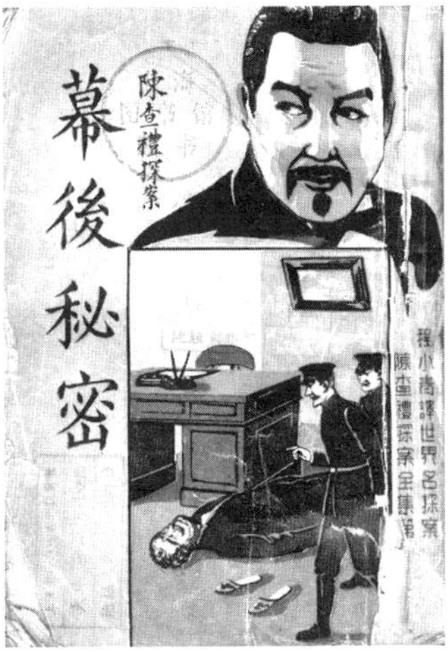

图 8 《幕后秘密》，欧尔特·毕格斯著，程小青译，上海中央书店 1940 年 10 月刊印

来综理家政,复欲哺育怀中之雏,相当疲恭,比且时感勿适,殆无暇更亲笔砚,或者缴卷之时,仅有愚字,吾妇之画,则求豁免。愚于吾妇,虽不甚顾怜,第此一事,则当代为请命也。

《小说日报》1939 年 9 月 3 日

为秋姑默祷

秋姑日来已稍稍出现于舞场中,一次在国泰,一次在云裳,友人以电话报我,愚皆不欲往。愚于秋姑之绝裾而去,诚不胜惙怛,然愚深知秋姑,此际秋姑之痛苦,殆尤甚于我,愚万一追踪而往,出现于秋姑之侧,惟有使秋姑难堪。愚既欲成秋姑之美,今后对于秋姑,第宜事事曲谅,即使相值,亦当引避,如此始能安秋姑之心。秋姑一心高气傲之人,宜有良好之归宿,愚于此后,惟有为秋姑默祷,愿彼日履欢愉之途,“也算向平心愿了,祝她极贵又长生”。

愚既辞苏三兄之劝,勿欲饮酒,然一夕于翼楼,终与苏兄共倾啤酒两瓶,亦未尝颓然醉,知愚于近时所遘拂逆,已渐能出之以达观。慕琴、翼华两公,见愚之时,多劝愚“看开”一点,诸友之言皆如是,愚于此后,良勿宜自趋颓丧矣。

朱松庐君之死,来岚声兄为经纪其丧,来兄一热心之人,向时于愚,亦多所照拂,顾近有一事,乃觉对于来兄十分歉疚,则来兄尝以便面上页令愚书之,愚适以秋姑之事,萦绕我心,了无佳绪,又值手头乏可写之笔,于是搁置既久,来兄终取空白便面以去。事后思之,深觉愧对来兄,幸来兄知愚遭拂逆,或能谅我。兹愿乞恕于来兄之前,嗣后来兄凡有所命,当无不立遵,因便面一事,至今犹使愚耿耿于心，来兄当知我，绝非不够朋友之人也。

《小说日报》1939 年 9 月 4 日

秋姑情深

秋姑与愚之分袂，诸友莫不致惋惜之词，愚亦勿审秋姑疾我，何以遽至于此？秋姑离我后，虽两度出现于舞榭，然吾知其心头创痛，亦复至深，盖秋姑之绝我，初非别有所恋，意此际秋姑殆亦未必能忘情于我，此愚所以为之悼念勿已也。向时秋姑于愚，深情一往，一切牺牲皆勿吝。近来，秋姑知愚处境勿裕，辄愀然语愚曰：“吾重累君矣！”其言哀而勿怨，于愚盖犹深致怜惜者，则此次秋姑之示我以决绝，或且欲为释愚重负，遂不惜举数年来热爱之形，捐弃于一旦，则秋姑之蓄意亦良苦。诚以秋姑颖慧，非不知此后以一弱女子，为生活而挣扎，将使见者诧笑，以为彼乃意志勿坚之人，而秋姑终乃毅然为之，则秋姑之牺牲，依然为怜愚一念也。嗟乎！吾识秋姑于患难之中，数年来海誓山盟，坚逾金石。秋姑心地之良善，吾讵勿知？而谓秋姑于我，乃有携贰之心者，此实情理所必无。数日以来，愚所以彷徨终夜，绕室无计者，正以秋姑之牺牲精神，觉于今世之女子中，实遍觅不得也。

《小说日报》1939 年 9 月 5 日

秋姑背我

诸友以愚于秋姑之去，至今犹作忠恕之词，佥勿以为然，曰：“足下奈何痴骇若是？”愚太息曰：“秋姑背我，于理诚勿甚当，然过去六年中，秋姑未尝有一事负我，今兹之决裂，愚当自取其咎，而于秋姑为曲谅。愚在向时，辄与‘只愁消受恩深重，来日永无报偿时’之虑，愚于秋姑，所以不忍为苛责之词者，即所以报秋姑之恩，况秋姑之去，非真有不慊于我，愚又何忍苛责秋姑耶？”

玲珑兄之言甚是，愚于“能作画吹笛唱昆腔”之玉皇大帝外，复有“登过银幕上过红氍”之秋姑，为愚腻侣，且达六年之久，比大腹贾斥万金亦不易求者(见昨日本报《浮生小志》)，而愚以一书生得之，愚之艳福为何如？今秋姑虽绝裾而去，然六年以来，秋姑之全盛时代，为愚一人所占据，愚尚不可以踌躇满志乎？

秋姑品性之佳，有非诸友所能想象者，不久以前，愚有一敝袜，秋姑犹为愚亲手补缀之(秋姑往时贻愚之物甚多，此一敝袜，愚亦当世袭珍藏，留作永久纪念矣)，此外愚之目镜，碎其一片，挂表损及玻面，胥秋姑自往为愚配购(皆上月间事)，其事愚之谨盖如此，愚纵为秋姑而死，亦可以无憾，兄今兹之绝我，事非得已，愚宁能不为秋姑曲谅耶？

《小说日报》1939年9月6日

伤情

诸友于愚失一秋姑，悼念勿已，辄致劝慰之词曰：“天下多美妇人，足下宁勿能别觅隽侣？”至有原为愚作蹇修者，愚辄笑却之。诚以愚与秋姑，六年以来，有过一番可歌可泣之经历，尚且凶终隙末，不免有今日之变，讵犹不足以昭炯戒？而乃欲再蹈覆辙，受第二次之创痛耶？故愚于秋姑去后，尝自誓曰：“终我之生，决不更与别一女人谈恋爱！”愚为此言，谓愚已幡然憬悟亦可，谓愚依然矢忠于秋姑，亦无不可。

日来亦偶止于舞场，然不思舞，第诸友有携女伴者，偶起为婆娑而已。一夕在大华，翼楼主人告我，谓有舞女曰“你家我家”者，与足下为同乡，人亦长得漂亮，因怂恿愚试与其人舞，愚意亦稍稍动，以为人既背我以去，愚奈何作硁硁之守？既而悔之，以秋姑与愚之判袂，事不同于寻常，愚于秋姑，既矢忠尽于前，不当以一旦决裂，便改初衷。秋姑纵勿复顾我，愚决不稍负秋姑，以是于翼楼主人之请，虽亦颔之，终乃颓然而罢。方秋姑恋恋于我之时，厥状亦如中痫，愚今日即谓不免于痴骙，亦不过报秋姑过去之深情而已！不足以为辱也。

《小说日报》1939 年 9 月 7 日

南铁生

于富春楼筵上，始识南铁生君，南以票友下海，将于黄金演剧一周，是日由包小蝶兄折柬邀同文小叙。愚昔与秋姑偕为情奔，止于汉上者一年，于此“汉口梅兰芳”，固闻名已久者。是日相晤，南君以造象一帧见贶，亦犹北伶南来之派头矣。尝见伶人习旦者，往往好微侧其颈，为忸怩之状，若畹华[①]、御霜[②]皆如此，殆以平日习惯使然，而南君以一不常爨演之票友，亦复如是，异已！

南铁生君之宴，丁慕琴先生亦应邀至，慕老读愚近日之文，遂语愚曰：“情场惨变之事，在身受者当之，自不能无创痛，第足下于秋姑，能为仁恕之词，此态度亦殊佳。”愚告慕老，愚之撰《秋闱痛语》，第在忆念秋姑向日之深情，与郁达夫之《毁家诗纪》，盖情景

① 梅兰芳，字畹华。
② 程砚秋，原名承麟，字菊侬。1919 年，由罗瘿公为其将旗姓“承”改为汉姓“程”，字玉霜。1932 年 1 月 1 日，登报宣布改艺名“艳秋”为“砚秋”，易“玉霜”为“御霜”，书斋“玉霜簃”改为“御霜簃”。

互异。慕老于愚遂备致慰勉。慕老复索愚文,愚以心绪勿甚佳,要求慕老许我异日报命。慕老与陆伯羽先生合辑《健康家庭》,内容殊丰美,然以此成本亦巨,每册核计在三角以上,而于读者仅取两毫,因复相与慨叹近时纸价之大腾涨勿已,刊物固亦不易办也。

于大华觏香田七娘,香七于八九年前,腾踔花国,艳誉甚噪。今虽犹作靓装,然杜韦娘①非复当年矣。愚尝言之,女人之青春,殆较男子尤易消逝。男子在三十以外,犹不见老,若女子则但逾花信,便损其艳逸之致,若三十以外,且不免现前辈风仪矣。以香七当年锋芒之盛,今亦风情渐老,时光催人,能不警惕?故愚于秋姑,终任其引去者,亦以秋姑此际已是二十许人,宜使其早得一良善之归宿。愚力不足以庇护秋姑,使秋姑犹复恋恋于我,必贻异日之戚。愚不欲终负秋姑,故宁愿自我牺牲,使秋姑之青春不致因愚而耽误,则抱憾终身者惟愚一人,犹较愈也。

《小说日报》1939年9月8日

梁赛珍

梁赛珍由香岛归来,本报曾报道此消息。星期四之晚,乃见赛珍出现于大华,与谢葆生先生之女公子偕。梁氏姊妹向时在舞国,尝有所谓“礼拜六新装”者,人辄见梁氏姊妹于星期六之晚,必一易新衣,其裁制式样每极别致,是夕,赛珍乃著一白色长马甲,其长过膝,类似看护女郎所御者。其皮包不捏于手,而悬于腋下,有长绦

① 原为唐时一歌妓,其名后用作唐教坊曲名,唐崔令钦《教坊记》中即有《杜韦娘》曲。

盘之，斜亘于胸前，则又仿佛朝山进香之打扮也。赛珍久历风尘，益见黧瘠，然犹能吸引在场者之注意，钱雪英小姐曰："此为吾侪鬻舞女儿之老前辈。"赛珍之能所至倾倒者，亦以其做舞女之历史悠久，为尽人所识耳。

图9 （右起）梁赛珍、梁赛珊、梁赛珠，刊于《图画年报》1935年

近时物价飞涨，报纸亦然，向时白报纸每令仅售四五金，迟则增至二十元左右，真所谓"何啻倍蓰"矣。于是吾侪报业，亦不得不稍增售价，藉资挹注。在此民生维艰之日，若吾等消闲读物，原不宜亦取昂值，然苟勿如此，将使报纸之生命，无以维持，是则端在读者之能谅此苦衷矣。

《小说日报》1939年9月9日

女子寄书

《秋闱痛语》既刊布，乃有女子寓书及愚，谓愿继秋姑之后，慰藉下走。愚读此函，辄为之啼笑皆非。意其人存心，殆欲吃下走豆腐。愚与秋姑，相依为命者六年，六年之中，秋姑尝有殊恩于我，故秋姑可以负我，而我不能负秋姑。今秋姑离我而去，在愚未尝不可以另谋发展，顾一念及六年来婣嫪之情，则愚殊勿实存此不肖之念。投函于愚者，遑论存心吃下走豆腐，即谓出自诚意，愚亦不敢拜嘉也。

慈善奖券复活后，愚尝拟市其一张，向来不存发横财念头，而近来则似感需要，迁延至开奖前一日，愚拟于晚间往购之，不谓以治事过繁，其后又为诸友嬲赴大华，栗碌之顷，竟忘了这一件大事。凌晨返家，急欲就寝，终不及购买，于是坐失此发财机会。最近见报载西摩路李采云女士，得中法大药房新世界分店开幕纪念券头奖，为五百金，辄不胜其歆羡，以为人家奈何恒有佳运，而愚独未尝一得意外之财。譬如慈善奖券，愚蓄意要购，亦会错过机会，可知愚之运蹇，宜为秋姑所弃矣！

《小说日报》1939 年 9 月 10 日

重临大都会

星六之夕，又与诸友集于大都会，愚自还海上，到大都会此为第二次，第一次则与秋姑偕也。当时愚与秋姑小坐于柳荫下，尝记之以诗曰："近来相见丰貌腴，稍宜慰藉逼双躯。几丝云鬓吹成浪，一抹樱唇燦有珠。呫嗫稔知占地域，丈夫永愿作侏儒。好风助我召微谴，探得骤龙颔下珠。"彼时秋姑与愚，情好犹敦，故愚诗亦不免轻狂。而二次重临，则已使愚有人面桃花之叹。于是愚在座中，乃独多感触，惟有一事，以为殊幸，则晚蘋兄为愚介绍宓令小姐，起舞一次。宓小姐有"诗人"之号者，而货腰亦殊轻盈，退归座上，轻啧啧称道其人勿已。灵犀、大郎两兄，识宓诗人于前，然未尝与宓诗人舞，而愚乃占先著，所以引为殊荣也。

在大都会逗留至一时许，又翻到大华，诸友之兴甚豪，愚欲稍遣忧伤，亦复从诸友之后，作坐天亮准备。愚虽不与舞女舞，然同座多女伴，则亦不虑寂寞。刘美英女士，近来大郎为之倾心刻骨者，得大郎之许诺，愚亦获一试轻腰。愚向时到大华，过二时后往往困倦欲勉，而是夕精神特佳，倾啤酒两玻璃杯，亦不醉，可知愚已渐能看开一切。而是晚韩紫纯先生，殷殷为东道之主，盛情亦弥可感也。

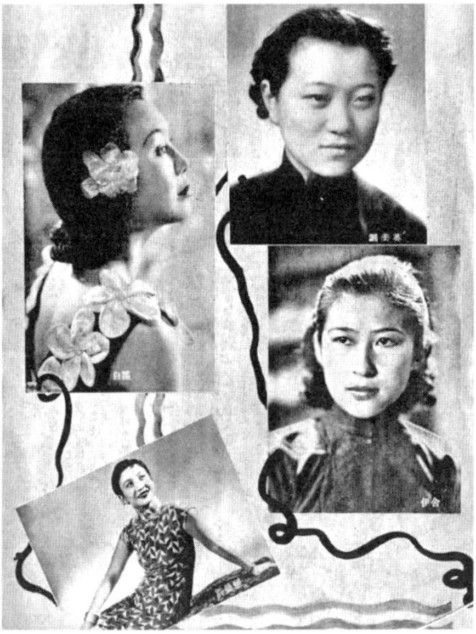

图 10　舞国红星，右上角为刘美英，刊于《沙乐美》1937 年第 2 卷第 7 期

《小说日报》1939 年 9 月 11 日

红鲤

近来兴会之好，还是红鲤。以红鲤虽与十娘有违言，然十娘在舞场之中，想到她时，毕竟还可以跳跳舞坐坐台子，再不然一个电话，约到红蝉家中，谈到天明，况味亦复不恶。此外更有小云女士，小云自甬上归来后，与吾友踪迹忽疏，然近日已屡通电话，且一度双携过丁慕老府上，察两人情景，殆又有死灰复燃之象。凡此清福，俱非下走所能及。下走于失之东隅后，未能有桑榆之收。是以愚乃长羡红鲤，拟乞诸吾友，以《买愁新集》之标题，让渡与我，而红鲤则仍写《偏怜集》，意吾友于红灯煮梦之余，定当首肯我言也。

晤贤仲参议于蜀蓉川菜馆①，乃益念逸芬。逸芬于战后亦尝携眷西行，栖息于汉上，乃作异地之逢，倍增欢洽。然其后愚绕道粤港返上海，行色匆匆，竟未尝晤别逸芬，今乃不知逸芬流徙何所矣。贤仲在汉上时，愚与之相值，乃在上海大戏院，同观《花果山》影片。一载以后，乃又相晤于沪上，真所谓人生何处不相逢矣。然在汉上时，贤仲尝见吾秋姑，今则情势遽变，与贤仲重话前尘，在愚且有人事沧桑之感也。

《小说日报》1939 年 9 月 12 日

慕老招宴

丁慕琴先生以电话来，速愚晚餐于其府上，灵犀、大郎、梦云、天衣，与本报毛主干俱至。席为文娟小姐而设，以文娟将于十五晚登场时代也。以是座上复有姜云霞女士。久不见云霞，闻迩方以演戏余晷，读于慕尔堂，于是其人谈吐乃益复隽雅矣。周鍊霞女士病后，久睽清音，是夕亦翩然至，与潘文杰女士俱，乃为此文酒之会，陡增颜色。颇拟乞鍊霞女士，为吾报写短文，增吾报光宠。以女士病犹新愈，罢宴又匆匆即行，遂未遑启齿。女士为《社日》写《幼之年》，且至今犹中辍，意女士亦未必有暇，为吾报治文也。席间，慕老频频劝愚酒，愚亦勿拒，终以痛饮而醉。在慕老府上，愚亦

① 蜀蓉川菜馆，位于华格臬路(宁海西路)44 号。

不能无感触,向时丁师母见愚,必问秋姑,文娟亦然,是晚俱绝口勿提,知诸人皆恐创愚之心。于是愚亦惟力求酣酒,酒酣则可稍蔽愚局蹐之状矣。

图11　周鍊霞,此照由收藏家王金声先生所提供

近来听歌之兴陡减,王慧兰办长乐剧场,仅看了半出《别姬》,南铁生出唱黄金,江枫兄殷殷邀愚往聆,终亦未遑践约,甚至三本《文素臣》,迄今犹未一睹。三月之前,愚尚有诗曰:

歌场日日遣时光,颓废亦知事可伤。
自谓生平恒傲岸,近来无梦不荒唐。
非因红粉垂青眼,何以低眉分热肠?
且喜英风犹似昔,采声惟我最猖狂。

彼时听歌,实有秋姑助我之兴。愚尝告诸友,在治事时候,还可以放得开,一旦身临游宴之场,便不能不念秋姑,是以近来对于听戏，亦视为畏途也。

《小说日报》1939年9月13日

大郎谐谑

梦云与大郎互为调谑，而见面时依然嘻嘻哈哈，如此态度最好，盖两家头本无夙怨，不过笔头上寻寻开心也。向时愚曾撰“友道陵夷，灵犀仁兄千古，陈蝶衣鞠躬”之字条与灵犀，灵犀遽以制成梓版，刊诸《社日》，虽不免有点认真，然风趣亦正复不恶。惟大郎与梦云谈谈国际形势，则下走不敢苟同，下走极希望梦云、大郎开心继续寻下去，寻开心之文章，实在要比谈国际形势有趣味得多。国际形势自有彼岸洋商报之大主笔会谈，读《说日》者，则惟嗜富有风趣之文章，此其心理，下走知之甚审，故下走辄愿两兄，续为笔战，例如“小猪啰”“浮尸”之类，不妨多骂脱两声，但使身受者不以为忤，即谓下走有幸灾乐祸之心，下走亦愿承受之也。

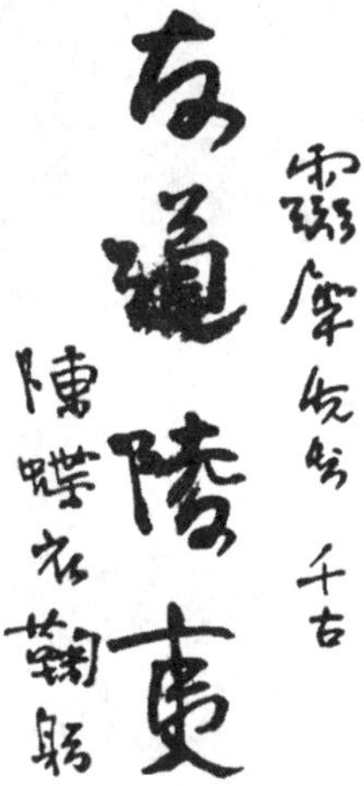

图12 陈蝶衣手书“友道陵夷”，刊于《社会日报》1934年1月24日

《小说日报》1939年9月14日

数数酗酒

近日以来，又复数数酗酒，愚在人前，甚愿示人以达观，然有时终不免自苦，前夕在翼楼，睹苏三那与淑贞女士，为打亨[①]之戏，此

① 打亨，彼时沪上盛行的纸牌博戏。

宛然以前愚与秋姑之情景也。于是愚又呼酒，狂饮勿已。已而三那嬲愚趋老大华，愚又轰饮。淑贞睹愚之状可怜，则慰愚曰：“君亦稍稍忘却心头事，能喝一点酒良佳。”其实愚越是酗酒，心里越是难过，酒安足以解愚之愁，徒足以助长愁苗之茁耳。三那向时，素来疾恶女人，近时亦渐有情致缠绵之状。愚冷眼旁观，为之既妒且愧，则亦勿复与三那话别，径自遁归。平时秋姑闻愚饮酒，往往恼怒，一夕在慕老府上，一英小姐执壶劝酒，秋姑掣愚之肘，勿令愚饮。屈指计之，为时殆犹未逾两月。而此际愚纵酩酊至不辨晨昏，亦勿复有人于愚致关切之情矣！愚于是又自幸平时，曾稍稍习饮，比来乃有曲蘖，可以消磨时光也。

老大华之前身为都城，易主后愚未尝一往，惟某夕秋姑在大华，觅我不值，欲趋车索我于沪西诸舞榭，而宵禁之时间已届，秋姑遂在老大华逗留一宵。而是晚愚实在丁慕老府上，与之方、大郎诸兄步行到大华，已在十二时之后，乃使秋姑失望以去。此亦使愚愧对秋姑之一事。愚在老大华，所以不遑宁留，终于遁去者，是亦一因。不幸之人，到处都有感触，愚诚勿宜复为宵游矣。

《小说日报》1939年9月15日

惠尔登

愚近来行动，渐渐趋于乖僻。星期四之夕，愚一人趋车至惠尔登，其地犹未改观，惟游人已勿若往时之盛，而比邻有赌窟，亦足使惠尔登减其清雅之致。向时，愚屡与秋姑在惠尔登作苹果之戏，愚故有“花枝入抱惟嫌少，苹果尽输不想休”之诗。是夕，虽已无秋姑同游，颇减出行兴趣，然愚依然高踞座上，大打其苹果，且命运殊勿恶，居然连中二盘，得彩金五元有奇，于是此行往返，汽车钱完全出产矣！从知失意于情场者，未必即不能得意于赌场，惟愚不好为摴蒱之戏，否则转到隔壁去混混，或者更有意外之期，亦未可知。在惠尔登逗留至二时许，则又徒步而往伊文泰，在场中乃遇王爱丽，向愚作鹭鸶之笑，仿佛笑愚往时出游，恒携隽侣，此时亦不免茕独矣！则又大为局蹐。伊文泰无舞女，否则愚为掩饰窘态计，或且将狂舞尽兴也。

昔游伊文泰，尝一度与大郎联句，大郎有句曰："安得娉婷寻旧约"，愚为结句曰："倾心互作百年期"，此时回念，乃为之不胜警惕，所谓寻旧约，所谓百年期，在愚乃无一可得，愚行动日趋乖僻，而忧思亦因之益深矣。

《小说日报》1939 年 9 月 16 日

张文娟

久不听歌，张文娟时代登场之夕，灵犀定数座位，遂又应约而往。愚入场时，丽素秋正演《纺棉花》，居然唱《茶山情歌》一折，遂又使愚怅触万端。愚之目的，本欲看秋云艳《十三妹》，乃深恨到场太早，以致适逢其会，又闻此大可伤心之曲。然秋云艳之《十三妹》，亦未能令愚满意，愚第一次莅时代，即看姜云霞之《十三妹》，秋云艳扮相虽妩媚，而中气则勿若云霞矣。演《十三妹》完全须念白爽脆，字字有劲，此类女侠，秋云艳声口轻柔，勿宜演此类戏也。灵犀定座时，以报端有周梅艳《花田错》戏目，俱甚兴奋，讵意梅艳以悬牌问题，拂袖而去，遂代之以丽素秋，辄觉听歌之兴为之稍沮，颇怪时代当局，既请得张文娟，何以又着一蒋慕萍？以梅艳艺事之美，牌子勿能挂在秋云艳前，已嫌委屈，况居蒋慕萍之下哉？观乎时代开幕上座之盛，失一周梅艳，或者无甚影响，然在听众心理，则殆无不为之勿舒也。

以前数度晤梅艳，知其人亦生有傲骨，遂并逌师一方，于梅艳亦不深喜。其实梅艳非不知苟合取容，特早年深受刺激，伤心人别有怀抱耳！愚于梅艳身世，最为同情，自秋姑离我而去，偶念梅艳，益有惺惺相惜之意，而亦惟生有傲骨之人，往往命运多舛。譬如梅艳此次膺聘时代，时代当局竟抑之使居第四牌，岂非厚侮梅艳？梅艳花衫戏，海上女伶中，宁有抗手？而其命运乃始终阨蹇，此可为天下怀才不遇者，同声一哭也！

《小说日报》1939年9月17日

欲戒宵游

尝欲戒为宵游，而星六之晚，又复止于大华。向时愚有句曰："律已未能浣百忧，近来依旧事宵游。"忧伤不可逭，除浪迹于声色之场，以遣晨昏外，殆无他途。是夕，座上乃有殷美凤女士，则吾友圆郎携之来。吾侪知舞榭女儿中，能搦管为文者，美凤女士亦其一，而在大新，则与女诗人宓令，能竟爽一时者也。圆郎往时，见愚与秋姑偕游，辄效无锡人口吻曰："竟丽影双双得！"今则圆郎不须复羡我，惟有使愚长羡圆郎矣！"从来游宴爱双携，谁道今生福不齐"，婴宁公子狂易甚于他人，而艳福则视他人远勿逮，能修艳福者，惟我友圆郎耳。

昨竟日作雨，天色至阴沉，遂亦减出游之兴，取《低徊词》读之。《低徊词》所记，皆六年来愚与秋姑缠绵悱恻之事，今宵成陈迹矣。

低徊词之作，盖在与秋姑判袂以前，然而有“桃叶终于迎不成，终无清福驻柔乡”之句，着两“终”字，疑亦是所谓“诗谶”矣。时序既入新秋，气候渐觉凄戾，而秋之一字，乃亦时时触入眼帘，遂使愚倍念秋姑，“已嫌触处皆惆怅，何况帘栊更晚凉?”愚诗多萧瑟之气，宜勿能得欢愉之境矣。

《小说日报》1939 年 9 月 18 日

《百乐门血案》

程小青、庞啸龙二先生，合译《百乐门血案》，自刊本报，读者惠书，辄有言亟欲睹下文者。本报每日所刊，所以恒达千字左右，盖亦徇读者之请也。襟霞阁主人近且有兴，在电台播讲《百乐门血案》情节，将于明日起实行，阁主擅辞令，有淳于髡滑稽之风，而《百乐门血案》又事迹诡奇，得阁主于无线电中阐述之，必有声容并茂之妙。嗜读《说日》诸君，殆不乏家中备有无线电机者，于阅《百乐门血案》原文之余，更于无线电中，聆阁主之侈述，必益饶兴趣也。

红鲤兄告我，愚与秋姑判袂后之二日，曾睹秋姑，至其里中问卜，不值而去。是秋姑离我以后，心神必良勿宁，乃欲叩问前途于日者。夫人之命运，迍邅腾踏，要不可强求，日者又奚为人助？愚往时甚疾恶筮卜，以为胥不经之谈耳。日昨忽晤吾友抱冰，抱冰以研习玄理有心得，为愚言藻鉴之术，乃知当日许负之藉以问世者，实亦蕴有至理，而抱冰谓愚近来虽有拂逆，实为未来命运转捩之机，其言尤至为惑人。惜匆匆一晤，未遑诘其详。抱冰子迩方于其邸中，设砚论相（天津路同孚里二十五号，下午一时至四时），暇当一往问津。人当无可奈何时，往往溺于迷信，愚亦颇疑秋姑之离我而去，正在我否运头上也。

《小说日报》1939年9月19日

逍遥三侠

当年诸友迷恋逍遥时，逍遥诸舞女中，有所谓“三侠”者，一张明霞，一邵叶，一金燕，与吾侪俱稔，复有一邵小咪，诨号曰“老鼠”，则为善跳水手舞之邵咪咪，以其唇上有微髭，乃像煞一只老虫[1]也。今“逍遥三侠”，俱已嫁作人妇，舞榭中不复见芳躅。惟小咪则前在国际之时，犹及见之，然近亦隐去。一日值之于道，且腹部隆起，孕矣！当年逍遥俦侣，若三侠与姚筱莉、彭燕燕辈，或嫁或死或堕落，已如风流云散，偶见邵小咪，觉尺波电逝，时不我留，为之怅触无极。

吾儿初生时，拟为之命名曰“颖”，吾大女名“湄”，盖排行从水也。寻家大人有函自乡间来，谓是儿五行缺火，当名之曰“燮阳”。吾夫妇遂遵老人之命，呼儿曰“燮阳”。愚初为吾儿命名时，亦微有纪念秋姑之意，以秋姑小字瑛也。及吾父为题此名，觉尤视愚所拟者为胜。“燮理阴阳”盖成句，而去“燮阳”两字，秋姑小字且尽隐其中矣！前次吾儿病，势甚危，疑此子将夭，后竟霍然，于是使吾儿在我膝下一日，呼吾儿之名，即不能不使我念秋姑。秋姑之去，在愚诚为之称幸不遑，然终我之身，于秋姑忆念之情，殆勿易解矣。

《小说日报》1939年9月20日

① “老虫”，为“老鼠”的沪语发音。

宵灯煮字录

与宓令舞

以晚蘋兄之介,与宓令女士一舞后,尝记之以诗曰:

轻腰一捻舞诗人,盛意亟须谢晚蘋。
汝负才华无抗手,我能谄媚欲称臣。
襟边自有香横溢,座上几难视转眴。
明是秋闱余痛在,绕场一匝又亡魂。

越数日,晚蘋兄乃以一简来,盖宓诗人答愚之诗,诗且和元韵,是宓诗人才华之富,真足以使人敛服矣!诗已付《社日》刊之,兼亦录于此:

嘉名宁敢拜诗人?处境亦如风约蘋。
乱世文章多曲笔,货腰岁月罕纯臣。
弦音悽惋心常悸,灯影回旋眼欲眴。
君念秋闱我侍舞,一般易断客中魂。

愚原唱不免打油气息，而宓令女士之作，则读之辄觉其沉痛万状，愚近来以心情怫郁，独偏好苍凉之诗，宓令此篇，即非投寄下走，亦当为之朗诵十遍，浮一大白矣。

大郎到处吃豆腐，即于天厂居士“老开”之尊，犹且不免。惟一遇其师座樊公，则不能不表示服帖。一日晨间，有人以电话抵大郎，大郎拉起听筒，脱口即詈曰：“触那[①]！啥人早晨头打电话拨拉我[②]，就是我冤家。”电话中对曰：“我樊某某也。”大郎狂窘，则应曰：“噢噢噢！就来就来。”吾尝谓大郎虽狂，然不失其天真。当大郎就电话听筒诺诺连声，即天真流露之时矣。

婴宁

《小说日报》1939年9月21日

明月五娘

若干年以前，愚亦尝一度为忍人，彼时愚方识秋姑，别有明月五娘，一日间以电话抵愚十数次，愚执听筒在手，问曰：“何人？”电话中应曰：“我阿五也！今宵能同游乎？”愚应之曰：“今日无暇。”于是搁电话听筒于机上，才还瞬而电话又来，愚不胜其扰，然又不欲置勿忍，则一二语而中断，语且峻厉，而五娘亦勿惮烦，电话来之不已，愚詈之，五娘辄纵笑声。测五娘之意，殆欲以忍耐工夫，动我之心，然愚终绝之，则以有秋姑在也。厥后，五娘且因愚之故，一度仰药欲自杀，愚亦置勿问。到了现在，乃渐省吾当时心肠之硬，于是而食今日之报矣。

---

① “触那”，沪语，言犹北方之“操”意。
② 沪语，“谁一大早打电话给我”之意。

赵如泉登台之第一夕，观其演《醉打山门》，此为秋姑离我以后，第一次看舞台剧，同座有翼华、灵犀、之方、大郎、楚绥诸子。《醉打》演至十二时而止，则又折赴大华。在大华玩一个通宵，兴致弥佳。志之以告秋姑，汝当年倾心刻骨之侣，近来照样戏看看，跳舞场跑跑，犹未尝穷促以死也。

《小说日报》1939 年 9 月 22 日

赵如泉

赵如泉出演共舞台，吾侪定座四夕，将历观赵老开自打泡戏，以迄《济公活佛》登场为止。二十一日晚，赵贴《追韩信》，此在上海，盖犹为第一次。赵以望六之年，跑几个圆场，照样精神弥健。一个吊毛，亦复石刮铁硬[1]，此老固犹可为也。是夕，红鲤仍旧携其隽侣珍娘俱至。使在平时，吾至共舞台观剧，座上宁致缺秋姑？共舞台楼上之西包厢，吾尝数数伴秋姑，观《火烧红莲寺》者，有时遇变换布景，院中电炬尽熄时，则下走得志之秋矣！是两日来，座中犹未发现秋姑之影，愚频频仰首上望，则两面包厢中，亦都是陌生面孔，乃甚诧以秋姑癖好戏剧之深，于此次共舞台名角登场，奈何竟勿来一观？意者

图 13　赵如泉之关公(中)、赵东升之关平、王合云之周仓，刊于《京戏杂志》1936 年第 3 期封面

① “石刮铁硬”，沪语，基本意为“挺刮”，适用于各种语境，此处指赵如泉功夫扎实，丝毫不走样。

秋姑近来心绪，乃竟不如我耶？《追韩信》在麒老牌演之，本无变换布景之例，而共舞台乃特别道地，于萧何表演月下追韩信之前，来一幕“星月交辉”之像真布景，电灯为之熄灭数秒钟，愚几为之彷徨无所措手足，使此际而有秋姑在旁，则吾侪旖旎风光，又为何如？故愚于秋姑，有时或不免怨艾，然仔细想想，心上总是有些割舍不得也。

《小说日报》1939 年 9 月 23 日

《芦花荡》

观赵如泉之剧，已第三日矣！愚自来爱看新戏，故以为三日之中，惟第一夕《醉打山门》为最好，然《芦花荡》之张飞，妩媚而又矫健，亦自可爱。如泉此来，似颇愿多演正工戏，稍稍改其往日滑稽之作风，而趋向于正轨，观其星期日又贴《跑城》可知。下走看如泉之戏夥矣！如泉能兼赅众长，然下走以为开口跳①与副净②一路戏，实如泉所专擅，如《杨香武三盗九龙杯》《鸡爪山胡奎卖人头》《白眉毛大闹高家店》之类，在如泉演来，自有其过人之长。至于正工戏，似乎比较吃力，若《追韩信》与《跑城》，则吾侪不必为老开讳言，实勿能与麒老牌相侔。赵如泉自有赵如泉之作风，又何必更衒广博哉？

赵如泉登场，喝彩者甚众，是夕愚座后一人，大声喝吆，几欲震耳欲聋。愚有时在小型剧场，亦不免要喊上几声好，然在大戏院

① “开口跳”，传统戏剧中武丑的别名。武丑以扮演有武艺而性格滑稽的人物为主，偏重武工，以牙功见长，多为神出鬼没的武林人士。

② 副净，又称架子花脸。张飞、牛皋、李逵、焦赞、曹操、马谡、贾似道、黄盖、窦尔敦等角色，都属于架子花脸的范畴。

中,以为实不宜喝彩,喝彩徒足以乱人听觉,勿若在小型剧场中,多少有点吃豆腐兴致也。此在卡尔登,情形即有不同,卡尔登演戏,至紧张之时,但闻一片掌声而已,喝彩声罕有。然共舞台之演员,则殆无不以博人喝彩为荣,如赵如泉有时耍腔,恒达一二分钟,一若空袭之拉警报,于是三层楼上之观众(共舞台无三层楼,此是譬喻)无不报以热烈之彩声矣。赵松樵之能久站共舞台,盖赖此也。

《小说日报》1939 年 9 月 24 日

五娘旧事

愚前记明月五娘事,五娘实吾友张昭绥所识,愚生平虽未免习于荒唐,然极重朋友义气,五娘与吾友有肌肤之亲者,愚不欲掠夺之。五娘之倾心于我,愚终于峻拒者亦以此。一夕,五娘尝以电话抵我,谓正辟室于东方,速愚即往。时已在深夜二时许,颇诧此电话之来,或有要事待商于愚,盖愚与昭绥为老友,有时愚亦与昭绥共征五娘,初勿隐蔽也。及愚抵东方,则一室中惟见五娘,五娘方拥衾卧,且卸其外衣矣!愚大错愕,询五娘,则初无何项事故,第憨笑向愚,速愚共眠榻上。愚于昭绥兄前,有时亦昵狎五娘,此际则狂窘,以不宜当吾友勿在,为背义之行也,则终于饰词遁去。愚一生放诞,故不乏缠绵悱恻之遇,若此一事,亦愚快意之作矣。

其后之一二年,尚偶遇五娘,迨有人与五娘论婚,五娘又约愚话别,语愚曰:“幸与君未尝涉于乱,否则更滋吾痛矣。”愚以是遂有“樽边絮语记温存,惆怅香泥莫更论。湖海十年磨傲骨,最难消受美人恩”一诗之作,然五娘之命运殊勿佳,嫁后三年,其所夫忽死于疫，五娘自南翔来海上，复相邂逅，有一简授愚，词至悽惋。愚终未能如五娘之望，则以有秋姑在也。厥后五娘沦为向导女郎，处境良匆善，今且不知漂泊何许矣。

《小说日报》1939年9月25日

诗词工力

图14 影片《一夜皇后》女主角陈云裳，刊于《青青电影》1939年第4卷第27期封面

于许晓初先生寿筵间，又值沈禹钟先生。禹钟先生论诗，以工力为前提，此自是学有修养者之言，若在下走，则自愧匆敢措一词。下走自承，平日偶尔为诗，实在是野狐禅，年轻浮躁之人，诗亦不免浅率。若言工力，自非下帷十年不为功，下走固匆足以语此。复有一事，下走亦自觉倔强，一方屡谓我所作诗，于音节匆甚讲究，实一大病。举例言之，若“颓废亦知事可伤”，若“盛意亟须谢晚蘋”，如“亦”如“亟”，字音皆拗，此宜避免。下走初非不知，然下走以为“知”字之上，必用“亦”字，“须”字之上，必用“亟”字，如此才觉得有劲。若论格律，此自匆妥，然下走不欲从格律，此殆即工力所匆逮，遂不能臻吾诗于美境矣。

《一夜皇后》试映，龚部长以二券寄愚。此在往时，下走必深感其盛情。然在今日，则辄觉刺激万状，讵龚部长犹欲下走为俪影双双之演出耶？下走尝自己设誓："终我此生，将不欲再看电影。"愚生平未尝一人涉足电影之院，每观电影，必有秋姑偕，此时若踽踽独往，岂不乏味？诚以下走之看电影，亦如东坡之观潮，志不在潮，志在月也。然《一夜皇后》，为吾家云裳所主演，而张善琨先生首次导演之作，意演出必奇佳，则下走或当含悲忍泪，破例一看耳。

《小说日报》1939年9月26日

吴其伦

吴其伦律师，遭人狙击而死，死多日矣！案中获嫌疑犯甚夥，今方在鞫讯中，真相犹未剖也。吴初娶景慧贞，后以事脱辐，景沦为向导女郎，即人称溥仪小姨者也。吴固美丰姿，婴婴宛宛之愿作夫小妾，良不乏人。大华有舞人，其姓氏曰金者，为吴所嬖，金初犹处女，其贞操败于吴手，故欲嫁之，已论同居条件矣。不意吴竟遭不测，金以事匆谐，辄自嗟叹薄命焉。金家在成都路，税《三十年歌场回忆录》作者郑过宜之屋而居，过宜当知此女详也。

《社会日报》1940年4月20日

孟丽君

孟丽君，国泰之红舞星，舞国中颇传其艳史。尝有人歌于麦格风之前，言孟丽君只爱银钱与钞票，盖仿《刮刮里格叫》之调者，孟为之赧然，遁入马桶间，且嘤嘤啜泣焉。今则丽君将嫁，其未来外子某，于纱花中获巨利，达四五十万，常莅国泰，召丽君侍坐。其人皶鼻，视丽君厚，丽君故愿嫁之，不以其酒糟鼻子而嫌之也。不久，会将见丽君退藏于密矣。

《社会日报》1940 年 4 月 23 日

蒋慕萍

蒋慕萍继张文娟之后，崛起于小型剧场中，其歌嗓亦自动听。不久以前，慕萍且师礼事严独鹤，以父礼事蒋剑侯，欲倚文人以自重。严、蒋两先生，都《新闻报》名记者，自此风一开，《新闻报》记者之录歌女为义女者，遂有争先恐后之观，计有丘琼荪录刘琴心，裴顺元录曹惠芳，以广告起家之冯肇樑，亦录一人，一时小广寒中之莺莺燕燕，尽成名记者膝下娇女，傥亦所谓见猎心喜耳。

《社会日报》1940 年 4 月 24 日

蓉姑娘

蓉姑娘以北地之女优，行歌海上，虽售座成绩勿甚佳，然媚之而挟以共游宴者，殊不乏人，狐裘喷雪，鸳帐围春，此中之艳屑，固亦颇传于众口，故蓉姑娘在氍毹之上，赏音者虽稀，而私底下则逐鹿者且虑勿遑酬接焉。自蓉姑娘辍歌，逗留于沪上者逾月，始缓缓赋归，论者谓其乐不思蜀。最近风传人语，谓蓉姑娘抵春明后，生理忽起变化，似有维熊维罴之兆，此或亦蓉姑娘沪行收获之一端耳。

《社会日报》1940 年 4 月 25 日

刘佩贞

刘佩贞以“小迷汤”之雅号，驰誉于舞国，昔在大东，今则转隶大都会。盖鸾凤徙栖，寖寖已成为海上之第一流红舞星矣。刘貌美映丽，尤擅词令，固无忝其“小迷汤”之号。以是货腰之业亦弥盛，然最近刘乃遘不如意事，则其嫂殁不久，其兄又病，方卧于医院，医药之费，都仗此弱妹筹措，故日来刘之心绪殊不宁。刘尝延师习戏，今以此故，乃并教戏先生亦回绝矣。

《社会日报》1940年5月1日

春秋配

号称舞台上之“小情人”者，曰春与秋，时人称之为“春秋配”。最近，以秋怀孕将产，于是桃色纠纷以起，秋欲嫁春，谓非然者，惟自杀以谢君矣。春以玉种蓝田，在势亦勿能纳秋，顾春已有妇，曰雁，小字招弟，曩年尝登银幕，与春亦由恋爱而结合者垂数年矣。以春恋恋于新欢，亦一度仰药，获救得不死。近顷，春以秋催迫日急，乃乞援于某闻人，出为调解，顾畀招弟以金，而自此分袂。闻招弟以良人之心勿可回，强之无用，因亦愤而诺。所谓“春秋配”者，终可如愿以偿矣。

《社会日报》1940年5月5日

李珍珍

大华舞人李珍珍者，自由之身也。曩时，外间颇传珍珍与乐队领班康脱莱拉斯，有肌肤之亲，而珍珍否认之，谓是无稽之谈也。今珍珍已辍舞，人莫审其由。一日，忽见珍珍携康脱莱拉斯之稚子，观电影于某院，因悉珍珍与康脱，实已赋同居之爱矣。闻康脱之妇已逝世，所遗只此一子，珍珍嫁康脱，故不居于小星之列，而自此有人问及珍珍者，珍珍亦勿能讳饰矣。舞女与洋琴鬼搭讪，夙为人所不齿，而珍珍之嫁康脱，倘亦所谓别具慧眼，夙世姻缘欤？

图 15　乐队领班康脱莱拉斯，刊于《舞风》1937 年革新号第 1 期

《社会日报》1940 年 5 月 11 日

秋闱痛语

一

《秋闱痛语》,为纪念吾腻友秋姑所作,方吾搦笔之时,不知吾数年来镂心刻骨之侣,此际情况奚若?依然轻颦浅笑,舞于华灯影里乎?抑独处深闺,蹙其双娥,发为吁嗟之声乎?吾但不知。特吾草此文时,则一曲衷肠,万回千转,正匆审未来日月,将何为遣?而窗外秋雨,凄其以鸣,亦仿佛助予无限哀怨者。

吾与秋姑,媛爱垂五载,迩以稍有违言,遽濒决裂。吾知秋姑之绝我,初非遽欲负盟,特为环境所厄,遂不得不忍痛而出此。沪战以还,吾未能使秋姑稍获欢愉之日,在吾实深内疚。今秋姑别吾而去,苟自此而日覆宁绥之途,吾心亦自滋慰。所可虑者,则秋姑伶俜弱质,投环伺之者,从而怂恿迫胁,驱吾数年来挚爱之侣于悲惨愁苦之命运中,则吾之罪戾,无可逭矣。

秋姑之绝我,由于吾之卤莽,无可责秋姑,持以小有误会,遽并数年来之热爱深情,一概捐弃,至略无转圜余地,则秋姑实亦忍人!向之海誓山盟者,初不料示我决绝,一至于斯"悄指银帏与郎约,此生抵死不渝盟"言犹在耳,梦已难温,涉念及此,惟有长嗟!

丹蘋[1]

《社会日报》1939 年 9 月 1 日

二

既与秋姑有违言,以“事变”之起,罪在朕躬,于是越二日,吾复造秋姑之闼。秋姑方将浴,乃欲摒吾于门外。忆曩年夏日,吾与秋姑僦居汉皋时,吾每就浴,秋姑辄为吾拭涤。秋姑浴,我亦如之。当时情好方笃,何尝略有顾忌?今则兰汤沐芳者,犹是当年之秋姑,而遽勿复许旧时刘郎,重睹此一段旖旎风光。虽曰当年在汉上时,一室之中,惟吾与秋姑,可以脱略行迹,勿若今日,乃有人鹰瞵鹗视于其旁,然一念及昔日之缠绵,与乎此时之狼狈,终不能不使下走为之啼笑皆非耳!

吾今当约略述吾与秋姑缔交之经过。吾识秋姑,实张昭绥兄

左:袁曼丽　右:李秋茵

图 16　右为李秋茵(秋姑),刊于《明星》1935 年第 1 卷第 2 期

---

① “丹蘋”为陈蝶衣笔名之一。

为吾介，时秋姑方有志于银幕，吾乃为之推荐入艺海影业公司，主演《同心结》一片。片成而公司解体，故此片仅外埠一映之，海上未尝见也。自后，秋姑与吾过从渐密。定情之夕，吾尝有诗记其事曰：

一帘疏形斗纤腰，画室流香浴阿娇。

自分无由金碧赎，拼将沉醉践今宵。

当时尝为灵犀、大郎诸兄所传诵者。不谓吾与秋姑一段因缘，乃以一浴始，以一浴终，而此时阿娇，已不复为吾金屋中人，傥亦所为数欤？

《社会日报》1939年9月2日

三

愚于欢场中，未尝为追逐女子之事，即于秋姑亦然，秋姑于摄成《同心结》影片后，既得酬报，乃趋银楼，兑得一金约指。一夕，愚晤秋姑于其家，秋姑方卧榻上，招愚曰："汝来！"愚遂与秋姑觌面坐于榻。秋姑曰："今有一物，特以赠君，第不可审视！"愚诧之，秋姑乃按愚一手于衾中，以一物套愚指上。愚度为约指，欲揭衾观之，秋姑力按愚手，勿令愚动，愚竭力挣脱，视指上，则约指一环，金色者也。秋姑是时乃吃吃笑，曰："是戋戋者，君幸毋讪笑。"愚踌躇曰："是乌可者？"亟卸约指以还秋姑，告之曰："汝以此物贻我，盛情良可感，惟约指之为物，必涉于婚姻，始可以相授受，此容为汝所未知，故于汝之赐，殊觉受之不当，乞收回。"秋姑闻愚言，颊立绛，寖有不怿色，语愚曰："留一纪念，不宁可乎？吾特为君铸之，君乃不受，是轻吾耳！"言已，投愚以幽怨之色，为状乃绝妩媚，愚不忍拂其意，乃姑御之。及行，值其母于门外，愚乃私以约指还其母，并述顷间与秋姑语。以告之曰："吾势勿能娶秋姑，请以此物还诸秋姑，秋姑患感冒，愚已命一方，可配药服之，出汗少许即愈矣！勿令为风所袭。"其母曰："秋姑既以此赠君，君受之可已！苟还，虑秋姑勿悦也。"愚曰："此事体大，吾勿能误秋姑，母宜善为譬解也。"于是乃别。

翌日，愚复省视秋姑之疾于其居，秋姑方阅小说，见愚至，愀然无愉容，愚叩之曰："疾稍瘳乎？"秋姑曰："吾安得而瘳？"愚子必昨宵秋姑之母已以约指还秋姑，秋姑乃存芥蒂也。则试为问曰："讵以昨宵之事，遂不慊于吾乎？"秋姑太息不语。愚遂复伸述约指授受之重要性，并慰之曰："愚一褦襶之人，勿能与卿长厮守，愿卿善托良媒，别缔丝萝，吾勿能贻卿终身之戚也。"秋姑闻愚言，乃至泣下。

《社会日报》1939 年 9 月 3 日

四

自是以后，愚亦不敢更劝秋姑遣嫁，而秋姑于愚，亦渐溺于缠绵悱恻之情景中，一日，秋姑将有白门之行，愚初犹不知，秋姑忽辟一室于新亚，以电话抵愚，速愚既往。其时盖在晚餐之前，及愚入秋姑室，则卧榻之畔，横陈一小皮箱，吾始知秋姑将有远行。以问秋姑，秋姑黯然曰："顷以有事之秣陵，将与君小别，然不忍遽行，吾告诸家中，已于今日首途，而来此辟一室，迟君于此，翌日，则吾将作征途之人矣。”愚曰:“此行以何时归乎?”秋姑曰:“少者三两日,多则一来复耳!”于是絮絮为愚述赴京之故,至于泫然雪涕。愚稍稍慰之,即于新亚共进晚餐,餐已,愚不欲假手于侍者,复亲赴街头,购荔枝及蜜橘数事,备秋姑于旅途中解渴。而秋姑勿欲,曰:“吾与君共食之。”于是剖荔剞橘,共话至深宵,秋姑乃眠。愚趁其熟睡之顷,留一短笺而行,是晚乃未及于乱。翌晨,愚复匆遽至新亚,秋姑于愚宵间遁去,有怨怼之色,愚但道歉忱,送秋姑至车站,视其登车,秋姑又陨泪,愚亦黯然。迨骊歌既唱,始互道珍重而别。愚于新亚话别之一夕,集羽琌句记其事曰:

是倦是幻是温柔,银汉茫茫入夜流。
夙约倥侗难解恨,明朝何况送兰舟。
午夜天风伴玉珂,红墙西去即银河。
起看历历楼台外,恐是天孙别泪多!

《社会日报》1939年9月4日

五

愚于秋姑之去京,尝为默致颂祷之词,愿秋姑此后能渐入忻愉之境,而以此行为发轫,盖愚诚绝爱秋姑,然愚自度力不足以庇秋姑,与其贻他日之戚,毋宁“自我牺牲”于此时,所谓“恋爱至上主义”,愚盖作如是解者。然于临歧洒泪之顷,要亦勿能无动,以是愚于秋姑去京之后,遂有《后低徊词》八首之作,皆集定盦句也。录四首如下:

历劫丹砂道未成，六朝古黛梦中横。
香兰自判前因误，兜率甘迟十劫生。

天花拂袂著难消，声满东南几处萧。
别有尊前挥涕语，万千哀曲是明朝。

怕听花间惜别词，凌晨端坐一凝思。
魂消心死都无法，各记春骝恋絷时。

金缸花烬月如烟，阅尽词场意惘然。
一种春声忘不得，珠帘翠幕栖婵娟。

愚自识秋姑，此犹为第一次小别，以为秋姑去京，当有若干时盘桓，不谓翌日而得其京中来书，更二日即赋归来，乍卸行装，便来愚处，愚诧问何故？秋姑垂首至臆，似羞怯不胜，更问之，则曰："乍抵秣陵，月信即至，旅中良感勿便，复以念君，故匆匆归耳。"言已，复索愚手扪之，所以欲示信于愚也。是晚，愚乃与秋姑进餐于津津食品公司，小叙离悰。

《社会日报》1939 年 9 月 5 日

六

一年，愚大病，病在牙，卧红十字会医院治疗。医院地为远，秋姑丐一人伴之来，省视愚疾，自后几间日必一至，至则携水果并菜肴之属，曾不辞跋涉之劳。愚与秋姑，未尝有殊恩，亦勿审其倾心之由,第其人柔婉,而于愚之前,能为温颜逊辞,则愚自不能无动于衷。愚虽病牙,而精神殊旺,秋姑来,则辄起就园中骈肩坐石凳上,秋姑以纤指去紫葡萄之翳,使愚啖之,而秋姑自食殊少,盖秋姑夙知愚嗜此也。愚之病,起于赌,以初习为挖花之戏,穷日夜勿辍,遂病牙。秋姑来医院时,诫愚曰:"今后,君可勿复纵博矣!"洎愚出院,以迄于今,于麻将或犹偶一为之,挖花则绝对谢绝,遵秋姑之劝也。

秋姑于愚,深情一往之情,初勿仅此。一夕,愚辞秋姑,于其家出,时正大雨勿辍,秋姑尼愚行,以知愚正独处也。秋姑曰:"雨势正盛,胡不稍逗留?"愚勿欲,冒雨径行,才抵家,而秋姑踵至。愚诧问故,秋姑悻悻曰:"君掉臂于雨中,吾安能放心?来视君耳!"愚亟曰:"我固无恙也!然则汝宜速归!"因欲为之雇车,秋姑勿悦曰:"汝从我归,否则吾植立雨中,且勿复言旋。"愚曰:"然则入室稍坐乎?"秋姑曰:"不欲!"愚于是时,亦无可奈何,终与秋姑趋车而行,而为秋姑之俘。

《社会日报》1939 年 9 月 6 日

七

愚与秋姑,既互矢情好,于是二十五年之春,乃偕作湖上之游。秋姑圣湖人,其回杭为扫墓,而愚则欲一揽六桥三竺之胜也。凭临通衢,遥瞩可见西湖之滨,一水澄湛,嫩柳分绿,以伏处江关之身,乍挹山川清美之气,不觉神魂俱越。吾侪以午刻抵杭,即于旅舍中各进面食,午后,始作湖上之游,放棹于三潭印月、孤山诸处,而于博览桥头,与秋姑各摄一影。愚与秋姑留影于画中,盖始于此时也，愚有《西湖记游》诗曰：

好趁芳辰作胜游，屐痕初向圣湖留。
溪山才沐晴时雨，笑语轻移水上舟。
花岸流莺娇弄舌，烟堤垂柳翠成帱。
绝怜西子多殊色，正愿柔乡视此陬。

又记博览桥摄影曰：

四山烟霭媚新晴，人向绿荫深处行。
博览桥头留一影，盈盈春水鉴斯盟。

是日以旅途劳顿，未能为畅游。游程止于孤山，即折回旅舍。晚餐后，与秋姑观影于联华大戏院，归即就寝。秋母与一雏女据一榻，而愚与秋姑并一榻焉。

《社会日报》1939 年 9 月 7 日

八

翌日，秋姑缓其展墓之事，复伴愚游湖上。愚初不可，曰："当以先往扫墓为是。"秋姑曰："吾生长于此间，今既与君偕来，安能不导君作畅游？至于扫墓之事，缓一日无妨。"愚犹欲有所言，秋姑止愚以目曰："君宜从我之言也。"于是愚与秋姑，遂复泛舟于湖上，遍览西泠诸胜，而止于岳王庙前。愚掖秋姑舍舟登，谒岳忠武王庄严之像。愚语秋姑曰："此古来忠贞为国之士，吾侪当敬之以礼。"于是秋姑与愚，骈肩互为三鞠躬，当时见者，畴不以为吾侪乃新婚夫妇哉？此为是日之上午，午后，吾侪复趁一车至灵隐，于飞来峰下，又与秋姑共留一影。秋姑依依于愚之侧，游人有环立而窥者，几使秋姑羞涩不可仰。嗟乎！吾与秋姑，自相识以迄此时，两人间轻怜密爱之情，将谓历万千磨劫而不易陨减者，孰料六年以后，乃有今日之变乎？

既入灵隐寺，秋姑与愚，复盟于神前。愚曰："今日之游，可视为吾侪蜜月旅行乎？"秋姑微笑颔首，吾知其心中亦滋悦。于是騃立于神前，久久勿稍移，第互递视线，屡为傻笑，愚曰："卿何为者？"秋姑曰："君亦何为者？"言讫，愚与秋姑俱失笑。愚仍仰首视龛中之神，以为于吾侪此际情状，作何批判者，则仿佛见龛中之神，于当前一双小儿女，似亦微笑颔首，示许可之意也。

《社会日报》1939 年 9 月 8 日

九

愚与秋姑，在灵隐寺逗留可半小时，既出，复于道中购巨型草笠及竹笄雕篮诸玩具，以力乏，则复于流涧之侧，择座小憩，其地遍设藤椅桌，有卖茶及冷饮品茗。吾侪呼汽水数樽以解渴，涧之外即欢喜佛所在处，杭人名之曰"哈喇佛"，游杭者往往攀登其上，摄影留纪念，秋姑与其母，亦越涧共往摄合照，愚以守座，独未参与。至于今日，愚乃深悔当时未尝拼一举踵之劳，以结好于欢喜佛，则愚与秋姑或未必不欢而散，至有今日之变也。

秋姑摄影既竣，复还座稍憩，始梭巡觅归途。是日，愚殆以兴奋过度，益以跋涉过劳，乍返旅邸，即觉头目森森，胸次勿舒，及晚而寒热作，盖病矣。

愚体质素健，终年罕有病，而旅中遽感不适，遂使秋姑大惶急。然愚自度仅偶患感冒，稍稍出汗即愈。秋姑欲为愚延医，愚止之，第蒙被而卧。是晚，秋姑为愚购桂圆一盒来，亲去其壳核，煮之食愚，复侍愚眠，时时问寒暖，几于目不交睫。愚致谓秋姑于六年以来，事愚维谨，凡此温存熨贴之情，固深镌愚之脑海，终愚之生，亦未能或忘也。

《社会日报》1939 年 9 月 9 日

十

秋姑于愚之病，惶惑终宵，幸愚健硕，复赖秋姑熨贴慰抚，翌晨即所患若失，惟两股犹乏力耳！以秋姑家人已部署于此日扫墓，于是愚亦从秋姑后，雇舟赴茅家埠，登陆行二里，而抵茔地。愚遂与秋姑共展其先祖之墓，秋姑令我谒拜，愚鞠躬尽礼，此时盖不仅秋姑已以夫婿视我，即其家人，亦罔不视我如家人矣！愚涉笔及此，又不禁泪为之溢，诚以秋姑曩时尝如何寄厚望于我者，而至于今日，愚竟不能与秋姑相始终，意秋姑读吾文，苟稍稍回念向日两人恋嫪之情者，当亦唏嘘勿胜也。

展墓之事既蒇，小憩于守茔人之家，其家后园有桃树，花方盛开，愚与秋姑踯躅其间，仿佛又还至初识秋姑时，“灯前月下嬉戏处，桃杏依稀香暗度”之情景，愚因语秋姑曰：“此时真可谓人面桃花相映红矣！”秋姑曰：“然则君盍为我折一枝下来。”愚颔首，折其茂盛者一株予秋姑，微吟“莫待无花空折枝”之句，秋姑解诗中之意，则又相对莞尔。

守茔人夫妇贫窭而丰于情感，于吾侪之莅止，欢喜无量，数数晋茶，又啧啧称秋姑曰：“不意大小姐乃长成如许矣！犹意向时见大小姐，尚是孩提也。”愚与秋姑乃厚赏彼夫妇而与辞，迤逦复还维舟之地，途中往返可四五里，愚于病后，竟不觉跋涉之劳，则秋姑盈盈浅笑于愚侧，足以使愚尽忘一切疾苦也。然万不料愚与秋姑，终乃勿能偕白首。念昔日守茔人家后园之一幕，愚又何能遏“人面不知何处去，桃花依旧笑春风”之痛乎？

《社会日报》1939年9月10日

十一

自茅家埠展墓归来后，于旅舍中稍憩，仍与秋姑出为小游。秋姑生长于斯邦，而愚为初来，故伴愚浏览各处也。愚初莅杭垣，即觉印象弥佳，以为杭州水木明瑟，真不愧天堂之称。故尝语秋姑，谓他日苟能与卿偕老于湖边，于愿亦足矣。愚游孤山诗，所以有“绝怜西子多殊色，正愿柔乡视此陬”之句，何尝勿愿与秋姑共诣白首？方吾与秋姑，互相恋惜之际，固不料三年以后，亦复有劳燕分飞之一日也！

在湖滨旅舍逗留者又一日，翌晨微雨，愚与秋姑于雨中往市上购土产若干事，持归旅邸，而以下午之特别快车返上海，车启轫时，愚凭窗以望车站上旅客纷扰之状，觉此心恋恋，良不忍舍，盖杭州自来即以风物闲美著名于世，况又为吾秋姑诞生之地，以是愚于秋姑，乃倍有好感。今将别去，不能无怅怅。愚于一游览之地尚且如此，况六年来相依为命之侣，一旦判袂，能无酸痛乎？

车中，与秋姑互为“打亨”之戏，则愚虑车中无聊，先于肆中购得小扑克牌一副，欲赖此以破沉寂也。是晚以六时许抵上海，止于秋姑家共进晚餐。愚与秋姑离沪作远行，此为第一次，明日当复述青阳港赏月事。

《社会日报》1939 年 9 月 11 日

十二

是为二十五年之中秋节，冠生园主人招待吾侪，作青阳港赏月旅行。事先诸友各邀隽侣，张昭绥兄携其姬人丽云，唐瑜约黎明健女士，胥准备于青阳港度良宵，愚亦与秋姑俱焉。北站特为此次旅行备专车，于下午二时许西发，未及二小时而抵青阳港。秋姑凌晨时稍感不适，愚虑其体力勿胜，然在车中，秋姑谈笑殊欢，盖四座皆稔人也。车既戛然止，愚乃挽秋姑下，过一长桥，止于铁路饭店，店滨水而筑，遍张欢迎旗帜并标语。略进茶，同行诸友，有荡舟溪中者，有趋运动场作秋千之戏者，愚则与秋姑蹀躞于园中，秋姑在肄业学校时，亦擅为秋千戏，丽云女士怂恿之，秋姑遽一跃登架，荡数匝，愚辄为之惴惴，而秋姑夷如。愚知秋姑晨间不适，以此游而瘳矣！已而，灵犀忽倡为昆山之游，修梅、秋雁、昭绥诸兄，佥从其议。愚恐秋姑不能胜远足之劳，欲留，而秋姑之兴转甚豪，曰：“君如愿往，吾当后从。”于是吾侪一行，乃徒步而往昆山，跋涉至七里之遥。既抵昆山，秋姑已疲苶勿胜，然犹于夜风披拂中，随愚与昭绥伉俪，力登马鞍山之巅也。

《社会日报》1939 年 9 月 12 日

十三

汤修梅兄，于昆山为旧游之地，遂为吾侪任向导，于夜色苍茫中，游亭林公园，即在马鞍山下，及愚与秋姑并昭绥伉俪，踊跃登玉峰之巅，则已皓魄上涌，山径殊崎岖，幸秋姑所履，为平地皮鞋，始勿虑崎岖。在玉峰高处，俯瞰原野，则月华朗照，山外一长溪，浴于银光之下，乃如千丈白练，厥景幽绝，遂不觉意兴飙举，效《泰山情侣》中韦斯默勒之声口，砉然作长啸。惜山风甚厉，愚与秋姑，胥不胜瑟缩，勿能久驻足。寻乃循别径而下，进晚餐于盛兴馆，愚记忆力素弱，然于此次游踪，则记之殊审，亦以此游之乐，勿易淡忘也。

盛兴馆之菜殽，甚饶风味，以是亦为秋姑所嗜，秋姑语愚曰："今日跋涉虽劳，然得此佳馔，亦足稍偿损失。"餐已，蹀躞长街，别意至恋恋，寻雇人力车数乘，驰返青阳港，时园中电炬遍张，有梁女士在场歌粤曲，盖冠生园主人邀来娱宾者也。九时后，鸣笛聚众。诸友遂复集于车站，而附西来之车还上海。车中，秋姑嬲愚歌《起解》之慢板，愚于此剧唱词，实不能尽忆，于是秋姑为愚赓续之，此际情景，又何尝殊于闺中之唱随？今团圆佳节，屈指又复将届，而秋姑之踪影遽杳，缅怀旧游，怅触曷极。

《社会日报》1939 年 9 月 13 日

十四

愚向作本事诗，有一绝曰："明笺叶华诉相思，绝念娥眉婉转时。何事引刀轻一割，银绡和泪湿胭脂。"此在愚与秋姑，六年来缠绵悱恻之历史中，盖占有重要之一页者。愚尝言之，愚虽怜爱秋姑，然自衡力不足以庇秋姑，故往往劝其遣嫁，而秋姑勿欲。有一时期,愚力图与秋姑疏,欲使秋姑勿复以愚之故,而误其可贵之青春。一日,忽接大东旅社侍者递来一函,审其笔迹,知发自秋姑。而函中乃附一绢帕,折叠成方形,展视之,忽睹其上猩红一片,斑斑皆血泪之痕,大骇,亟披阅函中语,其词凄怨,责愚薄幸,至谓:“君苟勿从吾所求,惟一死以谢君。”而帕上血迹,则秋姑破指染成者也。夫人非草木,孰能无情?愚初勿料秋姑爱我之心,乃坚决若是,读吾文者,试思愚于此时,舍俯如其请外,更有何法,可以慰秋姑?于是不遑治事,坌息而登大东旅社之楼,叩秋姑所辟一室之扉而入,则秋姑方嘤嘤啜泣于榻上,验视其柔荑,有纱布一环,绕其食指。愚大不忍,抚慰之,而有侍者敲门入,察视吾俩情状,乃为告诫之词曰:“幸勿酿意外之祸,吾侪责任重也。”愚询侍者以故,侍者指秋姑曰:“顷者彼命吾取一剪,吾勿审其何用?然彼以一函,嘱吾侪送至报社,视其面,泪痕犹湿,似方恸哭,虑意外事发生,吾侪勿能勿致关切之意,客幸恕我喋喋。”愚乃挥之使去曰:“有吾在,可以无碍。”

《社会日报》1939 年 9 月 14 日

十五

侍者既退,愚唤咻秋姑,辄亦不禁泪下,盖为秋姑之热情所感动矣。于是愚掖秋姑起,为秋姑拭泪,恳切告之曰:“卿情深如是,吾宁能无动。第吾早已授室,此为卿所审知,从卿之命,虑使卿委屈耳。”秋姑闻言,则色然以喜曰:“然则君殆允吾之请矣!”愚颔之。秋姑曰:“但愿君能善视我,当誓与君相始终,名分末节耳!毋损于尔我情好也。”秋姑之言如是,愚乃勿复能推诿,第语于秋姑曰:“为汝终身计，吾侪当从长计议。”

愚初与秋姑所辟室，亦为大东之三楼，初不料一宵缱绻，乃种此日秋姑倾心事我之因。而秋姑之所以辟室是间者，亦知其存有深意也。事后，愚与秋姑血泪之帕，特为配一玻璃镜框，纳诸其中，悬于治事之所，珍视逾恒，并以是而有“明笺叶华诉相思，绝念娥眉婉转时。何事引刀轻一割，银绡和泪湿胭脂”一诗之作。

愚述此事，良深悲酸，诚以秋姑当时于愚一往深情，至有此哀感顽艳之演出，以为若秋姑之多情，实世所罕觏。然而至于今日，事实之演变又如何？秋姑以血帕贻我时，愚委婉而从其请，数年以来，亦尝尽我之力，以报秋姑，而转瞬之间，秋姑且视我如陌路矣！万不料秋姑当年之以死相挟者，乃为欲于此日，使愚一尝失恋之况味？世间女子，良不乏玩弄男子于股掌之间者，然秋姑非其人，亦不当施诸于我，顾结局竟如斯，真使愚为之啼笑皆非矣！

《社会日报》1939 年 9 月 15 日

十六

《秋闱痛语》写至今日，决定中辍，一以过去之事，言之徒增惆怅，二则愚与秋姑，相处六年，缠绵悱恻之情，即罄数十万言亦勿能尽，日占本报篇幅，亦庶无谓。愚与秋姑中道仳离，在愚固怅触万端勿能自已，然在秋姑，亦未尝不引为创痛。秋姑日日读吾之文，虑彼亦至感勿安，于是愚乃决定中辍吾文，读者之中不乏询问单印本出版之期者。此一美意，亦惟有辜负而已！

瘦鹃、慕琴两先生告我，谓少年时期亦曾伤于情爱，备尝烦恼，空我上人且不讳言其过去之恋爱史，谓能自我牺牲，以玉成他人好事，最为上策。愚与秋姑，当初又何尝不力自引退，然而秋姑勿许，至以死相要(大东旅社为第一次，其后更有第二次，则真欲服毒，而为愚奋力夺下者也)，愚遂不得不向秋姑屈膝称臣。愚尝语秋姑："自是以后，吾侪勿应暌离矣！"秋姑曰："此尚待言乎？"愚生平于情场之事，深自惴惴，惧罹创痛，勿敢沾惹，而终乃不能避免此悲惨之局，愚盖深自悔悚矣！

《社会日报》1939年9月16日

秋窗夜话

轰饮于慕琴府上

中秋之前一日，为丁慕琴先生弧辰，于是吾侪又轰饮于丁先生府上矣。丁师母以及一英小姐劝酒之厉害，凡曾叨扰丁府者，殆无勿知之。而是夕复有顾家一双姊妹花，代主人翁遍敬吾侪酒，两人中妹尤绝艳，询诸慕老，始悉乃洞僧先生掌珠，愚本勿善饮，而顾氏姊妹劝酒弥殷，愚以是又醉。醉后讽吟大郎"虽然同是丁家客，不敢人前仔细看"之句，盖谓顾家小妹也。梦云亦言顾小姐绝色，近所罕觏，因即席赋一诗示愚。灵犀兄和之，愚无此敏捷才调，然寖亦成一绝曰："近来忽觉量兼人，何况琼筵接上邻。自有玉纤行酒后，秋闱余痛一时湮。"盖书生狂狷之习，都不易湔除也。于丁家之宴散后，一行人复趋而至大华，周錬霞女士与吾侪俱，錬霞女士勿仅书画并美，舞亦绝佳，愚呼之曰"一代艺人"，女士辄谦逊曰："是但一代不如一代耳！"其出语风趣，无怪《社日》读者，念念于《幼之年》之辍而复作，时有问讯之函，投登先生之阁也。

王小逸先生之尊人逝世，将于下月一日，在普济寺设奠。小逸先生，即为本报写《隽侣榜》之捉刀人也。得先生来讣，乃知小逸先生别有一名曰“次鑫”，此亦如秋虫兄之曰“张一沤”，为吾侪所未知者。小逸先生尊人，乃于癸卯南乡试中举人，官至内阁中书，是小逸先生，且为簪缨世系，今乃隐于稗官小说，世乱年荒之际，百无可为，先生殆假此自遣耳。

婴宁

《小说日报》1939年9月28日

偶遘秋姑

民国二十八年之中秋，愚又为一宵狂欢，且观剧于时代，与灵犀、楚绥二兄，并桐韵阿媛、二媛俱在。蒋慕萍之《失空斩》，秋云艳之《鸿鸾禧》，俱甚可以。然不幸而一拂逆之事，则秋姑亦出现于座上，愚见其局蹐之状，知彼近况亦不甚佳，意良久勿忍，欲先行，而灵犀、楚绥两兄勿许。至终场，目送秋姑冉冉去，终未通一语，愚于是长叹曰：“今后真成陌路萧郎矣。”灵、楚二兄欲归，遂各别去。愚茫茫无所适，则一人走大华，复又驱车西驰，在伊文泰、惠尔康两处，逗留至向明乃归。今年中秋节，遂如此度过，追溯当年与秋姑游青阳港，自青阳港远足至昆山，于月夜登玉峰之巅，此景犹如昨也，然而不堪回首矣。

大郎不悉《茶山情歌》全词（见今日《刘郎杂写》），愚固知之甚审也。《茶山情歌》之原词曰：

天会老，地会荒，花会残，月会缺，我俩的爱情呀，永远像中秋月。

曼丽，我爱你，从今以后，再也不愿分离，永远在这里，我希望你，永远像茶花一样的美丽。

亚孟，我爱你，从今以后，再也不愿分离，永远在这里，我希望你，永远像明月一样的皎洁。

天会老，地会荒，花会残，月会缺，我俩的爱情呀，永远像中秋月！

方愚与秋姑双栖汉上时，秋姑以此曲授我，愚遂能歌此且熟，然而当日之以“再也不要分离”相誓者，今且如何？今则“我俩的爱情呀，已经是破产了！”言之真可痛也。

《小说日报》1939年9月29日

顾氏姊妹事

愚前记顾氏姊妹事，丁慕琴先生以电话告我，始悉有两点错误：其一，顾氏姊妹，为顾宏声先生掌珠，而是洞僧先生之侄女，洞僧先生且已谢世也；其二，吾侪称为绝艳者，实是其姊氏。顾氏姊妹，姊名文绮，妹名文绢。文绮为宏声先生螟蛉女，以自幼即寄膝下，故宏声先生抚之如己出，而文绮小姐事亲亦至孝，慕老告诉我，谓文绮小姐此尚就读于大学，工书而能画，画即慕老所亲授。梦云谓文绮小姐为慕老所录掌珠，实亦误，盖女弟子耳。文绮小姐不仅美而慧，且其性静婉，宏声先生督之初勿严，而文绮小姐能自约束，惟耽于学，故宏声先生钟爱文绮，有时尤甚于文绢，文绢则亲出也。吾谓顾氏一双姊妹花，皆是美材，而文绮小姐尤纤妍多佳致，吾侪虽与初晋接，辄觉其为人之温熙柔嘉，有使人为之婵媛勿已者，愚当时有诗曰：“近来忽觉量兼人，何况琼筵接上邻。自有玉纤行酒后，秋闱余痛一时湮。”语或近唐突，则书生狂悖之习，勿易湔除，惟在慕老前辈，能谅宥之耳。

女诗人宓令，前夕忽与一客偕临大华，宓诗人于大华，殆不常至，若吾侪几日日逗留于大华，遘宓诗人犹为第一次也。宓诗人答愚一诗，至今此一重公案，犹未能弄得明白，乃甚欲就宓诗人一叩之，然宓所随一客，非愚所识，勿敢唐突，涂雅集星期日之茶会，韦陀兄邀愚列席，使宓诗人亦翩然莅止者，愚或终能偿此愿也。

《小说日报》1939 年 9 月 30 日

蝶衣多情人

白雪于其《泼墨》中述王爱丽事，忽兼及下走，并告下走曰：“蝶衣多情人，甚毋坠其术中也。”其实愚始识爱丽，犹在辣斐舞厅时期，彼时同舞爱丽者，尚有吾友红鲤，然自爱丽移植大东后，即相间疏。偶在舞榭相值，亦仅一颔首而已。愚于爱丽，所能追维者，则爱丽舞腰甚轻柔，与之谈，亦有温存熨帖之致，其人实纯厚，非如白雪笔下之可畏也。下走浪迹舞场，阅历多矣！即以爱丽为舞伴，亦不虑为彼所惑，况疏阔已久乎？

慕琴先生阅吾昨日所记，乃有书来，谓愚所记尚有误，则文绻小姐，愚书为“文绢”。又文绮、文绻姊妹，确尝以父礼事慕老，愚谓仅是女弟子，此两误也。慕老属勿以原书发表，然慕老行文美，辄仍照刊其函于此，也好省得我再写一遍也。

蝶衣我兄：

今日《说日》上更正，还有一些弄错，本来无纠正的必要，不过事实是我告诉你的，那万不能含糊的，就是文绮、文绻（绢也错的，那没有关系）倒的的确确是我们正式的干女，行过大礼的，倘使她们见了今天的报，心里一定要疑心我不承认她们俩是干女儿了！你说对吗？文绻在上学期也进美专专攻图画了，她对于旧剧很感到兴趣，现在聘了李琴仙在家学习青衫戏，《探母》《六月雪》等已能上弦对付，几时有空，叫她来试试新声如何？文绮身弱多病，是个林黛玉典型的小姐。文绻娇憨，完全小孩子脾气，所以这两位小姐，是值得人家赞美的。完了！再见吧！祝你幸福！

弟悚顿首（九·三〇）

《小说日报》1939 年 10 月 1 日

涂雅集诸君

与涂雅集诸君子论交者，得晚蘋、漫郎、哀王孙数人，诸君写舞文之美，俱为下走所歆服。而近楼、晚甘侯、苏三、卜卜跳诸君，则亦于昨日涂雅集上，一一识荆矣。涂雅集越两星期辄举行宴集一次，愚以韦陀兄邀，亦列席于昨日之茶叙。近楼先生著《近楼浪墨》，向为愚所爱读，近且付诸剞劂，书以线装，精美恰称其文，愚乞韦陀兄索得一本，因复请于哀王孙兄。兄为本报写《王孙小语》，兼有发表他报者，殆亦可裒集成帙，愿王孙兄亦辑成一集，庶几吾侪时得佳文以读之。王孙兄故谦谦，谓勿敢灾枣梨，实逊词耳。诸君多有问愚《秋闱痛语》者，愚但亟亟询宓诗人来与不来？诸君俱言，若晚蘋至，宓令当能偕来。然是日宓诗人竟不至，则晚蘋兄往速而未遇也。于是愚乃长叹曰:“奈何缘悭若此? 诗人不至,阖座减色矣。”昨日宴叙,于新都七楼举行,愚创议下届改于晚间,假舞场举行之,在舞场中则叙餐以外,兼可起舞,兴会必更佳也。

《小说日报》1939年10月2日

略记顾文绮

愚略记顾文绮女士事于吾报,大郎于《社日》为愚补充之,谓愚遗漏与瞿氏子论婚一节。文绮女士与瞿氏子论婚事,慕琴先生于电话中,亦尝告我,然其说与大郎异,慕老之言曰:“尝有某氏子,亦年少而英俊者,思慕文绮,故订秦晋,文绮小姐拒之,曰:‘君方少年,宜为前程努力,予多病,犹不欲论婚也。’此事遂勿谐。”慕老所言,殆即指瞿氏子。故慕老在电话中,又以蹇修之责委下走,谓:“文绮尝言,将效北宫婴儿,抱独身主义以终。然其人美秀能文,宜得一博雅君子以偶之。”是文绮女士,固犹未尝字人也。瞿氏子外,文绮女士之尊人,又尝欲为文绮论婚于一怡,然一怡方有远行,事亦搁置,此则当又为大郎兄所勿知矣。

一生多累,只为柔肠,自遘秋闱之痛,遂欲寄情于歌舞声色之场,稍遣忧伤。然检阅当前,独多怅触,遭逢不偶之人,更无一事足以怯我愁怀。近时以来,逗留大华之日为多,华灯玳席,情景依旧,而人事已非,将谓稍遣忧伤者,转兹于悒,于是又欲自誓,自今以后,勿复更事宵游,顾影踯躅,惟有踽凉,迹我此生,殆勿复有望矣。系以一诗,志我伤痛:

依然玳席接华灯，只有双鬟唤不应。

此夕临场如入定，更无一事可欢腾。

《小说日报》1939年10月3日

三那招宴

苏三那兄，招宴于桐韵妆阁，愚辞而未赴，第纳十金有花税，饬车夫赉往。桐韵家为二媛，愚尝言可以倾心刻骨者。然下走自遘秋闱之变，倚红偎翠之心早死，在愚笔底，于宓令、胡燕燕并桐韵二媛，所以屡致仰慕之忱者，亦不过聊自解嘲耳。大郎有言："丹蘋对秋姑无事不求忠恕，则又何必举其所悦之人，以创秋姑之心。"此论实获我心，故愚于桐韵家之宴，终乃辞而不赴，亦以有一二媛在，乃勿愿徒然多事，更惹烦恼也。

更新舞台诸人董兆斌君，设宴于大雅楼上，郑子褒五叔以柬来，遂获见更新四女角于座间，四人中吴素秋与李婉云，谈锋都健，而愚独赏赵金蓉，吴素秋涉世已深，故多阅历之言，而金蓉则憨气未脱，犹天真无邪也。是晚，周瘦鹃先生与观蠡、寄萍、梯维、少卿、舍予诸子俱至，亦一时儁会也。

《小说日报》1939年10月4日

玉蓉将来沪

闻王玉蓉将来上海，屈指愚识玉蓉，忽忽将十年。前岁，玉蓉自春明还沪，愚访之于中国饭店[①]，及晚，共至大华小坐。座上复有

① 中国饭店，位于宁波路贵州路转角。

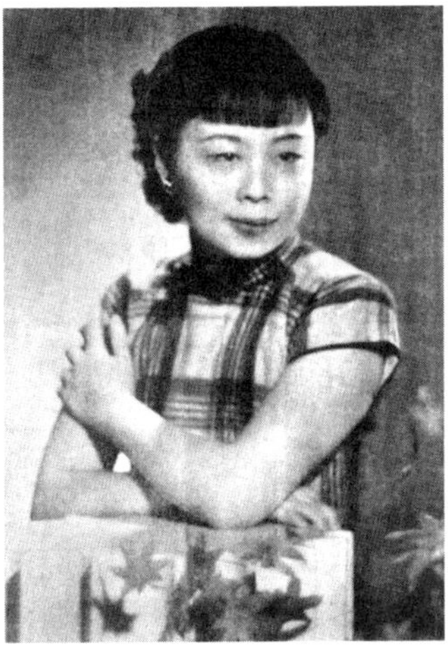

图 17　坤伶王玉蓉，刊于《立言画刊》1940 年第 67 期封面

逸芬兄，则亦自京中来也。当时愚曾有一诗，写示玉蓉曰："阔别已疑成陌路，不期重晤尚欢然。近来想见光阴好，玉貌丰腴胜往年。"翌晚，愚宴玉蓉并逸芬兄于市，饭已又共趋国泰，忆是日诸人俱御重裘，则为国历之大除夕也。愚与玉蓉外，复与秋姑为双携，在国泰度岁，睹新旧交替中，舞侣狂欢之情状，此景亦仿佛如昨耳。今玉蓉既腾踔于故都歌坛，且有归来之讯，忝为故人，自不能不谋杯酒之欢，为玉蓉洗尘。惟玉蓉此来，系膺黄金之约，虑或不复有余暇，更与故人共游宴。"旧巢共是衔泥燕，飞上枝头变凤凰"，一念及此，又不禁为之惘然矣！

近来亟亟作迁居之谋，迁居以后之唯一大事，则为秋姑辟一室，遍悬秋姑所有小影于室中，范以镜框。此外凡秋姑贻我之物，若表若帕若绣履，一一配玻匭陈列之。复有秋姑寄我之函，以及手抄之书，亦当悉以付装池，使愚晨夕展对，若秋姑犹在我左右者。当日秋姑以诸物贻我，亦挟有一片热情，则愚于秋姑手泽，宁不当珍视之耶？

《小说日报》1939 年 10 月 5 日

姜云霞

红鲤识菊部女儿姜云霞有年，云霞近在先施乐园演唱，愚数欲嬲之往听，红鲤不从。一夕，红鲤不知如何，忽然有兴，与不饮冰生共登乐园之楼，云霞是夕演《七剑八侠》，红鲤至时，云霞正在台上，但只唱了四句摇板，匆匆即下，一等等了一个多钟头，云霞竟不出台。而台上之大开打，则愈打愈结棍，杂以观众喧蹷叫嚣之声，红鲤勿能耐，匆匆拽不饮冰生行，于是云霞竟不知红鲤是夕曾来场中。翌日，红鲤述其事于愚，愚辄大笑曰："足下奈何不从我而行，苟我而在场，则必为汝跑向后台，找小胖子何海生，使海生弟报与云霞，当不致使足下虚此一行。若不饮冰生则矜饰之人，安能为足下谋乎？"

分币券发行后，市上流通者，依然甚少。其原因有二：一，烟兑店居奇；二，有许多人当它古董一般看待，收藏起来舍不得花。于是分币缺乏之恐慌，依然如故。有人遂言："初希望中央银行能将剩余之分币券，早日续发外，更宜于发行之时，将票子折之叠之，使有皱纹，如此则一般人当不致为了吝惜新票子，因而囤积起来。"愚有一戚，服务于银行，分币券发行之日，拎了一大捆新票子回家，其数达四五千张，亦囤积而不用。四五千张之为数，不可谓不巨，然核计之亦仅四五十元而已。盖一分之分币券，十元钱即可兑千张也。一人之囤积达四五千张，苟有百人，即是四五十万张。安怪分币券在市上，仍如凤毛麟角，不可多得乎。

《小说日报》1939 年 10 月 6 日

舞场经理

友人之任舞场经理者，得两人，一云裳周世勋，一国泰顾笑缘，两兄胥十年老友矣。云裳为愚常至，国泰虽难得一去，然尝有一年，与今之名女伶王玉蓉，曾于是间度岁，故国泰在愚印象中，亦复甚佳。星期四之夕，愚过国泰，忽值漫郎、韦陀、白婴诸兄于门首，遂入内小坐。漫郎兄写舞文绝美，吾报《小舞场》迩方刊其《从舞小志》。漫郎兄之舞，完全标准舞步，其所识一舞女，曰王美珍者，容态柔冶，为国泰一隽。漫郎兄与愚为介，起与美珍小姐为婆娑，愚向来跳舞只会自由步，以漫郎兄舞技之精纯，遂使愚临场为怯，然美珍小姐之舞腰殊轻健，因叹漫郎兄之赏识为不虚。此外国泰复有一女昳丽，则为吾友韦陀所巨赏之顾凤兰。凤兰南翔人，货腰于舞榭者有年，其人温婉而工媚，吾友韦陀为一鲁男子，然于凤兰，亦不觉致其倾倒之忱焉。是晚，于国泰散后，复趋而至大华，漫郎慑于阃威，早归，愚与韦陀、白婴诸兄俱，携舞人凡三，顾凤兰外，复约逍遥之张君与王弟弟，其后王慧琴亦来，则大郎笔下苏小乡亲也。是日在大华，又复通宵，长夜漫漫中，愚为四舞人各写一诗，诗另刊《社日》，此处不复录矣。

《小说日报》1939 年 10 月 7 日

玉狸来沪

玉狸自香港来数日矣。昨始及晤，问玉狸在港，游宴之兴如何？玉狸第蹙额曰："港地逼窄，可以遣兴之处寥寥，以是乞假来海上，稍作盘桓，后此或将入滇蜀，勿审何时可以还上海矣。"因问下走，近来生活如何？愚曰："亦惟沉闷耳！恐犹不如足下在香港。"玉狸曰："上海可以资夜游者，地方较多，当然容易出惯头，香港如何能同日语？"玉狸居香港已两年，所以觉香港之不足以恋恋，其实吾侪在上海，可以浪游之地虽多，然每天跑惯了，也不过是那么几处地方，日子一久，同样感觉乏味。愚去年在香港，尝为两月之栖迟，然以人事碌碌，未遑为畅游，并浅水湾亦未尝至。因告玉狸，下走在海上居，亦且厌倦矣！月前春鸿居士有书见招，尝拟再度作港行。不意欧战发生，春鸿与其友人所谋遂不成，愚之港行亦罢。然有机缘，吾仍当屏当南行，作天涯浪子，而觅足下于汇丰六楼也。

玉狸劝我，宜稍稍杀秋闱之痛，不谓上海报上记事，远在香港之老友，亦复深致关切。愚因告玉狸曰："迩时已为孑然一身，故港行不复有挂碍，可以从诸君子游矣。"玉狸此来，仅逗留二星期，月内即将南去。因与玉狸坚订后约，并托转请于春鸿，苟旧约而能复实现者，则愿早日以书来，婴宁在海上，郁塞而无聊，又欲向天涯海角，作流亡之人矣。

《小说日报》1939 年 10 月 8 日

《游龙戏凤》

云裳舞厅于星六之夕，有平剧彩排，为安叔韵与一小女伶演《游龙戏凤》，报端广告，美其名曰《一夜皇后》，世勋老友之噱头真不小也。愚日来抑塞无聊，惟狂走舞场以遣兴。星六之夕，乃亦为《一夜皇后》之噱头所吸引，以十时许至云裳，场中乃遇白凤、一方诸兄。白凤召朱爱莉侍坐，一方则携其旧侣燕儿来。爱莉为云裳一隽，白凤兄嘱愚试其轻腰，信乎美材。燕儿昔在逍遥，与姚筱莉齐名，今筱莉已死，燕儿容色虽犹未逊其光艳，然活泼已远勿如前。与话前尘，燕儿亦辄唏嘘勿胜也。未几，大郎、笑缘、勃罗、佩之诸兄俱来，四座皆稔友，于是吾侪乃欢抃一时。勃罗兄携大新之柳凤弟同至，凤弟有诨号"小宁波"，其娇小轻盈可想。是晚，愚遂得一舞朱爱莉，二舞燕儿，三舞柳凤弟，别有云裳舞人陆文君，舞技之美，尤冠诸人上。然其人乃言，向来不会坐汽车，一坐汽车即欲呕吐，此则使人诧为奇闻矣。《一夜皇后》平剧，于二时半登场，场中铺设一地毡，两人即于其上演唱，而舞则暂停。客人在跳舞场中坐到两三点钟，都不免有倦意，乃以彩排娱来宾耳目，世勋之策善也。

《小说日报》1939 年 10 月 9 日

《王熙凤大闹宁国府》

《红楼梦》小说，全书冗长，人物又复杂，愚数数读之，终未能终篇，然其中片段描写，自饶情味，最近华新制片厂撷取其中数章，摄成电影，曰《王熙凤大闹宁国府》，盖即述贾琏纳宠，尤氏姊妹惨死事也。愚连宵走舞场，亦渐苦乏味，昨晚，遂一入观是片于新光。顾兰君演戏，能刻画人物个性，愚自初观其演《桃李争春》，即以为此人甚能做戏。年来兰君享誉隆矣，于是片中，状王熙凤阴鸷之性如绘，兰君自不愧银幕美材。而白虹反串贾蓉，尤娇憨可喜。此外，李红、黄耐霜亦甚好，碌碌无所表见者，仅一梅熹耳。愚以为苟易梅熹而为刘琼，演出必更佳。自以为小生演反派戏，无有能佳于刘琼者，刘琼私生活又严肃，因之觉其人可爱，无殊愚当日之视顾兰君。然梅熹演戏，亦自可取，如《木兰从军》之刘元度，既非刘琼所能胜任。愚第言琏二爷之个性，刘琼较合耳。摄红楼戏最不易者，

图 18　顾兰君，刊于《电声》1939 年第 8 卷第 2 期

即大观园之布景，不能不讲究，此片中所见，知华新为布景所耗之工本綦巨，惜未能摄为五彩片，否则当更宏丽耳。

《小说日报》1939 年 10 月 10 日

汉皋旧影

方愚与秋姑双栖汉上时，所摄之影甚伙，武昌之黄鹄矶头，汉郊之中山公园，罔不有吾侪踪迹。时予表妹杜希英与其藁砧陈耀清律师，亦居汉上。耀清能摄影，于是吾侪游踪所至，辄时时摄入镜头，而取景于中山公园者尤多。一日雪后，予与秋姑冒严寒，趋车游中山公园，以未及邀耀清伉俪，乃匄园中照相师，为吾侪留数影。其中一帧，则摄于蒋委员长铜像之前，时积雪犹未消，予与秋姑骈肩立石阶上，吾两人之后，即为巍峨高耸之委员长铜像，此实予与秋姑合摄诸影中，最可珍视之一页，盖铜像于战后，传已毁损，在画图中将成为一陈迹也。此影予处犹存一帧，别有予一人之影，亦摄于是役者，则今恐仍悬于秋姑妆阁也。

图 19　汉口中山公园铜像，刊于《天文台》1936 年第 5 期

数日不话秋姑之事，而于友人笔底，近来乃愈演愈奇特，几使愚辩释无从。其实愚与秋姑虽分袂，特小不慊耳。愚初不望如延津之复合，于文中亦尝数言之矣。灵犀、楚绥、一方诸兄，欲以古押衙自任，是朋友热心，若谓有什么秋蝶重合运动委员会之组织，此则不仅将事态看得过于严重，抑且太渺视了下走，愚与秋姑复合，岂不可能？愚特自不欲耳！书此以为朋友告，可以勿劳为下走担心矣。

《小说日报》1939年10月11日

云裳舞厅

双十节之晚，复与吾友白凤生，约晤于云裳。愚之走舞场，既不是对跳舞有特殊兴趣，亦不是要想在峨眉深队里寻觅一心上温馨之侣，使必言目的，则殆在消磨壮志而已。故愚尝发为戒绝宵游之愿者，终未能实践吾言，寖至变本加厉，走一家舞场不足，一夕之间，且往往遍走数舞场。如双十节之晚，既晤白凤生于云裳，以是夕舞侣之莅云裳者众，场中拥挤勿能舞，则复与白凤生共趋国泰，遂与漫郎、韦陀诸兄值，坐至十一时。以国泰非通宵营业，因又与白凤生觅红鲤、云裳、笑缘诸兄于大都会。而大都会之情状，乃殊寥落，则似又不足以鼓人之兴。欲更趋他处，白凤生以病牙先归，愚创议更赴云裳，则以云裳有平剧彩排，可以遣下半夜之兴也。红鲤是夕，携一吴三娘者俱兴致亦弥佳。既回云裳，则韦陀亦携国泰顾凤兰俱至。凤兰如婴宁之善笑（此婴宁非下走之婴宁，而是《聊斋志异》中之婴宁），笑容媚绝，又能画，灯下乃为愚速写一像。此则江栋良、丁一怡两兄之绝技，不图一火山[①]女儿，亦擅此二十四纪之艺术也。以是愚辄复诵曩夕在大华为顾凤兰所作之诗曰："纤攖窄袖怯新寒，笑靥绝宜灯下看。未必幽香在空谷，斯人吹气亦如兰。"凤老命吾笔之于纸，属愚讲解之，寖复投之于箧中，此则"若得

① "火山"，为舞榭切口，指舞场。

常将红袖拂，也应胜似碧纱笼。”[①]盖两兼之矣。于是下走之狂奴故态又复萌，平剧彩排终了后，诸兄陆续去，愚之兴未尽，犹一人独留，而与云裳舞人陆文君相躧步。文君亦吾友舞侣，然其人舞美，吾辄不避僭越之嫌，而欲据为己有，从知愚是日兴会之佳。此记以告诸友，以见下走迩来，固颇能自遣忧伤也。

《小说日报》1939 年 10 月 12 日

吾友韦陀

吾友韦陀，捧贺蝶成名，而贺蝶殉情死；捧王亦芬至红，而王亦芬亦望望然远吾友以去。今又出余绪捧顾凤兰，凤兰以照片授吾友，曰：“为我在报端刊之，要大一点！”吾友应曰：“诺！诺！”已而叹曰：“要捧个把舞女，使她名藉藉于当时，原非难事，特恐枉费心机，又为荷、王之续耳。”吾友痴于情，故其发语亦绝痴。其实跳舞女与捧舞女，同样为尽义务，既不想将舞女娶回家里去，则捧之使之成名，然后功成身退，此实最适当之办法。愚夙抱恋爱至上主义，以为精神上之恋爱胜利，则肉体上之恋爱，纵失败亦无妨，譬如愚与秋姑，闻其近来生活，已稍稍富裕，辄为之大慰曰：“也算向平心愿了，祝她极贵又长生。”韦陀吾友，亦宜效法下走，勿必斤斤于得失之间也。

一舞女下海不久，有著誉于银幕上之艺人，数与之舞。一夕，有电话自惠尔康来，速女市券往。电话非女自接，传言者第曰：“有某姓客召汝至惠尔康。”于是其邻座姊妹猜测，此当是某艺人也。

① 此诗原文为：魏野《题僧寺》：“世情冷暖由分别，何必区区较异同。但得常将红袖拂，也应胜似碧纱笼。”蝶衣此处为“若得常将红袖拂”。

然女竟未应召而往。一客知其事,询女何故勿去?女乃侃侃而陈曰:“此去路途遥远,汽车之费,倒要去其二三金,使此人仅给我十金,则除去车资外,予实际所得,仅三四金耳!此间自有舞客,他去悉为?”客曰:“人家打电话来请到你,哪里会不给车资?况召汝者,非某电影明星耶?”女乃作鄙夷状曰:“正因彼为电影明星耳!人家看到了,还只道我跟了他跑,在转他念头,此言一传,吾业隳矣!”客闻其言,乃大叹服,以为此女鬻舞才不久,而识见之高乃如是,他日之成名必可期。然有人见女与某艺人舞时,两人之颊紧贴,是女固非不悦艺人者,特在人前勿肯自承,而惠尔康应召之客,或非某艺人耳。

图20 红舞星贺蝶,刊于《跳舞世界》1937年第2卷第29期

《小说日报》1939年10月13日

大加利之会

涂雅集大加利[1]之会,愚又以局外之人,参与其间,以为是夕宓令女士当能来,不谓晚蘋兄匆匆至,乃携来宓诗人辍舞待嫁消息,是无怪下走数过大新,辄勿见诗人踪迹,盖退藏于密矣。愚尝三赠宓诗人诗,以是日前《东方》报上,垚三先生有“多情公子酬三简”之吟,其实愚非多情,特多事而已!七夕之会,以闻诗人将嫁之讯,辄深悒悒,幸座间乃有一刘莉莉女士,白婴兄携之来,明眸善睐,慧黠

① 大加利中西菜社,位于北京路813号。

能言，亦足以为吾侪破岑寂也。

顾孝慧君死矣！顾君与愚治事于一室，然不恒交谈，第知其染病久，尝遍延中西医诊室，终勿效，前日送医院，医言肠已腐，必开刀，不料昨日而噩耗传来矣。愚与灵犀闻讯皆凄惶，乃深慨乎人生如朝露，后此吾侪，正宜及时行乐，若为一女人而忧伤憔悴，实在犯不着，愿与灵犀兄共勉之。

十三日之夜，竟夕大雨。愚是日早眠，迨一觉醒来，竟漫漶而入吾室也。于是家人惊起，相对唏嘘，莫可奈何！榻前有拖鞋之属，胥浸水中，则一一提之起，陈于榻上。凌晨，吾妇戽水多时，房间始能行走。是日，卡尔登日场看客，皆趋楼上，楼下阒无一人，盖亦有水侵入也。从知昨日大水，盖尤甚于前数次矣。

《小说日报》1939 年 10 月 15 日

舞榭闲事

愚平日游踪所至，既以舞榭为多，于是所可记述者，亦惟舞榭间事。星六之晚，初与红鲤约晤于国泰，红鲤将携吴三娘之大华，而愚欲赴云裳访白凤生，遂别。是夕云裳前门浸于水，改从天津路之门行，水亦没胫，乃藉黄包车为渡。咫尺之间，耗小银币一毫，既登楼，忽值严大生牙医师，于是吾侪遂并坐于一桌。白凤生携一女，则傅氏姊妹之一也。愚与白凤生是日皆被酒，而严医师以为愚嗜饮，复呼侍者以黑啤进，却之不可，遂又勉尽少许，其实愚酒量至窄也。严医师与其女弟俱至，介与愚舞，而时计已将近十二时。未几，严医师别去，吾侪寻亦行，以车送傅女士之惠尔康。而愚与白凤又折至大华，则红鲤、大郎、三那并吴三娘、刘叔贞女士皆在，未几一方亦至。是日以街衢间大水,多数人皆阻不得行,于是尽来大华度良宵,大华遂有胜侣如云之盛。桌椅舞池间,占圆径之半,拥挤勿能舞,愚除与吴三娘及淑贞女士,并大华舞人鲍金花各起舞一次外,但作壁上观而已。是日愚自家中出,里弄中亦水势漫漶,虑勿能徒步而过,只得坐一通宵,于四时许出大华,抵家之时,天犹未曙也。

《小说日报》1939 年 10 月 16 日

舞人王亦芬

有人言国泰舞人王亦芬如孩儿面,其实亦芬修长,人亦罕憨稚之气,若于舞人中觅孩儿面,则大东胡弟弟,庶几近之。弟弟两颊,丰腴者稚娃,坐大东天门台,为叶娟娟以后唯一红星,吾友育婴先生,与弟弟至稔,中法大药房苟欲取舞人为孩儿面作广告,当舍王亦芬而择胡弟弟。弟弟照片请育婴先生往索,当是闲话一句也。

在几张戏报上,看到大批蒋慕萍赖婚消息。方蒋慕萍与王小樵订婚后,颇有人为慕萍叫屈,以为慕萍在时代剧场,亦一红角儿,奈何耦一专起家院角色之零碎?(按:王小樵隶黄金大戏院,不甚得志。)而愚之观感则不然,愚在新都电台,曾见慕萍扮戏,其人羸尪,姿色亦勿美,而王小樵固风度翩翩,年事犹少,以慕萍匹小樵,尚是委屈了小樵。今忽有婚变之事,愚以为苟慕萍听得人家替她叫屈,真以为王小樵不配做她丈夫,则小樵于此一段姻缘,就放弃了亦好。慕萍唱唱戏,固然不坏,然凭她那一只番司[①],若谓能嫁得

① “番司”,face 的沪语音译,“面孔”之意。

如何好的一个丈夫，愚实勿信也。

《小说日报》1939年10月17日

误入赌窟

一少女偶游惠尔康，为苹果之戏，攫克扑时间，遽为所中，得六十金，为之狂喜，于是又嬲客人入邻右之一赌窟，以为今日运气甚好，此去博簺或能致胜。女向来未尝为豪赌，故所下之注，最巨不过五元，然未及半小时，其所获得之六十金，已一一掷虚牝，于是懊丧之状，尤甚于未得六十金时。盖如果所博负者，为自己之本金，则不过是赌输了，自叹命运勿佳而已。惟其因为六十块钱乃是赢得来的，赢得之后又如数输去，不但懊丧，而且觉得比输了自己的钱还要肉痛。因信悖人者必悖出，女人家跑赌窟，已经不足为训，何况坐下来作赌客，自然应该叫她将赢得的钱吐将出来，也好让她心里濩涩[1]濩涩也。

涂雅集诸君，颇有能诗者，若近楼、晚蘋、晚甘侯、哀王孙诸兄，胥此中高手。愚有时亦未能免俗，辄为火山女儿写诗一二首。最近以"三投诗简"于宓令女士，且为报间据作话柄。其实货腰女郎若宓令之解诗者，能有几人？我辈亦无非俏媚眼做给瞎子看而已！以是下走乃辄念秋姑，灵犀尝谓："女人要多少！"然能够"懂"一点的，实不多觏。而秋姑则能够"懂"，此所以可念也。

《小说日报》1939年10月18日

---

① "濩涩"，沪语，"窝火，沮丧，懊恼"之意。

蒋九公

在笔头上屡次侵犯下走，而使下走不敢还价者，殆惟蒋九公一人而已！九公在他报，有《新语》之作，当下走自香港归来之日，九公于其文中，著一语曰："蝶衣铩羽而归矣！"如此者凡二度。下走浅陋，几勿审九公笔下之"铩羽"，作何解释？然其为辱下走者殆无疑。秋姑与愚之分袂，九公又得一机会，初于其《新语》中曰："此可为蝶衣贺也。"厥后，复无的放一矢，谓周瘦鹃先生有"秋蝶重合运动委员会"之组织，其意殆曰："蝶衣勿能使秋姑重归其怀抱，乃欲仰仗众友之力也。"此其为蓄意形容下走之无能又可知。日来，复以《社日》一墨水瓶小梓版之图植，亦无故牵涉及下走，而肆其调侃之词曰："即此一错误间，顿觉图中所示，显系对某公子作有力之讽刺。"其下又加以说明曰："盖公子曾因倾倒宓令其人，欲与筵前一晤，而不可得。"于是勿论事实是否如此，而在九公之笔下，总觉得下走不但寒蠢得可怜，而且命运亦至勿济。然下走终勿审一梓版之倒置，对于下走，毕竟讽在哪里？刺在哪里？（九公不但说是"讽刺"，而且说是"有力"的"讽刺"，然下走竟不自觉，可见得下走之麻木。）下走生平，本来肝火甚旺，经不得人家撩拨我。然于九公，则下走习审此君，为一老实人，因疑九公之一再寻衅，目的是要下走光起火来，与之为文字上之周旋。然下走凛于当日九公骂倒大郎之诫，下走生平劣迹甚多，勿若九公之为一正人君子，故深惧亦吃瘪于九公之手，因是对于九公，殊勿敢撄其锋，惟有使下走为之敛手不遑而已！

《小说日报》1939年10月20日

思母

未尝归故里者数年矣！此身漂泊在外，于家人父子之礼亦久疏。昨日，吾妇检点旧箧，忽出吾母遗容，使愚睹之，不禁为之唏嘘泣下。屈指吾母弃养者，且十数年，瘗吾母之柩于乡间，此十数年来，吾返里祭扫者，殆不过三数度。吾有老父，今犹幸健硕，然近年亦居于乡，使愚竟勿能尽人子之礼。大妹纤云，嫁未数年而寡，今与稚妹勤云，胥自食其力于沪上，吾勿能为之庇。二妹瑞云，随其良人远适浙衢，亦未遑通一函，问其近状奚若？下走薄于手足之情又如此！衡下走一生，于家庭间为罪人，于夫妇间，又勿能免薄幸之名，今吾妇且摒挡作还乡之谋，终我此生，于闺房之乐，殆亦勿复有份。然于吾妇之还乡，乃欲寄厚望于我妇，愿我妇于阿翁之前，能代其不长进之夫婿，稍尽人子之礼。长稚两妹，并当重托吾妇，挈之返乡间，以弱女子逐食于外，计亦非得。阿兄虽不肖，然尽吾力以赡一家之人，亦义所勿容辞！但使吾妇与两妹，还家以后，能相处晏然，而吾父亦能得含饴弄孙之乐。一家人自此融融泄泄，则愚在上海，虽苦茕独，亦当肆我心力于事业，勉为一有为之人矣！

《小说日报》1939 年 10 月 21 日

师妹王玉蓉

闻王玉蓉行旌将南指，重晤有日矣！玉蓉尝列名吾师林屋山人膝下，与下走分属师兄妹，于其艺成归来，愿致一语以迎之：夫近年来南北菊部，人才辈出，其中以柔音冶态蜚声于红氍毹上者，正不乏人。然而以江南女儿能熠熠于故都歌坛，使余子为自相顾失色者，殆惟玉蓉一人而已！玉蓉数年以来，亲炙于老伶工王瑶卿[①]之门，能宛转以承老人欢，于是老人乃举其所有之秘本佳剧，悉以援玉蓉。吾人平日读北地报纸，知玉蓉在春明享誉之隆，锋芒之盛，虽前辈现身犹勿及，是岂倖致？要为玉蓉能自奋励，始有今日耳。忆当年新艳秋出唱沪堧之日，年与玉蓉相若，林屋师尝语玉蓉曰："玉华已大红，汝奈何犹落落无遇？"玉蓉大恧，然以此一言，终乃启玉蓉发奋向上之心，而克享大名于今日。惟有志者事竟成，吾于玉蓉此来，固深喜其无负当年林屋师勖勉之意，兼亦欲引玉蓉为鉴，以自砥砺矣！

《小说日报》1939 年 10 月 22 日

周噱头

周世勋兄，善于转念头，因得"周噱头"之号。星六之夕，云裳舞厅例有平剧彩排，顾亚凯君恒于麦格尔风前，向舞侣作报告。前夕，忽易以一牛山濯濯之洋琴鬼[②]，操华语报告彩排时间，众审其音，乃与顾亚凯君无异，无不大诧，寻乃发觉此一洋琴鬼，实与顾亚凯唱双簧，顾隐于乐台之后发言，洋琴鬼第装腔作势而已！于是全场之笑声遂大纵，无不谓这个念头亏周世勋想得出来！真无负其"噱头"之号也！

吾友红虬，曩尝与舞人芸姑娘媛，已育一雏，然吾友多艳遇，近时于芸姑娘之爱，因亦渐衰。芸姑娘鬻舞于大都会，红虬每至，于

① 王瑶卿(1881—1954)，京剧演员，在梨园界被尊为"通天教主"。其父为昆曲演员王绚云。王瑶卿九岁师从田宝林，后拜谢双寿，同时向张芷荃、杜蝶云学青衣和刀马旦。1906 年入同庆班，为谭鑫培所器重，形成独树一帜的"王派"。

② "洋琴鬼"，彼时沪上对乐队里外籍乐手之称呼。

舞芸姑娘外，兼亦舞他人，芸姑娘以是辄有怨怼色。一夕，大都会将散场，芸姑娘欲红虬伴其出外进食，红虬诺之。濒行，红虬又挟别一舞女俱，其人姿色，固非芸姑娘所能逮，芸姑娘用是悒悒。既及餐肆之门，芸姑娘不欲入，红虬力挽之，然终座不发一言，食物亦第勉强进少许而已。愚是夕与红虬同游，睹芸姑娘郁郁寡欢之状，辄觉陌路萧郎，固然可怜，然陌路萧郎，亦未尝不难堪也。

《小说日报》1939 年 10 月 23 日

捧舞女

韦陀先生主捧贺蝶，而贺蝶殉情死；晚蘋先生捧宓令、王珍珍，而宓、王先后嫁。死与嫁俱足以使捧场者伤心，然在舞女，既勿能长保青春，又勿能永远操舞业，则其死与嫁要为不可避免之事。是但在捧场之人，能自己觉得交代得过，既无负于死者嫁者，譬如晚蘋与韦陀，一个是鞠躬尽瘁，“嫁”而后已；一个是鞠躬尽瘁，“死”而后已。像这样的伟大精神，真是值得人钦佩者矣！

大华有舞人曰惠姑，吾友郎先生捧之綦力，为制缠绵词数十章，刊诸报端，惠姑遂以是而红。某日，有一客与白凤生同莅大华，客习闻惠姑之名，而未尝谋面，因是以询白凤。白凤指座中一女告之曰：“若尔人者，即是郎先生笔下之惠姑也。”客曰：“是人享名如斯，勿审其舞何若？吾欲往一试。”已而，客趋与惠姑舞，询之曰：“汝亦识郎先生否？”惠姑曰：“哪一位郎先生耶？”客曰：“即是常在报上捧尔者。”惠姑曰：“吾殊未知，吾舞客中姓郎者甚多，勿审汝何指耳！”客闻惠姑语，辄为之忍俊不禁，以为郎先生之捧惠姑，哪一个不晓得？而惠姑尚欲于人前，诿称勿知。揆惠姑之意，殆深恐承诺识郎先生，人家将疑惠姑与郎，有何关系。是惠姑盖意在撇清，其为此言，或犹自以为慧黠。初勿料使人对于惠姑转生一恶劣印象，以为郎先生捧得你如此起劲，你竟说不认得人！是郎先生赏识之惠姑，特一寡情之人而已！惠姑为人原老实，郎先生之赏识惠姑者亦以此，不料老实人不说老实话，偏要使乖巧，于是而弄巧成拙矣！

《小说日报》1939 年 10 月 24 日

若瓢

所识缁流中，慧海和尚能歌，若瓢和尚能画，皆佛门中风雅弟子也。慧海之歌，尝于丁慕老府上聆之，若瓢画兰，初见之于厕简楼上，夏间，灵犀手中亦有若瓢绘一箑，数笔香草，甚饶雅趣。愚不好收藏扇箑，然有两人之画，皆为愚所喜，一杭州唐云，一释子若瓢。唐云书法亦夭矫有奇致，则勿仅爱其画，且兼爱其字也。

昔李丽梅在维也纳，吾友铁锥先生，为上“弹簧小姐”之号，盖梅身轻如燕，而富有弹性，搂抱在怀，真使人有无所不靡之感。称之曰“弹簧小姐”，盖能名实相符也。今丽都侯罗美亦有“刺激女郎”嘉号，女郎刺激，虽不明其何所取义，然以意度之，当是与弹簧小姐有异曲同工之妙，而“弹簧小姐”亦大可以对“刺激女郎”也。丽梅在舞榭中，不见其芳踪已久，殆早适人，于是遂让刺激女郎独步一时矣。

今年蟹之来源，似不稀少，然为值奇昂。一日，楚绥招饮于同宝泰[①]，以蟹下酒，愚不嗜此物，勉食一只，问其值，则一元才一枚

① 同宝泰，位于四马路（福州路）云南路口。

而已，为之咋舌。若干日前，与白凤生饮于老裕泰[①]，以两元购四蟹，愚已觉其昂，谓犹此每枚售一金者，乃知今年之蟹，真不易吃也。

《小说日报》1939 年 10 月 25 日

中国女子书画会

海上有中国女子书画会之组织，李秋君女士主持其事，而周鍊霞、陈翠娜、吴青霞诸女艺人，俱此中重要分子也。吾妇于此会初创时，亦与其列，然吾妇能画，而勿欲以画显，书画会数数举行展览，吾妇罕以作品参加。最近，书画会于卡德路李秋君女士宅召集会议，筹商展览之事，以通知书致吾妇，速吾妇出席，而寄愚转交。及期，吾妇亦勿往，闻年来会费亦积欠未偿，一若曩时穷困之中国在国联会中情形也。友侪第知蝶衣夫人能画，得妇如此，宜有唱随之乐，乃勿知吾妇于画，一任荒疏，大有"勿摆勒心浪"[②]之概。吾妇绘事，勿能谓恶，使吾妇而能好自为之，画得起劲一点，纵不自己举行个展，亦当于集体之画展，时常参加参加，下走再花一点工夫，捧捧夫人，即不虑吾妇勿能知名于艺坛间。然而吾妇之秉性恬淡，进言胥不纳，使为丈夫者，遂亦无如之何矣！

习闻韩森君之名，韩君创万国舞专于民智里，海上红舞娘，多有出其门下者。前夕游云裳，世勋兄为愚介，乃识其人。愚近拟稍稍习标准舞步，以语韩君。韩君许我为问艺之徒，谓陈君来，吾欢迎且不遑。向时一方兄尝言，韩君为人，极要朋友，今乃知果然也。

① 老裕泰，位于云南路汕头路口。
② "勿摆勒心浪"，沪语，"不放在心上，不当一回事"之意。

下走从舞七八年，一向跳的是自由舞，近与涂雅集诸君子游，诸君子皆擅标准舞，舞姿奇美，于是有时使愚几踌躇勿敢下舞池，今遇韩森君，遂欲从而请益矣。

《小说日报》1939 年 10 月 26 日

弄璋弄瓦

今年相熟诸人中，弄璋弄瓦者纷纷，一方、力更、蝉红诸兄，以及谢家十娘，俱先后得子；慕琴先生夫人，则诞一女；而本报主干毛子佩兄，顷亦有获麟之喜，子佩夫人先后已育五雏，此则为第六胎矣！友人中生产之密，殆无有逾子佩、灵犀者，灵犀儿女绕膝，检点之亦已得六位，今灵犀夫人亦孕，分娩之期且不远。兵荒马乱之世，大家犹能致力于生产，想见心绪之不恶。下走今年，虽亦得一雏，然愚夫妇之间，不相为谋者实已久。一日，吾妇举吾儿告愚曰："此子之生，已六阅月矣！"愚屈指计之，与吾妇未相燕好者，殆在十个月以上。下走未能笃于伉俪之情盖如此。以告灵犀，灵犀辄曰："使易而为我，罢十日且勿能！"闻灵犀之言，辄使下走自叹勿如。然有时见灵犀从袋里摸出一盒一盒丸药来，则下走又未尝不引为庆幸。下走近来耽于宵游，几无日不俾夜作书，然身体依然顽健，一应滋补之药与下走殆无份，此当不能不归功于平时之节欲矣！(不但是节欲，而且是绝欲也。)

战后，吾妇置两雏于乡间，不幸其一病夭。愚自香港归沪后，始使人挈吾长女来海上，长女已六龄，亦届就学之年矣。春间，送之入学校，读半年而中辍，吾妇曰："孩子犹年幼，老早叫她去读书，她也记不得许多！"吾女既辍学，遂日与邻右群儿嬉戏于外。吾妇初勿羁勒之，于是日来乃病，病在食积，以儿童嗜糖。愚遂入中法大药房购果导润肠糖，使吾女服之，顷乃渐渐愈。人到中年，不仅自己哀乐交织，且有儿女之累，足以萦扰心神，至今日而始知为父母者之劬劳矣。

《小说日报》1939年10月27日

买醉之地

近来生活又复日就于颓唐，同宝泰、老裕泰，已常为愚买醉之地，愚本来勿能饮，然近时从楚绥、白凤诸兄习之，有时亦能尽一斝。愚自知量浅，故饮亦勿敢逾度。然每出酒肆之门，恒觉头已岑岑然。更入舞场，则步履欹斜，辄现醉态矣。愚之游舞榭，亦等于饮，既无一可以晤对之对象，亦勿欲别觅寄托之方，所以屡屡游舞场，若乐此不疲者，不过为消磨时间而已！愚在舞场，起舞之时极少，往往枯坐，待夜深则归，如是者殆习以为常，有时寻思，辄亦不知所为何来也？愚既习于颓废，于酣酒看舞之外，近复纵博。一日，晚甘侯兄辟室于大陆，宵深无俚，聚为方城之戏。愚与晚甘侯兄外，一梅娘，一丽娘，胥国泰舞人，自晚一时起，酣战至黎明，而兴犹未尽，复再接再厉，迄晌午始终局。愚往时重以秋姑之劝，戒赌者已近三四年，以大陆之一夕，遂破此戒。愚原勿嗜博，特以埋愁无计，念小博亦良佳，小博不致丧元气，而藉此可以消磨时间，则与饮与舞一例。然自子夜迄停午，似此持久战，实下走向所未习，偶一为之，辄觉苶疲勿胜，虑自此于颓废生活，陷溺日深，且恐下走终勿能自拔矣。

愚负本报主编之责，然与本报毛主干竟不恒谋面，有时遇待商之事，辄互通电话，以相咨询，两人间之隔阂，思之往往失笑。本报读者，人都嗜阅长篇小说，本报初创时，愚即建议于毛兄，每月将本报汇订成册，本报问世既逾二月，愚乃时时于电话中，以汇订之事，催促毛兄。及汇订既竣，毛兄亦于电话中以消息报我，于是愚乃发刊汇订本发售之启事于吾报，更于电话中询毛兄："如此善否？"毛兄曰："善！"以同为一报之主持人，而睽隔乃如在百里外，亦可发一噱也。

《小说日报》1939 年 10 月 28 日

剃头司务

梦云兄记剃头司务恶习（见今日《浮生小志》），愚与梦云乃有同样感觉。然剃头司务之调查来人家庭状况者，究属少数，最可憎厌者，厥惟在理发之时，一手捏剃刀，一面回头，操其"拉块拉块"[①]之音，与别一剃头司务谈话，有时值女客上门，少不得亦要别转头去，看上几眼，而其手中之剃刀，初勿放下，一个不当心，给它划出几条伤痕来，亦有可能。愚性卞急，遇此等剃头司务，往往忍耐不得，则告诫之曰："剃头时间，应该心不旁骛，你要谈天，且去谈好了再来剃。"复有一事，亦为愚所憎恶者，则于修面之时，剃头司务恒执其锋利之剃刀，循例要在你耳朵边上刮上几刮，刮得你惴惴不安，愚辄勿审耳朵边上的汗毛，何必一定要剃去？故下走于理发时，不但预先声请，勿必多此一举，有时并颊上之豪，亦不要修，因修面以后，面孔上亦觉得有一种异样的难过也。

近来颇思改变生活，夜夜跑跳舞场，毕竟亦至乏味。之方好观

① "拉块拉块"，形容扬州人说话。

球赛，然球赛时间太早，又不能天天有，看戏虽亦遣兴之一道，然病其不够刺激，赌博亦然。至于“搭壳子”①，又勿为愚所好。以是对于此后娱乐之途经，横想竖想，辄不能得一解决之方。愚颇有志于习戏，顾戏犹未学，即一再为南腔北调人②所揶揄，以是乃沮我之气，日来以天时渐寒，益有遣愁无计之苦，朋友爱我，亦有能为我借箸代筹者乎？

《小说日报》1939 年 10 月 29 日

舞业妇女联谊社

海上若干前进舞人，有舞业妇女联谊社之组织，若王琴珍、杨文英、倪文仙、殷美凤、韦楚云辈，胥其中中坚分子。往者联谊社诸舞人，数数演话剧，愚虽未获一睹，然习闻成绩颇勿恶。昨日，联谊社假丽都举行午餐舞，为社中筹募经费，餐舞券之代价，为每张十金，持此入场，餐与舞皆不须另纳资。有人购其数纸，以一纸贻愚，愚遂亦为座上之客。然联谊社社员，到者殊不多，而来宾亦仅数十人，遂无盛况可言。殷美凤女士，为联谊社中热心分子，是日，被推为社中代表，向来宾致谢词，复奔走场中，招待素稔之人。美凤告愚，为布置此事，自晨迄午，未遑略进食物，是美凤之贤劳可想。当乐工打皇宫滑行舞曲时，愚以美凤之招，始下舞池，亦即此一舞而止，则以闻美凤之言后，知联谊社诸人宵旰勤劳，乃勿忍以不花钱之人，尽量跳揩油之舞也。

愚于丽都餐舞后，复趋车至精华餐室，出席第七次之涂雅集。

---

① “搭壳子”，上海俗语，男性专用语，“吊膀子”之意。此语女性不能借用，女性另有一专用语曰“搅芯子”。

② 报人余尧坤笔名之一，另有太白、空空上人等笔名。

精华设证券大楼最上层，室不甚广，然有女侍者，亦颇足以化解席间岑寂。其中一人，为华联同乐会平剧组之会员，别一女则姓李，其人颀长，传盏行炙时，身段绝美，诸友因拟之为《梅龙镇》上之李凤姐。愚以在丽都晋膳不久，腹甚胀，略啜咖啡即行。是日诸集友，无一携鬓丝者，虽有酒大姐为点缀，终觉寡兴，亦愚不耐久坐之一因也。

《小说日报》1939年10月30日

门墙桃李

忽有读者，寓书下走，乞录其人，列为门墙桃李。此君如非存心吃下走豆腐，则当亦是以颟顸之徒，下走平日所操者为文字劳役，所度者为颓废生活，师事下走，有何裨益？如今拜老头子，第一须认清老头子在外面路道粗不粗？拜一个路道粗的老头子，或者博得老头子一欢喜，尚有升梢[①]之望，纵或不然，亦当觅一在白相人地界兜得转者，从而师之，一旦有事，老头子替你出场，扎回面子来，如此始不虚一拜。若下走则除非在跳舞场中认得几个舞女，拜下走为师，至多不过携带携带你尝尝宵游滋味，或者凭下走之力，代及门弟子找一个龙头[②]，倒也并非难事。惟下走实不愿轻为人师，除非能辇巨金来以奉下走，作为贽敬，则下走或当勉为其难。下走爱钱，只要有钱孝敬我，亦就顾不得贻误人家子弟矣。

听公有尊价，曰张阿二，近将回乡娶亲，发一喜柬与愚，乃知阿

① “升梢”，沪语，“飞上枝头”，有“升迁、飞黄腾达”之意。
② “龙头”，舞场切口，指舞女。由此引申，与舞女有肉体关系之舞客被称为“拖车”。

二有一兄,厥名怀衣,阿二之名俗,望而知为御者之俦,而怀衣则俨然书香子弟,兄若弟之命名勿相类者如此,异已!

《小说日报》1939年10月31日

张昭绥来书

故人张昭绥,隐于剡溪,春间得其一书,愚报之以律句曰:"书来正在酒酣时,喜极重为倾一卮。差幸故人犹健朗,尚因旧燕系相思(君一姬已判袂)。江关无奈春垂老,海外原知谣可疑(沪上传兄在甬得痢疾)。隐处是吾深所羡,丈夫何苦逐群雄?"诗附覆书而发,惟兄来书,未署地址,于是吾函发半载,顷乃为邮局所退回。问诸汪北平先生言:"昭绥迩方在方桥故里为镇长。"知其颇能遣清闲岁月,然昭绥一活动之人,暌别三载,使下走亦系念为劳,因复发一简,欲招昭绥来海上一叙契阔。使君果命驾,则吾侪间来游宴,着此妙人,必曳逸趣横生矣!

近来忽然时时发魇,而魇实无由,前者以为宓令女士可以使下走倾心刻骨,于是三投以诗,未几而宓令隐矣!最近,数数共韦陀兄游,顾凤兰女士遂亦时为吾侪宵分之伴,愚头巾气重,又屡为诗绳其美。昨日,苏三兄为其所辑舞刊索稿,且指定要诗,于是复以顾凤兰为题材,写一律与之曰:"青黛一去不还巢,愿得卿家为代庖。曾对清尊当永夜,况饶荡意在眉梢。诚知攘爱非君子,无奈接龙好楚腰。待与韦陀共商略,可能即日办移交?"以"接龙"入诗,油滑固勿待言,而下走发魇之态,亦几于可掬矣!

《小说日报》1939年11月1日

《明末遗恨》

多时不看话剧,闻人道剧艺社主演《明末遗恨》之佳,而主演者又为唐若青女士,渴想一睹,因请毛羽兄代留二座,约韦陀同往。《明末遗恨》之命名,殆不无影戏信芳[1]杰作之嫌,然剧情自勿同。全出分四幕,以一二幕最佳,而三四幕最勿易演。女主角葛嫩娘,文武兼资,以唐若青演技之洗练,遂使观者之情绪,尽萃于嫩娘一人身上。此外当数屠光启之蔡如蘅与徐立之郑志龙,俱极好。严斐饰女卒马金子,憨直妩媚,往往一语哄堂,亦此剧中一成功者。剧中人胥作古装,而布景道具奇美,第一幕嫩娘曲院中,湘帘高卷,点缀一鹦鹉架,观之真使人悠然意远。郑芝龙府第亦备极裔皇绮丽,闻所有道具系假自新华影业公司者,实为此剧生色不少。下走生平心肠极硬,然观此剧,辄不禁为之泫然陨泪,其感人之深可知矣。

王玉蓉既抵沪上,昨日乃通一电话与愚,玉蓉日来正忙着拜客,而繁冗中犹不忘故人,是可感也。诸友闻玉蓉来海上,佥谋设宴为玉蓉洗尘,愚乃电话中征玉蓉之意,欲玉蓉自定日期,玉蓉辞曰:“吾早知君等有此一着,其实皆熟人,此举可以免也。”愚曰:“谋与汝聚首一次,大家谈谈别后情况耳! 幸毋固却。”玉蓉遂约于来朝晤面。今日,下走将遘玉蓉于先生阁上,与此阔别数载之师妹,一叙离悰矣。

《小说日报》1939 年 11 月 2 日

① 周信芳(1895—1975),名士楚,艺名麒麟童。浙江慈溪人。编演了许多剧目,塑造了许多具有鲜明性格的典型人物,形成自己的艺术风格,世称“麒派”。代表作有《四进士》《徐策跑城》《萧何月下追韩信》。

阿凯第舞厅

蒲石路[1]上，有舞厅曰阿凯第，愚于星期三之夕，作初度观光，偕往者有漫郎、韦陀、苏三诸兄。阿凯第舞池广袤，略似昔日之漩宫，周围界以栏杆，试凭栏看舞，厥状乃颇似玉泉观鱼也。复有一台，是夕有舞蹈表演，作夏威夷舞，然不足以鼓人兴致，则以场中无舞女之设，而在场者独多西人也。惟阿凯第布置与壁饰俱绝佳，苟携情侣来此间“温功”[2]，亦未尝不可以遣永夜。入阿凯第，越一庭而过，庭中乃有盆景之属，似入谁家府第，此则与伊文泰之开门见山，风味为不同也。

图21　王玉蓉与王瑶卿合影，刊于《十日戏剧》1939年第2卷第22期

盼玉蓉一日，玉蓉终于昨日薄暮时，翩然过吾治事之室矣！与玉蓉暌别三载，似所欲倾谈之事正多，然玉蓉忙于拜客，此来乃如惊鸿之一瞥，未遑多叙也。愚以诸友之意，转达玉蓉，请玉蓉定一日期，稍谋杯酒之欢。玉蓉故自谦谦，约下走于晚间过金老公馆，然后罄谈。吴江枫兄伴玉蓉来，愚因语江枫，进金老公馆，必请江枫兄为曹邱。玉蓉乃曰：“汝但须磕三个响头，便放汝进去。”玉蓉在今日已是京朝派名角，而其出语风趣，犹一如曩昔，宜其能不忘

① 蒲石路，今长乐路。

② “温功”，上海俗语，指男女之间温柔体贴的功夫，重在“温”，即不冷不热，恰到好处。

故人也。

《小说日报》1939 年 11 月 3 日

宋德珠《金山寺》

图 22　宋德珠，刊于《十日戏剧》1939 年第 2 卷第 19 期

星期四之夕，愚饮酒大醉，醉后踉跄趋黄金大戏院，宋德珠演《金山寺》，脍炙于沪人士之口，愚始于此夕得见之。醉眼蒙眬中，看德珠表演打出手，果然惊绝。惜未获聆其唱，乃不知其人歌喉究如何？大轴《士林祭塔》不啻衔接《金山寺》。章遏云嗓本甜醇，益以穆铁芬之弦子配得轻松，大段反二簧，聆之真足以过瘾。剧末终，江枫兄来，导愚往金老公馆访王玉蓉，于是南腔北调人近来时常跑跑的地方，下走亦作初次造访之客。玉蓉下榻处，在楼上一室，既晤玉蓉，玉蓉乃为愚介见老供奉王瑶卿。供奉虽老，然发犹未苍，且光可鉴人，精神亦弥健，实未尝有老态也。供奉曩者之莅沪，已在十余年前，出唱地为老共舞台。愚年幼，未能赶上，不料此日乃能晤对于一室，亦足以纪念矣！

玉蓉日间尝来社拜客。愚之访玉蓉，盖亦等于回拜，然愚与玉蓉为羁丱之交，特欲一叙契阔，非真拘拘于礼耳。玉蓉至今犹不忘其昔日所豢一犬曰“积雪”者，愚当年尝以“积雪”为笔名，玉蓉举以告江枫并小蝶、幼蝶昆仲，使下走为之狂窘。而屈指玉蓉抚其榻头之一犬，频频呼积雪时，亦且十年。此十年中，下走历尽沧桑之变，惟玉蓉习艺有成，享盛名于今日，重话前尘，使下走亦为之不尽低徊矣。

《小说日报》1939 年 11 月 4 日

家大人来沪

吾妇既决定还乡之谋，于是寄发一函，速家大人来海上。星期五之夕，家大人遂自乡间至矣！家大人首先告我以乡间安谧之讯，谓乡居可无碍，已而发为微噫曰："然则儿一人独居于上海乎？"老人为此言，自有无限凄恻之意，愚但颔首，而黯然勿能成一语。家大人膝下，惟吾一子，老人抚育吾以至成年，未尝不寄厚望于其子，使其子而能成家以至立业，一家人融融泄泄者，则老人亦可得晚景之娱矣！顾下走乃不肖，近年以来，使吾年迈之父，远处于乡间，曾未稍得甘旨之奉，今复以挈领两雏及我妇回乡，劳及老人，使迢迢于数百里外，跋涉而来，复目睹其仅有之一子，渐入中年哀乐之境，至勿能庇其妻孥，而将以孑然一身与世为浮沉，真不知老人心中悲惘为何如！老人告我，谓自乡间入城，徒步行二十里，既抵上海，复自车站徒步而来，省视其子媳，计之为程殆又可四五里，嗟夫！吾父以望六之年，徒以生一子不肖，遂犹自苦如此！使为人子者，抚衷自问："此辜宁复可蔽？"所幸老人虽须发皆苍，而精神犹健硕，使下走于辛酸之余，为之一喜。然乡间情况凋敝，吾家又非素封，吾妇与两雏返故里，正恐生计亦至艰，愚所入不甚丰，若复以食指烦老人，吾之罪殆更无可逭。忧烦之时，下走亦颇欲勉为振奋之人，而伤痛重重，此后且将度我举目无亲之生活，正恐奋竦无从，他日勿复有面目归见江东父老。今日之婴宁，盖备尝人世间惨苦之味矣!

《小说日报》1939年11月5日

《我的朋友及其夫人》

《健康家庭》第七期顷又出版矣！陆伯羽、丁悚两先生时时为《健康家庭》征稿于吾侪,两先生盖真能尽瘁于是书辑务者。是期书中,有灵犀一文,题曰《我的朋友及其夫人》,似隐约述下走事。愚对于此类一本正经文字,独勿擅长,睹灵犀下笔能洋洋洒洒数千言,辄自叹勿如。故丁先生数数属愚为文,愚终踌躇勿敢下笔,至今犹未能报命,深觉无以对丁先生也。《健康家庭》于同文作品外,为下走所爱读者,犹有周瘦鹃先生之《园居杂记》,赓续勿辍,瘦鹃先生为文益芊丽,置之于小品文之林,允推上选。丁先生按期辄以一册贶我,可感甚矣。

程小青先生、庞啸龙两先生合译之《百乐门血案》,既出单印本,吾报所载,遂至第十章而中辍。兹乃有北平刘厚载先生,以《华纳探案》贶吾报,兹先刊其第一案,叙事虽勿若《百乐门血案》之诡秘,然亦有奇趣,读者诸君有爱好侦探小说者,必为之称快也。

《小说日报》1939年11月6日

吾妇欲归乡

家大人既来沪,于是吾妇日来遂忙于屏当行装,作还居乡里之计。乡间清旷,徜徉于柳堤花岸,足以使吾妇之体气,恢复其健朗。年来吾妇以处理家务,血气两亏,勿复如往年之赳赳有丈夫气,愚之所以许其还乡,此亦一因。吾妇之欲还乡,一月前即为愚言及之，其后以吾儿燮阳之病，遂滞其行。吾儿之病为肺炎，幸发于吾妇还乡前，非然者，虑乡间且无法可治。以是愚于吾妇今兹之还乡，嘱其行装可少带，而药物不可不备。昨日，愚入中法大药房购婴孩快乐片、果导润肠糖及象牌麦精鱼肝油数事，吾长女常患食积，快乐片、润肠糖可以清热化滞，而鱼肝油则将使吾儿服之。吾儿病后，不似初生时之肥硕，人言麦精鱼肝油为小儿滋补之剂，故并以此数事，实吾妇行囊中。此外又为吾妇购胃宁药片，吾妇昔病胃，服胃宁而愈，虽不虑复发，然家大人言："今年乡间病胃者多。"吾妇纵不服，备此亦可以解乡人之厄也。愚向者于家人医药之事，恒勿甚过问，今吾妇去乡间，窎远不可呼应，而荒村僻处，求医亦至勿便，不能不为吾妇及两雏安全谋，备此数药物，庶几可以无虑矣。

《小说日报》1939 年 11 月 7 日

新笔

忽于襟上得自来水笔一支，管作翠绿色，诧而视之，其上刻有上下款，始审乃吾妇为吾所置，而吾原有之笔，则于前宵失去，吾原有之笔，用之已顺手，一旦失踪，甚苦勿便。初疑为吾妇所取，归家询吾妇，谓未尝见，然吾平日贮笔于囊，初勿缀之于襟上，此笔之失，殊使愚莫审其由。今吾妇为愚别置一管，迹吾妇之心，花此一笔小本钱，欲于临歧之际，使愚身上有一可以留念之物，是吾妇待我，诚不为薄。然下走以此实为之不胜惶虑，则下走平日习于疏忽，自来墨水笔之不翼而飞者，已三四次，其中有两管为秋姑贻我者，吾亦勿能永宝。苟吾妇之笔亦在不经意之下杳其踪迹，则吾妇且以为下走勿知重视其赠别之物，下走之罪，又无可逭！为今之计，惟扃吾妇所馈之笔于匣，永不启用，如此始足以保久远。然此又违吾妇为愚置笔之意，则于惶虑之外，又为之踌躇勿胜者矣。

俞懒蚕先生为吾报写《姑妄言之集》，其笔下极风趣，吾报近来以一方、玲珑二兄久辍笔，身边文学阵容渐弱，得懒蚕先生来，遂使吾报骤增颜色。比者又有周华严先生允为吾报撰《葳蕤五记》，一曰《蟫史记微》，二曰《沧桑记旧》，三曰《华年记恨》，四曰《游踪记胜》，五曰《盍簪记友》，必又有隽妙之文，以快读者之目矣。

《小说日报》1939 年 11 月 8 日

顾宏声招宴

顾宏声先生宴吴素秋于慕老府上，邀下走陪末座。宏声先生即愚曩记顾文绮、文绻姊妹之尊人，愚尝于先师林屋山人座上，识顾洞僧先生，与宏声先生盖谓昆季行，而宏声先生则初觌也。是日，先后来劝愚酒者，计丁师母一盏，文绮、文绻姊妹各一盏，一英小姐一盏，其后厉志山律师来，又斗两盏，愚都一饮而尽，真似"近来忽觉量兼人"者。其实下走生平，初勿甚喜与曲蘖亲，所以能先后尽六盏者，特以在慕老府上耳。慕老伉俪，往往视吾侪若家人，而顾氏姊妹并一英小姐，亦劝酒至殷，使下走亦勿敢稍拗达。是日，于楼下设二席，吾与翼华、大郎、梦云、南腔北调人等，则在楼上。

图 23　吴素秋与郑子褒，刊于《半月戏剧》1941 年第 3 卷第 9 期

酒酣，愚腹鼓勿能复食，则趋楼下，章秀珊君属多捧吴素秋，愚与素秋于尊前相见者，此已为第二度，初次则在更新舞台主人董湧宴客之夕也。素秋近师事郑子褒五叔，若论名分，亦为下走之师妹，愚因语秀珊曰："下走近来，专捧师妹，足下不以此见属，下走亦义勿容辞。"慕老闻愚之言，欲素秋呼愚为"哥哥"，素秋老不出来[①]，而下走之"妹妹"二字，则几欲脱口而出。是日慕老府上，萃集二佳人，一顾文绮女士，美秀而娴于礼。至吴素秋师妹，则勿特在红氍毹上，饰貌奇俊，既论私底下亦有风鬟雾鬓之美。慕老谓下走小了一辈，未免吃亏，下走则曰："我有了这样的一位师妹，吃亏即是便宜耳！"

《小说日报》1939 年 11 月 9 日

玉蓉演戏

玉蓉在黄金搭台，愚连观其剧两夕，玉蓉嗓音愈唱到后来愈高亢，故薛四出犹嫌勿过瘾，必薛八出始足以展其长，真天纵之才矣！《探母》一剧，玉蓉灌有唱片，愚在话匣子里已聆之甚稔，今得杨宝森配四郎，自然又比管绍华高明，愚谓老供奉此次之来，固使玉蓉为之获益不少，而黄金帮角儿之弹硬，亦足以增玉蓉身价也。玉蓉莅沪后，诸友佥谋设宴为之洗尘，然玉蓉日来酬酢乃至繁忙，新戏登场，往往又为时绝早，愚以玉蓉在我辈面上不应当到一到就走，故必先征玉蓉同意，使玉蓉自定日期。前晚《探母》完戏后，愚下黄金后台，再询玉蓉，玉蓉犹曰："真是忙不过来也！"然洗尘之宴，在势已勿能再缓，诚以使玉蓉在黄金演期果仅二十天而止者，则更缓

① "老不出来"，沪语，"害羞，脸皮薄"之意。"老"，有"老资格""脸皮厚"等意。

数日，接风之宴且将改为饯行之宴矣。玉蓉尝言："吾未尝以杯酒款诸位老友，而若侪先请我，何以克当！"是玉蓉殆意在辞谢，则为师兄者，不管她有空没空，只好强制执行矣。

卡尔登于去年岁暮，举行周寿同乐会，今年翼华有兴，复拟作第二届之彩唱，则易名曰"翼楼同人消寒会"，已拟定之剧目，有全本《连环套》，角儿支配，将为翼华之窦尔敦、大郎之黄天霸、灵犀之彭公、高百岁[①]之施公，而信芳愿配朱光祖，不能不谓精彩矣。黄金当局孙兰亭兄，亦有于岁暮打住后，来一次会串之意，愚因提议曰："完全唱老戏，不足以使人哄堂，必以本戏为压轴，才有噱头。"江枫兄亦韪愚言，于是协议下，决定放几出老戏在前头，让赵培鑫、顾慕超诸名票唱，后面排九本《狸猫换太子》，兰亭之包相爷、南腔北调人之包兴，已经内定。下走有意担任小侠艾虎一角，下走往年看大舞台之《换太子》，连续二十余本，于剧中人物揣摩有素矣！然九本情节，诸人俱勿甚熟稔，兰亭准备向谢水福讨本子，待本子讨来，然后再分头邀角。黄金五虎将为班底，这一台戏，也不怕唱得如火如荼。是则黄金与卡尔登，两方面之对台戏，届时将有一番角逐矣。

《小说日报》1939年11月10日

① 高百岁(1903—1969)，生于北京。十二岁入"富连成"坐科两年，为挑梁老生。十五岁拜周信芳为师，在"麒派"基础上创造出别具一格的"高派"唱腔艺术。

独处室随笔

《独处室随笔》

秋既消逝，朔风亦渐凄厉，于是下走之《秋窗夜话》，遂不能不遂时序以俱更。而吾妇今日，亦将携膝下双雏随家人迁居乡间。自此以后，下走将孑然一身，度凄凉之岁月。司马相如赋曰："独处室兮廓无依！"下走所处一室，虽勿甚广，然宵灯照影，哀我茕独，实亦不能无"廓无依"之叹！司马相如之赋，不翅为下走咏也，因提吾室曰"独处"，而以《独处室随笔》名吾篇。

黄金孙当局[①]，谋于岁暮集所稔友好举行一次彩唱。愚既揭其事于报端，孙当局见而笑曰："是此一张支票，不能不兑现矣！"愚曰："愿足下以当局之尊，担任提调。"孙当局曰："诺！"于是复磋商角色支配问题，除孙当局之包相爷、南腔北调人之包兴，已内定外，复有锦毛鼠白玉堂，在九本《狸猫换太子》中，为一吃重人物，议推金小开元声[②]任之。此外，吴江枫之李太后，汪其俊之八贤王，亦大致决定。惟下走未尝在红氍毹上露过一次脸，于小侠艾虎一角，虑临

① 黄金大戏院经理孙兰亭。
② 金元声，为黄金大戏院老板金廷荪长子。

时怯场,勿能胜任,因拟退让贤路,免得应了南腔北调人之言,有茶壶茶杯掼上台来。惟届时如果无适当人选,非下走亦当勉为其难耳。

婴宁公子①

《小说日报》1939 年 11 月 11 日

吾妇还乡

吾妇终于昨日之上午,携两雏还兰陵故里矣!吾夫妇之间,平时本亦至和谐,徒以下走情怀之恶劣,遂勿能敦家室之好,愚亦不能无黯然,故昨日下走,乃一破向例,于黎明即起,入市购妇女用品数事,以贻吾妇,复为备饼饵之属若干盒。家大人言,车行需七八小时,始能达吾邑,迢迢长途,不能不有食物以充饥也。吾妇此去,不定三年五载,故所携行装殊夥,家大人年迈,已不胜提掖之劳,因雇一汽车,载家大人并吾妇、吾儿驰北站。车窗既阖,吾妇犹释其怀中之雏,展其笑靥,挥手向愚,而车终绝尘以去,转瞬且杳。愚竢立久之,觉此身茫茫,自此益无寄托之所,遂不禁为之陨泪。因吾妇于临别之顷,其中心亦必至悲恫,顾犹强作欢颜,勿忍以酸噎悽惶之神情,重创其良人之心。《楚辞》有言:“悲莫悲兮生别离”,今吾与吾妇,向之朝夕犹能聚首者,一旦暌索,自此天涯藐藐,地角悠悠,以多愁善感若下走,此后凄凉况味,正不知如何消受耳!

《小说日报》1939 年 11 月 12 日

晤王玉蓉

王玉蓉来沪后,酬酢至繁忙,今登台已六七日,犹复宴无虚夕,

① “婴宁公子”为陈蝶衣笔名之一。

星五之晚，张福康律师亦宴玉蓉于其宅中，与屠企华医师同为主人。愚初得一柬，勿审为何事，及晤一方，始知为宴玉蓉，兼款老供奉王瑶卿。愚于六时许往，玉蓉与老供奉已离座欲行，盖是日黄金贴《香祖楼》，玉蓉七时即须上妆也。与玉蓉匆匆谈数语，及玉蓉去，吴素秋忽翩然至，由子褒五叔伴之来。而是日在座者，复有信芳、百岁、素雯诸人，乃知主人之宴，非专为老供奉及玉蓉设也。吴素秋是日下午方来吾报拜客，以此遂为第二次之相见。素秋尝以一照贻我，除已面致谢忱外，以照为子褒五叔转来，因复谢子褒五叔。是夕之宴，吾侪为身边文学之诸稔友，几全体应邀至，然有一笑话，则下走至濒行，始终未见主人张福康律师之面，只得托屠企华医师代道谢而别。吃饭而不认得主人，亦可谓咄咄怪事也。

《小说日报》1939 年 11 月 13 日

挂念吾妇

吾妇去已三日，屈指当早抵乡间，顾以邮程之阻隔，犹未接其来信，乃勿知车行中途，是否平安？吾妇之还乡，愚亦尝尼其行，而吾妇之去意弥坚，吾家一婢，于战后遣去，家中之事悉吾妇一人任之，遂使吾妇劳瘁万状。自生燮阳，益苦于照拂乏人，吾妇欲去乡间，以家大人及吾庶母，胥居于乡，照顾有人，吾妇可以稍息仔肩也。愚以吾妇之言是，乃发一函，招家大人来上海，挈吾妇及两儿以归。吾家居于兰陵南乡之一村，古屋十数楹，为愚诞生之地。吾伯母与堂兄嫂，悉居于是，而左右戚邻，亦都淳朴之人，吾妇还乡，可以不虑寂寞。至于下走，则自创于情，此心几枯槁若死，是后亦自甘岑寂，勿欲更逐纷华，惟早出晚归善，保我躬。吾妇母兄,居吾之邻,审吾情状,函报吾妇,亦可以稍稍杀吾妇想念之殷耳!

《小说日报》1939 年 11 月 14 日

腹痛难忍

吾妇还乡后二日,下走忽然闹肚子,以近来对于饮食十分谨慎,肚子之闹,实勿审其由。而阵阵疼痛,颇使下走难受,及晚遂亟亟奔木斋先生府上,木斋夫人是日四秩寿,愚不遑晋祝颂之词,惟觅九公兄,为我装上两筒,就榻上吞吐之。复躺了一会儿,痛始渐止。时楼下已开席,诸友纷纷入座,愚又不暇辞主人,匆匆溜出,赴大都会舞人姚天红小姐天天饭店[1]之宴,以姚小姐是日,认晚蘋兄[2]为义父,在天天举行典礼,邀下走参与其盛也。姚小姐容态冶柔,而谈吐亦隽雅,敬下走酒,呼下走为"爷叔",于是又使下走为之受宠若惊矣。是日席上,复有高珠凤小姐,吾友白凤生携之来。高鬻舞于大华,能饮,酒酣后谈锋弥健,亦一隽妙女儿也。筵散已近十时,愚又趋车至黄金,看义务戏。是晚玉蓉演《棋盘山》,饰窦仙童,戎装佩剑,别有一种英健之致,惜不及闻其人大段唱工,乃为憾事。剧终,为孙兰亭兄嬲往其府上,于黄金门次,乃值玉蓉。尝允玉蓉往摄影,然下走事冗,照相馆犹在接洽,乃与玉蓉约改日再谈。玉蓉登车,愚亦上兰亭兄奥斯汀,与余余及培鑫、江枫、其俊诸君,共诣兰亭兄之宅。在兰亭兄府上,逗留通宵,及昧爽始辞主人以还家。近来下走跑舞场之兴致已懈,然犹流连在外,到处为家。知下

---

① 天天饭店,位于南京路广西路口。
② 徐晚蘋,即徐公荷(绿芙),为女画家周鍊霞之夫。

走之习于颓唐,盖日甚一日矣!

《小说日报》1939 年 11 月 15 日

听歌兴浓

近来跑舞场之兴致虽懈,于听歌乃有应接不暇之势。玉蓉师妹出演黄金后,差不多天天去看义务戏,而吴素秋第二次在更新登台,子褒五叔亦以入座券贶愚。前夕,素秋贴《女打棍出箱》,尝与灵犀约定,晚膳后早一点往观,不料愚为他事所羁,灵犀绝早已在座,而愚乃迟至十一时始赶到,然犹及聆公堂一段原板转二六。素秋之嗓极冲,抑扬转折之顷,弦子亦衬托得好,故弥觉其悦耳。惟素秋扮相,转勿似私底下为美,亦是异事。

《女打棍出箱》剧名甚新奇,初勿审为怎样的一段情节,及读说明书,乃知为龙图公案之一。素秋饰赵慧珠,为两堂兄所害,闭之箱中,抛诸郊外,厥后获救得苏,故谓之《女打棍出箱》也。

今夕,素秋所贴之剧,厥名《酒误》,此则较《女打棍出箱》更玄妙。上海人好奇之癖,今晚更新必座上客满矣。

《小说日报》1939 年 11 月 16 日

春秋戏剧学校

潘王吉女士创新春秋戏剧学校,开南方设立童伶科班之渐。最近名票俞云谷,复有上海戏剧学校之发起,中法大药房总经理许晓初先生为赞助最有力之一人,而校长陈承荫律师,则为中法之襄理。陈律师夙嗜皮簧,平时亦喜欢唱几句,以诸人之敦请,遂出长斯校。自昨日起,该校已开始招生,校址设马浪路 A 四一号,盖已部署就绪矣。吾尝谓梨园子弟在南方，大率以私人造就者多，督教勿厉，人才遂不如北方之盛。即如所谓厉家班[①]，亦不过家庭科班性质，未尝许外人厕身其间。今戏剧学校之创设，庶几为有志戏剧者，辟一康庄大道，他日梨园子弟在江南，人才辈出，或不让故都之戏曲学校，专美于前矣。

大三星[②]以常熟菜驰誉海上，有山药泥一味，愚曩时尝而甘之。前夕，蔡肇璜律师宴其师尊王效文先生于大三星。效文先生为法界前辈，门墙桃李之执行律务者，达六百余众，至今犹以训迪后学为务，一日间担任五六处讲席，先生勿仅邃于法学，小品文亦优为之。《社日》有《谈往》之作，署名"二郎"，即先生也。是日之宴，盖为蔡律师介绍其师尊与灵犀识面，愚忝陪末座，遂又获重尝山药泥佳味。灵犀、大郎，皆极赞大三星肴馔之美，于是吾侪公宴王玉蓉，遂亦决定明晚在大三星举行，菜肴嘱一如是日之宴，而山药泥一味，特郑重嘱咐庖人，尤不可少焉。

《小说日报》1939 年 11 月 17 日

忆秋姑

缅怀往事，恍如梦寐，忆前年此日，予犹与秋姑双栖汉上，予为《壮报》辑一副刊，兼任外勤，治事之时间甚少，于是几日与秋姑以观影为消遣，间亦小憩于舞榭。汉口法租界有天星饭店者，以楼下为餐室，兼售花果之属，而楼上则辟舞厅。饭店主人为一粤籍女郎，吾侪去之既频，渐与女主人稔。将归，女主人辄自瓶中取夜来

---

① 厉家班，为厉彦芝于 1934 年在上海创办的更新舞台童伶班，1936 年更名为厉家班。主要成员有厉慧斌、厉慧良、厉慧敏、厉慧兰、厉慧森、厉慧福等一班童伶。

② 大三星菜馆，位于福州路云南路口，以桂花栗子鸡、虞山鲜松菌为特色。

香一束，以贻秋姑。秋姑忻然捧之归，插诸胆瓶中。入晚，花香泛溢一室，使人心脾皆醉。予因有诗曰："数枝冷艳骨亭亭，素手折来安胆瓶。绝爱夜分银烛畔，清香常绕紫云屏。"为花写照，兼亦不啻为秋姑写照也。予以秋姑酷爱此花，有时勿往天星，亦入花肆中购三数株，以替萎谢者。而秋姑必亲入厨下，沃之以水。此情此景，宛然在目也。又孰料两年之隔，遽使下走有秋闺之痛，至今欲一面秋姑，且不可得。昨日凌晨，踯躅于静安寺路上，偶遇花肆，见夜来香苍翠成丛，回忆与秋姑曩时情好之笃，不禁兴"花犹如此，人何以堪"之叹矣！

《小说日报》1939 年 11 月 18 日

除却辛酸即是欢

自吾妇还乡后，下走颇能安分守己，揽镜自照，两颊亦渐见丰腴，知数月来之清心寡欲，不为无功。下走自遘秋闺之痛，留此残躯，原无所用，唯一念及高堂白发，犹待予作菽水之奉，而秋姑别我以去后，初未遣嫁。吾亦将留此青眼，徐徐觇其进入幸福之境。人以予用情之挚，罔不窃笑予痴，予一书生，未免自负多情，要痴也只好痴到底。向居汉上，即尝有"书生只索捐奢望，除却辛酸即是欢"之吟，明知怊怅无所用，则惟有于辛酸之中，觅我欢情矣。

炙輠生为吾报撰《温柔孤注录》，书中人之言，颇有似出诸下走之口者，如曰："人生聚散，孰敢断言？今日阿姊为吾所有，安知异日不投入他人怀抱中耶？"是几无异下走以语秋姑者矣！《温柔孤注录》叙事，不以词藻胜，而情味自委婉，论男女间之爱，尤多针砭之言，疑生亦今之伤心人，从情场中历劫过来者也。

《小说日报》1939 年 11 月 19 日

大三星宴玉蓉

星六之夕，与诸友宴玉蓉于大三星，引凤楼主人[1]及肇璜、沈琪、楚绥、健帆诸子，俱与玉蓉非素稔，而亦欣然参加。下走则更托杭州海生弟，为代邀姜云霞老板来，以伴玉蓉。座上两鬓丝，遂有咳唾生风之趣矣。玉蓉原言五时可至，以吊嗓延至六时左右始来。筵设于三楼，玉蓉着高跟履，不胜拾级之劳，予乃掖之而登。此等地方，下走不似灵犀之拘谨，灵犀以与云霞久不面，是日在座，乃有忸怩之状。灵犀为人谨厚，不似下走之佻达，然灵犀之旷达，又为下走所勿逮。是以《红灯煮梦》终不失为抒情文字，不似下走《秋闱痛语》，一把眼泪一把鼻涕耳。玉蓉以登场早，寻常酬酢，往往稍坐即行，是夕则畅谈至进饭一瓯后，始辞吾侪去，此则卖老朋友之面子矣！筵散后，梦云欲观玉蓉之剧，予伴之往，是日完戏特迟，出黄金已十一时三刻，予犹赶赴璇宫剧院，看胡府堂会。包幼蝶之《起解》，章遏云之《鸿鸾禧》，俱是佳唱。大轴《群英会》接演《借东风》《华容道》。信芳是日，卡尔登演日夜两场，犹赶来连唱《群英会》《华容道》两出戏，至黎明始终场。而卡尔登星期日尚有日戏，是信芳殆不能交睫，辛劳可想矣。然是晚亦赖有信芳，乃足餍众人之望，否则虽有赵培鑫之孔明，崔逖先之公瑾，刘斌昆之子瑜，使非着一“活鲁肃”于其间，为绿叶之助，此剧便不能称全美。下走看戏而至于通宵，向时不恒有，是日一直耽到天亮，了不觉疲乏，非好戏不

① 朱凤蔚，生于 1889 年，本名朱谦良，字凤蔚，号凡鸟，笔名老凤、党人等，浙江海盐人。

能使下走如此贪看也。

《小说日报》1939 年 11 月 20 日

老供奉王瑶卿

玉蓉下榻于金老公馆，间亦往访之，然率在黄金完戏以后，讵宵禁时间近，故恒匆匆数语即行。有时或为兰亭、江枫诸兄所嬲，准备通宵，则逗留稍久，乃可以看老供奉为诸人排戏。老供奉精神之健，绝不类五十许人。前夕，为裘盛戎说《孙夫人》之张飞，老供奉御浴衣一件，在室中连唱带做，演与盛戎看，不厌求详。乃知此老肚子之宽，并花脸戏身段，亦熟知无遗，真不负“通天教主”之号矣。《孙夫人》中，玉蓉吃重之戏，在《祭江》一场，玉蓉此来携有一特制之香炉，内安电池，插香三枝，其上装有红色小电泡，每插一枝香，香之端发为红焰。玉蓉言：“在故都演此剧，亮一枝香即有一个满堂彩，三枝香可博得三个满堂彩。”是可知京朝派观众识见之陋，此类噱头，使在上海，便不足为奇。假使以共舞台之布景，不熄电灯而接连变换数堂，摆到北平去，将使全院中尽是叫嚣之声矣。

玉蓉私房戏，所运新腔，多有老供奉临时为玉蓉说起来者，故与在北平时所唱，不尽为同。老供奉虽息影红氍已久，然犹时为诸徒创造新腔，此老真绝顶聪明人，看他训迪玉蓉，孜孜不倦之状，觉比较老供奉亲自在舞台上演出，兴趣尤永也。

《小说日报》1939 年 11 月 21 日

舞榭之游

听歌数日，至昨晚乃又作舞榭之游。吾友韦陀，携国泰之一凤,共诣丽都。凤小姐在愚笔下,即尝言“横波一笑见梨涡,似孕云情雨意多”者,其人体态轻盈,舞来似腰不盈握,然于吾友之前,近来忽故示矜庄,勿若往日之洒脱,韦陀不恒起舞,于是愚亦勿敢代劳。在丽都坐至十二时,又趋车至惠尔登。愚不愿博,则伴凤及方黎明、尤月英诸舞人,假沙发小憩。诸舞人皆隶国泰,以是皆稔也。至两时,诸人疲极欲归,出门,见道上尽湮,始知天已下雨。雨势如注,凤小姐是日,着一薄底绣花履,购才两日,趑趄勿敢举步。愚因乞韦陀,学一学湖滨拯美之文素臣,负之以登阶前之车。不料韦陀拘谨,而愚又勿能越俎代庖,于是凤小姐乃只得搴裳而行,牺牲她的一双绣花鞋子矣。

以有丽都、惠尔登之游,是晚黄金之《孙夫人》,遂只得牺牲不看。翌日灵犀言:“玉蓉唱《祭江》,的确十分精彩,插三株香,亦得满堂彩。”是海派观众之好奇,殆不弱似京朝派观众矣。《孙夫人》一剧,黄金将复演,愚一次错过了,还有第二次机会,可以让我过瘾也。

十一月二十一日记

《小说日报》1939 年 11 月 22 日

吾妇来信

吾妇自去乡间,已两度有信来,信中琐琐所述,都饮食起居之事,然可以觇其乡居之乐。其言曰:“还乡以后,每日早睡早起,早晨抱了孩子在场上呼吸新鲜空气,身体好了许多。”又曰:“菜蔬每日采撷诸园中,舍鱼肉以外,可以不必再买。”又曰:“前日以三十金买了两担米,汝能寄八十金来,再买五担,可以吃一年矣。”吾妇一能甘于淡泊之人，于乡间度闲居生活，乃能自觅其乐趣，非若下走，自命为雅人襟度，然而日逐纷华，犹时时发为怨嗟之声，若意有所未足，以视吾妇，实滋愧矣！下走之计划，在上海再留一二年，便当归与吾妇，偕隐于田间。以下走之年龄，原不当托性夷简，自灭生趣，所无可奈何者，则自汉上栖迟，以迄于秋闱人杳，两三年来悲欢离合之事，使下走少年热情，为之挫折殆尽，以是而有柴门灌园，琴书自适之愿，亦所谓伤心人别有怀抱耳！

吾妇书中，委予一事，谓乡间风厉，着肤欲裂，有便人将来上海，嘱予购雪花膏若干瓶，交其人携回。予对于女人化妆品，向来漫不经心，不知以何者为适宜？惟知家庭工业社有蝶霜一种，著润肤之效，而下走又以“蝶”为名，与蝶霜宜具好感，因拟购蝶霜以贻吾妇，度必能悦吾妇之意矣。

《小说日报》1939 年 11 月 23 日

朔风日厉

序入元英，朔风日厉，深宵归寝，寒衾如铁，此种凄凉况味，盖予有生以来，犹第一次尝到也。忆曩年与秋姑栖迟汉上时，以生活程度低于沪堧，尚有余力于寝室之中，装一火炉。予性畏寒，然赖炉火之力，在户内往往仅御短袷。入晚，予就榻上阅书，秋姑亦辄手小说一卷，以遣黄昏，室中燠暖，口中容易燥渴，则取水果啖之。秋姑嗜文旦与蜜橘，辄令女佣入市购之，置于榻前。如此消磨至深宵一时左右，殆有倦意，始熄灯入梦。而翌晨八九时，辄亦披衣而兴矣。吾与秋姑之日常生活，盖至简单，予于采访治稿之暇，惟以余力为诗，秋姑虽勿解音律，然亦能画，有时见予伏案咿唔，辄夺予之笔，伸纸作画，每绘一物，恒能毕肖。有时予欲强之署名，秋姑亦欣然从我，以是辄令予笑不可仰。凡此闺房静好之状，仿佛如在目前。兹严寒未至，而孤衾独宿，已不胜其瑟缩，看来今年之一只火炉殆不可省。然于生火炉一事，下走不甚内行，如今环绪之室，又只剩下我一个人，此一难题，倒叫我好不踌躇矣！

《小说日报》1939 年 11 月 24 日

黄金彩爨

黄金之岁暮彩爨，经两旬以来酝酿，顷已入于积极筹备之阶段，赵老开不但答应借本子，且允担任导演，老开真漂亮人也。参加此次彩爨者，舍下走与南腔北调人为初次下海外，其余胥海上名票，若黄金五虎将及李元龙，包小蝶、幼蝶昆仲，姚绍华、鄂吕弓伉俪等，且已将角色担认下来。黄金孙当局求贤若渴，并拟广邀海派文人，共襄盛举。灵犀、大郎两兄，业已首肯。吴观老与郑回忆，亦愿参加。是届时九本《狸猫》演出，必有如火如荼之盛，要可预卜。下走之小侠艾虎一角，上场时坐在小车子上，由智化推将出来，下走且可省却跑到九龙口之一段台步，真是写意得很！惟日来争取智化与欧阳春两角者纷纷，几乎将打开额角头。并非智化与欧阳春有何特别风头，不过一个是艾虎的师傅，一个是艾虎的过房爷，大家都想在台上，讨我便宜耳。

有人告我，秋姑将于更新舞台之四天救济难民戏中，登台爨演一剧，是下走将以前度刘郎之资格，于捧师妹之余，一捧吾旧时情侣矣！但不知秋姑所演者，为《御碑亭》乎？为《法门寺》乎？抑秋姑向日所爱好之《董小宛》乎？若为《董小宛》，则下走愿为秋姑一配冒辟疆。演其他小生戏，下走或勿能胜任，若冒公子则应为下走之本工戏，平时下走一声声“我的小宛”，固习之有素者，为秋姑配此戏，必能表情逼真也。

《小说日报》1939 年 11 月 25 日

兰亭邀宴

星期五之夕，孙兰亭兄预备徐德兴暖锅于其府上，邀愚与灵犀、大郎、余余、九公诸兄，过其府上宵夜，并嘱愚转达大郎，谓郑过宜不请他吃潮州菜，我来请他。是日，适灵犀、大郎与翼华、楚绥、笑缘诸兄俱来黄金观《探母》，剧终遂同行。兰亭为吾侪备潮州暖锅，冷盆热炒，一应俱全外，犹有京朝派之炸酱面。兰亭兄且亲入厨下，把场监制，以是风味特美。席间，纵谈两院之年终彩爨问题，翼华拉包小蝶君加入，唱《拜山》之窦尔敦，而兰亭则愿陪大头目。兰亭又为卡尔登设计，其一，戏目广告可设法请什么香烟公司捐登；其二，卡尔登诸坤旦，若熙春、素雯、慧聪，都请她们担任招待，票子卖一元、二元、三元，以所入充善举。翼华之消寒同乐会，本来不预备卖钱，惟鉴于去年赠券支配之困难，翼华亦深以兰亭之建议为是，于是决定采纳其说。而黄金岁暮演九本《狸猫》，翼华、灵犀、大郎遂允参加。两方面走马换将，预料苗头一定勿是一眼眼。灵犀欲愚在《连环套》中，来计全一角。计全挂口面，这倒不怕，怕的是厚底靴着不来。愚谓兰亭兄为卡尔登策划，神机妙算，绝不是大头目所能想得出，计全一角，还应该让他来，而下走准备搅落三只洋，在台下喝彩捧场可矣。

《小说日报》1939 年 11 月 26 日

天奇寒

日来朔风忽紧，天奇寒，行道中，瑟缩至勿能喘息。愚向来畏冷，若室中无火炉或水汀设备，则两手冻僵，且难以握管。往年入冬，愚辄在秋姑之闺治稿，以秋姑寝室中装有火炉也。今吾报编辑室，幸有水汀，然勿甚暖，于是下走乃视写稿为苦事。或谓寒讯初起，是以特别凛冽，再过数天，或且回暖。谚有“十月小阳春”之语，彼时恐犹须御夹衣。愚亦但愿天气能转暖，近来下走一身茕独，家中既无人为我生火炉，秋姑绣闼亦勿复容下走盘桓，如果老天爷不帮忙，则下走惟有请本报毛主干早一点“封箱”耳。

啼红于今日《灯边话堕》中，述及秋姑事。若谓秋姑必系绝代尤物，愚不敢言，第秋姑从愚数载，其品性之柔嘉，实有为他人所勿能想象者。曩时啼红与愚，治事于一室，秋姑日来视予，啼红固习见之。今兹之分袂，虽使愚创痛至深，然愚实亦勿忍更贻秋姑来日之戚。愚夙以为能成全他人，牺牲自己，斯为最伟大之爱。秋姑为人，可爱亦复可悯，愚故不能不自我牺牲！所可伤者，则不使愚牺牲于栖迟汉皋之前，而牺牲于汉皋归来之后，徒使愚生命史上，多一番缠绵悱恻之情，乃觉不堪回首耳。

《小说日报》1939 年 11 月 27 日

二郎之宴

二郎先生[①]招宴于蜀腴[②]，座上多法学名家，属于海派文人者，惟愚与灵犀、大郎、余余耳！采芝室主人[③]近亦为写身边文学能手，

---

① 律师王效文之笔名。
② 蜀腴川菜馆，位于广西路 235 号。
③ 律师蔡肇璜之笔名。

是当为客串性质之海派文人。老凤豪于饮，惟包小蝶兄屡飞巨觥，二郎先生与诸法学家亦频频斗酒，与愚与大郎勿能饮，勉强两杯，已颓然欲倒矣。座中诸法学家，多齿德俱尊者，又皆初识面，然主人许吾侪勿拘拘于行迹，于是纵谈弥饮。王伯衡先生，为人风趣，席间徇灵犀之请，述一笑话，形容文官之掉书袋，与乎武官之椎鲁卤莽，使阖座为之绝倒。

《小说日报》1939 年 11 月 28 日

九本《狸猫》四导演

黄金年终唱九本《狸猫换太子》，已征得赵老开同意，请老开与李如春、张桂芬，并小开赵东昇，四人联合导演。原定今晚假锦江酒家举行报票联欢宴，同时即款宴四导演。寻以赵老开晚上共舞台有戏，众人之意，欲请老开于宴后即为众人说戏，此为事实上所不可能。因此决定展期，将择日改于赵培鑫府上举行，而时间则在晚十二时后，培鑫沪上地方宽大，说戏较为便利也。

《小说日报》1939 年 11 月 28 日

《李艳妃》

黄金贴出《李艳妃》后，采芝室主人嘱愚代订十座，韦陀亦订四座，盖知为玉蓉佳唱也。玉蓉早拟上演此剧，以大保国本为铜锤戏，宝森无此出，临时觅本子练习起来，遂稽时日。兹闻已定星期五之夕上演矣。

《小说日报》1939 年 11 月 28 日

玉蓉之管事

玉蓉此次带来之管事，似不甚得力，每次演新戏，往往十一时敲过即终场。前晚之《渔家乐》，则未及十一时已曲终人散。闻上次演《孙夫人》，《芦花荡》一场所以不上，亦系排戏人力言时间来不及，因而马去，结果则完戏时不过十一点一刻，是其人之颟顸可知。玉蓉用此等管事，不免为盛名之累矣！

《小说日报》1939 年 11 月 29 日

谢秋姑赠券

秋姑将于更新舞台之义务戏中，登台爨演，愚早知其事。昨日，忽劳梦云以入场券一纸来，谓于道中值秋姑，乃秋姑转托梦云贻我者。近来秋姑与我，几似咫尺蓬山之隔，使非途遇梦云，秋姑或者还想不到送一张券给我。秋姑登台，论理我应该去看一看，然下走近来，追念与秋姑之事，辄觉创剧痛深，因之百念灰冷，在热闹场中，重睹秋姑盛装登场，亦徒以增我凄楚之情，故于此一券，转觉处置为难，然秋姑盛情，终当感谢也。

《小说日报》1939 年 11 月 29 日

虚有其表

愚有一挂表，为当年秋姑所贻。自与秋姑分袂，此表走率因亦时时失其准确。愚晚归恒在十一时后，虑翌日困失了聪，复旋紧其发条。然翌晨醒来，取表视之，则不是三点多钟，定是四点多钟。愚未尝困失聪，此表转困失了聪矣。亦尝一度请钟表店修理，然走率之不准确如故。有时愤愤，以为秋姑离我以去，并表亦失其灵性，遂使下走兴虚有其表之叹！然表为秋姑所贻，愚终日佩之襟间，见表如见秋姑，虽略有所损，终当宝爱之耳！

《小说日报》1939 年 11 月 30 日

倦倚平肩语夜深

曩居汉皋，秋姑以《茶山情歌》授我，及归沪上，又授我《知心客》，两歌匆仅以音节胜，遣词亦俱甚美，后者如“咱们俩是一条心”“患难之交恩爱深”“穿在一起不离分”诸语，虽极寻常，而歌来自有一种情致缠绵之致，初不输于《天会老地会荒》之曲。向时，秋姑往往凭我之肩，曼声度此二曲，大郎诗所谓“倦倚平肩语夜深”者，下走固亦尝身历其境。然而事至今日，下走亦一如大郎，辄勿禁一念一怆神也。

《小说日报》1939 年 11 月 30 日

秋姑之《梅陇镇》

三十日之晚，在蜀腴饭罢，与梦云匆匆赴更新，是日之下午，秋姑又有一电话致梦云，言《梅龙镇》于八时半登场，托梦云转告下走。愚与梦云登楼，适《梅龙镇》上，遂又睹秋姑之李凤姐，冉冉出台。愚观秋姑之《梅龙镇》者屡矣！忆丁卯徵月，丁慕琴先生为其太夫人称觞于新新酒楼，秋姑亦爨是剧，吾为约郑国钧兄配正德，秋姑之凤姐，念“哥哥在哪里”时，雄飞兄在台下，辄指下走而大声疾呼曰：“哥哥在这里！”使诸人为之哄堂。是日，穆一龙兄徇愚之请，为秋姑摄照片甚夥，慕老且特为放大一帧，配以镜框，以贻秋姑。凡此往事，殆无一非值得回味者。今日重睹秋姑演《梅龙镇》，人犹是也，而情势已非。梦云见秋姑于台上，亦发为长叹，何况下走？愚初以为花篮之属，必拒绝收受者，故别备化妆品数事，欲委请梦云兄，为下走作青鸟之使。不意是日台上竟有花篮锦屏之类陈列，愚乃大悔，然终以化妆品一匣，郑重托何海生兄，赍往后台，使转交秋姑。并请海生兄代向秋姑致语，为道婴宁于仓促之间，无佳礼可献，化妆品数事，乃巴黎蒙泼莱士厂出品，市上犹未有售，备秋姑为添妆之助者，幸毋以不腆见哂！匣中，愚又备名刺一纸，其下署曰“仁寿旧侣谨赠”，不知秋姑睹愚手笔，其感想又何如？《梅龙镇》前后演凡三刻钟，剧终，愚即别梦云先行，以下诸出，更无心绪再看。归途，几为汽车所撞，愚垂死之心，于此夕重睹秋姑于红氍毹上后，盖又为之怔忡勿宁矣！

《小说日报》1939年12月2日

秋姑爨演

秋姑于更新舞台爨演之日，予与梦云同往观，梦云告我，谓秋姑于电话中，初谆嘱早临外，并言苟勿能下台招呼，幸毋介介。予闻梦云之言，为之黯然。及观秋姑之剧终，以精神至勿舒，遂亦匆匆即行。翌日晤海生兄，乃知秋姑卸装后，尝丐海生伴至楼上，期与予一晤。是秋姑终不失为性情中人，至于今日，乃犹勿忍以陌路萧郎视下走。海生兄复受秋姑之托，以短笺一纸授我，则向我道馈赠化妆品之谢忱者，良以未及见我，乃修此短笺，并烦海生兄为青鸟之使也。予与秋姑，缱绻六载，至于不避艰险，约为情奔，流徙于数千里外者，亦且一年，将谓地老天荒，此情终不渝矣。孰知曾几何时，情弦亦为之变征，其间以种种之梗阻，终使予与秋姑，勿能复敦情好。而更新楼上，亦且缘悭一面，惟下走固尝计之，吾两人既判袂，以后大家回想过去，如定盦诗所谓“各记春骝恋絷时”者，为生命史上留缠绵悱恻之一页，要亦以勿再觌面之为佳，使是日非吾先行，则吾两人晤对之下，正不知将何以措辞？下走近来心灵十分脆弱，更勿愿复炽余情，惟愿秋姑珍重，不必以下走为念矣。

若干日前，啼红尝记精精[1]一侍者，问婴宁与秋姑事，予初以为诳，昨晤啼红，乃知真有其事。丁慕琴先生昨亦告我，谓有潘之杰女士，图一见秋姑，三十日往更新，购有座券未得，废然而返云。予与秋姑事，离合悲欢，亦为寻常一例耳！实不意关心此事者之多也。

《小说日报》1939 年 12 月 3 日

猫双栖

先生阁上，蓄小猫两只，一雌而一雄。先生阁有水汀，两猫辄踞窗槛之上，相偎相依，就水汀取暖，其情好之状，往往使下走为之涎羡勿胜。两猫之嗅觉亦奇锐，有时愚偶进食，辄跳跃而来，引颈长鸣。愚一念仁慈，亦恒分与之食，而为之祝曰：“愿汝侪能一双两好，再也不要分离，永远在这里也。”此类辙儿，为《茶山情歌》中所有，愚唱《茶山情歌》，且熟极而流，遂不觉脱口而出。下走近来，视一切都如敝屣，惟于双携之侣，辄愿为之深深颂祷，祝若侪之相好无间，即于畜类，亦复一视同仁，此其心理之稚弱，思之亦良可笑矣！

《小说日报》1939 年 12 月 6 日

---

① 精精食品公司，位于虞洽卿路（西藏中路）大新公司对面，主营酒菜面点，可电话叫餐。

《葛嫩娘殉国》

上海剧艺社上演《明末遗恨》，既饮盛誉，张善琨先生见而称赏之，于是以之搬上银幕。闻其阵容，为顾兰君之葛嫩娘，梅熹之孙克咸，王献斋之博洛，而蔡如蘅与郑芝龙，则仍由舞台上之屠光启、徐立二人担任。影片名称，传将径曰《葛嫩娘殉国》，以彰嫩娘之忠烈，而预定于国历之元旦，在沪光大戏院献映焉。

《小说日报》1939 年 12 月 6 日

又一陈蝶衣

下走之外，竟发现另一陈蝶衣。姓与名完全雷同，真奇事矣！昨日，《申报》刊怡和洋行征求标语揭晓广告，其第三名曰“陈蝶衣”，住址为牯岭路一八〇号。下走于怡和征求标语，既未尝投函应征，公馆也不是在牯岭路，此当为另一人可知。与我同名不足奇，奇在亦是姓陈，倒颇想见一见这位陈蝶衣先生，问一问今年贵

图 24　怡和洋行征求标语揭晓，原刊于《申报》1939 年 12 月 15 日

庚几何？庶几证明谁是老牌，谁是新牌也。

《小说日报》1939年12月16日

老凤夫人寿

十四日之晚，造西摩路[1]引凤楼，祝老凤夫人寿。以到稍迟，主人挽我登楼座，桌上尽是陌生面孔，使下走为之局蹐勿自安，幸未久二郎、男其三诸先生皆来，丁慕老与周鍊霞女士亦登楼，遂又团团坐了一席。采芝斋主复向我索玉蓉照片。玉蓉吝啬，仅交与我照片三张，既不敷支配，又都未署名，而斋主且非玉蓉亲题上款不可，少不得还要到玉蓉处走一趟，"师兄"真不容易做也。老凤府上，是晚有盛大堂会，四班合演，苗头勿是一眼眼。下走近来，时从我家龚部长游，信笔写来，不觉亦深染满堂兄[2]作风矣。

《小说日报》1939年12月16日

《祖国》印象

上海剧艺社移至辣斐[3]，闻将排演《祖国》，此亦话剧舞台上一佳构也。当年中旅在卡尔登演是剧，愚尝见之，似为曹禺所导演，曹且登台作演说。剧中，有一钟楼老人。

此一印象，至今犹深镌愚之脑海，论此剧悲壮激昂处，正可与《明末遗恨》媲美。剧艺社排此剧，丐吴江帆先生担任导演。江帆先生语我："此剧最大之场面，有七十余人登台。剧艺社之班底，且将全体出发。"是届时之演出，必有可观矣。江帆先生又言："向时

① 西摩路，今陕西北路。
② 龚之方，时为共舞台宣传主任，有"龚满堂"之号。
③ 辣斐剧场，位于辣斐德路(复兴中路)1315号。

中旅唐若青所饰之角色，将由蓝兰任之。”蓝为孙师毅夫人，私底下尝于慕老府上见之，此已为若干年前事。近时以来，习闻蓝女士活跃于话剧舞台之上，顾愚迄未一见，不知较唐若青又何如？异日上演，必往一开眼界矣。

《小说日报》1939年12月17日

黑鬼血

乡人有患背疽者，医不能治，吾妇驰书来，问海上有无药物可疗此疾？愚转问之于子佩兄[①]，翌日兄来言，中法药房有“黑鬼血”者，专治瘭疽，苟未溃烂，敷之有奇效。愚以其名称之怪，姑购一瓶，有同里人将还乡，托其携回。比得吾妇来书，则言乡人背疽，自敷吾购回之药，肿已消退，寖且愈矣。愚向者惟知中法仿制各种西药，为时人所称，乃不知此类疑难杂症，亦有药可治也。

《小说日报》1939年12月17日

老供奉答谢观众之一幕

玉蓉于黄金演三十六日，功德圆满，临别之一夕，贴《孙夫人》。剧终后，老供奉王瑶卿且亲自登场致谢词。玉蓉与芙蓉草各御戏装，分侍于左右。老供奉言谦而抑，向观众谢捧场之热忱，请谅宥其未周。孙经理兰亭，复操沪语为之作翻译，四座掌声乃如惊雷之起，迄幕闭以后，似犹殷殷未止。下走忝为玉蓉故友，目睹三十六日以来盛况，终乃能载誉而归，辄为之欢欣无胜焉。

《小说日报》1939年12月19日

① 毛子佩，时为《铁报》主编，即蝶衣文中常提及的“毛主干”。

云溪与盛兰

玉蓉辍演后，继之登场者为章遏云女士，为之辅佐者，则有安舒元、张云溪、叶盛兰[①]、袁世海[②]数辈。世海与愚已稔，日前兰亭兄悬弧之辰，又介吾识云溪，而盛兰亦于昨日在黄金楼上为初晤。云溪、盛兰，皆恂恂如处子，而为人亦质朴，勿若宋德珠[③]之佻佻，梨园佳子弟也。

《小说日报》1939 年 12 月 19 日

窃贼光顾

下走独处于室中，不幸有窃贼光顾，愚平日出门，辄严扃门窗，上之以锁，然窃贼竟有钥匙启我寝室之门，取衣橱中西装两袭而去，余均未动，大概行窃者亦深知下走寒素，不忍席卷我所有，故犹手下留情也。两袭西装，置已多年，且敝旧矣！失之无足惜，惟此后替换之服，实大勿便，若更置新者，则一袭代价，虑非五六十金不办，下走力有所勿逮，意者彼苍者天，必欲砥砺吾身心，遂故遣下走，一再受至酷之遇乎？

《小说日报》1939 年 12 月 19 日

晋隆饭店饯玉蓉

前晚，黄金当局饯王玉蓉于晋隆饭店，兼为北来诸新角洗尘。

① 叶盛兰(1914—1978)，小生演员。生于北京，出身梨园世家。初学旦角，后改小生。叶盛兰大小嗓结合自然，虚字铺垫得当，演唱以华丽圆润著称，别具一格，世称“叶派”。

② 袁世海(1916—2002)，净角演员。北京人。1940 年拜郝寿臣为师，后长期与李少春合作。袁世海宗法郝派并有所发展，世称袁派。

③ 宋德珠(1918—1984)，刀马旦、武旦演员。祖籍天津，生于北京。1930 年入北平中华戏曲专科学校。毕业后组建“颖光社”挑班演出于京津沪等地，被列为“四小名旦”之一。

先一夕，金廷荪先生殷殷嘱下走与宴。是日以家中失窃，不得已御一袭褐色西装以往。在灯光映射之下，褐色泛为微红。小蝶兄见而大诧，以为下走方从他处喝喜酒来。下走置此衣已四年，平日不敢轻着，一旦加之于身，遂为老友所笑，几使愚局蹐勿自安。幸下走入座时，章遏云与王铁英小姐已起立欲行，不致使愚受窘于陌生人之前。若玉蓉则尝谓眼看着我长大起来（大概是在我拖鼻涕的时候），即见亦不至于笑我也。玉蓉是日盛装而至，昳丽为匝月以来所仅见。是晚，陈小田君伉俪，约玉蓉舞于大都会，故玉蓉亦未终席即行。玉蓉嗜舞，自莅沪以来，犹未尝一过舞瘾，不知是晚在大都会，兴会之酣，又如何耳？

本报毛主干，闻梁上君子光顾独处室，窃下走西服以去之讯，昨日乃饬人送衣两袭至，并以电话抵愚曰："近来置备新西服，稍佳者非百余金不办，米珠薪桂之日，可省即省，吾有旧服甚伙，送上两袭，备君更换也。"老友之意拳拳，辄使下走为之感戴勿胜。叔季之世，尚有解衣推食，如子佩兄之笃于友谊者，婴宁正宜稍抑怆痛之怀矣！

《小说日报》1939 年 12 月 20 日

雪园食品公司

雪园食品公司，曩设于华安大厦之一横弄中。忆初开幕时，尝招宴海上报人，下走亦与其列。以迄今日，屈指且逾三年，比者雪园迁新址于沧州别墅，园主人姚绍华君，又招宴吾侪。姚君以玩票负誉海上，上月于培鑫兄府上识之，而为代邀者，一本报毛主干，一李元龙兄，俱下走老友，此宴故不可不赴。是日玉蓉原邀下走及灵犀、余余，诣舞榭小坐，终乃辞玉蓉而至雪园也。在昔雪园为舞人聚会消夜之地，今新址邻近大都会与丽都，舞人之临存，更得其便。吾侪聚宴之日，雪园犹未正式开幕，而灰背大衣已数数出现于座上，于此可觇雪园新张后之前途矣。

黄金名净袁世海，欲参观陈云裳女士拍戏，知愚亦备位于新华，数数为愚言之，欲下走导之往。日来，陈云裳女士正拍《费贞娥刺虎》一片，为善崐先生亲自导演者。愚乃丐之方兄书一名刺为介绍，以之方兄与陆元亮厂长较稔也。世海候叶盛兰南来，盛兰既至，遂拟择一暇日，由愚为伴，并与云溪、盛习等同往参观。此数君盖以京朝名角而同癖电影者，俱欲一识吾家云裳之风采也。

《小说日报》1939 年 12 月 21 日

炸酱面

兰亭兄府上有庖人善治炸酱面，纯粹天津卫作风。老供奉莅沪后，亦耳其名，比以老供奉将返程，兰亭兄乃饬其庖人，移全副道具至金老公馆，制炸酱面飨老供奉并铁瑛小姐。下走以“按院大人”之身，到处为家，是日遂亦在金老公馆度一通宵。炸酱面之前，先以雪园火锅为开锣，诸人环立而食，真有席不暇暖之风，火锅之后，休息若干时，观老供奉作画。老供奉案头，索画之件如山积，而北返之期已迩，在势勿能完全交卷。下走丐老供奉绘一扇面，殆将由老供奉携回春明，绘就后再烦人带沪矣。至宵分时再上炸酱面，兰亭兄把场监制之作品，厥味自不恶。最后大轴戏，复有锅贴，愚尝试火锅后，腹犹为馁，然以酷嗜天津卫之风味，亦勉尽一器焉。

《小说日报》1939 年 12 月 22 日

阿木林

与郑回忆并二师兄，小坐于杨宝森[1]之室，宝森恂恂儒雅，私底下饶有书卷气。以行旌将北指，连日为友好分画扇箑，其案头陈印章累累，乃知宝森字时斋，盖与杨遇春将军同姓名矣。复有一石，镌“阿木林”三字，绝趣。人多讳言阿木林[2]，宝森乃自承之，合“木林”两字为一，即“森”也。宝森书行草，殊劲秀有致，甚悔此行未携一便面，乃勿能强宝森即席挥毫也。

《小说日报》1939 年 12 月 22 日

贪睡

日来睡眠工夫，几占吾生活之大部分，往往晚间十一时左右就寝，至翌日下午一二时始兴，有时且迟至三四点钟，始一觉醒来，计算睡眠时间竟达十五六小时，似此贪睡，实为向来所未有。下走往年，亦尝如大郎、一方苦于失眠，中宵转侧，勿能成寐。此项况味，等于患病。近来则情形一变，头才着枕，未几即沉沉入梦矣。有时醒寤，但一阖目，又复酣睡如故。岂下走真“一无心事”哉？特以忧患饱经，刺激过深，使下走神经已陷入麻木，遂觉诸般烦恼，胥不足以动吾之心，能一切撇诸于脑后，于是遂成一瞌睡之虫，“情未静时诸妄作，人于悟后一言无”，正是下走之谓矣！

《小说日报》1939 年 12 月 23 日

---

① 杨宝森（1909—1958），老生演员。生于北京。出身梨园世家，祖父杨桂云为旦角，伯父杨小朵工花旦，父亲杨幼朵工武生，堂兄杨宝忠为名琴师。杨宝森与马连良、谭富英、奚啸伯合称“四大须生”，也称“杨派”。

② “阿木林”，沪语，“傻瓜”之意。

槐秋之宴

唐槐秋[①]先生招宴于大西洋，忆愚初识槐秋，在虹口一广东馆子之楼上，槐秋与应云卫[②]先生，忽亦翩然来，以云卫之介，得亲槐秋先生謦欬。彼时愚系于好莱坞舞厅[③]出，故与愚同座者。犹有瑛娘，屈指其事，逾四年矣！槐秋一风尘仆仆之人，然辄不见其老，此日把晤，依然是当年风采，斯亦奇矣。座上有魏如晦[④]先生，犹初识面。尝观如晦先生手编《碧血花》(即《明末遗恨》)，叹为绝构。尚有周贻白[⑤]先生，则为旧识，其夫人兰陵籍，与下走盖同乡也。

《小说日报》1939 年 12 月 23 日

张伯伦的雨伞

近日以来，亦稍稍留心国际间事，三数日前，报载一海通社柏林电，谓英首相张伯伦赴法，视察英国军队，德空军部侦悉张氏此行，未携雨伞，决派遣专机飞往法国北部，在张氏行辕附近，掷下雨伞一柄，以赠张氏，免为风雨所侵云云。读此电文竟，辄不禁为之失笑。张伯伦之雨伞，已成为近代举世闻名之物，不意在此欧陆混战之时期，竟被希特勒据为调侃资料，风云澒洞之中，着此一微妙

---

① 唐槐秋(1898—1954)，湖南省湘乡人。曾留学法国，回国后从事戏剧工作。1926 年参加田汉创办的南国电影剧社。1933 年创办了中国旅行剧团。

② 应云卫(1904—1967)，电影导演。浙江慈溪人。早年从事戏剧活动，曾导演话剧《怒吼吧，中国》。1934 年加入电通影片公司，曾导演《桃李劫》《生死同心》等影片。1936 年加入明星影业公司。抗战爆发后，任上海救亡演剧队总队长，组织中华全国戏剧界抗敌协会。到重庆后，组织中华剧艺社，导演《屈原》《棠棣之花》《法西斯细菌》《无名氏》等话剧、电影。

③ 好莱坞舞厅，位于愚园路 1204 号。

④ 魏如晦，为作家阿英(钱杏邨)的笔名之一。钱杏邨(1900—1977)，安徽芜湖人。1926 年参加中国共产党。1927 年到上海，长期从事革命文艺活动，与蒋光慈等发起组织“太阳社”。

⑤ 周贻白(1900—1977)，湖南长沙人。原名炳垣，一作夷白，曾用过六郎、剑庐、云谷、杨其敏等笔名。1927 年参加田汉主持的南国社，1935 年开始致力于戏曲史和戏剧理论的研究，并从事话剧、电影剧本创作。

之笔，亦可见希特勒真以国际间事，视作儿戏矣。

《小说日报》1939 年 12 月 24 日

元旦特刊

合璧不停，旋灰屡徙，转瞬圣诞节且逝，而新年在望矣。本报于国庆元旦，将增出特刊一大张，以为新岁作点缀。为日既促，遂不能不分向诸老友拉稿，横云阁主人首先以《岁朝艳说女弹词》一文见惠，列女弹词家十二金钗，各系以评述。此外已缴到者，复有沈琪兄之《一九三九年最满意的两份戏》、采芝斋主之《采芝斋元旦号外》两篇。而梦云、一方、啼红、修梅诸兄，亦各允惠赐一文，俱足为元旦特刊增颜色矣。

《小说日报》1939 年 12 月 24 日

卡乐开幕之夕

卡乐舞厅，于星期六之晚开幕，下走踪迹，疏于舞场者久矣！以卡乐为诸老友所经营，复因涂雅集假其地叙餐，遂亦参与其盛。漫郎、哀王孙、晚甘侯诸兄，都久不见，是夕又共晤于影城厅中。影城厅壁间张国产影片数十帧，使人于观舞之外，复可观影，实舞榭中所创见。九时许，瑛娘忽来，下走为一陌路之人矣！勿欲复见，走避之。及十一时许，以电话询诸友，言瑛娘已去，遂又至卡乐。愚于瑛娘，用心之苦如此，自谓亦可告无罪矣。四时，倦甚，灵犀买车送愚归。枕上书此，盖又度过一次宵游生活矣。

叙餐席上，哀王孙兄知愚西装失窃，乃劝愚曰：“此当吃了独处之亏，足下宜觅一抵缺之人，使专司衣帽之事。”愚曰：“管理衣帽间乎?”王孙兄大笑。下走尝谓,六年来艳福已尽我消受过来,此后当检束我身心,永远度凄凉之岁月,以稍稍报瑛娘六年来知遇之恩。自知不免近于愚骏,要亦行吾心之所安而已。独惜此意,为王孙兄所不能喻耳。夜深后,影城厅沙发上,交颈而卧者,都双携之侣,下走自顾茕独,不觉慨然。因得句曰:

可怜永远无资格,一作影城厅里人。

《小说日报》1939年12月25日

蜀腴宴饮

圣诞前夜,为通宵狂欢之节,是晚,饭于蜀腴。作主人者,有引凤楼主、木斋先生、男其三,并先生阁主,盖以二郎先生将入蜀,为之祖饯也。座上复有翼华、之方、大郎、采芝斋主、苏三,并韩紫纯先生。不晤紫纯先生者数月,问其近况,知舞兴颇勿恶。下走踪迹,久疏于舞榭,遂不值耳。已而桐韵二媛忽翩然入室,谓自楼上下窥,先见下走,又见三那,因来探视。三那乃招之侍坐片刻,木斋先生盛赞其美,是下走当日之赏识为不虚矣。饭后,又群趋卡乐,为竟夕之欢。

卡乐舞人,有沈丽芳者,貌绝艳,吾友巴君召之侍坐,下走因一试其轻腰,而舞复甚佳。语于木斋,木斋遂亦召丽芳来坐台子一圈。木斋先生不下舞池者几半载,是日乃为丽芳破其例,舞罢归座,亦盛称其舞之精彩。卡乐舞人中,足与丽芳颉颃者,复有高珠凤。珠凤稚齿韶颜,绝可人意,在白凤生笔下,所谓“平生不许相思愿,为汝宵来瘦几分”者也。

《小说日报》1939年12月26日

小鸟演话剧

王熙春在舞台上,有婉娈之态,足以辅其艺事之不足,观台上之熙春,无勿以为可爱者。今熙春辍唱久,中旅复活,熙春忽有加入讯。是熙春于平剧、电影、话剧,殆将一一尝试之矣,话剧则非出全力不为功。熙春之病在"软",演旧戏自是妙材,若话剧则有一慷慨激昂之唐若青在前,熙春恐终输一着耳!

《小说日报》1939 年 12 月 27 日

集合舞

星一之晚,又作竟宵游,先约晤青鸾[①]、三那先归,愚复与白凤、一方、佩之三兄,作惠尔登[②]之游,携舞人凡二,则卡乐之高珠凤与沈丽芳也。久不履惠尔登,圣诞节边,亦布置一新,乐台饰为农村之景,四壁绘童子嬉雪图,足良以逗人兴奋之怀。白凤复招傅家丽艳侍坐,乐工打集合舞曲时,愚与白凤并珠凤、丽芳、丽艳同下舞池,作"小队宫人"之演出。近来久蛰勿动,若耽禅悦,此日之游,亦如持戒勿严之老衲,开了一次荤耳。

《小说日报》1939 年 12 月 27 日

与阿萍饮于同宝泰

二十七日晚,与阿萍等饮于同宝泰,为生平未有之沉醉。愚从来饮酒不自知量之多少,第以为六七杯总可以来得。阿萍则曰:"汝能饮六七杯,且不省人事矣!"愚曰:"能饮则如何?"阿萍曰:"只

---

① "青鸾"为陈灵犀(听潮)笔名之一。
② 惠尔登舞厅,位于愚园路 1401 号。

要能饮尽六杯，无论汝欲如何，皆由我为东道主。”玄郎在旁，愿为吾作证人。愚遂矍然起，一饮而尽者，凡四杯。最后只剩二杯，为胜利关头矣！愚初不意酒力之劲，至此实已醺然，自念为山九仞，殆将功亏一篑耶？然拼得沉醉，此两盏终能尽之，因与阿萍讲条件曰：“足下果将如何请我？苟勿言明，则吾之牺牲为不值得，未至最后关头，吾不欲轻言牺牲也。”玄郎乃为愚划策，不如召慧文来。阿萍曰：“诺！”于是愚又举当前之酒，一饮而尽。已而青鸾及淑贞、慧文俱至，闻阿萍与愚之约，于愚当饮之一杯外，又各敬愚半盏。愚纵勿胜酒力，然众人之美意，胥不可违，乃发愤曰：“今夕即使真醉至勿省人事，亦当勉强从诸位命。”在一时兴奋之下，愚先后所尽且达八九盏。酒后，一车共载，又趋卡乐。阿萍与慧文掖愚下楼，已现步履踉跄之态矣。

在卡乐坐至十二时，又为诸人所嬲，转趋大华。愚于是日，殆亦身不由己。发稿之事，寖且模糊忘之，及坐于大华。余醒始渐解，终是夕之游，仅与慧文舞。薄福尽消银烛下，疏狂难到玉台前，一宵宴游，又使愚平添几许惆怅矣。

《小说日报》1939年12月28日

大郎记二媛定情

大郎于《怀素楼辍语》终记二媛事，遽有“定情”之言。其实下走之心，枯寂若死者久矣！二十六日竟宵之游（昨误记二十七日），不过为阿萍、玄郎两兄，怂恿而成，自此一会，亦即戛然而止，更勿欲复惹烦恼。而大郎笔下，若有与我争雄之意，会勿念下走茕独之可怜，以大郎之今日刘婆，明宵乔娘，讵尚不足以踌躇满志？下走平日,恒涎羡大郎之到处青眼而不遑,不谓大郎亦有嫉妒我之时。其实心上温馨,不过片刻。勿若大郎指上,金戒燦燦,若论收获,下走视大郎,终望尘莫及也。

二媛近来,益如春花之艳发,大郎赞语,要不为虚。下走初与二媛舞,时在新秋,有诗一律记其事曰:

便嬛足与阿媛侔,一捻腰肢入抱柔。
衣不轻飏稍障艳,面虽初觌略无羞。
玉纤行炙强膏吻,灯影摇凉乍报秋。
各叙乡音成剧笑,卿为常熟我常州。

同宝泰纵饮之夕,复书赈之,书生结习,其实何尝为二媛所了解?惟下走踉跄下楼时,二媛掖我而行。王次回[①]诗,所谓"羯末许陪狂烂漫,云英教捧醉朦胧"者,为下走生平添益可资纪念之事,则正当感谢此姝。是夕憩于卡乐时,愚辄顾阿萍兄言曰:"即此业已满足。"以告大郎,大郎正不必嫉我矣。

《小说日报》1939 年 12 月 29 日

翼楼看排戏

于翼楼看梯公、培林诸人排《雷雨》,剧中鲁侍萍一角,曾拟请伯绥夫人演之,今仍由马丽云担任。丽云个子高,饰侍萍甚合。排戏时,素雯、慧聪俱认真,素雯之周繁漪,有其家老大气息,演出便

① 王彦泓(1593—1642),字次回,江苏金坛人,明代后期诗人。有《疑雨》《疑云》两套诗集,按创作年代编排,收录诗 1 372 首、词 104 首。

不虑勿佳。四凤一角，属诸慧聪。慧聪旧剧，吾所见不多，兹睹其排《雷雨》，乃知其甚能演戏，国语之精粹，成绩或且超诸人之上耳。

《小说日报》1939 年 12 月 30 日

《林冲夜奔》与《董小宛》

尝观银幕上之《雪夜歼仇记》，不失为一佳构，愚尝有诗，为此片题照，刊于《新华画报》，诗曰："疾恶深仇气不消，未辞风雪走中宵。丈夫裂眦明恩怨，鲜血染腥灵宝刀。"今中旅之《西太后》，暂时搁置，将先上演《林冲夜奔》，而编剧导演，仍属诸吴永刚，逆料成绩必勿恶。中旅预告之戏，复有《董小宛》，此为信芳名作之一，改为话剧，意其演出之动人，当不输《明末遗恨》。愿中旅亦早日以之飨观众，若《西太后》则仅为宫闱戏，正不必亟亟耳。

《小说日报》1939 年 12 月 30 日

去年今日

岁月不居，又是一年之元旦！去年此日，事有可资回忆者，则松风主人，以录周梅艳为义女，张盛筵于貂蝉之楼，欢宴朋侪。是日之晚，愚乃携秋姑共赴召。女宾之至者，更有周錬霞女士，暨雪艳、文娟、云霞、艳琴诸儿，胥菊部一时之隽。秋姑傍雪艳、云霞坐，灵犀为秋姑介，使遍识座间诸姊妹。当时摄有一照，为此盛会留纪念。秋姑之影，半为愚所蔽，然犹见其鬓间所戴白绒花朵也。一岁之隔，又届元日，而秋姑与愚，终且分离。缅怀往事，盖又不尽惆怅矣。

《小说日报》1940 年 1 月 1 日

景鸾

青鸾先生，近得一妙侣，字曰景鸾，意盖谓景仰青鸾也。吾友玉绳，方剧赏北里女儿文鸾。文与景盖同出一枝者。一日，饮于市楼，飞笺召双鸾，景来而文不至。玉绳以治事未竟，勿敢酣饮，飘然先辞众人去。宵深，玉绳与青鸾、景鸾，又值于大华。景鸾见玉绳，以一笺授玉绳曰："君奈何悒悒以行？人以为君乃小有不慊也。"玉绳展视其笺，则其上书曰：

玉绳先生：

文鸾之事，包在我身上，不要灰心，努力吧！

景鸾

玉绳大笑曰："汝以包票畀我，然则吾当准备谢媒人矣！"

景文双鸾，愚皆见之，并有殊色，而景鸾之提笔能写，雅擅文事，在风尘中要为罕觏之材。宜青鸾先生，为之深致倾倒矣。

《小说日报》1940 年 1 月 1 日

卡乐度岁

二十八年之大除夕，止于卡乐。是日同侪盛至，灵犀、之方、大郎、白凤诸兄俱偕，坐影城厅中，有济济跄跄之盛。洎子夜，一九三九年消逝，"一九四〇"及"恭祝年鳌"之电炬骤明，乐队奏三民主义之曲，于是全场肃立，唱党歌，示人于糜烂生活中，犹勿忘国家。吾座后诸女宾，亦多引吭而歌者。不睹此项庄严肃穆之会，垂二年矣。不期今日乃于跳舞场中觏之，为之兴奋靡极，而下走之新岁，遂亦于此间度过。场中，又遘绿芙、鍊霞伉俪，及本报毛主干。寻与沈丽芳舞，与高珠凤舞，以勿欲辜负良辰也。

三时许，与白凤兄携丽芳、珠凤出，游伊文泰。又遘之方兄于此，因自推仔厅移坐于外，与丽芳跳滑行舞。近来滑行之舞步略有变，作蹀跳之状。愚学之不惯，则仍守陈法。丽芳以一影贻愚，已铸版，当于《小舞场》中刊之。在伊文泰，逗留逾五时，又走惠尔登、潘拂林，归途，已晨光熹微，元日且且矣！

《小说日报》1940 年 1 月 2 日

集于卡乐

献岁之晚，复赓续为宵游，与青鸾、天衣、蝉红、阿萍诸兄，集于卡乐。以未尝饭，呼炒年糕一盅充饥。卡乐厨房，已渐渐改进，烹调得宜，勿若初时之淡而无味矣。是晚有飞车表演，场主人谋以娱嘉宾者，然愚对之辄不胜头痛，盖亦如集定盦之诗，看来看去总是那一套也。在跳舞场中，惟舞蹈表演，尚不妨偶一为之，若以脚踏车一辆玩花样，与变戏法何异？以舞榭为游艺场，派头小矣！

在卡乐坐至一时许，青鸾携阿凤，白凤携珠娘，并蝉红伉俪及愚，谋更作他处之游。初诣大都会，场中之人寥寥，未及坐，原车趋百乐门。百乐门人亦不多，然新岁中装饰奇丽，有气象万千之观，遂亦勿欲他适。场中，遘顾凤兰小姐，向时愚尝有诗，谓“我今深擅皇家舞，长愿玉纤挽朕躬”者，即为斯人作也。与阿凤舞一次，珠娘舞一次，近来不但“吃账长揩诸位油”，并舞亦不要自己搅落，几乎做出牌子来。

归寝时，又在将曙之际，“律己未能涴百忧”，则惟有依然度颓废生活。愚之颓废生活，亦仅止于宵游，或不致如何戕贼我躬乎？

《小说日报》1940 年 1 月 3 日

初与文娟舞

文娟将有北行，星期二之晚，遂与吾侪小憩于大华。文娟固娴于舞，惟下走生平，勿甚敢与客气的小姐们跳，又兼是日场中人多，深虑陨越，于文娟遂勿敢请。不谓文娟乃先请于愚，遂试与一躧步。文娟问下走曷不起舞？愚只得曰："虑打断你们的谈话耳！"文娟行期，在旬日以后，祖饯之宴，必不可少，则拟于下星期之一二，假蜀腴举行之，期望此"袖珍谭富英"，北上以后，他日能成为"巨型谭富英"，衣锦归来，则老友面上，亦与有荣矣。

《小说日报》1940 年 1 月 4 日

度量

当年与诸友游舞榭，愚携秋姑，辄遍请诸友舞。一日与某君止于逍遥，以舞女无相稔者，因与某君共舞张明霞。某君遽曰："两个人跳一个舞女，勿大好！"愚辄不禁为之匿笑，夫秋姑下走之"禁脔"，下走尚且不恤，何况欢场子？而此君居然有醋意。近日景鸾常从青鸾先生游舞榭，青鸾辄顾愚曰："足下跳也！"青鸾与愚之度量，胥为某君所不及矣。

《小说日报》1940 年 1 月 4 日

卡乐遇友

星期三之晚，于卡乐遇慧月、二琴。二琴胥秋姑戚属之女，呼秋姑为姨者,因托代问秋姑安好。是日微有寒热,知近来之耽于宵游,终损我健康矣。因绝早即归,以《社日》所刊《秋闺痛语》,粘贴成册。近日韦陀兄数数怂恿,以《秋闺痛语》印成单行本,并愿代付梓。愚亦拟发愤竟全篇,惟迩来寒冷,拟乞于韦陀,容吾于春暖时动笔,期以两月,写十万字左右,则六年来吾与秋姑,一番缠绵悱恻之事,亦可尽于此中矣。闻陈霆锐律师尝读吾文而好之,而大华舞人张慧娟则且欲索阅吾全文,两人愚胥未识面,然要皆愚之知己。书成,当首以奉二人,结一段翰墨因缘焉。

周瘦鹃先生翩然过访,大郎近菲薄集定盦诗,瘦鹃先生则谓:"定盦诗多有影事,苟蒐集得好,或且远胜已作。"此意与愚正同。愚近集定盦句题秋姑照曰:"脆弱芝兰笑六朝,梦回持偈谢灵萧。仙山楼阁寻常事,但有秋魂不可招。"讵非好诗?又曰:"忽作泠然水瑟鸣,天风鸾鹤怨三生。悲欢离合本如此,付与鸳鸯诉不平。"讵非好诗?瘦鹃先生以近集定盦句视我,且已成百数十首。其中有《伤流离》《吊吴子玉将军》诸作,愚因乞先生稍加笺注,畀刊吾报,使大郎读之,或且击节称赏矣。

《小说日报》1940年1月5日

寒热未退

寒热未退,恹恹有病意,自处一方,煎服之,然辑务不可废,犹强出,下午稍进食,亦了不辨味,知吾体质亏损,此当非尽为耽于宵游故,忧郁未能去诸怀,于摄生之影响殆最巨。吾之勿能永年,于此可征之矣!因是于《秋闺痛语》之作,觉尤不可缓,总当于短时期内偿此愿,庶死亦可瞑目也。

黄金之九本《狸猫换太子》，煌煌广告，已刊于报端，愚两妹来言，年终愿一见大哥在台上演出也。然届时愚是否登台，犹勿能决，则以心绪勿宁，虽愿助众友之兴，虑彼时亦打不起精神来，故颇拟向孙经理兰亭辞班不干。好在愚所担任者，为一极轻松之角儿，无关大局耳。

晚，俞懒蚕、张健帆两君常来谈，两君皆谦谦君子，而俱雄于文，为吾报写《懒蚕谈荟》及《横云阁胜墨》，为读者所称赏，亦吾报之“文白”(文言与白话)两台柱也。

《小说日报》1940年1月6日

女人电话

偶得一女人电话，为之愕然。电话中间曰：“阿是陈先生?”愚问之曰：“叫哪一个陈先生听电话?”以吾治事之室，有三个人都姓陈，而下走则近来与女人绝缘，似乎不会有异性打电话与我也。然电话之中，竟是找我说话，姑听之。则为问报间之事，盖吾报一读者而已！“近来可笑怔忡甚，不惯女人电话声!”亦独处以来伤心事件之一也。

《小说日报》1940年1月7日

玉蓉来信

玉蓉北去后，昨始有书来，书中叙哪一天抵平，哪一天将演出什么戏，如是而已。最后乃系以数语曰：“照片待添印后，再寄给你，请你分送各位。”似乎是在封缄之时，忽然想起了匆匆北归，尚有一笔宿债未了，遂着此一笔。总算玉蓉记性，还不甚坏，然而这一批照片,待玉蓉签名寄出,又不知何年何月何日也。

《小说日报》1940 年 1 月 7 日

大华舞人张慧娟

大华舞人张慧娟,昨始识其人,盖与凄凉绝代之乔金红正是芳邻也。愚往时逗留大华,未尝注意此人,昨晚有大郎在座,慧娟舞近座前时,大郎呼曰:"写《秋闱痛语》之人在此!"慧娟遽驻足勿舞,以"窥臣"之姿态视下走,遂使愚为之大窘。座前陈伟珠诸人,回首见为下走,无不诧异,使非伟珠等俱识愚者,且以为慧娟捉着了一个逃票子客人矣。一方、大郎俱怂恿愚与慧娟舞,然慧娟红人,未几即有人召之坐台,知下走与慧娟之缘犹悭也。

是晚同游者,又有青鸾先生。青鸾本与阿凤约晤于清河之家,为夜间之十二时后,及下午,青鸾得景鸾一电话,约青鸾为舞榭之游。青鸾遂修一书,专足致阿凤,欲取消宿诺,不谓阿凤于十一时后,即觅青鸾于大华。景鸾后至,以诸人之劝,虽就坐,终不免有怨怼色。愚书"最难消受美人恩"七字视青鸾,青鸾曰:"真左右为难也。"愚乃不禁长叹,以为青鸾何幸,乃至婴婴宛宛之流,纷至沓来,推都推她不开。反顾下走,则难寤寐以求之,亦勿可得。事理之不平,宁有逾于此者? 窃以为青鸾先生顾此而失彼,亦未免暴敛天珍,宁不可以分个把过来,安慰安慰老友至寂寞乎?

《小说日报》1940 年 1 月 9 日

黄金排戏

八日晚,祝翼华夫人之寿于秀兰邨。十一时至黄金,排九本

《狸猫》通宵。愚之参加排戏,生平犹第一次也。赵如泉于共舞台卸装后,兰亭以车速之来。陈月楼、李如春、张桂芬俱至,老开为诸人说戏,由第一场至剧终,恒四小时勿辍,及竟天将曙矣!众人俱向老开道辛苦!而老开之言曰:“观诸位如此热心,不能不使人感动,尚敢言劳乎?”此老之热忱实可念。参加《狸猫》演出者,若兰亭、元龙、培鑫、森斋、如珊、其俊、江枫、中原,俱走票若年,此一台戏之如火如荼,要可意料。下走虽羊毛,然以追随诸君子之后,亦自觉大可兴奋。此次义务戏,愚本倡议之人,兰亭既勿许愚辞班,愚亦觉义不容辞,纵末艺无可观,亦当不揣简陋,勉为其难矣。

《小说日报》1940 年 1 月 10 日

素秋来柬贺年

吴素秋来信贺年,虽然是寻常应酬文字,亦觉此女之娴于人情,为王玉蓉所勿逮。玉蓉北归,久久始来一函,犹是兼致听潮及尧坤者。使玉蓉而事忙,犹情有可原,顾玉蓉之函,实出捉刀人手,则其偷工减料,便为不当。玉蓉在上海,出演三十有六,诸友皆捧之,周郎所写文字尤伙,而下走代诸友有求于玉蓉者,不过照片一张而已!玉蓉亦靳之,此女罔知人情世故盖如此。吾故谓素秋优于玉蓉,素秋贺年之柬,虽寥寥数语,要出自真诚。若玉蓉浑浑噩噩,实不类一久历江湖之人也。

《小说日报》1940 年 1 月 10 日

王伯衡先生招饮

王伯衡先生招饮于其府上。伯衡先生早岁留学海外,归来后致身于仕途，中西学养俱富，尤雄于饮。其家藏有佳酿，遂欲邀吾侪谋一醉。与宴者舍下走外，有二郎、瘦鹃两先生，小蝶、灵犀、尧坤诸兄，及采芝斋主人。席间，主人及小蝶兄述笑话甚多，闻之解颐。王府庖厨甚美，菜肴不无甘腴适口，为之朵颐大快。贮酒之壶，其上无盖，酒自壶底注入，虽倾侧亦勿虑外溢，其制作盖绝奇。愚辄曰，看在这两把酒壶上，便应当多喝几杯，况主人殷殷乎！因是亦连倾数盏，不觉为之醺然。伯衡先生府上，陈设绝精洁，有费念慈题姚江山水，及崇德老人书镜屏，皆可珍也。

九本《狸猫》中，黄金为蒋九公支配范仲淹一角，九公勿悦，今改饰杨忠矣！因知九公之雅量，视下走为勿及。下走自封为羊毛，于角色勿敢争，诚亦不能因一二人之戏欲，偾全局大事也。参加九本《狸猫》者，若元龙，若兰亭，若森斋，若中原，于剧事之精娴，皆足以使吾侪折服，愚故乐承颜查散一角，吾侪第为难民而请命，视义务为当尽，角儿之大小，牌子之高低，胥不宜论矣。

《小说日报》1940 年 1 月 11 日

钱文娟

文娟北上有日，同人等饯之于蜀腴，席间慕老致勖勉之词，于文娟寄殷殷之望，所谓虽小别亦黯然，文娟此去，且不定三年五载，益勿能无依依之情也。姜云霞久不见，以灵犀之邀，亦翩然至，着重棉之衣，小红老实人，打扮得真似三好婆矣。午夜，又应吾侪之约，临大华小坐，同人因谓“念旧情殷，毕竟还是小红也”。夜半，李瑛芳亦来，一朵艳花，已是向晚，周旋间虽犹流露其热情，然眉痕重间，终勿能掩其憔悴可怜之色，“落花舞絮春如水，下却珠帘不忍看”，于瑛芳亦同有此感矣。

《小说日报》1940 年 1 月 13 日

兰亭绝技

新艳秋[1]南来，顾福棠君宴之于新利查[2]。愚与顾君素昧，以包小蝶兄代主人坚邀，遂赴席。座上复有俞振飞及郑冰如。冰如稍坐即行，玉华（新艳秋字）未久亦去，遂未暇为多谈。林屋先师膝下诸娇女，惟玉华享名最盛，然与愚实间疏，玉华两次来上海，愚皆未及见其剧，惟尝同樽酒二三次而已。振飞下海有年，海上为其故土，此来奏歌，犹未逊其翩翩风度，为玉华绿叶之助，知必歆动沪人士矣。席上，兰亭兄表演吹蛋之戏，蛋置于玻璃杯中，拼力嘘之，蛋乃于杯中翻一筋斗。兰亭为人突梯滑稽，此其绝技，将使邓国庆[3]甘拜下风矣。

《小说日报》1940 年 1 月 13 日

舞榭乏舞侣

在舞榭中，有时苦乏舞侣，然偶遇相识之女人，肯移樽就教时，又觉并不渴需，盖能够移樽就教之女人，必勿甚高明也。一晚，小红既去，座上遂有阳盛阴衰之叹。未久，韵娘忽至，为青鸾所素稔，有一女偕来，韵娘介于吾侪，言氏王，亦丽都舞人也。就吾侪之座而坐，与女叙话，知亦常州人，问其伴舞几时矣？则曰：“才年余

① 新艳秋（1910—2008），原名王玉华，擅旦角戏，民国时被推为“四大坤旦”之一。早年习梆子戏，后改学京剧，先后拜荣蝶仙、梅兰芳、王瑶卿为师。后专攻程派，私淑程砚秋。

② 新利查西菜社，位于广西路福州路口。

③ 邓国庆，杂技演员，时为中国青年技术团的主干。

耳。”愚因曰：“阿是逃难出来格?”盖此女瘦怯，犹逾于我，一副难民面孔，使人不忍卒睹也。韵娘嘱愚与此女舞，愚勉与一躚步，看在同乡面上，总算是为桑梓服务一次。舞人之为常州籍者，若胡燕燕，若马巧云，胥一时之倩。闻乔金红亦常州人，金红颀长而不轻顰笑，常似挟秋霜之气，愚对于此婆，故乏好感，而云裳恒惑之。及闻为同乡，此亦稍觉美可取。以金红容止，犹较王氏女为修整耳。若王氏女则说勿出话勿出[①]的一只面孔，纵然送上门来，亦不能不望而却步矣。

《小说日报》1940 年 1 月 14 日

俞振飞南来

俞振飞南来，兰亭宴之于国际饭店，陪客之中，乃有下走，以是亦得一登国际之高楼，盖生平第一次也。与此宴者，犹有吕弓、翼华、大郎、森斋、中原、小蝶、培鑫、江枫、余余诸子，聚俊髦之士于一堂，而与振飞无勿识者，谈笑遂不必有拘束，虽身处国际大厦中，亦如在汤山浴室楼上也。所食为中菜，陈于案者，皆庞然大物，亦无一而非豢刍之味，正不知一席之费需若干金矣。餐已，凭楼阑为眺乐，俯首下瞰，见大光明影戏院渺小如香烟匣子折叠以成者，辄大叫。近来友侪有呼下走为蝶老者，安知下走犹童心未泯哉!

星期六之晚，游卡乐，勿愿虚度良宵，复趋车而西，息于伊文泰。同游者白凤、之方、一方、佩之，女流都七八辈，新入卡乐之李氏三姊妹，亦与吾侪俱，逗留至昧爽始归，归分两车，莺嗔燕叱之侣，才犹笑语谑浪者，转瞬之间，即作分飞之劳燕，所谓宵游之乐

① “说勿出话勿出”，沪语，“难以形容”之意，带贬义。

趣,实际亦甚有限,顾终耽于宵游,勿能自拔振者,思之实亦莫明所以也。

《小说日报》1940 年 1 月 15 日

预告

丐于哀王孙兄,请为吾报治长篇,王孙兄为文,侈丽闳衍,意味特隽,使著为说部,必为读者击节称赏,而王孙兄谓长篇非胸有成竹不办,生平又未尝习此,故勿敢着笔。下走则固请,王孙兄始允一短篇见贶,一如曩时《天涯芳草楼散记》之体例。下走亟顿首以谢,虽不得长篇,短篇故自佳也。王孙兄俯如下走之情,允于三数日内即动笔,每则衍述一事,亘三四日终篇,以王孙兄文笔之典美,传人传事,知必有哀艳恢诞之作,快读者心目矣!吾报读者,当拭目以俟之。

《小说日报》1940 年 1 月 16 日

再记景鸾

坐于卡乐,红鲤欲以景鸾移交我,红鲤先行。阿萍代愚请于景鸾曰:“陈先生欲请汝为大华之游也。”景鸾曰:“今宵疲矣!盍俟明日。”言已,愀然有不愉之色。此女于红鲤先生,深情一往,殆有“妾非郎不嫁”之概,遂以红鲤之让渡与我为不当。愚虑自此梗景鸾与红鲤好事,则大惶急,亟托阿萍代我致语曰:“下走不情之请,愿景鸾小姐勿介介,翌日,吾当置酒为景鸾小姐与红鲤解嫌,景鸾是红鲤之人,还当归诸红鲤也。”

《小说日报》1940 年 1 月 16 日

得郑冰如小照

近来对于搜罗女伶照片，不遗余力，得亲笔签名者，已有素秋、玉蓉、素莲数帧。文娟北上，亦以一照贻我。昨日复得郑冰如一帧，则皆为戏装者。冰如之一帧，由杭州海生弟授我。海生弟自谓有肩胛①，勿若两位师兄，代求玉蓉一照而不可得。然冰如之照签名于照之后，实为美中不足。愚搜集坤角儿照片，一一陈于玻璃下，若签名于照之后，人所勿能见矣！用是托海生弟，为我另索一张，必签名于照上者，庶几有台型②。此外尚待征求者，有新艳秋，愿玉华签一帧与我，其上亦书曰“蝶衣师兄留念”，则可与玉蓉之照称二美，为下走之写字台上，增无限光辉矣。

韦陀兄跌宕舞榭间，识货腰女儿至夥。有好谑者，见韦陀至，往往呼曰：“老韦！请客请客！”韦兄为人亢爽，舞人有所求，无勿诺，舞场打烊后，恒见群雌粥粥，随之入宵夜之肆，索酒索肴，韦兄从不吝也。顷者，韦兄治一精舍，将以为下榻之所，人或以为韦兄组小房子矣。韦兄辩曰：“房子虽小，实无阿娇。”然韦兄之居虽无鬓丝，而流莺比邻，乃有一货腰之女，韦兄与素稔，知韦兄之不虞寂寞，正胜于下走之独处室多多。因愿乞诸韦兄，于金屋落成之后，设一文酒之会，使下走亦得一瞻上林春色。倘韦兄许下走亦结缘其间者，则下走之独处室，且拟从此打烊矣。

《小说日报》1940 年 1 月 17 日

---

① “有肩胛”，沪之俗语，形容一个人做事有担任，有排场，说到做到。
② “台型”，沪语，“面子”之意。

设宴大雅楼

更新舞台邀新艳秋、俞振飞南来，昨午，又设宴于大雅楼①，联杯酒之欢。玉华（新艳秋字）扶病而来，言头痛如疢，盖方吊唁俞叶封之丧归也。玉华自言体气勿佳，登台之夕，又受惊恐，遂感勿适。入席未久，即辞座上诸人先行。子褒五叔为言："玉华将往就医，故勿能久坐。"于是玉华之来几如惊鸿一瞥，惟振飞至终夕先行，听其谈春明梨园中事，亦饶有趣味焉。

午应更新主人之宴后，晚间，本报毛主干又约涂雅集诸同志，小叙于雪园之厅。韦陀、晚蘋、漫郎、哀王孙、晚甘侯、近楼、卜卜跳诸君俱至。雪园座客，婴婴宛宛之流独多，有与涂雅诸子素稔者，莺嗔燕叱之声，往往使邻桌之人，为之停箸不举。张琼华与孙秀文、裘美丽两舞人，亦莅临雪园晚餐，琼华瞥见吾侪，攫案头之红烧狮子头一簋而去，愚询之曰："持去滚绣球耶？"同人不解，愚曰："与彼同来者，一曰秀文，一则姓裘，讵非表演狮子滚绣球耶？"一座大笑。

《小说日报》1940 年 1 月 18 日

擦鞋

上海自有擦鞋之肆，尚未一作问津之客，平日擦鞋，惟以一盒鞋油，自任其劳，即床头人亦未尝敢一请假手。然初用鞋油时，乃有一笑话，则愚与吾妇，于鞋油之盒，俱不知如何开启，以为亦与寻常盒盖等耳！不意用尽全力，终屹然勿动。吾妇以为必因天寒，盒盖胶着矣，乃投之于炉火之上，将谓如此必可以熔化，不意盒内之油，含有戤司令质，着火即焚，于是一盒鞋油，竟付一炬。两人视熊

① 大雅楼，位于四马路（福州路）浙江路口。

熊炉火，攫取已勿及，则惟相向哑然，思之真可失笑矣。

昨日，吾妇自乡间来书，言吾儿目疾又复发，而长女则耳内溃疡，亦久久勿愈。此两种毛病，愚幼时皆患之，而吾儿吾女皆勿欲使乃父专美于前，倘亦所谓遗传性矣。愚覆一书于吾妇，惟亟亟嘱急足入城中，购中法药房之“古力晶”眼药水，为吾儿治之。向时吾妇病目，愚为购“古力晶”治之而愈，吾儿初生时，目疾随之俱来，亦乞灵于“古力晶”而效。愚故信任此药至坚，乡间医药，胥勿可靠，城中当有“古力晶”可购，使吾妇饬人觅之，小孩子一无所知，不当使之受痛苦也。

《小说日报》1940 年 1 月 19 日

蝶社

王熙春居国际照相馆之楼上，利其与卡尔登近便也。今熙春既辍演于红氍，日就合众摄影场拍戏，转嫌其为远，于是有迁徙之意。熙春赁国际之屋，原为包票小蝶兄所介绍，小蝶颇拟俟熙春迁出后，自税其室，组织一“蝶社”，作好友聚首之所。下走力赞其议，愿小蝶之社能早日成立，非仅为多一良夜消遣之地，亦以命名曰“蝶社”，使下走可以稍占光辉耳。

《小说日报》1940 年 1 月 20 日

绮罗香未嫁

女伶绮罗香，歌于滇中，最近大郎兄忽倾心于此辽远之人，称其绝美。绮罗香当年隶更新舞台时，愚观其剧甚夥，在天下第一桥中，常表演《打莲香》之类，其实亦寻常姿色，大郎之赞赏此人，正莫审其由也。前者报间传绮罗香已嫁杜文林,遂使大郎有彩凤随鸦之叹。惟一昨得朱双云昆明来书,谓绮罗兰于十二月二十一日与杜文林在滇结婚,则嫁杜者实姊而非妹,绮罗香固犹是云英未嫁之身。因亟记之以告大郎,大郎宜为之开颜一笑矣。

《小说日报》1940 年 1 月 20 日

再排《狸猫》

九本《狸猫》又做第二次排练,而改地点为卡尔登,以卡尔登亦于同日排《连环套》也。愚于《狸猫》中,虽承乏一角,实无所事事,惟以赵老开之不辞辛劳,为诸人说戏,未尝有片刻休息,其热忱要足使人感动,因亦陪一个通宵焉。

《小说日报》1940 年 1 月 20 日

雪

十九日,寄乡间一函,言海上天气转寒,恐将下雪,不谓六出之花,昨日果然纷飞,下走之言遽验。一若有前知之术者,亦可异矣。吾妇自乡间来函,问愚在上海冷否?言拟制一丝绵马夹寄我。吾妇今日亦知关心其藁砧之寒暖,愚故谓夫妇小别,未始非佳事。若吾妇素日原甚木僵,今小别两月,便不似从前目睹我狼狈于风雨中,略不一顾之残忍矣!

《小说日报》1940 年 1 月 21 日

郑冰如惠照

郑冰如行旌北指之日,忽以一照贻我,乃自邮局寄来者。当冰如出演更新之日,愚丐海生弟代索一照,冰如签名于照片之后,愚引以为憾事,以下走与冰如,不过三数面,用不着避什么嫌疑也。此次之照,果签上下款于照之上,且又为便装者,得之大喜,以为视海生弟代索之一帧为胜也。

《小说日报》1940 年 1 月 21 日

越剧科班

何五良先生,将于其梓里创设越剧学校,仿富连成科班之制,为越剧造就人才,期以二年卒业,则可来沪献艺矣。越剧之在上海,近来固风靡一时,盖地方戏之能注意于结构者,惟有越剧,于是遂为一般人士所好。今五良先生又从而倡导之,若再经改良,当更受欢迎矣。

《小说日报》1940 年 1 月 21 日

观《雷雨》排练

于卡尔登看排练《雷雨》,门外正飘雪花,而诸人之兴致略不减,为难民而请命,宜不辞劳瘁也。《雷雨》女演员,若慧聪、蓝兰、素雯无勿佳,男角则恐将让李长山为第一。长山之鲁贵,曩在中旅时尝演过,固斫轮老手也。信芳台词未熟,排戏时,持剧本在手,一边看一边念,以信芳之忙,平日自无暇及此,然今晚吾人将见信芳之周朴园从容登台,此则其天才过人矣。灵犀于《雷雨》中,饰一老家人,时时念"您"为"侬",以为苦事。愚为之借箸代筹曰:"足下何不径说潮州话?老家人算是周老爷从潮州带回来的,亦未尝不可也。"

卡尔登于前晚封箱,闻末一场戏完后,幕垂下后又扯上,移风社诸艺员,在信芳率领之下,向观众致告别辞。而台上台下,即以彩纸彩带互相抛掷，一若轮埠送行之情状，盖循往年旧例也。此时情景，殆使人不能无黯然销魂之思。翼华言：“往年封箱时，王兰芳在台上，向台下招手曰：‘呡笃开仔年请过来呀！’辄使观众为之忍俊不禁矣。”前晚卡尔登封箱，愚未及观，不知兰芳是否有此妩媚表演耳？

《小说日报》1940 年 1 月 23 日

卡尔登慈善义务戏

卡尔登之慈善义务戏，于前晚演出，观者大都抱看笑话之心理而来，以是台下时时哄堂。前数出戏，若之方、玲红之《大登殿》，梯维、中原、幼蝶、素雯、慧聪之《黄鹤楼》，剑星之《九江口》，以及百岁、文魁等之《双摇会》，愚皆未及观，闻中原与慧聪在《黄鹤楼》中，都奇佳。中原之张飞，慧聪之赵云，皆反串也。剑星之《九江口》，据说身上与开打也都很好，看不出是外行。此则共舞台之前台经理，平日揣摩有素，宜能从容应付矣。大轴《连环套》，愚得从头看起，此剧笑料之多，恐《王先生》影片犹勿逮。兰亭之大头目，打上海白说“阿要难为情”，首先出噱头；后来小蝶之窦尔敦，忽然盔头碰落，表演抛顶宫，检场人临时抓了一顶风帽来给他戴上，开窦寨主装束未有之新纪录。大郎之天霸，凭良心说，有几场演得很不错，如公堂之抖工，《连环套》“待掩乘骑”之姿势，都很像样。不过大家以为大郎是风趣之人，只当他滑稽戏看，演到筋节儿上，往往忍俊不禁，一起大笑，于是大郎虽老练，亦不能不慌乱。《回店》一场，甚至一再吃螺蛳[1]矣。是晚，大郎笔下之刘婆，坐在正厅第二排

① “吃螺蛳”为艺界俗语，指艺人在台上表演时忘词卡顿。

看大郎之登场，亦时时笑得前仰后仆，想见大郎在台上逗人发噱地方之多，惟刘婆多情人，于亲莅捧场之外，又送花篮两只与大郎，大郎得此，或且以为较与信芳同台尤荣幸矣。

《小说日报》1940年1月24日

叨扰汪府

卡尔登《雷雨》公演之晚，汪其俊兄于其府上治盛馔，完戏后，邀吾侪过其居，作通宵表演。愚与元声、江枫及韩金奎[1]老板先到，打了四圈牌，略负。未几兰亭、森斋、福棠、翼华、小蝶等联翩至，遂入席。肴馔至精，都出汪夫人手，亦犹韩金奎府上之有小青衣也。下走近来酒肠奇宽，与森斋、小蝶两兄飞觞，尽三大杯，有佳肴佐酒，遂不觉引觥屡矣。席间，金奎述李桂芳找寻八卦衣笑话，人人为之轩渠。酒阑，已逾四时，辞主人雇街车归，一路上寒风如剪，使人瑟缩不胜。抵家，亟亟拥一汤婆子睡焉。

《小说日报》1940年1月25日

周梦白先生

周梦白先生，比以鸿文贶吾报，曰《梦话》，署名"烂柯山人"者，即先生也。孤桐章行严先生，曩年亦署"烂柯山人"之名，与梦白先生乃不谋而合矣。梦白先生为吾国有名之药师，今为中法大药房厂长，邃于国学，国内医药刊物恒有先生之专著发表，今拨冗为吾报写稿，则又风趣盎然，视其论著，盖又别具一种风格矣。

《小说日报》1940年1月25日

① 韩金奎，京剧丑角演员，时为黄金大戏院后台经理。

慧兰来访

慧兰二小姐,忽翩然过访,此亦下走一师妹也。与慧兰小姐不面者,亦几二三年,秋间,其尊人组时代剧场时,邀愚擘画其事,始又数数晤。然慧兰在时代登场,愚以事冗,迄未遑一聆其歌。慧兰读吾报,知愚尝病,谓勿审下走住处,否则当来问候矣。其意拳拳,以视下走之疏懒,辄为儗怍。慧兰又邀愚过其家吃年夜饭,谓师兄往时为吾家常客,每年吃年夜饭,无勿豫者,届时不能不来饭也。慧兰尊人并乃母,俱亢爽好客,往年张昭绥兄居其邻时,愚恒至其家盘桓,回首忽忽,盖已七八年,慧兰有姊,闻嫁后已育一雏,流光之速,真可惊矣!

《小说日报》1940 年 1 月 26 日

郑冰如一事

有人言,郑冰如出唱更新舞台时,一日演《玉堂春》,《会审》一场,忽内急,竟溺于裤中,及至后台,有人闻尿骚味,诧问:“什么味儿?”冰如一伙计摇手曰:“勿声勿声,我们老板在台上撒了一泡尿。”更新女伶之溲于台上者,先后二人,冰如之外,又有赵金蓉,亦为演《玉堂春》之日也。梨园向例,认此为大忌。新艳秋继冰如之后出演,上座尤盛,顾不幸而病,院方为拔除不祥,遂又于日前,祭台一次焉。

《小说日报》1940 年 1 月 26 日

店伙慢客

包小蝶兄言:尝有某名流,赴邵万生购物,店伙以其不修边幅,意甚轻之,操甬语谓名流曰:"呒看看(读刻宴切),有空哦啦?等一歇!"名流大为错愕,以为店伙之盛气凌人竟如此,直视顾客如无物矣!因一笑而出。翌日,乃华其服饰,开列待购之物于一纸,若者一元,若者二元,重入该店,店伙为之一一配扎,都十余包,名流出钞票一纸索找,店伙审视之,为百元者,作色曰:"一百块头,找勿出个!"名流乃收回其钞曰:"找勿出,只好拉倒!"言已,掉首勿顾而去。店伙遂只得一包一包重新拆开来,一一归于原处。论者谓店伙之慢客,实有情可极恨者,若某名流之惩戒邵万生店伙,庶几可谓快事矣。

《小说日报》1940 年 1 月 29 日

女子包头

女子以绢帕裹首,殆为一九四〇年流行之装束,其实此亦乡间女子寻常之打扮,然在上海之时髦女郎,从而效之,便似别饶一种风致。此都会女儿之所以为尤物,乃觉服饰无论如何翻花样,都足以悦人心耳。勿若吾侪男子,非西装即是中装,再也翻不出别的什么花样来也。

《小说日报》1940 年 1 月 29 日

一赶两

黄金之九本《狸猫》,又经过一次爨排,灵犀之王头儿一角,让渡与我,是为衰派老生[①]底子,近人每盛称周信芳先生演衰派戏之

① "衰派老生",也叫"做功老生",传统戏曲角色行当老生的一种,大都扮演衰老或精神状态衰颓的人物,以做功为主,故名。如京剧《四进士》中的宋士杰、《一捧雪》中的莫成、《卖马》中的秦琼等。

佳，愚于此角，因亦拟完全以麒派嗓子出之。王头儿仅有白口数句，不必上弦子，愚平时就是不敢上弦子唱，若仅有白口，则其事轻松，愚故不嫌为乏角[①]，向灵犀兄受盘下来。此一场戏，与中原、元声同上，几句对白之外，要跑一个圆场，中原之智化，元声之艾虎，都得跟着我跑，虽为乏角，却亦俨然是领袖人物也。

王头儿之戏，在二十七场，则与灵犀之范仲淹等同场，下走以一人赶两个角色，对于此次义务戏，亦不可不谓卖力矣。

《小说日报》1940 年 1 月 31 日

热水袋

天冷，以一元八角半之代价，购小型热水袋一只。写稿之余，备以取暖，友侪少见多怪，辄曰："全□怪肉[②]。"其实热水袋之为物，初未明订厘章，谓是女人专用品。女人可用，男人难道便不可用？下走近来，习性益趋怪僻，然热水袋之设备，在独处之人身上发现，其情亦正可悯耳。

《小说日报》1940 年 1 月 31 日

韦陀金屋之宴

韦陀兄之金屋既落成，昨晚乃邀灵犀并下走，造其居为宵谯，座上复有漫郎、哀王孙诸兄，因识瓶小姐，盖漫郎兄近来笔下之腻侣也。菜为国泰厨房所承办，绝丰美，愚是夕又轰饮，连倾三四杯。瓶小姐以啤酒陪我，其饮量之宏，殊为下走所勿逮。韦陀之室，布置

① "乏角"，戏曲术语，指没有名气的演员。
② "怪肉"，上海俗语，指性情古怪、有怪癖的人。

极精，瓶笙花影，香泛一室，壁间遍缀舞娃之影，更不啻阿娇之藏。勿若下走之独处室，情况凄凉，到晚来惟有一个汤婆子为伴也。

《小说日报》1940年2月1日

刘唐下输

灵犀博于城北之家，其上家为大郎，已而刘婆来，坐大郎之左，灵犀博负，因叹曰："吾坐于刘唐二人之下首，安得不输？"人俱不解，问之，则曰："此所谓刘唐下书耳。""书"与"输"谐音，闻者遂大笑。未几博局扳位，刘唐迁至灵犀下首，局终，灵犀果转败为胜，遂群以为"刘唐下书"乃真有一点道理也。

《小说日报》1940年2月1日

小博

近来亦连日为小博，所以遣我有涯之生者，盖益趋于荒唐矣！前晚，与青鸾、一方诸兄，止于城北之家，其先打麻将八圈，愚小负，然亦达十金，等于半只□子矣。局终，已二时许，愚欲行，青鸾以谢十娘宵深勿能归，将伴之竟宵，强愚亦留，遂复赌牌九。让愚推庄，愚牌风极顺，计时宵禁已解，愚博负之数，已完全收回，末一条，愚曰："尽此一局，吾侪可散矣。"上下家乃作孤注之掷，青鸾亦押二金，骰子既揭，愚取牌在手，一长三，一二四，大急，以为必不祥矣！孰意续视其余二牌，又来一长三，一么二，遂成唯我独尊之局，台面上所有尽归于我，在麻将上输去者，至此乃转败为胜。

《小说日报》1940年2月2日

绿宝的国语读法

博时，以筹码代现款，有绿色者，群呼曰“绿宝”。有人研究绿宝之国语读法，谓在跳舞场中，尝有一客，索绿宝橘汁，其人操直鲁口音，呼“绿宝”乃如“卵泡”，侍者大惑不解，更诘之，始悉为绿宝也。以是吾侪于绿色筹码，遂竞呼曰“绿宝”作山东侉子口气，谢十娘在旁，辄为之笑不可仰焉。

《小说日报》1940 年 2 月 2 日

陈蝶衣先生

报端荣丰纺织厂之征求标语揭晓广告中，又发现陈蝶衣之名，盖仍是从前为“健身露”题标语的那一位仁兄，其姓名曰陈，曰蝶衣，与下走乃会不稍异，此真无可奈何事矣！荣丰厂主人与下走故稔，我倒不是怕人家顶了下走之名，猎取一点奖品，所虑者报端广告，注陈蝶衣住址，曰牯岭路某号，不知者且以为下走在外面租有小房子，此则影响所及，将使下走蒙不白之冤。是以甚拟拨冗一访牯岭路之陈蝶衣先生，商量商量，如果别有雅篆，想请他将“蝶衣”两字以后割爱勿用。至少亦当如老大房之招牌，加个什么“记”在上面，诚以下走恬淡，实勿愿时常掠人之美也。

《小说日报》1940 年 2 月 3 日

吃年夜饭

诸友怜愚独处于上海，纷纷邀愚吃年夜饭，最初是韦陀请我，前日，慧兰师妹连打两次电话来，以是日社报同人小宴，只得辞之。昨晚，则又叨扰城北之家，座有名舞人吴秀凤及桐韵阿媛，又晤久未谋面之姚吉光兄，大为快慰。

《小说日报》1940年2月3日

《狸猫》二次响排

九本《狸猫》，前晚又作第二次响排，自此功德圆满，但须今日登场表演矣。黄金当局于响排之夜，仍备下点心，使大伙儿充饥。计黄金为《狸猫》之排练，先后耗于餐点者，已达六七百金。观者亦知此次义务戏之演出，固尝耗费不少金钱与精神也。是夕，共舞台亦拟排戏，以《狸猫》之故，赵老开仍嘱展缓一天，仍来黄金导演，诸人中有不到者，老开登场代之，其一片热忱，惟有使人叹服。愚故于每次排戏，虽仅为扫边角色，亦不敢不到，则深为赵老开之龙马精神所感动也。

《小说日报》1940年2月4日

鱼肝油之效

日来屡在外面通宵，而体气会不觉疲乏，此则鱼肝油之效矣。许晓初先生，以中法药房之鱼肝油惠我，已尽二瓶。人谓冬季进补，来春必体气轻健，今未及来春，已觉精神弥佳，是鱼肝油之为效甚著也。因愿介绍于读者诸君之前，读者但记之，下走所欲推荐者，乃中法之象牌麦精鱼肝油也。

《小说日报》1940年2月4日

江枫兄招饭

江枫兄府上辞年，邀愚饭于其家，时为深晚之十二时，屈指计之,今年之叨扰人家年夜饭者,此为第七度矣。辞年之宴,例在酉刻,而黄金诸虎将,则都在子夜,邀友侪之素稔者,围炉饮啗,"撩"以待曙,亦觉别饶风味。昨日黄金演《狸猫》,日夜两场戏,愚以破晓始入睡,然皆未误场。愚故谓中法药房之象牌鱼肝油,惠吾勿浅,使下走之龙马精神亦不输于赵老开也。

赴江枫兄宠召前,又尝观剧于更新舞台,顾文绻女士之《坐宫盗令》,俪以孙钧卿之四郎,愚匆匆入院时,文绻女士之公主适登场,亦可谓"来得正好"矣!下走之履更新,盖专为看文绻女士之戏而来,故《盗令》终场后,下走亦行矣。文绻扮相奇俊,嗓亦清圆,又兼极会做戏,直勿类初次登场者。愚语慕琴先生,大抵小姐们演戏天才,辄较吾侪须眉为高。若下走于《狸猫》,数次排练,事前犹不免怯场,而文绻在台上,乃稳练如玩票有年者,此所以下走有"愿向娥眉一低首"之咏也。文绻为慕琴先生义女,故慕老伉俪并一英小姐俱在座,丁师母且让愚坐,可感矣。

《小说日报》1940 年 2 月 5 日

除夕

大除夕,与青鸾止于国泰,云霞与凤鸣结伴,于宵禁时分赶来。云霞言,以理发肆人挤久待,是以来迟。青鸾初以为云霞将爽约,欲行,愚强之留,谓小红非言而无信之人。今果如约至,此儿挚情,友侪佥以为非阿凤所能逮。而青鸾独忽之,傥亦所谓缘分矣!愚与凤鸣舞数次,凤鸣御长袖子皮旗袍来,谓不知舞场中燠暖如此,知此女盖不恒酣游者也。两人中,凤鸣之舞较佳,云霞矜持人,舞亦如之,愚尝谓云霞如古拙之山水,自饶清逸之气,而与秾李夭桃有别。青鸾澹荡君子，与云霞似宜深相契，顾事实殊不然，此所以可异也。

今年之两个新岁，都在舞场中度过，新历在卡乐，旧历在国泰，然是日在国泰逗留至二时许，仍与韦陀诣卡乐，友人之集于此间者甚众，景鸾与阿媛偕来，因与景鸾舞。此女青鸾欲让渡与我者，然因此撄景鸾之怒，愚谓其犹耿耿于心，故一舞即止。又与沈丽芳舞，丽芳与夏英、高珠凤，结为三姊妹，言摄有照相，将以贻我，使刊于吾报也。

《小说日报》1940 年 2 月 12 日

王玉蓉以书来

王玉蓉以书来，出玉蓉亲笔，其写法绝奇，既不是从头至尾，亦不是自左而右，乃是从下角写至上角，或曰戏剧中有所谓“倒脱靴”者，若玉蓉之函，殆亦是倒脱靴写法矣。玉蓉下款，署曰“弟王佩芬”，此女毕竟较有学养，寻常一封信，措辞亦觉甚为得体，优出其秘书万倍矣。玉蓉未鬻歌时，愚教之作书，教之习画，玉蓉好搦管，又数数从张丹斧先生学，故书法绝娟秀，女伶中惟吴素秋签名于照片，字体亦甚韶媚，乃差足与玉蓉媲美也。

新岁中，惟一度看奚啸伯、侯玉兰之《龙凤呈祥》，一度在大上海看电影。啸伯之戏，初次系于香港利舞台观之，演《上天台》，似平平无出奇者，而利舞台之座价奇昂，每人售五金，犹为港币。当时曾耗愚港币十元者也。今兹啸伯来沪，歌喉转较利舞台时为佳，此所以能独当一面矣。电影则为《魔王复活》，愚生平观电影，惟好恐怖片，意在找寻刺激。然观影不能不双携，下走孑然一身，遂觉得索然寡味矣。

《小说日报》1940年2月13日

卡乐邂二媛

星期六之晚，自木斋先生府上出，与大郎同诣卡乐。桐韵一门俱集于此，都五六人，所阙者惟景鸾耳。二媛久不见，益形其浓艳，愚于此人，尝认为可以倾心刻骨者，一度为之轰饮大醉。出酒家门时，二媛掖我登车，止于卡乐，又伴我为宵谈。事后，阿萍辄谏我曰："非好相识也，足下慎之！"自是遂以为此人勿可近。屈指计之，暌别殆逾两月矣。是夕邂逅，仅一颔首，然咫尺之隔，顾可以窥见二媛，时时回首向吾侪也。

在卡乐，值健帆、聊庵二兄，为愚介绍汪梅韵及赵梅芳、兰芳姊妹，并为书坛妙女，是晚有节目，将于书场中弹唱。健帆、聊庵二兄，盖伴之而来也。梅韵尝以所绘梅花小幅赠我，因向之道谢。闻梅韵能舞，惜下走矜持，乃未敢一请躧步耳。

歌部诸姊妹，向时以照片贻我者至伙，愚不知宝藏，十九散佚。近时始渐好搜集。海上诸女伶，或来自北地者，无论识与勿识，皆欲索取一二帧。最近若更新之李砚秀，璇宫之杨碧君，胥初来海上，则分别托海生、沈琪二兄求之。唯一之原则，为亲笔签名，苟非春葱纤手亲署上下款者，下走且勿欲也。

《小说日报》1940年2月14日

看《钟楼怪人》

宵来失眠，绝早即起身，午饭后赴兰亭府上贺年，主人犹高卧未起，遂留片而返。略治稿，觉百无聊赖，因又观电影于南京，片为《钟楼怪人》，演出不如理想之好。《魔王复活》已不甚佳，此片尤劣，靠在椅子上，几昏昏欲睡矣！废我两小时光阴，为之大悔。不观电影者，逾三四日，近来颇欲以此遣烦忧，故两观皆勿能称人意。而无福为双携，亦是减却兴致之一端也。

《小说日报》1940年2月15日

病嗓

献岁以还，屡纵博，往往达旦始已，遂病嗓，暗不成声。然犹傲视人前曰："完全麒派嗓子。"有人问我病嗓之故，则应之曰："黄金日夜两场戏唱下来，所以哑了。"谷振环兄任事于信谊药厂，知我将登台，以"爱惜夫拉文"药片贻我，盖有护嗓之效者，此际遂用着它，日服三片，居然还我清朗矣。然麒派佳喉遂不甚肖，则又憾事耳。

《小说日报》1940年2月15日

观《小人国》

曩在香港，观《雪姑七友传》而好之，即《白雪公主》也。顷又有《小人国》者运来海上，于大光明、大上海两院同时献映。下走童心未泯，于开映之日，辄拟观其夜场，不谓去稍迟，两院皆客满。遂又诣卡乐。卡乐有舞人虞玉梅者，先一夕于城北之楼识之，阿萍与素稔，欲转介与愚。其人温婉，勿类货腰之女，顾是夕游目场中，乃未见此人踪影。寻白凤兄嬲我游大都会，携珠凤并李氏三姊妹，曰君曰萍曰裴，系出高峰①，三人都好淡妆，胭粉勿施，而不减其光艳，今

① 高峰舞厅，位于大世界游乐场二楼。

饮盛誉于卡乐矣。

明华一家，代产丽姝，昔时有明华妹妹，妖冶娴都，不可方物，愚为之上雅号，曰“玻璃橘子”，其后不知何所往，殆适人矣。近时明华一帜，犹存于北里，主觞政者，曰“弟弟”，曰“小老虫”，是晚胥于大都会觏之，其中一姝，明艳不输当年之玻璃橘子，然勿审其为弟弟抑小老虫？则下走于花间人物，年来渐生疏也。该姝鬓边缀白绒花朵，躧步池中时，遥望其神态，乃有几分似秋姑，使下走心怦怦然，几为之勿能自持矣。

《小说日报》1940 年 2 月 17 日

伎人嫁豪门

花间有伎人，嫁一富家翁，翁年迈矣！然视伎人殊厚，月致二千金以为生活费用外，复为贮五万金于银行，而以存折畀伎。伎侍一衰翁，意甚悒悒，然利其多金，则任情挥霍，嫁翁仅期年，已染烟霞癖，复结纳少年之佻达者，恣意媟狎，丰姿遂日憔悴。自博塞之场兴，伎又沉溺其中，狂赌，翁为所贮蓄者，尽为掷诸虚牝，复负债累累，而其人之颓堕亦益盛。在博场中，往往敞其胸襟，乱发不栉，乍睹之，直如鸠盘茶[①]矣。一夕，偕白凤生游某号，值其人，恻然告生曰：“吾先后所负者，达六万金，命将陨于此间矣。”生问之曰：“汝藁砧待汝尚不薄乎？”伎摇首太息者再，若亦深知其终日豫怠，已不救药者。此类妇人，在近日之上海，殆车载而斗量，记之，亦以见孤

① 鸠盘茶，一种食人精气的鬼类，形如瓮状，为南方增长天王所统领。由于该词被认为是“冬瓜”的梵文“鸠摩拏”的转讹语，因此此鬼又被称为“冬瓜鬼”。此外，又作魇魅鬼或瓮形。此鬼相传为引起鬼压床的真正原因。

岛浇风之日厉也。

傅丽艳，亦傅氏姊妹中负有艳名者，顾其人昔日尝为情创，遂郁郁不自聊。今货腰于舞榭，亦勿甚得志，曩隶惠尔登，自杨小妹嫁，任黛黛死，丽艳亦去而入会乐宫，偶与白凤生过其地，遂共舞之。丽艳虽肥硕，而舞腰弥轻柔，与谈，吐属亦隽雅，顾乃偃蹇无遇，宜其有鸾凤枳棘之叹矣。

《小说日报》1940年2月18日

周梦白招宴

周梦白先生招宴于中法制药厂，席上多名医师，并晤黄宪中君，犹初觌面也。肴馔出厂中庖人手，风味绝美。餐后，又参观全厂，梦白先生为导，人丹、鱼肝油等制造程序，一一指示吾侪，乃知一药物之制成，其间经过手续，实至繁琐。中法设备广，始能大量生产也。梦白先生为吾报写《梦话》，笔下甚诙谐，未识荆时，即以为先生必一风趣人物，及晤果然。濒行，以《药和化学》月刊两册贻愚，为先生手辑，独惜愚于科学为门外汉，勿能尽识其奥耳。

下走生平好读侦探小说，《霍桑探案》并《鲁平盗案》几浏览殆遍，因先后获与程小青、孙了红两先生订交。小青先生执教于苏州东吴时，愚初致函与先生，径书曰：苏州霍桑先生台启。可知愚少年时之好弄，而致函居然亦能递到，则小青先生笔下之东方福尔摩斯，固人人佥知者也。了红与愚，尝同任事于《新闻报》，始识其人，则一谦谦君子，了红尝创于情，居于吾家者数月。于其生平，下走故知之最审。尝以吾之请，作鲁平案《鱼媒》，刊于《东方日报》，其叙事恣肆诡奇，颇具引人入胜之魅力。自愚有汉上之行，不晤者逾三年，近又从过，因请为本报写鲁平近案《三十三号屋》，即了红新著。但观其登场人物之神秘，可知此文结构，有不同于寻常者矣。

《小说日报》1940 年 2 月 19 日

冯梦云创业

冯梦云兄富于创业精神，其计划未尝不缜密，顾结果往往失败。昨夕，屠企华医师设迎春之宴，诸友咸集，因推论及梦云之事业，或曰："梦云所经营者，都为分利之事业，此后当改弦易辙，从生利上着手，则容有成功之一日矣。"于是又有人进言曰："今日米价昂贵至此，苟梦云而能发明一种食物，可以代饭者，必致巨富矣！"更有人曰："梦云之电话购货公司，苟计划成功，将成为上海商市中唯一权威者，他日市商会主席一席，容有梦云之份也。"凡此所言，于梦云殆不无调侃之意。下走乃为梦云生平，不轻言计划，顾尝有一事，以为行之不难，而亦能致富。梦云问曰："何事？"愚曰："卖糖炒栗子也。"梦云闻之失笑，愚为之解释曰："糖炒栗子虽然是小生意，然一年之间，亦可以做五六个月生意。吾有一法，可以打倒上海之一切糖炒栗子，此事只须令他人为之，吾人则居于发纵指使地位。事业虽小，然大事业亦当从小做起也。"梦云曰："足下有何方法，乃能在糖炒栗子方面，有所发明？"愚乃告梦云曰："下走之计划，实轻而易举，顾此时宜秘之，天机勿可泄露，待到秋日来临之时，为足下道之，犹不迟也。"吾言诚挚，然梦云犹以为诳。下走之所以有计划而能自致财富者，端为缺乏创业之勇气，因是欲与梦云合作，而梦云不信，则正恐梦云亦富无日矣！

《小说日报》1940 年 2 月 20 日

先生阁蓄猫

先生阁蓄二猫，阁主为命名曰“凤儿”，曰“寅儿”。凤牡而寅牝，阁主尝欲易其室名曰“猫双栖楼”，不幸寅儿纤弱，数日前恹恹病，竟死。于是惟剩凤儿，独处于先生之阁，一如下走。双栖之名，勿复能成立矣！愚有时在先生阁进食，两猫辄叫嚣而来，至欲与我争食，因甚恶之。及寅儿死，闻凤儿哀鸣之声，恒为恻然，遂善视之，每来索食，稍稍与之，良勿忍驱之去矣！下走生平不好效为妇人之仁，独于此猫，乃觉不胜其矜怜，此则自遘秋闱之痛以来，使下走性情盖为之一变矣。

周梦白先生，导愚参观中法制药厂时，于化验室案头，见润发膏一种，作绿色，其玻瓶为扁形，闻诸梦白先生，始省为中法新出品，曰“绿波”，玻瓶取扁形者，盖膏罄之后可以用为水盂也，因为之称美不置。市上润发之膏，非红色即黄色，俱勿逮“绿波”之娴雅，惟中法于此一出品，犹在研究中，将使其中所含香料，更臻芳馥，尚勿欲遽于问世也。

《小说日报》1940 年 2 月 21 日

访兰亭江枫

风吹颊上，已饶有温熙之气，知春日洊至矣！瑟缩于寒冷中，至此遂觉有被体轻快之乐。晚，至黄金访兰亭、江枫，江枫告我两喜讯，为之大欢快，则筱玲红女士贻我照相，王瑶卿供奉为我画箑，俱已交来也。于是愚匆匆入后台,于韩爷处,得玲红之照。照中人瓠犀微露,目波莹然,为态媚绝。愚所得歌部女儿照片,无有美逾玲红者矣!老供奉之箑,绘水藻游虾,且丽以王凤卿[①]之书,于千里迢迢之外,丐人携来上海,得之弥可珍贵。下走于伶人书画,向不知珍视,昔年温如[②]、慧波[③]赠有扇箑,都失所在,惟老供奉之画,则得之匪易,况有凤卿之书,二难俱并,宜什袭藏之矣。

图25　筱玲红,原刊于《戏剧画报》1940年第7期

于黄金出,又诣卡乐,晤白凤、一方,寻携玉人走伊文泰,小憩于推仔厅,此为下走半载以来与鬓丝订交之第一次也。槁木寸心,原不冀复得昭苏,所以有此夕之游者,要亦为助朋友之兴耳。一方携一女,曰陆丽梅,与玉人盖同为卡乐之隽,至三时许行,以玉人居法租界,不得归,则伴之坐清河之榻,将曙,以车送之返。近来情绪纡郁,无可蠲抒,此一夕之游,亦等诸过眼云烟而已。

《小说日报》1940年2月22日

与漫郎晤伊文泰

与玉人同游伊文泰之翌晚,漫郎约晤于大华,与韦陀兄同往,

---

① 王凤卿(1883—1956),京剧老生。王瑶卿之弟。光绪三十四年(1908年),被选入升平署。至民国初年,名盛一时。曾与梅兰芳合作演出《汾河湾》《宝莲灯》,被誉为珠联璧合。

② 马连良(1901—1966),字温如,北京人。京剧老生,世称"马派"。《群英会》《借东风》《甘露寺》等是马派擅演剧。

③ 姜慧波(1890—1972),即姜妙香(原名姜汶,字慧波,号静芳),京剧小生演员。长期为梅兰芳配戏,与梅兰芳合作长达四十六年。

漫郎与瓶儿小姐已久待，未坐即相偕出。饭于锦江，略饮，醺然有醉意，漫郎欲往携张艳江，至爵禄①觅之，则艳江已为入市券携出。漫郎与韦陀俱盛称艳江风度之美，因欲一识其人，不谓此缘之悭也。遂步行而北，小坐于国泰，与瓶儿小姐初躧步。将至打烊时间，谋更为宵游，打一电话与卡乐胡经理②，佩之言："青鸾、凤兮双携过城北之家，玉人亦随往矣！"为之大奇，以为玉人昨晚蜷缩一宵，今夕犹勿感疲苶耶？遂赴城北之家迹之，青鸾、凤兮与玉人果来，青鸾以手加额曰："足下幸至，吾可以交卸一桩心事矣！"于是谋所以消磨长夜者，乃入局为小博，既终，凤兮与玉人议，于上午进香于邑庙，然天犹未曙，则各假寐于清河之榻。青鸾好事，欲为吾二人作提调，玉人矜持，使下走亦不敢忤之，扰怀终宵，俱未成寐。待旦，略进点，雇车驶邑庙市场，徘徊神前，辄使人复忆杭州净慈寺盟心之一幕，为之黯然。而玉人固不晓愚意也。旋啜茗于百花厅，吃萝菔丝饼，诸人皆倦，遂分道归，则已为上元时节之傍午矣。

《小说日报》1940 年 2 月 23 日

恣为宵游

日来又恣为宵游，因之精神大困。深觉此风之不可长，然独处之人，舍浪迹于歌台舞榭外，何以遣有涯之生？将知下走之习于颓废，终不可振拔矣。

上元之晨，乍与玉人自百花厅别，及晚，以青鸾约晤卡乐，遂又与玉人觌，相视哑然。宵禁前，青鸾欲携凤兮诣大华，玉人愿同行，

① 爵禄舞厅，位于西藏路 250 号。
② 胡佩之，时为卡乐舞厅经理。

遂又于大华消磨一夜。自遭秋闱之痛,于男女间事,具戒心久矣!玉人能矜持,遂以为其人犹可近,盖惟矜持始勿至涉于乱,而玉人不久或且有香岛之行,聚首之期亦已仅,顾不必更惴惴之心矣。

玉人病咳,使在向日,愚且奔赴市肆,购止咳之药,专致于妆台之畔,谋所以市惠于玉人者,顾在今日,此类热情乃大减。中法药房有制咳之药,曰“咳停”,曰“止咳杏仁露”,皆有殊效。愚至并药名亦惮于一举,可知下走虽挟一鬟丝同游,此心实寂如止水也。

《小说日报》1940 年 2 月 24 日

俞承修律师

俞承修律师,招宴于常熟山景园,实为王效文律师洗尘而设,效文先生方自蜀中归也。山景园菜,纯粹为虞山风味,叫花鸡一馔,尤为名隽之品,惟效文先生薄叫花鸡之味,谓常熟人不善煮菜,见叫花子如此烧法,便从而效之,安得有味!承修先生亦曰:“常熟的叫花子,甚至于也要吃鸡,无怪要沦陷了!”一座为之失笑,席上晤平襟亚、范烟桥两先生,快甚。

席间,襟霞阁主述一事,谓有客识一舞女,尝欲携之外出,女辄游移其词,勿应。一日,舞女顾谓客曰:“外出如何?”客曰:“何往?”舞女曰:“任从客便可耳。”客以舞女之忽示好感也,大喜,市券携之入旅舍,女亦未尝持异议,客以为夙愿可偿矣!顾犹深致疑惑,以为此女向日固若凛然不可犯者,因问曰:“汝向日于吾之请,辄复峻拒,今日何以忽自愿?”女微笑曰:“以月信至,甚惫,勿能多舞耳。”客闻言,为之嗒然若丧,卒以车送之返。越日,客又诣舞场,有人告以女事,始知是夕实有赳赳者数辈,欲殴女,女故丐客携之外出,所谓月信至者，诡耳！客自此识女之狡谲，遂复勿与舞云。此舞场隽闻之一，事或恒有，记之，亦足以使流连舞榭者，引以为鉴也。

《小说日报》1940 年 2 月 25 日

陈圆圆词

胡影后重返银幕，其新作《绝代佳人》，近方映于新光[①]也。胡一度痴肥，今则消瘦矣。故其人银幕丰姿，犹曼妙似昔日，良足为故人慰。《绝代佳人》演吴三桂、陈圆圆事，稗史载：陈圆圆名元，初为女优，名擅吴中，与某公子有生死盟。田皇亲购得之，后赠吴三桂。时边报日急，三桂一宿驰去。流贼陷京师，圆圆为贼部权将某所得，三桂入关，首遣亲骑四出，悬重赏购归。后三桂称帝，宫中称陈娘娘云。按：《绝代佳人》所演，不尽与稗史符，而悲壮激昂过之。相传圆圆解韵语，稗史载其舞余词两则曰：

丑奴儿令（落梅）

满溪绿涨春将去，马踏星沙。雨打梨花。又有香风透碧纱。
声声羌笛吹杨柳，月映官衙。懒赋梅花。帘里人儿学唤茶。

荷叶杯（有所思）

自笑愁多欢少，痴了！底事倩传杯？
酒一巡时肠九回，推不开！推不开！

《小说日报》1940 年 2 月 26 日

---

① 新光大戏院，位于宁波路广西路口。

梨涡诗

愚尝赠卡乐舞人虞玉梅诗，有句曰“梨涡一敛靥生春，亦是风华绝代人”，之方兄见诗，乃以之写入《绝代佳人》广告，曰“梨涡生春，风华绝代”，以之赠玉梅，犹嫌勿当，若移咏胡影后，则真恰合矣！

《小说日报》1940 年 2 月 26 日

了红《三十三号屋》

了红兄为吾报写鲁平新案《三十三号屋》，漫郎、一方读之，俱赞不绝口，谓久不睹了红著作矣！其笔下之东方亚森罗苹，犹活跃如昔也。愚以语了红，了红亦为之忻然，言《说日》读者苟勿屣弃其作，则此后且将勤于著述，兄于《三十三号屋》之外，以愚敦促。因复有《灯影残棋》一文之作，则为陈查礼探案，兄将以蜚声海外之中国大侦探，使之回国尽力也。愚尝谓了红绝顶聪明人，其写侦探小说落笔便有引人入胜之魔力，观于《三十三号屋》即可信然。《灯影残棋》勿审其内容如何，然以了红之笔，必能使陈查礼活跃于纸上者，要可揣想，了红已允继《三十三号屋》之后，即以《灯影残棋》畀吾报，此当为爱读了红作品者所乐闻。此外，兄别有新著曰《蛇誓》，亦鲁平奇案之一，则以下走之介，将刊之于《社日》焉。

下走生平，于说坛上服膺三人，一玉田赵焕亭①，一吴门程小青②，一了红。焕亭先生写英雄美人，恣肆快意，并世无足与抗手

---

① 赵焕亭（1877—1951），本名赵绂章，字焕亭，河北玉田人。其写武侠小说始于 1923 年的《奇侠精忠全传》，与平江不肖生的《江湖奇侠传》并称，此外亦著有历史小说《明末痛史演义》，报应小说《循环镜》等作品。

② 程小青（1893—1976），苏州人，侦探小说作家，其笔下的霍桑被誉为“中国福尔摩斯”。著有《险婚姻》《血手印》《断指团》等作品。

者。惜以路远，无由得其近作。小青先生之《霍桑探案》，亦辍笔已久，令人想望为劳。今惟了红复有佳兴，重以侠盗鲁平奇案与世人相见，使下走亦为之欢快无既矣！

《小说日报》1940 年 2 月 28 日

宛丘生新识舞人

货腰女儿之身世，类多不可究诘。吾友宛丘生，新识一舞人，数度共游宴，女眉宇之间辄似蕴重忧，生以为女戚舞业不振，故悒悒耳。谋所以□□之者，顾女神态之间，终似勿属。有时宵游既倦，欲送之归，女曰："盘桓竟宵可耳！"则似又视归家为畏途。生始疑之，以为是人殆失意于情场者，对人遂不复以诚悃。越数日，渐有人告生以舞人事，则舞人方与其所欢龃龉，所欢月奉女百金，同居已有年，近忽绝迹勿至，女觅之，其人亦不理之，百金之奉因是亦靳矣。生于是知向之臆断为不诬，于女乃深致怜悯，以为其人遇人不淑，是以恒鞅鞅也。越一日，生复于舞榭中，廉悉舞人所欢，盖为某舞场之"能婆温"[①]，侍者耳！生不禁为之气沮，以为女貌亦非恶，奈何乃耦一侍者？顾其人之品格亦勿高，遂绝之。愚于此事，辄觉颇难下定评，则以舞榭女郎宁悦一侍者，其人要不足取，然宛丘生所识舞人，性实温婉，非不可睹者。故愚尝言之，舞国诸娇娃，殆无不饰貌如花，然究其实际，则不可告人矣。吾人涉足舞榭，但以舞遣兴可已！于舞人身世，原不必深究，若生之绝女，亦不免过于认真耳。

《小说日报》1940 年 2 月 29 日

① "能婆温"，亦作"那摩温"，为英语 Number One 的译音，原意是"第一"。但在沪语中，却有许多别解，可指工头，可指蝌蚪，可指五线谱等。

张帆

卡乐于晚间，有技术团表演，登场者两人，一壮男，一少女。壮男高颧而鹰鼻者，勿审为欧人抑白俄，而少女则曰张帆，中华女儿也。其人美艳，实向所罕觏。裸其上下体，见之尤令人心悸。使移置舞人座上，陈曼丽、郑雪影之俦，殆不足与之争胜。因以问佩之，亦知其人身世否？佩之谓张帆有母，恒伴之来。愚因商诸佩之，盍请其人来卡乐伴舞，下走窘乏，亦当斥五十金召之坐台。以结识此一尤物。玉人虽不恶，然以视张帆，直如足下泥矣！

《小说日报》1940年3月5日

杨妹妹

近日发见两人，俱足以使人为之划梦博魂，其一即所谓张帆者，别有一人，亦觏之于卡乐，见其人在经理室打电话，责接电话之人，何以勿莅扬子[①]，因知其殆在扬子伴舞。青鸾见其人，极赞其仪态之美，愚因为任侦查之责，欲调知其姓名，见其与卡乐一舞人舞，顾舞人亦勿识其姓氏，翌日因走扬子，见其人于座上，以询场中人，始审其人曰“杨妹妹”。妹妹昳丽，青鸾所谓诸女侣，未有足与之匹者。以告青鸾，倘亦有问鼎之意乎？

《小说日报》1940年3月5日

星期三游记

又携玉人游伊文泰，其初本止于城北之家，韦陀忽以电话来，言白凤亦在伊文泰，遂与玉人趋车往，时已为宵禁之后矣。愚于伊

---

① 扬子舞厅，位于汉口路云南路转角。

文泰不甚有好感，惟推仔厅小坐，其风味差与卡乐影城厅仿佛，则为大华所勿逮。晤韦陀、白凤、贺小蝶、尤月英及珠凤、慧芳，俱在座上，莺嗔燕叱，成一时盛会，惟玉人咳未愈，又病牙，故仅小坐，起舞不过二三次。是夕之游，苟非座上集稠人，且略无佳趣。愚之携玉人共游，傥亦所谓聊尽人事而已！白凤与韦陀，于二时先行，剩愚与玉人留至宵禁解，以车送之归。颓唐生活，又度过一日矣。

《小说日报》1940 年 3 月 8 日

考篮与网篮诉讼

因网篮与考篮问题，报端引起论争，其事本无谓，然出之以讨论态度，犹不失评剧旨趣。今则以因此诉讼，闻刘菊禅控郑过宜，法院已定十一日传审，则真可以喷饭矣。过宜论剧，虽不无见地，然有时不免近迂执，若考篮与网篮之争，伶工之用网篮者，固比比皆是，然必谓考篮为非，为众所不直也，意过宜于接得传票之顷，当亦深悔多事也。

《小说日报》1940 年 3 月 8 日

颟顸的溢芳

胡佩之兄，在大鸿运楼替他尊人做寿，在下有一个挂名差使，是招待。招待上面还有个总招待，是卢溢芳兄担任，名义上成了我的顶头上司，不想溢芳这天直到将近八点钟才施施然而来，签了名，脱下大衣，见没有人接，他老人家挑眼了，悻悻地说："怎么招待的人都没有？"我听了大为奇怪，不客气，给我在他背上捶了一下，指着壁上的名单问他："你瞧一瞧，今天足下所司何事，这时候才来，还要怪人家不招待你，难道你这个总招待还要我分招待来招待你吗？”溢芳见榜上有名，这才笑起来，他似乎不知道主人家给他留了这份差使，所以一进门就发话，这时只好将头一缩，乖乖的伺候人家了。我对溢芳说：“像你这样的顶头上司，阿拉勿服帖。”溢芳对着我，只是呵呵而已！此君近来，着实有点颟顸的样子，怪不得他要发胖了。

《小说日报》1940 年 3 月 10 日

筹备丁寿

喝胡老太爷的喜酒，座上有丁慕琴先生，慕老今年四十九岁，是该预祝五秩大庆的时候，日子是在中秋前一天，大家都对丁先生说：“应该热闹一下。”丁先生竭力谦逊，表示不敢当。可是我们这一批仁兄，就专会兴风作浪，别的事尚且要凑热闹，何况是丁先生的寿，我们会不待主人翁同意，硬作主张的去办。于是大家商议下来，决定从容筹备（日子还长，可以不必积极）。丁先生也是一向喜欢热闹的人，现在这时世，不糊涂一点是不成功的，您老人家由着我们这几个孩子去闹吧！反正这一回寿酒，是喝定您老人家的了。

《小说日报》1940 年 3 月 10 日

小开搭壳子

有一位小开，时常在舞场里跑，目的不是跳舞，是所谓“搭壳子”。逍遥有个舞女，姓张，一天在卡乐做茶舞，小开叫她坐台子，拼命的灌她酒，喝的是可口可乐镶①琴棋②，表面上是对喝，其实小

① “镶”，沪语，“掺杂”之意。
② “琴棋”，即金酒（Gin），又称杜松子酒。

开的杯子里只有可口可乐而未孱琴棋,这样,那位张小姐便醉了!结果,小开用自备汽车将她装到了什么饭店。这是一个。第二个,是卡乐里的舞女,叫李什么。小开在她身上如法炮制,结果在一星期之中,就派司脱仔两个。前天晚上,有人报告我:“玉人给小开带到什么宫去了!小开又在那里玩那套把戏,玉人连喝了好几杯,看样子离醉不远。”报告这消息的人,是因为我曾跳过玉人,好让我知道。我和玉人,不必讳言,近来是熟了一点,但是这样的消息不必给我听着,还不至于有什么刺激。我早就说过,我是心如止水的,对于舞女,根本不愿意发生情感。我和玉人跳舞,自始就抱定这宗旨。玉人是不是给小开派司过了,我正不必管账。我记这一节事,一半算是警告自己,像我们这样的人,偶尔在舞场里坐坐不妨,即使跳舞女,还以不动情感为是,譬如碰到了这一类的事,如果动了情感,多少总有一点刺激。像我这样的不动情感,毕竟是免去了不少烦恼。

《小说日报》1940 年 3 月 11 日

近来所写《浪淘沙》

近来写了许多的《浪淘沙》,名目算是词,其实词要有风流蕴藉之气,我的东西实在太浅薄,原不值大雅一笑,不过在倚枕不眠,情思无聊的时候,谄着自遣罢了。有几位朋友见我的笔下时有“双鬟”“双髫”字眼,打趣着问我:“蝶衣,你有了倾心刻骨的人了吧?”这话,我不承认,但也不能完全否认。人,倒是有一个,不过这个人在迢迢千里之外,她绝不会想到上海有这样的一个人,为了她,将《浪淘沙》淘之不已。所以说起来,我自己也忍不住要好笑。

前天,我写的那首《浪淘沙》,第四五句本来是“怎奈传书人那个,不是红娘”,后来一想,人家好意报告你消息,你倒还有憾词,那太不成话!因此将“传书”改为“修书”,又将“红”字勾去,预备换一个字,谁知一下子竟忘了!到了明天,负本报校勘之责的王慧僧先生,写了一张条子来,他说:“昨天的《浪淘沙》,你空了一个字,没有写,我想这是不能空白的,不是红娘,大概是莺莺小姐了吧?因此我给你添了一个‘莺’字,不知道对不对?”我再一看报,果然成了“不是莺娘”,这倒也好,本来我是踌躇着,觉得写人家的真名,那不大好,所以当时空着没有填。现在多亏慧僧先生替我捏造了一个莺娘,这样就谁也不知道是谁,只算有这个人也罢,没有这个人也罢。像现在的我,本来不该再起什么绮念,即使心里有这么一个为之而颠倒的人,也不必让人家知道,还是让我“永阁灵台”,在那花晨月夕,自己讽咏讽咏吧。

《小说日报》1940 年 3 月 12 日

觅屋难

包小蝶兄,尝欲组织一蝶社,顾以觅屋未尝有当意者,至今犹勿获实现。愚与灵犀,亦颇思税一精室,以为闲来朋友聚首之地,布置不求其如何富丽,第愿有一榻一沙发,使可以憩卧其间,而炉火尤勿能勿备,夜话或倦,煮鸡蛋年糕之属,晋以充饥,更备扑克牌一二副,则素心人亦可以流连竟宵,不必更诣舞榭矣。吾侪心目中,皆以为熙春之居实最宜,顾熙春又不迁,以惬意之屋勿易得,吾侪之愿虽亦不知何日得遂矣。

《小说日报》1940 年 3 月 13 日

北上后的文娟

张文娟北上后，时时有书来，于凤公及本报毛主干，亦再三致候，盖犹勿忘蜀腴饯别之宴也。文娟在春明，组一班曰文兴社，陶默厂、侯喜瑞、姜妙香之俦，都为之辅。知此儿前途，已渐现其璀璨之光。吾侪固以孟小冬之继期文娟者，今乃深喜其能出人头地也。文娟未尝肆力于学问，而其书乃富有新文艺气息，曰："是我所认识的朋友，都代我问好。"此则平怀玉①时恒熏陶之功矣。

《小说日报》1940年3月13日

尝与姜公舞

尝与姜公舞，姜公矜持，携吾手若举重物，惟恐或陨者，于是舞步遂亦有蹩躠靡骋之苦。昨日，慧姑忽来晤，此亦下走一师妹，少时相习，不翅兄之若弟，晚乃约之游舞场，慧姑勿若姜公之腼腆，然识之近十年，蹁步犹为第一遭，因之亦羞怯不胜，与愚舞，勿敢轻举武。问之，则曰："犹是初次与君舞，故觉怔忡勿宁耳。"以慧姑与愚相识之久，尚复如此，无怿姜公矣。是晚在卡乐逗留至十一时又半，以车送之归。下走生平不甚好与小姐们舞，与小姐们跳不免拘束，勿若舞人之可以任意驰骋。然慧姑之舞自佳，能怯其矜饰之念，则可矣。

慕琴先生与严大生医师，约饮于酒家，慕老温慰愚者备至。愚近来渐渐嗜饮，连顷六七杯，不觉醺然有醉意矣。严医师久未觌，是日把晤欢然。医师知愚尝携玉人游，言欲一见，愚因告以玉人近来事，辄为之唏嘘勿已。舞女身世大都不可究诘，观乎玉人之事，

① 平怀玉，《社会日报》作者，撰有连载小说《重雾中》。

可益信下走之言为不谬矣。

《小说日报》1940 年 3 月 14 日

玉人事

关于玉人的事,昨天我隐约提到了两句,现在且补充如下:

当玉人给小开带到什么宫以后,灌她喝“琴棋可口可乐”,我当晚就接到了报告,预料玉人被派司无疑。到了明天,这事当真证实了!

玉人被小开派司以后,还有下文,因为到了第二天,小开又到卡乐去了,玉人满以为这是昨天跟她春风一度的小开,今天舞票的牌头可以照定了。谁知小开见了玉人,只是眼睛白白,睬都不睬她。结果小开是又在另开户照了。玉人这才懊丧起来,后来跑到马桶间里大哭了一场。事情是残忍的,然而小开的汽车上跳下来,踏进什么饭店的房间的时候,毕竟是千肯万肯的呀!

《小说日报》1940 年 3 月 15 日

大华邂玉人

十四日宵禁之后,觅青鸾于大华,座上忽觏玉人,则与青鸾之凤姐儿同来也。玉人猝见予至,甚局蹐勿自安,青鸾阴谓愚曰:“吾不忍见其觳觫,愿足下稍假以辞色。”青鸾仁者,乃处处能流露其体贴女人之情,然下走木讷,乃勿知如何始足以安慰玉人,则惟起与之舞,舞且勤,玉人之颜色乃稍稍霁。凤姐儿告我,言玉人尝见我携女友莅卡乐,见玉人,掉首若无睹,向之示威也,愚乃为之失笑,愚与玉人由来落落,愚携一女友,亦犹玉人之伴别一舞客,若言示威，下走实无此必要。而所携女友，则慧姑耳，是为愚之师妹，向时间疏，初非故意约之而来，傲视玉人。然亦不暇为凤姐儿道，在场中又觏穆斋、大郎、之方诸公。穆斋方召张翠红侍坐，此人风华绝世，大郎久誉之，然近来以病，亦稍逊其丰妍矣。

以连日迟眠，不耐久坐，因促青鸾赋归。然以玉人故，又伴之憩于城北之家，至曙再送之还。玉人视愚犹不薄，此所以使下走为之啼笑皆非也。

《小说日报》1940 年 3 月 16 日

人家人

于舞场中遴选舞女，往往觉自己所识之人，勿能当意，而朋友跳的舞女，似乎都不错。卡乐有王娟娟，采芝斋主尝舞之，青鸾以为其人婉娈有热情，与愚计曰："苟斋主能推盘，我倒颇有意思接受。"愚辄笑曰："这是人家的人，足下乃爱悦'人家人'耶?"青鸾为之莞尔。

《小说日报》1940 年 3 月 18 日

金少山

关于十三点，时时有新发明，以前之"四七一一"与"电话听筒"[①]，皆尝流传人口。最近则"戚门陆氏"为吾友玉祯所发明，然寖亦将成过去，别有一新名词代之而起，则"金少山"也。"金少山"谐音"斤少三"，一斤[②]少去三两，是为十三，真可谓想入非非矣。

《小说日报》1940 年 3 月 18 日

① "电话听筒"，为舞场切口，指十三点脾气的舞女，盖电话听筒处有十三个圆孔。

② 彼时一斤为十六两。

竹琴

佩老嘱为竹琴女士特别题字，并征及灵犀、大郎、梦云诸兄，竹琴不审为何如人，第视大郎、梦云先题之句，则为越剧女伶耳，灵犀拟制一联为赠，得上句曰："不可居无竹。"愚曰："是下联当从对牛弹琴上着想。"于是灵犀与愚并小洛兄，三人乃各抒高见，卒成一联曰"宁可居无""莫对牛弹"，隐"竹""琴"两字，佥以为绝妙。灵犀则曰："宁可居无竹，似非捧场之道。"因乃改"宁"为"不"。愚则笑谓灵犀曰："不可居无竹，足下殆没有藏娇之意耶？"其实竹琴是怎样一个人？见都没有见过，背后谐谑，足以见吾侪之儇薄矣。

《小说日报》1940 年 3 月 18 日

"王先生"的"派司"

影人汤杰，有一法租界之通行证，自王慧娟手中得来，王尝与一法人恋，法人为法捕房中之有权力者，因乞于法军司令，签一通行证，其证用于自道林纸，司令署名其上，又书数行，证明其为从事银幕生涯者，盖异于寻常之派司。不知如何，此证乃落入汤杰之手。汤居法租界，赖此一纸，夜深亦能招摇过市亦。汤杰自言，此证之效力殊宏。一晚，尝遇巡警者，逻者问汤杰曰："有派司乎？"汤应曰："有！"遂出所谓派司者，示巡逻之人。顾逻者勿识，摇首曰："此安得为派司？从来未曾见也。"汤杰曰："这是你们司令签出的，邪气吃价。"逻者不信曰："阿拉勿晓得，请侬到行里去讲。"汤杰遂从之入捕房，有一法人，讯问其事，曰："三更半夜，为啥事体在外头跑？"汤曰："吾固有派司者也。"遂以其派司示法人。逻者在旁，作将信将疑状曰:“这一张派司,阿好通用格?”法人谛视有顷,审纸上有司令之名,遽向汤杰立正致敬。逻者见状,为之舌挢不下,亟送汤出。汤乃得从容以返云。汤述此事,洋洋有得色。然法人口中,乃亦知“三更半夜”,则似汤杰之言。纵使有此事,亦不免过甚其辞,乃是“王先生吹牛屄”耳。

《小说日报》1940年3月19日

小红生日酒

小红生日之宴,愚到独迟,凤公强予罚酒,为长鲸之吸,尽两盏。下走近来以能饮著于侪辈间,真为向时所梦想不到者,亦以知下走之颓唐日盛矣。座上有徐绣雯女士,犹初见,圆姿替月,果甚美。临行,谢其赠照之惠焉。

《小说日报》1940年3月21日

鲁仲连之不易焉

近为人调解一事,一方已允道歉忱,一方犹怒不可遏,终于调解不成,因叹鲁仲连之不易为。海上名流,能一言九鼎,使人翕然称服者,唯一杜公月笙。今杜公远去,吾人才勿逮杜公万一,宜乎碰壁矣。

《小说日报》1940年3月21日

二轮影戏与三角叉烧

某商人性吝啬,近为某报纸揭其奸,大恚,悻悻语人曰:“我近来也想穿哉！有仔铜钿，乐得用用，以后想每天买三角洋钿叉烧吃吃，二轮影戏末也要时常看看。”闻者乃曰：“此绝妙之小说回目也。”曰“二轮影戏”“三角叉烧”。

《小说日报》1940年3月21日

夜光表

了红兄为吾报写侠盗鲁平奇案，既为读者所赞美，兹复得襟霞阁主人之助，为吾报乞程小青先生，以陈查礼探案《夜光表》见贶，于是蜚声火奴鲁鲁之中国大侦探遂与了红之东方亚森罗苹于吾报同时出现。向者吾报尝得小青先生所译《百乐门血案》，刊之二月余而辍，则为读者谋先睹之快，提早发行单行本也。《夜光表》同为陈查礼探案，然勿如《百乐门血案》之冗长，故可以从头到尾于本报刊竣之。方《三十三号屋》初刊之日，读者美誉不绝，今又得《夜光表》，而出之说苑前辈小青先生之手，意读者又将拊掌称快矣。

《小说日报》1940年3月22日

舞人相护

又一度携慧姑游卡乐，凤姐儿于电话中语愚曰：“玉人见君携一女侣来，她说‘气煞哉！’”使愚为之既诧且笑，玉人一漠然无城府之人，下走审其习性，断不至有“气煞哉”之言，出诸其口，凤姐儿殆欲为之回护，似凤姐儿口吻。玉人直一多情种子矣！愚故于电话中，答凤姐儿曰：“她看见我有女朋友，要生气，那么我只有死给她看了。”吾人游舞榭，且不愿轻动情感，何况一舞女？故知凤姐儿之言为伪也。

《小说日报》1940年3月22日

贺一方

《申报》将于下周辟一舞刊，延吾友一方主笔政，于是吾友一方遂亦为老牌报之大编辑，将与潘公弼[1]、张叔通[2]诸公分庭抗礼矣！此可为老友贺也。

《小说日报》1940年3月22日

太阳一出

《木兰从军》影片中，有插曲曰《太阳一出满天下》，勿审其来历者，殆无不致其诧疑。方此片试映时，愚亦以为"太阳一出"四字，有更改之必要，而卜万苍乃言："此为予倩先生原词，吾侪初亦尝致函予倩，请酌改其词，予倩先生覆信，乃谓万万不可，据言明崇祯帝殉国后，湖南民间即流行此歌曲，实有深意存于其间云。"愚始为之恍然，相传民间之太阳生日，即纪念崇祯之薨，则"太阳一出"之涵义，殆亦正同。今《木兰从军》影片，有被焚事件，传《太阳一出》之插曲，为此次事件侧面理由之一，当亦由于不明歌词来历故耳。

《小说日报》1940年3月23日

① 潘公弼（1893—1961），上海人。历任上海《时事新报》编辑、北京《京报》主笔、上海《商报》主笔、新加坡《星洲日报》总主笔，长春《中央日报》社长、复旦大学教授。

② 张叔通（1877—1967），原名蕴芳，又名葆良，别号九峰樵子、九峰樵叟。上海松江人。任《申报》《新闻报》编辑多年。

定座

友侪知愚与戏院当局稔，委托代订座位者日众。戏院佳座本不多，而下走亦非案目，故佳座不易得，辄觉深负诸友重望。有时，下走亦偶用权术，则诡言于戏院当局曰：“我是请几位舞小姐看戏，帮帮忙，位子精彩一点，让我扎扎台型。”翌日，戏票送来，果然是A字第三排，下走于朋友面上，乃觉亦可以交代。犹幸戏院当局，若兰亭兄与子褒五叔，都能看愚薄面，一个电话打过去，恒有佳票贶下走，故下走之权术，亦不过偶一为之而已。

《小说日报》1940年3月23日

克光之殁

前晚在卡乐，忽得程克光被狙击殒命之讯。若干年前，愚为徐星晨邀入大同票房，克光偶亦往游，遂识其人，近年知克光常在仙乐舞宫，然不恒见。数日前，得其一柬，不意至晚乃得其凶耗，沪上凶杀案近时已司空见惯，然不料克光亦预其选也。

《小说日报》1940年3月24日

闻含英女士在沪

晤杜进老，始悉赵含英女士在沪，曩年林屋师在世时，含英女士每自吴门来，恒共琴樽之宴。某年，丹翁先生为愚索女士画兰，得二幅，愚制《剔银灯》词谢之。画丐人付装池，乃不幸遗失，愚几欲与其人动武，五六年来，以此为唯一恨事。今闻女士自蜀中归，乃颇思一面，非敢重以绘事渎女士，特欲知慰先、班斧诸兄，近况何如耳。

《小说日报》1940年3月24日

自作多情

读书人往往喜欢自作多情，所以涉足欢场，也往往喜欢跟人家轻怜密爱，表示他的一往情深。其实欢场中的女子，送张迎魏，根本以捞钞票为目标，谁耐烦跟你谈情说爱？所以你越是自作多情，越是以礼相待，人家背地里也许越是要暗暗好笑，笑你是糟兄，笑你是“寿头码子”，而在自作多情的人，也就永远不要想有什么收获。反之，倒是几位辣手辣脚的仁兄，不知道情是什么，爱是什么，他们的收获，反而丰富得很。我和青鸾，都吃亏在“读书人”三字上，生平缺少辣手辣脚的勇气，然而有一点，我自觉差胜于青鸾，便是对于欢场中的女子，绝不轻动情感，绝不跟她们表演什么轻怜密爱，这样至少是可以脱然无累，少惹烦恼。希望青鸾兄还是学学鄙人的样吧！

《小说日报》1940 年 3 月 25 日

电影年鉴

拟以余暇，辑一《中国电影年鉴》，以今日纸价与印刷、制版诸费之昂，出版物原不易办，然进行开始，诸老友俱能助我，遂使愚忻快万状，若新华、联美、合众诸当局，且均愿助我以经费，他人之美意如此，愚又乌能不努力哉？

《小说日报》1940 年 3 月 25 日

青鸾舞影

粪翁[①]书画展，始于最后一日往观之，画竹之中，有一轴曰“青

① 邓散木(1898—1963)，原名铁，字钝铁，号粪翁，更号夔、一足。上海人，书法家、篆刻家。与吴昌硕(苦铁)、王冰铁、钱瘦铁，号称“江南四铁”。

鸾舞影”,此似在与吾友青鸾居士开玩笑,愚以为青鸾宜购此帧,以贻其舞侣凤姐儿,张之绣闼之中,庶几可以昕夕相对,免得凤姐儿相思为劳矣。此次龚展,闻收入可达万金,殆为彼王石谷八大山人之俦,所梦想不到者。

《小说日报》1940 年 3 月 27 日

《年鉴》消息

《电影年鉴》兹已在集稿中,今日之事业,其他非下走能措手,计惟出版刊物,庶几为下走所优为。兹所决定者,为封面用六色版印,各影片公司都辟一页地位,以为□□特辑,此书之精彩可知。惟网罗广告,下走犹非长才,此则愿子佩吾兄能助我一臂耳。

《小说日报》1940 年 3 月 27 日

涂雅春宴

涂雅集春宴,将于休沐日假卡乐影城厅举行之,此届以白凤之提议,规定参与者,各携隽侣一人,下走独处,亦复勿有隽侣可携,因欲缺席。而韦陀不可,谓夹袋中人,可以假其一名,以奉下走。韦陀盛意,却之不恭,则或将勉为其难矣。

《小说日报》1940 年 3 月 27 日

缺憾

无论何事,都可以留一点缺憾为佳,缺憾可资回味,若事臻圆满,无可更进展,则烦恼或由此生矣!譬如下走之《浪淘沙》,当其人在沪之时,不写;殆其远适春明,则始写之,即持此旨;苟其人又还沪上，或又为不写矣！下走今所需要者，为缺憾而非圆满。缺憾之为味也隽，圆满则前事可鉴也。昔人尝曰："人生缺憾君休憾，戏到团圆是散场！"真至理名言，颠扑不破者也。

《小说日报》1940 年 3 月 29 日

蝶社

包小蝶兄欲组一蝶社，使下走襄赞其事，今已渐有成议。惟基本社员之中，已少一人，则方于最近赴召修文之陈蝶仙[1]先生是已！是为憾事。

图 26 （自右起）包小蝶、孙钧卿、江一秋、包幼蝶、张哲生，原刊于《艺华画报》1939 年第 8 卷第 2 期

《小说日报》1940 年 3 月 29 日

① 陈蝶仙(1879—1940)，浙江钱塘人，原名寿嵩，字昆叔；后改名栩，字栩园，别号天虚我生。早年从事艳情小说的创作，为"鸳鸯蝴蝶派"代表人物，著有《泪珠缘》《玉田恨史》《井底鸳鸯》等作品。历任《游戏杂志》《女子世界》《申报・自由谈》主编。1918 年成立家庭工业社，生产"无敌"牌牙粉等。1930 年创办并主编《上海机制国货联合会会刊》，提倡国货。

拍照

在大华，常有一人，御整洁之西服，为人拍照，恃此以为业。常游大华者，见场中有镁光一闪，即是矣！照顾其人生意者，以西人为多，一宵之间，进益亦颇不恶。昨夕在大华，耀庭忽发奇兴，招其人来，为愚与一方并耀庭，三人合摄一影。自汉皋归来后，久已不拍照，此夕使非耀庭有兴，且不意此生犹有拍照时矣！

《小说日报》1940年3月29日

祝祖莱先生寿

与李祖莱先生素昧，然以良伯先生之嘱，因亦趋贺。礼堂设新新酒楼，吾友灵犀、之方、大郎、小洛及松风主人俱在座，乃不寂寞。又识樊伟麟君，则良伯先生之文郎也。是日，主人特备丰厚之赠品，以贶来宾。下走亦得女子襟饰一事，独处之人，需此无用，则将携之以为涂雅集春宴赠品，亦可以省得我另动脑筋也。良伯先生称海上贤豪，见愚，盛赞吾报编排之美，使下走为之汗颜不胜。

《小说日报》1940年3月30日

曹娥女士

在祖莱先生寿宴上，遥瞩一女宾，傍宁萱而坐，绝美。以问松风主人，谓是曹娥，银幕新人也。于是下走之脑海中，又镌一佳人之印象。描公叶兄[1]，能为下走作曹邱，使下走一识其人乎？

《小说日报》1940年3月30日

---

① 叶逸芳，时任艺华影业公司编剧主任，“描公”为其笔名，据说因其剧本写作描绘奇异而得此名。

大华一女客服毒

二十八日之夜，坐于大华，见媸小姐于座上，此外遇熟人甚多，与张翠红小姐一舞，大郎笔下之风华绝代人也。是夕忽有女客饮来沙[①]而自杀，场中执事人抱之下楼，愚追踪于后，闻药水之气甚烈，意所饮必不少。大华之邻有车行，数人送之往医院。睹此事者，皆谓女之服毒，不外失欢于人。女人而亦复痴情如此，使下走视之，乃引以为诧矣！

《小说日报》1940 年 3 月 30 日

革新之言

自明日起，吾报将有一番革新，吾报诞生凡七阅月，以读者之嘉勉，遂使吾报匆能匆谋改进，亦所以报读者爱护之忱耳。明日之革新，匆仅在充实内容，即版式亦更动，期所以新读者诸君之目者，敢自谓犹是吾报创格。吾报有副刊凡二，曰《小舞场》，曰《小剧场》，向为隔日一见，兹将改为按日有之，而以《小剧场》移至第三版，如是则舞榭歌台有新颖之消息，吾报即能为读者日日报道矣！小品方面，懒蚕先生之《谈荟》及诸家笔记，固匆虑或辍，最近复得阿季先生为吾报写《冯妇集》，长明先生写《密风小语》，皆名隽之作，亦足为吾报内容光。至若长篇小说，则了红先生之《三十三号屋》已将结束，易以《画室之谜》，为了红先生新作，亦鲁平奇案也。《希特勒奇死案》，其实亦甚饶兴趣，译者以二十五回竟其全书，故不久亦将刊毕。兹可以一可喜之消息为读者告，继《希特勒奇死

① 来沙，为 Lysol 的音译，煤酚皂溶液的俗名。消毒防腐药，浓稠并有煤酚的臭味，能溶于乙醇和乙醚成为澄清液，皮肤触及有润滑如肥皂的感觉。其 1%—2%的水溶液广泛用于手、器械和排泄物等的消毒。

案》后而刊载，林辰先生以《荒唐第五课》一书，为时所传诵，今为吾报所写者，亦仍其体例，必有吐绣燦锦之作，自先生腕底生也。故是后之吾报，敢情读者刮目相看！

《小说日报》1940 年 3 月 31 日

涂雅春宴

涂雅集之春宴，于卡乐影城厅举行，集者都五十余人，成一时之盛会。与宴者大都双携，惟下走茕独，韦陀曾允假一鬓丝与下走，至是亦食言，下走之郁塞可知。故终是夕之宴，下走亦未尝一舞，惟有乞诸《浪淘沙》，寄我感慨而已！词曰：

座上群集娃，点缀涂雅，一时燕闹又莺哗，都道今宵兴会好，酣舞为佳。

停箸起咨嗟，只有孤家！身旁但见别人嗲，顾为近来无勇气，一做拖车[①]！

《小说日报》1940 年 4 月 2 日

愚人节

昨日愚人节，余余兄于《小剧场》中，亦弄一玄虚，谓王熙春将回沪结婚，梅兰芳将在黄金登台，其实皆謇也。余于王熙春一稿中言曰“至结婚之佳期，本报已派专访记者姜星谷君在探听中”云云。

① “拖车”，为舞场切口，指舞女的恋人。并引申出种种切口，如以舞女与拖车纠葛，谓之“撬照会”；舞女与拖车决绝，谓之“出轨”；舞女与拖车决绝之后，而又重修旧好者，则称为“打倒车”。

星谷见报，以为真有此事，匆匆往谒袁履老，履老乃未有所闻，寻始知其伪，此余余文字之所以妙也。

《小说日报》1940 年 4 月 2 日

翠红新作

张翠红女士数年前即向往此人，吾友射虎经营萝春阁时，翠红自京中来，奏唱其间，愚往聆之，尝作一诗，记有句曰“闲来拾级萝春阁，雅号妙称样子间”，样子间，京中人为翠红所上诨名也。自翠红登银幕，尝一观其所演《女财神》，影中人益曼妙不可方物。最近，翠红又有新作告成，曰《梁山伯祝英台》，一度见其样片，样片中之“样子间”，作古装美人，其美不输当年，真足以使人颠倒也。

图 27　影片《王宝钏》中之张翠红，原刊于《艺华画报》1939 年第 4 期

《小说日报》1940 年 4 月 2 日

砚秋来晤

程砚秋抵沪上，乃来吾报拜客，与砚秋不晤者且近十年，忆犹是砚秋应大舞台聘南来之一次，愚伴之遍访各报，尝与共话者数夕，后此即不复晤。此日重觌，砚秋乃谓下走犹是当年。其实下走自知近来风怀，既远不如前，遂亦觉老之于我似乎瞬间将至，所可以自喜者，则听歌觅舞之兴，有时犹复不恶，或足为故人慰耳。

《小说日报》1940 年 4 月 3 日

谢樊先生垂念

樊良伯先生于海上著贤豪之名，李祖莱先生寿诞之日，以大郎之介，始识先生，虽初见，亦殷殷以下走之近状为念，辄觉其仁霭之风可扼。昨日，松风主人来，又传主人之言，愿下走能过其治事之室，大家多亲近亲近。以下走之无状，乃亦得贤老如先生者，见重如此，实非所期，因知海内之士，所以闻风而归先生者，良有由矣。

《小说日报》1940 年 4 月 3 日

关于“汇订”

吾报编制既变更，读者或有以中缝逼窄，不便装订为虑者。吾报于读者之请求，凡可以遵从者，无勿接纳。中缝之隙地过窄，有碍于汇订，在吾报亦早鉴于此，自今日起，已在中缝地位，放宽若干分，后此读者苟以吾报汇订，当不复有左支右绌之憾。此外琳琅旧侣之作，为读者所称赏，纷纷以继续执笔为请，亦当商诸琳琅，期有以副诸君之望也。

《小说日报》1940 年 4 月 3 日

提倡孝道

吾报于昨日起,又利用中缝空隙地位,一面刊二十四孝故事诗,一面刊新生活运动标语,亦所以略示吾报之正义感也。信谊药厂总经理鲍国昌先生去岁曾编印《二十四孝图文》,以赠各界,尽十余万册,论者谓纠正世道人心,为效匪鲜。先生日读吾报,乃与子佩兄言:"世风日漓,道德沦丧,尝欲致力于孝道之提倡,苦勿能普遍,足下主持《说日》,曷不辟一角之地,日刊二十四孝故事片段,为天下倡乎?"子佩然其说,会吾报中缝有隙地,遂商诸先生,假其二十四孝图册来,日刊一则。至新生活运动标语,则蒋委员长当年所手拟,在今日孤岛上,辄觉吾人亦有回环雒诵之必要,因与二十四孝并行刊登,愿读者垂眷焉。

《小说日报》1940 年 4 月 5 日

平居之胜

襟霞阁主人,招宴于其府上,与青鸾同往。阁主之邸,为志山先生旧居,是似乍入其门,即觉似曾相识也。小憩于主人之园,见壁间所悬小影,乃知阁主夫人,亦字曰"秋",惟阁主伉俪情深,以俪影悬缀殆遍,可以想见平居之胜。勿若下走一室独处,乃存人去楼空之戚耳。是日肴馔数器,俱甚精,不觉倾友啤两杯,又尽饭二盂。阁主言:"拟辟楼下之室,供诸友共盘桓。"若有此精馔,不才且愿日日作座上客矣。

《小说日报》1940 年 4 月 5 日

小茶壶

某女伶将北归,方女伶犹出演时,吾友阿汉誉之甚力,及女伶行期既定，阿汉乃语女伶曰：“会将别矣！欲市薄礼以奉君，勿审君意究何属？盍告我。”女伶盈盈笑曰：“它非所需，愿君以小茶壶一柄贶我，则幸甚矣。”于是阿汉乃以二元许之代价，购得一银色小茶壶，以赠女伶。因有人研究女伶指定要小茶壶之故，辄觉其慧心独运，盖小茶壶可以不需要杯碗，即就之而吸。审其形状，不啻与壶口接吻，于是得一结论曰：“女伶之所以偏爱小茶壶，因为可以天天与它‘开司’kiss 也。”

《小说日报》1940 年 4 月 6 日

樊先生招宴席上

樊良伯先生招宴于成都川菜馆①，成都之菜，愚尝之殆不下十次，然未有如此夕之美者，知主人以丰馔飨客也。座上有善琨、祖莱两先生，都今之事业家，于是席间所纵谈者，俱事业上之事。冯梦云兄，方创办电话购货，善琨先生贡献其意见，为梦云擘画甚至，惟吾侪之一桌，集一方、大郎诸人，乃多诽笑之声，创业之艰，任何事都是一例，电话购货为新事业，危险性自勿能免，惟以梦云任事之勇迈，吾知其必有成功一日者，则诸友诽笑之声，即以为勖勉梦云之奋竦，亦未为不可耳！

《小说日报》1940 年 4 月 6 日

不如意事

家中以书来，谓吾女病，病为脑膜炎，书中未尝言如何凶恶，然前者吾儿患肺炎，耗我百数十金，犹幸获愈。今吾女又病，曰脑膜

① 成都川菜馆，位于华格臬路（宁海西路）22 号。

炎，见此三字，即如被焦雷，此富贵人家之病，奈何亦蔓延至穷乡僻壤耶？吾家距城凡二十余里，吾女于中途，能否胜此颠簸之劳？且属可虑，况所患疾者，又为脑膜炎乎？自去秋以来，以怫郁之无补，乃欲事事求达观，而儿女之累，彼天乃夺吾心曲。下走才三十许人，彼天乃夺吾欢愉，惟以烦恼予下走，涉笔及此，辄觉吾心悬悬，真欲披发入山，于尘世间事，都付之不闻不问矣。

《小说日报》1940 年 4 月 8 日

自寻烦恼

吾尝规劝吾友，勿宜自寻烦恼，如下走之事事求达观，尚且烦恼袭我，会无已时，况复寻烦恼乎？然吾友勿能听，自寻烦恼如故，于是亦常见吾友有愀然勿乐之状。一晚在舞榭，睹吾友与其舞侣，舞兴方酣，不谓转瞬之间吾友匆匆来言，欲先行矣！愚勿解其故，以问其舞侣，则鼓腮不语，惟努目视我。愚乃悚然而退，以为此问之不当也。已而忽又发见吾友于场中，则固未去也。愚趋问故，友第长吁！亦不答，愚于是知二人之间，又在制造波澜矣！因为之太息曰："奈何吾友，乃独好自寻烦恼，岂寻烦恼亦为乐弥永耶？"

《小说日报》1940 年 4 月 8 日

祷之于天

婴宁婚九年，吾妇凡三育，长次皆女而幼男。次女涓方吾去而之汉时，才晬余，已能目送父母为憨笑。及吾滞于汉，吾妇亦委弃其抚养之责，以两女付他人。无何，得吾父书，言涓染疫，死于乡矣！吾览书惘然，勿知当前之境，为醒抑为梦？方吾别涓时，涓犹欢笑于其母怀抱中也,奈何遽夭?以忾于今,吾尚勿知吾女骸骨究瘗于何所?念及吾女,每以为未殇,特为吾姑或吾婶,抱持以去耳!然屈指三年,终勿能复见涓女归,所存者惟其姊湄,幸无恙。去岁,燮儿生,仅四月而染危症,曰肺炎,濒于绝,奔走求医,废寝食者数朝,吾儿始复苏。今吾妇挈一双小儿女居于乡,方劳我驰想,而吾父之书来,言湄又病,所患者脑膜炎也!此险症,虑挽救之难,尤甚于肺炎。嗟乎!天夺吾次女以去,才三年,兹又将夺吾长女,吾愿祷之于天,愿并吾儿吾女,胥夺之以去,使婴宁膝下自此杳然无所有,婴宁不幸人,勿应享子女家室之乐,更夺吾两稚去,庶几尽蹇剥之道矣!天苟有灵,当俯如吾请!

《小说日报》1940 年 4 月 9 日

举座不欢

与二郎、青鸾并采芝斋主,饮于同宝泰,见邻座有人征向导女者,貌都不恶,吾友见猎心喜,曰:"此中真有佳人,待吾侪发掘也。"邻座之人,有素稔者,吾友乃丐其所召导女,代为介绍。无何来一女,则齞唇历齿,丑陋如同灶下婢,而复视人作鹭鸶笑,其为态之恶可知。吾友大失望,斥两金挥之去,长叹曰:"佳人之不易得也!得一佳人,阖座将为之生春,若得一丑女,则举座转为之不欢矣。"

《小说日报》1940 年 4 月 10 日

舞场笑话

舞人莉娘,结其同伴姊妹游大华,见影人梅郎于座上,莉娘遽流波送眄，频频向梅郎发其无线电，同伴姊妹复助之为谑，然莉娘肥硕，蠢然一物，不足以动梅郎之念，故莉娘栗碌[①]数小时，终未有成。翌日，有知其事者，问莉娘曰："昨日，汝在大华乎？"莉诧曰："君何以知之？"客曰："不但见汝，且见有梅郎也。"莉闻言色喜，问曰："君与梅稔乎？"客曰："吾昨日固与之同座也。"莉默审有顷，恍惚梅郎座上果有此人者，则亟亟曰："是君当能为吾邀梅郎来？"客曰："吾正受梅郎委托，来此调查，梅第知汝姓氏也。"莉娘至此，骨头益轻，曰："吾某某某，向往梅郎久矣！愿君能致之来，当任汝所索。"客乃曰："今日先请我吃一听白锡包何如？"莉曰："诺！"于是呼小郎，遽购白锡包一听来奉客。客笑而纳之，约莉以翌日，偕梅郎俱来。其实客之言尽诳，莉娘在色迷迷头上，乃真以为客与梅郎尝偕游耳。莉在某舞场。人以其肥，过问者寥寥，而彼犹欲胡调，真可怜亦复可笑矣。

《小说日报》1940 年 4 月 10 日

观影消遣

不履舞榭者逾一来复[②]，晚来无聊，惟以观影为消遣。下走之观影，既无舞女敲我竹杠，故亦不必趋南京[③]、大光明[④]，取其近便，则丽都[⑤]最佳。丽都虽二轮影院，时髦朋友所谓"式根特"[⑥]者，然所选之片自佳。最近一度观《一世之雄》，所演为美国贫民区事，故不

① "栗碌"，沪语，"忙碌"之意。
② 一星期是七天，旧时因又称一周为一来复，星期日为来复日。
③ 南京大戏院，位于爱多亚路(延安东路)523 号。
④ 大光明大戏院，位于静安寺路跑马厅畔。
⑤ 丽都大戏院，位于北京路贵州路口。
⑥ "式根特"，为英语 second 沪语音译，"第二"之意。

见如何瑰丽，意者此片在丽都，殆亦属“软档”。今日则拟往观《荡寇志》[①]，片为五彩，而又属泰罗·鲍华[②]领衔主演，意演出当勿恶。虽一人孤寂，然得靓佳片，亦目可以快意也。

图 28　影片 *Angels with Dirty Faces*（中文译为《一世之雄》）剧照，原刊于《艺术世界》1940 年

《小说日报》1940 年 4 月 12 日

家报

续得家中来书，言吾女入医院后，医断为伤寒症，然初起无碍云，乃为之大慰。婴宁近来，屯蹇可怜，若天真夺吾娇女去，婴宁家庭间，生趣将更索然矣。得此家报，遂有心绪看电影一场，欲以自慰我枯寂之生活者，盖如此。吾妇以抚育幼儿，留于乡，送吾女入城求医，都吾父任其劳。吾父年迈，犹复为儿孙辈事，跋涉长途，婴宁不孝，乃重累吾父矣！

《小说日报》1940 年 4 月 12 日

① 1939 年上映之影片 *Jesse James*。
② 美国男演员 Tyrone Power(1914—1958)。

勉吾友青鸾

樽酒之间,青鸾述近其来事,欲愚以旁观者地位为一言,愚辄太息告之曰:“下走当日,与秋姑乍相爱恋时,止于其家,其家屋顶有平台,夏夜,吾与秋姑纳凉其上,秋姑曼声度歌曲。吾和之。歌已,则互拥为长吻,往往互十数分钟犹勿释。此情此景,殆犹诸‘七月七日长生殿。夜半无人私语时’也。下走当日,沐秋姑身心之爱,其炽热盖如此,然而今日又何如?”下走此言,初非欲青鸾以过来人之言资为训诫,特以为青鸾之谈情,程度犹嫌其不够,故愿青鸾以下走之事为鉴,能稍稍临之以勇,下走固愿为青鸾与其腻侣祝永好也。

《小说日报》1940 年 4 月 14 日

贡献一计划于梦云

以下走倡导,近来猫双栖楼上,大饼油条之消耗量殊巨,往往以一元代价,购来以供众啖,人谓“豆腐卖肉价钱”,现在则“大饼卖大菜价钱”也。有时以车夫不在,供奔走之役者无人,自顾西服革履,又不便亲往购买,则念及冯梦云兄。梦云兄之电话购货公司,不知始于何日成立?若电话公司而开幕,则此项买卖,且作成梦云矣!梦云宜预为之计,觅一大饼油条店,与之签订货合同。吾侪于梦云兄之新事业,无可以为助者,惟大饼油条,则吾侪枵腹时之恩物,可以作成梦云一点生意也。

《小说日报》1940 年 4 月 14 日

龚宴记趣

龚翁招宴于正谊之社，以为仅小聚，不谓列筵迤逦，座上客达百数十人之多，真盛宴矣。龚翁是日又录门弟子四人，故此宴半为庆功，半则是拜师而设。座上尝张裕公司白兰地，醇而洌。此国人制品，故主人劝诸人提倡。主人又备赠品，以为诸人助兴，张若谷[①]君抽的第一号，众以为所获必丰，龚翁亦举盏为若谷贺，言一号赠品为康熙窑古瓷，古玩市场主人所捐者，不谓后来揭晓，则夜壶一柄而已，众辄为之哄堂。此外有得蜡烛台一具者，有得陈师诚义务诊病一次者，使人为之笑不可仰。下走所获，有三友补丸、无敌牙膏等数事，而其中乃杂以电灯泡一只，真觉主人之好谑，为想入非非矣。座间靓鍊霞女士，诵下走"系住万千闲意绪，送到遼天"之词，不谓此寝终呓语，亦入鍊师娘慧眼，为之愧死！

《小说日报》1940 年 4 月 15 日

影城厅侍玉人坐

辞龚翁至慈淑大楼，诣卡乐，忽有人来传言，谓一舞人招愚，往视之，则玉人也。与此儿疏间逾一月，不意犹能念我，遂伴之坐于影城厅，促膝为长谈。玉人胸次无城府，其言娓娓，亦足以动人，独惜下走昏昏，在今日且视情如无物，于是与玉人所言，遂无一不见下走之狂悖，知玉人衔下走且深矣。

《小说日报》1940 年 4 月 15 日

① 张若谷（1905—1960），上海南汇人。原名张天松，字若谷。毕业于震旦大学，曾任职法国律师事务所，此后长期担任《大晚报》《中美日报》等报社记者和编辑。

向采芝斋主谢过

偶于酒楼，征一导女，其实此亦非罪大恶极之事，顾不知如何，下走忽欲讳饰，记其事于报端，第委为“吾友”，于是采芝斋主第一个跳将起来，于《社日》亟亟声明，一则曰下走“移祸江东”，再则曰“不能蒙此不白之冤”，于是下走乃知羞恶之心，固人皆有之。下走生平，所疾恶者惟“假道学”，以为吾行荒唐，吾自承之，何必伈伈伣伣，以为不可告人？孰知下走今日，亦自蹈此病，由此且蒙“移祸江东”之恶名，乃知文过饰非究失大丈夫磊落胸襟，因欲乞恕于吾友，顾念下走为初犯，稍稍敛震怒之气，诚以诸君平日，都操守谨严，规行而又矩步，非若婴宁之放荡不羁，即使不著此一笔声明，人亦知之且审，彼沉湎酒色，行止不检者，殆惟婴宁耳。固不致使高洁之士，遽蒙“不白之冤”，斋主之栗栗危惧，实为多也。

《小说日报》1940 年 4 月 16 日

孙府上长夜之叙

不久履黄金，与兰亭兄遂成契阔，兰亭辄复念我，前日，以电话觅下走，时已在宵禁后矣。因匆匆赴其府上，为长夜之叙。南腔北调人与韩金奎老板俱在，兰亭府上庖厨之美，固为诸友所向往者。是夕又吃宵夜，以助南腔北调人之兴，更为小饮，四时许始兴辞，送韩老板步行而西，自天主堂街徂马霍路[①]，下走未尝有疲容，可知腰脚犹健也。

《小说日报》1940 年 4 月 16 日

---

① 马霍路，今黄陂南路。

集体作书

楚绥自返珂里，转瞬逾月，同人辄系念之。一日，与灵犀、肇璜饮于南市，乃集体作书致楚绥，由下走开其端，而灵犀、肇璜足成之，傥亦别有风趣也。

《小说日报》1940 年 4 月 18 日

同床异梦

日来，又稍稍共玉人游，下走之仁恕，辄觉为人所勿能逮。一晚，玉人要愚游城北家，息于清河之榻，及宵既深，玉人倦卧，愚乃和衣伴之，为歌《文素臣》中“非是我太上忘情不解怜香缘”之词，及玉人睡去，愚犹勿能合眼，辄于天将曙时，悄然遁去，濒行视玉人，盖睡态正酣也。闻诘旦玉人起，骤不见下走，甚致其恚怼。是下走虽仁恕，终勿免忍人之詈矣。

《小说日报》1940 年 4 月 18 日

谢五洲同人

五洲大药房诸君，有嗜读吾报者，以全体同人名义，寓书吾报，嘱转丐琳琅旧侣，续以佳作飨读者，诸君之爱护吾报，情实可感，吾报自宜有以副诸君之望，惟琳琅旧侣君，顷已远适重庆，《花底莺声录》之所以匆匆结束者亦以此。容当致函就商于旧侣，苟得其应诺，即当以好音报诸君也。

《小说日报》1940 年 4 月 18 日

黄金场面

赴黄金,看了两出戏,一《三娘教子》,一《能仁寺》。砚秋嗓音轻灵婉妙,一如昔日。少楼[①]病嗓后登台,唱几句亦复不恶。不履黄金者逾月,台上布置已改观,场面隐于纱幕之后,有烟绡雾縠之妙,较诸向日之簇聚于场上者,为美多矣!因知黄金诸子,于剧院中事,固孜孜矻矻,无日不在谋改进之中也。

《小说日报》1940 年 4 月 20 日

意兴萧疏

玉人问愚,共舞台之《济公活佛》,演至几本矣?愚告之曰:"五本。"玉人曰:"已看过四本,择日当往观五本。"愚唯唯。玉人又曰:"宋雅海妮有新片,将映于大光明矣!"愚又唯唯。嗟夫!下走近来与人落落寡合之状,乃一至于此!味玉人弦外之音,殆欲下走伴之为观剧,为观影,而下走惟报之以唯唯。观婴宁之意兴,萧疏甚矣!

《小说日报》1940 年 4 月 20 日

病胃

昔日,下走常病胃,病不甚剧,惟偶受风寒,辄泛清水勿已,亦颇以为苦。厥后乃摒绝饭食,惟以面代餐,疾始良已。近数日来,以酬酢太忙,旧患又复发,胸膈至勿舒,然可以无碍,则中法大药房之"胃宁"药片,人言有神效,服之,当可愈我之疾也。

《小说日报》1940 年 4 月 20 日

---

① 王少楼(1911—1967),京剧老生演员,出身梨园世家。祖父王顺福为旦角演员,父亲王毓楼工武生,姑母王明华为梅兰芳夫人,王少楼夫人徐咏芬为琴师徐兰沅长女。王少楼 1930 年加入程砚秋的鸣和社,与程砚秋合作逾十年。

饯雄飞

雄飞兄将有蜀中之行，诸友乃饯之于蜀腴。比来公醵之宴纷烦，惟此宴较有意义，则以雄飞兄吾党奇才，今有远行，大丈夫腾踔可期，固宜预为之贺也。下走数年，归自汉上，两载来伏处江关，苦闷欲死，闻友辈在蜀得意之状，辄深悔当日游踪，乃未一至蜀地，今雄飞兄将西行，恨不能从之游矣。

《小说日报》1940 年 4 月 21 日

周公瑾戏

与友人论剧，以为如周公瑾之风流倜傥，大可编其生平，搬诸舞台之上，如坡老词所谓“小乔初嫁了，雄姿英发”，其足资渲染者，当不在韩信、殷桃娘事迹之下。下走之意，以为周公瑾英雄年少，正不妨以大嗓子[①]唱，下走谫陋，不敢言编剧，敢以此见贡诸梯维兄，他日使信芳主演之，其美必不在文素臣下也。

《小说日报》1940 年 4 月 21 日

念《博浪锥》

信芳有一时期，在黄金排练新戏甚夥，全部《韩信》之外，有《博浪锥》及《董小宛》。《博浪锥》中，金少山[②]为俪力士，杨瑞亭为俪黄石公，遂使全剧虎虎有生气。愚历观信芳新戏，以为此出实甚美。

---

① 大嗓子，又称真嗓，为京剧演员发音方法之一。演唱时，气从丹田而出，通过喉腔共鸣，直接发出声来，称为真嗓；如丹田气经过喉腔时，演员将喉腔缩小，使之发出比真嗓较高的音调，则称为假嗓。真嗓与假嗓在行腔时衔接自然，不露痕迹，就能使音域宽广，高低音运转自如。京剧的生行(老生、武生、红生)、净行、丑行、老旦等行当，在演唱时均用真嗓。小生演唱用假嗓，但念白则用真假嗓结合。

② 金少山(1890—1948)，北京人。京剧净角演员，突破了铜锤花脸与架子花脸严格分工的界限，融铜锤、架子、武花于一体，世称“金派”。

近一时期,信芳戏码几一成不变,老是那么几出,《董小宛》已久未上演,《博浪锥》更绝迹不见矣!勿审何故,辄为悒悒!

《小说日报》1940年4月21日

新著介绍

读报之人,颇有嗜阅党会秘记一类文字者,吾报因亦拟备一格,自今日起有《洪门汉留述异记》之刊。洪门在昔为江湖间秘密结社之一,入民国后,始作公开之活动。此记即叙其中一切诡异之事,著者洪潮先生,生平足迹遍大江南北,于洪门中事,知之綦详,今乃胪举其所闻见,复遍考群籍,而成此记,故所言无不有来历。吾报则再三烦请,始得先生之诺,以此飨读者,傥亦别饶兴味之作也。

《小说日报》1940年4月22日

另一预告

孙了红兄,为吾报撰《三十三号屋》,昨日已结束,读者殆无不赏其结构之诡奇可喜,兹了红兄将稍憩一二日,其新作《画室之谜》方在属稿中,日内即可与诸君相见。《画室之谜》仍为鲁平盗案,此著恐怖性甚于《三十三号屋》者千百倍,故知必为诸君所爱读,诸君其拭目以俟之乎!

《小说日报》1940年4月22日

未来计划

吾报虽以小说名,然以文字取舍之谨严,于毒素广告且摒弃不刊，遂得为时下诸君子所重，若韦廉士、摩凡陀、标准公司、新昌行诸家之广告，平时不恒见于报章者，亦纷纷见贶，爱重于吾报者盖如此，同人等不敢谓八阅月来之艰苦奋斗，遂获美果，特以为得此勖励，使同人等乃不能不更策全力，以从事于内容之改进，愿俟吾报基础稳定之日，当更以新献，贡献于诸君子之前也。

《小说日报》1940 年 4 月 22 日

《小冤家》

《小冤家》，此为吾报之又一新著，稍俟数日，即将与读者诸君行相见之礼。作者林辰先生，以《荒唐第五课》一书，著美誉于时，先生运笔，细腻而活泼，叙事能以情致胜，故《荒唐第五课》一书，乃脍炙人口。《小冤家》则先生之近作，但阅此篇名，即可测知其情趣为无限。吾报新著，除已刊之《洪门汉留述异记》及待刊之鲁平盗案《画室之谜》外，兹复有《小冤家》，于一周之间，即以三种长篇飨读者，三长篇之性质互异，而为饶有兴趣之作则一。读吾报者，当知《说日》同人，固无时无日不为诸君之精神食粮谋也。

《小说日报》1940 年 4 月 23 日

关于《希特勒奇死案》

《希特勒奇死案》都二十五回，今将刊竣，读者以其为译作，或多忽略，其实卓云先生译事，简练而明快，书中叙事，亦复诡奇可喜，使其所记而确，则今日欧洲之一怪杰，真勿审其为真为赝，此实一饶有兴味之事。读者之中，亦有阅是篇之半，始发觉其为一篇佳作者。吾报选材初勿论何种性质，要皆以兴趣为依规。即如程小青先生所译之《夜光表》，开始或病其空泛，但转瞬刊至第七章，吾书主人陈查礼，即将冉冉登场，而书中情节亦自此豁然开朗，读者固勿必过于躁急，全书达十万余言之巨著，日仅刊其片段，自勿能一览无余也。

《小说日报》1940 年 4 月 23 日

江南燕子

奚燕子[①]作古矣！燕子铁沙人，原名囊，以一斛珠咏燕词享名于时，遂称“奚燕子”，亦犹贺梅子[②]、谢蝴蝶[③]也。其原词云：“玳梁来去，旧时王谢今何处？乌衣巷口斜阳驻，春社年年，怜煞差池羽。绿水人家须记取，双双玉翦抛红雨。芹泥觅得商量补，隔断珠帘，花底喁喁语。”是盖能合风流绮丽感叹苍黄为一气者。诗亦不乏佳句，如“明月未来先卷幕，梅花落尽罢薰衣”“茶鼎吟萦烟篆碧，砚屏深护夜灯红”“风寒画槛鹦初睡，月满瑶阶鹤未归”诸联，胥所谓诗中有画者。燕子少年时，堕鞭走马，一时有“江南燕子，海上嫖精”之称，可想见此老当年固亦风流倜傥者也。

《小说日报》1940 年 4 月 24 日

增价声明

迩日白报纸之价格暴涨，每令自二十余元突增至三十元以上，

---

① 奚燕子(1876—1940)，名囊，字生白，上海闵行区杜行乡召楼镇人。才思敏捷，能画，工词章，为南社社员。有《咏燕》名句“三月新巢营绣户，十年旧梦记红楼。玳梁夜宿香泥暖，珠箔春垂絮语稠”，传诵一时，诗坛称之为“奚燕子”，遂以为别署行。

② 宋代词人贺铸，以《青玉案》之“若问闲愁几许，一川烟草，满城风絮，梅子黄时雨”，而得“贺梅子”雅号。

③ 宋代词人谢逸，以咏蝴蝶为人称誉，如“粉翅双翻大有情，海棠庭院往来轻。当时只羡滕王巧，一段风流画不成”，因被称为“谢蝴蝶”。

于是吾报之维持乃大艰，同业集议，公告于今日起增售一分，四分与五分之间，相差绝微，而吾报则可略资挹注矣。事非至万不得已，亦雅勿愿效市侩之行，以增读者负担（市侩之高抬物价，为肥其私囊，而吾侪小型报业，则多在艰苦支撑中，无利可图也），是端在爱护吾报者，能谅此苦衷耳。

《小说日报》1940 年 4 月 24 日

大华女侍

与诸友宴遂耕兄于大华酒楼[①]，兄为良伯先生弟子，具干练之才，迩方为中国国货公司所延揽，履新未久，同人乃略备春浆，为遂耕兄贺。席次，有女侍传酒行炙，松风主人强愚回首，谓其人神似秋姑，属愚望之，其人羞赧，嗫嚅言曰："吾犹初来，才数日也。"其实未尝有人问之，彼乃作自我介绍耳。审其貌，亦只口辅眼角间略有几分似秋姑，普天之下，秋姑止其一耳！宁有第二人哉？

《小说日报》1940 年 4 月 25 日

访梦云

访梦云，梦云为其所创之电话购货公司厘定规章，指导属员，因知其事实至繁冗，而规模亦殊宏大。其治事之所，壁间悬电台播音节目表，则知亦将借重于播音宣传，是节目之接洽与安排，即煞费苦心，不必论其他矣。予于梦云之创业精神，实服膺之，梦云能孜孜矻矻，为其未来事业而奋斗，纵败，不过耗费一番心力耳。若其事而成，则梦云之前程，庶几不可限量。予故谓梦云之劳心劳

① 大华酒楼，位于华格臬路（宁海西路）42 号。

力，终必有成功之一日。若下走则于日常生活且悠忽视之，遑论创业？以视梦云之勇气，辄觉为不可及也。

《小说日报》1940 年 4 月 25 日

握箸待哺

十大舞星选举之日，与韦陀、一方共与其盛，将散时，韦陀邀饭，乃共出仙乐，步行而东，至会满记[1]，已上下客满，终乃止于味雅[2]。然味雅亦人众，点数殽，先来其两簋，吾侪腹枵，啗饭及半，而殽已罄，余者犹不至，于是停箸待之，横催竖催，久久始来，吾侪之餐，遂亦如球赛之有柠檬时间[3]，休息一下再来。古人谓握发吐哺，吾侪则握箸待哺而已！物价腾贵，而吃食馆子生意之好，犹复如此，真所谓畸形发展矣。

《小说日报》1940 年 4 月 29 日

《小冤家》登场人物

林辰兄为吾报写《小冤家》长篇，今日已可见其端倪，登场人物如田汉、洪深、金焰、叶浅予诸人，都为吾人所稔熟者。盖所记系一歌舞女郎之艳迹，而以南国社为背景也。以书中人物多素稔，读之遂觉有奇趣。林辰复善用其笔，于是意境之美亦无伦，援引影评之术语，所谓能“抓取观众的情绪”者也。

《小说日报》1940 年 4 月 29 日

---

① 会满记小食专家，位于静安寺路大光明大戏院西首。
② 味雅酒楼，位于南京路云南路东首。
③ 柠檬时间，指球赛的中场休息时间，盖选手皆于此时分食柠檬数片，以柠檬有生津提神之效，遂有此称。

长片卡通

《木偶奇遇记》近方公映，长片卡通之在今日似甚为一般影迷所嗜。新华当局迩与万氏兄弟[①]合作，亦有长片卡通之摄制。吾人意中，以为卡通片但须绘之于纸可已，不知亦需由演员表演，摄成电影，然后取为范本，从事绘画，故其工程殊繁重。新华之第一部卡通，曰《铁扇公主》，将由韩兰根饰孙悟空，预料必噱头百出。新华现正计划片中之布景，盖将着手开摄矣。

《小说日报》1940 年 4 月 30 日

杏花楼晤吉诚

槐生、仰樵诸君，组顺利公司，邀非洲马戏班莅沪，将为孤岛人士一谋眼福之娱。昨夕，乃宴诸界人士于杏花楼[②]，以之方兄为代邀，因预此宴，乃晤沈吉诚兄。暌违久矣！前岁，愚栖迟香岛，凡三月，与吉诚数数遇，屈指计之，逾两载矣。近来朋簪游宴，颇兴人事沧桑之感。今遇吉诚，颇喜古人无恙也。

《小说日报》1940 年 4 月 30 日

移风九演员求去

信芳领导下之移风剧社，近有九人相率求去，为马金凤、梁次山之俦，于阵容殊无碍，惟五集《文素臣》之排练，殆将展缓。而信芳于移风新人之罗致，又将煞费苦心矣。

《小说日报》1940 年 4 月 30 日

---

① 万氏兄弟，即万古蟾、万籁鸣、万超尘、万涤寰兄弟四人，为中国美术片的开拓者。1941 年完成中国第一部长动画片《铁扇公主》。

② 杏花楼酒楼，位于福州路 343 号。

编者致语

读者来函，每谬赞吾报编排之美，此实足增下走惭汗者，以是亦使吾报同人，不得不更自奋勉。自明日起，吾报编制，又将小有更动，纵勿敢言面目一新，亦庶几不至于一成不变，更越若干日，吾报且将完全更易新字，以期印刷更臻于美观，亦所以报诸君爱护之忱也。

《小说日报》1940 年 4 月 30 日

出妻

吾友蛮影，近欲遣散夫人，其夫人于战后相失，蛮影勿得其音耗者逾三年，及夫人重来沪上，则蛮影正处于粉红色之气氛中，新欢方浓，遂勿欲续故剑之情。友人以蛮影夫人实可悯，都劝蛮影勿尔，而蛮影之意甚决，顾畀其夫人以金而出之，甚至欲为介绍一人，以为终身伴侣，谓惟如此最妥善。其所介绍之人，则蛮影之友也。当世名流，与“朋友妻”论恋爱者，不乏其例，然如吾友之出妻而又为之相婿，则其事不免有一点滑稽，故其事犹勿能决焉。

《小说日报》1940 年 5 月 1 日

报票联合播音

梦云办电话购货公司，有举行报票联合播音之议。诸友因争拟节目，贡献于梦云，而欲下走亦厕身其间，为下走排定者，乃《文素臣》之《流水》一段。若下走之《文素臣》，亦为代表作矣！其实下走平时，上弦子且胆怯不敢，何况在麦克风前，展我歌喉，以飨观众乎？下走所可为梦云效力者，或者来上一段麒派白口。白口不必用弦子，所可虑者惟吃螺蛳。好在听众喝倒彩，下走亦充耳不闻也。

《小说日报》1940年5月1日

又一新著

吾报又将有一新著，以飨读者矣！是为于回声先生所执笔，曰《燕双飞》，亦一别具风格之作，与林辰先生之《小冤家》则庶几近似。吾报同人，所欲为读者谋者，端在内容之充实。而长篇之增添，要亦为读者眼福计，更越三数日，便将与诸君相见矣。

《小说日报》1940年5月1日

丽人

携丽人游大华。丽人黌舞犹匆久，其人质朴，而能为娓娓清谈，匆若玉人之冥顽不灵。以是虽初识，亦相习若素稔，如下走曩日赠桐韵二媛诗，所谓"面虽初觌略无羞"者也。丽人虞山人，与二媛且同其里闬，愚为丽人诵"卿为常熟我常州"之句，丽人辄曰："虽差一字，亦无殊乡亲也。"其人吐属雅，则又为玉人所匆逮，于是下走复有诗，乃记此日之遇，且俟与其所赠照同刊之。

《小说日报》1940年5月4日

顾曲

顾文绻小姐又登台，于宁波同乡会爨演《起解》，以两照贻我，复以戏装照相见贶，慕琴先生转来，辄感慕老之意亦拳拳，是日晚八时，访槐秋先生不值，乃与星谷兄同观文绻小姐登场。文绻小姐歌喉视以前又胜,《祭狱神》之反二簧,微特应付裕如,吃调亦甚高也。是日为沪社彩排,顾亦售券,耗文绻小姐六金,以事前未及知,遂并花篮一事,亦吝而未送,僢偬甚矣!

《小说日报》1940 年 5 月 4 日

许寿

岚声兄[①]来言,许锦春先生五十弧辰,以诸名流之发起,将假浦东同乡会举觞称庆。许先生亦海上之贤豪,岚声兄尝列其门墙,愚与先生觌面之机缘稀,顾知其为人亢爽,有元龙湖海之气,而绝好奖掖后进,友侪中沐其春风者,犹不惟岚声一人。此次称觞,盖亦以门弟子之固请,挽海上诸老为发起,先生始勉诺之。然亦仅以杯酒联欢,门弟子筹备会堂者,先生辄曰:"能省俭最好。"盖终勿欲过事铺张也。

《小说日报》1940 年 5 月 4 日

李府美馔

李祖夔[②]先生,招宴于其府上,下走自来沪堧,即耳祖夔先生名,迄今垂二十年矣! 始获识荆州,亦快事也。座中复有叔寒、灵犀、之方、大郎、啼红、一方、笠诗诸子,都一时胜友。而樊良伯先生与遂耕兄亦俱至。主人设殽特丰,杏仁酪与鱼羹二味,尤风味独胜。良伯先生辄曰:"主人奈何勿以今夕之馔,分两日飨吾侪?"盖

① 来岚声,原从业于银行,后转投报界,曾创办《消夏特刊》《新年戏报》《时代日报》《世界晨报》等刊物。

② 李祖夔(1894—1949),浙江镇海人,李薇庄之子。李祖夔曾跟随其叔李征五参加辛亥革命。1925 年出任上海县知事兼沪海道尹,北伐后弃政从商。

亦以其丰且美也。座中诸人,俱不好酒,下走遂勿敢纵饮,然亦尽三盏。辞主人出,觅丽人于国泰,已微醺矣。

《小说日报》1940 年 5 月 5 日

黑汇

市场剧变中,辄闻人言黑汇黑汇,下走至今犹勿审黑汇为何物,于金融常识之缺乏可知。有人热心,以黑汇情况告我,谓下走曰:“苟能明乎此,足下亦可在市场之上,小作活动矣。”然聆其所陈述,辄觉此种头绪纷繁,了不得其端倪,操奇计赢之术,实下走所勿耐,下走殆终无面团团之日矣。

《小说日报》1940 年 5 月 5 日

纸价又飞涨

连日纸价又飞涨,向之每令售四五金者,今增至四十五元,读吾报者,当知吾报之维持实堪艰困,至万不得已时或将缩小篇幅,而材料则力求其勿至减逊。苟非然者,则以今日纸价与印刷费之昂贵,吾报殆惟有停刊矣！停刊将无以对读者,若仅缩减篇幅,则或能见宥于订阅吾报诸君。惟在尚有能力犹勉可支持时,尚不欲行此一着耳。

《小说日报》1940 年 5 月 5 日

七元舞女

卡乐有一舞女,伴舞一月,其所得舞票,乃仅七元,传其事者,遂资为笑谈,谓卡乐之账台,见此一舞女久久不掉票,诧为奇事,以为其他舞女三天五天就吵着要掉票子，而此人乃久不动声色，大有“勿要摆勒心浪”[1]之概，意其人殆并不恃此为生也。孰知匝月以后，其人出舞票兑现，则仅七元而已！此戋戋之数，犹须与舞场对拆，其人所得，实际上只三元五角，于是闻者无不以为奇惨，一人乃曰：“吾苟往与此女舞，授以舞票五金，此女必受宠若惊，认我为唯一阔客矣。”另一人曰：“然则何不径畀以舞票七元，可以包她一个月，天天跟着你跑了。”又一人则曰：“舞场当局，供给每一舞女之伙食，月须二三十金，苟此女所能使舞场沾其余润者，仅为三元又半，则抵伙食账尚且不敷，跳舞场究非难民机关，此一舞女，恐早在淘汰之列矣。”于是彼发为宏愿，欲以七元包办其人一月者，乃为之大懊丧，以为坐失良机也。以是又有谈及舞星选举之时，有一人则以千金购舞票，捧一舞女者，为之核计，则卡乐之七元舞人，须伴舞十二年，始能得千元之数，乃为之长叹曰：“舞女固亦可为而不可为，有幸而有不幸也。”

《小说日报》1940 年 5 月 6 日

缩减篇幅

自明日起，吾报以万不获已，将缩减篇幅至三分之一，向之四开者，改为六开，即如此犹月须亏折，则以吾报之支出巨也。此为非常时期无可奈何之变通办法，俟纸价回跌后，吾报即当恢复原状，愿读者诸君，能谅此苦衷焉。

《小说日报》1940 年 5 月 6 日

---

① “勿要摆勒心浪”，沪语，“不放在心上”之意。

与玉人坐推仔厅

与玉人坐于推仔厅，向以为此人冥顽不灵，是夕忽动游兴，要愚伴之游伊文泰，勉从之。玉人乃问愚："昨日君携一人，吾识之，乃伴舞于国泰者。"愚应之曰："然也！如何？"玉人曰："佳！吾所勿能逮。"言次，乃有愠色，愚几为喷茶，曰："吾携一人来，亦犹汝侍人而坐，事甚平衡也。"玉人曰："此在吾侪，乃无可奈何，汝亦无可奈何乎？"愚又不禁失笑，诘之曰："然则吾侪男子，乃应该吃亏乎？"玉人曰："自然应该让我们女人占三分便宜。"愚应之曰："自兹以后，吾且让汝十分，汝以为如何？"于是玉人亦笑。及曙，以车送之归，始终未尝一起舞，费吾一宵光阴于无关痛痒之谈话中。及登车，玉人且沉沉欲睡。以论淳朴，玉人终勿逮丽人，念其有向善之一念，则亦不欲苛责矣。

表妹杜希英，自昆明来书，言昆明生活程度之高，真可以骇人。昆明米价，每石在百元以上；看一场电影，需三元；平剧最低座价为二元八角。希英于书中乃致其慨叹之词，谓流浪生活中，惟汉口为黄金时代。方下走栖迟汉上时，尝携秋姑，与希英伉俪荡舟中山公园，下走有诗，即所谓"暂时睥睨应输我，打桨人如春水柔"者，此情此景，固足以使人向往。以希英来书，使下走亦低徊不胜矣。

《小说日报》1940 年 5 月 7 日

丽人赠照

丽人贻一照为玉人所见，翌日，玉人亦使人送照片一帧来，此女今日，亦知有效颦之必要，想见其用心苦矣。玉人之照，其巨径尺，照后有署名，其上款曰"蝶衣留念"。玉人固能书，然审其字迹，则殊非玉人手笔，于是此照价值遂为之尽损。愚于二人，初勿欲有所轩轾，特以玉人之鲁钝，一若偶人而粉泽，遂觉“玉照”终勿逮“丽影”矣。

涂雅集春宴之日，舞人之莅临者，舍郑明明号称“红美人”外，群言王玲玲为最美。玲玲发祥于胜利[①]，今乃隶卡乐。愚每莅卡乐，恒视平之，以为是人容色诚不恶。而吾友夜莺辄摇首曰：“梁山伯金少山[②]之俦耳。”吾殊勿信。一日，有友挟之游伊文泰，始信其人实粗俗，其言“心”曰“兴”，“阿姊”曰“阿假”，闻之使人勿可耐，意其人殆阿拉[③]产也。于是知玲玲虽赋美色，而终勿为人所重者，有由来矣。

小女儿之舌慧能言者，无如贺小蝶。小蝶亦阿拉产，然脱尽乡音，而能款款作深谈。舞时故紧其双腰，触之使人意消，与大东之老牌王爱丽，乃有异曲同工之妙。所憾者，则小蝶双瞳勿能点漆之美，亦如乡下人白相跳舞场，所谓“两只眼睛白洋洋”耳。

《小说日报》1940 年 5 月 8 日

伴丽人观影

伴丽人观影于南京，半年以来，看电影而为双携者，此犹为第一遭。片曰《蟾宫仙侣》，甚平凡，然以其为五彩，因亦觉可观。银幕上人辄有拥抱而吻者，丽人往往掩其目，示勿欲睹，小女儿一点淳朴犹自未凿。然舞榭毁人坑也！使更越三五年，丽人识见渐广，正不知娟娟此豸，将蜕变至如何程度？思之废然！

晚应难童教养院之邀，餐于大西洋。袁履登老伯伯，为此院之董事长，海上流浪儿童，得此院收容者，数逾五百，冻馁得以无虞。

---

① 胜利舞厅，位于北京路 760 号。

② “金少山”，为舞场切口，谓人“十三点兮兮”，盖彼时一斤为十六两，“斤少三”即为十三。

③ “阿拉”，彼时指宁波人。

袁老伯伯与陆院长文韶之嘉惠于孑遗者，为匪浅矣。于十五日起，院方将假座更新舞台，举行游艺会数日，其中有西班牙斗牛表演，为海上人士所未尝见者，度亦将歆动一时矣。

《小说日报》1940年5月9日

玉人过访

风雨之朝，玉人忽翩然过访。此人向日尝目之为冥顽不灵者，今亦渐知感情用事，为之诧怪不置。两时半，伴之观电影，晚餐后又携之赴黄金，听程砚秋《金锁记》，大段反二簧[①]，甚美，独惜玉人蠢蠢，殊勿解其妙。此人所徘徊向往者，殆为陈义浅薄如申曲一类，再不然亦当伴之观《济公活佛》，平剧如《金锁记》场子之冷，宜勿为玉人所了解矣。戏散后，又欲愚伴之游大华，此人非有厚于愚，特欲使此一段因缘，尽于今宵耳。愚于卷烟向时所疾恶，而玉人独嗜此，必下走为之殷勤燃磷寸。一生为女人所役，不意至于今日，又复遇此人，几欲奴蓄下走，思之哑然。

吾友孙克锦医师，近发明一种杀虫药，曰"强且灵"，盖专为对付臭虫及衣虱者。据云近来沪地发疹窒扶斯症[②]流行，此疾之来，即为臭虫及衣虱所传染，足以致人于死。愚于此类医学常识不甚了了，特以臭虫为夏令大患，今有药物足以制其死命，则此一发明，将为阛阓所称颂矣。

《小说日报》1940年5月12日

---

① 反二簧，也写作反二黄，是把正二黄的曲调降低四度来唱的腔调。调门降低，音区加宽，起伏跌宕，多用于表现悲壮慷慨、苍凉凄楚的情绪。

② 窒扶斯症，肠窒扶斯即伤寒，清末时译为肠热症，后受日本影响，译为肠窒扶斯症。发疹窒扶斯与伤寒颇似，以发疹为主要特点。

携丽人坐云裳厅

星六之夕，携丽人坐于云裳之厅，丽人鬻舞犹勿久，习为早睡，其母又督之严，故通宵必归禀其母，于是先送之还家，易舄更衣后始复出。灯下，映其红晕之颊，若方被酒，辄为《浪淘沙》一阕视之。愚尝发为愤慨之语，以为文字无灵，对于货腰女儿，与其写一首诗填一首词，不如多送她几张钞票。然丽人固颇晓文墨者，不可以一概而论。写几句给她看，亦欲使娟娟此豸，知有一狂且之士，为之而颠倒也。逾三时，买车送之归。良宵苦短，而情味则至永，盖正以嘉会之不可得，乃益觉其可贵也。

《浪淘沙》之作，在携丽人游大华之诘朝，倚枕成之，尝刊《社日》，顾有讹字，因复录刊于此：

春色丽江城，杨柳风轻，虾须帘外数声莺，似与昨宵人那个，一样温馨。

饶是怕多情，情也滋生，无聊时候又初醒，愿拼凫花千斛醉，衔接余酲。

《小说日报》1940年5月13日

温如来沪

温如来沪，于兰亭府上遇之，其夫人与之俱，江枫携胡索来，乃得聆温如之歌，唱《乌盆记》之反二簧。其夫人亦歌《洪洋洞》一段，运腔纤巧，盖神似温如者矣。与温如暌别者逾十年，近年来不甚愿与伶工往还，御霜此来，亦仅二三晤，以伶工往往习气重，使人勿耐也。惟温如近年得夫人启迪之功，为人渐诚恳，故论者谓温如夫人始真是贤内助。微夫人，温如人缘殆能得今日之佳耳。

灵犀以下走屡诟玉人，辄以为勿当，其实灵犀非真能知玉人者。玉人外貌，观之绝温良，顾人勿甚知自爱，灵犀但见其温婉就下走，以为其人于下走，殆未免有情矣！此在下走，则且将以为愚骇之见。惟下走深知玉人，以玉人之纯厚，非不足以使下走怜爱，而终以其为不可近者，此中事盖亦不忍言矣。

大郎捧金大仙，得一笔；灵犀捧姜云霞，得一笔，沈琪为其师妹徐绣雯誉扬，临歧之际，绣雯亦以笔为赠。笔之于文人，有不可须臾离者，以笔馈赠知己之士，傥亦所谓红粉赠与佳人也。然得之者往往犹以为未足。有人乃曰："苟持以为报者，就'笔'字而读北音，则宁不佳哉！"

《小说日报》1940 年 5 月 14 日

一个提议

颇拟组织一文酒之会，友侪之能诗兼能饮者，胥征之为社员，生当暗世，惟诗酒赏咏，始稍稍足以遣愁怀，下走之结社目的盖如此。友侪之中，若龚翁、禹钟、凤蔚、空我、叔范、白蕉[①]、灵犀、大郎、一方、近楼诸子，无不文采风流，照映当世。周錬霞女士尤负锦绣才华，即请同列为发起之人，下走不敢言能诗，惟好饮，则愿追随诸君子之后，任传酒行炙、编纂社刊之役。社拟命名曰"啰"，取啰叙

① 白蕉(1907—1969)，本姓何，名治法，一名馥，字远香，号旭如，别署复翁、云间居士、养鼻先生等，二十一岁后以白蕉名世。上海金山张堰镇人。

幽情之意。敬提此议，愿俟响应。

《小说日报》1940 年 5 月 15 日

广东规矩

弔海生兄太夫人之丧于静安寺，三鞠躬之后，主人以红纸包一个授予，拆视之，则为辅币券一角。而致送赙仪，即使为本人亲自赍往，亦致使力，名曰“利市”。据言广东人规矩如此。盖海生兄虽以“杭州海生弟”名，其尊人实粤籍也。弔人之丧，于吃豆腐之外尚有额外收入，生平实为第一次碰到，其用意不可晓，或者是为人拔除不祥耳。

《小说日报》1940 年 5 月 15 日

“洛丽泰·杨”

小坐于阿凯第[①]，座上有杨太太者，举好莱坞男女影星之名，如数家珍，闻之使人不可耐，顾有一言，则奇趣，杨太太曰：“在女明星中，吾最爱洛丽泰·杨，洛丽泰·杨者，落里搭痒也。”座上诸友闻其言，无不相视以笑，而杨太太则曰：“洛丽泰的确是姓杨也。”下走几为之忍俊不禁，使非其人为人家太太，而又为初见者，愚且问之曰：“太太亦是姓杨，然则落里搭痒乎？”可见吾侪男子，时时矜持，转勿如女太太们，面孔反而老得出[②]也。

杨太太之名，凡在跳舞场跑跑者，类能道之。太太嬺一少男，人称小番，尝斥万数千金，购一汽车，赠小番乘坐之。小番嗜赌，往

① 阿凯第花园，位于蒲石路（长乐路）古拔路（富民路）口。
② “老得出”，沪语，“不怕难为情”之意。

往流连博窟中，一掷数百金无吝色，而其人固不务正业，人言其经济来源，胥杨太太供给之也。杨太太固有藁砧，为银行界之名人，然于其夫人之事，明知之而不以为忤，有时且与小番一车共载，出而宴游，其胃口之好，可谓蔑以复加，倘亦所谓眼开眼闭者也。

《小说日报》1940 年 5 月 16 日

白蕉来书

下走创议，组织一文酒之会，今乃得白蕉先生损书，为近与粪翁适有此议，为之大喜。方下走提议时，即尝与灵犀言之，愿得粪翁为盟主。今粪翁与白蕉且先我有斯议，则下走追随有日矣。白蕉之函，附录如下：

蝶衣先生：

顷见报载尊议，甚善。近与钝铁始亦有是议，鄙意不限于诗酒，趣味当更胜，惟人数至多不过二桌，一切从俭为佳耳！

尊意云何？

手颂撰安。不一。

制弟白蕉稽首

《小说日报》1940 年 5 月 17 日

琼·克劳馥之老

大光明映《水火岛》，拟一观，顾购票者乱如粪蛆，纷纷出之以抢攘，愤而趋大上海，看琼·克劳馥之《冰树银花》。琼·克劳馥老矣！以一四十许人，犹作少女婉娈之态，观之使人肌肤为栗。可见好莱坞影人，亦有才难之叹。若琼·克劳馥、珍妮·盖诺之俦，当其熠熠于银坛时，计其年月，殆与吾国之张织云、杨耐梅辈同时，在今日而犹欲与后起诸雏争短长，其情景之可怜可知矣。

《小说日报》1940 年 5 月 18 日

弄潮儿

凤儿近来，时时过猫双栖楼，青鸾先生此当为大丈夫得意之秋矣。小洛为凤儿题一名，曰“弄潮儿”，与“伊文泰”之号，可谓同其隽妙。

《小说日报》1940 年 5 月 18 日

马戏

马连良将出演于黄金，其座价亦售四元五，一如程砚秋。有人喟然曰：“毋乃过昂乎！”一人乃曰：“安得谓昂？”君不见非洲马戏乎？其最高座价售五元，同一马戏，此犹较廉于彼也。闻者以其设譬之妙，无不大笑。

《小说日报》1940 年 5 月 19 日

丁宴

慕琴先生邀诸友饮于其府上，青鸾携凤儿，云裳携林媚俱至。慕老欲愚邀玉人或丽人，无如人家不肯跟着我跑，于是遂让青鸾、云裳占尽风光矣。

座上，栋良与之方斗酒，栋良饮后，面如重枣，耳鼻皆赪，南腔北调人乃言:“栋良今日,大似王洪寿。”此语大犯栋良之忌矣!

《小说日报》1940年5月19日

色勒

舞场食品有名为“色勒”者,一舞人腹馁,令侍者以此进。愚问之曰:“色勒,那能样子吃法?”舞人曰:“那能样子?嘴里向吃进去耳!”愚曰:“阿是塞勒嘴里?”舞人大恚,饱下走以粉拳。

《小说日报》1940年5月20日

无题

玉人又翩然过下走治事之室,知两小时陪客义务又不可免,则伴之观《水火岛》于大光明。下走生平独不好在朋友面前扎台型,故慕琴先生邀宴之日,嘱愚携一鬟丝,愚辄辞之曰:“人家不肯跟着我跑也。”其实携一人凑热闹,亦未为不可,而下走辄以为此等地方,应该让朋友占一点风光,下走则愿独觅悲凉。下走岂真悲凉哉?下走于旖旎风光之享受,乃在电影之院咖啡之馆,使下走能傲视于稠人广众间,宁不较跟朋友别苗头为有味乎?

《小说日报》1940年5月20日

票界的康脱莱拉斯

卡尔登义务戏,大郎本拟演《探母》之《出关见娘》,丐九公为配佘太君,谓见娘缺少噱头,有九公唱太君,庶几能使人嗢諕。以九公唱戏,独擅摇头。演九本《狸猫》时,人尝称九公之摇头为一绝也。有人遂言:“九公大可与康脱莱拉斯媲美,则以康脱领导之摇摆乐队,夙有名于时,九公作风,与之正同也。”惜卡尔登之戏日,后忽更改,九公之摇头绝技,乃不获一露,则为此次义演中之憾事矣!

《小说日报》1940年5月21日

厕简楼

灵犀蓄双猫,死其一,今所养者,惟一牡矣!猫躯干日伟岸,因之亦不甚驯服,往往跳窜案头,如入无人之境。近来,则且遍地遗矢,天时渐暖,遂觉腥秽之气,不可向迩。猫双栖楼一变而为厕简楼矣!

《小说日报》1940年5月21日

粪翁贶画

粪翁以书画展既闭幕,至昨日乃以一轴贻我,展视之,则绘竹也。粪翁之画,向秘勿视人,此次展览,始以所绘竹三数幅,点缀其间。下走往参观,窃尝念曰:“安得他日,岂翁为我画数竿竹,张诸独处室,为下走清夜写作之伴乎?”今翁忽以此轴见贶,若深念我心者,辄为之狂喜。本报毛主干昨亦得翁书立轴一幅,作行草,并为隽品。记之于此,所以示我二人感谢之忱也。

《小说日报》1940年4月27日

病

罢宵游数日,转感疲茶勿胜,今日下午,胸膈间且频频作恶,终至大呕,服龙虎人丹十数粒,始已。灵犀见我,辄诧曰:“足下奈何面色惨白?”愚乃知病根伏矣!平日忧伤,又勿知自保清善,宜乎欲病，独处之人，惟病最可怖，天下安得有神方，能疗我之疾乎？下走之疾，还须心药耳！

《小说日报》1940 年 4 月 27 日

揭谜

报端刊有猜谜赠奖广告，凡十条，其较易猜测者，为“看看罢了”，射影人一，为顾而已；“一毛不拔”射京戏名，为《铁公鸡》；“海光邮局停用女职员”，射县名，为信阳；“欧战已和平”，射县名，为西安；“我为民族而战”，射人名，为余汉谋；“仇人找不见，羊儿开口眠，日子长无边”，射一物，为九味。惟“棉花炸弹轰炸荷兰”，射唐诗一；“说书”射字一，较费寻思。又有“上有一半，下有一半，中空一半，除去一半，还有一半”，射一字。采芝斋主言，此必为“随”，盖有之上半为“十”，下半为“月”，空之一半为“工”，除之一半为“阝”，还有之一半为“辶”，合之即成“随”字也。此一条实最具巧思。

《小说日报》1940 年 5 月 23 日

一方论下走诗

一方论下走之诗，其言曰：“婴宁之诗，非不茂美，而好为古奥，通体乃觉生硬。”一方此论，使下走实勿能服帖。下走于诗，惟最恨古奥，故生平写诗，用生僻字且绝少，用典更无论矣。自遘秋闱之痛后，所写诗且益放浪，若“人是绝妍宜作妾，生非同姓僭称兄。”“几丝云鬓吹成浪，一抹樱唇灿有珠。”“衣不轻飏稍障艳，面虽初觌略无羞。”“约来腰不盈三握，断后酒能斗一巡。”“各在天涯都善感，是同乡里易沾亲。”自谓平生恒傲岸，可谓愚之代表作，凡此固未尝稍涉古奥，惟以造句之拗，遂觉生硬，此则一方之言是也。以下走功力之浅，若谓吾诗而古奥，则足以增下走惭汗矣。

《小说日报》1940年5月23日

观《江山美人》

上海剧艺社作国际慈善公演，以柬来，苦于路途为远，遂未往，而观影于大上海。大上海映《江山美人》，演十六世纪英女王伊丽莎白事迹，片极瑰丽，顾于伊丽莎白，乃形成一神经质之妇人，勿知此片何以能公映也。采芝室主言亦欲观是片，约于场中会晤，顾竟不至，遂大减兴。

自大上海出，犹赴大华，晤青鸾、之方、小洛并桐韵一门于此。坐至一时许，欲归，门外遇王引，因又与之登楼上。王引将以翌日之下午赴港，甚诧其尚有余暇作宵游，乃不在家中与美云唱《别窑》。问之王引，则言美云在家，方全神贯注于博，尚有八圈始终局也。因知美云之嗜博，且视为较燕婉之好为有味矣。

两时许，桐韵一门及青鸾皆赋归，王引与小洛欲诣伊文泰，乃附其车返。

《小说日报》1940年5月24日

忘了通宵电杆时

舞人文姑，初为刀俎间人①，及入舞榭，居然亦饮誉于时，为伊人而“颠之倒之”者，大不乏人，而文姑骄矜之气亦日盛。一夕，文姑以舞券二百，向舞场当局索现。舞场以时日未至，许以明日。文

① 指其本为咸肉庄之风尘女子。

姑不可,必舞场当局立付百金。舞场当局曰:“先取五十金如何?”文姑以五十金掷于地,曰:“谁稀罕五十块钱!”其神色乃至峻厉。愚睹状不可忍,几欲起而掴之,问问她可记得“通宵电杆”[①]之时。顾舞场当局勿敢撄其锋,惟温颜逊词以向之曰:“小姐,勿动气嘘!”真是“见口酥”之流矣!

《小说日报》1940年5月25日

代鍊师娘报丧

周鍊霞女士,其尊人居于湘,近不幸作古,灵犀接女士一函,有道途修阻,星奔无从之言,词绝凄婉。下走因为代报此丧,使文友之与鍊霞女士稔者,知女士有风树陨心之悲也。

《小说日报》1940年5月25日

砚秋书扇

砚秋为愚书一扇,由兰亭经理转来,往年见砚秋之书,笔力殊遒劲,论者谓是罗瘿公[②]代笔,兹则婉约如其人,意当为砚秋手笔矣。愚生平不好藏扇,得之亦往往散佚,近始欲稍稍征集之,今春得王瑶卿供奉为愚画一箑,王凤卿书,玉蓉师妹为愚寄来,颇珍视之。兹又得砚秋书箑,要亦可宝。惜姜妙香将北归,不及倩其绘牡丹,以俪砚秋之字,则憾事耳。

《小说日报》1940年5月26日

---

① 风尘女子夜深立于街头拉客之情状。
② 罗瘿公(1872—1924),名享融,别名惇曧,祖籍广东顺德。幼攻诗文,为康有为弟子。与程砚秋交谊深厚,为程砚秋编写了十二个剧本,如《红拂记》《金锁记》等,皆享誉一时。

叔范还沪

叔范[①]还沪后，渴图一晤，昨夕灵犀治酒殽，为叔范洗尘。及始见之，美髯公别来无恙，问其山中事，谓惟酣酒纵歌耳！清福真使人美煞。以灵犀之介，又识唐子侠尘（云）[②]，侠尘以画名海上，愚尤酷爱其字，妩媚有佳致，因乞为下走作盈尺短幅，绘夭桃依李之图，系以跋，欲以当西泠卧游也。是夕座上，主人灵犀并小友一阳外，复有钝铁、白蕉、空我、云旌、师诚诸子，暨和尚若瓢[③]，都一时胜流，shuan谭弥快。下走日间已薄饮，至是又连顷数盏，叔范见愚能为豪饮，辄啧啧称怪，盖不知下走近来固有"陈八杯"之号耳。

报端之猜谜赠奖广告，又第一度发见，为"庆祝最后胜利"，射名人一，当为贺国光；"救济难民不甘后人"，射市招一，当为先施；"二小姐"，脱帽格射植物名一，当为十姊妹。然都不甚佳。大郎于座上述一谜，曰"一字定名称正室，两行侍妾列金钗"，射蔬菜名一，为大蒜，言是沈禹钟先生所制，则可以叫绝矣。

《小说日报》1940 年 5 月 28 日

校雠之难

校雠之难，吾尝谓难于编辑，编辑者于各方来稿，匆匆发排，每不暇细阅，苟有错讹，即须负校雠之责者，随时剔改。故觅一编辑易，觅一校对人才则难。腹俭之人，万不能胜校雠之任，必于诗文

---

① 施叔范（1904—1979），幼名德范，一名東范，自号施髯、老髯、衰髯，浙江余姚人。曾主编《浙东日报》，与唐云、邓散木等交好。

② 唐云（1910—1993），字侠尘，别号药城、药尘、药翁等，浙江杭州人，著名画家。

③ 若瓢（1902—1976），俗家名林永春，别署昔凡，浙江黄岩人。曾为杭州南屏山净慈寺知客僧，后居上海，任吉祥寺住持。工诗善画，尤擅兰竹，与沪上文艺界、书画界人士交游密切，尤与郁达夫、唐云为至交。

与时局，都有一点常识者，始足以应付裕如。引凤楼主人恒于其《杂缀》之中，为人勘误，亦以报间讹字过多，往往不堪卒读，间接言之，即校雠者之勿能胜任也。如愚昨为《社日》写《织素词》，其原词曰“东风何忍？吹得三春尽！一片柔红留不稳，随着东风远引。可怜此际心旌，摇摇正似飘英，若是东风着力，倩他挟我飞腾。”（调寄《清平乐》）。不意刊出后，“远引”之“引”，竟误为“行”，则校雠者殆不知此词上阕，四句俱是叶仄，而“行”字则为平声，万万使不得也。本报近来，讹夺亦渐多，如昨日之《织素楼长短句》，“斗合做侬春”，“侬”误“浓”，此犹可通，“昨梦与今愁”之“昨”误“咋”，而《独处室随笔》之署名，竟成了“宁婴”，将下走颠之倒之，此则胥校雠之失察矣。

《小说日报》1940 年 5 月 29 日

谢伊人

忽然接得一电话，遂使愚夜来梦魂亦为之不安，夫既已分袂，则亦已矣！下走创伤之心，不堪更受撩拨，故愿谢伊人曰：“婴宁得侍妆台者历六载，于愿足矣！今则华发飘萧，热情泯减，愿吾旧侣，毋复以下走为念可已！”

《小说日报》1940 年 5 月 30 日

若瓢鬻箑

若瓢禅师，将与粪翁合作鬻扇，若瓢夙以画兰名，以幽香空谷，自寄高洁之怀抱，而得者则弥不宝之，向时订润例，每箑八金。今与粪翁合作，合若瓢之画，粪翁之书，第取十金，倘亦在廉润之列矣。读者有爱嗜二子书画者，但匣金而来，吾报亦可以代为征求也。

《小说日报》1940年5月30日

虎头之家

卢一方兄，近治一精室，将以为友好深宵无俚时，煮茗清谈之地。耗于室中之陈设布置者，达四百金，故亦楚楚可观。一方愿诸友携隽侣，时时临存，是后此虎头之家，殆将与城北之家媲美矣。

《小说日报》1940年5月30日

舞人媚娘

舞人眉娘，以吾友怀素楼主人[①]之笔底渲染，而饮誉于时。眉娘居新闸路某里，自为二房东，而以余屋税与玲娘。玲娘亦舞人，即最近传其遣嫁之讯者，夫婿颍川生。有友某甲，尝以生之介，与眉娘舞，以眉娘婉娈，颇生觊覦之心。会眉娘欲以其屋出顶，甲乃斥两千金，承顶其屋。眉娘由二房东降为三房客，仍居楼之一角，而玲娘与其夫婿，则自前楼迁亭子间，甲使其妇居前楼，而于楼下客堂，则雕修缮饰，备极精焕，屋顶悬明灯，累累逾百盏，入夜开启，使人为之耀眼生缬。甲之所以穷极奢侈者，盖欲使眉娘望而生羡，则染指有望也。甲之妇年犹少，肄业于慕尔堂[②]，而眉娘亦攻读其间。甲妇知藁砧有意于眉娘，初不撚醋，且颇与眉娘亲迩，则以其藁砧平日好作北里游，往往宵深不归，以为眉娘尚温婉，苟纳之，视

① 报人唐云旌笔名之一。
② 慕尔堂女校，位于虞洽卿路(西藏路)316号。

流连于外，或较优也。殊不知眉娘之意，初不属甲，且甚憎其妻，知甲有非分之想，则于甲布置既竣之后，自向外间觅屋，将作迁徙之计，并告于颍川生曰：“吾将以丫角终此身，请善讽汝友，不必更作妄想矣。”吾友怀素楼主闻其事，辄狂喜曰：“获利不足以动吾眉娘之心，下走一年来颠倒此人，为不虚矣。”

《小说日报》1940年5月31日

张裕佳酿

张裕公司昔时以烟台啤酒负名，吾友胡哀梅，曩年日饮其酒，逾一载，见哀梅遂如魁梧伟丈夫。愚素羸弱，友侪佥言，苟长年饮啤酒，可以发福。愚习闻其说，辄亦市若干樽，排日饮之。顾下走向时，实勿甚嗜曲糵，又缺乏恒心，终乃半途而废。近年，烟台啤酒亦绝迹市上，代之而兴者，则有白兰地与葡萄酒，都张裕佳酿。日前，黄寄萍君代张裕主人，邀诸友小叙，即以张裕佳酿飨客。愚独嗜其玫瑰香一种，盖以红玫瑰种之葡萄制成者，厥味香醇，乃配下走胃口。若白兰地则吾友木斋嗜之，下走勿能饮烈酒，不敢尝试也。是日，鍊霞女士亦淡妆素抹而至，徇寄萍之请，即席染翰，绘紫葡萄一幅，题其上曰：“满盘马乳，不醉毋归。”张裕佳酿得女才人褒赞，行见益赠炙于人口矣。

《小说日报》1940年6月1日

果子露

冠生园主人，饬人以果子露并牛乳麦麸饼干见贶，盛意弥可感。当鲜橘汁未流行前，愚颇嗜果子露，购必取冠生园出品，当年每瓶之价，不过四五角。今冠生园主人见贶者，据九公兄言，盖为二元装之一种，则耗主人者实多矣。

《小说日报》1940年6月1日

胡桃下酒

空我招饮于三泰成，在山西路之一转角，犹第一次光顾也。座有粪翁、叔范、灵犀、大郎、师诚、桑弧诸子，以胡桃下酒，亦别有风味。顾仅饮四盏，即醺然醉，匆审当日之连顷八杯，乃何以下咽？灵犀则谓："是特在兴会之佳否耳！设座有鬓丝，而为足下所倾心刻骨者，便能使足下为长鲸之吸，不觉酒肠之骤宽矣。"灵犀此言，盖实隔靴搔痒者，当亦为经验之谈也。

《小说日报》1940年6月2日

北伶之吝

有慈善团体，欲邀北伶某播音，丐人转陈其事，伶曰："叫他们给我一张唱片的钱可矣！"盖以播音与灌音，等量视之，播一次音，亦欲如灌片之例取得代价也。或谓北伶之能轻利重义者，究少于南伶，若冀省水灾，沪上伶人，于播音演戏，无勿慨然诺，而沪上善团，一旦有求于北伶，北伶开口便是要钱，其鄙吝之状可见，此等处乃不得不称道周信芳先生。信芳先生于播音及义务戏，从来不作兴打人家回票，一代宗匠之襟度，毕竟非余子所能及也。

《小说日报》1940年6月2日

守“节”

坐于舞榭，一友问下走曰：“足下何以不跳?”愚曰：“守节耳!”友莞尔曰：“以玉人勿在，遂为之守节乎?”愚辄失笑曰：“下走勿若青鸾居士之一往情深，乃欲从一而终，下走之不舞，实以端午节将届，银根奇紧，是以不得不暂守此节耳。”

《小说日报》1940年6月3日

黄金看日戏

卡乐沈丽芳小姐托我买两张昨天黄金的日戏票子，昨天的日戏，贴的是《甘露寺》，为了戏好，我也临时赶了去，看了二个钟头，连良的《劝千岁》一段原板转二六，自是绝唱，否则怎么会风靡南北呢？君秋的孙尚香，唱与扮相都好，说句砍招牌的话，我对于这位四小名旦①之一的张君秋②，还是第一次看他的戏，到今天才知道君秋的玩艺儿，确是不弱。这一份戏(学沈琪兄的笔调)，看得我十分满意。散戏时，门口碰着丽芳小姐，她说：“生意怎么这样的好?”我说：“大家知道你沈小姐，在这里看戏，所以都跟着来了。”近来对于一本正经的事，也碰碰就要吃豆腐，许多人都说：“蝶衣变了!”我也觉得自己有点改变，勿晓得是啥格道理?

《小说日报》1940年6月3日

---

① 1936年，北京《立言报》举行公开投票选举，推选“四大童伶”，为张君秋、李世芳、毛世来、宋德珠，被称为“四小名旦”。

② 张君秋(1920—1997)，原名滕家鸣，字玉隐，祖籍江苏丹徒，出生于北京。京剧演员，1937年被梅兰芳收为弟子，其演唱以王瑶卿为基础，兼取梅、程、荀、尚诸家之长，世称张派。

灵犀兄徘徊外滩公园记

读灵犀兄徘徊外滩公园之记，辄为抚然。以灵犀兄之为达人，而亦复情怀郁塞，至于勿能自遣，甚矣！情之累人也！灵犀之事，吾知之且审，顾勿敢有所言。灵犀尝志文郎与云姑事，则请借文郎与云姑事言之：

一日，文郎坐于舞榭，招云姑侍坐，其实距舞榭散值近，文郎之意，盖欲俟打烊以后，携云姑过城北之楼小坐，云姑亦既诺之矣！已而忽有人以电话致云姑，云姑佯曰："此时犹有电话来耶？"于是往听之，未几，第见云姑鼓腮而来，下走冷眼旁观，知云姑之必有设词矣，于是徐觇其变。云姑果悻悻语文郎曰："不幸有人邀予作宵游，如何是好？"文郎曰："是则当践约耳！既有客召汝，则营业为重，吾乌可阻汝勿去！"云姑曰："虑君或不欢。"文郎曰："吾安得不欢？"云姑曰："然则请设一誓。"文郎至是亦渐勿可忍，则怫然曰："既允汝他往矣！奈何犹强吾设誓？"云姑始曰："第愿君无不慊于吾，吾庶几能安耳。"于是与文郎握手别，曰："容明日更侍君出游也。"言已，翩然径去，而文郎亦愀然归。其时文郎对于云姑，因报效綦力者，而姑之玩弄文郎于股掌间者已如此，诚以姑果有意于郎，则外来之电话，彼时根本即不应往听，往听而又立诺之，观乎彼之忽忽别文郎而践他约，则可知在取舍之间，云姑固不以文郎为重也。

此事计之，距今殆近三阅月。至于最近，郎与姑终生微隙，即灵犀于《社日》所记者，其实阅人于微，于前一事即可觇之，固不待今日而始知也。当文郎与云姑往还方密时，辄复沾沾自喜，使局外之人又何敢妄赞一词！今灵犀之事，吾不敢谓与文郎苟同，然灵犀性情中人，以情意为重，遂犹欲乞灵于文字，则可以不言而喻。其实文字无灵久矣！不观乎下走之《秋闺痛语》，亘绵至数千万言，会未能稍动他人天君，而况云姑之于文郎，一往情深，又远勿如我当年之秋姑乎？灵犀劝文郎之言曰："征逐绮业，原是逢场作戏，若过于认真，是为自寻烦恼，幸文郎毋执迷不悟也。"既明乎此，则外滩公园之徘徊，至欲掏滔滔江水，以一涤胸头郁塞之气，胥为多矣！

《小说日报》1940 年 6 月 4 日

听兰亭播音

于国华电台听兰亭报告，盖为时疫医院募款播音也。兰亭妙人，自有妙语，如曰："承诸位捧场，一定唱给你们听，如果不唱，怎么对得起江东父老，江西老表！""江东父老"之后，又有"江西老表"，闻之辄为绝倒。愚于午夜十二时后，始至电台，得聆信芳、素雯唱《别窑》，赵老开唱《审刺客》，小蝶兄已改应花脸，此夕仍唱青衣，为《汾河湾》之《坐窑》四句。韩金奎老板亦不应其本工，而唱《双李逵》与《白门楼》，由大面①而小生，可见韩老板肚子之宽。是日捐款，得一万六余金。镛寿里汪太太，亦报效二十勃罗，此则兰亭兄之"江北朱买臣"号召而来矣。

是晚，马连良以江枫兄往迎，一时后亦至，唱《洪羊洞》之原板一段。有人以为愚上次记《北伶之吝》，系指连良，其实不然，连良亢爽，兼亦重义，外间自有美名。下走所记，则别有其人也。

在电台，闻其俊兄患盲肠炎入医院之讯，为之悒悒，迨悉施行

① 大面，为"大花面"的简称，戏曲角色行当，和"正净"含义相同。多为扮演净角中地位较高的人物，如《千金记》项羽、《芦花荡》张飞等。

手术后经过良好，则又为之欣然。

《小说日报》1940年6月5日

方液仙和李康年招宴

方液仙[①]、李康年[②]二先生，招宴于厚德福[③]。二先生都今之实业家，又有李氏昆仲，遂耕兄一一为愚介，惜下走记忆力勿甚佳，哪一位是祖什么祖什么，一时竟缠他不清也。是日馔甚丰，数道点心尤美。"厚德福"三字，灵犀、之方与下走，俱向往久矣！不图此愿得于今夕偿之，倘亦奇缘。说与大郎，应共莞尔。（按：此事有典，惟大郎兄心照不宣。）

灵犀于其《猫双栖楼随记》中，写人之事，往往化名至数千百亿，使人不可捉摸。识者谓灵犀载德之器，其下笔故谨慎如此。而谑者则言："苟有仁人君子，为《社日》刊印《人名索隐录》一册，以赠《社日》读者，使之按图索骥，亦一善举也。"

《小说日报》1940年6月7日

双鬟何人

近来写词，屡涉双鬟，有人遂问下走，谓双鬟何人，乃使足下颠倒如此？下走略不隐讳，对之曰："是乃下走心上温馨之人。"然而欲下走明言其人者，则下走惟谢不敏。诚以下走笔下之双鬟，特存

---

① 方液仙（1885—1940），字傅沆，小名阿揆，镇海人。1912年创办中国化学工业社，研制三星牌牙粉、蚊香、化妆品等系列产品。1932年倡组九厂国货临时联合商场，次年担任中国国货公司董事长兼总经理。1937年与人联合创办中国国货联营公司。1940年7月25日，被汪伪特务绑架杀害。

② 李康年，浙江宁波人，时为中国国货公司副经理。

③ 厚德福京菜馆，位于爱多亚路（延安东路）622号东新桥西。

之于理想。理想之中,仿佛有此一人,遂形之于楮墨,若言实际,固不必真有此人。下走之目的,特在假此理想中人之双鬟,以稍稍寄我美人香草之思。人生勿能无一倾心刻骨一侣,顾其人终不可得,则惟存之于理想。假设一人,亦所谓聊以自娱而已！下走笔端之双鬟,其由来盖如此。若谓必有其人,则唐突西子,下走实勿敢也。

梦云兄创电话购货公司,将开幕矣！昨乃以一简来,邀愚播音。兰亭经理亦言,足下能《四进士》之大段说白,藏而不漏,是为藏私。责下走为不可。兰亭之说,未知闻自何人？若谓下走能哼几句《四进士》之原板,下走或不讳言,若大段念白,则下走完全不晓。故下走早尝言之,梦云之电话购货公司开幕,多打几个电话去,作成他几笔小生意是真,若播音之事,则恕我无能为力矣。

《小说日报》1940 年 6 月 8 日

报间射谜

报间射谜赠奖广告,业已揭晓,舍吾侪预测而中者外,余如“棉花炸弹轰炸荷兰”,射唐诗“落地一无声”,此谜实不甚佳,盖“荷兰”两字绝无着落也。又如“富翁坐汽车”射影人名一,竟为“舒适”,夫舒适岂止坐汽车？坐汽车而舒适者又岂止富翁？此外如“望平街卡德路”之类,皆肤浅不值一笑。忆向有人制一谜曰“谢太傅输财当道”,射路名,则“安纳金路”[①]也。此则“路”字亦有着落,优于“卡德路望平街”多矣。

有舞人向愚索陈云裳照。云裳照坊间自有出售,而舞人乃必欲索之于愚,无可奈何,则出春画数帧以示之,舞人辄娇嗔曰:“要

① 安纳金路,今东台路。

死快哉!”然舞人初不疾恶吾画,第邀其同座姊妹曰:“妮到马桶间去看!”嗟夫! 下走之挟春画而献之于舞娃之前,犹自以为伤于儇薄也,不图彼货腰之女,词若有憾而其实深喜之,世风之浇漓如此,宜不复有人以温柔敦厚为尚矣。

《小说日报》1940 年 6 月 9 日

若瓢招饮

若瓢招饮于吉祥兰若,粪翁以柬来,知是夕座上必多俊髦之士,因挟便面数叶,与灵犀偕往。至则粪翁、白蕉、叔范、大郎、桑弧已先在,巹叙于若瓢之天禅室。若瓢为愚绘一箑,得之大喜。瓢近方粥扇,所作兰花,饶有古澹清逸之致,瓢写诗其上曰:“当年劫火烧袈裟,出走仓惶便作家。差胜马前叩头活,对人不讳卖兰花。”瓢和尚之高致可想。已而唐云亦来,愚乃以集锦扇面,丐粪翁、白蕉、叔范并唐云,各画一方罢。唐云为愚作月季蝴蝶立轴,携之俱来,得之喜极,几不遑称谢。云擅画花鸟,跗萼飞鸣,率有生意,而愚尤酷爱其字,妩媚佳致,因复请其留书于箑。心之所好,盖不自觉其诛求无厌矣。

是日之宴凡两席,虽素馔,而烹调殊精。座上除素稔者外,复有朱屺瞻[①]、钱铸九[②]、张幼蕉[③]三先生,则初识,屺瞻、铸九二先生,近方与唐云合作,将于月之十一日起,举行三友画展于大新四楼,屺瞻擅山水兰竹,书法尤工;铸九则以画松称艺苑一绝,今乃各出

① 朱屺瞻(1892—1996),号屺哉,又号二瞻老民,江苏太仓人,画家。
② 钱鼎(1896—1989),字铸九,号淡人,上海青浦人,毕业于上海美专,画家。
③ 张炎夫(1911—1989),原名幼蕉,号南郭居士,浙江杭州人。早年师从王潜楼习画,后曾主办东南书画社、天风书画社。

其精心结构之作，作公开之展览，必歆动一时无疑矣。幼蕉先生，亦与来楚生[①]先生各作扇面百余页，附展其间，此则三友以外之又二友也。

吉祥兰若住持雪悟上人，闻其名久，若瓢为愚介，获识法范，盖亦一风雅和尚也。席间，复见一皤然一老，着僧履。敬诸若瓢，始悉即志圆长老。亟踉跄趋其座前，道仰慕之忱。不佞年三十有二，盖幼时即尝见长老梅花手卷，脑海印象镌刻至深也。于是又以一箑，求长老之画，惜未携上好箑纸来，否则乞长老写小窗横幅，更可珍宝矣。

若瓢室中，有弥勒佛小石像，若瓢曰："君苟好之，即以贻君。"愚曰："得毋有小窃之嫌乎？"瓢曰："无妨！无妨！"愚请留置其室，谓若瓢曰："待下走从大师剃度，移驻此间时，再来搬取如何？"遂相与大笑。

《小说日报》1940 年 6 月 11 日

邂逅玉人

星期六之晚，看平剧彩排于卡乐，与韦陀、巴巴两兄同坐于玉人之后。玉人有稔客，是日携一女伴来，玉人为之大不悦。客去，未尝与玉人交一语，玉人尤悲，顾下走曰："蝶衣，请饮吾以酒。"愚辄哂之曰："世上男人未尝尽死也！女人亦未尝尽死也！何必悒悒？"玉人恚曰："请是不请？"其声口至厉，疑将中痫，则谓之曰："曷不饮琴棋可口可乐？此为汝向日所嗜者。"玉人曰："犹欲调侃我

① 来楚生（1903—1975），原名稷勋，字凫，号楚凫、然犀。浙江萧山人。毕业于上海美专，师从潘天寿。

乎?”愚乃大笑。玉人自斟酒于杯,转瞬尽其大半。愚劝之曰:“何必操之过急,今日汝之大令携一女伴来,安知明日不复来携汝,过该女伴之所乎?即或不然,其人真弃汝如遗矣,则下走不才,当为汝作撮合之山。”因指吾友巴巴,以告玉人曰:“此吾之好友,人称水门汀阿六,不较汝之大令为尤吃价乎?吾当介之与汝。”玉人闻愚言,摇首勿答,惟纵酒如故,终至大呕。巴巴怀中有龙虎人丹,进于玉人,服之呕始已。玉人醉后,为态惺忪,欲愚伴之游法国公园。愚曰:“往寻死耶?”辞之,而玉人遽离其座,移坐于下走之旁,汹汹曰:“不去亦要你去。”复伸一臂,阻愚之遁。无可奈何,则佯诺之。及舞场打烊,与巴巴、一方,挟玉人徒步而南,玉人犹以为赴法国公园也,问愚曰:“何不雇车?”愚曰:“转瞬即至矣!”卡乐舞人高珠凤之家,在成都路之南,吾与一方、巴巴径造其居,玉人遂不得不尾吾侪登楼,小坐移时,而天亦曙,玉人支颐坐沙发上,怒目视愚,愚辄为之忍俊不禁。已而吾侪起辞,至门外,玉人曰:“吾倦不能胜矣。”吾指门旁一警士守望屋,为玉人设策曰:“汝苟迫不及待者,不妨即寝于是,亦水门汀制者也。”遂曳巴巴同行而西,遣玉人于珠凤门外,遥见玉人自唤街车,与车夫论值,而悻悻之色,似亦约略可窥也。

《小说日报》1940 年 6 月 12 日

心肠硬

玉人失欢于其稔客,悲不自胜,遂欲强愚伴之游法国公园,鲰生不敢拜受此项清福,则佯诺之,而遗之于高珠凤小姐门外,昨日愚已记其事矣。卡乐舞人,有知愚与玉人事者,见下走,乃致其谴责之词曰:“蝶衣心肠,何其硬耶?”愚则曰:“下走不仅心肠硬,即其他部分，亦一例皆硬也。”舞人闻言，啐几不遑。玉人则曰：“不要去理他，蝶衣口中从来没有好话说也。”慕老尝言，下走为一多情之人。不知下走近来，无情之口碑，且遍于舞榭中也。

《小说日报》1940年6月13日

为元龙兄祝康复

李元龙兄，望之体格殊健硕，顾最近忽咯血，以X光检验，则发现心脏与大动脉均有扩大现象。医者诫兄，勿为剧烈之运动，而唱戏亦大忌，盖虑血管爆裂也。梦云兄创电话购货公司，尝以函抵兄，邀兄播音，兄以是乃大焦急，致一电话与愚，谓梦云老友，宜不能不效微劳，顾医者且戒其引吭而歌，后此于登台爨弄，亦将一例辞谢。元龙笃于友谊，必下走以其病情，为白之梦云，而请梦云谅其苦衷。元龙为人富热忱，向时于播音及义务戏，有请必应。不意天乃厄此君子，使损其清健，闻之则悒悒，则惟有祷之于天，愿天佑吾老友，得以早日康复耳。

《小说日报》1940年6月13日

一方悯玉人

一方于《秋水新篇》中，颇为玉人致其悯怜，闻下走遗玉人于高珠凤门外之晨，一方曾护送玉人以行。是一方兄仁者用心，实为下走所勿逮。惟有一事，可以为读者告者，则是日之晚，玉人所恋之一痞，又过玉人所隶之舞厅，吾友心如方招玉人侍坐，玉人见痞至，神思遽为之勿属。心如拟携玉人作宵游，玉人辞勿往，惟遥与痞为目语，终乃随彼痞以去。举昨日之一切刺激而尽忘之矣！吾故谓玉人实甘趋下流者，若吾友心如，翩翩佳公子，声望地位，讵勿逮一游手好闲之徒，而玉人终舍此以就彼，其昧于贤与不肖之辨盖如此！下走岂真铁石心肠人哉？特不可以救药，遂以为惟有如此应付，斯为恰当。苟非然者，则下走觏翌日之事，讵不将为之后悔勿迭耶？吾友一方，平日自谓能识人，顾于玉人，则失去其判断之力矣！吾知一方事后，殆亦深悔当时之“护送一程”，实为多事也。

《小说日报》1940年6月14日

小坐南京咖啡馆

十三日之下午，小坐于南京咖啡馆，旧事历历，齐涌心头，几欲陨泪，则强忍之，惟黯然相向，更勿敢道别以来事。嗟夫！陈生摇落，乃略无善状，可以告慰吾之故人。故人厚我，得勿为之攒眉太息耶？晷影西移时，送之行，徇虞洽卿路徐步而北，至静安寺路，此修远长途，亦曾未交一语。经姊妹花店，入内购康乃馨一束以贻之，遂别。此会匆匆，惟添我无限惆怅，后来相逢更不知何日何时矣。

是晚，薄饮于酒家楼，尽青梅酒数两，此粤中名醅，啜之弥甘，惟胃纳至勿舒。饭后归，服中法药房之“胃宁”数片，蒙被径睡。

《小说日报》1940年6月15日

本报被窃

昨日本报发生一绝大笑话。向时吾报于每晨印就后，置于印刷房中，俟报贩自往携取，然后发售。不谓昨日之报，忽然失窃。报贩至印刷房时，遍觅不得。印刷房无人留守，竟亦不知于何时失去。于是昨日本报,外间遂不获见,只得重新付梓,而于今日之报一并发行。本报刊长篇小说多,读者勿能一日间断,报纸原无翌日发售之理,然本报则各报贩皆有固定阅户,在势不能不再版也。在昔称窃书画者曰“风雅贼”,今乃由觊觎及吾报者,此贼身上殆亦有几根雅骨耶?

梦云所创之电话购货公司,昨日开幕,下走属稿时,知周璇、谈瑛两女士,都到过电台,而以电话购货者亦踊跃。下走托代购饼干两磅,电话摇了三次方才接通,可知女接线生应接之忙矣。晚间播音,此时犹未决定,下走不能上弦子,而老友之事,又不能不帮忙,计惟挽人庖代耳。

《小说日报》1940 年 6 月 16 日

一方播音开唱

电话购货公司播音,以溢芳兄亦破例一唱,下走遂勿获幸免,亦为梦云、子佩挟至麦格风前。下走之《文素臣》,本来只能在平常时候哼哼,而诸友乃强愚上弦子,一若此为下走之代表作者。无可奈何,只得硬着头皮唱了一段,为了朋友的事,亦不管人家汗毛站班矣。是日,兰亭、江枫与元龙、小蝶,皆绝早即到电台,诸君之热忱且如此,况下走与梦云、子佩为十数年老友,纵然砍招牌,又何能辞乎?

诸友皆责愚不当苛论玉人,穆公亦如是言,使下走遂为之惶恐不胜。下走生平,固亦尝自命为多情之人,固终以是而重伤我心,至今遂谈虎色变。诚如《文素臣》唱词所谓:“非是我太上忘情不解怜香愿”,徒以情场枳棘,一旦陷入其间,即足以造成他日之痛苦,下走所受之教训深矣！遂不敢更以多情自负，所以勿欲与玉人论轻怜密爱者以此。伤心人别有怀抱，愿吾诸友，毋以为婴宁不近人情也。

《小说日报》1940 年 6 月 17 日

职惭半子

十六日，弔周鍊霞女士尊人之丧于吉祥寺，绿芙兄有一联，挽其泰山，有句曰："十二年坦卧东床，职惭半子。"闻此联实出鍊霞女士手笔，论者谓其词若有憾也。

鍊霞留愚吃素斋。席间，绿芙述代人办理房屋交涉事，愚辄笑曰："足下时常管别人家房事纠纷，无怪要职惭半子矣！"绿芙微愠曰："蝶衣吃豆腐！"愚曰："今天本是为吃豆腐而来也。"漫郎同座，亦为之失笑。

《小说日报》1940 年 6 月 18 日

灵犀设厂

电话购货公司播音之日，灵犀职司报告，顾是日于"空气"之中，吾人初未聆及灵犀謦欬，惟闻灵犀曾以电话至电台，问"玲奋马达"之价格若干。灵犀一文人，要马达何用？意者此君近来预备开一个什么分厂乎？

《小说日报》1940 年 6 月 18 日

艺人之家

与宪中同访唐若青女士，同行者复有宪中夫人与其公子，即留若青家午餐。愚于中旅诸人，惟与槐秋先生稔，若青、若英都初见，而于舞台上之艺术，则钦迟久矣。若青家在拉都路[①]临街市房一幢，室中纵横置沙发数事，中一餐桌，覆整洁之台布，瓶花燦然，列于案上。窗帘帷幕之属，都富于艺术色彩。艺人之家，所以不同于寻常也。若英小姐犹读于震旦，吾侪至，若英方挟书数册，将赴学校，作素洁之装，而自然俏丽。若青舞台剧，往者愚几无一不睹，生平惟折服二艺人，一信芳，一即若青。若青演戏，英爽往往如须眉，而私底下亦如之，能不拘形迹，使下走此一不速之客，遂亦不致局促勿安。槐秋先生伉俪，是日出外为人证婚，故共饭者，惟若青及一王医生，并吾侪数人而已！治撰多湖南风味，有东海菜一簋，为菜市所无者，事先委托一湖南菜馆觅取而来，足以见主人待客之殷。其余子鸡、腊肉数事，味亦绝胜。若青言：其家所蓄雏鸡，更逾二月，亦可以烹以飨客矣。若青家蓄鸡与鸭十数头，二狮子犬，复有叫哥哥之属，乃不啻一小型动物园。槐秋夫人且自植丝瓜于盆，欲使之长成以后，有浓荫如幄之观。一家人之风趣可想。餐后，女侍以盥巾进，作粉红色，已而又出红沙枇杷一簋，使吾侪解渴。乃觉诸般色调，无一而非绝美，使人低徊流连，几于不忍遽去焉！

《小说日报》1940 年 6 月 19 日

大人用冰

陈禾犀兄录梁小鸾为膝下娇女，昨午乃张盛宴于聚丰园，邀诸稔友一会其掌上新珠。子褒五叔、叔寒、筱珊、宜翔、灵犀、一方、梦云、大郎并本报毛主干都来。愚一度观小鸾女士之《玉堂春》，今日

① 拉都路，今襄阳南路。

于尊前见之，始知其私底下较上妆尤美也。席上，一方、梦云与更新舞台主人董兆斌皆饮冰，谑者乃曰，三君合梁小鸾老板可以唱一出《三堂会审》矣！盖“大人用冰”也。

《小说日报》1940 年 6 月 20 日

鲁家小妹妹分娩

鲁玲玲辍舞多时，比传其已育一女，自此鲁家小妹妹有传其衣钵之人矣。或为此怀中一雏论成分，谓手指应属何人，足趾又应属何人，下走遂有打油之作，寄白凤、青鸾诸兄曰：“未闻小妹嫁东风，分娩忽然传域中，诸位仁兄当日夜，不知各费几条虫?”使蔼然仁者如一方兄者见之，殆又将谓下走有伤忠厚矣。

《小说日报》1940 年 6 月 20 日

小阿媛发帖子

《王先生做寿》影片，在新光大戏院公映。新光乃有阖第光临之请柬，分致各界，其上曰“小阿媛谨订”，收礼则别为福、禄、寿三种，盖座券之售价也。或曰，此当是龚满堂所设计，亦想入非非者矣。

《小说日报》1940 年 6 月 20 日

新千字文

梦云言，最近有人于乩坛之上，叩问时局，乩示八句，梦云述其词曰：

德威并施，法无可守。英雄气短，美不胜收。

日暮途穷，中流砥柱。无义反顾，后来其苏。

读之乃类千字文，对于时局则颇叹其运用成语之妙。惟谓乩仙所示者，当为假托，必聪明人故弄玄虚耳。

《小说日报》1940年6月21日

白蕉个展

白蕉邀饭于梅龙镇酒家，座上多俊髦之士，粪翁、叔范、若谷、午昌、师诚、灵犀、啼红诸君俱至，又晤唐鸣时[1]律师。与唐律师暌违久，几不复识，下走之眼眊甚矣。白蕉于金石书画，无所不窥，而人亦风趣，嗜酒，恒以鸭肫为下酒俊味。人有索其书画者，第以两物陈其前，君往往为之兴酣动笔。论者谓君苟缁服，则又一曼殊上人也。比以诸友之请，将举行个展于大新画厅。君平时有所作，不轻示人，兹则使嗜艺之士，有一餍眼福之机会矣。席间，灵犀与若谷谈“道”甚勤，愚则谓两君“阳光大道，失迷路途”矣。以道不同，则与叔范、白蕉斗酒，白蕉索愚词，遂又有《浪淘沙》之作，付灵犀刊《社日》。

《小说日报》1940年6月22日

“平立麻”

一友欲经营新事业，其人面麻，谑者乃调侃之曰：“何不经营

① 唐鸣时，即侯绍裘妹夫，毕业于之江大学，曾任商务印书馆编译，后为执业律师。与胡山源、钱江春等发起组织弥洒社。

'麻立平'一类药物?"或曰:"某君面麻,苟不可平复,则经营此药,不啻自砍招牌矣!今惟有一法,则宜发明一种'平立麻',某君之一只面孔,不啻为金字招牌也。"闻者疑曰:"人罕有乐媸而恶奸者,此药能有过问者乎?"其人曰:"是药问世后,以后卷款潜逃之人,必为之称便,卷款潜逃之人,但须涂上此药,使向来平面者,一变而为麻面,则人且无从辨认,亦无从踬辑矣!故营业可必其畅盛。"闻者乃为之绝倒。

《小说日报》1940 年 6 月 22 日

文虎征射广告

报间又有文虎徵射广告,凡四十则,都甚平凡,佳者不过三数条而已,试猜测如下:

租界(俗语一句),洋盘;

飞机潜艇(唐诗一句),上穷碧落下黄泉;

工会(路名),劳合路;

油瓶儿(药名),附子;

住宅区(路名),公馆马路;

耶稣遇难(字),木;

夫妻团圆(地名),重庆;

苏州闲话(字),误;

皇皇欲何之(名人),胡适;

肥田(路名),地丰路;

新娘脱裤(字一),规;

泗(《诗经》二句),所谓伊人,在水一方;

伤兵(玩具),乒乓;

房东自愿免租(古人名),白居易;

眼睛上停苍蝇(三国人名),张飞;

德国潜水艇全军覆没(路名),海宁路;

张翼德调查户口(唐诗一句),飞入寻常百姓家;

何仙姑看门(三字经),七雄出;

耕牛诉苦(戏名),《丑表功》;

如意袋(药名),汉防己;

星期休假(药名),六一散;

金星首先来上寿(播音艺员),李冠庆;

曚妻娶妾(影星一),蒙纳;

银洋此处恕不通用(市招),物品证券交易所;

毫不介意(影片名),《泰山出险》;

瘤(影片名),《块肉余生》;

鲍鱼之肆(影片名),《小人国》;

一呼一吸三千年(《孟子》人名),长息;

其他数条含广告作用者,恕不列举。

《小说日报》1940 年 6 月 23 日

玉人不可救药

诸友第见愚于报端,言玉人之不可救药,以为有失仁者用心,不知愚于玉人,尝数数劝以营业为重,下走非多财善买之人,所可以爱护玉人者,惟此而止。诸友必欲愚为一欢场女子,用所谓仁者之心,此直欲济下走之恶耳!所幸有一灵犀,犹能知我,其引用纳兰容若"人到情多情转薄,从今真个不多情"之句,实能洞烛下走肺腑者。惟灵犀文中亦言下走"于一无知弱女子,遽张挞伐,不留完肤",此则为下走所绝不承,下走于玉人,尝数致惋惜之词则有之,若谓"遽张挞伐",则下走初无此等闲情逸致,旧文可以覆按。灵犀实不当险故人于罪,而下走亦不能不有所辩也。

一方兄于其《一元三跳斋随笔》中,记心如先生言,谓同文个性,灵犀潇洒,蝶衣谨严,惟大郎独能狂放。夫心如与下走,勿恒谋面,相知不甚深,要无足怪。若一方则不啻昕夕相共,似不当亦以"谨严"二字许为下走之定评。下走近来好酒,酒后往往不矜细行,踮驰自熹。论下走个性,不敢望灵犀之潇洒,狂放亦才气勿胜,惟"佻𫐄"二字,庶几近之。若"谨严"则惟敦品励行之士,可以当之。某何人斯?敢拜此嘉名?读一方之文,几欲与世不复有是非公论之叹矣!

《小说日报》1940年6月24日

梁小鸾临别戏

梁小鸾临别之夕,禾犀兄邀观其《纺棉花》,乃觉此人在台上,又复绝美。论者谓更新以《纺棉花》起家,然素秋殊不逮小鸾,小鸾洒脱,间亦能流露其羞涩之态,盖能得"婉约风流"四字者,此为素秋所勿及矣。剧将终时,小鸾向观众致道谢之词,亦复十分得体。愚初观小鸾之《玉堂春》,勿甚喜之,此夕始知小鸾亦一可儿,则以为此人实宜于演花衫戏。演花衫戏丰神绰约,乃足以彰此人之美也。

《小说日报》1940年6月25日

志圆上人画梅

志圆上人为愚画一箑，作铁杆梅花，题一诗曰："越中万本梅，移向此间开。应有孤芳者，骑驴觅句来。"上人在普陀山有"普陀杜月笙"之号。为人豪迈，画亦如此，其写梅花，不以墨渍而以圈法，盖深得元济和尚之法者也。得之视为奇宝。

《小说日报》1940年6月25日

续揭一谜

最近报端之文虎征射，愚已于日前发表三十数则，兹复续有所得，则"上看只见一半，下看只见一半，左看只见一半，右看只见一半"，射一字，当为"觃"。盖从此字之上下左右分析，皆为"只见"两字之一半也。此与曩次之"上有一半，下有一半，中空一半，除去一半，还有一半"，射"随"字，殊有异曲同工之妙。

《小说日报》1940年6月26日

董天野先生画

于大三星之宝青春厅中，见董天野①先生画古装美人，有雾谷轻纱，望若神仙之妙。颇拟乞诸先生，为下走如图绘其二帧。先生为吾报先后作画甚多，《温柔孤注录》及以前《情焰焚身记》《剑底莺声录》之图，胥出先生手笔。顾不知先生犹擅长仕女图，而画又复绝妙也。此不情之请，未审先生能勿以为诛求无厌否耳？

《小说日报》1940年6月26日

① 董天野（1910—1968），又名叶风、晋初，浙江慈溪人。少从方涛习画，而后在上海大世界游乐场绘制舞台布景，并为诸报刊长篇连载先生绘制插图。

丐人绘扇

近来屡次丐人绘扇，于是有以扇面索愚书者，遂亦勿能固却。叔寒先生索愚书扇尤亟，因为旧作三首以奉之，背面吾妇绘江山烟雨图，则去年所作也。下走一向谦谦，自谓书法拙劣不足观，而叔寒先生则曰："贤伉俪可以开一书画展览会也。"辄疑为调侃下走焉！

灵犀丐名山先生书箑，名山先生寓书报可。此老以文章道德负重望，春秋虽富而精神犹矍铄，吾乡人瑞也。下走得老人之书，在灵犀前，盖肖伧姻兄为愚代索者。老人书长歌一章，录如下：

> 老来渴羡陶征君，坐卧南山望白云。正当寄奴逞威武，北灭慕容西破秦。生男不生女，生子未生孙。区区家累不为重，移家不过居南村。西南下噀非焦土，松菊何曾见豺虎？名山事事不如君，极目苍生泪如雨。溺人必笑古有之，乱中怀古更有诗。借问诗成在何日？戊寅九月菊花时。

署名"钱振锽羞客"，有老人题顾默飞女士诗词手迹至今宝藏。

《小说日报》1940 年 6 月 27 日

遇顾镜清

风雨之夕，若瓢以电话来，招饮于吉祥兰若。粪翁、叔范、白蕉、唐云、师诚、桑弧诸子皆与焉。瓢和尚之酒兴特豪，为彼所嬲，使下走亦连倾数巨觥，乃恨座上无空我上人，否则亦可使彼知下走此夕，固未尝负"陈八杯"之号也。是日之宴凡三席，亦不知何人所设，别一席上，乃有题顾镜清先生。与先生睽违者殆三数年，意外相觏，把晤欢然。先生在白门，于玉蓉师妹深加照拂，吾师妹之得以昂首青冥，享誉歌国者，先生培植之力，要不可没。独惜玉蓉久滞北地，遂与故人间疏耳。瓢和尚饮后大醉，倏忽不见，登楼视之，则蒙被卧矣，乃知此瓢之量亦有限。下走具菩萨心肠，否则且将拽此瓢而起，问他“犹能饮得几杯”也。

自吉祥寺出，犹赴卡乐。玉人见愚，忽有怨怼之色，谓自识下走，未尝有一诗以美之。玉人今夕，忽然风雅，为之咄咄称怪，因于其后座，小坐移时，立成两绝以贻之，有“偶然轻咒来前座，只算高唐梦里嗔！”之句，为玉人释其义，又詈我为吃豆腐焉。为之失笑。诗付灵犀刊《社日》。

《小说日报》1940 年 6 月 28 日

邂许晓初

电话购货公司当局，设宴于聚丰园，以下走于播音之日，尝一唱《文素臣》，遂亦以一柬来，许晓初先生与梦云、以栋、子佩三兄同署名，晓初先生为公司之董事长，于公司之创立，赞助独多也。夕阳犹照檐沿，而新钟已七时，亟匆匆赴宴。座上获晤诸稔友，与独鹤、剑侯两先生睽违久，亦以得畅谈为快。鬓丝之应邀而至者，惟见一梁氏小鸾，明妆炫服，艳逸无伦，虽隔座视之，亦为之神越。闻小鸾徇梦云之请，将参加今日之播音，唱《新纺棉花》，此为小鸾载誉之作，意在无线电机中，又必有无限妙绪，使人聆之忘倦矣。

座上，与晓初先生为小谈，闻中法药房最近招股六十万，合原有之六十万，共有一百二十万。但据晓初先生言，则目下百二十万之数，且已趋过，势将改以一百五十万为定额。具见中法此次招股之顺利，要亦晓初先生平时擘画有方，使中法业务蒸蒸日上，遂能取得阛阓间之信仰也。

《小说日报》1940年6月29日

一鞠躬而退

昨记电话购货公司宴客于聚丰之园，乃漏述一事，则吾侪饮啖至半，忽有衣制服者十数辈，鱼贯而至。以电话购货簿，一一授在座之人，于是人皆恍然曰，此梦云部下之服务员也。购货簿分发既已，诸服务员复雁行而列，向宾客一鞠躬而退。当时情状，殊有威仪肃穆之观。闻梦云于招集服务员之时，曾开训练班，梦云自任讲师。观乎此夕服务员之演出，可知梦云之训练有方矣。

《小说日报》1940年6月30日

劣纸不书

金星宴客席上，襟霞阁主述一笑话，谓有一侏儒之客，游于艳窟，窟主人为招致一妇来，绝昳丽。客阴问窟主人曰："代价几何？"窟主人摇首曰："五十金。"客曰："可稍抑其值乎？"窟主人摇首曰："是妇有定例，不可减也。"客曰："亦如书画家之有润格乎？"窟主人曰："然！"客曰："然则请转知彼妇，从我入逆旅。"窟主人为语之于妇，妇忽摇首示不可，与窟主人为耳语曰："是客貌寝，吾不属意。"窟主人以语客，客勿悦曰："汝定有润格，安可拒绝收件？"妇遽应之曰："汝不知吾之润例，规定劣纸不书乎？"大郎兄方订鬻扇之例，闻阁主言,为之啼笑皆非!

《小说日报》1940 年 6 月 30 日

青鸾自负多情

青鸾自负多情,于是往往自言自语曰:“对于某某,实在抱歉!”“对于某某,实在抱歉!”闻之辄欲掩耳疾走。青鸾之所谓某某某,大都皆欢场女子。欢场女子有时兴到,打个把电话来,无非是《酬世大全》之一页,岂得便谓有情于我?而青鸾则以为天下女子,都是情种。下走不耐,则哂之曰:“叫她们嫁给你,只怕未必便肯!”吾非谓青鸾才情不足以动婴婴宛宛,特以青鸾与欢场女子论交,往往欲前又却,不甚痛快,徒然一声声“抱歉”,为彼货腰卖笑者流,笑吾侪男子都是懦夫耳!

近来顶上之发,又复脱落不少。论下走年龄,方当少壮,腰脚亦复弥健,不知顶上之发,何以有此衰象?或谓西药散拿吐瑾,服之可以益元培神。顾散拿吐瑾之为值奇昂,长年服此,非下走力所能任。问之子佩兄,乃知中法药房之赐尔福多,与散拿吐瑾系取同一原料炼制而成,故功效无异,而为值则廉多矣。然则下走之发,欲求其林林总总,恢复旧观,又当乞灵于中法妙药矣。

《小说日报》1940 年 7 月 1 日

《蜗牛居士全集》

丁健行先生以《蜗牛居士全集》一册见遗,读之辄陨泪,盖其哲嗣翔华君遗作也。丁君少颖慧,读书过目成诵,稍长,从周隐盦[①]、

① 周湘(1871—1933),字印侯,号隐盦,别署灌园叟,上海人。曾在土山湾画馆学习,戊戌变法失败,流亡日本,继又赴欧,研习西画。1907 年回国,在上海八仙桥创办布景画传习所,学生三四十人。继又创办中西图画函授学堂等,受业学生前后逾千人,丁悚、刘海粟等皆为其学生。

陆稺英、胡朴安[①]诸前辈游，治书画金石无勿精，艺苑遂传其茂秀之名。不幸年仅二十有一，遽殂。愚于君师事王莼农之日，获与君订交，甚服膺其艺事之精湛，而又叹其丰神潇洒，乃不类尘世间人也。去岁，君于《迅报》作《椿荫闲话》，时时读之，颇诧君学问之淹博。时愚于《迅报》亦有《醉芍药楼随笔》之作，芜陋不足观，以视君文，词藻纷披，美如簇锦，辄欲敛手。不意未匝月而君之噩耗传来矣！为之怫然亡欢者累日。愚与丁君，觌面仅三数次，而君辄谬托知音。尝以手书楹联贻我，愚疏懒，未遑付装池，及闻耗，亟自旧箧中检之出，付诸裱工，张之壁间。觇其遗墨，往往俯仰唏嘘曰："此奇隽之士也！奈何不寿？"今其尊人复以君遗集见贶，于寸楮尺幅间，似犹可见其平居高致也。悲夫！

《小说日报》1940年7月2日

赐尔福多

近来揽镜自照，颇有华发飘萧之叹，因拟乞灵于中法药房之赐尔福多，以人言此药有培本益元之效也。不意才着数语于随笔，中法总经理许晓初先生辄使人赍赐尔福多一瓶至，以贻下走，复媵以小简，谓读下走之记，不能无杨子之吝。又曰，今特奉一瓶，以为试服，果能玄发重萌，则继此所需，幸毋见外云云。读之良感勿安，则以往时受晓初先生赉赐，已不在少，正愧无以为报，不意芜陋之文又入先生之目，而以佳药贻我。先生之关怀下走如此，实使人既感且慨。后此下走有疾患，计惟秘之勿宣，诚以屡叨先生后贶，至勿

① 胡朴安(1878—1947)，字仲明，号朴安，安徽泾县人。文字训诂学家、南社诗人，先后任教于上海大学、持志大学等。

敢当也。

观白蕉个展于大新画厅，忽有人唤我，回首观之，则若瓢上人也，遂并晤白蕉。蕉留我饮，日中不胜热，幸粪翁亦至，丐翁为我解围，得脱，乃遍读白蕉诸作。白蕉书法，錬霞女士言其圆健飞动，此语实最恰当，而愚则颇爱其自写小诗，以为神韵尤绝。白蕉有七律一章，为诸友所传诵，其句曰：

不语沉思閟苦辛，消寒静对眼中人。
埋愁作计终非计，泪眼逢春不是春。
误尽百年轻一诺，忍将千劫换深颦？
袖间枉觅啼痕在，尚信相逢定有因。

愚亦有《浣溪沙》曰：

只道相逢定有因，如何又是夏徂春，眼前消失意中人。
误种当时轻一诺，恩留此日重三分，骈肩双影尚微嚬。

盖即因袭白蕉之意，知真赏之自有人也，辄为忻然。

《小说日报》1940 年 7 月 6 日

马公愚写箑

六日下午，访白蕉于大新画厅，于白蕉书画又浏览一过。白蕉以朱笔画兰，又以朱笔书箑，都创格也。晤唐云先生，看他画“红了樱桃绿了芭蕉”之图。闻陈小翠、冯文凤诸女士早一日皆曾至，深以未得一见为憾。

晚，与白凤、青鸾进膳于味雅，饭后观影于金城，使非为人所嬲者，下走且无此闲情逸致矣。

马公愚先生为下走写一箑，书水仙诗二绝，作小篆，诗曰：

瀛波下有怒龙吟，头白山河费讨寻。
斜插瑶簪浑得似，杜陵人已不胜簪。

碧珊瑚研想风姿，不是刘桢平视时。
一自凌波裁入赋，美人心事百年期。

诗与书俱佳，得此狂喜。

宵禁后，小坐于卡乐，为人做和事佬，事诚不干己，然能圆成他人之好事，则下走纵费唇舌，睹之亦滋乐也。

《小说日报》1940 年 7 月 8 日

承办夏宴

下走以韦陀兄介，附骥于涂雅集诸君子之后，屡兴文酒之会，此届夏宴，乃由下走与韦陀为承办之人。事前有创议假一花园，为饮宴之地者，然勿能如愿，卒乃假蜀腴楼头举行之。是晚挟隽侣俱至者，凡五人，则王孙与路黛琳，白凤与高珠凤，白薇与沈云霞，卜阁与殷慧妮，及韦陀与秦绵绵也。红美人郑明明为涂雅唯一女集员，则姗姗来迟，最后始至。韦陀有一友，以一箑遍征在座者题名，郑明明书“郑志文”三字其上，红美人之闺名，何以大有丈夫气哉？

宴散后，又小坐于卡乐，与路黛琳一舞，殷慧妮一舞，漫郎以饮逾量，竟醉，座上呕吐狼藉，路黛琳为之进豆蔻，王孙见而笑曰："不意漫郎今夕成了一只醉蟹矣。"

卡乐舞人中，方莉莉亦是一美材。方岭南人，而眉目如画，含睇流盼间，雅有江南女儿柔婉之致。吾友慧仙兄，于莉莉倾倒备至，慧仙有诨号曰"水门汀阿六"，既然遇莉娘，则水门汀亦不得不化为绕指柔矣。

《小说日报》1940 年 7 月 9 日

路黛琳邀饭

涂雅集夏宴之后二日，路黛琳小姐邀饭于大东餐室，袁王孙兄先以电话抵我，谓别无意义，惟图小叙而已。愚乃袖马公愚先生所书一箑往，将匄王孙兄，为愚作万壑松风之图，涂雅同文之兼擅绘事者，晚蘋而外，王孙亦是一人也。是晚座上，复有白凤、卜阁、大可诸君，并殷慧妮、狄敏两舞人。狄敏尝参加涂雅夏宴，而下走眼拙，前日之记，辄复漏此豸，志之以明吾过。

丁慕琴先生，饬人送一箑来，一面董天野先生为我画，作海棠春睡之图，画中人雾縠轻纱，有呼之欲出之妙。愚尝欲求天野先生画古装美人，先生乃以此箑贻我，得之真深惬我心矣。另一面，愚匄慕老书之，慕老有心人，乃录《生别离》古诗两章于其上，其起句曰："行行重行行，与君生别离。相去万余里，各在天一涯。"而最后则曰："弃捐勿复道，努力加餐饭。"以聚头之扇，直可以作下走座右铭矣。慕老盛意，辄觉弥可感谢焉。

《小说日报》1940 年 7 月 11 日

收集扇面

近来搜集扇面甚勤，既以马公愚先生所书一箑，匄哀王孙兄作画，复以若瓢上人见贻之一箑，仍乞诸若瓢，为愚转求芝峰和尚之书，两个都是出家人，庶几旗鼓相当也。鍊霞女士允为愚绘一箑，以已聚头之扇，托晚蘋兄转陈。尝见鍊霞女士为漫郎作霸王别姬图，绝工细，下走愿得类似之作，特在此流金铄石之时，以调弄丹青渎鍊师娘，滋不安耳。

新华影业公司，方从事于长篇卡通《铁扇公主》之摄制，万籁鸣先生主持其事。尝于之方兄案头，见《铁扇公主》画稿，以为绝趣。因复以一箑，请于籁鸣先生，即为愚绘《铁扇公主》之一幕于其上，并愿籁鸣先生能为我傅以彩色，下走心之所好，恨不能立时三刻，即如愿以偿，焦躁可知矣！

《小说日报》1940 年 7 月 12 日

露苡来简

露苡表妹又有信自昆明来，附以近影二帧，向时愚题露苡照相册诗，尝有"里闬同称人透彻，画图未减性娇痴"之句，兹来两照，则窗垂雾縠，人倚锦茵，亦可想见其闺房静好之状，见之辄为欣慰无似。露苡书中，有一节曰："雨季中的昆明，每天下着微雨，令人扫兴不少。明天放半天假，还想去大观楼看划船比赛，要是你在昆明的话，我们有更多的机会练，也可以参加表演了！是么？"以露苡此言，遂又使下走低徊勿已。则以曩居汉上时，尝屡与露苡伉俪并秋姑，荡舟于中山公园，下走有诗曰："桃李晴曛动胜游，一泓轻放木兰舟。斯须睥睨应输我，打桨人如春水柔。"即为此而吟也。今露苡既远适西陲，而愚与秋姑，亦分袂，旧梦不可重温矣！为之黯然。

《小说日报》1940年7月13日

对影成双

阿那为吾报写《对影成双集》，意阿那兄殆亦在独处中也。对影成双之名绝妙，视下走之独处室，蕴藉多矣。

《小说日报》1940年7月13日

希远先生画扇

见漫郎为人画一箑，乃知希远先生之丹青，亦复绝妙。愚向以为涂雅同人中，惟哀王孙、晚蘋能画，不知漫郎亦擅绘事，信夫才人之笔，无所不能也。漫郎尝属愚书一箑，愚书法不以规矩，而漫郎不以为拙劣，下走遂靦然书之以奉。今下走已审漫郎能书，则礼尚往来，漫郎先生琼瑶之报，似亦不可稍吝矣！漫郎足下，如何？

十二日之晚，良伯师与华南制药厂廖遹声君，邀饭于成都川菜馆。华南厂有一种药片，曰“痢疾灵”，以一粒见效见称于时。廖君邃于药剂之学，席间述痢疾灵之成分并为效甚悉，特下走健忘，乃勿能悉记，惟松风主人言，是药确能一粒见效，盖嘉定银行尝有人患痢疾，服此药而愈者也。松风主人之言如此，当益可信。夏令饮食稍不慎，辄致痢疾，愿持此药，介绍于读者之前焉。

《小说日报》1940年7月14日

静芝女士

绵蛮笔下，有所谓静芝女士者，与绵蛮为苏小乡亲，尝见绵蛮数与其人为双携，婉娩不亲言笑，盖无愧静女也。星五之夕，乃又于卡乐觏之，绵蛮介于下走，起与一舞，则亦易向日之静默而为健谈，其言滔滔，若亟谋与人周旋者，盖已蓄从舞之意，遂欲稍稍肆其酬酢之术矣。此一弱女子，行见为时不久，即将以其锦瑟年华消磨于灯红酒绿之场，旧日之天真无邪，亦将自此湮灭！下走虽与之素昧，然睹此情景，辄亦不禁为之低徊太息，忽忽若有所亡也！

《独处室随笔》又拟换一招牌，向时之《调冰偶语》，近来他报有取以为篇名者，下走勿欲复用。尝拟为青鸾题其词稿曰"绮疏集"，青鸾不录，愚遂拟以"文窗小草"名吾篇，"文窗"与"绮疏"，盖二而一也。独惜下走福薄，勿若青鸾之有红颜知己，为之作《猫双栖楼随记》之图，此实可伤耳。

《小说日报》1940年7月15日

绿野花园

与小蝶兄及一吴君，坐于绿野花园[①]。座上复有王玲玲小姐，则远东[②]之红舞人也。曩时于老裕泰酒家，曾与王玲玲一度共进膳，吾友小沈形容一房门之门钮，如何转动，曾使玲玲为之羞愤不胜，举其粉拳，频频捶小沈之脊，彼时即以为玲玲小姐实一既妩媚又豪爽之人。是晚，玲玲为薄饮，酒后纵其词锋，乃益有咳唾生风之妙。舞人之姿色端丽者固非鲜，然能以气度胜者，则以玲玲以外，吾犹未尝多觏也。

近来好为小词，正以才气不如人，作诗芜陋不足观，乃欲改道

① 绿野花园露天影院，位于静安寺路大华路口。
② 远东舞厅，位于西藏中路90号。

而易辙，以报间治词者尚罕其俦，为冷门货也。周瘦鹃先生享名于报坛者数十年，向时未见其作韵语，近来则一开手即浑涵汪茫，笔底千汇万状，虽下帷十年者，容有勿逮，昨更以所作长短句贶吾报，洵所谓思致缠绵，至情流露者矣。读瘦鹃先生诗，已使下走欲废吟哦，今读其词，则下走之《嵯秋》《织素》诸作，胥成足下泥，殆惟有搁笔而已。

《小说日报》1940 年 7 月 17 日

素食

入夏以来，亦颇好素食，然不似灵犀持斋之虔诚，则以下走之茹素，第因天气炎热，惮近荤腥，遂以为素食亦良佳。若遇宴集之场，荤腥不能尽忌，则亦择其较少油腻者下箸，固无所谓雷斋素[①]电斋素也。一晚，与灵犀访穆公，穆公留饭，特为下走备荤菜一簋，然下走始终未下箸，转以为豆腐衣、油面筋之属，风味绝美，亦可以使下走尽饭二盂也。

《小说日报》1940 年 7 月 18 日

歇夏

今年舞人忽盛行歇夏之风，在卡乐即得两人，一吴秀凤，一周慧珍，自卡乐装冷气，二人即辍舞家居，问之，则谓“歇夏”耳。或谓舞人之可以歇夏者，想必都有所恃。而下走则辄浩叹曰：“舞女尚且歇夏，吾辈转逐于火山之上，真不知所为何来也。”

《小说日报》1940 年 7 月 18 日

① 雷斋素，江南一带习俗，每逢旧历六月，常茹素一月，称为吃雷斋素，以敬重雷神之意。

燕归来

于回头先生为吾报写《燕双飞》，中辍多日，以于先生违和也。兹于先生清恙已愈，而续稿亦到，三数日内即可赓续刊载，以慰读者诸君渴想矣。

《小说日报》1940 年 7 月 18 日

雅俗之判

灵犀打麻雀，不论摸牌打牌，手往往颤抖勿已，其编报亦如之，勿若下走之泼辣大胆也。尝为《社日》写一打油诗，其后有按语曰："第一次破开来，总归是红格滑。"盖言西瓜也。灵犀览稿，辄曰："轻薄轻薄！"翌日见报，则已易为"却喜见红"四字，非复下走原文矣。下走写稿，有时只顾风趣，遂文不免流于粗俗，灵犀老成持重人，因辄为愚窜易数字，如曰"却喜见红"，便视愚原作，为风雅多矣。

《小说日报》1940 年 7 月 22 日

"摆脱"与"脱""摆"

采芝斋主人登猫双栖楼，闻青鸾已数日未获见凤儿，辄致其歆美之词曰："吾亦恨不能摆脱一切，落得清闲也。"下走则哂之曰："足下犹未尝敢沾惹，如何便言摆脱？以言足下，惟宜将'摆脱'二字，颠倒过来，先致力于'脱''摆'耳。"下走之为此言，不觉又流于轻薄，勿审置于灵犀笔下，又将如何措辞矣？

《小说日报》1940 年 7 月 22 日

舞小姐送钟

卡乐舞厅里有一位舞小姐，送了一只电钟给卢襄理一方，而以

“送钟”之役委托我，灵犀知道了这一件事，大发牢骚，他说：“到底还是写写女人的好，写女人就有人会得送钟来，可怜我们横也被人家说标榜，竖也被人家说标榜，却连一只表都没有人送。从此以后，真要学学一方的乖，笔底下多捧捧女人了。”关于这一件事，我的感想略不同于灵犀，而“感慨系之”则一。我觉得捏笔杆捧女人，未必便会有收获，第一要务倒是赶快弄一点事业做做，有了事业，便有了地位，有了地位，才会有人跑香槟。譬如一方，如今贵为卡乐舞厅襄理，自然便有在麾下的舞人送钟给他，可怜鄙人就缺少了一个什么襄理协理的头衔，虽同样的认识那位舞小姐，那位舞小姐的钟却只会送给一方，而不会送给我。所挨得到我的，不过是做了一次电话购货公司的送货员罢了。所以我以为单是捧女人还嫌不够，至少限度，还弄个什么协理襄理，甚至于舞女大班之类做做。灵犀兄，努力吧！

《小说日报》1940 年 7 月 23 日

邂李绮年

李绮年女士，蜚声于南国电影圈已久，此来沪上，艺华当局介以见吾侪，二十二日之晚，设宴于大西洋，严氏父子折柬相邀，遂得一瞻南国影后之丰采。是日，女士御浅蓝之衣，鬓边簪白花，虽淡妆素抹，而雅有姿致。绘黑眼圈，则又仿佛谈瑛之作风矣。严幼祥夫人，并女士之表妹，伴之俱来。女士以在港时方割扁桃腺炎，勿能多谈话，席间略致数语后，即挽其表妹，代表演说。其表妹捏一纸在手，依之陈述，谑者乃曰：“此亦是‘活动说明书’[①]也。”

---

① “活动说明书”为陈蝶衣笔名之一，故有谑说。

图 29　李绮年，原刊于《电影》1940 年第 102 期

夜与白凤坐于大华，霭姑来觅，寻一方亦至，遂流连于宵深始归。日来诸友笔下，又渐以霭姑之事为调谑资料，其实愚与霭姑，犹不过初识面，未足以遽言“相契”，诸友笔下，为下走作过甚之夸张，转为下走所勿敢承也。

《小说日报》1940 年 7 月 24 日

集锦扇面

二十三日晚，趋吉祥兰若，贺杨老爷之寿。是日海上之书画名家大集，愚既以集锦便面，匄粪翁、叔范、白蕉分别书之，是日复挽唐云为愚书兼画，及吴青霞女士绘芙蕖，朱其石[①]绘黄山松，叶渭莘[②]绘花鸟，遂得以成全璧。灵犀藏扇近百柄，若论价值，正恐当属下走之一叶为最可珍也。惟与渭莘先生犹初识，即强其作画，殊不安耳。

① 朱其石（1906—1965），名宣，号桂龛，浙江嘉兴人，工篆能画。为朱大可之弟。

② 叶恂，字渭莘，浙江杭县人。其父叶振家亦为画家。1929 年，叶渭莘和郑午昌等人创办蜜蜂画社，并出版《蜜蜂》《名人画海》等刊物。

在吉祥寺逗留至十一时，犹赴卡乐，霭姑将外出，迟我于门次者已移时，愚有诗曰：“眼前礼数已殊渥，来日恛惶从可知。”将录付灵犀，刊诸《社日》。

得消息两则，记之于后：

一，周鍊霞女士将出门一行，两星期返沪；二，金素雯新雇一伙计，窃现钞一千八百元而逸，已报捕。

《小说日报》1940年7月25日

两处赴宴

二十五日晚，赴两处宴会，一在大西洋，绍萧旅沪人士将推动一次筹赈义务戏，因柬邀海上诸名伶及报票同人，集议其事，柬上署名者，洽老及袁履登先生外，复有卡尔登周当局，是以不能不赴。席间，得晤兰亭、元声、其俊、江枫诸兄，谈甚快。闻此次义务戏，已拟定之剧目，有《割发代首》《宝莲灯》《劈山救母》《断臂说书》等数出，由信芳、如泉、翼鹏、世来、桂秋、如春、世海诸艺人同演出。海上人士，又有如火如荼之好戏看矣。

另一宴会，则在国际疗养院，院为屠企华医师所创，才于最近落成。屠医师邀诸友参观，并留饭于此。院中颇具花木之胜，十丈软红尘中所不多觏者也。吾报另有专稿记之，兹不复赘。

中宵，与一方兄同坐于伊文泰花园，座上舞人有呼冷饮者，亦有呼热茶者。一舞人忽曰：“麦柴管摆勒热格物事里向，会得软脱，摆到仔冷饮杯子里，又会得硬起来，阿要希奇！”[1]下走辄为之忍俊

[1] 此句为沪语，意“吸管放在热水里，会变软，放到冷饮里，又会变硬，真是稀奇！”彼时吸管为麦秆制成，故称为“麦柴管”。

不禁曰:“然则奉劝小姐,以后不如径进冷饮之为佳,庶几可以使麦柴管‘摆勒里向’,始得‘硬绷绷’也!”舞人闻言,为之大赧。下走轻嘴薄舌,寖成习惯,使此语而为灵犀闻之,又将谓我轻薄矣。

《小说日报》1940年7月27日

小坐伊文泰花园

与一方并梅娟二姑,小坐于伊文泰花园,未几有一舞人来,识园主人陈占熊,大呼陈曰“老开!”陈逊之坐,舞人亦勿辞,于是时闻此一牝雌,辄为娇叱之声,呼陈为“老开”勿已。已而不知以何事,撄舞人之怒,遽攫案头之玻璃杯,掷诸地上,汹汹然曰:“有价钿哦?只要有价钿,迭两个赔!”言已,续闻有呛啷之声,则另一玻璃杯碎矣!第闻舞人叱曰:“再掼一只给你看看,勿领盆,还要掼!”吾侪之座,不幸与彼牝为邻,睹其嚣张跋扈之状,辄为之怒发上指,直欲奋拳而击。顾园主人不以为忤,下走自勿能挺身而出,则惟长叹曰:“一舞人耳!而乃骄纵如此,行见其终有一日,睏水门汀弄堂耳!”

梦云自贵为电话购货公司经理,事乃大集,顾犹拨冗为本报写稿,此则帮老朋友之忙也。惟梦云以颇鲜暇晷,有时其稿写成,已为时甚晏,则亦不复经编者寓目,径送印刷所发排矣。梦云于编报,且为斫轮老手,其著述自不待下走妄窜一字,故径以付梓亦无碍。惟如昨日之《浮生小志》,则中有一语,颇以为梦云下笔之际,未免失检,而原稿又不欲为下走所见,遂使下走亦勿能辞“失察”之咎,毛主干之谴责,知不可免矣。

《小说日报》1940年7月29日

与一方小坐闺阁

邀一方小坐于吾友之闼，剖西瓜飨一方，有人谮愚于吾友之前，下走生平自问没有待错了朋友，正勿审见嫉之由何在？因之颇悒悒。中宵起辞，几不遑与一方为问答矣。

灵犀于主持《社日》辑务外，复兼管账目，间数日清算一次，太白称之为“弄账之喜”。一日，写《三十年歌场回忆录》之郑过宜来，误以为“弄璋之喜”，问曰：“是第几胎？”愚辄为之失笑曰：“苟如过宜之言，灵犀不啻间数日即得一子，老牌贞恐将‘痛’不欲‘生’矣！”

久不与雨斋[①]兄通缓急，偶以期票向掉现，请如例扣息，兄之覆书，辄有一语曰：“若扣息辄失交谊矣！”乃知雨斋近来真有金融家宏廓之风，勿欲与老友较铢两矣！可喜可喜！

《小说日报》1940 年 7 月 30 日

霭姑邀饭

二十九日晚，霭姑邀饭于其妆阁，至八时始践其约，则酒馔已陈于案头，霭姑谓：“待君不至，徘徊于门外移时，以为君爽约矣！因命金雀沽杨梅酒，将以自破岑寂焉。”言已微愠，愚亟谢过，因与对酌于窗前。杨梅酒色殷红如琥珀，而其性至烈，霭姑尽三玻璃盏，愚则仅倾一杯，已薄醺，乃知霭姑之量，实远出愚之上也。漫郎尝言，女子之豪于饮者，必富浪漫，然则吾友亦热情人耶？

舞人娟娘，尝与某经理矢爱好，未几娟怀孕，憑之于经理。经理曰：“安知汝从何而得此胎？”娟娘曰：“汝竟不承耶？”遂哄。有人劝娟娘曰：“勿宜在此处喧闹也。”娟娘遽泣，趋酒吧间，饮白兰

---

① 黄雨斋，浙江余姚人，时任汇中银行经理。曾主编《大常识》等刊物。

地无算，遂醉，即归，登楼上，而足颤无力，竟自楼上下坠，至伤其胎气，或谓娟娘此日乃无异表演一出《九更天》，最后又兼带《滚钉板》也。

《小说日报》1940 年 8 月 1 日

一日之间两噩耗

于一日之间，两闻噩耗，则漫画家沈延哲，与樊良伯先生，不幸先后逝世也。延哲为人，骨骼清俊，神情开朗，望之似弱不胜衣者，顾其人富热肠，友朋间有事，往往能奋臂在先，否则即代为运筹决策，盖亦一热情之人。不幸近以病肺，缠绵床笫者经年，终至不起矣。樊良伯先生，于李祖莱先生称觞之日始识之，先生年来，于社会间声望日隆，而独能礼贤下士。大郎、一方与松风，既先后列其门前，下走亦已先生之垂爱，于月前以师礼事先生。数日以前，闻先生卧病于大公医院[1]，下走犹往省之，先生病已渐瘳，惟医言勿能见客，故稍留辄辞去，不意竟成永诀也。大郎舅氏钱梯丹先生，系殁于大公医院。今吾师就医于大公，亦不治，使人于大公之医疗，乃更增不良印象矣。

《小说日报》1940 年 8 月 4 日

曹娥下海

李祖莱先生称觞于新新酒楼之日，遥见一女宾，娥眉螓首，意态飞扬，彼时即心仪其人，以为亦绝代也。比乃得一消息，谓曹女士将入百乐门伴舞，为货腰女郎矣！百乐门近罗致新人甚力，得一

① 大公医院，位于戈登路（江宁路）1 号。

曹娥，足以使众卉低首，惟曹娥之名绝村俗，乃不称其人，下走爱护曹女士，以为此日可以改换一名矣。

《小说日报》1940 年 8 月 4 日

挹兰室主来电苛责

得挹兰室主一电话，于电话之中，苛责下走。初犹以为戏谑，继乃知室主竟动三昧，为之错愕勿已！则以室主之误会，实下走所万想不到者也。向者室主与其友有违言，愚为之奔走劝说，欲使二人言归于好者，几尽下走之全力。旁观者或且深致疑讶，以为事不干己，何劳第三者借箸代筹？然室主终当知下走之不辞舌敝唇焦，要出热忱，则安有事后于笔端，转存调侃之意者？是以苛责之来，乃使下走为之啼笑皆非。下走近来，火气敛抑尽矣！终以为朋友之中，室主实不失为一直谅之人，惟直谅之人，庶足以与论交游。故终愿平心静气，以聆室主之苛谴。亦愿室主能念下走犹不失为一热情之人，毋以微末之事，遽介介于怀耳。

于两日之中得三箑，此为近来一快意之事。三箑一为潘子燮兄画，潘兄著舞文，以哀王孙之名，著盛誉于时，而丹青尤工。愚以马公愚先生所书一箑，匄兄作画，兄为愚绘云壑松风之图，谓于深宵不寐之时成之，实可感谢。一为芝峰上人书，另一面则若瓢画兰，皆今之风雅和尚，要不亦不可多得者。更一箑则张重仁兄绘仕女，作临流垂钓之图，画中人雾鬓风鬟，则与董天野先生见贻之一箑，异曲而同工者矣。

《小说日报》1940 年 8 月 6 日

陈禾犀收义女

陈禾犀兄，又录白玉艳为义女，自此梁小鸾在北，白玉艳在南，乃有两位名女优，为其名下娇女矣。五日晚，禾犀招宴于东亚酒楼，遂获见玉艳，其人婉娈勿若梁小鸾，而刚健过之，宜其打出手之演出，有口皆碑矣。玉艳将出唱于共舞台，禾犀复邀观其剧，愚辄笑曰："足下做义父大人，我们看义务戏，倒也一样。"

侧帽听歌垂十年，曩时鞠部女儿之兄我弟我者，兹寖寖乎亦将作爷叔辈子矣！思之辄为废然。犹幸今日之下走，不过有几个"娇侄"之流，尚无找我作过房爷者，知下走固犹在英年，此则差可自慰者耳。

自东亚酒楼出，登新都夜花园，小坐移时。园中饮料，已大抑其值，故游人渐集。惜下走独行无伴，乃苦岑寂。未及十时，即惘惘归寝。匝月以来，此犹为第一次之早归，可知婴宁今日犹苦于郁塞无聊也。

《小说日报》1940年8月7日

首席舞星钱雪英

钱雪英在大华号称为"首席舞星"，一日，有一客与雪英舞，雪英与客固素味平生者，所谓生客也。已而乃有一妇人至，见客与雪英舞，遽攘臂而前，力拽该客，抢攘间雪英之腰亦受妇人一冷拳。雪英大诧，以为家主婆管束其丈夫，不当辱及舞女，乃亦力攫妇人之腕勿释。争端既起，场中执事人乃力拽妇人入账房间，舞女大班小六子，任审判之官，问妇人曰："汝行凶何事？"妇人曰："吾夫淫于舞，往往宵深不归，故来此觅之也。"小六子曰："汝管束丈夫，应该到家里去管，苟能禁汝夫不出，舞女断勿能登门拉客人，汝何得迁怒舞女，任意侮辱！”妇人闻言，为之目瞪口呆，噤勿敢声。小六子问妇人曰：“下次犹欲闯入舞场，寻人晦气否耶？”妇人嗫嚅曰：“下次不尔矣！”小六子遂顾钱雪英曰：“此无知之妇人，且恕其初次。”遂纵妇人去。在跳舞场中，往往有河东之狮，跴绰其藁砧，无何而挟其懦夫以归，所习见者，第彼男子作觳觫之状，未有如此一妇人，乃遭受一场羞辱者，辱及舞女，于理勿当，宜其自讨无趣矣。或谓彼妇人之夫，归家以后，一顿牌头，殆亦不可免也。

《小说日报》1940 年 8 月 8 日

食指动矣！

一番凉雨，又报新秋，时序之最足以使人兴奋者，殆莫如此际，则以四时之中，惟秋节最足以尽饕餮之福。秋季食品，愚所嗜好者，以葡萄栗子为最，日来市上，月饼已陈于盘篚，讵葡萄与栗子之上市，已为期甚迩，涉思及此，食指为之大动矣。

《小说日报》1940 年 8 月 9 日

猫双楼

灵犀蓄二猫，一寅儿一凤儿，寅儿既夭，惟剩一凤儿，猫双栖楼已名不符实矣。一日，凤儿忽坠楼，几一命呜呼，追随寅儿以去。经饲以乌骨药，才得不死。或言凤儿弱质，不意能从三层楼上跳下。李如春翻三只台子，已有狠派老生之名，以视凤儿，恐亦将自叹勿如矣！

《小说日报》1940 年 8 月 9 日

引玉抛砖

往年为人书扇，未有如今年之多者，今年如叔寒、漫郎、王孙、一龙诸君，都当世才隽之士，而亦采及葑菲，先后以箑索书，辄为之汗颜。下走往时，不甚好裒集书画，今年受灵犀之影响，亦欲从事于藏扇，遂以便面遍匄诸艺苑胜流，或书画，所得不下数十箑，诸人因亦有命愚书箑以报者。古人谓抛砖引玉，若下走则宜谓之引玉抛砖矣。

《小说日报》1940 年 8 月 10 日

金玉满堂

白玉艳既出唱共舞台，闻金素雯亦有加入之讯，知周相国于罗致人才亦不遗余力也。或谓共舞台已有一玉，今复加入一金，此后在龚满堂兄生花妙笔之下，当称之为“金玉满堂”矣。

《小说日报》1940 年 8 月 10 日

《邢竹琴专集》

有人以《邢竹琴专集》一册见贻，邢为越剧女伶，子佩兄曾嘱愚为专集题数字，愚为书薛能句“一字新声一颗珠”以畀之。兹阅《专集》，则发现复有一文署愚之名，读之殊非愚所作，意者当为哪一位老友捉刀也。集中有禹钟先生一诗，则特为《专集》而作者，兹录之：

子野闻歌感已深，久嗟天地少清音。
凭君起我无穷思，不爱吴歈爱越吟。

《小说日报》1940 年 8 月 10 日

谈瑛之豪迈

图 30　谈瑛,原刊于《电声》1938 年第 7 卷第 44 期

有述谈瑛女士之大胆表演者,举其一例,据谓谈瑛一日在某处,伸一懒腰,有豆腐朋友见之,问曰:“安适吃力?”谈漫应曰:“唔!”豆腐朋友曰:“阿要搭侬敲敲背?我是按摩院毕业生也。”谈瑛颔首曰:“蛮好!”于是豆腐朋友乃在谈瑛之背上,东捶一下,西捏一把。已而,豆腐朋友忽觉不好意思,因曰:“好哉!阿舒服?”谈瑛乃作干笑曰:“明晓得侬是揩我油,不过我倒也蛮舒服,就让侬揩揩吧!”室中诸人闻言,无不哄然,而豆腐朋友则为之奇窘。

《小说日报》1940 年 8 月 11 日

老谭之老师

有人问一评剧家曰:“老谭之师傅为何人?”评剧家一时勿能答,则通一电话,以询另一评剧家,方有《谭鑫培全集》之辑也。顾彼另一评剧家者,亦第知老谭尝师事程长庚,不知科班时代之开蒙师为谁,因请评剧家稍待曰:“待我查一查。”已而另一评剧家答评剧家曰:“仅知其为金奎班出身,开蒙师殊无从查考。”于是老谭的老师问题,乃成一悬案。论者谓两位评剧家,于老谭之业师,一个要“电话购货”,一个要“对证古本”,结果还弄不明白。此事苟撰成一稿,大可名之曰“评剧家招牌互砍记”矣。

《小说日报》1940 年 8 月 11 日

武侠片

晤王引，王引言："报间有记予对于武侠片，颇感兴趣者，又有以此而对予肆抨击者。其实予未尝有言，谓武侠片宜摄制于今日，特以为近来硬性影片绝少，予以个性关系，或拟从事于此一路线之作品耳。"王引之言"硬性影片"，殆指过去之《青年进行曲》《亡命之徒》之类而言，下走则以为武侠片之摄制，非不可能。例如《罗宾汉》《绿林红骑》《荡寇志》一类之侠义故事，何尝不足以激动人心！所要不得者，特为过去《火烧红莲寺》《火烧平阳城》一类之打武影片耳。

《小说日报》1940年8月12日

童芷苓

黄金下届新角，有坤旦童芷苓，为一新人，已于江枫兄处。见芷苓之照相，则绝美也。北平报纸载，芷苓有两兄，一霞苓，一寿苓，与芷苓有"童氏三杰"之誉。三杰均将莅沪，出演于黄金，芷苓

图31　童芷苓与童寿苓，原刊于《天津商报每日画刊》1936年第20卷第2期

为当家花旦，两兄则为其配小生也。江枫为李盛藻及芷苓辑专集，愚捧女不捧男，因为芷苓写一诗，以畀江枫。

《小说日报》1940 年 8 月 12 日

谭富英《琼林宴》

连日看戏，谭富英演《琼林宴》之夕，愚亦为座上客，则应禾犀兄之邀也。富英是晚精神似甚疲乏，《问樵》之身段甚繁复，宜有紧张之演出，而富英则惟聊尽人事而已。惟唱几句确甚可听，其嗓宽泛，若取之不竭者。英秀文孙，自有其过人之处也。后一日，则在大舞台看《阎瑞生》，话剧化之本戏，非愚所好，惟以人言徐幼秋演出之佳，故辄亦往观。幼秋本话剧能手，于剧中饰陆阿宝，巧舌如簧，有吐语如珠之妙，演话剧之浑身解数，尽量施展出来矣。其他诸人，未有如幼秋老练者，宜其负一时口碑也。两夕观剧，皆红儿为愚伴，红儿才自香港归，此旧时游侣，而亦寝馈于皮黄者。

以“付之一笑”四字，为故人劝，故人失意于情场，有时愤激，意欲自裁，愚乃委婉进言，书“付之一笑”于纸以畀之。盖历劫情场之人，颇知此切肤之痛，欲譬解而无方，则惟有请权衡事之轻重，为情而殉，固然可泣可歌，特死而有憾，则为轻生不足取也。遂欲以“付之一笑”四字为药石之言，冀故人能稍稍淡忘其创痛。日来友好之中，颇有对下走疾言厉色者，往往使下走莫明其由来，则亦惟持此宗旨，付之一笑而已。

《小说日报》1940 年 8 月 14 日

雀戏

“八一三”之夕，有友约饭于其家，临时以电话来，谓主人外出矣！当别订一日，复共杯棬。予不在社中，社中人志其言，为愚道之，时已在灯上之候矣！是晚各舞榭俱停业，剧院亦辍其弦管之声，惘惘无所至，乃觅一方于其家，会巴巴兄亦至，因入局为雀戏，凡十六圈，负我三十六金，而天亦曙矣。精神之困顿殊甚，然归后不成寐，则又起，搦管写稿。下午，得吾友电话，以为或将道其歉忱也，不意转闻谴责之声，其言曰：“吾于昨宵特为足下治盛馔，奈何竟不践约，须偿吾菜殽之值也。”闻之几欲晕绝。夜，饬人赍五金入舞场，以偿吾友。

合璧不停，旋灰屡徙，距吾报之诞生，屈指已三百六十日矣。今日，为吾报出版之一周纪念，愿拟即日起扩大篇幅，恢复以前之状态，兹以阵容方面，拟更谋充实，因复有待。吾报之计划，除特约诸名家撰著小品文字，使内容更臻丰富外，同时将增刊长篇小说两种，其一为王小逸先生之《明月谁家》，与向所刊之《隽侣榜》有异曲同工之妙。另一则为东方戟先生之《小迷汤》，则以舞榭中艳秘之事为写述资料。大抵自下月一日起，即可实行扩充之计划，而与读者诸君相见矣。

《小说日报》1940年8月15日

可口可乐小姐

舞人田秀丽，有嘉号曰“可口可乐小姐”，吾友小赵则有诨名曰“电灯泡”。泡与可口可乐稔，一日，泡与吾友白凤及下走，晚膳于新雅，座间点缀两鬟丝，则可口可乐田秀丽与酒窝美人高珠凤也。

可口可乐知泡尝出入花间,识伎人兰姑娘,因怂恿召之来,谓愿一见其人。泡曰:“可口可乐小姐之命,不可违也。”遂飞花符,征兰姑娘至。兰姑娘见座上有佳丽,傍泡而坐,识为舞人,乃颇有捻酸之意,逞其词锋曰:“赵先生在舞榭之中,赫赫有名,自有其心上温馨人,心目中安复有吾侪哉!”白凤虑其语侵及人,则孱言曰:“闻兰小姐歌喉弥佳,请一试佳奏,容吾侪倾听如何?”兰姑娘遽曰:“叫赵先生跳一支舞给我看看,我就唱给你们听。”白凤以其出言不逊,亟乱以他语,而可口可乐已为之变色,佯作“方便”之状,与高珠凤同出。移时,兰姑娘起辞,濒行语小赵曰:“以后多叫几个舞女陪陪也。”语未绝而可口可乐返,遂不能忍,问曰:“啥格舞女舞女,以后少讲两声。”兰姑娘不意两人之遽至也,大赧,匆匆去。可口可乐与高珠凤俱大怒,欲唤侍者召兰姑娘回,小赵与白凤俱劝阻之。可口可乐曰:“吾识北里姊妹,初不在尠,未见有恶如此人者也。这一口气,不能不出也。”翌晚,遂宴当日在座诸人于新利查,别邀一某姓客,则著任侠之声于上海者,使客召兰姑娘至。客命之歌,兰姑娘衡情度势,知昨日一言贾祸矣,遂不敢抗,唤乌师至,连续歌数折,客犹欲其歌舞场流行之曲,经吾侪婉劝乃止,而兰姑娘已盈盈欲涕矣。是夕之宴,费可口可乐数十金,及兰姑娘去,乃曰:“非如此,不足以锉其人之锐气,亦欲使其人知从今以后,不可以目中无人也。”婴宁公子曰:“此事写入小说,可曰‘田秀丽吃瘪兰姑娘’。”

《小说日报》1940 年 8 月 16 日

红儿归自香港

红儿归自香港,才数日,又将作姑苏之行,盖返其灵岩故里也。

昨日乃来辞我，闻其言，为之怅怅，因约赴酒楼，欲为之饯行。红儿不可，曰："连日扰君，使儿至不安，今日当许我为东道主。"愚曰："是乌可者？"红儿曰："君能许我，还沪后当更谋共宴游，否则且勿敢面君矣。"遂强愚行，雇街车赴福来饭店[1]，进西餐，又各尽白兰地一盏，两者都非愚所嗜，然红儿之意拳拳，则亦觉胃纳乍宽。在福来饭店，坐小室中，有帘幕为障，外无窥伺者，于是吾之侪纵谈亦弥欢。餐已，又小坐于大东，此地久不来，亦已改观矣。宵禁将近时，更趋大华，不恒起舞，惟促膝为深谈，至漏残始行。临歧时，红儿以纸裹一束授愚，曰："此戋戋者，特以贻君，见物如见儿也。"愚亟启视之，则为浅缥领带一条。以受之无当，欲却之，而红儿有愠色，曰："君视儿者厚，不敢云报，亦愿稍留纪念耳！讵竟不可？"遂笑谢之，珍重而别。嗟夫！十年从舞，旧迹如烟，心尘梦影，渺不可寻，不意犹有此人者，能念夙好，致其低徊婉转之情，真非所逆料者矣。

《小说日报》1940 年 8 月 17 日

李祖莱先生招宴

李祖莱先生招宴于美华酒楼[2]，美华才新开幕，故柬邀同人，一尝佳肴也。美华之庖厨，为来自京华及新华者，著名于上海之烟鲳鱼大王，今亦为美华服务，故是日之肴馔特精，烟鲳鱼一味，尤名下无虚。席间诸人，侈谈海上之吃，或曰，在红棉酒家[3]，一碗粥之代价，即需五六金。吾侪是日之宴，若在红棉，衡之当在二百金以上。顾问之祖莱先生，则谓数十元而已。邻座有人喝雪梨酒，每盏之

① 福来饭店，位于广西路 159 号。
② 美华酒楼，位于静安寺路斜桥弄口。
③ 红棉酒家，位于爱多亚路(延安东路)870 号。

值，亦不过二元有半，因之美华虽具有红棉、京华[1]之规模，而取值则犹廉，非若红棉之视上海人都似乡愿也。

女伶王竞妍，本氏林，今加入移风剧社，因拟恢复其旧姓，而另易一名，翼华嘱同人代为构思，或曰："可命名为林文艳，以其音似林文烟，此有名之花露水，人所佥知者也。"或曰："移风社已有一曹雪琴，似为《红楼梦》著书人，则竞妍何不更名林颦卿乎?"更有人曰："曷不径名曰林媚，此习见于大郎笔下者，人且耳熟能详矣。"为此言者，固出之于戏谑，予独贡一愚见曰："就竞妍原名，谐其音而易其字，即名曰林琴艳，呼之亦甚响亮也。不知翼华以为何如?"

《小说日报》1940年8月18日

与费穆同宴

十七日，应费穆、金信民、童振民三先生之招，晚餐于白尔部路[2]上之瘦西湖，与费穆先生已数数见，金、童二君则犹初识。二君于电影有癖好，因斥资创民华影业公司，摄《孔夫子》一片。以外行从事于电影事业者，而一开手即见其魄力，于张善琨先生外又见金、童二君矣！《孔夫子》摄制已竣，即费穆先生为之导演者，费先生言，全片仅剩一部分配音，即可公映，惟地点犹未定，外传大华或大光明，皆臆度之辞也。席间犹有赵英才君，耳其名久矣！赵君与费穆先生频频劝饮，顾下走是日，酒肠乃奇窄，负二君雅意矣。中宵，小坐于卡乐，未遇一熟人，郁郁归寝。是晚陈蝶野、汪亚尘、徐邦达、应野苹诸君，邀饭于吉祥寺，竟未果往。

① 京华酒家，位于福州路623号。
② 白尔部路，今重庆中路。

灯下草一文，于某君所指摘两事，有所声辩，终乃毁之。则勿愿取笔端一时之快，使平时好友为之于邑不欢也。下走为人躁急，不耐与人为敷衍，然于某君，平日苟有所问，辄不惮烦以答之，不意犹以此而贾怨，知下走之涵养究不深，后此宜知悛改矣。

《小说日报》1940 年 8 月 19 日

画人书展

吴湖帆、陈小蝶、汪亚尘、应野苹诸位先生，近来正在举行"画人书展"，这倒也是别开生面的，据说龚翁先生不甘示弱，也预备联合了白蕉、马公愚等几位，举行一个书人画展，大家苗头别个明白。

《小说日报》1940 年 8 月 20 日

《水浒新传》

张恨水写《水浒新传》，自刊载之日起，看到现在，其中写张叔夜招降梁山众好汉一段，并不怎样精彩，现在写到"衣冠异趣僧道同归""儿女牵情屠沽皆隐"，却渐入佳境了。恨水写这一部小说，竭力模仿《水浒》的笔法，开始还不免生硬，近来则已日臻自然。看起来恨水写的许多小说，这一部倒是可传之作。

《小说日报》1940 年 8 月 20 日

《凡士探案》

生平对于侦探小说有相当的嗜好，《福尔摩斯》与《霍桑探案》，甚至等而下之的《聂克探案》，差不多都看过，最近了红兄借了几部《凡士探案》给我，已看过《黑棋子》《古甲虫》两部，还有《贝森血案》

和《金丝雀》两部没有看完，大概凡士的案子，每一案中总能发挥一种专门学识，结构也十分缜密，如果论它的价值，是还在《福尔摩斯探案》之上。记得以前《新闻报》上，曾刊过一篇《紫色屋》，都是凡士探案，却不知外间有没有单行本？读者如果有知道的，希望能告诉我。

《小说日报》1940 年 8 月 20 日

与白凤兄过伊文泰

明月三五之夜，与白凤兄过伊文泰。呼侍者以啤酒进，未坐暖，辄起绕池塘行一周，坐水榭小凳上，又坐临水椅上，凡此皆当时携手之处，足以使愚低徊不忍遽去者也。已而白凤来唤，曳愚归座上，遂纵酒，至大醉，白凤目愚太息，愚辄曰："是为吾生平最欢快之一日，故不觉饮兴之豪耳。"宵深露重，勿耐久坐，遂归。车中微吟林庚白"过尽双携怜我独，归来片月为谁高？"之诗，白凤见愚咿唔之状，辄发为诧笑，愚亦自为哑然焉。

归独处室，转侧勿能交睫，取旧制诸诗读之，中有句曰："眼前礼数已殊渥，来日恫惶从可知！"今不幸而言中矣！于是复就灯下，作《重过××路诗》两章，即成，觉诗不可存，又引火焚之，是夜遂不寐。

《小说日报》1940 年 8 月 21 日

情怀郁塞

近日情怀，又渐郁塞，则复遍走各舞场，谋稍稍遣瞀闷。既于伊文泰向曾行立处，绕行一匝，翌晚复趋大华，坐杨爱娟座后。五日以前，下走亦尝憩坐于此，风景不殊，而举目有河山之感矣！爱娟与王亦芳，回首见愚，辄莞尔而笑，问愚曰：“一人来耶?”愚惟颔首，更勿敢作一语。枯坐至一时后，自念情绪无聊，竟一至于此，真欲失笑，遂悄然行。至门外，忽遇小蝶、伯铭、福棠、兆熊诸兄，遂又回楼上，与小蝶斗酒，尽啤酒数杯，宵深归去，不觉又复醺然矣。

是晚，与小蝶诸兄俱至者，有郁妃妃小姐，久著妙誉于舞国者也。小蝶欲妃妃请客，吃鸭肫干，妃妃曰：“兹有一谜语，如果能够猜得出，就请你吃。”于是述其谜语曰：“看看像个矮子，腰里带只戒指，探脱里格帽子，剥脱侬格裤子。”众人俱不晓得为何物，待妃妃自揭此谜，则是马桶也。因悟妃妃所言“猜得出就请你吃”之妙，此舞国之红星，亦狡猾哉！

《小说日报》1940年8月22日

《新天河配》

星期四晚上，之方打了个电话来，约我去看《新天河配》，他说是周经理请客。我正想有一天抽个空看看白玉艳的打出手究竟怎么样，这一个电话，可说是来得好，自从行了什么新钟点，戏馆开锣时间特别的早，我八点多钟赶到共舞台，白玉艳已经出场过，此后是一场大开打，差不多坐了一个多钟头，玉艳才重复登场，这就一直在台上，演到最后一幕。她的戏确是很吃重的，在前面，与牛郎好事不谐，挥泪话别的一场，玉艳演得很好，简直使人感动得要掉下泪来。后面与妖魔决战，就有出手表演，有几下子，的确是阎世善、宋德珠所没有的，惊险得足以使人咋舌。过去没有看过白玉艳的戏，以为人家赞她好，也许有点过分，今日一见，才知真是名下无虚。剧中参用电影，这就是从前的所谓连环戏，也觉得很有趣味。赵老开的娘舅，出场就有噱头。后面兼在杂耍中来上一个唱申曲的角色，真活脱是筱文滨、王筱新一型人物。在这本戏里，最写意的要算赵松樵，只有一场戏，而且很轻松，因此未见他一发狠劲，倒也颇以为憾！

《小说日报》1940 年 8 月 24 日

红儿复来海上

红儿去乡间才数日，忽又来海上，乃知遣嫁之讯初非确，第迺母欲以红儿字人，而红儿不可，故于解决此一事件后，复来海上耳。愚因告以向日传闻字词，红儿辄大笑，谓愚曰："儿苟遣嫁，君正宜为儿祝贺，奈何转复悒悒耶？"愚亦不觉哑然曰："正以勿审汝所耦为何如人，故替汝担忧耳。"红儿曰："儿固无恙，君或可以释然矣。"愚曰："然则当践宿诺，今日汝重来海上，洗尘之宴，宜容吾为东道主矣。"红儿报可。遂愚红儿共进晚膳于咖喱饭店，已而复趋法仑斯[①]小坐，至中宵乃别。近来郁塞情怀，以红儿之来，又复略开矣。

闻龚满堂兄言，共舞台排《黄慧如陆根荣》一剧，将由陆根荣亲自登台，演公堂受鞫一幕。共舞台予陆根荣之酬报，为每月三百金，另予添置衣帽之费百金。陆根荣自出狱后，以负贩为生，近则于一里弄口，设为人打鞋掌之摊，所入自然甚菲。今以共舞台之重排其恋爱史，骤膺重寄，获此一笔意外之进益，此则受当年黄慧如之赐也。

《小说日报》1940 年 8 月 25 日

---

① 法仑斯夜总会，位于大西路 325 号。

迎吴素秋

吴素秋去年到上海来，曾看她几次戏，跟她会过过几次面。素秋北返之前，慕琴先生发起，给她在中央旅社她的下榻之所设宴饯行，她正病着，因此我又见到她躺在床上，给同文签临别纪念照的一副"不胜娇慵"神情。虽然这些都无关于艺术，但正可以从她的私底下，看出她不但是一个有艺术修养的人，同时还是个对于文学有相当修养的人。更可感念的是她北返以后，在旧历的年头里，还巴巴地从辽远的故都寄了一封贺年柬来，这证明她又是一个颇能念旧的人，因此我对于她的印象，便与旁的女伶不同。现在，素秋接受了更新舞台的邀请，又将重来海上了。这自然是一个喜讯。我除了准备摩挲倦眼，看她的登场以外，另一的希望便是素秋此来，能再送一帧新的相片儿给我。

《小说日报》1940 年 8 月 26 日

新著预告

本报决定自下月一日起，扩大篇幅，同时添载新著，除王小逸先生的《明月谁家》、东方戟先生的《小迷汤》，曾一度预告之外，尚有邓九公先生的《十三妹》、姚青蘋先生的《梅边吹笛录》两长篇，这就是说，下月起本报将增加四部长篇小说。此外，还有周葳蕤先生的《葳蕤五记》，过去曾发表过一部分，甚为读者所欢迎，现在已商得葳蕤先生同意，答应继续执笔。另有几种名家作品，现正接洽之中，待决定后当续向读者诸君报告。

《小说日报》1940 年 8 月 26 日

《原野》

最近在璇宫剧院看过了一次《原野》，这是曹禺的第三部剧作，但是从大体上说，《原野》的结构是比《雷雨》和《日出》都差了一些，他在这里面提倡狭义的复仇主义，同时对于金子为什么要爱上仇虎没有作充分的说明，这两点我认为是《原野》的病态。不过在演出上，倒是每一个人都很好，孙景璐女士饰金子，给我的印象更美。过去我对于唐若青的戏是有一点迷的，现在唐大小姐不大肯演戏，而孙景璐倒大有与唐大小姐类似的作风，对白流利，演技洗练，很可以教人过瘾，倒想多看一点她的戏。

《小说日报》1940 年 8 月 27 日

大香炉

走过沪光大戏院，发见门口放着一只大香炉，里面香烟缭绕，檀香扑鼻。起先我只道城隍庙搬了场，仔细一看，原来是沪光正在开映《观世音》，大香炉是纪念《观世音》的献映而设，这倒也是个新噱头。不知《济公活佛》公映时，金城大戏院门前，是否也要摆上一把大酒壶，或是挂上一把破扇子？

《小说日报》1940 年 8 月 27 日

新著预告（第二号）

本报决定下月一日起，扩大篇幅，添载新著，除已经预告过的以外，葳蕤先生又答应为本报另写一篇《情焰小缬》，其中包括恋爱故事十节，每节分一星期左右刊毕。葳蕤先生是新文坛上的一位有名作家（真姓名恕秘），但同时更擅长文言小品，而《情焰小缬》则是他最近的精心结构之作，足以为本报增无限光彩的。此外为调剂读者的胃口起见，又商请钟进士先生，每天为本报写《鬼故事》一段。钟先生是我道中一位名作家的化名，他对于电台播音颇有经验，所以为本报写《鬼故事》，亦将以说书的口吻出之，这也可以说是别开生面之作。同时更有一个重要消息，要报告读者，就是玲珑先生[1]，过去谈欧陆风云的文字，甚为读者欢迎，现在我们将特辟《演讲台》一栏，请玲珑先生以"扬鞭"的笔名，担任主讲，每日畅论时局一番，这一个消息，定是读者诸君所乐闻的吧！

《小说日报》1940 年 8 月 28 日

打弹子

在大美打弹子，看穆一龙、吴艺海几位朋友打弹子，我对于这玩意儿是门外汉，看了半天，也感觉不到什么兴趣。玩这东西似乎要有耐心，几个人轮流着打，换了我就有点不耐烦。在下生平，就吃亏在一无嗜好，什么玩意都不在行，因此空下来，就苦于无可消遣。近来甚至连听戏也奇懒，前几天时代剧场当局送了张长期派司来，让我看义务戏，我也始终没有去过一次。看来我这个人，真要成废物了。

《小说日报》1940 年 8 月 29 日

《孔夫子》画

董天野先生今年夏天曾为我画过一把扇子，我对于董天野笔下的古典派美人特别有好感，过去董先生在《申报》上画的《西施》

① "玲珑"为报人冯梦云的笔名之一。

与《昭君画传》等等，都很好。近来又在《新闻报》上画《孔夫子》，虽然这里面没有古典派美人，但是我也天天看，据说董先生为了画《孔夫子》，接到了警告信。其实董先生画的《孔夫子》，完全是为影片作宣传，与个人思想行动绝无关系、董先生接到了这封信以后，很觉得出乎意外，大家都知道，董先生是一个好好先生，所以这里愿代他辩白几句。

图 32　《孔夫子画意》，董天野绘，刊于《〈孔夫子〉影片特刊》1940 年

《小说日报》1940 年 8 月 29 日

昆明来信

表妹露苡昨天又有信来，也许正有许多人在怀念着流浪在昆明的远人，而这一封信却写出了一个做客滇垣者的生活片段，正可以代表一部分远游之人的心情，而来信又是写得那么的优美，因此我给它发表了，读者不妨当作所怀念的远人的“万里归雁”看：

蝶衣表哥：

（上略）昆明是美丽的，但没有人物的点缀，徒成一张冷静的风景片，在风景画中独步，即使被诗人来描写，也不会编造出一个快感的人，何况他没有笑脸的表示。

十九号是我的旧家，满院凄凉够引起我更多的伤感，无奈上帝不帮助我，使我仍陷于心有余力不足的苍茫途中惆怅。每天闲着没有事，南屏开映着《比翼双飞》，我曾连看三天，是流浪中第一件荒唐事。秋茵如果还见面的话，代我问候她，我很同情她的人生，希望你别使她受更多的刺激，该安慰她使她当常快活。

很想回上海，但不知孤岛上能否找到一些工作？便中乞代留意。

今天心血来潮，跑到一家小馆子里，吃了十只小蟹，五角一只，大不盈握，其他各店都没有，只此一家出售，因为蟹是我所嗜好的，不管大小，味道总是那么样，可以使我解馋的。

有空希望常来信。

即祝近好。

露苡（八，一四）

《小说日报》1940年8月30日

重过卡乐

数日不过卡乐,一夕重临,忽觉场中已改观,则影城厅又施轻纱之障,内外间隔,已非若昔日之一览无遗也。其实此亦不过恢复旧状,顾以近二三月来,习见影城厅旷廓无敝,一朝又笼以碧纱,遂觉得异乎寻常矣。卡乐舞人向时相习者甚多,今则丽芳、秀凤先后退隐,玉人转隶于扬子,至周慧珍亦罔知所终。以言后一时期,则徐来、吕小玲,既结伴他去,王慧娟亦于最近回大华,其中别有一人,则已得其归宿,至此来自大华之四姊妹,亦复风流云散,诵刘禹锡人面桃花之咏,真使人有无限楚怆矣!

明日为记者节,吾报将于此时机,恢复旧有篇幅,而谋内容之充实。长短篇新著,除已两度预告外,更有萧郎先生之《面包西施》,亦长篇小说,将同于明日起刊载,萧郎先生为文坛一健将之化名,其文笔轻倩流利,倘以电影手法譬之,则所谓能注意"小动作"者也。东方戟先生,即舞文名作家南宫刀化身,刀之与戟,胥阵上利器,今为吾报写《小迷汤》长篇,虽以货腰女儿之事为题材,然文字之富于刺激性,亦正不啻刀之与戟也。下走之《独处室》,颇有痛定思痛之恨,疑此名实不祥,则亦拟办理结束,而重以旧日之《低眉散记》为名。一生低首事蛾眉,下走故犹愿向脂粉队中讨生活也。

《小说日报》1940 年 8 月 31 日

绮 疏 草

《秋灯琐忆》

近来遍读诸家词，觉冯延巳《阳春集》，晏叔原《小山词》，好句亦殊不多，二氏之作，固称为词家渊薮，诣微造极者也。偶读清人蒋霭卿《秋灯琐忆》，其后附《百合词选》五十余阕，却不乏佳唱，如《减兰》后阕："那时妆束，粉额脩眉都看熟；上了金钗，只算相逢第一回。"又一阕："早防苔滑，替解红条缠藕覆；鞋却松些，亏是阑干紧靠花。"又一阕："最无人处，约就花间传密语，故打花铃，怕有飞来燕子听。"及《浣溪沙》前阕："绿酒红樽劝不停，无人知是为卿卿，得知除是案头灯。"《点绛唇》后阕："来便匆匆，去恁匆匆去，留伊住，除非洒泪，化作黄昏雨。"《望江南》："愁无语，掌上看鞋儿，日日相随行止惯，教人兜底费寻思，错了那丝丝？"辄觉其情致缠绵，为冯、晏两家所不能道。然《百合》之名，又岂逮《阳春》《小山》耶？薜卞不出，精灵长埋，固可为千古不遇才人，同声一叹也。

蝶衣[①]

《社会日报》1940 年 7 月 7 日

① 《绮疏草》专栏，陈蝶衣所用笔名有织素生、蝶衣、婴宁等。

复坠情网

一方于《秋水新篇》中记下走事，虑下走复坠情网，谓不知毕竟是祸是福。其实下走于一年以来，欢情都敛，更勿复有少年心情，征逐于脂粉之队，不过他人既待我不薄，在下走自亦勿忍辜负其盛情。向者愚于玉人，表示冷淡，友侪胥责愚为人，一方亦曰："是非仁者之用心也。"今又虑下走重坠情网，使下走而以朋友之意旨为意旨者，讵不将无所适从耶？下走有时冥顽，有时则又勿能如一方之道学。一方于家边之草，勿欲稍稍沾惹，而下走则不知拘于小节，故一方为下走作悲观之论，下走且不遑计及矣。

《鸾栖小唱》记红玟之言，谓"男女征逐，当以我为政"，又言"当其好逑之始，固应出于自主"，下走之意见，则适得其反。下走生平，于男女间事，未尝自为主动，其历程较艰困，要我费尽心机追求一个女子，等她个三年五载，此愚騃之事，下走决不干。除非他人先来就我，而我则为被动，此其情味，窃以为当视"以我为政"为尤胜。下走尝有诗曰："一生低首事蛾眉"，盖与定公"甘录妆台伺眼波"之意相仿佛，亦正以事出被动，乃觉此中实别有况味也。

《社会日报》1940 年 8 月 1 日

莫珊度

三十日晚，与心梵、一方并大新两舞人，饭于泰丰楼。楼有管事曰莫珊度，心梵识其人，来招待甚殷，因之馔亦特丰，顾下走则曰："莫珊度之名甚怪，意者谓摸过三次，就会得大起来也。"座上两舞人闻愚之言，辄詈曰："要死快哉！"而愚犹曰："不至于死，就是死了，也有殡仪馆老板在此，两位小姐不必担心事也。"殡仪馆老板心梵也。

在泰丰楼，饮友啤两杯，意兴至豪，及坐于卡乐，则遘一不如意事，盖发现秋姑阖家亦在场中也。愚与徐达邦君坐影视厅中，邻座有男女两人，殆为秋姑所识，秋姑来与两人语，复速两人起舞，于是而有机会，与愚一晤，其用心亦良苦。然曾未三数语，即为其母唤之去，此情良可伤也。有人以秋姑在场事，趋告霭姑，谓："修血书之人来矣！"霭姑举以问愚，为之啼笑皆非。

《社会日报》1940 年 8 月 2 日

《娟娟》

吾友采芝室主，识一舞人曰"娟娟"，即室主尝言欲谋"摆脱"者是。最近，毛世来在黄金排演一剧，亦曰《娟娟》，愚因进言于室主曰："足下夙赏识毛郎，若《娟娟》一剧，尤不可不看！"室主微笑曰："已看过矣。"愚为之哑然，知室主于吾人之前，佯谓亟欲"摆脱"者，其实正恐"摆脱"之不速耳。

匄丁慕琴先生为梅姑绘一箑。慕老为作踏雪寻梅之图，笔致工绝，慕老以电话致愚，谓作画三十年，未尝于小扇子上，运其画笔，其费力乃无殊作蝇头小楷也。慕老知扇为奉诸梅姑者，才以便面呈先生，越一日即亟亟为愚命笔，慕老自是古道热肠人，乃善能为人设想，固不仅此绘扇一事也。思之真欲感激涕零。

人到中年，审美眼光辄能自动抑低，勿若少年时期，千拣万拣，犹嫌百不如意也。诚以人到中年，黄金时代已渐消逝，不易复得婴婴宛宛者流欢心，在所如辄左之情形下，遂惟有降格以求。向日之审美眼光，纵十分严格，到这时候也会得迁就起来，故下走近有句曰"老眼看花皆绝色,故人入梦总多情"。下走勿敢自以为佳唱,特实际情形,真有如此者,在哀乐中年之人,当许下走为知言也。

《社会日报》1940 年 8 月 5 日

沁范贻笺

沁范兄以短笺两束贻我,其下端皆钤章,一束曰"黄金管领悲欢绪",一束曰"尽有红妆不解诗",知沁范于男女间事,亦牢骚甚深。兄复贻我一瓷章,镌白居易"七月七日长生殿"之句,下走今日,未尝有夜半私语之人,用此章良不称,惟老友情殷,以所佩印割爱见贶,则盛意殊可感也。

卡尔登演救灾义务戏之日,雯姑以电话致青鸾,托定一座,太白顾以一券让与之,其券与青鸾所定之座相毗连,愚辄笑曰:"太白之所以成全青鸾者,可谓至矣。"顾其后雯姑忽以电话来,谓不欲矣,青鸾曰:"不欲亦良佳,免得我在座受窘也。"夫以雯姑之柔婉,青鸾尚虑其拘谨,不知青鸾之拘谨,尤甚于雯姑,无怪大郎之诗,一首又一首,几如劝进之表矣!

《社会日报》1940 年 8 月 10 日

燕娘将嫁

燕娘将嫁,访一方于影戏厅中,致临别之词,兼请原宥。愚尝于吾报记其事,以为"这一个招呼,不打也罢!"讵意为日无几,乃有类似之情形,降临于下走之身,则有人传语于愚,谓"红儿东风有主矣!此后且不复莅沪上,愿君毋复以伊人为念",愚于是而知与红儿临歧时,盖已蓄判袂之意矣!遂为之黯然者良久,念人生离会,云谲波诡，其不可测度，真有如此者。方三数日前，愚方以他人之事，资为助谈，不谓转瞬之间，愚亦身历其境矣！此其残酷为何如？犹幸愚与红儿，自相识至今，始终相持以礼，与一方并燕娘，尝有一番缠绵悱恻之情者，迥不相侔。惟在多愁善感如下走者，念骊歌之乍唱，遽人面以悠邈，终不能不为之柔肠寸断耳。

中宵归寝，而著枕勿能成寐，遂又起，取白石道人词读之，极爱疏影之“等恁时再觅幽香，已入小窗横幅”两句，因制横幅词四章，都凄艳之词，勿能示人，殆将永閟吾箧矣。

《社会日报》1940 年 8 月 22 日

梦云介弟之婚

梦云介弟婚，梦云以主婚人之姿态出现。梦云进来，大腹便便，似一囤积之贾，而其妻氏亦如之，仿佛欲与其丈夫竞赛者，逆料为时不久，梦云又将添一伸手要板板之人矣。

是日，会宾楼[①]之喜宴，标“冯府”者二家，梦云介弟在三楼，另一冯姓则在二楼，虑送礼之人，或有误膺贺仪入二楼冯家者，不知梦云曾派会计师赴二楼查账否？

《社会日报》1940 年 10 月 23 日

捉刀人之捉刀人

浦左王小逸先生，以“捉刀人”为笔名，笔政奇忙，盖于毛笔之外，复须捏粉笔也。最近，某报载一长篇小说，署“捉刀人”之名，其实非出先生手笔，惟曾得先生承诺耳。有人乃谓，此文应署两个

① 会宾楼，位于四马路（福州路）419 号。

“捉刀人”之名，庶几恰当，盖谓“捉刀人之捉刀人”也。捉刀人而另有捉刀人，大奇。

《社会日报》1940 年 10 月 24 日

《杨香武盗杯》

上海戏剧学校，又将假更新舞台作二次之公演，其第一夜剧目，有《杨香武三盗九龙杯》。曩年尝见赵如泉演此，畅春园观《八骏图》一场，赵饰赛毛遂杨香武，着夜行衣靠，缒绳登御墙，盘踞于匾额之内，盗取玉杯，真有身轻似燕之概。戏校所演者，不知如何？会当一观之。

《社会日报》1940 年 10 月 25 日

陈琦擅哭

陈琦女士，初于话剧舞台上见之，《明末遗恨》中饰美娘，与葛嫩娘同其贞烈者。后于银幕上见之，在《香妃》一片中饰阿兰，论者

图 33 《明末遗恨》剧照，(右起)慕容婉儿、梅村、柏李、陈琦，刊于《中华》1939 年第 84 期

谓姿色之美,犹在王熙春上。惟曾见其私底下者,则谓如一小老太婆,初无明艳之致云。然余终赏其演艺,以为在台上银幕上风情佳,则私底下稍逊何碍?近观《海国英雄》,陈琦饰郑成功女,悲怆处竟陨泪,阿那兄言:“陈每场戏皆如此,勿能遏其热泪之出,亦多愁善感哉。”意者殆可与本报拳头措大厂主媲美。

《社会日报》1940年10月26日

题壁诗的佳话

唐人张谓,落魄长安逆旅,遭主人白眼,愤极,题一截诗于壁,诗云:“主人结交须黄金,黄金不多交不深。纵令然诺暂相许,总是悠悠行路心!”题为《题长安主人壁》,此诗被人称作描写世态炎凉、人情冷暖的代表作。人到谋事不成,囊空又如洗,亲友见而走避的当儿,一定会联想起这首诗。此诗也曾经人配谱,选入唱歌集,记得在小学里读书时,也曾唱过。

与《题长安主人壁》相仿的,还有王播的《题木兰院》。王播少孤贫,曾寓扬州木兰院,跟着和尚吃白饭,和尚颇厌忌之,乃斋罢而后打钟以示绝,他耐不住和尚的侮辱,题诗两句于斋堂以泄愤,诗云:“上堂已散各西东,惭愧阇黎饭后钟。”二十余年后,播自重位出镇扬州,特上木兰院访寻当年旧句,谁知已为和尚用碧纱笼罩起来了。他因为和尚前倨后恭,势利不过,又提笔续了两句,成为一首绝诗,诗云:“二十年来尘扑面,而今始得碧纱笼。”

唐人崔护,春日踏青,路过南庄,渴甚索饮,一少女以杯水。明年重游旧地,因不见少女而题一截于壁,诗云:“去年今日此门中,人面桃花相映红。人面不知何处去,桃花依旧笑春风。”题为《题都城南庄》。谁知从这二十八个字上，却结成一桩千古佳话之一的风流案件，崔护于题诗后二三日，因系念少女，重赴南庄寻访，探知少女已因诗卧病，即疾驱榻前慰问，病愈，嫁崔护为妻。这是题壁诗中的唯一韵话了。

红蕤[1]

《小说日报》1940 年 10 月 28 日

《碎琴楼》作者

向往于《碎琴楼》小说数年，近始得读之。此书向时遍购不得，人谓已绝版矣。最近商务印书馆忽有售，每册六角八分，廉也。《碎琴楼》文笔峭丽，论者谓在琴南翁上。作者何诹[2]，广西兴业人，三年前，徐天放先生为余言，谓识何诹于香港，其人恐至今犹在云。按：徐亦桂人，与何有乡谊。惟何除《碎琴楼》一书外，别无其他著作，今在港亦不闻有以文名显之何诹者，纵犹在世，亦已隐矣。

图 34 《碎琴楼》，何诹著，上海商务印书馆 1935 年 4 月刊印

《社会日报》1940 年 11 月 10 日

紫砂壶

阳羡陶器，近来制作亦日精，顷妻妹自山中来，以茶壶一器贻

① “红蕤”为陈蝶衣笔名之一。

② 何诹，字慧云，广西兴业人，曾任广东高等审判厅推事，《碎琴楼》曾改编为电影，胡蝶出演女主角。

吾家。壶大小似扑满，色糖，环之者一鲤一龙，以龙尾为柄，盖则纠结作云霭状，龙昂首云外，有舌，斟则吐，斟已置壶，则又吞。当亦有纹，作水波回旋形。壶之外笼以锦匣，实杯二。妻妹言，此即世所称紫砂陶，而器之名则曰“鱼化龙”也。叩其值，谓止五金而已。真其廉。予夙不嗜茶，近得此壶，因亦时以活火新泉烹之，一瓯浮花，为味绝胜于寻常。因念似此器之美，若陈之于国际市场，宁非佳品？独惜上无倡导者，山中人亦勿谋销路之外拓，良可扼腕耳。

《社会日报》1940 年 11 月 13 日

林砚纹之方外知音

坤旦王竞妍，改名林砚纹，入卡尔登，林从其藁砧林鹏喜之姓也。传砚纹数年前隶新新花园演唱时，有一僧数数投函于砚纹，道仰慕之忱，谓有着袈裟而手持一扇，排夕在台下听歌者，即是小僧某某云。砚纹得书，初以为好事者相戏，后验之果然，为之绝倒。或谓这一个和尚，不守清规，觊觎及于女伶，殆亦属“一根未尽”之流亚也欤。

《社会日报》1940 年 11 月 15 日

《流莺曲》

灵犀屡命予治长篇，终以缺乏自信力，勿敢应命。近日稍闲，始试为长篇说部之创制，拟篇名曰《流莺曲》，已成两回，回目曰“流莺作比邻开帘惊艳，酬简创新法灭火通辞”，又曰“飞弹解重围书生却盗，逾墙成密誓玉女赠金”，盖犹袭章回制也。此外拟别缮一篇，曰《丽人行》，则拟以较生动之笔调出之。《丽人行》可以对《流莺曲》，似两名亦胥不恶也。

《社会日报》1940 年 11 月 19 日

《上海屋檐下》

休沐日，观《上海屋檐下》于辣斐剧场，是为夏衍之剧作，写弄堂房子内形形色色，甚饶风趣。演出方面，以苏丹之小学教员为最好，戴耘之小学教员妻，严俊之小天津，俱勿恶。慕容婉儿于《秦淮世家》中，饰交际花，此剧中亦饰私娼一类之人物，似婉儿已成一荡妇专家矣。惜戏不甚多，未能如何发挥其特长耳。此外，则三位小天使，都甚能演戏，为此剧生色不少。归途，与剧中饰杨彩玉之柏李小姐巧遇于廿二路公共汽车上。

《社会日报》1940 年 11 月 21 日

舞女广告

各舞厅于舞女之争夺战，近来愈演愈烈，报端广告，极迷离惝恍之致，往往此一舞女，此家舞厅为之刊广告，彼家舞厅亦刊之，使读报者如坠五里雾中，只觉无从捉摸。而舞女之姓名，用巨型木刻刊之，亦渐有当年戏馆广告作风。当年梅兰芳、程砚秋辈来沪，戏馆广告标其姓名，辄奇大无比，一如今日之舞女广告。又今之舞女，舞厅当局恒冠以种种头衔，如“全才艺人红星领袖”“蛮猺郡主人间尤物”之类，亦犹名伶之称“能派全材”“须生泰斗”也，兼有书“静修数天，择吉登场”者，则更肖北伶之南来矣。

《社会日报》1940 年 11 月 26 日

小玲红病

曹氏三红，昔有声于歌部，三红者，曰香曰菊曰月，小玲红与三红称姊妹，实则三红舅氏谢开云女也。玲红尝病，经延医诊疗，寻愈。最近，旧恙忽复发，呻吟床第甚苦，红氍毹上遂亦久不睹其倩影，而所患则伤寒也。黄金后台，迩来时有厄于二竖者，或戏谓："是岂小辫子为祟耶?"然玲红好女儿，小辫子实宜福之也。

《社会日报》1940 年 12 月 4 日

雀戏

巧姐记愚雀战时，每居第三家，辄大呼秋姑。按：此实王小逸先生用以调侃下走者。一日，与小逸诸君博，小逸得一秋花，乃大嚷曰："秋姑来哉!"愚有时遂亦效其口吻，以为笑谑，然决不如巧姐笔下之所谓"秋姑归来吧!""归来吧"三字直似暮夜哀鸣矣！断非下走昂藏男子所愿出诸口也。

《社会日报》1940 年 12 月 6 日

坠欢

一方于《秋水新篇》中，一度评骘下走之写《汉皋浪迹记》，其言曰："颇怪红蘘先生之思想，乃有异于常人。"盖以下走文中，曾刊坠欢之照也。一方以为彩云已散，犹恋余霞，劝下走大可不必。其实一方仅知其一而不知其二，下走之写《汉皋浪迹记》，系以本身之流浪生活为写作对象，有时偶有附有铜图，则遵从灵犀之意。灵犀以为纪实之作，苟附以铜图，可以相得益彰也。故图中虽有坠欢，实非为坠欢而刊。一方未阅吾文，遽发"嘘"声，真是不辨青红皂白矣。

《社会日报》1940 年 12 月 6 日

掂若瓢斤两

李秋君、周錬霞、赵含英、吴青霞诸女士，胥今之丹青妙手。八日晚，招宴于大三星酒家，汪萱女士亦至，著粉红色旗衫，披一白狐短氅，绝端丽。座上有若瓢上人，汪萱女士通内典，因问若瓢曰："梵文中有一字，焰口中习用之，其字从口从牛，合而为吽，敢问上人读何音?"上人勿欲答，第曰："我是不放焰口的和尚也。"于是众皆哄曰："今日瓢儿，遇着掂斤两之人矣。"若瓢大忸怩，则曰："殆读如翁字乎？然否还当正诸汪女士。"汪女士与吴青霞女士为耳语，则谓宜读呼翁切也。若瓢遂又辩曰："吾故知宜读作轰，乃佯读作翁，以试汪女士耳。"和尚殆饰词，亦狡猾已哉。

《社会日报》1940 年 12 月 11 日

读其石画

观其石书画展于大新画厅，向时仅知其石工山水，貌黄山诸胜迹，有短幅盈尺，远势万里之致，不知其且兼擅画梅也。有墨梅一幅，名山老人题句其上曰："静夜寒魂都化月，空庭孤影欲依人。"诗固佳，画亦神韵俱绝，深得不寐道人遗意。山水除取景于黄山者外，写兼塘词①一幅，亦绝可爱。《杜陵诗境》立轴，其石录"剑外忽传收蓟北"，原诗于其上，复定者最多，达十余人，则殆不仅赏其画，兼亦以"此时此地"之故，遂不觉爱好之深耳。

《社会日报》1940 年 12 月 13 日

① 梁溪顾兼塘。

秦之视越

一方于朋友间事，由来富热忱，独于下走，则似秦之视越。下走有所契一舞人，一方识之。舞人嫁四月而与其藁砧生勃，一方亦知之。最近，舞人一怒而有香岛之行，则一方且叙其事于随笔中。顾一方于下走之前，辄深秘之，直待下走阅报以后，始审其事，而舞人已行，遂使下走勿获略晋箴规之词，使与其良人言归于好。纵令箴规而无效，亦当送之江干，略尽灞桥折柳之情，乃一方独靳此一告，其不以下走为友盖可知，抑或因电话已加价，一方遂并一角三分之数，亦吝之耶？

《社会日报》1940 年 12 月 19 日

梅姑赴港

梅姑娘既作香岛之行，一夕小坐于大华，王慧娟乃为愚言之，谓梅姑之去，所以秘而不令愚知者，实梅姑戒一方勿言。慧娟又曰："梅姑与其夫婿，所以勿能终谐陆，间亦有系于君。以梅姑夫婿，犹疑君与梅姑，仍相往还也。"愚闻其语，辄为之诧笑勿置。忆有一日，吾友心梵在大新，忽觏梅姑，心梵以电话抵愚，谓："梅姑顷游于此，挈一少女俱，君曷勿来图一晤。"愚曰："人既遣嫁，勿当扰其心曲矣！"因辞不赴。夫下走之深冀他人能相始终者，盖如此，而犹有人致疑于下走，是微特不知下走之为人，抑亦轻梅姑甚矣。愚初见一方记梅姑闺中勃谿之事，颇不直梅姑，以为梅姑勿能恤其夫也。及闻慧娟言，乃知梅姑夫婿，亦昧事理。梅姑得夫婿如此，宜其终勿能忍，而不得不出诸于萍飘蓬转之一途矣。

《社会日报》1940 年 12 月 24 日

理发匠罢工

理发匠罢工，首受影响者为舞人，日来在舞榭中，见货腰之女，十九皆首如飞蓬，平时之讲究奶油烫电烫者，此时欲求“烫它一烫”而不可得矣。有人言，理发匠罢工犹未作一致行动，一人入理发肆理发，理发匠运其剃刀，才剃去其人之发及半，忽有若干人拥至，劝令停止工作，于是此人之发，剃去一半，留下一半，竟为之进退两难，啼笑皆非云。此亦理发风潮中一趣事也。

最近有薛觉先、李绮年主演之一影片运来，厥名绝奇。一日，见某申曲场揭示其所演之剧，曰《灵消缘恨》，则其费解，视《姑嫂缘结》为尤胜。有人因言，今之演申曲者，前进的过于前进，如以《魂断蓝桥》《天长地久》改编为申曲，终觉其不伦不类，而没落的又过于没落，如剧名而曰《灵消缘恨》，字意几无一可以衔接。若使前进与没落两者，能折而得其中，则庶几善矣。

《社会日报》1941 年 1 月 22 日

关秋芙词

钱塘蒋霭卿坦，著《秋灯琐忆》，述与其夫人秋芙情好之状，早年尝刊于《妇女杂志》，今中央书店有单印本，后附《百合词选》，甚多好句。蒋夫人秋芙，姓关，名锳，秋芙其字，亦解吟咏，著有《三十六芙蓉诗存》及《梦影楼词》，其《夕阳》一阕，调寄《高阳台》曰：

断雁飘愁，盘鸦聚暝，一鞭残梦归鞍。酒醒邮程，岭云垄树漫漫。渡江几点归帆影，近荒林一带枫殷。最难堪，第一峰前，立马斜看。

而今休说乡关路，剩濛濛野水，瘦柳渔湾。短帽西风，古今无此荒寒。芦笳声里旌旗起，问当年谁姓江山。有悠悠，几处牛羊，短笛吹还。

蔼卿于《秋灯琐忆》中，称秋芙之词，气息深稳，要非过誉。

图 35 《秋灯琐忆》，蒋坦著，上海中央书店 1935 年 9 月刊印

《社会日报》1941 年 2 月 20 日

冒辟疆姬人

冒辟疆姬人，舍董小宛世所共知外，复有金晓珠与蔡女萝。金昆山人，名玥，居水绘园之染香阁；蔡名含清，吴县蔡孟昭女，俱工画，时称冒氏两画史。蔡绘花鸟人物尤工，尝为金姬貌像，辟疆题诗其上曰：

我亦年来解道装，笑看濡笔写秋光。
陶家三径闲松菊，哪比一枝红拒霜。

檀板清樽久寂寥，怳闻绿绮夜窗调。
伤心一阕扬州慢，冷月无声廿四桥。

下识云“秋风飒然，抚序言怀，偶得二诗，即题金姬小影，并博一笑。时丙戌重九前二日。”可想见当日水绘园中珠笑玉香之盛也。

《社会日报》1941 年 2 月 21 日

再记冒辟疆姬人

冒巢民公子于董小宛外，别有二姬人，曰蔡女萝（含）、金晓珠（玥），昨已记之。按：金晓珠画人物花卉，清初有盛名，诸家集中题金珠画者，有朱彝尊《醉花间·题金晓珠水墨芙蓉》云：

湘江水，澧江水，木末同姿媚。露下冷花繁风里，柔枝脆。
玉台匀染地，意匠应憔悴。砚滴井华新，墨吮香唇醉。

厉锷《题金圆玉玥水墨秋葵》云：

金盏横欹醉不胜，墨痕秋晕一奁冰。
西园老尽佳公子，看画花枝学信陵。

吴绮《题金晓珠盗盒图临江仙》云：

雪夜烧灯浮绿酒，西园宾客重来。扫眉人有不凡才。
笔床翡翠，妆罢写幽怀。
儿女英雄谁复问，人间多少尘埃。解围闲煞小金钗。
神仙来去，一叶坠庭阶。

是可知金晓珠丹青之见重于世。又《广陵诗事》载："金晓珠名玥，昆山人，与蔡女萝侍辟疆，蔡早逝，炉香茗盌，辟疆赖之，尝刲股进药，使七十八老人再生。"是金、蔡二姬之归辟疆，已在辟疆晚年，去董小宛之死盖久矣。

《社会日报》1941 年 2 月 22 日

黄泰山与黄覆公

青鸾记真娘观剧事，此真娘当为《偏怜集》中紫英矣。真娘不识黄三泰而曰"黄泰山"，绝妙。真娘平日殆看惯《泰山情侣》《泰山得子》等影片者也。忆某次观陈筱穆演《群英会》鲁肃，称黄公覆（盖）曰"黄覆公"，以伶人之负名者且如此。舍黄公覆外，复有东吴都督周公瑾，苟援黄覆公之例，当称周瑾公，特鲁大夫不敢径呼周都督之名，不则时伶口中，当又有妙词也。

《社会日报》1941 年 2 月 26 日

菱清女

青鸾记真娘不识黄三泰而曰"黄泰山"，以真娘之未尝学问，人又率真，其出言吐语，遂往往有绝妙好辞。前岁，当文场诸友盛集翼楼时，真娘从青鸾偶至。一日，忽语人曰："吾顷于道上，曾值菱清女。"众不解所谓，问之，则曰："有一个相面的，戴了一副眼镜，岂不是菱清女耶？"众始恍然为菱清女相士，真娘不曰"菱清"而曰"菱清女"，殆以为菱清女与桃花女，为一流人物也。大郎笔下之歌圣锦要，尝误解"生活程度"之意义，有妙语曰："叫他如何生活程度呢？"此与真娘口中之菱清女、黄泰山，同一可以轩渠也。

《社会日报》1941 年 2 月 28 日

工愁善病者

工愁善病者，恒多啼花恨草之吟，而能为滑稽突梯之文者，则往往心广体胖，面团团若富家翁。如周瘦鹃先生，往年好以哀情小说赚人眼泪，故鬓发亦早童。惟徐卓呆先生，自来擅写滑稽小说，卓勿灵曾负盛名，李阿毛号称博士，读其文者，罔不谓先生乃今之淳于东方也。故先生伟然岸然，乃如弥勒佛一尊，终岁笑口常开。文章之道，关乎世运，亦关乎个人生命消长，同文中惟一方能遇事旷达，故体貌自腴。若下走与灵犀，则多愁善感，遂尔形销骨立，迥不似五陵年少矣。

《社会日报》1941 年 3 月 1 日

恨不早生千百年

予少时有句曰："美人只合韶年死，不许人间见白头。"盖为女伶琴雪芳而作也。后乃知前人亦有名句，曰"美人自古如名将，不许人间见白头。"于是吾诗乃有剽窃之嫌，其实吾不知也。又有《风怀诗》曰:“永日思量惟倩笑,一生爱好是长叹。”近啼红《迍邅散记》,悉监委江洁生,亦有“一生爱好得长叹”之句,吾诗又与巧合。诗至今日,欲别辟蹊径,不蹈前人窠臼者实勿易。于此等处,乃恨不能早生千百年,为唐时宋时人也。

《社会日报》1941 年 3 月 4 日

温泉浴

尝一度浴于黄山之温泉,泉在中国旅行社侧,相去第百余武[①],泉上构堂屋,有专人司招待,泉勿甚广,顾着肤如炙,同游者有戏剧家汪优游,浸沉于泉深处,予则仅匍伏阶次,濯足而已。浴既已,则登楼稍憩,卧藤榻上,司事者以茗进,长途跋涉之后,得此一浴一憩,体乃奇适。濒行,人畀司事者一金,其人亦忻然道谢矣。尝闻汤山之温泉甚美,曩年党国要人,恒休沐其间,予未尝至汤山,勿审视黄山之温泉,又何如也?

《社会日报》1941 年 3 月 7 日

天南遁叟与田际云

天南遁叟王韬,即世所称为“长毛状元”者,清季居海上,尝著《遁窟谰言》《淞隐漫录》《淞滨琐话》诸书以行世。叟好听歌,尝有《琼台小咏》之作,评骘当时诸优伶,于田际云誉扬备至。田艺名想九霄,辛巳岁鬻歌沪上,叟数观其剧,作诗赠之曰:“天与娉婷质,嗔宜笑亦宜。衣香飘綷縩,钗影压琉璃。碎步提鞣际,浓歌却队时。移情刚一瞥,消息到今疑。”其二曰:“凤钥隔迢遥,思君暮复朝。瑶

① 武,量词,古时以六尺为步,半步为武。

台一相见，藉以永今宵。对影难为语，闻声未可招。元经空独抱，谁解子云嘲。”其三曰：“奇质不可閟，声华辇下高。我携磨镜具，来听郁轮袍。毾㲪原吾分，飘零又尔曹。春申江上月，相照莫辞劳。”其叙田际云事，则曰：“田际云，定州人，世所称想九霄者也。幼隶某巨公门下为小优，巨公出镇滦阳，际云乃随其师某之上海，改习秦腔，时年甫十四五耳。姿韵幽娴，音调清脆，与凡为秦声者不同。顾南士多守雌，蔽所习见，寻常征逐，率谄事妖姬姹女，尽态极妍，反谓明僮一流不足挂齿。”观此可知遁叟当时亦有分桃断袖之癖，性之所好，寖至以他人之脂粉征逐，悻悻不欢，而于一歌部小童，则美之曰姿韵幽娴，为之颠倒靡已，使设想其情景，要亦可以嗢噱也。

图 36 《遁窟谰言》，王韬著，上海大达图书供应社 1935 年 7 月印行

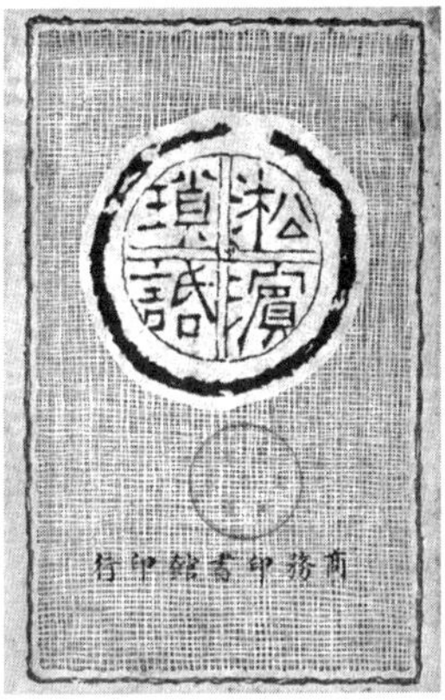

图 37 《淞滨琐话》，王韬著，商务印书馆印行

《社会日报》1941 年 3 月 9 日

黄仲则寒衣诗

黄仲则九月寒衣诗，自是佳唱。近日本报有论列之者，或以为

“九月”两字勿当。按:黄仲则诗,曰“全家都在西风里”,曰“九月寒衣未剪裁”,词意显然,盖谓富厚之家,西风既起,即纷纷裁制寒衣,而仲则家则犹未也。李清照《醉花阴》词曰:“帘卷西风,人比黄花瘦。”篱菊绽金之日,正霜风振户之时,“九月”两字,固无不妥,苟仲则之诗勿佳,岂能使毕秋帆当日,携金以赠哉?

《社会日报》1941 年 3 月 10 日

瘦金体

宋徽宗作瘦金体,为书法一变。近人惟吴湖帆画家,摹瘦金体殊棱棱有风骨。李祖夔先生与百花生日招宴,席间有人问大郎:“大金近况如何?”盖谓素琴也。大郎曰:“在沪上,惟奇瘠耳。”于是一座皆曰:“是真瘦金体矣。”以瘦金体状金大,绝妙。金大于女伶中,尝负前进之誉。一日,于舞榭中值之,羸尪几不复识,盖今日之金老大,真有“老大徒伤悲”之感矣。

《社会日报》1941 年 3 月 14 日

梅溪词

李祖夔先生招宴之日,笠诗言及梅溪词,为袁帅南所赏,顾勿审梅溪何人。予涉猎勿广,一时亦罔知勿对。及归阅《词苑丛谈》,始恍然即史达祖。达祖字邦卿,号梅溪,宋汴人,为相府掾吏,有《梅溪词》一卷,白石道人姜尧章尝言:“梅溪词奇秀清逸,有李长吉之韵,盖能融情景于一家,会句意于两得。”张功甫亦言:“史生之作,情词俱到,织绡泉底,去尘眼中,有瑰奇警迈、清新闲婉之长,而无訑荡污淫之失。端可以分镳清真,平睨方回”。《词苑丛谈》则载:“卫氏姊妹,唱史邦卿《双双燕》词,至入汪蛟门之梦。”当时《梅溪词》之脍炙人口如此,宜帅南先生极称之也。

按:《双双燕》词,《白香词谱》收之。附录于此:

过春社了,度帘幕中间,去年尘冷。差池欲住,试入旧巢相并。还相雕梁藻井,又软语商量不定。飘然快拂花梢,翠尾分开红影。

芳径,芹泥雨润,爱贴地争飞,竞夸轻俊。红楼归晚,看足柳昏花暝。应自栖香正稳,便忘了,天涯芳信。愁损翠黛双蛾,日日画阑独凭。

《社会日报》1941 年 3 月 15 日

晴时雨

夏日,火伞方张时,忽下阵雨,而白日之杲杲也如故,是曰“太阳落雨”。吾乡(兰陵)俗有“太阳落雨鬼相打”之谚,言有鬼打架,所以晴时忽雨矣。予尝有《西湖荡舟》诗曰:“溪山才沐晴时雨,笑语轻移水上舟。”盖即指此。自谓“晴时雨”三字甚新,不知古人有以之入诗者否?更不知所谓“太阳落雨”,别有专门名词否?

《社会日报》1941 年 3 月 17 日

马相如

司马相如、蔺相如之外,复有一马相如,《随园诗话》载:

桐城马相如,山阴沈可山,少年狂放,路逢亲迎者,不问主人,直造其家,索纸笔,《替新妇催妆》曰:"江南词客太翩跹,打鼓吹箫薄暮天。应是天孙今夕嫁,碧空飞下雨云仙。随郎共枕心犹怯,别母牵衣泪未干。玉筯休教褪红粉,金莲烛下有人看。"娶妇家颇解事,读之大喜,饮以玉爵,各赠金花一枝。

此与今日娶妇,篾片青皮向主人家拿开销,虽雅俗互判,而行径无异,勿审随园于此等无赖,何以津津乐道之也。

《社会日报》1941 年 3 月 20 日

西子之沉

过宜于《觚哉剧谈》中,述西施之存亡,谓予曾以此为问,为之诧异不置。按:过宜向于此剧谈中,考证西施事迹,有一节言:"西施为吴人而非越人。"过宜以为其说甚新,予则以为怪诞不足信。以《吴越春秋·勾践阴谋外传》固言:"得苧萝山鬻薪之女,曰西施、郑旦,饰以罗縠,教以容步,习于土城,临于都巷,三年学服而献于吴。"此外《越绝书》亦载其事,惟稍略耳。又宋明道二年椠本《国语》亦载:"越人饰美女八人,纳之太宰嚭,曰:'子苟赦越国之罪,又有美于此者将进之。'"所谓"又有美于此者",为西施、郑旦殆无疑。故予以为西子吴人之说,断不可信。设西子而为吴人,则《吴越春秋》诸书,讵非尽妄?下走当时所为过宜言者仅如此,《墨子》之言曰:"西子之沉,其美也。"予纵翦陋,安得并此而不知,故过宜之言,不可以不辩。

《社会日报》1941 年 3 月 21 日

张倾城

蔡哲夫字寒琼，亦南社健将，去岁，以疾殁于金陵，盖棺论定，颇滋物议。其人少时，文采风流，照映岭表。初娶张倾城，后又纳比丘尼谈溶溶为篷室，即月色女士也。予藏有倾城造像一帧，高领金钮，襟头缀有一大茉莉花球，时方少艾，盖仅二十二龄也。哲夫易箦时，仅月色在侧，未闻倾城消息，殆早藁砧而殒欤？月色擅丹青，梅花尤工，猫双栖楼主人尝得其一箑云。

图 38　谈月色绘墨梅，刊于《艺林旬刊》1932 年第 26 期

《社会日报》1941 年 3 月 26 日

袖笼入词

女子手笼，冬间风行一时，此物之制，多圆如维舟浮筒，仅作暖手之用。今则制为皮包，暖手与藏帑，一物兼二用矣。叶楚伧先生未达时，橐笔海上，尝有《踏莎行》咏袖笼之征，虞山庞檗子寄以一阕云：

> 笼去炉边，抛却镜畔，貂茸一握春云软。温馨疑带麝薰微，依稀怕染脂痕浅。
>
> 样爱团圆，心同宛转，闲时独自摩挲遍。谢郎替熨玉葱尖，笑他还比郎情暖。

因风阁主尝言："以手笼入诗绝妙。"此则当为咏手笼之最早者，惟当时不曰手笼，而曰袖笼，其实手笼切也。

《社会日报》1941 年 3 月 29 日

曲词所本

《卖相思》一曲，盛行于跳舞场中，婴婴宛宛之流，颇能度之。曲为近人包乙作，然实有所本，盖仿自民间情歌也。兴公《绮语漫录》，记其原词曰："我这心里一大块，左推右推推不开，叫丫鬟请个大夫，与我诊诊脉。那大夫眉头紧皱连声咳，也不是病来也不是灾，就是情人留下的相思债。"与《卖相思》曲词，直无二致，闻诸丁慕琴（悚）画师言，包乙即鲍超化名。鲍超鄂人（曩年与叶秋心同来上海），意者此歌殆流行于鄂，鲍乃取之以制曲耳。

《社会日报》1941 年 3 月 30 日

小凤韵事

叶小凤楚伧先生，早年尝有《金昌三月录》之作，讳名曰琳琅生，所记皆吴门花事也。有一则云：

王三，字宝宝，百花巷歌者女，居安乐里。丰腴朗润，尤以柔媚胜，豪于饮，百斗不醉，与余约，余作七绝一首，伊亦连尽一觞。自夜戌初起至晓，余成《金昌杂咏》三十绝，伊亦连饮三十觞，淹才垂尽，环颜亦酡矣。其婢阿巧，亦能饮，故角饮斗杯，每每令人思王三。《金昌杂咏》中有云："花笺浣遍题诗墨，值得王三醉一宵。"即此事也。

可见楚伧先生少年时之豪情胜概。

《社会日报》1941 年 3 月 31 日

陋巷一神医

予两记陋巷医者胡大海事于《说日》，颇以胡挟术之神为奇。兹复有一事，足以证胡之于医，实有神术。予所居里中，有木作为人制家具，作中一童子，自高处下坠，脱其肘节，求治于胡。胡为之按揉数四，拍其骱，骱遂合，痛楚亦失。设畀童子入医院，则上石膏，夹木板，正恐非出咄嗟间可愈也。胡寓哈同路之慈厚里，所居一室，殊逼窄，然无碍于其医。西洋影片有曰《陋巷一朵花》者，予辄援其例，称胡曰"陋巷一神医"，神医能活人，吾故不惮辞费，欲为之传也。

《社会日报》1941 年 4 月 13 日

初识湖帆先生

梅景书屋主人吴湖帆先生，精研六法，门弟子遍大江南北，吾友陆沁范、徐邦达，胥其高足也。十三日，先生招宴于青年会食堂，因得遂瞻韩之愿。先生方服丧,因于帽檐缀白缨一丛,望之乃如神仙中人。先生画及其门弟子作品,有携来张诸壁间者,凡十余幅,遂得一一展读。湖帆先生之《江山渔樵图》,乃仿九龙山人笔法,澹泊古远,实近代所罕见。徐玥女士荷花及朱梅邨仕女,亦有活色生香之致。更俟若干日,湖帆先生将举行师生画展于大新四楼,下走此日,得快先睹,自是幸事矣。

《社会日报》1941 年 4 月 17 日

集函

集邮集影,胥为饶有兴趣之工作。余所癖好者,则为集函,数年来寓书下走者,辄复裒集成帙,其间亦有他人割爱者,颇不乏名隽之品。若洹上袁寒云公子致先师林屋山人手札,以及用初霞花符所写之文稿,最可宝爱。外此则平江不肖生向恺然、漱六山房主人张春帆、后乐笑翁张丹斧诸前辈,或者已作故人,或者杳无音耗,下走帙中,各贮其一二笺,要皆为今日所不易致者。独鹤、瘦鹃、慕琴、凤蔚、小青诸先生,则并负雅望于当世,尺素寸缣,下走都视之若拱璧。郑逸梅兄与余有同好,近且互为交换,余以赵焕亭、刘天倪先生数笺贻兄,兄则以程瞻庐、蒋吟秋两先生畀我,桂林一枝,崐山片玉,靡不可珍。若同文之中,则有灵犀自汉口致余一简,逸芬居金陵时致余数函,亦可珍视也。

《社会日报》1941 年 4 月 27 日

红儿来书

与红儿久别,兹乃得其香岛来书,颇复清婉可诵,录之如次:

江干握别，转瞬又槐张重荫，蝉送繁声，时光真匆匆也。此间苦热，迥不似去夏与君绿野小坐，凉飔袭袂，使人之意也消，思之恋恋。商风授时，或且买櫂归，把晤匪遥矣！愿餐饭加勤。

红儿叩首

六月十五日

《社会日报》1941年6月25日

雪悟夫人

二十三日，灵犀于《猫双栖楼随记》中，记其吉祥寺之宴，有语曰："知吾师雪悟，必为我赔却夫人矣。"愚乃恍然于雪悟上人，盖亦有妇。然愚数过吉祥寺，初未见维摩之室，乃有天女，意者殆灵犀厚诬上人。灵犀欲状吉祥斋风味之美，乃谓雪悟天师赔了夫人，灵犀但求行文之便捷，却忘了"赔了夫人"四字，著之于任何人头上皆可，独和尚则不能。雪悟上人无端遭此诽谤，上人苟勿欲驰其佛门之戒者，宜责灵犀以杖。

《社会日报》1941年6月26日

叫哥哥

闺中人以辅币二枚，市一纺织娘，团篾为笼，织娘处笼中，深宵独唱，往往破人好梦也。相传小儿闻纺织娘声，有散惊之效，则幺麽小虫，直是和缓矣。沪人呼纺织娘曰"叫哥哥"，忆男其三先生曩年，辑《新闻报·本埠新闻》，以"叫哥哥"为标题，别一编辑，夙疾恶白话文者，为援笔改曰"呼兄"，一时传为笑谈。他日有人修新闻史，此宜占其一页也。

《社会日报》1941 年 6 月 27 日

小翠女士小简

陈小翠女士，以一箑贻愚，钱小三先生转来。慕琴先生告愚女士鸾栖之所，愚遂作一书谢女士，兼索近作，谋刊诸《万象》。日昨乃得女士覆书，言作画奇忙，都偿上次展览会定件之债，诗无近作，容暇录呈云云。女士微特工于画，书法亦复秀媚可爱，愚裒集近人小札成巨帙，女士瑶笺，遂亦入愚宝藏之中矣。

《社会日报》1941 年 6 月 29 日

徐訏

最近识徐訏先生，先生著一书，曰《精神病的患者》①，尝连续刊载于《西风》，今乃梓为单行本，此书之成，徐先生口述，其书记命之于笔，先生以写作伤其腕，虽能援笔，而挥洒勿自如，故雇一书记，司缮录之事，论著作者恒曰出诸某某人手笔，独先生则勿然，亦文坛佳话也。徐訏先生有《三思楼月书》之作，月必出版一书，足以觇其著述（著述二

图 39 《精神病患者的悲歌》，徐訏著，夜窗书屋 1941 年 5 月初版

① 徐訏所著为《精神病患者的悲歌》，蝶衣先生此处似有误。

字,徐先生用之最适当)之勤。使在下走,则此事且不可行,下走写稿,由来胸无宿构,文思必摇笔始来,若口授之于书记,正恐终日勿能竟一篇耳。

《社会日报》1941 年 7 月 2 日

谢老凤指示

老凤先生于愚所辑《万象》指示数点,良是良是! 封面色泽,略嫌晦黯,愚亦甚勿满意,惟再版及三版时,即已改善,此容为凤公所未知。四周空白太少,则为求内容充实故,若尽是空白,将损及文字,虑读者又将群起而攻之耳。至于风趣之作,《孔夫子的苦闷》与《李阿毛外传》外,原犹有一二篇,付印时临时抽去,以吾书取材,水准较高,诙谐之作,仅偶着一二,过多则将损吾书尊严。文艺刊物,固勿能与《笑林广记》等量齐观也。惟八月号中,于《李阿毛外传》外,又有秋翁之《江郎别传》与卓呆先生之《崔莺莺之夫》短剧,俱为突梯滑稽之作,或足以餍凤公之望耳。

《社会日报》1941 年 7 月 20 日

公共汽车

公共汽车又涨价了! 不论远近,一律加一角,倒也可以算是平均支配,价钿是涨了,公共汽车给予乘客的舒适又怎样呢? 我平时是乘惯□路和十四路的,只觉得有时候公共汽车像一只田鸡,一跳一跳的,跳之不已。有时候,又像是摇头风扇,摇之不已。公共汽车公司只知道在涨价方面转念头,却不想将几部老爷车子,动动脑筋改良改良。不过有一点倒很好,我是照例每天在吃过午饭以后出门的，坐在那田鸡型或摇头风扇型的公共汽车上，大有帮助消化之效，倒也呒啥。

《社会日报》1941 年 7 月 22 日

錬师娘病愈

周錬霞女士，吾侪尊之为錬师娘者，以作画过劳，体复弱，尝晕而厥者三度，遂入医院。昨日，得錬师娘自医院来电话，悉针药兼施后，体气已渐复，越一二日，且出院矣。因为之大慰，则以錬师娘尝为《万象》作一稿，曰《宋医生的罗曼史》，未及终篇，即以之贻我，盖病勿复能执笔也。师娘于电话中许我，谓出院以后，更俟若干日，当为愚续成之。是《万象》第三期中，复有师娘妙构，可以飨读者眼欲矣。特师娘病后，遽以笔墨之事相浼黩，滋勿安耳。

《社会日报》1941 年 7 月 24 日

囤鸡

舍间近蓄一母鸡，亦勿审为购自市上，抑来自乡间？鸡越一日必孵一蛋，于是下走近来，遂大吃其炖蛋与蛋花汤，不须耗吾分文。朋友中颇有以货殖致富者，辄深羡之，有此一鸡，遂亦自诩为囤鸡。惟下走所囤之鸡，仅有一头，以视梦云妻氏之囤鸡八只，犹不免相形见绌耳。

《社会日报》1941 年 7 月 26 日

稿酬与篇幅

读了十二日长城甘翁的《关于稿酬问题》一文以后，深以为然。

在今日之下，对于写稿人的酬金，的确应该提高一点，庶几使创作与生活能保持平衡，我与平襟亚先生，就是同此意见的，所以《万象》的稿酬，要较诸其他刊物为高，同时对于长城甘翁所说的"有许多一处的刊物固然渐归凋零，正出的也在减少篇幅……"一点，《万象》也想力矫此弊，《万象》第一期是创刊特大号，照道理第二期可以减少一点篇幅了。但是《万象》八月号的篇幅，还是和创刊特大号一样，不明言特大号而实际上仍是特大号。我们不但是要使各文友能够安逸地从事其名山事业，同时也想矫正历来刊物给予读者的不良印象，而使读者对我们另眼相看呢！

《社会日报》1941 年 7 月 29 日

翠楼吟

啼红夏日写扇，多取陈小翠女士诗，上月定山居士招宴，愚乞得《翠楼吟草》两册，持归读之，颇喜其《绿梦词》中《蝶恋花》数阕，如"无赖银蟾，偷窥文鸳被"，如"指上螺纹心上印，旧情是梦都难

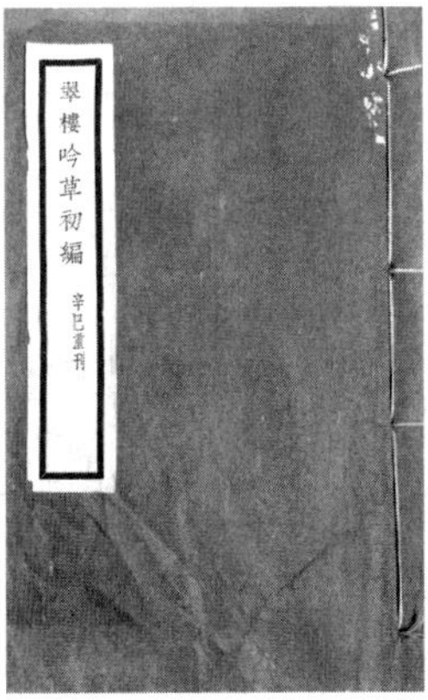

图 40 《翠楼吟草》，陈小翠著，辛巳年(1941 年)重刊

醒”。如“杨柳因风,绿到无人境”,皆绝妙好词也。亡友尘无,尝有“江南三月春如海,绿尽垂杨不见人”之句,为朋辈所传诵,而小翠女士之“杨柳因风”,则视尘无诗为尤蕴藉矣。

《社会日报》1941 年 9 月 8 日

诤友

叔君于本报谈《朋友之道》,目愚为诤友,叔君之言有曰:“他同我们朋友轧得越知己,督责得越严厉。”“督责”两字,愚勿敢承,惟下走耿直,而爱护朋友情殷时,亦往往不自揣翦陋,欲为勉进以忠言。叔君文中,述及愚与孙了红、余太白二君交谊,愚识了红,在共事《新闻报》时,了红绝顶聪明,为愚所勿逮,其所撰鲁平盗案,辄匪夷所思,有一时期,愚尝延之吾家,衣食共之。君为人耿介,顾病在不知奋竦,今日所诺,翌日寖且忘之矣。愚顾数数规劝之,欲君稍稍知振作,不问忤与不忤也。至于太白,则与愚生同里闬,又同列林屋师之门,有事相切磋,理固宜然,若“申斥”则又为下走所勿敢矣。

《社会日报》1941 年 9 月 24 日

路黛琳的枕头

涂雅集同志,最近又举行一次茶叙于富春楼,女集员路黛琳亦翩然至。既散,以哀王孙兄创议,群造黛琳之居。黛琳卜椽新首安里,与富春楼盖入门近在咫尺也。王孙为前导,探黛琳寝室。黛琳榻上,叠枕为双,韦陀见而怪之,谓:“一个人为什么要两个枕头?”愚曰:“恐犹不止两个耳。”检之乃得其四。黛琳言:“这是小妹妹睏的。”愚告韦陀：“枕头之作用，固不尽在枕头，或者是派别样用场的也。”黛琳乃问愚：“派什么用场的？”言之再四，声势汹汹似乎要我表演给她看一样，愚乃大骇而遁，盖在“此时此地”，愚亦成为胆小朋友矣。

《社会日报》1941 年 9 月 26 日

关于降神会的话

灵犀以予所辑《万象》，亦有降神会之记载，因谓予非完全不赞同谈佛者（见廿三日《猫双栖楼随记》），此言良不诬，顾亦似是而实非。《万象》诚有关于美国降神会事迹之载，特其所叙者，近于一种魔术游戏，初非真有神佛降临，亦非扶乩一类之术。特利用科学方法，幻为种种奇迹，伪托为灵魂凭附耳。予亦知降神会一稿之发表，颇有提倡迷信之嫌，故此期《万象》已刊一预告，将于下期续刊《拆穿降神会的秘密》一文，附以种种铜图，藉揭此谜。人世间原不乏奇诡玄秘之事，然绝非不可以科学方法解释者。所谓碟仙之戏，说亦为电力作用，指上有电，以指拄碟，碟自能转动，益以心理上之作用，碟遂亦能指字，凡此要不足奇。惟必谓有鬼神凭藉，则终嫌其虚无缥缈耳。同文中，一方兄与孙了红君，皆尝充乩坛上之扶手（此中人称扶乩曰“开沙”），予尝叩诸一方，一方言：“入壇时尝设誓，不能泄此中秘密于外。”又尝叩诸了红，了红言：“予为佛弟子，不能胡乱对人言。”二君固皆未尝断言曰“确有鬼神”，则可知其伪，所以不敢明言其伪在，则以尝设誓耳。试思其事果无弊，又何必令人设誓，秘其内幕耶？

《社会日报》1941 年 9 月 27 日

玉蓉南来

与玉蓉师妹共膳于福来饭店，玉蓉自言，此来为与百代公司接洽灌片事。盖玉蓉与黄金有约，明春将复来沪上演唱，百代欲邀玉蓉灌片，亦拟于其时践其约，兹来则先磋商剧目也。玉蓉莅沪后，制新衣十数袭，皆私底下所御者，耗三千金有奇，悉取之百代公司。盖曩时为百代所灌全部，《四郎探母》及《武家坡》唱片，销路奇畅，玉蓉所取者，其版税耳。

《社会日报》1941 年 9 月 30 日

鸳鸯蝴蝶派

《中美日报·堡垒》编者，答一读者之问，谓《万象》系鸳鸯蝴蝶派刊物。海生兄见之，颇为下走不平。下走则自承之，以为其言良勿诬。以下走名中，有一"蝶"字，《堡垒》编者见《万象》之编辑人曰"陈蝶衣"，因悟《万象》为鸳鸯蝴蝶派刊物，固绝顶聪明人也。

《社会日报》1941 年 10 月 3 日

罗迦陵之命名

哈同夫人罗迦陵，初不姓罗，廉南湖为其命名"迦陵"时，因彼亦不自知其姓氏，遂并为冠一"罗"字于其上。自是人乃知有罗迦陵矣。当时尝有人叩诸南湖居士，谓："迦陵为名，其颇似梵音，以之名哈同夫人，良当。特何故为之冠'罗'姓，罗与迦陵何涉耶？"南湖笑曰："西人相值，恒曰哈罗！哈罗！夫既姓哈，妻即不妨姓罗，此所谓结'哈罗之好'耳！"人仅知迦陵之名，为廉南湖所题，不知此中尚有一段佳话也。

《社会日报》1941 年 10 月 12 日

罗文榦病逝乐昌

前外交部长罗文榦先生，最近病逝于乐昌。乐昌为粤北一小县，二十八年春，下走尝一度履其地，宿于旅社中者一宵，以其地为粤汉铁路所经，故人烟虽不甚稠密，而电报局、县党部等机关，亦有设立。市郊一公园，周围不过数百武，荒草曼芜，了无风景可观，名曰公园，实罕人迹也。下走尝有宿乐昌旅店诗，今亦不堪回首矣。

罗氏于民二十年始，任司法行政部长兼外交部长，至二十五年而解绶。当时谑者尝谓："现在是使用武力的时代，应该武干，文干无济于事，良宜辞职矣。"其实先生讳文榦，予尝见律师证书上先生所钤之印，固为"罗文榦"。此次报载先生逝世之讯，亦书"罗文幹"，误也。

《社会日报》1941 年 10 月 22 日

丁谛诗

鲁迅先生生前，尝数作旧诗，比年郁达夫、田汉诸氏，亦间以余绪致力于此，盖旧诗自有其韵致，虽新文人亦为所深爱也。迩时海上作家中，丁谛先生亦工诗，其《海市集》(世界书局最近出版)中，有寄易君左诗五首，其一云："检点清游说锦城，乡愁知与故人深。怀贤最忆京江月，破阵长歌唱酒兵。"(昔尝组月下怀贤会)其二曰："浮家急景忆当年，西望长嗟上水船。秋绝琴楼成废宅，衰翁犹自守烽烟。"(廿六年秋暮兵起，过君左兄琴意楼寓庐，家人西徙，但留一老翁守门。)俱佳,予尤爱其"衰翁犹自守烽烟"一语。

《社会日报》1941 年 10 月 29 日

床上写字台

予写作恒以夜,天时既渐寒,以灯下寂坐为苦,因自拟图样,匄梓人制一小型之床上写字台,仿佛闺中之绣架,支之于衾上,纳下体于衾中,就案上走笔为文,稍倦,则欹卧移时。复起搦管,温暖实视伏案为胜。此一发明,盖医院病房中之餐桌启示下走者。同文中不乏习于夜作之人,盍效吾策,如法炮制。

《社会日报》1941 年 10 月 30 日

封锁吃角子老虎

华龙路法国公园左近之锦江川菜馆,有吃角子老虎一具,近有人过其地,忽见虎口已加以封锁,怪而询其故,则谓若干时前,有一食客,每日以二元之代价,来此结交吃角子老虎,虎口苟有镍币吐出,彼即纳诸袋中,实行囤积,从不兑现。为日既久,虎口内之镍币,乃尽为其人囊括以去。最后欲以每枚四角之代价,向其人赎回,其人曰:"不卖!"盖居为奇货矣。于是此一具吃角子老虎,遂无法营业,而只得加以封锁,此亦囤积声中一趣闻也。

《社会日报》1941 年 11 月 28 日

比下有余

吕白华[①]兄与徐巾眉女士,二十六日结缡于南华酒家,永嘉马

① 吕白华(1912—1949),字剑吾,号一尘,浙江新昌人,寓居上海。曾主编《自由谈》杂志。

公愚先生为证婚人。公愚先生已蓄须,顾髭髯者不甚多。公愚先生自叹繁殖之难,谓蓄之余年,所得不过此戋戋。白蕉词人在旁,调之曰:“更有难于此者。”在座皆轩渠。公愚先生乃拈须微笑曰:“比上不足,比下有余。”

《社会日报》1941 年 12 月 4 日

大胆舞人之大胆表演

舞人兰姑娘,好与梨园子弟媱,而事后又往往自扬其事于众,昌言无所忌,因有“大胆舞人”之号。据传海派武生之稍稍有名者,无不为兰姑娘签过,而缠头之掷,亦反其道其行之,论者每谓兰姑娘实豪举,盖真能玩男性于股掌之间也。最近,秋郎应聘南来,兰姑娘悦其歌喉,排日往听,所耗颇不赀,卒夤缘而得识秋郎之师。一日,兰姑娘辟室某旅舍,事前与秋郎之师约,噱秋郎至旅,及兰姑娘见,师乃佯为有事先辞,留秋郎与兰姑娘在室,于是好事立偕。翌日,兰姑娘炫其事于货腰诸姊妹前,谓是役所耗,共一千九百五

图 41 爱而近表广告,刊于《申报》1941 年 9 月 24 日

十金，六百金寿秋郎之师，一千三百五十金则购爱而近手表，以贻秋郎，所以表示“爱”与“亲近”也。识者谓兰姑娘不仅大胆，即大胆下面之“老面皮”三字，亦兼而有之，宜其成为舞国一怪矣。

《社会日报》1941 年 12 月 5 日

要夹的新娘

读尘无[①]兄遗著《浮世杂拾》(长城书局出版)，于《狂欢的一夜》篇中，发觉有一节曰：“她们大家怀着一颗焦灼的心。她们不相信快要夹的新娘，一定比她们美丽，于是急于要看着。”此“要夹的新娘”数字，实大奇。按原文语意，“夹”字当为“来”字之误，然而竟讹为“夹”字，这一错实在错得妙也。[②]

《社会日报》1941 年 12 月 5 日

父陪子

吾友胡佩之君，旧为卡乐舞厅经理，近则新得一“幻灯片大王”之号，以谭富英出演大舞台时，佩之尝承包大舞台之幻灯广告也。一晚，与佩之及天衣、白凤、一方诸兄，餐于大华酒楼，佩之酣酒，至吾人饭已，犹未能罢饮。诸人欲先行，佩之独挽予伴之，予曰：“理应为君伴，此之为父陪子也。”“父陪子”盖“胡佩之”谐音，天衣盛赞予出语之妙，其实讨朋友便宜，阿要罪过。

《社会日报》1941 年 12 月 30 日

---

① 王尘无(1911—1938)，原名王承谟，江苏海门县人。曾就读于无锡国学专修馆、上海持志大学。1930 年加入中国共产党，是左翼剧联影评小组的负责人。1936 年底到杭州西湖疗养，写了一批散文，1941 年 9 月以《浮世杂拾》为总题，由上海长城书局出版单行本。

② 蝶衣此文一出，《浮世杂拾》中的讹误“夹”均以墨改为“来”，也是出版刊物中的趣事。

刁奴

闻在竹居士被诬，为之嗟叹不已。居士之蒙不白，系为其御者所陷害。自货其汽车，犹留御者于家，予以衣食，不忍遣之。及御者有劣行，始解雇命去，不意御者衔恨，遽栽赃诬其主。古来忠仆绝迹，但有刁奴而已！此所谓人心不古也。予故言之，予他日苟老死牖下则已，若得志，必不蓄一奴一仆，即使成为汽车阶级，亦必自驾其车，勿欲延御者，刁奴可畏也！

《社会日报》1942 年 1 月 24 日

同文绰号

捉刀人王小逸先生，为同文上诨号，呼谢啼红为“谢赛过”，以“赛过”为啼红口头禅也。杜进高（阿稳）曰“杜说回”，以杜恒有“话又说回来了”语也。此外汤修梅曰“汤浩大”，平秋翁则曰“平阿懂”。余更为小逸先生广其例，为南腔北调人上尊号曰“余那能”，蒋九公曰“蒋铁正”，唐大郎曰“唐触那”，毛铁曰“乐脉”，本报陈主编曰“陈哼”，以听公与人语，一“哼”字脱口而出。鲁家小妹见之，每称之曰“哼”而不名也。惟下走无口头禅，独付阙如。

《社会日报》1942 年 2 月 7 日

梅屋

除夕前三日，与秋翁同访周瘦鹃先生于其居，遂得瞻先生笔下之义士梅，老干细蕊，真矫矫若古高士也。外此则玉蝶梅、绿萼梅之属，一室中陈列者，触处胥梅桩，不啻置身于香雪海。先生榜其厅事曰梅屋，故舍盆梅外，即壁间画轴，亦无一非梅。其寝室中，凡以植梅者，一盂一钵，一瓶一瓢，其上莫不镌梅花。龚定庵所谓“梅花四壁梦魂清”者，无殊为瘦鹃先生之居吟。梅花知己，昔有孤山林处士，今复得紫罗兰庵主人，清标高风，足以同垂千古矣。

《社会日报》1942年2月21日

故园牡丹

岁暮时，见街头有售折枝天竹、腊梅者，辄念故园牡丹，予家庭前，有牡丹一本，犹红羊[①]以前物，百年来沧桑历劫，而牡丹独无恙，每当春日，殷殷然怒放，无虑数十朵，别有天竹数株，傍牡丹而植，南国红豆，鲛人泪珠，彼累累而垂者，望之亦辄使人起遐思。予五载未归，每悬悬此旧园花枝，家人识吾意，每来书，恒以故物无恙为报，闻之辄忻然。颇拟俟熙风吹拂之顷，邀知止老人[②]、翔熊法家贤乔梓，并知友三数辈，莅吾故园，小驻骖鸾，置酒花下，作平原十日之饮，傥亦人生一快事也。

《社会日报》1942年2月22日

草包

有生以来，不知苞米为何物，自工部局预防籼米断档，劝市民兼食苞米以后，乃知玉蜀黍之粉，亦可以代饭，抑且见之于明命，成为法定之食粮，诚盛世罕逢之盛事。惟苞米之名，殊不甚雅致，盖虑以苞米为餐后，人人成为草包耳。

《社会日报》1942年3月7日

---

① “红羊”，讳言洪杨之乱（太平天国）。

② 丁方镇（1894—1972），字健行，别署知止居士，浙江镇海人。1911年就读于背景画传习所，为周湘弟子。1924年，任宝大祥棉布号经理。

一睡数年

相传唐陈图南[①]能一睡数年。《贵耳集》载："华山陈处士隐于睡，小则亘月，大则几年方一觉。"《事实类苑》亦有一则曰："陈抟，谯郡真源人，与老聃同乡里，尝举进士不第，隐武当山，辟谷练气。周世宗召至阙下，令于禁中扃户以试之，月余始开，抟熟寝如故。"是陈图南之长睡，似信而有征者，方今之世，行既有跬步难移之苦，食亦有无米为炊之叹。安得如吾家希夷先生，齁齁大睡，一忽数年哉。

《社会日报》1942 年 3 月 12 日

劝定依阁主人

大郎与其闺人惠明小姐，迩来似时有违言，不审其原因何在？吾辈伏处江关，既勿能有所作为，则妆台作隶，低手蛾眉，亦可以已矣。于妇人女子之前，何事不可耐乎？诗以劝之：

两字定依播美谈，闺中何事不能堪？
书生已乏嶙峋骨，奴蓄妆台讵未甘！

《社会日报》1942 年 4 月 18 日

---

① 陈抟，字图南，号扶摇子，亳州真源（今河南鹿邑东）人。中举不第，遂隐居修道。

炉边谈话

爱俪园掘圹得藏银

哈同夫人罗迦陵死后，遗嘱之纠纷未已，而爱俪园中，忽又有藏银之发现。据罗迦陵夫人遗体，遗命与已故哈同合葬于园中，当开掘圹穴时，忽得一枯井，其中藏银无数，灿然发异光。掘圹之工人，聚而喧呶，监工者以其事报姬总管，姬厚犒工人外，此银遂复入姬总管手。据熟稔爱俪园情形者言，此项窖银，并非哈同生前所藏，殆犹是洪杨时物。综核其值，数颇不鲜。按：哈同遗产，号称七万万，已属骇人听闻，今又益以此项藏银，彼苍天者，一若独厚爱俪园者。然而后人纷争，恐将更无已时矣。

蝶衣

《力报》1941 年 11 月 1 日

芝沙丹尼

金韵之女士于《蜕变》一剧中饰丁大夫，化名丹尼。有人因言："黄导演佐临大可化名芝沙。"芝沙丹尼，盖一艘外国轮船的名称也。

《力报》1941 年 11 月 2 日

丁大夫训话

《蜕变》中，李营长请丁大夫对众弟兄训话。按："训话"二字，殊不甚妥，盖军中惟长官始可以对部下训话，丁大夫纵德被群生，亦无对国家将士训话之理。此处宜修改为是。

《力报》1941 年 11 月 2 日

一挂得

罗迦陵逝世后一星期，忽然发现新遗嘱，上载以遗产四百万给予姬觉弥，一百万捐助中国政府。原来中国政府的价值，仅及姬觉弥"一挂得"。

《力报》1941 年 11 月 2 日

罗迦陵生前不育

罗迦陵生前不育，死后所有的，不过是一群义子女。姬总管觉弥本来有一个女儿，不幸仅八龄而殇，至今膝下犹虚。据说陶冶笔下的名记者沈鹤年（见《万象》九月号），行年四十许，亦有伯道之忧。天畀之以财富者，往往靳其子嗣，两者不可兼得，此中仿佛也有定数似的。平日好为广聚的人，还是想穿一点吧！

《力报》1941 年 11 月 3 日

魔鬼玩具

看过里昂·巴里摩亚主演的《魔鬼玩具店》，这位魔鬼，能够凭藉于他的奇术，使成人变为小孩子，命令他，指挥他，成为一种服从的玩偶。

现在,有一般囤积居奇的奸商们,他们也有一种奇术,能使物价一天一天的增高,在生活高压下的小市民,正如魔鬼掌握中的玩具一样,成了他们的"服从的玩偶",要哪哼就哪哼了①。

不过,《魔鬼玩具店》中的魔鬼,结果是"纵火不戢,自焚其身"而死的。但愿上海的一般魔鬼们,对自身也提防一二!

《力报》1941年11月5日

电话作祟

近来打电话往往要等候十几分钟,才能听到表瓯声。一般做投机事业的朋友,有些是靠了电话抢帽子的,现在捏了电话听筒在手,左等不响,右等又不响,只能对着那具电话机大跳其脚。据说,这确是因为打电话的人太多之故,并不是电话公司故意留难,跟投机朋友捣蛋。电话公司向来没有什么德政,只有这一件事,倒是值得歌颂的。

《力报》1941年11月7日

牺牲品

走过一家无线电公司门口,橱窗里陈列着一座无线电收音机,标价一千二百元,上书"牺牲品"三字。一千二百元的还是牺牲品,这大概是牺牲顾客,并非牺牲老板。

《力报》1941年11月19日

① "要哪哼就哪哼了",沪语,"要怎样就怎样了",表示言听计从之意。

停止批发

据说商务、中华各书局,曾因纸价飞涨,印不起书而一度停止批发,文化事业所受之威胁可知。日来物价一致狂跌,独白报纸依然如故,与食米之售价几不相上下。米为人民之食粮,文化刊物则为人民之精神食粮,顾当局于一般纸商之囤积操纵,亦能施以制裁。

《力报》1941年11月19日

气度

从种种小地方,可以看出一个事业家的气度,譬如这次新艺剧社在辣斐剧场上演《杨娥传》,国联、金星的演员都来参加。我们并没有听说张善琨先生或周剑云先生,起而干涉,足见两位的气度之宏。惟有大同摄影场却板起了面孔,请律师,登广告,用命令式的口气"禁止演员擅自在外表演话剧",据说是为了"延误摄片工作"的关系,因此"所受一切损失",也非"负连带赔偿之责"不可。其实这又何必,借几个演员给人家演几天戏,也是联络感情之道,电影制片家究竟不比市侩,应该有一种宽阔的艺术风度,将来也许要挖挖人家剧团里的角儿呢!片子,如果不一定要粗制滥造的话,慢慢的拍也不要紧呀。

《力报》1941年11月29日

无利可图

蓝富卡问世后,风行一时,有人说,蓝富卡的出品者九信厂并不赚钱,赚钱的倒是经售的各公司,因为现在的漂白粉和颜料,都贵得异乎寻常，再加上了人工和广告费，每匹售价，实际上仅敷成本。倒是将原料搁置些时候，行情涨了，反而可以赚钱，然而一种货品，既然出而问世了，自不能半途而废，即使没有钱赚，也得继续出品。而经售的各大公司，则至少要加上三四分的利润，倒可以坐享其成。大家以为蓝富卡如此风行，九信厂一定获利甚溥，谁知事实上并不尽然，正如下走所编的《万象》，销近二万册，人家以为一定可以赚上几千块钱一月了，谁知核算下来，不但无利可图，而且还要蚀本，真是说给谁听都不相信！

《力报》1941年11月30日

火的教训

朱葆三路[1]晋泰纸行失火，当时动员中西救火员达二百名，救火车及帮浦车二十六辆，以如此浩大的阵容，从事救火，还是无法扑灭，结果竟延烧十数小时，毁屋数十家，死伤达十五人之多。报载所以造成此次大火灾的原因，完全是为了晋泰纸号堆有巨额纸张之故。足见纸商的囤积居奇，不但使出版界受其严重威胁，而且

图42　上海的帮浦救火车、扶梯车及救护车，刊于《中华》1937年第56期

① 朱葆三路，今溪口路。

危害及一般的安全。朱葆三路的大火,只怕还是一个前奏曲,纸是最易引火之物,如果“为虺勿摧”,那么以后此类大火灾,说不定还会再接再厉的发生呢,可怕可怕!

《力报》1941 年 12 月 2 日

话 匣 子

悯了红

访孙了红兄于崇德会，室中一榻以外，萧然无长物。叩其近况，则谓不食粟饭者，且半载矣！闻之辄为抚然。了红绝顶聪明人，著《侠盗鲁平案》，诙谐奇诡，雅为读者所称赏，中国之能为反侦探小说者，亦惟此一人，顾天乃靳其遇，使怀非常之才，而促居于陋巷中，一箪食，一瓢饮，穷蹙蹭蹬，曾勿能稍霁其愁颜，于是快人心意之鲁平奇案，因亦不可复睹。予与了红订交垂十年，

图 43 《亚森罗蘋案全集》，孙了红参与翻译，大东书局 1925 年刊行

稔了红之为人，负才华，重意气，立身谨饬，不知苟合以取容，所谓清抗绝俗之士，了红庶几足以当之。特坐是之故，了红遂苦于坎坷，当世鲜怜才苦命之士，了红其殆终困牖下乎？下走力

弱，勿能为吾友筹，惟有徒唤奈何耳。

蝶衣

《社会日报》1942年3月30日

吊胃口

《申报》副刊《家庭》，有华英女士所拟之《星期家常菜单》，为主妇们借箸代筹，意未尝不善，惟所拟菜肴，似乎忒嫌贵族化，例如星期三之青菜、狮子头、元蛤鲫鱼汤，星期日之炖腌鲜[①]、炊糟鱼、炒枸杞，合算起来，无一不是老价钱，在今日之下，苞米饭尚有吃不起之叹，何力再谋口福之享？华英女士大作，未免太吊人胃口也。

《社会日报》1942年3月31日

屯邮票

近来囤积之风又炽，囤户无分大小，胥如猛虎出柙，猖獗之状，直如中痫。而囤积范围所及，虽微如火柴、牙签，亦莫不参与其列。真所谓有物皆囤，无货不积也。当邮局通告购买邮票改用币钞之前，邮局高级职员之闻讯者，纷纷购储邮花，及通告颁布，邮票之价值陡增，挟之求售，每百元可得百二十五元。囤邮票亦可以赚铜钿，在囤积史上，亦是一页新纪录也。

《社会日报》1942年4月1日

① 炖腌鲜，疑为浙沪人士所嗜之腌笃鲜，春笋上市时，以咸肉、鲜肉、百叶结、春笋炖汤，极鲜美。

为啼红叫屈

有人乞因风阁主人谢啼红书广告木刻，致一短笺于啼红，曰："请你写呆头呆脑的字。"其辱啼红者，可谓甚至。顾啼红书之无忤，要足以觇啼红襟度之雅。予辑《说日》时匄陆若俨先生书报眉，啼红见之曰："俗不可耐。"今啼红之书，不以雅见称，而为人谥之曰"呆头呆脑"，啼红虽不以为忤，予终为啼红叫屈耳。

《社会日报》1942 年 4 月 4 日

凤辉台

曩年旅港时，卜居之地，曰凤辉台，屋背山而建，颇得隐处之趣，尝有句曰："凤辉台上月如烟，又复栖迟此卜椽。身世早知终坎坷，楼居妄欲拟神仙。"仅此而止，以下竟不能续，可知予诗思之涩也。今别港数载，不知旧日楼台，能依然无恙否？（如予而为青鸾居士，则后二语当易其词曰："不知凤兮凤兮，今犹无恙否？"）

《社会日报》1942 年 4 月 5 日

兰君可人

闻诸人言，顾兰君此次赴京，摒其珍饰，铅华不御，竟身者惟布衣一袭，乃有虢国夫人淡扫娥眉之致。此姝不仅在银幕之上，以演技歆动观众，使人为之欢喜赞叹，即论识见，亦复迥异恒流，观小处可以知大节，兰君真可人也。

《社会日报》1942 年 4 月 7 日

桂宫书圣

图 44　蜗牛居士丁翔华书法作品，刊于《迅报》1939 年 5 月 14 日

顾坤伯先生，工人物山水画，予曩年于林屋师座上识之。若干日前，坤伯先生为扶鸾之戏，济公率三弟子降坛，其一曰了清，乩语曰："现方从桂宫书圣颜真卿学书。"颜真卿生而为英，宜其死而为灵，称桂宫书圣，不知天庭是否真有此官职？惟坤伯先生叩请了清明示其姓氏，则大书曰："丁翔华！"是盖知止老人哲嗣蜗牛居士也。居士精书画金石，有上智之才，不幸英年而夭折。如乩所示，则居士亦成神矣，可知其生具夙根也。知止老人于爱子之丧，于邑殊深，坤伯先生乃驰书慰老人，录乩语示之。老人复出坤伯先生函示予，因记之，以供瞻明居士之切磋。

《社会日报》1942 年 4 月 14 日

"呆头呆脑"问题

啼红于《平安寄语》中作"呆头呆脑"之辩（见廿六日本报），知此君误会犹深也，予向日记"呆头呆脑"事，原是为啼红鸣不平，以为城北生欲啼红写"呆头呆脑"之字，其辱啼红者实甚，不谓啼红转引以为荣，而于予之代鸣不平，则谓为"不足语书法"，真是马屁拍在马脚上，反而被马踢一脚也。啼红言："书法尚拙不尚巧，呆头呆脑即古拙之谓。"此论良是。惟城北生求啼红写呆头呆脑之字时，岂意在求其古拙？若城北原意果如此，则诚为下走误解，而当日之攘臂为啼红作袒护者，亦是多此一举矣。

一日，登因风阁，啼红向予曰："说得不客气一点，你不配和我谈书法。"又一日，则向晚蘋公曰："惟有云间白蕉，庶几可以和我谢啼红谈谈书法耳。"志之，以见当世足以谈书法者之少也。

《社会日报》1942年4月28日

《乱世风光》

在大上海观《乱世风光》试片，片于动乱之上海，讽刺殊力，如英子有一语曰："怪不得人家说，上海是一个奇怪的地方，好好儿的大门不许走，一定要绕一个大弯儿。"(大意如此)，闻之未有不啼笑皆非者也。

《乱世风光》摄制时，予曾与穆一龙兄过美成厂，有摄影场得觇其一幕，予不识英子，及于银幕上见之，则英子遗其一犬后，病中发为呓语也。其演出之沉痛，为睹其摄制时所勿觉者，此则编剧之成功，与演员之演技，盖相得益彰矣。

于素莲女士，于片中饰一货腰女，亦有便嬛绰约之致。素莲出演新都剧场时，尝贻予一照，予有诗曰："早识歌台绝世姿，微波只欠一通辞。今朝忽展如花靥，也算银灯晤对时。"结语竟成佳谶。

《乱世风光》故事，无一不针对现实，其展开绝轻松，而演员之成就尤可诧，盖英子、素莲、黄宗江之俦，胥初上银幕，即石挥与韩非，此亦仅第二部戏也。闻剧本之编写，实出吾友陈浮手，而导演者则为吴仞之先生，无怪其臻于上乘矣。

《社会日报》1942年5月12日

与梦有缘

名舞人谢千梦,尝致吾友一方一函,为《西厢·酬简》之演出。最近,则复有俞梦女士者,慕一方才名,聘一方为记室。一方风流倜傥,天才绮练,宜其常得美人之青睐。所可异者,则一千梦一俞梦,乃独似与“梦”有缘者。“梦”之一字,在诗人笔下,往往亦有缠绵悱恻之描写,如曰“划梦博魂”也,“魂牵梦萦”也,固皆极尽香艳之致者。因愿吾友一方,亦能长为梦中人,春梦婆娑,永不苏醒(千万不能醒来,醒来则有恍然一梦之叹矣)。下走之于一方,辄觉“视尔梦梦”,实不胜歆羡也。

《社会日报》1942 年 5 月 15 日

《少奶奶的扇子》

囤积之风既炽,稍康之家,无不以现钞易货物,贮而待善价。一日,造访吾友,吾友室中,置电风扇与芭蕉扇累累,予乃为吾友贺曰:“足下致富有术,此一批扇子,日后脱售,获利当不在鲜。”友曰:“此内人所囤积,吾不与也。”予曰:“原来是少奶奶的扇子。《少奶奶的扇子》为舞台名剧,不图乃于府上见之,可谓眼福不浅。”因相与大噱。

《社会日报》1942 年 5 月 17 日

致漫郎书

漫郎足下:

读《社日》尊作,于弟之未能为《竹报》“拆散头发”写稿,犹复刺刺不休,何肚量之窄耶?足下创《竹报》,弟曾规劝再三,语足下曰:

"此中苦况，非过来人不能晓也。"及足下办报失败，不念及曲突徙薪之忠言，转欲以办报所受之冤苦，尽泄于朋友之身，一再肆汝之凶焰，而弟亦一再忍之矣！下走生平大度，盖未有如对足下之甚者，乃足下犹复咄咄逼人，至于不辍，将谓陈某人是戎囊子耶?《竹报》讹字之多，足下亦既自承之，则弟之辍稿，理所当然耳！弟稿虽劣，犹不愿为人等闲以视也。相继辍笔者，岂非犹有大郎、南宫?而足下则曰"未尝有其人"，一秉笔之士，而乃故作曲笔以蔽事实，何其心辣手狠哉。

弟与韦陀，交谊诚笃，弟辑《说日》，韦陀助我。韦陀创《电影周报》，弟固亦尝助韦陀者，恩怨了了，弟未尝有负于韦陀也。至于足下，则从舞之记，有惠于《说日》，故弟亦草《媄秋楼头语》以付足下，虽着墨不多，然尝为足下效劳者，至究事实。若两两下犹勿能相抵，则足下当知《说日》主干，为毛子佩先生。子佩先生生平，人皆知其笃于风仪，于足下之德，当知所报偿。若下走则彼时《说日》一雇员，恕不别作结草衔环之图矣。足下文中，一再言及为他报写稿甚勤，仿佛有轩轾之殊。其实下走生平对朋友，未尝分什么彼此，迹足下之言，殆指《杨贵妃画传》之作，其实此稿成于该报出版前，及该报问世，弟即以忙于《十日刊》①辑务，未尝为该报写只字。弟所撰者，凡三十一节(有参考书，弟仅改作，故可咄嗟立就)，三十一节以后，且非出弟手矣。

至于"为铜钿卖煞脱"一语，不知足下何所指?弟生平为朋友写稿，从未计较铜钿，即如某报，所付弟者惟六十金，弟即以之汇寄赵焕亭先生。盖赵焕亭先生为该报作长篇，系下走之介绍，外此则

① 此指《万象十日刊》。彼时《万象》月刊来稿甚众，平襟亚与陈蝶衣遂再发行《万象十日刊》。

未尝获分文。

足下仅一洋商药厂之职员耳！若足下今日，为一□民牧□曲直之司法行政官，讵不将使为汝所嫉者，尽成阶下之囚耶？夫子之道曰忠恕，于足下之所加辱，诚不必有所辩。惟足下之文，张之于报端，此将使悠悠之口，皆以为下走负足下，故不得不有一言以自明也。时会多艰，忧心如惔，幸恕吾书之草率。晤萍小姐时，并乞代问寒暖。即敬大安。不一。

陈蝶衣顿首

《社会日报》1942 年 6 月 3 日

对海生兄说几句老宝话

海生兄近来也喜欢写写诗，他要送来给我过目，我在电话里劝了他几句。海生兄是一个天真而又直率的人，所以我的话也是直率的。我说："你如果是预备留着自己讽诵讽诵的，那不必给我留着。如果你是预备发表的，就非做得出人头地不可。"我又譬喻给他听，我以前也喜欢弄弄这个玩意儿的，可是现在后悔得不得了，以前所谓诗稿，全给我扯毁了。我一方面劝海生兄不要做将来后悔的事，一方面请他看一看数百年来(不要说数千年)浩如烟海的诗集，再返顾一下我们的作品，毕竟有了些什么进步？以上的话，我知道是不免扫海生兄的兴的，然而我愿意做海生兄的一个直谅之友，却不愿意撺掇他而让他给人家笑话。海生兄年来致力于新文艺，不能不承认他很有成就，现在做一个新文艺家还不够，又要想做诗人，这不但是自寻烦恼，而且野心也未免太大了呀！

《社会日报》1942 年 7 月 10 日

哭陆沁范兄

闻陆沁范兄噩耗,为之怆痛万状。沁范英年,又富于热情,于朋友中为至性人,胡天却夺之以去?而独留彼狡谲诡诈之一群,喧豗于世界之上,伥鬼之域,了不受若此微创,吾于以知天实懵懵也。予识沁范,不过五六年,平日亦勿恒往还。顾既相值,则往往握予手勿释,若唯恐予逸而远去者。兄能饮,闲辄要予赴酒家,黑杨梅、青梅酒之属,各倾三数杯。兄又雄于谭,酒酣,则词源汩汩,若倾三峡之水,浩瀚不可遏止矣。兄为人俶傥,吾笔盖未能状其万一,惟此五六年中,兄先后所贻,计“七月七日长生殿”瓦印一枚,“黄金管领悲欢绪”笺一束,并兄手绘梅花小箑一页,则此时偶一摩挲,俱足滋予怆恸之泪矣!呜呼沁范,汝殁胡速?使为老友者,曾勿及临榻一存问,伤哉!

《社会日报》1942 年 7 月 13 日

科甲出身

引凤楼主人当年尝贵为科长,自保甲制度兴,主人乃由科长降而为甲长。谑者遂曰,主人可谓“科甲出身”矣。

《社会日报》1942 年 7 月 15 日

蛋化为蚤

灵犀于《猫双栖楼随记》中,述以蛋佐餐。报出,“蛋”忽尽化为“蚤”。王猛扪虱而谈,自来传为佳话,灵犀以蚤佐餐,倘亦可以媲美古人欤?

《社会日报》1942 年 7 月 15 日

答灵犀宗兄

承见怀,足以征故人情意,其实足下挂念我,我亦无时不念足下。昨晤一方,犹以足下近况为问也。生活高压,叹息不遑,益以所事之负疚深,迩时下走遂亦惟伤纡郁,“羌无好怀”之语,直欲攫自足下之口,引以自况,又安来“品茗看竹,载酒坐花”之兴哉?即如当炉双艳,秋翁屡屡于其妆阁间,置酒高会,而下走亦惟一度相从(即与足下同列席者),后此以勿欲厕身酒肉朋友之列,退居局外。即此一端,亦可知下走近来意兴萧飒之甚。天时燠热,终日如坐针毡,意足下亦必同具斯感。何时有暇,曷偕赴金谷夜花园小坐,庶几一倾积愫乎?

《社会日报》1942 年 7 月 20 日

郎德山之服饰

朗德山在大光明表演,御绣花缎袍登台,一套又一套,大翻其行头。予初以为如郎之遍游海外名邦,必礼服笔挺,至少亦当御哔叽西装一袭,不谓此人乃以古色古香之绣花缎长袍,炫耀人前。因知此人数十年来,赚外国人数十百万金,盖无一不从有辱国体中得来也!

《社会日报》1942 年 8 月 3 日

骂人

写骂人文章,徒逞笔底一时之快,事后往往追悔莫及。予故罚咒此后非真正可骂者,决不胡乱骂人。盖今日骂人者,他日人亦骂其人,自己何能保得住自己不被人扳牢错头乎?尝有毁予卖屁股者(这不过是一个譬喻),予固未尝卖屁股,而为时不久,其人却献其尊臀于人前,照理予正可以其骂人之道,还骂其人之身,顾予终默然,盖其人既自献其尊臀,即无异自己打自己耳光,更不待予反唇相讥,以为报复矣。世有无端为人辱骂者,精以下走为法,抱十字诀曰:"骂且由他骂,人自我为之。"

《社会日报》1942年8月18日

倾盖

知止居士记《公度遗诗》于吾报,用"尤为倾盖"一语,老凤先生以为运典不当,于他报指其谬,予当时即欲有言:盖"倾盖"两字,不外形容"交欢"之意,初不必定作"碰掉车盖"解。譬如"怒发冲冠"一语,亦不过形容一人之盛怒而已,头发既不会光火,顶宫亦未必遽抛。若必欲根据字义解释,则近于胶柱鼓瑟矣。灵犀谓知止居士原稿,系"允"字而非"尤"字,予意正不必多此一辩正,盖"尤为倾盖"一语,断无不通之理,犹之下走终岁不戴帽,讵不可言"怒发冲冠"耶?老凤先生邃于国学,告人以"倾盖"之故实,具见其腹笥之富(其实亦尽人皆知),若啼红之以"倾其棺盖"为言,则未免谑而伤虐矣。

《社会日报》1942年9月4日

内疚之一事

夏间,尝数共秋翁及明公,小坐于金谷夜花园。一夕,秋翁欲见丽人,属下走召之来,明公则曰:"翁有秋娘在座,曷转让与我?"丽人至,遂侍明公而坐。明公以丽人为可取,自是游宴无虚夕。下走方谓明公爱屋及乌，将以下走为有功足录。及睹明公所耗多，始又为之悔疚万状，以为吾累明公也。厥后，丽人未能得明公欢，游踪寖绝，而他人适为诋丽人之文，丽人虽腾踔于舞国，而勿甚□肆应，毁谤之来良宜。惟愿明公读报间之文，能稍稍平其气，则下走举荐不当之罪，庶几可以略减耳。

《社会日报》1942 年 9 月 6 日

无嘴说自身

最近有人告诉我，说："某报在攻击你们《万象》，说《万象》每册五元，售价太昂。"我当时就计算了一下：《万象》每册用白报纸四张，售五元；某报是四开报，白报纸四张可印十六份，他们每份售五角，十六份要卖八元，而《万象》只售五元，比较起来，他们的报，似乎并不比《万象》便宜呀！所以我以为，骂人最好先摸摸自己屁股，自己的屁股不光鲜，如何可以说"嘴"呢？

《社会日报》1942 年 9 月 8 日

乌龟与朋友

我最近写过一首"一度春风骸骨轻，欲从金屋寄闲情。不知送得傢什去，却让乌龟享现成"的打油诗，指的是某舞客的事，不料引起了大郎兄的误会，硬说我骂的是他，在他的《云庵琐语》中大浪其声。我也不知是冲犯了什么七煞神，近来老是有人寻我晦气，别的不说，就讲上面那一首诗，我不过是掇拾宵游所闻，以为讽咏的材料而已！既没有写出姓名，更不曾牵涉到什么理由，却硬将我诗中的"乌龟"承认了去，岂非怪事！全上海舞女无其数，哪一个没有一二部拖车?若像大郎兄那样的一个个出来寻我"吼狮"[1],那我真要吃不了兜着走了。大郎兄文中,谆谆以朋友之道为言,的确,在社会上混混的人,朋友是多一个好一个,我与大郎兄,虽然不敢谬托知己,但是以历史而言,也可说是多年老友了。像大郎兄平日那样的壳朋友,我执鞭随镫且恐不及,哪里会出之以骂?请大郎兄别生搅这一份心吧!

(谨以至诚,奉吁息争,相有交日,还念友情。潮[2]白)

《社会日报》1942 年 9 月 15 日

喜讯

忽接喜彩莲自故都来函,署名曰"菡香",盖最近之新题名也。彩莲曩来沪上,予与溢芳兄排日听其歌,颇赏其神情作态之美,其演戏以表情细腻见长,虽玩笑乐而不淫,勿若白玉霜之往往纵其谑浪,致无复艺事之可言。彩莲命名曰"莲",盖真能出淤泥而不染者也。故予与溢芳,彼时亦闲于报章间,为揄扬彩莲之文。今者阔别数年,不意复能念我。彩莲函中,叙其平居近况,谓以行动不便故,暂时殊不克来沪。测其意,盖又孕矣。今标吾题曰喜讯,一则谓喜彩莲之消息,二则报其玉种蓝田之讯耳。

《社会日报》1942 年 9 月 18 日

① "吼狮",亦写作"喉势",沪语,"找麻烦"之意。
② 《社会日报》主编陈听潮(灵犀)。

施诊给药

秋斋主人近方办理施诊给药，匄周歧隐、巢雨春二医士主其诊务。贫病之求治者，医药费胥秋翁任之，每日以十号为限。然有时求治者众，秋翁睹若侪蹙额呻吟之状，恒为恻然勿忍，则往往宽其限额。尝屈指为秋翁计之，核一月所耗，当在四千金上也。秋翁固寒士出身，故能知贫窭者疾苦，视力之所及苏人困，其浩福于无力就医之人宁有涯涘。尝闻能福人者获天庥，为善之道多，而施诊给药，尤有惠于人群，愿秋翁以后，更有继之而起者也。

《社会日报》1942 年 9 月 19 日

偿逋记

去岁，尝告贷于一友，得千二百金，即以之购米数石，盖其时米价方上涨勿已，予收入无多，虑他日且飧食不继，故欲为隔宿之储也。及计口授粮之制实行，月可得米若干斗，而旧储之粮，今犹有存焉，乃粜之与人，恰得千二百金，因悉归之于吾友。友当时之假我者，为旧币，吾未尝不可折新币六百金以偿之。顾吾友助我，为期且一年，未尝一启其齿，索夙逋于下走，此要为吾友之厚我，予既得其金以储米，今幸粜之有所获自勿能使吾友受损失，故仍如告贷之数，归之以新币。生平于金钱素薄视，积之勿当，往往转足以济恶，勿如以此固吾侪之友谊。有人闻吾事，以予为蠢，而予则惟知行心之所安而已。

《社会日报》1942 年 9 月 21 日

愿灵犀兄更进一步

灵犀兄在《声明》(见十九日本报)一文中说:“一脚来,当然一拳去,这是世界上最公平的办法,所以从今日起,下走也要握着拳头,预备对付人家。”又说“寡不我开,恶声必反”“事为自卫,情非得已”,的确,一个人待人处世,固然以和善为贵,但也不可太和善,如果人家欺侮了你,你还要讲和善,那人家便要当你是好欺侮的戎囊子,结果是你越讲和善,人家便越不讲和善,越是要欺负你。灵犀兄大概也是被人家欺负得够了,已经憬悟到和善政策的不足以动人“天君”,于是准备以牙还牙,人家一脚来,奉还他一拳去,这个办法,实在是对的。不过我以为灵犀的主张,还不够彻底,因为等到人家一脚来,你再一拳去,已经只有招架之份,而没有动手打人家之份了！结果还是自己吃亏。最好是先下手为强,拣个把“好吃吃”①的人,不问青红皂白地骂他一个剌剌不休,只要你骂出了牌子,人家自然便对你退避三舍了。所以我要奉劝灵犀兄,与其恭候人家的恶声,然后再图反攻,不如自己先出恶声,免得后下手遭殃。

不过我虽然这样的劝灵犀,我自己却也犯着灵犀同样的毛病,我一方面劝灵犀,一方面自己也正需要深自惕励呢!

《社会日报》1942 年 9 月 27 日

昧于责己

孙了红兄患咳血症甚剧,因拟送之入医院,《万象》作者之有余爱渌君者,攻医科于震旦,而时往广慈医院实习,与院中医师多素识,遂匄余君为先容,而了红固却,虽于电话中苦谏之,兄犹谓须经

① “好吃吃”,沪语,“软柿子,好欺负”之意。

考虑。越二日，得了红来书，则曰：“旦暮为墟墓间人矣，医药之费徒掷虚牝耳！足下亦寒士，殊不欲以赘疣之身累足下。”终乃拒予之劝勿纳。顾谛视其来书，则信封之上，钤有蓝色之印章，句有曰：“凡有生命者，莫不爱护其生命！”盖戒杀护生会之标语，兄平日以之谆谆劝人者也。夫了红欲以护生为天下人倡，而乃不知自惜其生命，患病勿欲治，视坐以待毙为良策。天下人固不乏“明于责人，昧于责己”者，了红盖亦其俦耳。

《社会日报》1942 年 10 月 1 日

莫须有

新闻记者的责任，自大处说是应该“救世匡时”，从小处说，也应该将所见所闻作准确的报道，才不失为忠实的新闻记者。最近我在报上看到两篇文字，第一篇说，某戏院经理连采办一只凳子也要揩油。翌日又说，昨日所记犹为臆测之辞。夫臆测之辞而可以当做事实一般的秉笔直书，岂不成了故入人罪吗？摘奸发伏固然也是新闻记者的天职，但凭了个人的好恶反果为因，混淆黑白，甚至无中生有的厚诬他人，毕竟是不作兴的。韩蕲王说：“莫须有三字，何以服天下？”我们身为操觚者，岂能步武秦缪丑呢？

《社会日报》1942 年 10 月 4 日

友道

扬州人张某，昔沦落海上为丐，道上相值，予犹时时赒济之。予一寒士，未尝积分文不义之财，赒济固亦仅量予之力，然友道不可不谓不尽量。不意其人迩来，居然流徙而至南京，主一报之笔政，海上报纸有以意气之争侵予者，张某剪其全文，转而载之，其报予昔日之赒济者盖如此。下走生平，颇欲明恩怨之分，顾天下人多忘恩负义之徒，若张某其人者，又乌从与言恩与义。当今之世，一念及友道之不可恃，辄为之不寒而慄也。

《社会日报》1942 年 10 月 9 日

老眼看花诗

一方兄在《祈晴斋随笔》中，提到我的“老眼看花皆绝色，故人入梦总多情”两句诗，承他谬赞了几句。其实我这两句诗，是另有一番深意存乎其间的。我是说，一个人在少年时代，容易获得异性的青睐，那时候，审美眼光是很高的，差不多点的异性，简直不放在眼里。待到年华老大，便不容易得到异性的欢迎，那时候，审美眼光自然会放低下来，一个姿色平常的女性，也会觉得她“别有系人心处”了，这就叫做“老眼看花皆绝色”，至于“故人入梦总多情”，则是说，旧欢不能重拾，能够梦中相见已经是莫大的幸运了。我这两句话，一方兄说是好在平淡，其实表面上平淡，骨子里正十分沉痛呢！

《社会日报》1942 年 10 月 10 日

了红兄病

孙了红兄病，送之入广慈医院疗治，吾友余爱渌君，肄业震旦医科，恒往广慈实习，了红入院，一切手续皆由君代办，君盖亦少年而富于热情者也。了红之病在肺，经爱克司光之照射，证明两肺皆微蚀，然药石犹可以为力，而了红以饮食起居得调整，亦居之甚安，尝于周前衡体重,较入院时增三磅有半。体健而抵抗力强,亦足以使病情日减,康复早臻也。《万象》读者,于了红医药之费,倾助者綦众。有梁慧玲女士,自汉口汇百五十金来。本埠则李隽文女士助百金;中国实业银行周其镛先生,第二次又赉百金至,凡此皆了红文字知己。而热肠古道,辄下走亦恒为之感篆无已也。

《社会日报》1942 年 12 月 1 日

夏霞返陕

图 45　夏霞,刊于《电影》1939 年第 29 期

向时仅知夏霞能演剧,及夏霞所写《寡妇院》剧本,畀予发表于《万象》,始知夏霞不仅以演剧为能,即论写作天才,亦有足以使人罄折者。他人不敢言,若下走则虽号称为操觚之人,苟言编剧,自问实无此长才,视夏霞乃真有愧色也。夏霞于参加《云彩霞》之演出,践其所邀之约,已匆匆俶装,离沪作数千里外之长征,而返其陕西原籍。夏霞此行,有旅伴数人与俱,此数人先至白门,以护照手续未备,一度被拘后即放行,而夏霞亦继至,遂渡江而北,为迢迢行旅之客矣。

《社会日报》1942 年 12 月 2 日

新文人作旧诗

战后,新文人大都衡门息影,寄托胸襟于旧诗,如王统照、叶圣陶、唐弢诸人,胥往时新文坛之健将,战后更不以只字飨读者,惟以余力为诗,而诗又多黍离麦秀之作。鲁迅翁晚年,亦好为旧体诗,郁达夫、田汉所作尤多,此皆文坛先进,曾不以平平仄仄为落伍,今王统照、叶圣陶、唐弢诸作家,亦步武鲁迅与郁达夫之后,可知旧体诗格律之终不为贤者所废也。

《社会日报》1942 年 12 月 4 日

岂能尽如人意

不久以前,在本报看到一篇谈及《万象》的文字,以《万象》不能避免鸳鸯蝴蝶派的作品为憾。关于这类的批评,我不知已看到了多少,我没有什么话好辩白,我只好说一句感慨系之的话,“岂能尽如人意”。

一个当编辑的人,也有当编辑的人的难处,有道是“事非经过不知难”,又道是“看人挑担不吃力”! 如果我是一个读者,我也会怎样那样的批评《万象》的。因为无论在内容、形式方面,《万象》的确没有做到理想的成功,事实上,我看了也是不满意的,何况别人。然而,我有什么办法呢?

说句伤心的话,读者是没有遗弃《万象》,而作家则是遗弃《万象》的。我们曾尽了最大的努力,请人介绍,或是挽人一再的说项,请柯灵、芦焚、唐弢等几位留沪的作家担任撰述,请余新恩博士写欧美游记,又曾托孙祖基先生写航空信向远居蜀中的巴金先生索稿,为了征集“全日蚀”的材料甚至打过电报……然而我们的努力结果是白费的,柯灵先生总算曾化了名见赐过一篇散文,而其余的几位则始终不肯执笔。不肯执笔的原因当然不是看不起《万象》,而是兼有其他的问题,但至少限度,《万象》之未能得作家们的充分协助，却是事实。这事实也就使我这个编辑人感到了无限的痛苦。

我这里要大声疾呼的说："我对于《万象》的征稿是尽了最大的努力的！"然而，人家不肯写，这又有什么办法呢？

说到鸳鸯蝴蝶派的文字，我也知道要遭人唾骂的，然而，我也没有方法做到尽如人意的一步呀！各人的口味与眼光是不尽相同的，譬如有人喜欢看《明人情简》一类的小品文，向发行人平襟亚先生提出了他的见解，襟亚先生以为既有读者爱看这一类文字，就应该聊备一格。基于此项情形，我这个"岂能尽如人意"的编辑人，也就只好逆来顺受，听受读者们的唾骂了。

如果一副担子挑在你的肩头上，你就会觉得不容易应付了！

（灵犀：仆于此，窃亦有言，容稍暇，当贡拙见，就正高明。）

《社会日报》1942 年 12 月 14 日

歌场

入夜无聊，恒涉足舞榭歌场，涉足歌场之目的，初不为欣赏弦边女儿之色艺，而在找朋友闲谈。有时佩兄公忙，一方未至，无可与语者，则就场隅之椅而坐，遥瞩歌台之上，既不审歌者何人，亦勿问所歌者何曲，第知一曲既终，一曲复继而已。昔人谓"目中有妓，心中无妓"，下走则并此心亦廓然如滓，人到中年，万感交集，虽在娱乐之场，亦复无动于衷，生活之枯燥可知矣。

《社会日报》1942 年 12 月 24 日

诗战

停云楼主人邵达人，亢爽好客，海上艺苑胜流，晚辄集于停云楼上，为染翰挥洒之会。云间白蕉与周錬霞女士，亦停云楼常客，尝合作美人香草之图，白蕉画兰石，錬霞女士绘拥髻佳人。白蕉成一诗，有“王者香”之语，錬霞女士亦作绝句题画上曰：“当年空谷自称王，不道而今侍晚装。若使群芳重订谱，国香终逊美人香。”意盖不欲使白蕉之兰妄自尊大也。錬师娘锦心绣口，自来不让须眉，偶尔题画，亦不欲示人以弱，真在在足以表现其“才调纵横”也。

《社会日报》1942 年 12 月 28 日

錬师娘题画诗

曾志錬师娘与云间白蕉诗战事于吾报，錬师娘续有一诗，题其所作鸡冠及白头鸟者，诗曰：“乍凉天气人宜睡，破晓辰光鸟唤晴。生未逢时休起舞，独抱丹心故无声。”后二语亦佳唱也。錬师娘言，画已第二度作，初悬于九华堂，王星记主人见之，以其题画诗之佳，复向錬师娘定此作，则王星记主人固亦识家也。

《社会日报》1943 年 1 月 1 日

是非

我现在深深地感觉到，天下是没有真是非的。举一个例说吧，去年米高美舞厅，曾发生过一次开枪事件，当时我也是在场而受虚惊的一个，开枪的人，不过一个，枪声也不过一二响，可是明天报上，却明明白白的记载着，有暴徒多人，开枪十余响。看报的人，谁不以为报上的记载是可靠的真确的呢？在这种地方，便没有是非可言了。从此以后，我对于任何非亲自经历的事，就不敢妄加臆断、妄加批评。就是明明瞧见有一男一女从小旅馆里走出来，我也不敢以小人之心妄加测度，以为他们一定有通奸行为。难道在旅馆中出入，就一定是为了通奸吗？也许他们只是清谈了一宵，也许是有朋友开了个淴浴房间，特地去淴浴的。你没有亲眼目睹怎能诬说他们是通奸呢？也许相反的，他们刚正吵过了一场嘴，打过了一场架呢？

所以，现在我无论在笔下口头，定下了两个原则，一、不造谣言；二、不冤枉人。

壬午冬夜，写此以作座右铭

《社会日报》1943 年 1 月 22 日

诗债

知止居士以抒怀诗索和，这已是几个月以前的事，按理说，我早就应该缴卷，可是迟至今日，这一笔诗债，我还是没有了却。并不是知止居士的吩咐，我不放在心上，也不是因为人家珠玉在前，我就不敢献丑(本来以前写东西，也只是献丑而已！)说一句由衷之言，是打油诗之类在兴致好的时候，我还胡诌得出，一本正经之作，却苦于腹笥所贮有限，搬典故缺少搬场汽车(此等处我只有佩服柳亚子先生)，故而一误再误，误卯到今朝。我前面说过，我并不怕献丑，所以在知止居士索和之初，就立刻想敬步元韵，当时曾一口气写成了如下四句："忍将历劫问蟲沙，万里河山一望赊。雁唳长空犹唤序，入投荒域不思家。"可是这四句写成之后，自己看了看，倒像是自述所怀,不类和作,因此没有续下去。其后想另起炉灶,无奈肚子不帮忙,前天读了知止居士的《索诗债》一文,为之一阵抱愧,晚间睡在枕上,想就凭以前所作的四句,续成一首,哪知横想竖想,辗转反侧了许久,还是不能凑得一联,只得长叹一声,暂时寻梦。昨天一整个下午,呆坐在大中华咖啡馆的梳化床[1]上,手里捏了一纸草稿,企图完成未竟之功,而结果却还是只有那么四句。(以上情形,所供是实)

我这里真想向知止居士讨饶,你老别的吩咐,只要不是动笔头的事,我都可以遵办,就是要我打躬作揖也成,要不然,那么请给我一个没有限止的时间,也许突然诗思如潮,竟给我一口气胡乱凑成了也说不定。先师林屋山人,生平不步和他人之作,是因为和作为题韵所限,不易讨好。我这个劣徒,别的没有学好,这一点病根却犯上了,说实了,还是由于早年失学,缺乏根柢的关系。

《社会日报》1943 年 7 月 7 日

贺海生弟得艳妻

杭州海生弟与孙剑秋女士订婚,喜讯既布,闻者无不为海生贺。海生鳏居,平日踽踽凉凉,所作因多忧郁之文,今乃得一舞台名女优为俪,宜可以踌躇满志矣。剑秋女士为孙庆芬之女,梨园世家,聪明韶秀,海生以前尝为之力事抑扬,此日得成佳偶,可知捧角儿犹大有可为。勿若灵犀之捧小红,平怀玉之捧袖珍,乃尽为他人造机会也。上月间,海生弟尝挟书两册过大中华咖啡馆,其一为巴金之《家》,其一为高尔基之《家事》,予即以张之报端,谓海生有成

① 梳化床,sofa 的沪语音译,沙发之意。

家之意，今果为予言中矣。

《社会日报》1943 年 11 月 19 日

慕老第一套西装

丁慕琴(悚)先生少年之时，曾否穿过西装？予不及知，惟中年以后，慕老穿第一套西装，则予犹忆之，其时予与周世勋兄时盘桓于卓别麟饮冰室，一日，慕老亦来，慕老素穿中装，是日忽御西服，则新上身者也。慕老告人，厥值为五十金，惟时盖已为高价矣。

图 46　丁悚与程砚秋合影，此照为丁悚家藏

《社会日报》1943 年 11 月 23 日

寂寞

有一天，灵犀兄忽然谈起，要领养一个才能牙牙学语的孩子，大家听了都奇怪。在这米珠薪桂的日子，多养一只猫尚且要顾虑开支浩大，何况灵犀膝下已经是儿女成群，为什么还要领个外来的孩子养养?灵犀兄对于这事的解释,只是说:“为了寂寞而已!”这意思人家当然不明白,然而我是了解灵犀的。灵犀兄有一颗炽热的心,却苦于无处安放:谈恋爱吧,哀乐中年,已经鼓不起兴致来;交朋友吧,除非是酒食征逐的朋友,决不是可以输肝胆的,何况人情诡诈,交朋友着实可怕。于是觉得前后左右,只是茫茫一片,竟无一个可与语的人,我猜想灵犀兄所语的寂寞,便是为此。只有才能牙牙学语的小孩子,有一颗赤子之心,晚上闲着逗引孩子玩玩,倒也未始不可以聊解寂寞,所以灵犀兄要领一个孩子养养了。(灵犀自己的孩子,最小的已在九岁以上。)岂是嫌家中户口米过剩,此中盖自有其微漠的悲哀也。

《社会日报》1943 年 11 月 28 日

《春秋笔》

《春秋笔》之梓版,尝为秋翁所调笑,其实予本无心,当初以《春秋》亟待出版,筹备匆促,乃剪董天野先生漫画之一角,黏以制版,初亦不辨其为犬为猫也。若下走果钩心斗角,则必匄人绘一头麒麟,“春秋获麟”,岂非是现成佳典。特下走当时乃绝不经意耳。按:《春秋笔》为马连良名剧,当年予佐灵犀辑本报,灵犀尝嘱用以为篇名,予以之移赠蒋兄九公。今辑《春秋》,恰好用得着,遂又取以名篇,此中盖亦有一段小渊源也。

《社会日报》1943 年 12 月 3 日

刀勺声

巷口有小食摊,架白木板一块以为桌,横长凳二三条,以为食客据案之需，入晚，既就寝，闻刀勺之声，断断续续自巷口传来，食欲恒为之牵引而起，往往晚餐未久，倚枕展书才十许页，以刀勺声之扰我，又觉饥肠辘辘，非进食少许不可矣。惜乎巷口所售，只有炒面、汤面之类，司烹饪者，复不知致力调味以博口碑，故无甚可食者，而营业亦以是平平。昔兼售百叶结线粉汤之属，可以门庭若市矣。

《社会日报》1943 年 12 月 6 日

听雨

近来家居之日多，因之极喜听雨，下雨之日，淅沥之声，敲窗作响，往往足以助长文思。放翁诗："小楼一夜听春雨，深巷明朝卖杏花。"非得雨之助，如何能产生此佳句？惜乎海上居屋鳞次栉比，勿若下走故园，有芭蕉一树，植于庭除，听雨洒芭蕉叶上，若溅珠泻玉，情致当尤胜。惟此等情致，亦惟家居始能得之，若夫逐食奔走，则雨意稍滋，道途泞滑，将使足下一双纹皮鞋，有胡为乎泥中之辱，还是不雨为佳耳。

《社会日报》1943 年 12 月 9 日

番茄

番茄一物，来自海外，至近年，国人始有种植者，故今日虽海舶不通，而番茄依然经时有售。番茄色殷红，似柿，食之足以补血，蓄维他命盖至富。沪上知识阶级，多知此物之可贵，以之为盘簋上品。惟平常人家，则以其味不腴，辄勿之喜。一日邻妇见予家食此物，遽曰："这东西我们是吃不下的。"盖犹不知其滋养之丰富。宜乎蓬门僻巷，所遇多面有菜色之人也。

《社会日报》1943 年 12 月 12 日

闹了一个笑话

一日访慕老于其府上，慕老方聚家人为手谈，其一为高年之妪，予以为是慕老太夫人也。归计其事于别一报，极言慕老之纯孝。报出，乃仿佛忆及慕老太夫人已于上岁仙逝，慕老安得复与太夫人作方城戏？是必戚邻之妇耳。然吾文已揭，则亦不及更正矣。近年来记忆力衰退，真有一日千里之势，稔熟如慕老，记其家事，亦有此误，真是绝大笑话也。

《社会日报》1943 年 12 月 16 日

新文艺腔

近来新文艺之滥调，同文时时据以为笑谑。昨勋宗兄之喜柬，亦以"故事是美丽的"一语，为诸人调侃备至，以其不脱新文艺腔也。新文艺之通病，厥为不必要之形容与堆砌，如巴金之《家》，形容一爆竹，有"傲岸地兀立在凳子上"之语，以此亦为贤者所笑。至堆砌之字眼，如叠用"忧郁的、心酸的、悲哀的"以成句，尤属司空见惯。所幸近来之新文艺，已作风一变，各杂志采用之小说，渐趋于质朴及粗线条一途，纯粹新文艺腔之作品，已不多见，洋八股随旧八股以消灭，未始非好现象也。

《社会日报》1943 年 12 月 20 日

聪明反被聪明误

冯大[①]絷狱经年,迄今犹杳无省释之讯。冯大为人精明强干,无所不能,论其才智,同文中罕有及之者。顾此君命途多舛,每创一事,结果莫不归于失败。且羁身囹圄,至今冤不得白。冯大有弟,才干不如乃兄,处事亦浑浑噩噩,不知所谓手腕与计划,然每创一事,辄底于成,其一帆风顺之情形,殆为乃兄奋斗史中从来所未有。盖冯大为人,过于聪明,于是聪明人反被聪明误。冯二则老实人,老实人虽然容易吃亏,但吃亏即是便宜,此亦不易之理也。

《社会日报》1943 年 12 月 23 日

女侍应生之淘汰

以恒理言,淘汰当是“去芜存菁”为原则,惟女侍应生则不然,女侍应生之面目姣好者,服务未久,往往为人量珠聘去,遂成“去菁存芜”之局。如南华、南国两酒家,初展幕时,女侍应生颇有婉娈可喜者,兹亦逐渐“淘汰”,婉娈可喜者不获复睹矣。南京路上有几家大公司,都有女柜员,顾清丽如神仙中人者,百不一见,盖亦数经淘汰之结果也。

《社会日报》1944 年 3 月 16 日

欧阳飞莺

下走笔下,志欧阳飞莺之事已夥,飞莺为吾友江枫兄女弟,故下走识之绝早。其初飞莺奏歌于新都六楼,后迁金谷,复由金谷徙国际十四楼。罔论莺迁至何所,下走辄时为座上客,则以下走

① 报人冯梦云,彼时被日伪逮捕入狱,惨遭严刑拷打,于 1944 年 2 月 17 日逝于狱中。

好顾曲，而飞莺之歌喉绝美耳。飞莺睹予于座间，恒翩跹来晤，下走呼之曰“欧阳小姐”。其实飞莺氏吴，肄业黉舍时，名静娟。下走以欧阳小姐呼之，则稠人广众之间，知渠以欧阳为姓者多，故从众耳。

《社会日报》1944 年 3 月 18 日

银幕新人

银幕新人，近年来飨众望者甚少。《乐府烟云》中崛起欧阳莎菲，冶艳不输白光，大是佳材，顾亦惟此一人，可望夺李丽华、周曼华之席而已！利青云为华影当局所拟重用者，以予视之，此人造就，恐亦不易越王丹凤而上，限于天赋也。此外若陈婉若、安秀兰之俦，华影亦拟畀予“窜”之机会者，不知又如何？

图 47　欧阳莎菲，刊于《电影》1947 年第 9 期

《社会日报》1944 年 3 月 19 日

程砚秋归农摄影

程砚秋放弃红氍毹生涯，隐于田间，予已有躬耕陇亩之记，布诸报端。后此一方、柳絮诸兄，俱有文字，于砚秋之归农，深致咨嗟。砚秋举稼之讯，为桑弧兄故都归来所言，越数日，予乃续得摄影数帧，皆砚秋荷锄举耜之情景，绝类电影镜头，盖北平廖增益先生摄以寄予者。砚秋蓄一驴，有时叱之过市上，增益先生亦摄取一影，并以寄我。四月号之《春秋》中，予将辟一专页，以数影并刊之，庶读者知此一代名伶，今乃真能澹泊自甘，不与尘世逐荣利矣。

图 48　程砚秋全家福，刊于《程砚秋图文集》1946 年

《社会日报》1944 年 3 月 21 日

瓶花

咖啡馆中，案头胥供瓶花，姹紫嫣红，凡三日一易其姿致。下走夙爱花枝，日坐咖啡馆中，瓶花照眼，灿然作绚丽之色，辄以是而联忆及定公句所谓“瓶花妥帖炉香定”者，平居得此，洵是人生一种清福。近日瓶花，以水仙及蝴蝶花为最多，水仙有冰肌玉骨之致，蝴蝶花则冶艳不可方物，俱足以恣眼皮供养之快。下走尝有句曰“老眼看花皆绝色”，转毋为征逐少年所笑耶？

《社会日报》1944 年 3 月 23 日

《富贵浮云》

观《富贵浮云》于金都，目的本是想看一看做了未亡人以后之后的黄宗英，不意黄宗英未登台，临时易莎菲庖代。李健吾先生原饰欧阳晓岚一角，是夕亦换了一个。

平心而论，剧本是好剧本，惜演出过于夸张，要是大家能够镇静一点，即是一出好戏。惟莎菲之范雅丽，冯喆之孟昭明，都演得不坏。

《社会日报》1944 年 3 月 24 日

苏少舫印象

图 49　苏少舫，刊于《快活林》1947 年第 59 期

李少春以奔母之丧，抵沪后又忽遽北返，期以一来复，将重为天蟾效演唱之劳。坤旦之与少春为辅者，闻已内定以苏少舫承赵紫绡之乏。苏少卿先生于报间言，苏少舫为苏兰舫女弟子。是则在十年以前，下走即尝识此豸矣。苏兰舫亦先师林屋山人义女，下走佐林屋师辑《大报》时，苏兰舫尝携一雏鬟来，维时秀发覆额，盈盈才十三五耳。后又一度觏之于王慧兰婚筵上，则明艳视初见时益胜。当时下走即预测此女，他日必享盛誉于红氍毹上。今果重来江南，为天蟾之当家花旦。可见十载窗下，此豸之造就必可观。王慧兰婚时，此豸随苏兰舫莅贺，一哈巴狗依偎此豸襟袖间，毛色纯白，此一印象，深镌下走脑海，至今勿忘。使少舫当年果有此一幕者，下走之臆度殆无误矣。

《社会日报》1944 年 3 月 25 日

白虹与王熙凤

近来颇注意国产影片，因亦愿对于国产影片之制作，稍贡刍荛之见。例如卜万苍先生导演《红楼梦》，以周璇饰林黛玉，王丹凤饰薛宝钗，犹无不合，独风骚泼辣之王熙凤一角，使白虹当之，实有人其非选之憾。使顾兰君在上海，王熙凤一角非舍兰君莫属。今兰君滞迹白门，不得已而求其次，亦当倩欧阳沙菲任其劳。欧阳莎菲在《大富之家》中饰长女，颇有王熙凤作风。王熙凤一角苟畀诸莎菲，必能胜任愉快。不知卜导演何以见不及此，乃胡乱选择一白虹？白虹使之易钗而弁，饰贾宝玉尚可，王熙凤则无论如何不对路也。

《社会日报》1944 年 3 月 27 日

戏词

皮簧剧戏词，虽糟粕多而精华少，然其间亦不乏情词哀婉之作，如《女起解·祭狱神》一段反二黄，有“与三郎重见一面”一句，纡缓歌来，闻之往往回肠荡气，使人勿能自已。《打渔杀家》之《弃家》一场，萧恩父女对白之凄楚，亦足以使人陨泪。若夫韵本《文素臣》,则出于才人之笔,至情流露之场面尤多,“似这般,可喜娘,罕曾见……”一段摇板,下走尝为之一唱三叹,在所有剧词中,不能不推为压卷之作也。

《社会日报》1944 年 3 月 28 日

《红楼梦》之莎菲

予尝屡言欧阳莎菲为银幕美材,又尝论《红楼梦》中王熙凤一角属诸白虹勿当,以为惟有令欧阳莎菲饰之,始能胜任愉快。兹乃悉欧阳沙菲在《红楼梦》中,固亦参加演出者,惟所饰者非王熙凤而为花袭人耳。袭人慧黠,以欧阳莎菲当之,亦能得其神似,惟理想中之袭人,不当如欧阳莎菲之长身玉立。又瘦皮猴韩兰根,演《红楼梦》中之焙茗,想又有不少“哭出胡拉笑嘻嘻”之演出矣。

《社会日报》1944 年 4 月 3 日

二次看《浮生六记》

又一度看《浮生六记》之演出,自第一幕起,即予人以不尽低徊之感,沈三白一襟怀淡泊之人,视富贵如浮云,寄闲情于山水,与世无争,与人无尤,宜乎享我行我素之乐矣!不幸厄之者有胞弟,诟之者有严父,胁之者有生活,遂至欲庇护其妻孥,使妻孥免于冻馁亦不可得。无怪今日之人,蝇营狗苟者日益多,粗粝自甘者日益少,盖前车可鉴也。

萁豆相煎,为最可惨可痛之事,第四幕沈三白执启堂之手,哽咽曰:“我和你是亲兄弟,亲骨肉,为什么一点都不念及手足之情,一定要置我于死地?”闻之真欲泪随声下。

《社会日报》1944 年 4 月 4 日

忆梅园

眉子兄湖山幽居,享尽林泉清福。连日读眉子兄文字,真令人羡煞妒煞!尘寰扰扰,看尽了狡狯奸谲脸面,恨不能奋身投管社山,商之于眉子兄,请眉子许我平分春色也。闻管社山邻近梅园,故眉子文中,数数涉及是园景物。忆下走第一次游梁溪,尚是十数年前,与女伶吴继兰师姊及秦子松石同去,当时曾游过一次梅园,就梅园亦惟此一遭而已。记得梅园有广轩曰“诵豳堂”[①],悬一副楹联,联语甚好,似是孙寒崖先生手笔。外间又似有假山一带,可以在山洞里钻来钻去。舍此以外,情景记不甚清切矣。游梅园时,尝与继兰、松石共摄数影,今影亦不存。何日能展我游屐,重莅梅园,觅旧时游踪所至,一为印证乎?迩日梅园,一定是梅花盛放,春色正酣,此念蓄我胸次,真如燔如沸矣。

图 50 坤伶吴继兰,刊于《金刚画报》1930 年第 4 期

《社会日报》1944 年 4 月 5 日

① 诵豳堂俗称“楠木厅”,为梅园的主体建筑,1916 年建成,取《诗经 · 豳风》种庄稼艰辛劳作之意用为堂名。现额为书画家吴作人 1979 年书。

丹流来书

得胡丹流兄蜀中来书，兄犹居于海棠溪上，故人无恙，至可喜也。兄来书索寄《春秋》，谓欲与恨水、慧剑、友鸾诸友共传观，因知当年白门新闻界三张，今在客中仍过从甚密。而《春秋》之梓行，万里外亦有闻讯者，则尤可慰也。兄函末嘱问候灵犀，予近亦不恒睹灵犀面，丹流有“曩日之款已充公”一语，嘱向灵犀致歉。附记于此，灵犀当知是怎样一笔账耳。

《社会日报》1944 年 4 月 7 日

歌德之屋

报载美国轰炸机空袭梅恩河旁之弗朗克孚[①]城时，德国大诗人歌德诞生之屋，亦被炸毁。屋内藏有歌德幼年时代之遗物甚夥，今则此历史上有名之胜迹，已荡焉无存云云。秦火一炬，玉石尽夷，此真无可补偿之浩劫也。我国历年苦于兵燹，文物史迹，厥值殆难估计，真不知世人何以勿耐恬静之生活，必欲争城以战，杀人盈野，坐使大好河山，尽染腥膻之气，美好之胜迹与瑰宝，一一摧毁无遗。人安得谓为万物之灵？在下走看来，特是万物之至蠢者耳！

《社会日报》1944 年 4 月 8 日

望而生厌的蛋糕

咖啡馆中之蛋糕，渐有使人望而生厌之趋势。予尝贡献意见于大中华王总经理前，以为蛋糕在一般食客之口中，已在日久生厌之列。苟能设南华之粤式点心，供诸大中华案头，必能动人食指。

① 今译为法兰克福。

王总经理然予说,特以实行此一计划,炉具必须另置,故非咄嗟间可以立就。兹则皇后①得黄鹤楼②之合作,已有楚点供应,先鞭遂让皇后着之矣。

《社会日报》1944 年 4 月 9 日

头如巴斗大

本报标题,《巴人小语》之镌版特巨,"巴"字当头,尤有魁梧奇伟之观,此殆即所谓"头如巴斗大"乎?

《社会日报》1944 年 4 月 11 日

陈情表

九公曩在他报作《春秋笔》,已为予攫之用于《春秋》杂志中。今九公又为吾报作《陈情表》,予以为亦当让渡与下走,以下走氏陈,用"陈情表"为篇名,庶几名副其实。九公既未过房与陈姓,又非李密子孙,用此三字,殊未能适如其分耳。

《社会日报》1944 年 4 月 11 日

迷踪艺

报间载《霍元甲》影片广告,有"迷踪艺大败小霸王"一语。下走少时,看过不少一道红光一道白光之武侠小说,独不记何谓迷踪艺?九公兄腹笥如《万宝全书》,亦能为我解此一惑否?

《社会日报》1944 年 4 月 11 日

---

① 皇后咖啡馆,位于汉口路西藏路转角。
② 黄鹤楼酒家,位于金神父路(瑞金二路)121 号。

羌无好怀

迩日心头苑结，为十数年来所未有。综我生平，初未尝有所谓家庭幸福，而时至今日，创我心胸者，复有莫可言宜之愤恨，匝月以来，所度者完全为一种草间苟活之光阴，事业浮名，于我殆两无益。尝允灵犀为吾报常用执笔，卒亦时作时辍，盖亦如灵犀之所谓“羌无好怀”，遂无法摛翰走笔，纵春葩于纸上也。今日此文，聊胜曳白，惟灵犀谅我。

《社会日报》1944 年 4 月 12 日

大中华一女侍

靓妆刻饰亦倾城，长谢递茶行炙情。
一自鹿车挽将去，更无檀口唤先生。

常为下走递茶行炙，睹予必唤陈先生，绝轻柔可人意，今嫁作科长太太去矣！以一杯盘女郎而得此归宿，要可庆幸。此诗有一“情”字，则为情谊而非情爱，读者幸勿误会。

《社会日报》1944 年 4 月 13 日

游园二记

入春以来，凡两度展我游屐于法国公园，此中把臂踯躅之女郎甚夥，遂恒为“跑单帮”男性之追尾目标。其实此亦不过聊且快意之举，追尾结果，无非是一个望望然去之而已！安望能手到擒来哉？不为无益之事，何以遣有涯之生？予于此等明知徒劳而仍欲尝试一下之人之行径，盖颇寄予同情焉。

视法国公园为运动场，假一隅地打羽毛球者，亦实繁有徒。第二次着屐法国公园者，睹一双同御红色外套之姊妹花，在跑道上打羽毛球为戏，两人技术皆不高，遂不能臻穿梭往来之妙。一佻健少年在旁叫嚣曰："不要将毛拍坏了！"则以一女之使劲奇重，遂为旁观者恣为谐谑，此亦惟有登徒子之流亚，始如此口没遮拦耳。

图 51 上海法国公园中的露天咖啡座，刊于《大美画报》1938 年第 4 期

《社会日报》1944 年 4 月 14 日

喜彩莲婚变

闻喜彩莲以别有所恋，方与其藁砧李小舫闹婚变，报间消息如是言，确否犹不可知。喜娘曩岁在上海时，予与一方兄尝力誉其艺事。喜娘为人，由来温婉，与李小舫志同道合，伉俪素笃，所传"别有所恋"之说，衡以喜娘平时之个性，似颇不类。盖喜娘初莅沪上时，处境迍邅，不甚得志，彼时有觊觎喜娘者，喜娘尚作投梭之拒，不欲愧对其藁砧。今日则喜娘享誉，遍于平津，居室服用，无殊京朝大角，盖已臻名成利就之候，又安至为物力所诱，骤生外心？惟男女间事，往往不可以常理测，下走夙与喜娘伉俪有旧，故愿此讯之非确耳。

《社会日报》1944年4月15日

万象厅

一度展游屐于新都七楼之万象厅，喝一盏咖啡，售八十金。取值不可谓昂，以西藏路上之咖啡馆，亦相差无几也。万象厅有爱普庐乐队奏曲，有舞池设备，故可以躚步。展幕之初数日，有女歌手十数辈，轮流奏歌。报间广告，列兰苓、郑霞、玲芝、曼萍之名，予未尝见，能举若侪芳帜者，惟梁萍、欧阳飞莺三数人而已。播音台上，别有一中装客司报告，其人曰刘衡之，盖犹是玻璃电台时代之旧人，操国语熟及而流，予在场之时，吴承达兄欲予以《万象》前任编辑之资格，上播音台之词，力求始得免，否则真要叫我窘在麦格风前矣。

《社会日报》1944年4月17日

远足

九十春光，犹未尽去，展屐寻胜，此正是大好时机。下走生平，独好浪游，近自苏杭，远至港粤，大好河山，恣我登临纵目之快者，不知几千万里。所引以为不负此生者，盖亦惟此而已。战起自于烽火中归沪堧，六七年来，仅一莅故乡，外此惟蛰处软红尘十丈中，几与佳山水绝缘。因与毓刚①、慧棠（皆《春秋》执笔者）二兄商，结

① 沈毓刚。

伴诣近郊一游，以领略浩荡春光。二兄然予说，别邀石琪、沈寂诸君，决定举行一次远足之会，目的地为江湾与龙华，而于下走写此文之翌日成行。伏处江关，闷损万状，虽近郊之行，不足以拟壮游，然亦可以稍涤尘垢，一拓胸襟矣。

四月十四日记

《社会日报》1944年4月18日

郊游小记

于一日之间，游江湾、龙华两处，江湾之叶家花园，为下走旧游之地，风景不殊，依稀当年，惟樱花盛开如香雪海，此则为曩昔所无耳。龙华在战后未尝一至，是日盖为劫后重临，寺倾圮之处甚多，佛像亦多驳落不整，同游者谓菩萨似患可怖之麻风症，闻之喷饭。龙华镇上，有数幢市屋，作三十度之倾侧，似有摇摇欲倒光景，殆是炮火震动使然者。同游者列以为龙华十景之一，曰“左倾之屋”，亦趣。房屋有左倾色彩，似有取缔必要也。同游者沈翊鹍、徐慧棠、沈寂、石琪、郭朋、林莽皆《春秋》执笔人。

《社会日报》1944年4月19日

新诗一首

捏笔杆的鱼，
哄小孩子的鱼，
吓坏个把人的鱼。

（注）新诗一首，为仿效“带桂冠的诗人”之名作而写。据说此类新诗，可以哄小孩子，亦可吓坏个把人，故下走此诗，即以此为题材，虽病在秉笔直书，似少含蓄，然实是写实之作，与象征派之诗或可以分庭抗礼也。又，此类诗只须三句，即能包括一切，传神阿堵，所谓“以少许胜多许”耳。

《社会日报》1944年4月21日

落红

游叶家花园时，园中樱花已零落尘埃间，诵“燕子不来春又去，满庭红雨落无声”之诗，使人有不尽低徊之感。樱花为物，略如桃花，在楼头时冶艳之色，真足以夺人魂魄，然春光未老，花颜已衰，狼藉满地，惟恣人践踏而已！诗人笔下，桃花有轻薄之诮，樱花亦犹是也。予旧日游西泠，有“东风腾踔葬桃花”之咏，盖深慨乎落红之就萎于尘土耳。龚定庵诗曰：“落红不是无情物，化作春泥更护花。”自是达观人语。下走伤于哀乐，往往睹物兴感，未能如定公之襟怀澹宕也。

《社会日报》1944年4月22日

谢汪亚尘馈扇

云隐居士汪亚尘先生，以善绘金鱼名驰艺苑，有“汪金鱼”之号。尝于吉祥兰若见先生所绘中堂，极鳞藻欲活之致，临渊羡鱼，当时即蓄此想。最近，晚蘋兄忽以一扇贻予，则亚尘先生委晚蘋兄所馈者，扇上绘神仙鱼三尾，行游荇藻间，濠梁之趣，仿佛视金鳞尤胜。亚尘先生题宋玉《神女赋》“被华藻之可好兮，若翡翠之奋翼”两语其上，复系以跋曰：“神仙鱼产于热带，鱼色受光线之反映，时有幻变，几不可捉摸。余喜饲养于案头，以供写生。”此真写作俱佳之页，得之不禁狂喜，爰志数言，以当泥首。

图 52　汪亚尘绘金鱼，此画为荀道勇先生收藏

《社会日报》1944 年 4 月 24 日

歌喉

近数月来，尝遍听海上女歌手展其珠喉，此中人大抵受过训练，与未尝受训者歌喉截然异致。万寿山之王珍妮，尝肄业音专，其歌喉宽拓如不费力，自是上驷之才。惟有时辄觉其略带苦音，唱中国歌字眼亦不甚清晰，是其美中不足处。欧阳飞莺尝请密昔司福之指授，其咬字练音之遒劲，盖日在猛进无已中，前途希望，无可限量。兰苓歌喉非不动听，特锻炼之时日似犹浅，故聆其奏曲，惟觉悦耳而已。外此若郑霞、梁萍之俦，歌爵士已能胜任愉快，若言叩声乐奥秘之门，殆犹须假以时日也。

《社会日报》1944 年 4 月 25 日

无声之诉

闻诸人言，吾报第四版有洋洋大文，指斥下走。文中究作何语，下走犹未寓目，以意度之，殆不外下走编了一本《春秋》，未能尽如人意，遂遭怨尤而已。下走去岁见抑于某甲，近顷复以家庭间事，迭受刺激，人生兴趣，索然垂尽，晨夕光阴，都在忧伤憔悴中度过。心头菀结，莫可宣愬，对于编辑刊物，遂亦无复佳趣，他人不谅，恶声从集，下走惟有听之，置勿与较而已。创巨痛深之余，已视声名权益如无物，此心如荼，殆非咒我者所能解。下走已矣！咒我者犹英年，深愿能好自为之也！

《社会日报》1944 年 4 月 26 日

怪人怪事

孙了红兄旧有《雀语》之作，为《侠盗鲁平奇案》之一，故事绝诡奇，了红遂拟改作一过，易名曰《雀子的秘密》，重新发表。不意才成一章，忽为其一友假原稿去，转辗传阅，竟至失落，于是了红之痫瘈复作，坌息访予，坚欲下走为其撰一启事，张诸报端，希望有拾稿不昧之人，返其原作。了红又言："苟此稿忽发现于刊物之上者，决非出自本意。"了红之言，迷离惝恍，意者殆有人攘其作品，行将公诸读者，而事为了红所不愿，故欲大张晓谕，声明未尝售稿于人耳。特此君晤予之际，初不明言其故，第欲下走坠入五里雾中，为之效莫名其妙之劳，真怪人哉！

《社会日报》1944 年 4 月 28 日

笔下丽人

下走笔下之丽人，最近又一度来访，味其语气，殆将退藏于密矣。丽人有姊，嫁于杭州，丽人他日亦将卜居于西子河畔，盖其夫婿在杭垣供职也。下走尝屡屡劝丽人，以为伊人盛年将逝，勿若早日谋归宿，今闻其将嫁，辄为之欢忻无量。丽人有母，夙依丽人而居，今所悬而未决者，端为板舆迎养一问题，丽人之意，欲夫婿并迓其母居杭州，庶起居有照拂之人，而夫婿之同意与否，则犹待磋商。丽人之婿，向亦在沪，为丽人舞客之一，下走亦见之，年少多金，犹未婚，最近始就事于杭州。丽人得婿如此，要亦可以无憾矣。

《社会日报》1944 年 5 月 1 日

赌

赌博的目标是求侥幸，而其结果则永远一个未知数。赌不能满足赌徒的侥幸之欲，正和酒不足以解除酒徒的苦闷一样，然而赌徒们还是爱赌。

过去，我也爱打打小麻将，灵犀、一方二兄都是老搭子，我们的赌当然是为了遣兴，并不是谁想赢谁的钱，可是至少精神是因此耗损的。我感觉到虽偶一为之亦有损无益，于是实行戒赌，自大中华咖啡馆开幕到现在，已经将近一年，我没有参加过一次博局。

有一次，曾在宴间听到知止居士叙述世代永戒赌博的原因，使我很感动，我之所以戒赌，知止居士的一席话也是与有力的。

朋友们时常问我："为什么麻将都不打了？未免太做人家了吧？"我的最简单的解释是："赢别人的钱，于心不忍。要是输了，是辛辛苦苦赚来的钱，也犯不着那样掷于虚牝。"终我此生，我将与一百三十六张骨牌绝缘。

《社会日报》1944年5月2日

间接辩护

孙了红兄来言，青子先生在《巴人小语》篇中，曾述及张凤云、凤霞姊妹，谓二人都已染烟霞之癖。又言凤霞已与朱国樑分袂，近与乃姊凤云同在某舞厅下一剧院充当零碎角儿。更言曾于道上觏凤霞，已非人形云云。

下走未睹青子兄原文，不知是否曾作如是言，惟了红则谓以上所志，并不尽然，嘱予代为声辩，以下皆了红兄语：

一、凤霞为一旧女子，绝对不致与朱国樑仳离；二、凤霞生平最痛恨的是鸦片；三、凤霞姊妹在大世界挑自己的班子，一天到晚忙不过来，哪会去充当别处的零碎角儿；四、至于“已非人形”云云，凤霞一向不喜欢打扮，十余年如一日，除非有堂会才肯好好地化妆。

了红兄嘱根据以上四点，在《话匣子》里广播一下，受人之托，理当忠人之事，爰代间接辩护如上。

《社会日报》1944年5月9日

女作家近况

有人以“专捧女作家”病诟下走，今日又拈女作家近况为题，大有“愍不畏法”之概，不知当世贤者，又将挥其如椽之笔，折辱下走否？

此所谓女作家近况第言两人：其一为程育真小姐，育真小姐为小青先生女公子，已卒业于东吴，迩方在外滩之中国联合保险公司任职；其一为杨琇珍小姐，杨小姐尝一度就婚于舒城，但未及于嘉礼,就跋涉长途,遄归上海,顷服务于某一团体之总务处。此两位东吴系女作家,盖胥已踏上女子职业之途矣。

《社会日报》1944 年 5 月 10 日

厌世

做一个人很不容易,按理不应该有厌世之念。然而不尽的打击,正像长江水一样的滚滚而来,无缘无故的给人骂一顿,衔恨我的人始终以仇恨的火焰灼烧着我,再加上本身不幸的遭遇,都足以使人兴"世界是残酷的"之感。即使要想振奋的意志,也会在这样重重的压迫之下颓丧下来,叫你虽欲不厌世而不可得。

不过厌世并不一定要自杀,我的希望是能够步眉子先生的后尘,向什么山上一跑,静静的耽上几年,至少是几个月,隔离了十丈红尘,让脑子清净一下。无论是什么打击,对不起,我要和你告别!

然而,这一种清福是不容易享受,事情摆脱不开,经济能力不够,便别想如愿以偿。鄙人虽有厌世之念,结果,却依然只有"抗尘走俗",真是苦也苦也!

《社会日报》1944 年 5 月 11 日

咖啡室音乐

柳絮兄论咖啡室音乐,宜作小弦切切之音,勿当作大弦嘈嘈之声,此言实深得吾心。咖啡室应为促膝谈心之地,今人视咖啡室,已无殊青莲阁①、一乐天②,若所奏音乐,更作急管繁弦之声,真将使

① 青莲阁,位于福州路上(今 390 号外文书店旧址)。
② 一乐天茶室,位于南京路上。

“偷浮生半日闲”之侣，望而却步矣。红棉酒家之豔遨轩，延康脱莱拉斯乐队，吹奏娱宾，可谓不惜工本。惟乐工当知咖啡室与舞场有别，疯狂之曲，奏之于舞场，足以助人踏步之兴，而咖啡室则勿宜。坐红棉，康脱莱拉斯亦时时奏康茄之曲，在康氏为卖力，实则犹未明咖啡室与舞场情调宜有异致也。

《社会日报》1944 年 5 月 14 日

程小青先生鬻扇

程小青先生，致力于侦探小说一二十年，译作固流利婉约，为读者所称赏，创著《霍桑探案》，亦脍炙人口。今日操觚之士，未尝不人才辈出，然始终为侦探小说殚心竭力者，惟小青先生一人而已（孙了红兄作《侠盗鲁平奇案》，为反侦探小说，与小青先生小说之作，风格又自不同）。小青先生除优为侦探之作外，复擅丹青，往岁尝订鬻扇之例，日来天时渐燠，小青先生仍援年当旧规，绘扇一页，取二百金，不过看一出李少春的《文天祥》之代价而已。先生所作，以花卉蔬果草虫为限，生花之笔，见之者罔不剧赏。读吾报者，如例致润，向世界书局订件，一来复即可转扇入握也。

《社会日报》1944 年 5 月 15 日

覆露苡表妹

露苡表妹：

接连接到你两封信，知道你很忧郁，不幸的是我也遭遇了同样的命运，事实上，我和你表嫂是分开了！话说来很长，这里略而不谈。总之，我没有亏负你表嫂，我的心底深处的话，没有向任何人诉说过，也就为了这个，我痛苦了十几年，现在这痛苦也许可以解除了。我是说，最后我们难免要走上钗分珥折的一条路。侥幸我还有《春秋》的编辑工作，精神可以有所寄托。希望你不至于和我同病相怜，因为我毕竟在上海，而你则在遥远的边陲，在人地生疏的他乡失去了家，是更痛苦的。我在这里为你祝福，愿你能获得佳运。

蝶衣手简(五月九日)

(蝶衣注：露苡为下走舅氏女，现居昆明)

《社会日报》1944 年 5 月 16 日

韩志成先生招宴

韩志成先生招宴于其寓邸，予近时不恒预酬酢，惟韩先生以阛阓胜流，不务骄蹇，与人接晤，恒有欢若平生之襟度，予故乐与相晋接。此宴复有空我、灵犀诸兄同席，因绝早即趋车应召。韩先生之居在巨鹿路，精舍一幢，花木鼎彝之盛，凡事业成功之人，退身晏居之所必备之娱，韩先生邸中胥有之。下走奋斗两年，友侪皆知下走粗有成就，绝不料转瞬之顷，事业已非复我有。履韩先生之阁，睹其燕居暇豫之状，盖又不禁感慨系之矣。

是日之馔，为梅龙镇酒家所承办，绝丰腴，酒亦上品，知主人耗于是宴者，数且不尠。惜下走以事，不及终席即匆匆行，未获与韩先生抵掌作长谈，至以为歉耳。

《社会日报》1944 年 5 月 17 日

告“怨天”者

人们在遭遇到不如意事的时候，往往要怨嗟老天，发表“彼苍胡酷"一类的慨叹。其实苍天对于人们，待遇原不菲薄，这里且举一个例来说。譬如，现在已经是初夏的天气了，不久酷暑即将来临，那时候给予人们的感觉是热，热得透不过气来。在热得透不过气来的时候，嘴里也会时常感觉到干渴欲死！然而你真的会干渴而死吗？不会！

老天在这个时候，它会给你安排好许多解渴的瓜果，挺大挺大的西瓜，黄澄澄的金瓜，以及其他各种富于津液的果子。在酷热之下，瓜果并不燔炙得枯竭而死，反而一丛丛一球球的滋生出来，供给人们解渴，这岂非不可思议的事！

上天有好生之德！老天对于人们的待遇，真不菲薄呀！咱们以后千万别再怨天。

《社会日报》1944年5月18日

佳人难得

大中华咖啡馆诸女侍，先后离去者有陈霞、邓雪英、罗秀珍、王颖霞诸人，开幕未几一载，已使人兴新陈代谢之感。友侪或有作鹑书之荐者，然绝鲜上驷之选。事实上大中华亦需材孔殷，特所欲罗致者，必具备明眸皓齿之美，庶几不致获憎于座上客。悬此标的以求，宜非难事，然以今日咖啡馆之多，需材孔殷者不止大中华一家，于是女侍应生之物色，遂亦有才难之叹。佳人难得，奈何奈何！

《社会日报》1944年5月19日

园游会

以大郎兄之邀，参加星期六之园游会。是晨雨势颇盛，近午乃止。欧阳飞莺小姐约贲临，遂共呼一车，疾驱至周湘云别业[①]。

抵园，惟杏花楼庖人已在，余犹无至者，不禁自笑此来如此早，遂漫步于园中，浏览水榭风廊，繁花小草之胜。十二时后，桑弧兄继至，朱石麟先生及顾兰君、王熙春、胡梯维金素雯伉俪、屠光启丁芝夫妇、陆洁先生与王丹凤、大郎，之方与管敏莉、周秋霞，亦陆续莅临。白玉薇及柯灵兄最后至，杂坐于涵碧草堂前紫藤花棚下。金鸦未腾，密云不雨，似颢苍亦颇知荫覆吾侪者，盖天气如此，实最宜于游园。若骄阳而张，则游园者汗且渍，转无竟体轻快之致也。

筵开后，诸人轰饮甚剧，兰君、敏莉，斗酒尤豪，各尽二三十觥，醉后粉颊，妍色益滋。筵撤后，兰君与王丹凤买车先行，管敏莉则偃卧于涵碧草堂之贵妃榻上，盖玉山颓矣。

此会以黄宗英、兰苓未至，稍沮意兴。座中无一人携照相匣者，遂不获于园中留一影，尤为憾事。

《社会日报》1944 年 5 月 23 日

徐倩之死

月前吾报尝有一文，言及女歌手徐倩之死，谓欧阳飞莺与徐倩素稔，徐倩是否已遭不测，犹疑云万叠，欲不佞一叩飞莺，明其真相。周末赴园游会途中，不佞曾以此事叩飞莺，飞莺言噩耗良确。盖徐倩之赴汉上，系应白云、罗舜华夫妇之约，抵汉后参加《小红娘》一剧之演出，颇获佳誉。不幸归沪途中，乃殒其命。徐倩有姊，遇飞莺时，述其弱妹凶讯，飞莺故知其事。徐倩年不过十七八，正

① 周湘云(1878—1943)，宁波人，周子莲之子。上海著名房地产商，1902 年上海商业会议公所成立时，周湘云为首届会员。其别墅位于今青海路 44 号，现为岳阳医院青海路门诊部。

如花好女，不幸乃遭横死，真可扼腕也。

《社会日报》1944 年 5 月 24 日

喜娘离异事

喜彩莲与其藁砧仳离事，卒以报间所记而证实矣。旬日以前，喜娘犹与其藁砧同署名，寓书下走，勿承认外间所传。顾转瞬之顷，此二人终成分飞之劳燕。意二人胸臆间，殆各有难言之痛，故虽在临歧之顷，犹谅言其事也。喜娘之所以必欲与其藁砧判袂，其原因大抵与周璇、严华之事相仿佛。严华有一周璇，不知轻怜密爱，遂使周璇拂袖而去。喜娘在红氍毹上，亦是一可喜娘儿，而李小舫得之，初不知其可贵，共晨昏既久，视之惟落落而已！于是一旦有人悦喜娘，喜娘终去而之他。此与周璇之别严华可谓如出一辙也。

《社会日报》1944 年 5 月 27 日

银星团歌

李英、顾兰君夫妇组织之银星剧团，亦制有团歌，曾匄得胜公司灌为唱片。昨日，银星饬人送一张至大中华咖啡馆，嘱为播唱，歌声颇雄壮，顾未尝以唱词附来，遂不知在唱些甚么东西。大中华座客众，亦愿一知其歌词，愿李团长或顾兰君小姐，能补送一纸说明来，庶几便于传诵也。

《社会日报》1944 年 5 月 29 日

乔奇与徐倩

下走尝证实曙天兄之说，记女歌手徐倩之死难事于吾报。闻诸人言，徐倩曩在沪上，与乔奇颇相过从，乔奇在卡尔登演剧，徐倩恒于奏歌之余，视乔奇于后台。有时携手出游，见者遂争传徐倩有附于乔木之意。大抵两人之间，不无情愫，惟不如所传之甚耳。今徐倩不幸死于旅途，不知乔奇闻耗后，亦会一洒伤心之泪否？

《社会日报》1944 年 5 月 30 日

公园名称

上海的几个公园，不仅缺少园林的幽趣，就是名称，也觉得不大高明，譬如顾家宅公园，以前又名法国公园，现在法租界已经取消，当局似乎没有给这个公园别题名称，于是只好叫它顾家宅公园了！公园之上冠以“顾家宅”三字，多么俗气！我以为不但这一个公园应该重行命名，就是兆丰公园和外滩公园，名称也得更改一下。我自然不敢给它们妄拟尊号，不过提供一点意见也许是可以的。我以为外滩公园可以易名为“海滨公园”，兆丰公园或仍其旧，改为“西郊公园”也可以。从前静安寺路大华路口出现过一个绿野花园，这名称很容易记，不妨以之移赠顾家宅公园。几个公园在正名以后，内部似乎也都应该修葺一下，多植奇葩瑶草，藉资游人欣赏，这是市民一分子的浅陋之见。

《社会日报》1944 年 5 月 31 日

歌舞片与插曲

报间有许多人非议方沛霖摄制的歌舞片，各人的观点不同，非议之恰当与否自然谁也不敢说，不过平心而论，《凌波仙子》与《万紫千红》虽无甚可取，最近的《鸾凤和鸣》却不能不承认有相当的成功。一般批评都不很满意方沛霖所摄歌舞片中的插曲，认为多属靡靡之音，这至少也有点近于一概抹煞，因为《鸾凤和鸣》中的《不变的心》，就是一支足以使人低徊不尽的好歌曲，惟有待于人们之了解而已！《可爱的早晨》与《真善美》也相当动听。在目前，要使电影歌曲舍靡靡之音而改取铜琶铁板之词，是不可能的事。我们搦管作批评文字，不能太苛求，例如《不变的心》一曲，我以为作曲者已经是尽了最大的能力，我们何忍再做抹煞之论呢？

《社会日报》1944年6月1日

华安之一号理发师

华安大厦之理发厅，既由镇海李氏袭其业，即以三万金一月之包银，延致一理发师为能婆温[①]。其人毕竟有何本领？非笔墨所能述。惟据稔悉华安情形者言，上海有不少太太奶奶，以及货腰女郎之俦，向往于华安之一号，往往坐华安数小时，以俟一号之光顾。有时俟之不耐，发为娇叱，一号必曰："勿要性急，我这里就要弄好了，马上搭侬弄！"一语未竟，别有催促之声，发于他座曰："那能介慢？我已经等仔两个钟头哉！阿好就搭我做一做？人家还有要紧事体辣浪！"于是一号复诺诺连声以应之，曰："晓得哉！晓得哉！马上就搭侬弄，请侬再等一歇。"大抵类此纷呶之声，在华安恒嚷成一片，盖尽属倩一号整发而来者。若侪明知一号之言谎，顾不以为忤，有时且将便宜送上去给人家讨。一日之间，一号差不多要给太太奶奶做三四十个头，而其中有一部分，一号仅略为梳栉，由其下手接替，赓续成之而已。凡习惯由一号整发之太太奶奶，非一号即

① "能婆温"，number one的洋泾浜英语译音，为"工头"的代称，此处为其本意"一号"。

不还，有时一号就柔发之上，稍事摩挲，仿佛亦感觉身心奇适。一理发师而能如是获娘儿们青睐，真使人恨不身为扫青矣。

《社会日报》1944 年 6 月 2 日

厌世的解释

柳絮兄说我有厌世之念，其实我只是对世事感到淡漠而已！并不是预备向这个世界睽别。如果这世界还不厌弃我的话，我是准备活下去的。

近年来，由于所受的刺激既多且深，使我的情感渐趋于麻木，需要计较的事太多，而事实上又不可能计较，于是颓丧地萎缩下来。“算了吧！”这轻微的叹息抑制住了我绝大的苦痛，渐渐地，觉得甚么刺激都不足以激动我的情感了！我对于世事就是这样的淡漠了下来。

“尘世难逢开口笑！”一个人原应该欢乐一点，愁眉蹙额是没有用的，然而当无法开口笑的时候，让一缕淡漠之感的力量使心中的忧郁平静下来，也未始不是自我安慰的方法。柳絮兄或许不明了我所谓厌世的意思，也许以为我的厌世是消极的表示，实际上并不如此，我的厌世只是对于世间事感觉到有一些憎恶而已。待这些可憎恶的世间事消灭之后，我依旧会欢忻无限地征逐于少年之场的。

《社会日报》1944 年 6 月 6 日

弦边重睹徐娘子

凤集叙餐之日，“弦边婴宛”之一徐雪月亦莅止，唱不知哪一档书的哪一段一阕，下走于此道为门外汉，故勿能举其名。惟雪月与醉疑仙、谢小天同享盛誉时，固尝数数见之，维时雪月犹如奇花初胎，正在风头上。及后闻雪月赴吴门奏艺，又闻雪月遣嫁，屈指至今，殆亦不过三二年功夫耳！而雪月忽又重作出岫云。此日觏之于尊前，视其风貌，依稀犹昔，惟已较前为清癯，著短袖(等于无袖)旗袍，裸两臂于外，了无匀圆丰腴之致，惟觉其瘦削可怜而已！因与一方兄相互兴慨，以为女人嫁后复出，其花一般的生命从此结束矣。雪月曩时，不知系嫁与哪一位仁兄作娘子？大概其人对雪月已经玩腻，故向之爱则加诸膝上者，兹又恶则驱之下其堂。(编者按：此有误，还待访横云阁主代为剖白。)此日睹雪月犹抱琵琶弹旧调，真仿佛朱唇启处，一声声都蕴有无限辛酸泪也。

《社会日报》1944年6月7日

今朝有酒今朝醉

据曾经向各处生啤酒发卖场举行巡回观光过的人说，几家生啤酒发卖场中，以维也纳长廊的营业为最盛，原因是由长廊内趋，便是舞厅的所在，所以时常有娉娉婷婷的货腰女郎，由此翩然而至，长廊不啻响屧廊，酒徒们一面举杯畅饮，一面可以获得揭眼药之趣，所以“座上客常满，樽中酒不空”的盛况，以维也纳为首屈一指。关于上项诠释，我认为是对的。因为酒字的下面就是色字，酒色原是向来有联系的，醇酒固然足以使人陶醉，如果醇酒之外更有妇人，即使仅许你揭揭眼药，毕竟也是更好的。这不但在酒徒们是如此看法，即以鄙人来说，虽然至今我还没有参加过维也纳长廊中的揭眼药群，然而南华与万寿山两酒家，却是时常去的，原因就是为了那儿有许多的少艾之女，担任周旋肆应之役，一踏进去，就会给予你一种玉貌当炉的印象，很足以逗起好感。更兼南华有一位郑予一小姐，万寿山有一位唐蕙馨小姐，都是既雄于谈而又善于劝酒的，她们银铃似的语音就是绝好的下酒物，即使没有花生米、鸡鸭膀之类，也可以连浮三大白。何况此间更不乏女客们斗酒角拳。若侪之骁勇往往无逊于须眉，瞧着她们"酒晕无端上玉肌"的情趣，其美妙或许也不输维也纳的响屧廊所见(我仿佛成了登徒子了!)。

在此时会，恐怕谁的胸臆间都不免有一些沉郁，那么，在喝啤酒运动广泛地展开的现在，咱们大家今朝有酒今朝醉吧!

《社会日报》1944年6月8日

潘白

潘柳黛女士自蚌埠还沪上，昨日二度见之于金门筵上(第一次在皇后大戏院门首不期而遇)，女士已接受《平报》之聘，主持《新天地》辑务，而女士则自谓系承打杂一役，盖谦词耳。潘女士文笔恣肆幽隽，兼而有之(又不辞捧女作家之嫌矣)。此后当有佳作，以饱吾侪眼福。是日文艺坤伶白玉薇亦至，玉薇新病乍愈，未尝施朱映白，眉目间呈病态之美。当筵而坐，恹恹慵慵，仿佛表演舞台上之《鸳鸯冢》焉。

《社会日报》1944年6月13日

康脱莱拉斯

康脱莱拉斯乐队，吹奏于红棉，颇有声于时。康在上海之乐队领班中，以资望之隆，与土地之老，遂造成其类似于老头子之地位。

乐工中有纠纷发生，得康一言，往往立解。女歌手安蓓娜，为康之外室。安歌喉甚美，人亦如热带蛇一条，康脱莱拉斯得妇如此，宜嬖之綦深。而康于人前，恒言安蓓娜之蠢拙。康近年以来，对音乐一道已不复有佳趣，暇恒寄兴于斤斧之间，其寓邸中车床刨床之属，触处皆是。有一车床，广达六尺，有询其派何用场者，康曰："车表壳而已！"最近，康之部下有鼓手等三人，联袂离去，参加万象厅之万能大乐队，康以此与鼓手大打出手，此盖一贯的老头子作风也。

《社会日报》1944 年 6 月 15 日

《霍桑探案》第二辑

程小青先生近来于教读作画之暇，又整理其往年所作《霍桑探案》，成小丛书第二辑，其中包括《魔窟双花》《两粒珠》《灰衣人》《夜半呼声》等五中篇，每篇一册，由下走为之序，由世界书局出版，顷已在排印中。芙蕖出水时，此书亦可以问世矣。世界书局于战后，以抱残守阙为政策，不恒从事出版，有之亦惟小青先生之作，盖聊

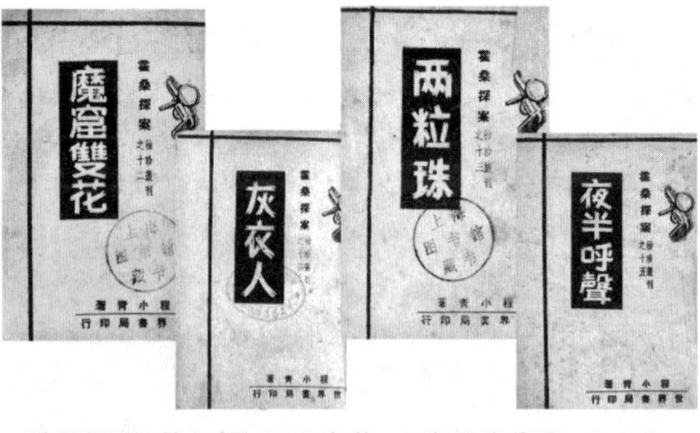

图 53 《霍桑探案》第二辑，程小青著，上海世界书局 1944 年 6 月刊行

以点缀而已。

《社会日报》1944 年 6 月 16 日

陈昌寿

图 54 陈歌辛，刊于《三十年的复旦》1935 年

于万象厅座上晤陈歌辛。始知流行于今日之《我要你》一曲，以及《不变的心》《可爱的早晨》《桃李争春》诸谱，皆出歌辛手笔。惟易名为陈寿昌，遂使人不知即歌辛矣。予与歌辛识面綦早，胡蝶膺电影皇后之选，举行加冕典礼于大沪舞厅时，歌辛亦莅会唱西洋歌曲。是日之游艺会，即下走所主办也。歌辛出名刺授予，其上印“陈歌幸”三字，初以为有讹，歌辛曰无误。叩其易名之故，则谓将错就错而已。其实“幸”字良佳，歌而有幸，自是吉朕；“辛”则于辛苦之外，别无良好诠释矣。

《社会日报》1944 年 6 月 18 日

作曲

方沛霖先生数度枉驾，欲以作曲之役委予，盖阿方哥新作《倾国倾城》，片中需歌曲甚多，阿方哥以为下走解韵语，当能制歌，故欲下走贡拙。下走于制歌无经验，歌词复为剧情所限，必兼筹并顾始可，因之殊难下笔。而阿方哥必欲下走一试，真叫人答应又不好，不答应又不好焉。

报间记《倾国倾城》片中，仅有歌而无舞，此实不然。《倾国倾城》中有极伟大之歌舞场面，由周璇领衔演出，其一即曰《倾国倾城》，其二则为《嫦娥》，盖时装与古装兼而有之也。

图 55 新华歌舞组合影，左一为导演方沛霖，刊于《明星》1938 年第 5 期

《社会日报》1944 年 6 月 20 日

万年桥

苏州万年桥倾圮，我曾经写了一篇《有感》文字，因为是有感而发，不免带些牢骚的意味。同时曼妙先生（包天笑前辈的笔名）在报上，也发表了一篇《万年桥的故事》，他说万年桥的桥名，是一个新娘子给它题的。而据王仲鄂先生告诉我，则谓万年桥系明朝安万年所建，故名。安万年是何等样人？我手边没有《苏州府志》一类的书籍，而且也不耐烦弄考据的玩意，这一件事，还是烦劳现代的“两脚书橱”郑过宜先生吧。

《社会日报》1944 年 6 月 21 日

倡门才子近况

《社日》的读者，也许有很多知道俞逸芬先生的，逸芬是我们（包括灵犀、一方、大郎诸兄而言）的老友，过去在上海，大家叫他"倡门才子"。现在这一位倡门才子，远适边陲，在蜀中开设了一爿中国艺文馆，专作古玩、书画、印泥、印章的买卖，据说生意很不坏。空暇下来，也时常邀了朋友，上馆子里去小酌，生活相当暇豫。这是俞逸芬的近况，胡丹流兄来函中所述如此，录之为"倡门"旧友告。

图 56 （右起）俞逸芬、李曜良、姚吉光，刊于《福尔摩斯》1930 年 5 月 23 日

《社会日报》1944 年 6 月 22 日

予且百记

予且先生，战前尝著有《凤》《小菊》两说部。战后久辍著述，及予辑《万象》，觅先生于光华大学。先生始复从事于写作，今则且以写作为其基本工作矣。先生近发宏愿，写短篇小说百则，悉以“××记”为题，闻将裒集所作，成《予且百记》一书，刊印行世。最近《大众》刊其《怀母记》一篇，结构绝佳，当亦在《予且百记》之列也。

图 57　潘予且，刊于《光华附中月刊》1935 年第 3 卷第 8 期

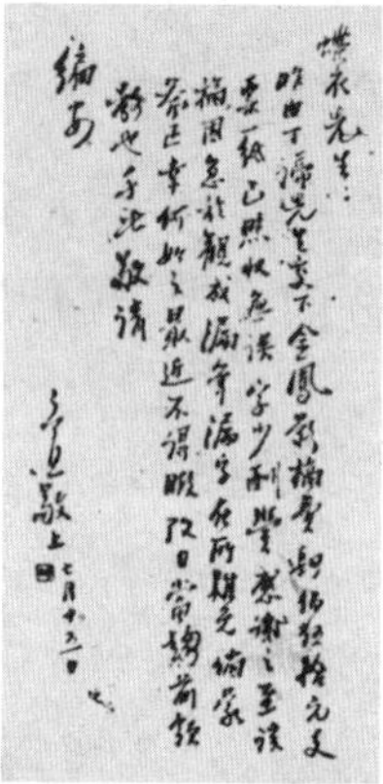

蝶衣先生：

编安

予且敬上

图 58　潘予且致陈蝶衣书，刊于《春秋》1944 年第 2 卷第 1 期

《社会日报》1944 年 6 月 23 日

《恩与仇》

闻唐若青将主演《恩与仇》，有人言，此剧即于伶之《夜光杯》改名。予曩年曾看过最好的一份《夜光杯》，参加演出者有赵丹、顾而已、陶金、舒绣文、赵慧琛诸人，如此堂堂阵容，此日不可复睹矣。三数年前，上海剧艺社尝拟上演是剧，易名为《红粉喋血记》，后忽告吹。唐若青选演是剧，亦由《葡萄美酒》改名为《恩与仇》。“葡萄美酒”与“夜光杯”有联系，就字面论，亦较“恩与仇”为佳，顾卒舍前者而取后者，殆亦有不得已之苦衷乎？

《社会日报》1944 年 6 月 25 日

北游之愿

颇向往于故都诸名胜，天坛之闳丽与万寿山之寥廓，尤劳梦想。向时喜彩莲夫妇尝以函抵予，谓苟游故都，请下榻其家。今喜娘琵琶别抱，旧家庭已拆毁，新家庭未必能容我酣睡，则或当徇白玉薇小姐之请。玉薇速我于秋间游春明，谓其家虽庭院不广，然颇堪容榻，苟莅故都，必下走造其居为小住。玉薇娴文翰，为人亦诚恳，其言当非寻常酬酢之谈。倘北游之愿获偿，必抠衣访玉薇，愿玉薇小姐勿拒我于千里之外可耳。

《社会日报》1944 年 6 月 29 日

及门与破门

贺天健先生近有长文，洋洋千余字，系对其弟子杨石朗转列吴湖帆门墙而发。不知贺氏于长文之外，亦将来一次破门声明，以针对吴湖帆之及门广告否？

《社会日报》1944 年 6 月 30 日

电影插曲

为《凤凰于飞》影片作插曲（此所谓插曲，盖指歌词而言，乐谱则别有他人制作也），全片插曲十一支，大致完成，自视无甚惬意者。而制谱之时，以必须配合声乐故，且不得不损及原词，于是吾作遂益复无可观。今日乃知虽然是靡靡之音的流行歌曲，亦正复不易为。以制作电影歌词著声于时者，迩年惟李隽青[①]先生产量较

① 李隽青（1897—1966），上海人，毕业于上海大同大学，中国早期流行音乐艺术家，曾为多部电影写词，如影片《鸾凤和鸣》中的插曲《真善美》《不变的心》，《一夜风流》中的插曲《三年》，《莫负青春》中的《小小洞房》等。1949 年，李隽青赴港。

丰,撰句亦颇能协于音律,此则所谓熟能生巧也。

《社会日报》1944 年 7 月 9 日

白鸽

冯蘅兄剧赏《白鸽》一曲,向欧阳飞莺小姐索歌谱,殆有按谱寻声,他日在麦格风前引吭一歌之意。此西方之名曲,昔日某国皇帝(恕我健忘)嗜之成癖者,今日冯蘅兄与之先后映辉矣。

《江山美人》影片,昔年尝在沪公映,片中配音即是《白鸽》之乐曲,此曲之抑扬可听,以及在彼时之风靡,可觇一斑。

惟此曲就原名译意,今人尽知"白鸽",所谓以误传误耳。曾孟朴著《鲁男子》,第一章即为《白鸽》,"白鸽"两字殆亦"纯洁的爱底象征"也。

《社会日报》1944 年 7 月 10 日

李香兰之疤

有人在报间记李香兰颊上有疤,实似是而非。予与香兰女士曾三度对晤,李女士"给我的印象十分深刻"(此语当为"何访问"兄所乐闻)。李女士诚有瘢痕,惟地位在颈而不在颊,故无损于女士之美观也。李女士肌肤如雪,海上影星,熠熠作光者奇夥,顾未睹有一人纤白如李香兰。凡曾邂逅李女士者,当信予言之不诬。

图 59 李香兰,刊于《太平》1943 年第 1 卷第 5 期

李女士亦知上海人口中说“里向来”发音等于“李香兰”,盖数度来沪,亦渐解沪谚矣。

《社会日报》1944 年 7 月 11 日

新新茶室

新新公司附设之茶室,向在楼下,最近迁升至三楼,与新新美发厅比邻。新新诸建筑,若新都饭店及万象厅,皆出吴汉民建筑师设计,新新茶室亦是,故营构及装饰,颇有新颖华焕之观,“沙达方登”以云母石为柜面,尤属罕觏,此类云母石,当属旧时所庋藏,盖此日已无从购致也。茶室中有八珍粥一味,风味绝美,予迩晨起绝早,恒赴新新进一器,以为晨餐焉。

《社会日报》1944 年 7 月 21 日

六号字

记得从前冯叔鸾先生编辑《大公报》的一个副刊,每天以“楼桑村民”的笔名,自己执笔写谈话一则,必以四号字排列在第一篇地位。当时我是《大公报》的忠实读者之一,从新闻到广告,无所不看,惟有这一版副刊是例外的。

是一篇优美的文字,即使用最小的铅字排出,也会获得读者的赞美。反之,如果文字并不高明,则纵然以最大一号的铅字排出,也未必会引起读者注意。——我以为。

我之所以撇开冯叔鸾先生所编的副刊不看,就是“四号字谈话”给予我的强烈反感。最近,一位作家为了我将他的文字在《春秋》中排了六号字,引起了他的不满,在报上发表了一则《代邮》。

我没有看到《代邮》的原文(据文宗山先生见告),但却使我想起了以前《大公报》副刊的“四号字谈话”。

编辑一个刊物,尤其是综合性的杂志,对于文字的排列不能不按题材性质而斟酌支配,所以字粒也就不免有大小的差异,在我大致是采取错综的编排方法的,目的是为了求美观。在《春秋》中,排六号字的文字平均每期有五篇至八篇,此中以散文、诗,以及鸟兽虫鱼的解剖文字为多,换一句话说,我是以最优美的文字排六号字的。我觉得,六号字足以代表细腻。

为了文字用六号字排而惹起作者的不满,在我不能不表示相当的抱歉,不过,我可以赌咒(虽然用不到赌神罚咒)说:“我决没有蔑视任何一位作者的心,实际上《春秋》中用六号字排的文字,正是我最爱读的文字。例如施济美女士的《古屋梦寻》、蒂克先生的《秦淑的悲哀》、白文先生的《蚀》、汪霆先生的《新秋小辑》、沈翊鹍先生的《青草池塘处处蛙》等。”

说句笑话,我自己的《编辑室谈话》,每期也是用六号字排的,所谓“老婆是别人的好,文章是自己的好”,我总不会连自己的文字都瞧不起呀!

《社会日报》1944年7月26日

晒　粉　集

《相思寨》

《相思寨》云弹娘事迹，稗官野史多载之，其胆智武略，不在秦良玉下也。去岁，国联影业公司尝摄为影片，使陈云裳主演之，颇为观众所称赏。予近于《万象》月刊外，复有《万象十日刊》之辑，拟匄春茧生[①]撰一武侠小说，即以《相思寨》命题献，以为云弹娘事迹苟衍为说部，必足以歆动人也。惟苗瑶风土，着笔不易，非详加考据勿能尽得其状耳。

云弹娘部勒其众，深有法度，南海邝湛若（露）《赤雅》集中，载云弹君兵法一则曰：

云弹娘相思寨兵，能以少聚众，部署之法，将千人者得以军令临百人之将，将百人者，得以军令临十人之将，一人赴敌，则左右大呼夹击，一伍争救之。一人战没，左右不夹击者即斩，伍之众，皆论罪及截耳。一伍赴敌，则左右伍呼而夹击，一队争救之。一伍战没，左右伍不夹击者即斩一队之众，皆论

① “春茧生”为张恂子笔名。

罪及截耳。不如令者斩，退缩者斩，走者斩，言语惑众者斩，敌人冲而乱者斩，敌以金帛遗地，拾者斩。其功赏之法，临阵跃马前斗，因而破敌，虽不获级，而能夺敌之气者，受上赏。斩级者，论首虏，斩级而冠同伍者，辄以其伍属之。

又志鞞娘盛饰云：

瑶女握兵符者，得冠偏髻之玉，披紫凤之裘，曳蝶绡，佩文犀之印，望之若神人矣。何谓偏髻？中以煖玉琢双凤头，握发盘之。《北齐·礼服志》：八品女冠偏髻结，与此略同。凤裘，白州绿含凤毛所织，色久逾鲜，服之辟寒。蝶绡，冰蚕所珥，织作蝶纹，轻逾火浣，服之辟暑。谚云："凤裘无冬，蝶绡无夏，䮵雪无前，鞞云无价。"䮵雪，骏马名也。

录之以示春茧生，皆笔端渲染之绝好资料也。

蝶衣

《力报》1942年3月22日

袖笼

女子袖笼，二十年前即流行之，笼作圆筒状，以绒制，中实丝绵，纤纤玉手，赖之为护，当时号曰手筒。稍讲究者，恒于丝绒上缀彩钻，灯光射之，闪烁生芒。及橡皮热水袋兴，此物乃归淘汰。至近年，袖笼始复为婴婴宛宛者所好，盖热水袋携之累赘，且温度勿能持久，游踪所至，易水亦麻烦。而袖笼之制，则视前益精，不仅取暖,且可实化妆品其中,毋须另备钱囊,一举可以数得,其便利要为热水袋所勿逮。大抵近时女子,凡身御大衣一袭者,无不有袖笼俱携,冬闺恩物,莫逾于此矣。故词人虞山庞檗子,尝有《踏莎行》词赋袖笼云:

笼去炉边,抛来镜畔,貂茸一握春云软。温馨疑带麝薰微,依稀怕染脂痕浅。

样爱团栾,心同宛转,闲时独自摩挲遍。谢郎替熨玉葱尖,笑他还比郎情暖。

可谓咏袖笼之最早者。

《力报》1942 年 3 月 24 日

鍊师娘画葡萄

周鍊霞女士为恒顺酱醋厂主人绘册页,作葡萄一丛。秋翁匄鍊霞女士绘立轴,以赠知止老人,鍊霞亦作葡萄松鼠之图。见者辄曰:“鍊师娘笔下,奈何独多葡萄?”下走无赖,辄复笑曰:“有葡萄而无葡萄架,犹病其美中不足也。”

《力报》1942 年 3 月 25 日

日落三竿犹未起

灵犀颓废,往往日入而作,日出而息,友好胥忧之。下走亦尝一日数谏,灵犀奋然曰:“翌日当调整生活矣。”翌日觇之,则灵犀之俾昼作夜如故。秋翁曰:“人恒言日上三竿犹未起,灵犀则日落三竿犹未起矣。”“日落三竿”一语,绝妙。

《力报》1942年3月25日

头痛粉

迩来投机之风又大炽,几于无货不囤,有物皆积。于是生活程度亦与之成正例,悖入而悖出,真是自己吊自己头颈也。囤货之中,奎宁、糖精、万金油之类,涨风最厉,其实皆囤户踢皮球所造成,实际需要量殊少,试问哪一个人天天在发疟疾?天天在闹头痛哉?徒以经营者日众,遂无不居为奇货,致市面上乃有缺货现象。一旦囤积过剩,他日无人问津,货价如年大将军之一夜连降十八级时,正恐此等囤户,不免偷鸡(谐音投机)勿着蚀把米耳!

迩来头痛粉市价,亦随万金油高涨,向时每包仅售一角者,今已昂至二元许。如此高价之头痛粉,不头痛的人听了,也要头痛起来,试问患头痛者服将下去,又如何能够止痛?只怕头痛未已,反而又添了心痛毛病也。

《力报》1942年3月28日

数典忘祖

因风阁主人谢啼红,某日作一稿,欲举类如“王桐花”“崔黄叶”之诨号者数人,问于予,予曰:“贺梅子、袁白燕、杨秋柳,皆可以入选乎?”啼红沉吟曰:“以夕阳一诗鸣者,是何人?”予曰:“此则为谢夕阳,足下不知,真可谓数典忘祖矣!”

《力报》1942年4月2日

愿为师娘一字师

周錬霞女士作轧米诗,其一曰:"重愁压损作诗肩,陋巷老贫又一年。相约前街平粜去,米囊还倩枕衣兼。"(见四月号《万象》)诗自是绝佳,惟"老贫"二字,微嫌其不符事实,平时见錬师娘者,无不谓师娘风华绝代,着一"老"字,毋迺未称?窃愿为錬师娘一字师,请易"老贫"为"安贫",则虽犹谦词,至竟极当耳。

《力报》1942 年 4 月 2 日

自警

自保甲之制度创,自警团之白布臂章,街头遂到处可见。或谓"自警"两字,意不甚通,不如"自卫"之为佳,其言良是。惟"自警"两字,亦非杜撰,《西厢》即有"芳心自警"之句,自警团之名称,乃根据软性的《西厢记》而来。

《力报》1942 年 4 月 3 日

一方之胖

一方兄躯体日肥,此君日日走舞场,非宵深不归,有时又浸淫于博,凡此皆劳民丧财之事,颇不知其致肥之道果何在。或曰,一方殆好在糊涂,譬如林庚白之死,报端已见报丧广告,一方于其所作稿中,犹曰"但愿其为海外东坡之谣也",一方平日殆不甚看报。不看报纸,于世事都茫然,亦可以少却许多烦恼。一方躯体之日以肥,或者真是这一个原因也。

《力报》1942 年 4 月 3 日

银汉词

访鍊师娘于其居，师娘出旧作《银汉词》一册睬（又写了一个生僻字，使啼红见之，必曰：“蝶衣从《康熙字典》中搜索得来者也。”）下走，下走辄诧曰：“师娘女士，奈何有汉？”师娘曰：“女子便不知有汉耶？”下走亦自为失笑。师娘徇下走请，方作一稿，曰《螺川小品》，将发表于《万象》五月号。

《力报》1942年4月6日

题鍊师娘画

鍊师娘作翎毛花卉，设色都奇妍。下走近来久无诗，见鍊师娘画，辄题一绝曰：“花颜帘底明深浅，柳色风中炫起眠。一样江南风物好，只怜不是旧山川。”着两“风”字，浦东人打话“风（轰）大（杜）来！”尚待是正。

《力报》1942年4月6日

报纸与民族精神

东瀛报纸，恒有标语曰“终年不休刊”，乃造成其国人刻苦自励之风。美法报纸，每值休沐日辄辍刊，故美人耽于逸乐，偷惰成习。报纸之与民族精神，不能谓绝无影响也。读九公兄《不是读书天斋谈荟》，似颇涎羡于报纸之六一办公制，谓苟能如是，可使全体新闻从业员歌功颂德，下走于九公之言，窃不敢苟同。吾与九公，都已越少壮之时代而过，及时淬厉，犹虑无成，讵宜复以玩岁愒日为想望，故九公言歌功颂德，下走断不与其列。

《力报》1942年4月9日

簪花

时髦女子，都好簪花，即大家闺秀亦复如是，初不独货腰女儿为然。盖在鬓边着花，良足以为搔首弄姿之助也。一日，吾友携舞侣共饭，舞侣鬓间亦别两花，垂垂及额，乃类寿阳公主妆。如王次回诗，所谓"□□□□□□□，美人头上有香来"，下走虽非玉蝶，亦恨勿能羽化而登其上也。

《力报》1942 年 4 月 12 日

黎莉莉之嫁

云裳兄于《妇人科》篇中，记黎莉莉事，似犹不知莉莉已嫁，兹请为云裳补充之。按：莉莉于沪战之后西行，止于汉皋，郑用之主持之中国电影制片厂，延之为演员，时应云卫、史东山、袁牧之、陈波儿、舒绣文、魏鹤龄诸人，皆同在汉皋，为该厂效力也。

图 60　黎莉莉，刊于《春色》1936 年第 2 卷第 15 期

汉皋西郊，有中山公园，一日，予于园中觏莉莉，方手一绒线衫而编结。不久，报纸忽传其与罗静予结婚之讯，罗盖中制之制片主任，恋莉莉，莉莉以其英年而诚恳，许以终身，遂结缡于江汉路之普海西菜社，盖完全出之于闪电方式也。下走旅汉一载，于莉莉之婚，盖曾躬逢其盛，故知之且稔耳。

《力报》1942 年 4 月 18 日

血泪文章

有作《与弃女书》者，刊讷厂[1]先生主编之《茶话》中，书不着一幽怨之字，而实沉痛万状，真所谓血泪文章也。兹不辞抄袭之嫌，录其词以告吾报读者(以下原文)：

萍君我女成人后览：

汝生于中华民国三十一年三月二十七日，新钟三时半，有兄二：山河、五权；姊二：竹君、莲君。怜汝生不逢辰，愧余无力抚育，由尔祖母送善堂恩养。余素富情感，对友朋尚思永叙，曾有萍聚图之作。今对尔亲骨肉，反赋生离，忍萍飘于此日，冀萍聚于他年，故题尔名曰"萍君"，并系玉蝶一枚，以表分飞之意。俟汝长成，而余俩幸获在世，有缘晤面，可持以为凭也。临书怅惘，祝尔安康。

其实处今之日，耳所接，目所触，固无一不足以使人欷歔陨泪，所谓"不仅谋生含血泪，人间到处有啼痕"，固不仅弃女一事已也。

《力报》1942年4月19日

酬简以后

舞人谢千梦，一方兄尝屡绳其才美者，近致一方一函，一方张之于报端，极称其意境之美，拟之为雪莱之诗，方之为雪中之梅蕊。其所以美千梦者，要足以睹其颠倒之深。吾侪读报，亦无不以为谢家千梦，盖吾友一方之知己，货腰之暇，与吾友为酬简之演出。此

---

① 严谔声(1898—1969)，字文泉，供职于《新闻报》，笔名"小记者"。

风流韵事，以吾友一方为男主角，宜可为一方庆也。顾闻诸人言，一方尝于某夜，怀千梦函诣新仙林，召千梦侍坐。才数分钟，千梦即辞去，及散场，一方与千梦互自园中出，值于门次，千梦亦视一方如未睹，呼车径行。观乎此事，则千梦特凉薄。女子偶然高兴，写封把信给一方，伺以春风词笔为之宣扬。厥愿既偿，则吾友一方，遂亦成为被遗弃之一人。一方由来多情，不幸乃遇千梦，亦一函递一方，请他吃了一个空心汤团。一方虽讳其事，吾辄为一方啼笑皆非也。

《力报》1942 年 4 月 22 日

凉的败火

坐电影院中，观年轻的娘儿们，捏冰淇淋一橛，徐徐而吮，厥状奇趣。冰淇淋一物，在港粤人士之口，曰“雪糕”，广东人终年不见雪，以为冰即雪也，故曰“雪糕”。故都人士，则曰“凉的败火”，有南人而旅居春明者，一日闻胡同中呼“凉的败火”声，不知叫卖何物，出视之，则冰淇淋耳。曰“凉”，曰“败火”，简直将冰淇淋当作药吃矣。

《力报》1942 年 4 月 23 日

笔如刀

报载光华女生汪紫琪，以钢笔尖刺伤其情敌震旦女生夏莲，或曰，此事也可射《千家诗》一句，盖“我有笔如刀”也。

《力报》1942 年 4 月 23 日

鲁鱼亥豕

最近有一刊物曰《古今》者问世，其第二期中，有一文述及一折八扣书，谓一折八扣之书，独多鲁鱼亥豕之误。不料“鲁鱼亥豕”四字，误排为“鲁鲁亥豕”，批评人家鲁鱼亥豕，而自己成了鲁鲁亥豕，真可发一噱也。

《力报》1942 年 4 月 24 日

嘻哈二将

王小逸于其所作小说中，好用“嘻嘻嘻”三字，《石榴红》一篇中，屡见之。而冯蘅于《大学皇后》中，则独多“哈哈哈哈”之纵笑声。一个嘻一个哈，谑者拟之为小说家中之嘻哈二将。

《力报》1942 年 4 月 24 日

机械化部队

祝李太夫人之寿于丽都，李太夫人以珍惜物力为训，故李氏昆季虽声闻满江国，初不以铺张扬厉忤太夫人之旨，是日堂会，惟关正明、顾正秋献演《探母》一出，犹以正明为祖夔先生义子，小孩子数数固请，勿能却其美意，始纳之。此外仅张善琨先生所送歌舞，为李氏昆季作衣娱之替而已！有创议

图 61　关正明、顾正秋在上海戏剧学校合影，刊于《青青电影》1941 年号外《古中国之歌》特刊

为盛大爨弄者，李氏昆季悉婉辞，盖禀夫人之训也。

关正明、顾正秋，为上海戏剧学校高材生，演《探母》，予以数数见之，《盗令》一场，侍卫十数辈拥萧太后出，衣冠楚楚，真有“机械化部队”之观，知晓初、承荫两先生主持此校，盖煞费苦心矣。

《力报》1942 年 5 月 3 日

公私六栗

秋雨兄新婚，《英英日记》尝中辍一日，予乃撰《秋雨日记》代之。秋雨兄声明其事，有“日来公私栗六”之语（见三十日《英英日记》后），秋雨之所谓公私，当为之解释曰：“公”是公司的公，“私”是闺房之私的私，至于“栗六”，则殆形容其燕尔新婚中宵吁勤劳之状耳。早知秋雨有此传神阿堵[1]之自白，则予之《秋雨日记》，正不必多此一举矣。

《力报》1942 年 5 月 4 日

免役

闻灵犀兄与南腔北调人，皆得蠲免站岗之役，不知二兄具何神通，乃得逍遥法外？闻之辄为深羡，下走一生褦襶，以为得与站岗之役，亦无殊拖青而纡紫，坐是乐此不疲，不谓灵、南二兄，乃薄之不屑为，可知站岗实贱耳！下走独沾沾自喜，至欲赋诗以为记，可谓躁进矣。

《力报》1942 年 5 月 4 日

---

① “阿堵”，六朝及唐人常用的指称词，相当于“这、这个”。语本南朝刘义庆《世说新语・巧艺》：“四体妍蚩，本无关于妙处，传神写照正在阿堵中。”后世以“传神阿堵”表示绘画生动逼真，能充分表现事物的神情意态。

怨

灵犀、漫郎二兄，近各在报端致牢骚之词，以友好未能为其主持之报尽力，故不无恚恨也。予自辑《万象》，本已匆暇为报纸撰稿，及后以情不可却，因又稍稍出余绪，草短文以为献，顾一曝十寒，终匆能各如所约，于是“东面而征西夷怨，南面而征北狄怨”，乃成各方面都不讨好之局，其实吾文翦陋，初非周武王“吊民伐罪”之师，得之未必定为读者所欢迎，而灵犀、漫郎两位，独好撚酸，乃使下走如处两妇间，几难以为“赫斯板凳”①矣。

《力报》1942 年 5 月 8 日

昆明物价

表妹露苡，旧尝肄业于大夏大学，后归闽邑张耀清律师。战后，露苡随其夫婿于役昆明。近乃得其来书，叙契阔外，兼述及昆明物价，录之，可与沪上生活指数作对照也。

> (上略)昆明也和以前不同，食米要凭户籍牌去购公米，价四百余元一担，不堪入口，私米八百余元一石，炭一百四十元一担，肉十一元一斤，鸡十五元一斤，蛋六角一个。我们自己开伙仓，也要四五十元一天小菜。馆子里最近有了规定，西菜每客不得超过二十元，中菜一至三人二菜一汤，三人至五人三菜一汤，宴客至多六菜一汤，但每菜不得过三十元，酒绝对严禁。物价也曾跌过，最显著的是洋钉，前月初三千八，月底跌到一千四，还没有人要，布匹时令布跌到六千，最近又涨到七

① “赫斯板凳”，husband 的沪语音译，“丈夫”之意。

八千一匹了。（下略）

《力报》1942 年 5 月 11 日

《品花宝鉴》作者

啼红于他报记常州系小说家，于《品花宝鉴》作者陈某，知其为常州人而不详其身世，兹请为啼红补充之。陈名森，号少逸，道光间居于京师，常出入菊部，因掇拾闻见事成小说三十回，曰《品花宝鉴》，寻出京漫游。己酉，自广西复还京，又续成三十回，好事者竞相传抄，越三年遂有刊本。杨懋建《梦华琐簿》俱志之，啼红殆未见也。陈少逸除《品花宝鉴》外，复有《梅花梦》传奇。

图 62 《品花宝鉴》，上海大东南书局 1931 年 7 月印行

《力报》1942 年 5 月 28 日

兴到为之集

西风摸刻记

定依阁主人唐兄大郎，最近又喜占弄璋，这是他和刘美英小姐结合以后的第三个拷贝。有人见过大郎兄这一位小少爷，据说又是一只西风面孔，比大郎“西”得更甚。

大郎兄的西风面孔是有声于时的，他的内眷刘美英小姐，脸庞儿也是西风型的，一对西风面孔，合作的结果，自然也是脱不了西风模型了。因此有人说，以前大郎兄和他的刘夫人是一对西风，现在添了一位小少爷，是西风“摸刻”了。

这一刻西风，如果分析起来，刘美英“西”得还不十分厉害，大概在卡德路一带。大郎兄略为向西一点，在百乐门。大郎兄的小少爷，却跑到伊文泰去了。

丹蘋

《海报》[1]1943 年 1 月 3 日

---

① 《海报》，日刊，1942 年 5 月 1 日创刊于上海，由海报社创办，金雄白为社长兼主编，馆址位于上海九江路 330 号。撰稿者有陈定山、唐大郎、平襟亚、王小逸、包天笑、朱凤蔚、卢大方、冯凤三、柳絮、程小青、张恨水、范烟桥、汪亚尘、郑逸梅等。该报主要刊登长篇小说、社会新闻、艺坛新闻、文艺作品、趣闻文字及少量论说文章。不少名家的长篇名著，如张恨水《回春曲》、赵焕亭《红粉金戈》、顾明道《刘秀三》、何家支《鸟鸣春》、张恂子《上海新潮》、周小平《爱的旋律》、吴绮缘《新聊斋》等，均为上乘之作。

新年之忆

童稚之时，视新年乃如一甜蜜之鹄的，此鹄的悬于时光老人之手，时光老人行愈近，则童稚之欢心愈兹。洎乎新年既届，则乍裁之衣御于身，甘饴之食啖于口，所谓小儿得饼之乐，正可为此时之童稚喻。纵生长于贫窭之家，亦莫不欢呼跳踉，以迓此新年之至，以为新年于若侪，实有无穷之惠也。

下走少时，每逢岁首，必诣姑氏之家。姑中岁即孀居，以膝下苦寂，乃螟蛉一里闬之女，女曰兰姑，是为予之表姊，以兰姑长于予者且三龄也。姑珍视兰姑，而钟爱兼及于予，每至姑家，姑以果饵之属畀予，累累然恒盈予之握。有时兰姊复分其所有者与予，盖不仅姑氏视予善，姊亦甚悦其小弟弟也。

一岁，予趋姑氏家贺年，垂晚，天忽雨，家人无来挈予者。姑曰："官官毋归矣。"遂留宿于姑家。而姑居处不甚廓，复别有一女戚，亦以天雨勿获去。姑展衾留客，命予与兰姊共一枕，姑卧衾之彼端，而女戚并其稚又共一衾。既褫衣卧，姑氏诫予曰："官官长矣！速酣卧，勿与汝姊久喋喋。非然者，明日大婶出告人，将谓官官勿娴礼数也。"余闻言，为之赧然。顾一衾覆两人，复骈首而枕，安能绝不相顾者？及灭灯，姑故展其趺，界于予与兰姊间，若为衾中一双小儿女，树其防闲之障者。兰姊黠，则引其一臂环予项，复时时戟其小指，呵予腋之下。姑纵防闲，此则为其所树之障所勿及，于是吾侪之笑声时纵，而姑亦不甚呵责，第速吾侪阖眼睡。维时无邪之心，勿知何者为恋爱，第觉衾裯与共，为味之永逾恒时。若在今日，吾且拥兰姊之颊而吻，叩其目灼灼视予者，究何为也？不幸兰摧蕙折，遽及吾姊。姊年未及笄，即撄疾而夭，回首当时，堂上簸钱,堂下斗草,畴不目吾侪为无猜之两小,平生粉红色之史迹,维时实展其首页。兹则尺波电逝,转瞬垂二十年,至今并兰姊一掬艳骨,且勿审瘗于何所?悲夫。

《海报》1943 年 1 月 2 日

从偶像说起

有人说:"陈蝶衣是崇拜偶像的,所以他编的《万象》,独多偶像的作品。"我听了,只有付之一笑,因为他没有道着我的痒处。其实我所喜欢的倒是洋囡囡。偶像属于泥塑木雕之类,是纯东方化的,纯东方化的产物就未免落伍,而洋囡囡则是西洋化的。说到好玩儿,那么红舞星之俦有时也视之为恩物,远非偶像所可及。我是个正想向时代迎头赶上的人,识见岂能并舞女亦不及?且听我喊两句口号:"打倒东方化的偶像!""提倡西方化的洋囡囡!"

又有人说:"《万象》取材太浅薄,自然科学的文字简直要不得!"我听了,为表示"闻善言则拜"起见,决定以事实作答覆,以后《万象》预备刊载一些《域外小说集》(注意:这是鲁迅翁的作品)一型的小说,以示"并不浅薄"。科学谈不得,那么谈谈神学吧!如果科学已成浅薄的东西而要不得,那么还是神学,因为只有神学犹为未发掘之宝藏,神学家们至今尚未研究出一个所以然来,我们不谈既成事实,且谈未来,这的确也是表示前进之一道。

更有人对我提起"为文化尽最大努力"的话,我听了,却认为他是对牛弹琴了。我编《万象》,只当是办了个游戏场,你们要听独角戏,我这里有;你们要看宁波滩簧,我这里有!你们要玩风化人,我这里也有,至于"文化",哙!先生,你的题目太大了呀!不错,"为文化尽最大的努力”，理论是好听的，可是现实是最可怕的东西呀。你老人家知道米已经卖到几钿一担？请你许我说句浅薄的话：“我一天到晚为了喂饱肚子，已忙得透不过气来，哪里还有‘最大’的‘力’可以为‘文化’而‘努’？且待我下场（游戏场）以后，再追随你先生之后，跟着你同喊口号吧！”

《海报》1943 年 2 月 3 日

送儿子入学口占

娘为疗饥充店伙，爷因觅食走长街。
今朝送汝就学去，愿兄珍惜是新鞋。

饥来驱食，无可为计，因遣吾妇为人佣，而使予四龄之儿就食于外家，由外家表兄弟行，伴之入学读书。其实四龄之儿，安知识字？不过照顾乏人，故欲使其顿身于课室耳。入学之日，冒雨送之，耳提面命而告之曰：“从此汝爷汝娘，勿能时与吾儿面，愿儿亦勿复念爷娘。足上新履，汝母手制，愿儿能知珍惜也。”儿闻言，惟俯首无词，盖纵知骨肉流离之痛，特稚弱之心灵，究勿知如何措一言以慰若父也。嗟夫！雁唳长空，犹知唤序，人因逐食，等是无家！言念及此，真不知涕泗之何从也。

《海报》1943 年 2 月 4 日

关于糖果店

自小就爱吃糖果，到现在牙齿都摇落了，这一个癖嗜还是没有改。说句高攀的话,我和曼殊上人倒颇有同好。

在我的西装口袋里,时常左面是糖果,右面也是糖果,我的癖好糖果的程度之深如此。有时偶登因风阁,啼红嫂子见我两个口袋里鼓蓬蓬的,老是取笑着说:“冠生园又带来了吗?”啼红嫂子的话是挺风趣的。我呢,也承认我的西装口袋里,是开了爿冠生园分店。

冠生园分店开在我的口袋里,这是事实。不过除此以外,却并无分出。最近,两次有人在本报提到我开糖果店的事。不错,糖果店是有这么一爿,但不是我开的,实际上是几个亲戚合资开了那么一爿小商店,烟纸带卖糖果,内人朱鬘就在那家小商店里当了一名女掌柜。自然,内人是有一点股款加入的,可是与鄙人无涉。人家说经济合作,我们夫妇却是经济独立的,内人自做她的女掌柜,鄙人却非掌柜的。有时候我向女掌柜买糖果,照样也要出钱,“诸亲好友概不赊欠”,就是丈夫也不能例外。

虽然鄙人的糖果店至今还只是开在衣袋里,但为了爱好糖果,倒很想能够有从衣袋里开到马路上去的一天。

《海报》1943 年 2 月 20 日

梦的颂赞

近来对于梦特别有好感,因此也就特别贪睡。当现实不能予我以安慰,一切美丽的想望归于幻灭的时候,梦是最足以使我迷恋的了!它能弥补任何的缺陷,予我以现实环境中不能获致的满足。

即使醒来时依旧是一片怅惘,但我依旧爱好梦。梦至少能予我以片刻的安慰,而醒时却并片刻的安慰亦不可得。所以,当梦每次予我以温存，予我以美满的享受的时候，我简直想从此一瞑不视，永远遽遽栩栩于沉睡之中。

梦，是我唯一的恋人！（我这样沉痛地呼喊）

为了特别爱好梦，我每晚绝早地就寝，以祈求好梦的降临。

为了特别爱好梦，我写下了许多诗篇，以歌颂梦的伟大。

现在，摘录一部分关于梦的赞美诗于后，以表示我对于梦的依恋：

但愿中宵长有梦，梦到蓝桥。《浪淘沙》

老眼看花皆绝色，故人入梦总多情。《浣溪沙》

一枕红蕤梦此宵，觉来又涌泪如潮。《浣溪沙》

烟柳花雨黯楼台，昨宵恨煞梦轻回。《浣溪沙》

《海报》1943 年 2 月 27 日

读《陈云裳婚》后作

半老书生作《陈云裳婚》诗，以阮玲玉之事为言，其实玲玉之死，死于所适非人，而云裳之未婚夫婿“达克透”汤，则系留法医学博士，与云裳有恋爱而缔婚，视阮唐之非正式结合迥乎不同。若取银坛事作譬，则胡蝶嫁潘有声，庶几近似耳。因制诗以为辩。

落花尚自嫁东皇，况是人间可喜娘。

胡蝶早随小潘去，侬家未便误鸳鸯。

吾家云裳，早逾及笄之年，在银幕上又演惯鹣鹣鲽鲽故事，在此春光明媚的季节，岂能略不怀春？订婚之讯，虽传之过早，然在云裳本人，则绚烂之极，归于平淡，及时而隐，正贤明之见也。“侬家”二字，是代云裳而言。

镜头想象到横“陈”，定有一番胶漆情。

他日春灯如制谜，剧中人请打“汤勤”。

昔人制文虎，以李彦青射三国人名一，曰“曹操”；又有人以某夫人射三国人名一，曰“蒋干”。兹可援其例，以“陈云裳婚后”射剧中人名一，“汤勤”，岂非绝妙！

《海报》1943 年 5 月 2 日

道上觏周梅艳

是风日熏熏的季节，在马霍路上，遇见了女伶周梅艳。回忆将我带到了五年以前，由于梅艳在红氍毹上的活色生香的风致，使松风、观蠡、一方、修梅、沁范、岚声和我，无形中都为着她而风魔，长乐[①]楼头简直是每晚必到。当时我们这一伙人，曾获得了一个“梅社七君子”的雅号。

图 63 周梅艳在《翠屏山》中之扮相，刊于《十日戏剧》1940 年第 2 卷第 31 期

然而，短短五年之隔，我们这一伙把臂听歌的朋友，是风流云散了。沁范已作古人，岚声忙于经商，松风主人也久不

① 长乐剧场，位于福州路大新街口。

见，只有当时我们和梅艳合摄的一帧纪念照，总算还别来无恙。

对于梅艳，这几年来我始终为她默默地祈祷着，但愿一切拂逆都离彼而去，幸福之神早降欢愉于伊人之身。怀才不遇不过是一时，梅艳有天资，有聪明，我相信她总有出人头地的一天，决不会长此困厄的。

然而，我终于有一天意外地遇见了她，她并不如我理想中的颜色欢愉与活泼天真，相反地，她是分外的憔悴了！孱弱了！两颊满是“累累头”[①]，剪水双眸已失却了灵活之致，我的一切颂祷都归于幻灭，是她不知自惜芳华吗？抑或是造化的弄人？我惘然了。

灯下，展开五年前照相册，温习了片刻可以记忆的旧梦，我的视线渐渐移向案头的胆瓶上，瓶中，一丛紫丁香萎谢了。

《海报》1943 年 5 月 17 日

记忆力的衰退

自从当年为了患牙痛而开刀三次（其间施行局部麻醉者一次，全身麻醉者二次），之后，记忆力便为之大减，往往在马路上碰到了人，人家向我点点头，我却兀自记不起那人姓甚名谁。有时人家告诉我一件事，过了几天，“告诉人”是谁，便会忘记得干干净净，再也想不起来。

听鹂轩主人[②]夜夜作宵游，二十年如一日，体质远胜于我。但是在最近，他的记忆力之坏似乎也不下于我。双照楼主人当年的狱中名句，我记得是“慷慨歌燕市，从容作楚囚。引刀成一快，不负

---

① “累累头”，即粉刺。
② “听鹂轩主人”为卢溢芳笔名之一。

少年头。”而听鹂轩主却说是“引刀成一决”，并不是“快”。如果照字面讲，“快”字与上面的“慷慨”“从容”，下面的“不负”，承上启下，完全是视死如归的口气；“决”字气促而义侠，断不及“快”字之佳。不过听鹂所言，也很有理由，因此我倒也不敢确定。

最近，偶然谈起影片的题名，我说当以洪深的《四月里蔷薇处处开》为最长，听鹂轩主又和我起了争执，他坚持着“四月里”之下还有一个“的”字。我说没有，轩主要和我打赌，于是订立了一张东道据，谁错了便罚数百金，大约自盘古以来，因赌东道而订立契据的，恐怕是未之前有吧？

不管是谁对谁错，总而言之，一个人到了中年以后，记忆力毕竟是打了折扣了，不然，这样的争执便不会有。其实，一个人糊涂虽然使不得，记忆力坏一点倒也不妨，因为至少可以忘记一点过去的痛苦。

修梅谨按：蝶衣、一方两兄，近顷并度寓公生涯，长日看花斗雀，意态萧然，良堪欣美。即此一字五百金之东道觇之，亦足觇其豪情盛概为如何矣。关于此一争端，一方顷既另有《赌记》一文，述之甚详。蝶衣复以愚与洪深先生，战前尝共事其间甚久，宜必所知较确，特嘱一言，以资征信。故愚记忆之衰退，年来且视两兄为甚，殊未敢为“铁的判断”。倘就追想所及，则此东道主，似应属之一方，而宜非终向“输诚”不可矣！

《海报》1943年5月26日

蔷薇东道

我和一方兄赌的“蔷薇”东道，经丁悚、赵霭士两先生先后提出证件，证明洪深导演的影片，名称是《四月里底蔷薇处处开》，已经无可疑义。不过赵霭士先生说“胜负分明”，似乎还有点不明了我们的打赌情形。因为我们之间的口头争执，是为了一个“的”字，一方兄说有，我说没有。现在揭晓之下，果然没有“的”字，而当时所订的东道据，则是这样写的（原文为一方兄执笔）：

立东道据

陈蝶衣、卢一方，兹因对于影片名称有所争执，陈言系“四月里蔷薇处处开”，卢言系“四月里的蔷薇处处开”，如有差误者负洋五百元正，恐后无凭，立此存照。

民国三十二年五月二十二日

立据人：陈蝶衣、卢一方

见议人：胡佩之

如果根据“东道据”来判决，那么我和一方兄，两造都是输的，因为实际上既非《四月里的蔷薇处处开》，也不是《四月里蔷薇处处开》，而是《四月里底蔷薇处处开》，分明大家都说得不对，赵霭士先生说我“输定了”，我岂能甘服！

不过，我承认我的记忆力的确是衰退了，因为我只记得这一张影片的名称绝对没有“的”字在内，不想却另有一个“底”字，这一点却是模糊不清了。

《海报》1943 年 6 月 4 日

可口可乐

我记得很清楚，战后第二年我在香港的时候，闲来偶坐金陵舞厅，呼可口可乐一樽（南国人士于酒及汽水，不曰一瓶，而曰一樽），其代价不过港币四角。在香港，可口可乐是最普通的饮料，而跳舞场里亦惟可口可乐的取价为最廉。香港舞场里的规矩，是舞客跑进去，尽坐不动气，你不招呼仆欧，仆欧绝不会来问你吃什么东西，照例是不吃无妨。所以你喝一樽可口可乐，虽然花的是最起码的钱，但已经是相当阔气了。

最近，据说可口可乐在上海已经涨到三百块钱一打，一瓶要卖到二十五六元，而且市面上还缺货，有钱甚至于买不到，此物而名贵如此，和我在香港的时候真是不可同日而语了。

舞人中有田秀丽者，雅号"可口可乐"，前年曾一度登其妆阁，秀丽出可口可乐飨客，因知此姝得名之由来。今日之下，可口可乐身价狂涨，而负有"可口可乐"之号的田小姐，却忽而销声匿迹，不知去向，使人亦有"缺货"之叹！大概这一樽"可口可乐"，被哪一位囤货朋友囤了去了吧？

《海报》1943 年 6 月 5 日

失败与胜利

"蔷薇东道"，似乎将惹出气来，其实当初原是为了一时游戏，才因而打赌，假使为此小事，而使朋友不欢，那我是绝不肯干的。

一方兄说我不肯认输，这是"欲加之罪"了。我日前一文，曾自承我是错了的，我所不甘服的，是一方兄也说得不对，因为揭晓结果是《四月里底蔷薇处处开》，而一方兄当初坚持的，则是《四月里的蔷薇处处开》,请一方兄明鉴,当初我们口头所争执的,并不是字数的多寡,也不是“底”“的”字义可通与否,而是“的”字的有无问题。如果当初一方兄径说是“底”字,我也许不会和一方兄打赌,因为我记得“的”字确是没有的,此其一。“底”“的”二字,字义虽可通,但这是一个名称,譬如你卢一方,我绝不能写作“卢壹方”,又如吕伯攸先生,我决不能叫他吕白攸先生(白与伯通),其理甚明,此其二。我以为一切的争执,都是多余,最坚强的证据就是东道据,据上明明订定“如有差误者负洋五百元”,现在两造都有错误,而一方兄却不肯认错,反要自居胜利的地位,我自然不甘服。

最奇妙的是吕伯攸先生,他在《公道话》中,也承认“底”字与“的”字用法有别,但他却又只派我输,而视《四月里的蔷薇处处开》与《四月里底蔷薇处处开》为一,这个公道话,真是成了“你说你公道”了。(以后我写信给吕先生,不写“中华书局编辑部”,而写“中花书局编辑部”,大概也未为不可吧?一笑。)

总而言之,我们所争执的,不是字义可通与否的问题,而是名称的问题,不能用文学的眼光来判断,应该用法家的眼光来判断。我固然是输了,但一方兄说的是《四月里的蔷薇处处开》,而现在查明是《四月里底蔷薇处处开》,这是不是一般无二?本报主人金雄白律师,他就是一位法学名家,且请他下一断语如何?

现在,我已经开了一张五百元支票,交与见议人胡佩之兄,如果说胜利应该属一方兄,那么就请他拿了去。在下走生平,从不曾以自己胜利,而使他人失败为光荣。过去每月有一二万元的权利可享,尚且自己放弃,宁愿自居失败地位。何况现在所赌不过区区五百元(如与一二万元相较,这自然是戋戋之数了)。如果因此而能使朋友满意，我又何乐而不为！（其实这也言重了！我和一方兄的交谊，决不止只值五百元，譬如我参加发起大中华咖啡馆，一方兄就帮了我许多忙，就是没有这个东道，我也应该请请他。）

《海报》1943 年 6 月 8 日

程小青生花之笔

吴门程小青先生，以著侦探小说名当世，其笔下之霍桑与包朗，人比之为东方福尔摩斯与华生，影片公司且有搬其所作上银幕者，则周曼华主演之《舞后的归属》是也。程氏不仅闳于著述，且兼擅丹青，绘花卉果蔬尤工，惟平时不轻作，偶以应友好之请而已。比以知者渐众，而求者亦踵相接，遂自订画例以为限。扇面册页胥取一百金，一幅立轴每尺二百，此为花卉果蔬之值，虫鱼则加半，翎毛倍之。委世界书局及各笺扇庄代收件，并有题画绝句曰："乱世文章不值钱，漫漫长夜意萧然。穷途忍作低眉想，敢任丹青补砚田。"亦犹唐子畏"闻来写幅丹青卖"之意也。予尝得所贻花鸟一箑，特镌版刊之吾《海》，以见生花之笔，固不仅写小说为然也。

《海报》1943 年 6 月 12 日

笼烟芍药？

周信芳当年演《文素臣》，以剧本出才人手笔，故唱词隽雅，如"烟笼芍药，雨带梨花"之句，且饶有词章气息，无殊柳屯田唱"晓风残月"也。

日聆新声社滑稽戏，一人学信芳唱此折，改"罕曾见"为"真罕见"，"况又是"为"何况是"，而"烟笼芍药"则且一变而为"笼烟芍药”，与“雨带梨花”遂不能成偶语，此当为不学无术之过。惟闻诸人言，江一秋君于电台播音，亦唱作“笼烟”。江为海上名票，腹笥非如唱滑稽戏者流之俭，乃亦有此误。

《海报》1943 年 6 月 16 日

沙发床

旅居香岛时，见有称“燕梳公司”者，不解，叩诸南国人士，始知即保险公司，“燕梳”盖 insure 之译音也。近见红棉酒家广告，有“每人每”“沙发床”诸句，复为之大惑不解，寻悟此必粤语。以询百中堂药房主人郑世农兄，果如吾意料。盖“每人每”作“每人一客”解；“沙发床”则沙发椅耳。椅而曰“床”，殆惟有广东人看了都明白。最妙者则为另二句：“希望大家都来贡献，以便利社会人士。”红棉之希望大家都去贡献者，殆为钞票，然又何裨于社会人士？真莫测其命意所在也。

《海报》1943 年 6 月 16 日

自动电扇

大中华咖啡馆入门处，有一电话室，履其阁，电炬自启，此盖仿红棉办法。迩以天时渐燠，复于电话室之顶，装小型电扇。有人入内，电炬既明，风扇亦习习而动，盖完全科学管理表现也。

《海报》1943 年 6 月 16 日

水滴铜龙

所居一室，在露台之下，屋漏未遑修葺，值大雨，水从罅隙下滴,无异织帘。无已,杂置盆盎以承之。盆盎中乃作跳珠溅玉声,闻之辄为失笑,以为此情此景,大有类于“水滴龙头”,此古时记晷之制,不图乃于吾陋室中见之也。

《海报》1943 年 6 月 18 日

本戏

闻大舞台将演《年羹尧》,皇后将排《万世流芳》,为之距跃三百。予于平剧惟好本戏,周信芳演《追韩信》,无论享名如何盛,我总不爱看,因为萧相国甩甩胡子,掖掖袍子,摸摸靴子,那一种做作,觉得满不是那回事也。惟有《鸿门宴》《博浪锥》《董小宛》一类历史戏,非慷慨激昂,即情意缠绵,百看不厌。至如《玉堂春》《四郎探母》一类出头戏,看来看去那一套,即使是梅博士主演,亦惟嗤之以鼻耳。年来各戏院竞邀京朝派角儿,本戏遂不复见重当世。(虽犹有演《西游记》《宏碧缘》者,但一则病其庸俗,剧本非出高手,牵强处太多,未能使人惬心。)而下走顾曲之兴,因亦大减。信芳名就持重,不欲率尔登场,其生平佳构(除前述三剧外,《文素臣》一二本亦奇佳)殆不易重觏,则大舞台与皇后之各排本戏,要不能不谓为空谷足音。《年羹尧》以《弓砚缘》旧剧改编,虽稗官野史,然以年羹尧事迹为骨干,剧情即不致十分荒诞。《万世流芳》则逊清捍御外侮之一页壮烈史,睹之足以快人心意起者,吾且翘首跂足,以待两剧之上演。

《海报》1943 年 6 月 20 日

从善如流

新声社滑稽京戏,以小神童为台柱,佐以其他四人,妙在演任何一出戏，四人皆有戏做，既不嫌多，亦不嫌少。小神童学麒绝肖，宛然小型周信芳。四人中，王凤来亦习麒派，尝歌《文素臣·洞房》一段，误“罕曾见”为“真罕见”，“烟笼芍药”为“笼烟芍药”，予尝于本报指其谬，盖“可喜娘罕曾见”为《西厢》名句，不可妄易；而“烟笼芍药”则与下句“雨带梨花”为偶语也。一昨复聆王凤来歌此折，则已如予之言改正，可谓从善如流。新声社台下人缘之佳，正以若侪之能谦抑也。

《海报》1943 年 6 月 29 日

眷怀故旧之情

第三卷第一期的《万象》七月号出版了。秋翁不忘我这个草莱之臣，在未正式发售前派人送了一册给我。翻阅一过，不禁从心坎里泛起一阵深切的喜悦之感。

四月间，我为了精神不佳的关系，向秋翁请求告退，我说：“我的精力日衰，你让我休息一下吧！《万象》老是由我编下去，怕没有进步，换一个人编辑，可以面目一新，这与《万象》前途是有利的。”秋翁明了我的苦衷，允许我告老，我总算获得了一个闭门思过（袭用灵犀兄名句）的机会。

后来听得有人说，《万象》辑务已延请柯灵兄担任。我就为《万象》额手称庆。柯灵兄是一位谦谦君子，同时也是一位编辑高手，《万象》得他主编，可说是最理想的人选。我当时就预料，《万象》由柯灵兄接编后，定能一洗过去陈腐的手法，而换上一副生动的新姿态。

我的预料没有错，柯灵兄毕竟是一位大匠，七月号的《万象》展开在我的眼前了！生动，活泼，都远过于我编辑的时代。我的缺点是太拘谨，而柯灵兄的编辑手法则比较放纵，也就是有魄力，有气概，这是我自叹不如的。

最可喜的是芦焚先生的作品，过去我曾一再托文宗山先生代为征求，现在芦焚先生不但已为《万象》执笔，而且一写就是三篇，我所求之不得的，在柯灵兄接编以后，居然实现了我的愿望，这面子真是不小。

我虽然已经脱离了《万象》，但"身在江湖，心存魏阙"，我的眷怀故旧之情是十分殷切的，眼见我手创的刊物（恕我说得夸诞一点），得柯灵兄之助而格外发扬光大，实在有着无限的喜悦。记得当我脱离《万象》之初，余爱渌、沈毓刚两位跑来看我，我对他们说："希望两位继续为《万象》执笔，一如在我编辑之时。"他们两位又是太息又是笑。但我的至诚终于感格了他们两位，在这一期的《万象》中，我读到了他们的作品，我又仿佛热切地把握着久别重逢的故人之手了。

《海报》1943 年 7 月 1 日

要朋友

数度与周一星[①]先生晋接，觉得周先生真是一个要朋友的人。换了别个，要是有了周先生那样的地位，怕不眼睛生在额角头上，见了人，先使出骄矜的神气，叫人望而却步。周先生今日，事业遍于寰中，架子未尝不可搭，可是他无论对哪一个，总是虚己敛容，从

① 周一星，宁波奉化人。历任鸿运楼菜馆经理、国泰舞厅、甬江状元楼、人和药行总经理、上海市鱼行冰鲜业同业公会总干事、上海市水果地货业同业公会顾问等职。

来没有一点傲然之色。别人谦和,或许是伪装,惟有周先生却处处出之以诚恳。有人说:“周先生每天从鸿运楼到国泰舞厅,车子在路上总要停顿好几次,因为周先生在路上见了熟朋友,总要命车夫止步,跳下来招呼朋友,和他握手言欢。”证以我数度晤见周先生所得的印象,相信这话并不是夸张。惟其因为周先生要朋友,周先生办什么事业也无不一呼百诺,咄嗟立就。周先生所以能够得人推戴,造就今日的地位,至少沾了一点要朋友的光。然而这并不是气度狭窄的人可与语的,气度狭窄的人,处处只为自己打算,让别人吃亏,自己占便宜,结果是朋友一个个望望然而去,大家不敢领教,要办什么事业,谁也不肯供你驱策,到头是跬步移动不得。自以为占便宜,不知日后却吃了绝大的亏。这种人,应该向周先生虚心受教三年。

《海报》1943 年 7 月 2 日

重累吾妇

搦笔杆十数年,了无建树,因愤而习贾,世犹不乏乐于成人之美者,助予金,设一小肆于居处密迩之地。逾数月,略有所获,遂尽璧所贷。予于懋迁之术非所谙,则委其事于吾妇。妇调脂研铅,以从事于丹青,是为其素习,拨算盘珠之事,固鄙不屑为者。予剀切告之曰:“予体孱弱,苟一旦有不测,汝之岁月且将苦,弗若营商,则纵不幸而为寡鹄,犹可以毋虞冻馁也。”妇泣下,遂甘为女掌柜而无怨。春间,予参加大元食品公司为发起人,经营大中华咖啡馆,几尽日寄光阴于其间,于店务益不甚问闻,而吾妇则丛诸务于一身,老板、司账、伙计并出店,胥以独力当之。日所晤对者,非贩夫即竖子。吾妇之形容日以瘠，为丈夫者，睹之不能无所悯，然各为衣食，非含辛茹苦不足以自存，虽悯而无可奈何也。嗟夫！吾妇亦娇生惯养于幼时，闲时作山水，见者罔不谓得四王神韵，使予从而抑扬之，亦金闺国士之俦耳！今乃湮没其美才于市廛小肆间，嫁得黔娄百事乖，盖胥为下走所累也！

《海报》1943年7月11日

家书

得家大人书，谓吾女星期考试又擢第一。书中附吾女一笺，以铅笔作字曰："阿爷[1]在上海，赚钱不易，女当勤读以报阿爷，使阿爷亦能开颜一笑也。"读竟辄为喜极而涕，以惟父子家人，乃能共体甘苦也。顾家大人书中，别报我一不幸之消息，谓家中被盗，盗实觊觎同居人家，挟凶器作栽赃之图，同居人家为讹去千六百金，吾家因遭池鱼之殃，春间辛勤育蚕，所得数百金，拟以之籴米者，乃尽为囊括以去云。因知昔日水木明瑟之乡间（武进南乡），今亦萑苻遍地矣！悬念高堂，椎心糜已。

《海报》1943年7月12日

告帮

既与吾妇约，各以习贾谋生存，使吾妇掌小肆买卖，予则视事于大中华咖啡馆，驵侩蝇营之事，向之一窍不通者，今且习以为常矣。予之从商，以有激而使然，有时遂如饥者之不则食。最近诸友发起组织康兴娱乐股份有限公司，挽予参与其役，予亦贸然以

① "阿爷"，常州方言指父亲。然宁波方言中，指祖父。

应之。今日何日？娱乐要非应循之途，顾以经营娱乐事业蜚声阛阓者人初弗以是视之鄙，下走一竖子耳！正不必以立身行事炫高洁，于是奔走呼号，欲遍匄平日之爱我者，乞助吾事于成，厥状乃有类于北人之所谓“告帮”。或有难色者，以为是事且足以隳令誉，予亦了无所赧。天下营生，能行心之所安者有几？取径容有不同，逐猎之目的则一耳。频年伏处江关，知陈蝶衣灵台方寸者又安在？而今而后，吾且以小六子小七子之面目，与世人相周旋也。

《海报》1943 年 7 月 15 日

气度

在上海许多事业家中，张善琨先生是始终令我佩服的一个。张先生办过不少事业，由福昌烟公司而共舞台，由共舞台而新华影业公司，由影业公司而张园，此外还有好几家电影院，都在他经营的旗帜之下，市面着实创得不小。因此在他麾下，也就有着一大批的人为他所宠任，龚天衣兄便是其中之一。天衣兄从新华公司创立时被罗致起，负共舞台广告及新华宣传全责，这些年来，给他出过不少力。张先生也视之如股肱，深资倚畀，有什么可以挑挑人家的事，也从不会忘了天衣。现在，天衣兄虽然脱离了中联，但共舞台的广告事宜，还是归他主持。而天衣兄平日应得的报酬，张先生也没有肯让他吃亏，甚至还预备拿出一笔的款来，帮助天衣兄创办事业。天衣兄遇到了张先生，真可说是投着了明主，因为张先生气度宽宏，处处不肯亏负人，所以他的事业才会如日中天，一日多似一日。这自然不是一般朝夕变脸，言而无信之徒所能企及的。

《海报》1943 年 7 月 22 日

画葫芦与摹仿

某甲悻悻地对某乙说："你为什么要画葫芦？为什么要摹仿？"

某乙诧异道："你以为画葫芦与摹仿是卑鄙可耻的吗？那么请你听一则故事。

记得林语堂先生在上海提倡晚明小品时，曾预备出版《×××全集》，在报端刊载巨幅的预约广告，大事宣传。结果《×××全集》给另一文化人用迅雷不及掩耳的手段，抢先出版了去，全集一次出齐，比林语堂计划的分期出书，既快又价廉，于是幽默大师的计划完全失败于某一文化人手里，印就的《×××全集》无人问津，只好束之高阁，而巨幅的预约广告，则不啻花了钱为某文化人而登。当时这一件事，曾使幽默大师啼笑皆非，自恨幽默尚未出道，而文化人则呵呵大笑。因为他由此而获得了一笔暴利。

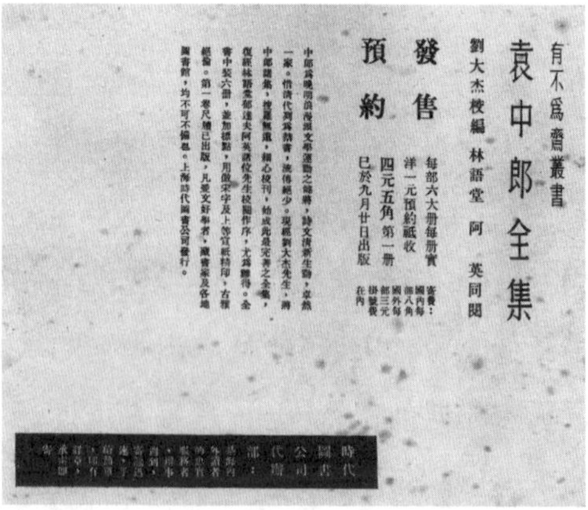

图 64 《袁中郎全集》预约出版广告，刊于《时代》1934 年第 6 卷第 11 期

以上事例，无论是‘画葫芦’与‘摹仿’也好，甚至算‘取而代之’也好，总之不是自我作始，而是先圣先贤发明的一手绝活，足下何所见之不责若侪？”

某甲闻言，遂一笑而罢。

图 65 《袁中郎全集》出版广告，刊于《申报》1935 年 2 月 12 日

《海报》1943 年 10 月 1 日

初观小鬘上红毹

吾妇鬘，闲时颇好度曲。下走愚鲁，勿能赏此阳春白雪之音，于吾妇之度曲，亦第知其能按谱寻声耳。吾妇尝言：“十五龄曾一度登台爨《游园》。”时犹未与下走缔丝萝，予故不及睹。六载前，北新书局主人李，为其太夫人称觞，吾妇与赵景深先生又尝合爨《贩马记》之写状，而予适有远行，遂亦勿审吾妇于红氍毹上，毕竟为状奚若。十四日之晚，集英中小学[①]举行游艺大会于金都，于学生歌

① 集英中小学，位于愚园路 668 弄同安邨。

舞节目后，殿以昆剧五折，集英校长胡山源夫人知吾妇能彩爨，必吾妇厕身其间，却之不可，于是下走乃初睹吾妇登氍毹。是晚所演，仍《牡丹亭》之《游园》，妇习此于十载前，身段大都遗忘，惟凭其臆测，于三日前重理旧调，而乞名曲家张传芳正其谬。登场前，复由传芳俪杜丽娘，遂获收烘云托月之观。昆剧之特长，厥惟身手动作之美妙，小鬘于此，犹幸无谬，特未尝勤于吊嗓，声较细弱耳。吾妇彩爨，以虑其未必能胜任，故勿敢劳友好玉趾，不意乃有此成绩。始信吾妇自有颖悟，故于丹青及昆剧，胥能自窥门径也。下走于吾妇之登场，未尝有一花篮以为寿，因草此记，聊资捧场云尔。

《海报》1944 年 1 月 17 日

高楼从此绝莺歌

若干日前，值欧阳飞莺于道，飞莺为吾友女弟，十年前稚发覆额时，即尝一度见之。及行歌于国际十四楼，复时时觌其芳颜，论生平犹非素昧。于是在不期而遇之顷，遂为片刻之立谈。

飞莺告下走曰："三数日内，吾且辍歌矣。"询其辍歌之故，则曰："嗓音不甚佳，欲稍稍憩养耳。"予曰："花园酒家于报端刊广告，亦列小姐之名，不知以何时往奏曲。"飞莺曰："花园酒家未尝以奏歌为请，是殆李贤影先生见重，故使飞莺之名厕于其间耳。"因知飞莺之献歌于花园，初非事实。

昨晚，共数友登国际十四楼，期一聆飞莺临别歌声，不意曲终人不见，疑飞莺已遂行其所言，问诸侍者，果然。

飞莺本大家女，其鬻歌特以性之所好耳。飞莺为调护其歌喉，辄凌晨即起，引吭磨炼，而在国际之奏歌时间，则恒近子夜，外此复有无可避免之酬酢，足以苦飞莺于疲茶，汔可小沐，计亦良得。“等闲珍重是珠喉”，窃愿此东方之丽莉·庞丝，能好自为之也。

《海报》1944 年 2 月 14 日

口有遮拦

脑膜炎猖獗，口罩遂成为明哲保身者的恩物，自来称说话不知检点为“口没遮拦”，现在人家都仿效金人之缄口，已一变而为“口有遮拦”了。

鄙人为了日出而作必须乘电车，乘电车又必须经过小菜场，深恐为恶浊的空气所中，因此也花了十元大武，买了一只口罩，以资卫生，而作“防渐杜微”之助。

大中华咖啡馆有一位女职员，某日有事赴虹口。她知道我有这么一具口罩，向我暂借一用，我答应了她。待到她从虹口回来，将口罩还给我时，她忸怩着说：“纱布上给我染上了嘴唇膏，您用不得了，我另外买一块纱布赔你。”我说：“这个不必！就让我和你的红唇印时常保持着接触，不是很好吗？”

我对于大中华咖啡馆的几位蜜司，一向君子自重，和她们不苟言笑，现在忽然抓住了这个机会开起玩笑来，又成了“口没遮拦”了。

《海报》1944 年 3 月 20 日

故人摇落学钉靶！

道上数数遘陈克明君，也数数赠之以金。陈昔年为《新闻报》同事，今则沦落为丐矣！汪伯奇先生当《新闻报》大权时，陈以与汪先生为表兄弟行，得汪援引，在《新闻报》总务科任职，竟日无所事事，惟画诺而已，而所得薪给则独厚，便宜在与总经理沾亲带故上也。予入《新闻报》时，陈克明家世犹盛，《新闻报》南京分馆经理程寅生，妻之以女，当时视此陈家大少爷未尝不是乘龙快婿也。曾几何时，陈家大少爷忽摇落，摇落之故不可知，惟知陈之家人亲戚，胥已不齿其为人，遂使今日之大少爷不得不踯躅道上，藉“钉靶”①以糊口。予在《新闻报》时，名虽与陈共事，实不恒觌面，则以此为总经理之表弟，事实上亦高不可攀也。陈有一弟，今犹供职《新闻报》，其弟或力不足脱兄于困厄，惟汪伯奇先生为陈之表兄，亦坐视其表弟沦落街头，不加矜恤，斯为异事。或者陈自有其不可救药处，遂使长厚如汪伯奇先生，亦惟有疾首蹙额耳。

《海报》1944 年 4 月 5 日

女歌手徐倩惨死

女歌手徐倩，曩岁尝奏歌于新都六楼，与欧阳飞莺并驰妙誉。寻飞莺徙于摩天楼，徐倩亦他去。白云不得志于银幕，组剧团赴汉皋时，尝与其夫人罗舜华诣摩天楼，请飞莺共作汉皋之行，谓此去将排演一剧曰《小红娘》，剧中女主角，必须能展其歌喉者，故欲飞莺助其行。飞莺以不善国语为词，婉拒之，白云夫妇遂改约徐倩往。徐倩曩时尝膺美华大戏院②之聘，与白虹同演《霓裳曲》，固富于舞台经验者，于白云之邀，遽诺之，遂买票西行。《小红娘》所衍，为周璇、严华离异事，上演以后，汉人果为之歆动，徐倩之名亦噪。

---

① “钉靶”，上海俗语，指跟在人后喋喋不休讨要零钱的瘪三。

② 美华大戏院，位于静安寺路（南京西路）斜桥弄 80 号。

不谓返沪途中，遽及于难，至勿能归其骸骨于沪，而白云夫妇则无恙，亦有幸有不幸也。欧阳飞莺闻噩耗于徐倩长姊许，为之嗟伤勿已。以徐倩之死，不啻及身而代也。徐倩年事犹少，盈盈十七八，正好花初绽时。不幸乃罹难于异地，洵可哀已！

《海报》1944 年 5 月 23 日

园会二三事

继周氏别业之游后，一昨复以天厂居士作东道主，讌聚于丽都花园，艺苑妙侣若白玉薇、顾兰君、王熙春、管敏莉、周秋霞、丁芝之俦皆出席。别有周信芳先生及“吐血兰亭”，亦来与会，则此宴之特客也。杂记筵间二三事于次：

白玉薇由其大姨姆护送而来，众人逊之上座，大姨姆风趣不逮“小山东”吴温如，而爱护其甥女殊殷。桑弧劝玉薇酒，欲与玉薇干杯，玉薇力辞不可，勉尽一盏，已如玉山之将颓，而管敏莉又继至，大姨姆乃有焦灼不胜之状，虽不言，惟频频以指指喉间，若谓使更尽一盏，将创其甥女之“吃饭家生”者，敏莉遂亦不敢强玉薇，卒由旁人代饮而罢。

予初识王熙春，系在栖息汉上时，后又数数晤之于卡尔登，熙春虽未援呼大郎“唐伯伯”之例，称予曰“陈伯伯”，然亦相遇甚稔矣。报间载熙春将重登银幕，予以此讯叩熙春，熙春谓第有此说，尚未成为事实。盖原则虽决定，细则犹未商谈耳。

信芳先生言，其家女佣最近已全体解职，而炊浣需人，因之颇以此事扰心曲。熙春因言佣人之不易，谓其家一女奴，尝纳煤球累累于袴管中，系之外出。其初犹不觉，寻见女奴自涤其裤，盆水尽墨，仿佛一泓洗砚池，始恍然于煤球告罄之速，实为女奴所窃耳。熙春言已，一座皆嗢噱，以为此女奴真能不辞“胯下之辱”者也。

孙兰亭兄自称为“吐血兰亭”，而众人则尊之曰“兰老”。兰老习为诙谐，筵间徇主人之情，表演二项节目，摹仿纳粹党魁及小翠花神情，无不毕肖。兰老言：“赴宴而如出应堂会，戏院经理之威仪尽失矣！此后愿谢绝酬酢，一如真正之兰老。”此君风趣，真足以当“滑稽博士”之誉。

是日筵间，角酒之风大戢，未尝如上届园会之轰饮无度，顾兰君巨量如海，亦只为小饮而已！惟管敏莉犹与一郭先生酗酒，趁其人酣醉，以唇膏绘四灵之一于其人衣背，赭色线条纵横如网，不知此君将何以归见其夫人？洵恶作剧矣！

图 66 （右起）金元声、孙兰亭、尚小云、赵培鑫合影，刊于《半月戏剧》1938 年第 1 卷第 7 期

《海报》1944 年 5 月 28 日

闪闪酒帘招客醉

生啤酒的发卖场愈来愈多，除了十七家大酒楼及维也纳长廊之外，最近东方、远东、大陆三家饭店，也开辟了供人买醉之场，门首飘扬起大字布招，正仿佛《水浒传》中数见不鲜的描写：挑起一角酒帘。

近一时期，多数市民都在为着户口米的衍期而疾首蹙额，似乎“飧飧不继”的厄运即将降临到每个人的头上，然而酒徒们应该不在此例，原因是在酩酊大醉之后，往往一切的疾苦都会抛至九霄云外，醉后的唯一企图便是酣卧，饭，当然不想再吃。所以喝酒的提倡在今日并非绝无意义，如果人人能沉湎于醉乡之中，不要说户口米，就是“王大吉”“愚园路”“电话听筒”之类，也会忘记得干干净净。

最初我也曾为了生啤酒的广设发卖场而逗起些微诧异，而现在则识得此中的奥妙了！原因(又是一个原因)是我近来也感觉到了与“曲秀才”轧朋友的需要。

由于酒的到处可喝，不禁为今日的酒徒们深表庆幸，因为酒禁之开实在是有幸有不幸的，《唐书·食货志》曾经大书特书：“唐初无酒禁。”可知盛唐之际的黎庶们就为“无酒禁”而大惊小怪过。此外在我们的东邻日本，以及西半球的美利坚，都曾颁布过酒禁的命令，而今日之上海人居然可以到处痛饮，谓非“酒运亨通”而何？

在喝酒运动广泛地展开之后，有一点可以预料，就是不久的将来，马路上的人一个个都将成为如下的情状：身子是东倒西歪，口中则南腔北调。瞧在眼里，倒也煞是奇观。

为了响应喝酒运动，以示在下确能实行“人生有酒须当醉”的信条起见，曾拟组织一壶觞之会，请紫罗兰庵主人周瘦鹃先生领衔发起，结果是以瘦鹃先生的无意于此而作罢了。大概瘦鹃先生深恐亦如桓彬之被目为酒党，所以对在下的提议不敢苟同吧？其实瘦鹃先生也未免太谨慎了一点，金嗓子周璇小姐唱得好："人生难得几回醉，不欢何待？"我们现在有着这样开怀畅饮的机会，为什么不紧紧的抓着它了，以寻觅孟嘉老先生所说的"酒中趣"？不管是人吞酒也好，酒吞人也好（语见《法华经》），还是"事大如天醉亦休"，瘦鹃先生虽然不想作现代的高阳酒徒，我却还愿意扬起我的手代表酒帘："来来来！人生难得几回醉，不欢更何待？"

《海报》1944 年 6 月 4 日

五斗米

"五斗米"三字，最近忽然成了风头上的一个新名词。由此新名词，很容易使人联想及于汉末的一个老名词"五斗米教"。

这里，想抢一抢郑回忆先生的生意，引经据典一下：

张鲁祖父陵，客蜀，作道书以惑百姓，从受道者出五斗米，世号米贼。（《三国志》）

所谓张鲁的祖父张陵，就是后世所谓张道陵，也就是张天师。这位天师，不贪玉帛，不贪子女，所需要的只是五斗米。我怀疑当时的张天师，也负着"征购米粮"的任务。

因而也由此可知，今日的米统会，决不是陈彬龢先生所说的"并非专家主持的机构"（见昨日《申报》代论），相反的，米统会中正恐不乏史学专家兼"征米学"专家，要不是他们有以往的历史了然于胸中，如何会想到征及五斗米？至少限度，今日的米统会主持者，足当“现代的张天师”之称而无愧。

此外，还有一个大家都稔知的“不愿为五斗米而折腰”的故事，现在也一并引证一下：

晋陶潜为彭泽令，郡遣督邮至县，吏白应束带见之，潜叹曰：“吾不能为五斗米折腰，拳拳事乡里小人。”即解印绥去。

这位陶县长，不愿为五斗米而折腰，后世人都称颂他清高。现在可不然了！但看在北新泾、徐家汇那些地带，每天正不知有多少老百姓，在为着五斗米而打躬作揖，实行折腰，甚至还不免攒眉，掉眼泪，脸儿像苦瓜，要清高也无从清高起呢！

《海报》1944 年 7 月 13 日

剪彩的润例

在国外，军舰或轮船下水，有举行掷瓶典礼的习惯。掷瓶仪式照例延请阔太太或名媛执行。咱们中国虽有造船厂之设，却极少伟大的作品问世，因此掷瓶典礼不常见，只有让公司、商店的剪彩典礼聊以解嘲，而执行剪彩的人选也只得等而下之，向影星坤伶队中求之而已。

最近，在万寿山酒楼目睹曹慧麟、张淑芸、张淑娴、谢兰玉、张菊仙、苏少舫六女伶为歌唱比赛剪彩，银剪举处彩带断，在一片掌声中，六女伶回归座上，人手一把的剪刀各向自己的手提包中一塞。据说，这是剪彩的润例，剪彩典礼完成之后，剪刀例归剪彩人所有。

因此我猜想，上海的几位名坤伶，在十年之后，一定可以因存货充足而大家开起剪刀店来。

可就是一件，在剪刀店尚未开市之前跑坤角儿的妆阁的仁兄们，千万不能闹醋劲儿，因为坤角儿的妆阁里有的是剪刀，万一表演起“剪刀相会”来，未免太危险。

《海报》1944 年 7 月 28 日

报晓鸡

《讨厌的早晨》一曲，起句为“粪车是我们的报晓鸡”，柳絮兄尝误听“报晓鸡”为“包小姐”，记之报端，一时传为笑谈。

不久以前，盛传此曲唱片，已禁止发售，予尝叩诸周璇小姐，周璇小姐亦不明厥因何在，第谓“报晓鸡”之“晓鸡”二字，与某一要人谐音，以是干禁。然真相是否如此？周璇小姐亦不能必。予初以为《讨厌的早晨》之生问题，毛病出在“旧被面飘扬在国旗”一语。孰知症结所在，竟不在此。此则较诸柳絮之误“报晓鸡”为“包小姐”，尤可喷饭矣。

《海报》1944 年 9 月 1 日

水荷花

卖花人的担子停驻在咖啡馆门口，我花了五十元代价，选购了其中的一盆，供诸案头。

这是一盆罕见的花，当时不知它姓甚名谁，叩问卖花人，卖花人说“水荷花”。

这一个名称，我对它有些儿怀疑，因为荷花本来是植诸水中的，而这一种花的面目，与荷花又并无虎贲中郎之似。

花六出，色紫，向上之一瓣稍阔大，瓣的中部有扑克牌中方块头那样的一块，作黄色，花的特点即在此。叶圆，端微尖，下茎的中段鼓起如孕，这也是不同于其他叶梗处。

花没有荷花那样的清香，但色彩相当娇艳，“老眼看花皆绝色”，我对它是颇有好感的。我虽然和周瘦鹃先生是“眼泪同志”，对于花卉的常识，却不如瘦鹃先生那样的广博，这一种花的真姓名，瘦鹃先生一定知之有素，希望瘦鹃先生能给我证实一下，如过能带给我一个和紫罗兰同样哀感顽艳的故事，在我是格外乐闻的。

梅[1]按：据蝶兄所状，似为菱花。卖花人往往信口雌黄，胡诌愚人，此所以谚有“花拐子”之称也。未识然否？

《海报》1944 年 9 月 5 日

凉药夜啼记

菊部女儿来自北地者，于“文艺坤伶”外，复有所谓“凉药坤伶”，此盖好事者为应畹云所上之尊号。应未尝为沪地剧院所邀，特为觅其故旧而莅沪，居某旅舍，秋风既起，应犹无莼鲈之思，识者遂谓：“应之滞沪，殆以此间乐，不忍舍耳。”

一夕，空袭警报大鸣，应寂处旅舍，惊悸万状。翌日，警报又一夕数惊，应室中无人，乃发为娇啼曰：“唉哟！这可怎么得了！早知道上海这样可怕，我也就不来啦！哎哟！吓掉我的小命儿啰！”前数语出自畹云之口，末二句则下走所装之“笋头”，状应姑娘骇悖模样耳。

① 《海报》主编汤修梅。

有银行家辟室畹云之邻，聆啼声，诧为奇闻，启扉窥邻室，始知啼声作自“凉药”，因举其事述于人，闻者佥曰：“此凉药之所以为凉药也。”

《海报》1944年9月10日

砌下的呼声

内子鬘，为一警士所辱殴，昨日《海报》已志其经过。事之发生，距今且历二旬，下走笔底所以隐忍不言者，以为在当局整肃纲纪之下，吾妇之屈，终且获伸。不意检察署庭讯之日，行凶者犹复饰词狡辩，不承暴悖，遂不禁感喟万状，以为天下真有怙恶不悛之徒，则又不仅为吾妇悲，兼亦为世道人心悲也。

吾妇以璇闺弱质，雅娴文事，调弄丹青，是其所长，商贾之术，原非素习。方小商肆筹创之初，吾妇意殊勿属，下走委婉以陈曰：“生活之指数日增，吾侪苟不与环境相搏斗，乌能仰事而俯畜？愿汝能共我谋自存，毋辞劳瘁也。”吾妇闻言而泣，下走亦濡襟。自是以后，吾妇遂节其寝馈，孜孜矻矻于持筹握算间，今日之犹有粗粝可咽者，赖有此肆，然而辛酸之泪，正不知洒却几千万滴也。

吾妇以苦于经营之故，遂废膏沐，两载以还，容光日瘠，视之无复华焕色，是以遭警士椎击之日，警士厉声詈吾妇曰：“若何俦者，特昧瞀之妇耳！辱汝又何碍？”嗟夫！吾妇之膺横逆，特以局蹐于市廛小肆间，始不为彼虎而冠者所重耳！脱吾妇而鲜明其袿裳，邈然染翰于闺闼之间者，又孰敢轻吾妇？是故苦吾妇者实下走，遂使吾妇欲苟安于阛阓之一隅，亦不可得也。

世事蜩沸，了无宁日，在此时会，民命如蚁无足怪，鸣琴而治，良非所望，卒有使人不可须臾忍者，则亦惟有勉为挣扎，以求直之不枉。愿手掌推鞫之牒者，视吾言为秋蛩哀鸣可耳！

《海报》1944 年 9 月 20 日

弔乡先辈名山老人之丧

乡先辈名山老人，钱振鍠先生，病胃久，上周末，胃部突有砉然之声大作，痛遂剧，延医诊治后，断为胃溃疡，投以剂，依然剧痛如故，寻复蔓延至腹部，则已由胃溃转而为腹膜炎矣！十九日亥刻，卒以医药罔效，遽归道山！闻病革之前，老人犹疏指就掌中书"死"及"不哭"三字示家人，盖神智犹清朗，而自知将不起，故欲以节哀顺变勉家人也。昨日下午，诣太原路上海殡仪馆，弔老人之丧，老人女弟子顾飞并庞左玉、陈小翠诸女士皆在，聆顾飞述老人病状，始知老人之病革，实误于红柿。上周六，老人偶动食指，进柿子三枚，食后觉胸膈不舒，家人衔其命，更以汤团进，咽之尽，胃痛遂剧，卒以是不治。故老人之死，实死于柿及汤团，亦"二竖"耳。

老人早年居梓里，战后，始避丘移宅于沪上，予稽懒，数年来未尝一度谒老人，惟与老人哲嗣小山先生契。小山先生或述下走诗于高堂前，老人颔首曰"可取也"，予以是有执贽称弟子意，尝语小山先生，小山先生曰："老人谦巽，度不许耳。"予复逡巡，坐是未果。

春间，修梅、啼红诸兄创议，欲为老人祝遐龄，下走以为瞻韩且有日，欣然请从议。而老人以世事蜩沸，不欲糜酒脯，辄婉辞。然犹以为老人清健，后此当有觌面机缘，容下走一亲謦欬也。不意荏苒数月，老人遽赴修文召，卒至不获觐老人于生前，此日灵前致弔，瞻仰遗容，辄为之悔恨无及焉。

《海报》1944 年 9 月 22 日

《凤凰于飞》歌词勘误

《凤凰于飞》以岁初之前一日献映，而我却延至初二日才看了大光明的早场。据说此片在沪光试映时，片子跳动得太快，男主角黄河步履如飞，报纸上的批评说他有些像滑稽片里的卓别林，此当是沪光企图节电，摇片子开特别快车的缘故。大光明虽同样是自动发电，但银幕上的映出却明朗而正常，并无卓别林参与其间。

全片故事以歌舞为贯串，剪裁相当巧妙，歌舞场面有些地方不免故炫神奇，但主题曲奏唱之前的舞蹈，周璇与黎乐鸣两位合作演出，颇有"翩若惊鸿，矫若游龙"之致，尤其是跳康茄时灭灯后的一幕黑影画面，可说是摄影技术方面的最大收获。

周璇在此片中，除了康茄之外，还有踢踏舞表演，此在周璇主演过的许多歌舞片中，实为前所未有，而成绩也相当的好。

所遗憾的是歌词方面，讹字甚多，例如《嫦娥》曲中，"灵鹊"竟误为"灵雀"，"我们管领着这一方青冥"的"管领"也误为"管理"，此外还有讹夺及前后句倒置的。据方沛霖先生说，此片在摄制过程中，曾因胶片不敷而三次请求补充，全片所耗胶片超过二万尺，不好意思再作第四次的要求，所以无法重摄，只好将错就错。我相信阿方哥的工作态度并不苟且，而华影当局对于胶片的限制甚严，也是实情。不过我还初次为影片作歌词，深恐蒙受"不白之冤"，这里附带作一勘误式声明。

《海报》1945 年 2 月 18 日

文艺沙龙

当李贤影先生接受新仙林舞厅，筹备改设夜来香音乐俱乐部的时候，就曾和我磋商，预备将花园酒楼的一部分，辟为文艺沙龙，供文艺界同文作憩坐茗叙之地。李先生说："一切计划由我来决定，待布置就绪后，请老兄主持其事。"我当时以为只是说说而已，所谓未置可否。昨天在报上见到了大郎兄的一段文字，才知李贤影先生对于文艺沙龙的计划，真有付诸实施的意思。

近一时期，新雅二楼在下午茶点时间，座上独多文艺界同志，因而有文艺沙龙之目。但新雅毕竟因地广人稠之故，空气过于嘈杂，文艺气息很难保持。倒是有几位同文，一坐下来就大谈其沙蟹经，名之曰"文艺沙蟹"庶乎近焉。

论地点，花园不及新雅交通便利，但环境的幽静，则花园为新雅所不逮。尤其是内室的装置与户外的景物，花园自始就有浓厚的文艺气息。再经专家设计，擘画有方，文艺沙龙的面目一定不同寻常。

不过主持其事的大命，恕我不敢拜受，充其量，我仅能在文艺阵地上充一备员而已，如何敢担当前锋的重任。文艺沙龙的主持者，必须有锐气，孚众望，如果许我荐贤的话，我想推荐"诗鱼"路易士先生，届时"鱼""龙"蔓衍，一定噱头百出。

《海报》1945 年 2 月 20 日

鹗书之荐

从前时代没有什么职业介绍所，一封八行书往往就是平步青云的阶梯。据说八行书包括上下款在内，必须恰好写成八行，增之一行则超出范围，减之一行则不足法定，两者皆属介绍人并无诚意的表示，求职者也便休想如愿。降至今日，写介绍信的人不一定腹有诗书，自然限制也没有往昔那么严格了。

厕身新闻界十数年，在交识中不乏当代权贵，许多人都诧异："足下怎么不弄个官做做？也好携带携带我们。"我的答复是摇头。因为我自知不是做官的料，平日闲散惯了，上办公厅应卯的刻板工作，不是我这个习于颓放的人所喜悦。此外是我不工酬酢，在官场中，不工酬酢是末由飞黄腾达的，所以我决定藏拙，说得好听一点，也就是不乐仕进。

由于我的不作弹冠之贡禹，倒真辜负了若干位朋友的美意。尤其是最近，有一位相知有素的故交，从苏州驰书与我，要我给他作鹗书之荐。论友谊，我是应该尽一臂之力的，无如我自己不爱做官，对于八行书的缮写，也就不知如何下笔，因此，终于辜负了这一位老友的嘱托。时逾一月，我的心里还老是感觉着歉疚。

《海报》1945 年 3 月 1 日

舞榭新例

好久不跑舞场，偶然听得此中人谈起，才知今日的舞场事业，真的已经到了没落的地步，仅就邀请舞女而言，舞场中近来也创了新例，这一个新例，正是舞业败的一个反映。过去舞女与场主方面，舞票收入由对拆而四六拆，最红的舞女也不过三七拆（舞女七，场方三）。现在由于场外交易日多，舞场罗致舞女大感困难，于是特别大放盘，但求有红舞星帮场面，舞票收入概归舞女享受，舞场方面并不分润，舞场只希望收入一笔茶账，侍者只希望到手一笔

“踢破死”[1]。这一种新例,行之于茶舞时间者尤普遍。不如此,据说很难请得到红舞星的大驾。

循此演变下去,跳舞场邀请红舞星候教,也许有倒贴皮鞋丝袜的一天。

《海报》1945 年 3 月 3 日

一医师贩盐折本记

有一位医师,在若干时前,放弃了他的临休工作不做,而到杭州去跑单帮,跑单帮的目的是赚钞票,而结果却是大蚀本。说起来,也是一场笑话。

原来这一位医师,他走的是贩私盐一条路,从浙东产盐区域贩到杭州,预备将私盐当作官盐卖,按照如意算盘,本来可获巨利。不幸的是运盐船驶至中途,忽遇大雨,沛然之势,竟然无可防御,于是就在这雨势肆虐之下,眼睁睁瞧着一船的食盐,大部分化作盐水,而没法抢救。

经此打击以后,这位医师才放弃了他的高等单帮理想,重理望闻问切的旧业。有时和人谈起跑单帮故事,他摇着头说:“盐水针我诊所里有的,何必路迢迢跑到外码头去找寻呢?”

《海报》1945 年 3 月 10 日

楼上花枝笑独眠!

于桃李花开之季节,下走开始度独处生涯,税旅舍一室以居。屈指迄今,阅时垂一载,周遭之环境虽岑寂,然以恒时与世无所争,

① “踢破死”,tips 的沪语音译,“小费,小账”之意。

烦恼不乘，以是着枕即睡，睡梦往往亦奇适。所税一室之对门，勿审自何日始，有行云神女三数人，聚而入居。为日既久，若侪渐审有孤寂如予者，为若侪之邻，于是每当下走归号时，恒循予呼唤侍者声，探云鬓蓬松之首于门隙，作墙东之窥。一晚，其中一女遽发问曰："陈先生一人宿耶？"予方微怔，别一女又曰："一人独宿，不虞岑寂乎？"下走以邻谊宜敦睦，至是乃姑与为礼，而又虞鸡肋之不足当尊拳，则俟侍者投钥启门后，掩身立入，于是若侪之笑声又纵，似花鹑鸪之鸣于原野。返躬自视，竟体无可资嗢噱之迹，大抵以辟室旅邸者，多挟妓嚣叫之俦，若下走之寂处无侣，不谈风月者，是为奇迹，遂为此辈行云神女所笑耳。

《海报》1945 年 3 月 13 日

故人之妻

当我执笔写这一篇文字的时候，心头正有无限的酸楚，因为如果是在承平之世，此类事是绝不会发生的。

友人某君以事絷狱，为时已逾二载，他的夫人最初曾奔走乞援，希望脱其藁砧于缧绁，但结果是希望成了泡影。其后，曾数次在咖啡座上见到某君的夫人，和人家谈着生意经，使我知道她颇能自为升斗谋，也就不由有着由衷的钦佩。到了去年的秋天，忽然又在路上碰到她，一起是三个人，一个是她的孩子，一个是陌生男子，两人各拉着孩子的一只小手，迂缓地作着散步。我是向来不敢以小人之心武断是非的，然而屈指一算，我的朋友絷狱之日非暂，因而情形起了变化也是难免的事，当时吓得招呼都没有敢打，原因是怕人家窘。

到了最近,事情终于得到了证明,因为这一位朋友之妻,迩日已经腹大如五石匏,距分娩之期不远了。

事态的演进原是十分自然的,丈夫音耗久绝,做妻子的不耐空帏独守,因而接受了另一个男子灌输的爱,这并不悖乎情理。他日万一丈夫生还,那么办理离婚手续,也可以归纳为必然的后果。所可扼腕的是这位朋友妻所觅的对象,据说是一个不事生产的家伙,他在朋友妻方面所取得的地位是"寄生虫",对如此结合的一对,推测其前途,便不能不为故人之妻泛起一丝微漠的悲哀。

然而,这可资嗟叹的故事又是如何造成的呢?一念及此,又不禁对故人之妻的遭遇寄予无限的怜悯了。

《海报》1945 年 3 月 16 日

打桨之趣

在书画展览会中看到了一幅荡舟图,因此想起了打桨的往事。在生平浪迹史中,这也是我低徊不已的回忆之一。

栖迟汉皋的一年,近郊的中山公园是我最爱流连的地方,园中有着宽阔的湖沼与洄漩的河流,两岸夹峙着成行的树木,展开着苍翠的浓荫,倒映在水面,水面也泛起了绿脂似的颜色。园中备有游艇,花小银币三枚就可以呼舟而登,在水上作二小时的荡漾。那时结伴同游的照例是我、露苡表妹和秋姑,三个人都缺乏荡舟经验,于是握桨在手,这一个前进,那一个后却,往往弄得一叶扁舟,在水面上滴溜溜的打转,浪花飞沫溅到了面颊上,于是大家纵声笑了。有时候来舟如飞,几乎要碰撞,便忙不迭的点桨推开,这情景也俨然是惊险镜头。然而谁也不会吓得捏一把冷汗,有的还只是无忌的笑。

当时，我作过如下的打桨诗：

桃李晴曛导胜游，一泓轻放木兰舟。
斯须睥睨应输我，打桨人如春水柔。

在我，是有一点得意忘形的。

上海没有打桨的处所，西郊的丽娃栗坦村荒芜了！叶家花园远在江湾，今年是否开放供人游览也是个问题。缅想着过去的打桨之趣，我只有折起一叶纸型的轻舟，放在注着清水的面盆里，看它荡漾，从这一个画面里搜索一点消逝的旧梦。

图 67　汉口中山公园，刊于《粤汉半月刊》1937 年第 1 卷第 4 期

《海报》1945 年 3 月 18 日

关于《春秋文库》

春秋杂志社预备出版《春秋文库》，报纸上已有过关于此讯的记载，不过有一二点与事实不尽吻合。第一，《春秋文库》第一辑，共计十种，我自己编五种，另五种我提议请柯灵先生，这是预定的计划。并非先决定五种，而后又扩充为十种。第二，关于柯灵先生编撰的五种，我没有参加意见，不过平秋翁曾一度枉驾过访，他希望不要将《万象》上发表过的《海上的迷宫——爱俪园》及《飘》列入《春秋文库》之内。我只是向《春秋》发行人冯宝善兄转达秋翁之言而已。深恐柯灵先生误会，这是我必须声明的。

在今日之下，嘴巴里的食粮尚且不易解决，精神上的食粮恐怕很少有人需要，所以现在犹致力文化事业，实在是一件傻事。不过《春秋》发行人冯宝善兄，颇有一股子傻劲，他愿意做一个冒险家，我自然也不想阻拦他。从前人有过“实干，硬干，苦干”的口号，现在我们的印行《春秋文库》，则完全是傻得不能再傻的“傻干”而已。

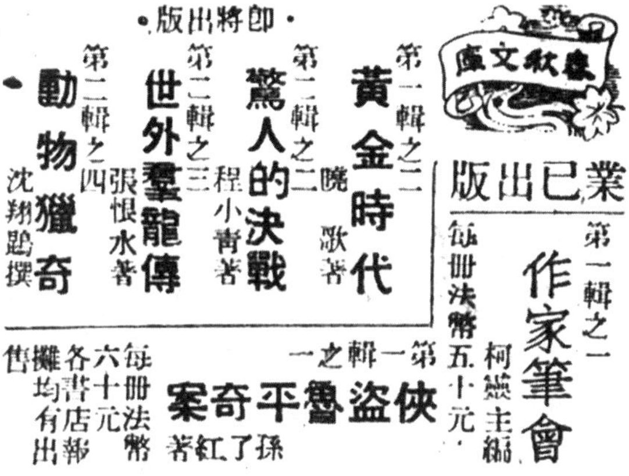

图 68 《春秋文库》广告，刊于《正报》1945 年 10 月 5 日

《力报》1945 年 3 月 21 日

听周璇唱歌

周旋的歌唱会于昨日在金都展开,周小姐夙有"金嗓子"之号,事实上站在麦格风前引吭而歌,确也有银铃似的音韵之美。我听的是第一日的第一场,周小姐共计唱出三部曲,第一部是《渔家女》三曲,包括《疯狂世界》《交换》与《渔家女》主题歌;第二部是《凤凰于飞》三曲,包括《慈母心》《寻梦曲》与《凤凰于飞》主题歌;第三部是《鸾凤和鸣》三曲,包括《可爱的早晨》《真善美》与《不变的心》,合成《银海三部曲》。其中关于《凤凰于飞》的三曲,不知周小姐为什么选了《慈母心》? 其实无论《霓裳队》或《前程万里》,旋律都比《慈母心》好得多。

九曲之中,自然应推《不变的心》为不朽之作,其次该是《可爱的早晨》与《渔家女》,前者轻松,后者则我爱它有雄壮之美。

布景换了三次,第一幕的浮云与月色,配置得甚好,第三幕的立体式装置亦佳。周小姐的服装也换了三套,则以第一套为smart。

最后以听众的热烈要求,九曲之外又加上一曲《采槟榔》,在歌声中,令人想起了富有热带情调的南海来。

赠送花篮者綦众,多数是悦目的康乃馨,其中最大的一只,以黄色的花朵盘成"金嗓子"三字,矗立台左,颇引人注目,据说是阿方哥(沛霖)所惠赠,其代价为一万金。

《海报》1945 年 3 月 30 日

贺吴绮缘先生得佳媳

闻崇文兄将与林彬小姐订茑萝之好,此真可喜可贺事也。崇文兄任《海报》辑务有年，为乡先辈吴绮缘先生哲嗣，予先后辑《万象》《春秋》，兄恒以“文宗山”之笔名，为予书治小说，长短篇皆有，有惠于下走者良多。林彬小姐则舞台名艺人，婉娈静好，迥异恒流，与崇文兄珠璧双影，年来恒于咖啡座上见之。今有情人果成眷属，不敢妒且羡，惟绮缘先生夙治红学，今乃得号称“舞台林妹妹”之林彬小姐为媳，佳儿佳媳，并承色笑，意绮缘先生必老怀弥悦，此则洵宜为崇文兄贺，兼为绮缘先生贺焉。

《海报》1945 年 4 月 10 日

跳土坑

近日踬仆于防空壕中者，屡有所闻。音乐家陈歌辛，一晚亦以“举头望明月”之故跌入防空壕，几创其肘，事后语人，谓：“恨未低头思故乡，以致扑了一个空！”亦趣事也。

防空壕之构筑工程，近时似已限于停顿状态，道旁所见，惟一个个土坑而已。如此了无隐蔽之防空壕，岂能保人安全？真不可解。

昔年黄膺白氏曾创“跳火坑说”，今日上海滩上，到处是土坑，而颠踬其中累累，与跳火坑殆可先后媲美矣。

《海报》1945 年 4 月 15 日

公园建设

上海号称为东方第一大都市，然而在这个大都市里竟没有一个理想的公园，这不能不说是一件憾事。

事实上，像兆丰公园与大兴公园，都占地甚广，很可以布置成为完美的公园，只是过去的管理权操纵在外人手里，华人纵然纳税，对于公园的兴革事宜却谁也不敢置喙。现在租界已成历史上的名词，一切自主，对市内观瞻所系的公园，整顿一番，应该是急不容缓的事。因为像现存几个公园的荒芜情状，说得严重一点，实在是市政之羞。

可喜的是报端已经发见了当局整顿各公园的消息，更可喜的是布置动物园，设置运动场、钓鱼台、儿童乐园、音乐台等计划，都是最合符理想的公园建设，鄙人对于世界各国著名的公园向来有着美好的憧憬，恒以“为什么我们中国没有这样理想的公园”为憾，但愿当局此一计划，能够早观厥成。

上海人就因为缺乏良好的娱乐与去处，才造成了浸淫于围赌的颓风。如果有一个理想的公园可以供给市民陶冶身心，麻将搭子也许可以减少一些。（对于整顿公园，我有一个附带的建议，我以为应该延聘对于园艺素有研究的专家如徐卓呆先生，参与其事，共策进行，庶收集思广益之效。）

《海报》1945 年 4 月 25 日

暂不发掘新人

朋友开玩笑，贶我以“歌女大班”的嘉号。我这个歌女大班，别无成就，最近却犯了一桩十分内疚的伤阴骘事件。

有一位女侍应生，因为她能够唱唱歌，歌喉还不错，而且很懂得礼貌，以为这是个可造之材，于是给了她一个机会，参加擢拔，使之改充女歌手，引吭于麦格风畔。为期不到一个月，这一位女侍应生蜕化的女歌手，过房爷也有了！四十万元一只的手表也有了！行头也一套翻一套，不需要官中制服了！

接下来的是请假一星期，乘进香专车游杭州，据说，她已经和她的未婚夫解除了婚约，她的未婚夫受此刺激，气得吐血。而这一位女歌手，正像金丝雀一样的在西子湖边“飞呀飞”！要是这一位小姐至今还穿得号衣做她的女侍应生，绝不会拆散这一段姻缘，至少，也不会变化得这样快！

料不到培植新歌手的结果，是伤了这样一个阴骘。从此以后，罚咒不再发掘什么新人了！

《海报》1945 年 5 月 20 日

现代赵五娘

在马路上看到了吃糠表演。表演者是个鹑衣百结的老乞婆，表演的道具是一只笥箕，里面盛放着少量的糠，老乞婆不时掏起一把糠，无语地在嘴巴上抹。这个老乞婆的表演地点，似乎是被指定的，因为我每天总是在大新公司对面的人行道上发见她。观乎她的地盘有固定，以及表演之备有道具，可以知道她的“吃糠”，不过是乞讨技术之一，事实上她获得了行人的布施，是不会采办糠秕果腹的。不过表演即使虚伪，但一个落难者行使如此的苦肉计以冀得人们的怜悯，毕竟是可悲的。

《琵琶记》里的赵五娘背着人吃糠，现代赵五娘则面对着大众吃糠，这也许是一种进化。

《海报》1945 年 5 月 25 日

得句偶同

十年前作艳体诗，尝有“尽日梦腾一愿消，银河清澈是良宵。

相逢未忍轻言别，又逐双轮过铁桥”之句。后及见鍊师娘诗亦有“又逐飞轮过铁桥”一语，深喜所见之略同。最近吾宗小翠女士作《浣溪沙》词，有“老去看花皆绝色”之句，则又与下走旧作“老眼看花皆绝色，故人入梦总多情”而合（亦《浣溪沙》词）。鍊师娘与小翠女士，并为当世金闺国士，吐属之隽。须眉罕与抗衡，不意下走之作，辄复得句偶同，从知下走锦心绣口初不逊于金闺国士也。

《海报》1945 年 6 月 15 日

鬼祟

少年时，尝于花间识明月五娘。越数年，明月嫁，从藁砧居南翔。有日来沪，视予于新闻报馆，颇讶其消瘦，以为嫁后当笃于伉俪之情也。明月忸怩，密语予曰：“特祟于鬼耳。”异而叩之，明月曰：“每值星六之夜，必有黑衣人入梦，入梦则肆其淫虐。”予问之曰：“亦泄否？”明月曰：“一如常人。”予夙不信鬼神之说，以为是或神经衰弱所招致，而明月力言非病，盖梦寐中来必以日，历久不爽，所御又辄为玄衣，病必无如是准确也。予又问明月：“亦禳之否？”明月曰：“未敢举以告良人，虑为所恶耳。”今距明月之语，又数年，而明月之情况已不可闻。

偶阅山阴俞梦蕉《蕉轩摭录》记独脚魈云：“吾乡竞传独脚魈之异。独脚魈弗厌贫富，第悦其色，或妇女有美色，独脚魈必营求长物以济其家，妇女为所私，亦秘弗言也，然久久终欲去，去则持一账簿，计算其入，仍搬之而去。”此与明月之遇，虽不尽同，而其为祟于鬼则一，大抵是即《龙城录》所叙之五通神。吾乡（武进南郊）虚墟僻隅之间，亦恒有短衣祀五通神，行人多绕道避之，然罕闻为祟事。

惟人而鬼者，则迩年往往挟其金资，逼淫妇女，亦如《蕉轩摭录》所记之独脚魈。是则戾气所钟，所谓妖由人兴耳！

《海报》1945 年 7 月 22 日

疾恶无方留怒发！

已经一个多月，没有踏进理发肆，原因并不是缺乏闲工夫，而是理发一次实在所费不赀，遂使我趑趄不前。记得上次理发、修面、汏头三部曲，所耗的代价为四千金，当时已觉奢侈。最近向一位刚剃过头的朋友探问行情，朋友说："至少得给七千。"七千还是至少，阔气一点岂不要一掷万金？考虑一下，还是以节约为原则，省省吧。

三年前写过一首诗，有两句是"疾恶无方留怒发，怀柔有客问苍生"，那时我还保持着发剃整洁的习惯，从来不肯让鬍鬏像刺猬一样的怒茁着。"疾恶无方留怒发"一语是看了一个朋友的怒发冲冲，即景生情而得句的。到了今日，苍生已无人过问，于是我的怒发也长得像长毛一样。如果有朋友在我进餐之时过访，吐哺或许有些舍不得，握发则是毫无问题的。

因此是我想起那位吟哦"白发三千丈"的杜工部，不知是否也是为了剃不起头？

《海报》1945 年 7 月 21 日

怀念西湖

我怀念着杭州的湖光山色，无论是苏堤烟柳或是湖上轻舟，都在我的梦寐中幻构起彩色的憧憬。朋友邀我作杭州之游者，我拒绝了。原因是据说在湖上荡舟，目下尚有若干禁例。我虽然怀念着杭州，渴想着一亲西子颜色，然而游不能畅，不如待诸来日。

我对西湖有特殊爱好是有原因的，童年时父亲从城里买了一把折扇回家，扇之一面印上了泛舟图，有两句诗是："一叶扁舟两三客，载将烟雨过西湖。"①童年的记忆力特别强，于是这不知出自谁手笔的两句诗，便深镌在我的脑海。及至自己亲展杭州游屐，尽日荡舟于湖上，在舟中看到了阳光未敛，而雨如织帘的佳景，分明亦是身在"载将烟雨过西湖"的图画中了，于是更加强了对西湖的兴趣。

我有记述西湖之游的一首律诗，有两句是"溪山才沐晴时雨，笑语轻移水上舟"，也就是那时完成的。"晴时雨"三字，不知曾否见诸前人诗文中？而后一句则自谓颇能写出当时的暇豫之致呢！

《海报》1945 年 6 月 21 日

两郑旦

越王勾践尝使范蠡进西施、郑旦两美人于吴。偶见《明诗别裁集》，亦有一郑旦，字希周，歙县人，嘉靖癸未进士，官浙江右布政使，其《晓发洱海夕次滨州》诗云：

天高野旷瘴烟收，风急霜繁落木秋。
箐道千盘临戍堡，山城百雉入边州。
诸蕃乐岁休戎马，孤馆频年望斗牛。

① (明)聂大年所作《题彦颙画中小景》："水禽沙鸟自相呼，远近云山半有无。一叶扁舟两三客，载将烟雨过西湖。"

夜半角声吹激烈，纷纷凉月照人愁。

是盖名臣名士而非美人也。

《海报》1945 年 6 月 22 日

莺歌序言

欧阳飞莺之歌唱会，定自十二日起在兰心举行三天。飞莺自歌坛退居逾一年，此一年中，飞莺于歌事之砥砺，初未稍辍，故所造又高于畴昔。此次歌唱会，旨在求证于知音之士，故所费之巨，殊不同于寻常歌唱会。其歌唱节目中，流行歌曲占六阕，而乐谱悉经名曲家改编，参与其事者，有乔克姆、法郎格、纪诺诸氏，胥著誉于海壖乐坛者。《海燕》与《夜来香》二曲，飞莺与云云二部合唱，尤为歌坛之创举。歌唱会之乐队，参加者达四十余众，皆海上优秀之古典乐名手，演奏三场，酬金需五百万，益以乐谱之改编及抄胥，耗五线谱凡千余纸，人力物力，两项消耗又达二百万金。其不惜工本，以求美善盖如此。予与飞莺久稔，于其歌不敢阿私所好，惟交响乐则必有可听者，此予敢署券保证者也。

《海报》1945 年 7 月 13 日

红花一朵祝高堂

八八节，襟上佩红花一朵，以纪念在辽远的乡村间的父亲。

生平的唯一憾事是暌离了父亲的膝下，至今尚未能偿板舆迎养之愿，每诵“高堂明镜悲白发”的诗句，想到年迈的老父飘着白发，在晚风中倚闾而望，他所见到的是归巢的暮鸦，滞迹他乡的游子却无法像暮鸦一般飞回故里，依依于老人家的膝下。涉思及此，辄不禁抚膺酸噎。

于是，我极端诚恳地服从了八八父亲节的倡导，向早晨的菜市中买了一束红色的康乃馨，撷了一朵，佩在我的襟上，以纪念遥远的父亲。愿我的年迈的父亲平安。

《海报》1945 年 8 月 12 日

关于骂人

骂人的文字最为读者所爱读，我曾经研究过骂人艺术，对于骂人的文字也是“择优为之”的，但是我有个三不骂原则：一，圈内人不骂；二，善良的人不骂；三，非“国人皆曰可杀”的人不骂。

第一，圈内人朝夕都有相见的机会，当了面笑嘻嘻，背转身骂山门，未免不够朋友。第二，善良的人无端加以讪笑，于心何忍。第三，假使不是要骂的家伙，则自己已亦非完人，有什么资格骂别人？

同文中有甲乙二君，均以骂人文字见长，甲是好人也骂，坏人也骂。最反常的是乙，此君专拣善良的人骂，他的一支笔有鲁迅的辛辣，但鲁迅是不骂善良的人的，这一点便不似鲁迅。我曾经研究过乙的骂人原则，他为什么专拣善良的人骂？答案只有一条：善良的人骂了不会还价，不善良的人则拳头可怕，不惹为妙也。

《导报（无锡）》1947 年 4 月 10 日

但愿一识陆小曼！

陆小曼女士，这一位当年曾是风华盖代的交际花（此处言交际花，当无辱于陆小曼，盖昔日之交际花，声价不同于今日也），和她未曾有一面之缘，遂使下走不足以言“遍识海堧女艺人”，这是一件憾事。

小曼女士生命史上最灿烂的一页，当是诗人徐志摩刻骨铭心地眷恋着她的一个时代，至今《爱眉小札》中的无数隽语，尚为有情人所传诵。不幸的是诗人早死，小曼女士的生活因此遂归于平淡，与冒辟疆和董小宛的命运恰巧成了个反比例，而其为名士美人的不幸际遇则一。

王渊女士有一次写信给我，据说小曼女士曾对她提起过我的诗词，这使我不能不有一点知遇之感，因此便渴想一见，但是没有机会。

往年曾游硖石，以至友郭用和的代求而获得徐志摩先生所书一扇。近年来，小曼女士潜心绘事，作山水颇有佳致，不得已而求其次，很希望能够获得她的妙绘一幅，庶几与志摩先生的书箑，可以配成双璧。

《导报（无锡）》1947 年 4 月 11 日

初次看越剧

已经有两年度没有看过平剧，最近却看了一次越剧，这在我的生命史上是新纪录。同文 W 先生是竺水招的崇拜者，提起竺水招就赞不绝口。这天我看到竺水招粉墨登场的姿态，扮相有点像陈云裳，的确很美。她所饰的是一个晚娘拳头下的闺女，因此显得她的个性很温柔，怪不得 W 先生要屡绳其美，盖我见犹怜也。

这一晚演的是《两地谁梦谁》，不能说它不通，但现成的“两地相思”似乎更好一点。戏是古装戏，服装都很考究，布景也不比话剧的舞台装置推板[1]，尤其是唱词，例如不曰“上吊”而曰“自经”，驯雅得很。

初次看越剧，印象很不错，可憾的只是九星大戏院[2]的空气，微感不佳而已！

《导报（无锡）》1947 年 4 月 12 日

足不出沪

有人邀我游杭州，又有人邀我游无锡，但始终未能成行，原因是工作太多，脱身不得，于是只好伏处江关，足不出沪。

《导报（无锡）》1947 年 4 月 18 日

赌场得意

连日作罗宋牌九之戏，每战皆捷。赌场忽然得意，疑是不祥之兆。

《导报（无锡）》1947 年 4 月 18 日

乐中作苦

周六之晚，诣卡夫卡司小坐，尽琴酒[3]一盏，得断句曰：“独饮只宜据隅座，繁灯长是照春城。”十四字倒像是一幅《乐中作苦图》。本拟足成一首，但灵感不来，只好让它成为未完成的杰作了。

《导报（无锡）》1947 年 4 月 18 日

---

① “推板”，沪语，“差劲”之意。
② 九星大戏院，位于洛阳路成都路西。
③ 琴酒，即杜松子酒。

凯司令

静安寺路上的凯司令咖啡馆，每日下午文友群集，大有文艺沙龙气象，吴崇文兄亦恒为座上客之一。崇文兄的太太是未来大明星林彬，所以崇文兄对凯司令特别有好感，原因盖在于凯司令等于kisslin也。

《导报(无锡)》1947年4月20日

免费接生

报纸上发现免费接生的大字标题广告，仔细一看，原来接生虽免费，住院医药费仍须照常征收，为数是十五万。"本院免费接生，请付十五万"，这大概是上海的医院哲学。

《导报(无锡)》1947年4月20日

张爱玲的小说人物

张爱玲的小说是适宜于外国人看的，她的小说人物，有缠小脚的女人，有抽大烟的男人。

《导报(无锡)》1947年4月20日

与我无涉！

文友们笔下提及欧阳飞莺，往往要拉上一个我，我真想贴上一张"衣帽物件，各自当心，倘有遗失，与堂无涉"的布告，虽然文友们的涉及鄙人是瞧得起我。

一个女孩子有她的恋爱自由，我既不预备像《莺飞人间》中鲁思曲那样向飞莺求婚，飞莺如果恋爱方面有所发展，似乎大可不必牵扯上我，说什么“吃了对门谢隔壁”①，因为这一个理由实在不能成立。

最冤枉的是郁忻祖先生，郁先生爱好音乐，将音乐比作比一切都重要，因此他培植飞莺小姐，我对于他的奖掖人材的一份热心是钦佩的，这种场合我从来不敢以小人之心度君子之腹，而别人的观念则不同，于是郁先生也时常被拟作飞莺的恋爱对象。有人说，郁先生去夏经营的南洋花园是为了飞莺，事实上，去年的夏天郁先生恐怕未见飞莺一面，因为这时候飞莺正忙着拍戏啦！

我并不想为我这个女子曲讳，在我看起来，飞莺是个忠实的孩子，假使她在恋爱方面有所成就，是我正要为她祝福的，二十多岁的人了，女大不嫁，我们的市长也未必会给她造贞节牌坊呀！

《导报(无锡)》1947 年 4 月 21 日

蓝印

在美国的一般杂志中，我最喜欢《皇冠》，每期必购，遗憾的是底封面往往有一颗大华杂志公司的蓝印，遂成白璧之瑕。书籍并非猪肉，何必着此一印？真是恶劣！

《导报(无锡)》1947 年 4 月 22 日

法租界

十八日的《新民报晚刊》有《上海点滴》一节：“枝头已见绿叶扶疏，法租界西区私人园邸中高耸入云之桶树、槐树，嫩叶迎风而舞，在阳光下闪耀作态，气象万千。”上海还有“法租界”②，又有“桶

---

① “吃了对门谢隔壁”，形容人稀里糊涂，晕头转向。

② 上海法租界于 1943 年移交给汪伪政府，此后上海再无法租界，故蝶衣此处讥诮之。

树”[1],真是闻所未闻。

《导报(无锡)》1947年4月22日

活动房屋

四郊多垒,遂使美国发明的活动房屋竟无活动余地。有预言家因此作预言曰:“活动房屋可以在中国乡间建立的时候,也就是中国天下太平的时候。”此言颇有先见之明。

《导报(无锡)》1947年4月22日

姚玲失足恨

一夜,住在黑色多瑙河畔的姚玲小姐来访,她的高达二寸的高跟皮鞋不适宜于崎岖不平的道路,于是在弄堂口跌了一跤,她掳起了旗袍的下角给我看,则膝上有一块方寸之地已是血肉模糊,姚小姐说:“都是为了来看你!”这时候,对于裹创的工作在我是义不容辞的,然而一念及姚小姐是我的朋友的朋友时,我又不敢擅动手术了。结果姚小姐是一步一拐的恨恨而去。我这天特别缺少对于小姐们应有的礼貌,连送都没有送她。姚小姐走到了我的治事之室的门口,回过头来说:“你的心肠真硬!”我心里想说:“不但心肠硬,另一部分也……”太轻薄了,我没有说出口。

直到现在,姚玲小姐忽然来这么一个“苦肉计”,原因何在?我始终没有明白,盖姚小姐在此夕,来也匆匆,去也匆匆,始终未言归正传。

《导报(无锡)》1947年4月23日

---

① 文中所谓“桶树”,应是上海人俗称的法国梧桐,学名二球悬铃木。

影片出国

美国影片中拍到中国人,还是免不了辫子瓜皮帽,有一二部国产影片能够出国,让美国人认识认识现在的中国人,未始不是佳事。但对于出国影片的选择,希望能慎重一点,暴露“劫收”一类的影片,徒足献丑,还是不出国为妙。

《导报(无锡)》1947 年 4 月 24 日

避重就轻

许訏的《风萧萧》已拜读一过,不失为一部好小说,其中有一个化妆舞会的大场面,出场人物均戴假面具,避重就轻,这是写小说的最好诀窍。

《导报(无锡)》1947 年 4 月 24 日

封笔

朋友赠与的一枝 51 型派克,为了多写恐怕损及笔尖,决定自即日起什袭珍藏,不再启用,实行封笔。

《导报(无锡)》1947 年 4 月 24 日

封笔成谶

51 型派克笔,第一要义是慎防跌落,一跌之后笔头便给笔套轧牢,休想拔得出。我前天写了一段《封笔》,当晚我的 51 型派克不慎从口袋中跌出,笔头再也拔不出来,真的成了封笔了。

《导报(无锡)》1947 年 4 月 25 日

华南需要，上海先发

万元大票将发行，理由之一是华南方面需要，但现在却决定在上海先发行。“华南需要，上海先发”，真是莫名其妙。

《导报（无锡）》1947 年 4 月 25 日

《少女》

《少女》月刊出版了一期，以行销不如理想而停顿，现决定另起炉灶，以新的《少女》姿态与读者相见，如果再不出版，《少女》要变成老处女了！

《导报（无锡）》1947 年 4 月 25 日

施济美菜

施济美小姐发明了一种菜，法以国产山芋切成小块，入沸油中煎之，将熟时再和之以糖，吃起来又甜又脆，吾侪称之曰“施济美菜”。

《导报（无锡）》1947 年 4 月 27 日

凯歌归

上海酒楼易帜曰“凯歌归”，谑者遂曰，“凯歌归”读之宛如“开开关”，开开关关，实为不祥之兆。然凯歌归开幕以还，营业颇复不恶，“开开关”固未尝成谶也。

《导报（无锡）》1947 年 4 月 27 日

酒菜馆奇迹

有人发现，上海酒菜馆开设在南京路至南京西路上者，凡面北者，皆营业鼎盛，而面南者则不利，如新雅、南华、绿杨邨、梅龙镇、雪园，皆属面北者，至今屹立如故。而南面之新都、五层楼、金谷等，或屡易其主，或所业不振，新都比且以停业闻，岂亦是风水关系耶？

《导报（无锡）》1947 年 4 月 27 日

了红的“腹稿”

《侠盗鲁平》之塑造人孙了红兄，报间尝一度传其病笃之讯，其实了红兄时病时愈，数十年如一日，距病笃之时犹遥，至少还有三十年阳寿可享也。惟了红兄体质孱弱，不能再事著述，则为事实，兄有一肚皮鲁平故事，因此殆亦将终成腹稿矣。

《导报（无锡）》1947 年 4 月 28 日

复摄镜头

桑弧兄之新作《不了情》售座甚盛，是片结尾有纸鸢一顶，搁浅于电线上，颇有深长的意味。惟陈燕燕在理智与情感冲突一段，用复摄镜头，实病其拙劣。据闻桑弧兄初意，本不欲如此，后来为了顾虑绍兴戏一类的观众看不懂绍兴戏，故采用此一方法，如此说来，乃是观众杀害了电影艺术矣！

《导报（无锡）》1947 年 4 月 28 日

独得之门

女人能颠倒众生，自然是女人的光荣，但后患也许不堪设想，试看严月娴、谈瑛，以至等而下之的王文兰，至今没有获得良好的归宿，便足以为前车之鉴，所以对于副号“上海小姐”的谢家骅的及早即嫁，从此成了其一个人的独得之门，未始不是贤明的政策。

《导报（无锡）》1947 年 4 月 29 日

一举两得

有人说，天下第一营生，应该是拿工钿，盖既有温馨的享受，又有钞票收入，人财两得的生意，只此一种也。以拿工钿为职业的人，可以旌之以匾额一方，题四字曰“一举两得”。

《导报（无锡）》1947 年 4 月 29 日

俏眉眼

大郎兄每悦一舞人，辄投之以诗，其实舞人未必是解人，红粉爱财者多，怜才百不得一也。诗乌足以动若侪天君？正恐情深一往之作，入于若侪之目，且不免招寒酸之嗤耳。予近年绝不为欢场女儿作诗，盖犯不着俏媚眼做给瞎子看也。

《导报（无锡）》1947 年 5 月 1 日

毛巾

某报社雇一茶役，必俟社长驾临，茶役始忙于绞手巾，社中同人乃有一把热手巾可揩。社长不至，则热毛巾即付阙如。社长姓毛，谑者遂曰：“此真名副其实之一‘毛巾’矣。”

《导报（无锡）》1947 年 5 月 1 日

焚书记

少年时代曾经有一个倾心刻骨之侣，在发现我的一个朋友也在追求她时，我悄悄地引退了，所留下的是一段可资忆念的恋情，以及一束绯色的书简，后来，她终于成了朋友之妻，为了保持“友爱”，我自己喝着苦杯，在朋友之前始终只字不提。

近来，忽然有一点自顾衰朽的感觉，为了别人的幸福，这一束保藏着将近二十年的书简，决不能让它在我身后出现，于是在重读一过之后，就在一个静悄悄的晚上，燃点起一支磷寸，将它付之一炬了！所抱歉的是我没有征取寄书人的同意，事实上也无法征取她的同意，我只好在暗地里祈求她的宽恕。

我曾经有一首小诗记述这件事，诗曰：“锦书三百蚀蠹鱼，一醉浑忘岁月徂。只是心头犹炽热，晚来闲踏旧庭除。”这里的所谓“旧庭除”，指的是我们过去的旧游之地。

《导报(无锡)》1947 年 5 月 3 日

看《衣锦荣归》

《衣锦荣归》有跳舞场面，由真舞女饰剧中舞女，所操者遂多上

图 69　影片《衣锦荣归》说明书，为韩建政先生所收藏

海白，此当是导演迁就舞女之故，否则实无理由也。谑者遂言，假使赵丹存心提拔竺水招、傅全香，则以后影片中或且有“啥格件头”一类对白可听矣。

李晶洁在《衣锦荣归》中有几个镜头，演出居然不恶。如以此片中之成绩测李晶洁，此人在电影方面可能有前途。

谈瑛（饰母）目睹徐佐雯（饰女）、顾而已（饰父）走进杏花酒楼，何以不跟踪而入，揭破真相？实不可解。《衣锦荣归》有不可抹煞者，则为董克毅之摄影，有许多镜头，角度安排得极好。

《导报（无锡）》1947 年 5 月 3 日

解佩人

生平对于女朋友的馈赠一向很珍视，职是之故，有些礼物我往往将它当作古董，不敢轻用。三年前，S 小姐归自 C 城，给我带来了一对龙纽石章，我计算一下，它曾是度山越水，经历了五百里以外的里程，单是这一点，便觉得情义深重，于是在请名金石家石羽先生给我镌篆以后，便成了我的庋藏珍品之一，我曾作了如下的一首诗：

当腰玉玦佩成双，解佩人居天一方。
不是声容轻可接，门前一带阻横江。

便是为了纪念这一对石章而写的。由于形格势禁，与 S 小姐甚少谋面的机会，有时道上相值，也仅能互相一颔首而已！只是一年一度的圣诞节，我还能接得她一纸美丽而又高贵的圣诞卡，积之已得五帧。这一位小姐也像圣诞卡一样的美丽而又高贵，我对她有一份无比的尊敬，至今她还是云英未嫁，我对于她的厚贶无以为报，惟有虔诚默祷，祝她能早得佳婿而已。

《导报(无锡)》1947 年 5 月 4 日

夜总会的情调

以上海之大，要找一家情调佳胜的夜总会，几于不可能，论气派自以逸园[①]为第一，可惜是大饭店而非夜总会。DDS 室小人稠，无回旋余地，座上客又多的是碧眼隆鼻之俦，有的仅是西洋情调而已！卡夫卡司的音乐，聆之足以使人神往，但罗宋歌女的歌喉太犷浊，辄是一片“阿拉死脱爷”“不老都是爷”之声，优美的情调遂为之破坏。比较差强人意的拣来拣去只有一家阿凯第，是处场地较为宽敞，联袂而至者多绅士名媛，抖乱朋友与阿桂姐[②]罕觏，空气也不大嘈杂，小坐其间，不至于觉得不遑宁处。然亦有遗憾，则是地点过于偏僻，即使趋车而往，也有像是一支远征军的感觉。所以他们的营业，在晴日未尝不茂美，但一到下雨天，便不免有“小猫三只四只”的景象了。

《导报(无锡)》1947 年 5 月 5 日

男耕女织

文友某先生带了他的太太孵咖啡馆。某先生一面喝咖啡，一面写稿；他的太太一面喝咖啡，一面结绒线衫，宛如一幅男耕(笔耕

① 逸园，位于辣斐德路(复兴中路)亚尔培路(陕西南路)口。
② 阿桂姐，舞场切口，指过气舞女，或生涯寥落之舞女。

也)女织图也。

《导报(无锡)》1947 年 5 月 5 日

言童比较

图 70　童芷苓,刊于《半月戏剧》1936 年第 2 卷第 36 期

有人为了言慧珠、童芷苓而起争执,一个说言慧珠美,一个说童芷苓美,其实是审美观念各人不同,情人眼里出西施,美与不美全无准绳,如以气度论,则言慧珠矫揉造作,一面孔“我是平剧皇后”的样子,而童芷苓则比较随和,没有言慧珠那一股子习气。所以言慧珠上次在南京演出,结果是一个惨败,而童芷苓继之赴京,却大红大紫,可知言慧珠的矫揉造作已经杀害了自己,所谓骄者必败也。面孔漂亮而不能济之以气度,虽漂亮复奚益?

《导报(无锡)》1947 年 5 月 5 日

人妖考古

稽诸古籍,人妖实史有前例,明成化年间有山西桑某,以男饰女,蛊惑闺闼,秽乱房帷,其事迹与沈老五差似,所不同者,则沈老五乃以女作男耳! 吴门程瞻庐先生撰《唐祝文周四杰传》续集,曾以桑某事衍数回,战前尝读之,忘桑某之名矣。

钟雪琴以男饰女,沈俊如以女饰男,此海堧两人妖,恰巧是反其道而行之。

类似沈老五之人妖，复有一演地方戏之金××，平时亦恒作男装，往往出入巨室房闼，妇女之惑之者甚众，惟声势不如沈老五之盛耳。久居沪渎者，殆无不知金老板其人。

《导报(无锡)》1947 年 5 月 8 日

中国发明的美国货

有一位商人发明了一种科学妇女用品，这一种用品是向所未有的，应该可以大张旗鼓的争取国际荣誉，但是可怜得很，为了适应"购买心理"，这位商人甚至不敢公开说是国货，下走已经决定以"好莱坞出品"的名义发售，而发明人则退居于"远东独家经理"的地位。

事实上，不但是太太小姐，就是先生们的购货心理也是如此，月亮是外国的好，舶来品的受人欢迎程度也原在国货之上，于是上海的市场上便有了"中国发明的美国货"。

在上者尚且仰仗外力的奥援，则在下者的崇尚洋货，也许是天经地义之事吧?

《导报(无锡)》1947 年 5 月 9 日

重売轻友

文友为了袒护一个交际花而在报上大骂另一文友，见者哗然曰："此重売轻友"也。"重売轻友"的四字，考语并不好听，过去报上跟欧阳飞莺开玩笑的文字，可以说不一而足，我从来没有挺身而出，向朋友们打一个招呼，原因之一是我素来主张言论自由，我不想妨碍朋友们的这一点自由；原因之二就是怕朋友们说我重什么轻什么,一想到我仅是飞莺的老师而究非监护人时,我反而时常劝着飞莺一切忍受,至于帮着她出头而在报上大骂文友,我决无此项勇气。

我的意见是:文友笔下辱及相识的女侣时,代为剖白一下未为不可,若因此而摆出芯子①的姿态来以牙还牙,虽开罪朋友亦所不惜,则似乎有考量的必要。不过我并不反对如此做法,由于这也是言论自由也。

《导报(无锡)》1947 年 5 月 10 日

酒

我在弄笔头集团中,向来处于不会喝酒的地位,朋友们也知道我量不胜蕉叶,从来不勉强我喝酒。胜利以来,由于一别数年的朋友太多,一朝樽边相逢,免不了举杯邀饮,好似非此不足以表示共叙契阔的热情。在这种场合,我也有一饮而尽的勇气,积之既久,竟寖假而成了朋友们斗酒的对象。我自己也有些茫然,怎么我现在也会有这样的准宏量?(其实不够宏,但在我已经算是宏的了,因自称曰"准宏量"。)

酒这样东西,其实不坏,在高兴的时候,可以借着它助兴,在不高兴的时候,可以借着它浇愁,两种不同的心情之下都用得着它,在某种场合,酒更有和自由类似的伟大,盖一切都可以假汝以行之也。

"人生得意须尽欢,莫使金樽空对月",这是诗圣李青莲昭告我们的名言。我的处境和"得意"恰巧相反,惟其如此(此句仿造严独鹤先生笔法),需要尽欢也就更殷,以后凡遇斗酒的场合,我一定乐

---

① "芯子",欢场切口,"腻侣"之意。"搭芯子",意同"吊膀子"。

于参加,甚至像斗剑一样的勇敢。

《导报(无锡)》1947 年 5 月 11 日

邵醉翁审人妖

各报记载人妖新闻,发现审讯此案的推事叫邵人杰,那么当是过去的天一影片公司老板邵醉翁先生了。去冬,市党部主委方治在警社招待文艺界与戏剧界,邵醉翁先生与其夫人陈玉梅同莅止,因此我知道他在上海,当时曾问他想不想恢复天一?他说:“连九龙的厂都租给别人了!不想再弄电影。”现在人妖新闻里发现了推事邵人杰的字样,这才知道他改了行。

邵醉翁是电影导演,这个大家知道,他另有一个名字叫人杰,那是挂律师牌子用的,这就知道的人不多,现在的推事当是他的新职业,由于他本来是律师,这很有可能性。我想想我的猜度大概不至于冬瓜缠到茄藤上。

《导报(无锡)》1947 年 5 月 12 日

筱快乐毁家骂米蠹

筱快乐在无线电里大骂米蛀虫,天声电台因此被米商捣毁,而筱快乐的快乐家庭也未能幸免,给米商打了个落花流水。上海米商的打出手,可说是承袭杭州米商的作风,杭州米商打咖啡馆,打记者,上海的米商便打电台,打筱快乐之家。

筱快乐有“正义感的滑稽家”之誉,他在空气中拥有大量的听众,快乐家庭被捣毁,这一笔损失费他可能在空气中一呼而集,重置一堂新家生,决非难事。米商之打,也许反而造就了筱快乐的换季机会。

《新闻报》有一个标题叫《筱快乐大懊恼》，其事懊恼的恐怕还是米商而已！观乎全上海的电台已开始痛骂米蛀虫，可为明证。

《导报（无锡）》1947 年 5 月 13 日

蔷薇姊妹

李蔷华、李薇华姊妹，来自大后方，虽不演剧而同驰妙誉。最近和这一双姊妹花曾一度共樽酒，她们恰巧坐在我的对面，于是有了一次刘帧平视的机会。许多人都盛称蔷薇姊妹的肌理纤白，视之果然。遗憾的是其姊穿的还是长袖子旗袍，若妹虽短袖而不肯卸去大衣，秀色虽已可餐，究嫌尚未能饱。

薇华还是一团孩子气，席间大家争说着不甚庄重的隐语，薇华恒有大惑不解的表情，而蔷华则比较老练，毕竟是姊姊，阅历自然要丰富一些。

奇怪的是薇华不吃海鲜，对盘簋中的鱼虾绝不下箸，问她其故安在时，她只说："吃不来。"我知道不吃猪肉的是回回教，这不吃鱼虾的又是什么教呢？

《导报（无锡）》1947 年 5 月 15 日

恋爱失败论

徐立和梅真百乐门结婚之日，我是贺客之一，现在却看到了他们琴瑟变徵的一幕，不禁为夫妇道苦而叹息。有人曾创为"恋爱宁愿失败"论，这是指三角恋爱而言，意思是假使两男同时追求一女，那么宁愿做两男中失败的一个，理由是女的在婚后，假使对现实不满，那么她挂念的必是失败的一个，而怨怼的则是成功的一个，因此与其成功，就毋宁失败了。这一种失败的胜利论调，虽然类似阿Q精神，但也并非绝无道理。

现在的徐立，受到的就是成功者的痛苦，揣想起来，他或许也在深悔当初何不退居于失败的地位吧？

《导报（无锡）》1947年5月16日

邵推事不是醉翁

我曾写了一节《邵醉翁审人妖》，以为研讯人妖的邵人杰推事就是邵醉翁，醉翁先生过去曾悬牌作律师，法名叫做“人杰”也。后来平秋翁告诉我，他曾问过供职法院的一个朋友，据说邵推事并非醉翁，而任矜蘋先生也说别有其人，那么竟是名相如而实不相如，冬瓜终于缠到茄藤上去了。我以为醉翁先生本是律师，很有做推事的可能，谁知却是“醉翁之意不在官。”

《导报（无锡）》1947年5月18日

王丹凤之词令

王丹凤从影有年，谑者为之上尊号曰“黄泥螺”，然丹凤却颇知惕励，比来操国语渐流利，泥土气荡焉无存矣。昔日之号称电影圈四美人者，今或不在沪，或已风华老去，而丹凤则方当妙年，其前途正如星辰布曜，光华灿然，纵使四美人联袂重来，亦未足以遏其锋芒也。

图71　王丹凤，刊于《青青电影》1949年第17卷第10期

一日，尝遘丹凤于沙利文，丹凤乃

言:“我的照片得《少女》采为封面,是我的光荣,昨天我已经买了一册了。”下走亦曰:“我也看了你的《月黑风高》,演技之佳,并时无两。”此在双方,要皆不必有其事,不妨作此语。而丹凤之妙擅词令,则下走始于此日亲聆之,以此测丹凤,亦可知其电影生命之定趋绚烂也。

《导报(无锡)》1947 年 5 月 19 日

玻璃背带

去年,玻璃货汹涌而至,有的来自美国,有的是犹太人的仿制品。最吃香的是玻璃皮包,女人们差不多人手一只。我也学时髦,以二万元的代价在开开公司买了一条国籍不明的玻璃背带。

玻璃背带是透明的,柔软而光滑,不会沾染手汗,比白色皮背带好得多。但历史是残酷的,一年下来,背带泛了黄,像是煮熟了的粉皮,论卖相业已绝无,最好笑的是带子越拉越长了,最初伸缩圈在肋骨之下,现在已移到了肩头,这不是玻璃背带,简直成了牛皮糖背带了。

《导报(无锡)》1947 年 5 月 20 日

父陪子

在同文集会中,胡派浅薄风靡一时。一晚,同文集于市楼,浅薄大王胡佩之兄亦在座,大王斗酒,邀饮及下走,下走曰:“理当奉陪。”遂一饮而尽。同文佥曰:“难得看见足下豪饮也。”下走曰:“我这一杯酒,是陪大王喝的,还有个名堂。”众不解,下走曰:“你们试诵浅薄大王的姓名。”众曰:“胡佩之。”下走曰:“然也！此之谓‘父陪子'。"一座咸大噱，佥认为佩之若称大王，下走当为太上皇焉。

《导报（无锡）》1947 年 5 月 21 日

来自阴间？

当何德奎氏就任上海副市长，演说词中有"我来自民间"一语，老凤先生吹其毛，认为今日之地方长官，胥是人民公仆，"来自民间"四字不无语病，应该说是"来自田间"。何氏为之折服。

最近，上海市党部书记长谢仁钊，出席某一集会，发表演说，居然有言曰："可惜我并非来自民间。"何副市长（现在是秘书长）自承来自民间，尚为前辈所指摘，谢书记长连来自民间都不屑承认，其口气之阔大，何氏实瞠乎其后。谑者遂曰："并非来自民间，然则来自什么间呢？莫非来自阴间？"

《导报（无锡）》1947 年 5 月 24 日

神童

海上有两神童，其一是唱滑稽戏的小神童，还有一位是剧作家吴祖光先生。吴祖光先生于胜利后莅沪，向上海的剧坛贡献了两个戏，一是《捉鬼簿》，二是《嫦娥》。《捉鬼簿》里，有各式各样的鬼，也有牛头马面。在《嫦娥》里，则有嫦娥升天，空中飞人的演出。这一切的一切，与昆剧中的《钟馗嫁妹》、京戏里的《荒江女侠》，并没有两样。

有人诧异着说："前进的吴祖光先生，既有'神童'之号，奈何神童之技止此？"其实，这正是上海人的悲哀，吴祖光先生认为上海的话剧观众，只配看这一种戏耳！高乘的话剧非上海观众所能接受，神童遂只得适应环境,非技止于此也,盖不为也!

《导报(无锡)》1947 年 5 月 30 日

女歌手的线条

在女歌手中,张伊雯和潘秀娟都有匀称的线条,着了高跟鞋,面前一站,真有亭亭玉立、骨肉亭匀的感觉。这所谓匀称的线条,包括腰肢纤细,而肌肉丰满,必须两者互相配合,线条始有匀称之致,而张伊雯与潘秀娟都兼而有之。在女歌手中,最富于诱惑性的应该属此二人。张伊雯与潘秀娟都精娴于舞,这当是造成线条匀称的主因。我觉得,如果她们二位脱得一丝不挂,其体态之美可能不输于 V 氏笔下的爱死快哀女郎。

图 72　女歌手张伊雯,刊于《上海影讯》1941 年第 1 卷第 22 期

《导报(无锡)》1947 年 6 月 1 日

幸福连索

屡有友人投我以幸福连索,依照指示必须抄录九份,分寄友好,但我却将连索投入了字纸篓,原因是抄录九份需要相当时间,我没有这样好整以暇的兴致。

近来遇事拂逆,连打罗宋牌九都时常败下阵来,颇疑这是幸福连索作祟。今天又接到一个朋友远道投寄的幸福连索,本来想勉为其难,恭缮九份,但一念及过去已数度放弃幸福,现在再连起索来，未必能消灾降福，结果依然置之不理。现在是科学昌明的世界，我不信幸福连索竟是紧箍咒。

我很怀疑，幸福连索的发起人也许是哪一任的邮政局长。想来想去，这一种幸福连索的转辗寄递，获益匪浅的只有邮政局，邮票可以因此增加不少销路。

《导报(无锡)》1947 年 6 月 2 日

云云不姓霍

云云小姐东山再起，在海上逸园、新都两处奏歌，《大晚报》遂有《霍云云通体赤化》的标题出现。其实云云是屈原的后裔，而并非霍光的子孙，女歌手中有一个霍云燕，《大晚报》的编者大概误认为云云与云燕是姊妹花了。

《导报(无锡)》1947 年 6 月 4 日

逸园的油画

逸园的唯一优点是场地宽广，因此遂显出了气派的豪华。另有值得赞美的是四幅油画，而以面对音乐台有一帧为尤佳，盖油画中有“一个丰腴的肉体”的裸体女人，线条之美简直无以复加。海派一点说起来，足以使“子码”①之流见了，为之“吃得死脱”②也。

《导报(无锡)》1947 年 6 月 4 日

---

① “子码”，欢场切口，称男性为“子码”，女性为“牌头”。“子码”即“码子”(今沪语中之模子)之倒称，多指花间小抖乱，犹言“花档码子”，不受欢场女子所欢迎者。

② “吃得死脱”，上海俗语，“痴迷，爱煞”之意。

电影歌曲

曾经为《凤凰于飞》《莺飞人间》制过插曲的歌词，一半是为了受人之托，一半是为了兴趣。其后报纸上辄以“靡靡之音”四字诅咒电影歌曲，我自己觉得我的歌曲还不至于是靡靡之音，但诅咒者照例是列举他最熟悉的歌名，于是我的歌曲便未能幸免，也忝附一网打尽之列了！因此为之气沮，对于电影歌曲的应制遂抱定敬谢不敏的宗旨。

最近，屠光启先生要我给他的新作《龙凤花烛》写二支歌，指定要带一点昆曲味道，这分明是无法慷慨激昂的。但我并没有敬谢不敏，这工作我又接了下来了！第一个原因是屠光启先生是第一次要我给他做点事，我应当效劳；第二个原因是这两支插曲将由陈燕燕小姐唱出，我想象她的歌喉一定和她的人一样楚楚动人，很愿意听听。即使批评家依旧残酷的加我以“靡靡之音”的罪名，也在所不惜了。

《导报(无锡)》1947 年 6 月 5 日

禁舞

张之江在参政会提倡议禁舞，居然获得通过，真是一九四七年之笑谈！张之江倡议禁舞的理由是避免男女之间的“摩擦”，因此有人说，更彻底一点应该禁止童男童女拍大麦，盖拍大麦亦是两性之间的摩擦游戏，为防渐杜微起见，应以禁止拍大麦始其端也。

《导报(无锡)》1947 年 6 月 10 日

草面

腹馁，呼炒面一盆充饥，面里忽然有草一茎发现，炒面竟然成了"草面"，我怀疑这是不祥之兆，大概离啃树皮草根的日子不远了。

《导报（无锡）》1947 年 6 月 10 日

梁蝶之死

图 73　梁蝶，刊于《青青电影》1944 年复刊第 1 期

梁蝶死了！她在这个世界上不过活了二十五年，但忧患却已饱经，从包鹧鸪菜[①]女工而鬻舞，从鬻舞而跃登银幕，这其间她所耗费的心力，是可以想象而知的。地位总算是一步爬上一步，但人却终于折磨死了！

梁蝶患的是伤寒症，有人在报上猜测是夹阴伤寒，这是冤枉了她的。事实上梁蝶同居有人，自得病至逝世，始终是一位汪先生经纪其事，汪先生将她送进一家著名医院，住的是贵族房间，花了不少钱，原希望她能够好转，谁知病势一天沉重一天，终于不能挽救。这其间与徐欣夫无涉，徐欣夫不过受人之托，曾提掖过她一把而已！梁蝶是一个可怜的女孩子，如今人也死了！隐没一切流言，未始不是忠恕之道。

《导报（无锡）》1947 年 7 月 9 日

---

① 鹧鸪菜，宏兴药房所出品之儿童驱虫药。

阿凯第之夜

海上阿凯第的舞厅，已由场内移向花园，开始做场内外交易了。我去的一天恰值停电，桌子上燃点起一支一支的白色之烛，仿佛置身于十八世纪的夜会中，倒也别有一种情调。可憾的是舞池的地板未经打蜡，尚属毛坯，躧步其上，颇有蹩蹩靡骋之苦。想来我去的一天，还是夜花园第一晚开业，所以一切俱属草创，现在也许已经是不毛之地了。

是晚，有一位名作家与一位名女伶亦联袂偕临，是《风萧萧》中的徐訏与梅瀛子，我眼看着他们频频起舞，仿佛展开着一页一页的《风萧萧》。悬揣《风萧萧》的搬上银幕，殆已臻于成熟阶段了。

《导报(无锡)》1947 年 7 月 10 日

律师信

李晶洁连接有两封律师信写给《铁报》，一封发自上海，一封发自南京。李晶洁究竟在沪抑在京，至此遂有使人莫名其妙之感。李晶洁的律师信，是为《铁报》曾载有关于她思想左倾一文，则因李晶洁赴马尼拉淘金时，她隶属的一个团体的后台老板是共产党，曾欲拉拢她加入。《铁报》的记载亦仅此而已！并没有说她正式加入共党。李晶洁平时颟顸，现在忽然重视舆论，当非自惜清誉，不过是为了“共”字头的名义，相当可

图 74　李晶洁，刊于《快活林》1946 年第 39 期

怕，遂亦心存戒惧而已。

《导报（无锡）》1947 年 7 月 14 日

理发师的行列

《假凤虚凰》发出请柬，定月之十一日上午在大光明试映，结果试映未成，原因是理发师包围大光明，对《假凤虚凰》中侮辱理发师的部分表示抗议。

图 75　石挥和李丽华在影片《假凤虚凰》中，刊于《青青电影》1947 年号外（《假凤虚凰》纠纷特刊）

所谓“侮辱”，不过是见仁见智而已，理发师大抵是为了有自知之明，遂视风趣的演出亦是侮辱。有人愤叹着说：“苟动辄得咎，则此后的电影将无从拍起了。”我也是这天看试片未成的一个，理发师在《假凤虚凰》里的演出没有看到，但包围大光明的理发师行列却看到了！数百人排成一字长蛇阵，倒真是堂堂阵容，不知道的人，还以为大光明佳片上映，黄牛党在排队轧戏票咧！

《导报（无锡）》1947 年 7 月 15 日

鱼蟹之争

邻居两妇人，为了一点小纠纷而吵起来，先之以斗口，继之以动武，两妇人之一是石骨挺硬①的宁波口音，另一妇人原籍昆山，嫁了一个苏州家主公，操苏州白而不十分纯熟，旁观者对于这一场吵架，给两妇人各加上一个绰号，一个叫“宁波之鱼”，一个叫“阳澄湖之蟹”。

鱼蟹之争的地点，由屋内转移到弄堂里，出手打得并不精彩，但参观者却也十分踊跃，可憾的是她们并没有打到马路上，否则一定万头攒动，观者如堵，场面之热闹，也许不亚于“常熟之狼”“江阴之虎”②游街示众时也。

《导报（无锡）》1947 年 7 月 16 日

冷饮售价

上海的夜花园，最近纷纷展幕，有的是复原，有的是新创，而冷饮的售价，则一律奇贵，几家花园舞厅的冷饮、汽水与可口可乐，同售三万元，圣乔琪则售三万六千元，而最贵族化的则是沪西的愚园（伊文泰原址），冷饮一律售六万元，一碗煨面取代价十六万金，似乎真是处身于世乱年荒的时代了！

夜花园的冷饮售价所以如此昂贵，也有着它的内在原因，第一是夏令营业期间只有短短的两个月，第二是逢着下雨还有门可罗雀的危险，第三是有几家新设的夜花园，它们的老板是背了高利贷经营的，假使不采取抢钞票的方式，说不定会蚀掉了家主婆。所以客人们不上门则已，上了门也就只好“既来之，且顶之”了。

《导报（无锡）》1947 年 7 月 23 日

---

① “石骨挺硬”，原是形容宁波话的发音较硬，与苏州话的软糯形成鲜明对比，后被沪语借用，形容人的“强势，硬气”。

② “常熟之狼”，指日本战犯宋村春喜，“江阴之虎”，指日本战犯下田次郎，两人于 1947 年 6 月 17 日在江湾刑场被执行枪决。

艺人与舞人

有一位话剧女演员邀我吃饭，地点在她的妆阁，我按址前往，才知她的妆阁局处于一个和尚庙的一角小楼上，看出了她的卜居此间是权宜之计，她的房间里所有的家具都是杂牌军队式，床是败床，桌是破桌，没有衣橱衣服就挂在墙壁上，这又说明了这位女艺人的生活之清苦。

过了一天，一位朋友邀宴于舞人妆阁，舞人起身于花间，后来嫁过人，脱辐后始下海伴舞。她住的是一宅花园洋房，客厅是客厅，卧室是卧室，浴间是浴间，厨房是厨房，供使唤的有俏佣，也有俊婢。和上面所说的女艺人之居比较起来，一个是天堂，一个是地狱。

应该享受的人，偏偏捉襟见肘，阨于穷蹙；不该享受的人，偏偏起居服用，穷奢极欲。我不赞成“翻身”“斗争”那一类的做法，但是像这种不平等的情形，则不禁代为愤愤。

《导报（无锡）》1947 年 7 月 24 日

小姐选举感言

上海女人耽于逸乐，一切募款的事件非假借女人作幌子不可，去年的上海小姐选举，即是根据这一个原则推动的，因此终于获有成就。最近为了推销美金公债，成绩并不良好，因此也想效法一下，发起爱国小姐选举，以此而策动海上人士慷慨解囊。

这办法，应该是无可非议的，选举上海小姐、爱国小姐究非有伤大雅的事，何况出发点是为了募捐，一个民主国家在严肃的政策之中不妨辅之以轻松的点缀，这一类小姐与皇后的选举在美国就

图 76　在大沪舞厅举行加冕典礼的电影皇后胡蝶，刊于《商报画刊》1933 年汇编

普遍得很，且尽有并非募款而是为了纯娱乐的。但，中国毕竟还是中国，爱国小姐的选举终于告吹了！原因是深恐舆论抨击他们的“以色情为号召”。

这一个顾虑倒也并非多余，首都卫生局预备于健康月举行南京小姐竞选，也因为舆论的攻击而作为罢论了。这一种苦楚，我是身历其境的。战前为了响应航空救国运动，我曾在我主办的《明星日报》上发起电影皇后选举，胡蝶女士以得票最多而当选，之后曾假座大沪舞厅举行皇后加冕典礼，券资收入悉数捐赠航空协会，当时成绩出乎意外的好，虞洽卿、潘公展诸氏均莅场赞助。我们向国家贡献了一笔相当可观的钱，尽了国民的天职。而贤者如小记者严谔声先生，当时也曾挥其如椽之笔，予此事以无情的抨击！

民主舆论尚未建立，与小记者先生同一观感的执笔之士不是没有，选举上海小姐时已有此现象，爱国小姐选举的作罢，资不失为理智之虑。

《导报（无锡）》1947 年 7 月 26 日

理发师团

《假凤虚凰》与理发师之间的纠纷，已成为轰动上海的七月份最重要新闻。理发师认为《假凤虚凰》中演出有意存侮辱之处，因此要据理力争，这是他们自尊心的表现，值得同情。不过《假凤虚凰》是一部好影片，毁灭了未免可惜。现在经过了社会局的调解，《假凤虚凰》删去了不必要的几节，也许纠纷可以解决。

此片两度试映，均遭受理发师的包围，理发师行列甚整，完全是机械化部队式，很有纪律，有人给他们加上了一个“理发师团”的名称，很妙！

《导报（无锡）》1947 年 7 月 31 日

金都血案

上海宪警大冲突，造成了金都血案[①]。金都血案中最荒谬的，第一是买了两张票硬要三个人看戏的工务局科长刘君复，身为公务员而不知守法，以致造成了这一次的惨剧，真是荒谬之尤。

其次是金都大戏院的被捣毁，理由千万条，说到天边去，警察总应该以维持治安、保护地方为天职，情感或许难免冲突，但理智也不可丧失，岂宜出之以迁怒，出之于打戏院？

闹了许久的《假凤虚凰》事件，理发匠为了自尊心而奋斗，社会原该寄以同情，但他们不许人家称“理发匠”，必欲称“理发师”，这就过了分，终于因此失却了舆论的同情。

现在的金都血案，其理一也！冲突之时，警察死伤累累，同情之泪应向警察而掬，不幸他们却打毁了金都大戏院，同情由此而丧失，这是最大的失着。

《导报（无锡）》1947 年 8 月 4 日

---

① “金都血案”，1947 年 7 月 27 日发生于金都大戏院的宪兵与警察之间的斗殴，死伤十余人，金都大戏院三度遭捣毁。

王凤珠

同文笔下述及王凤珠小姐，总说是我的女弟子，其实凤珠并未以师礼事我，不过这孩子不仅婉娈可喜，而且又聪明，又仁厚，假使我有这样的一位女弟子，在我也是甚愿好为人师的。

凤珠诞生于大家庭，上有兄姊，下有弱弟。及双亲见背，兄姊皆自顾不遑，凤珠遂只得自食其力，甚至抚育幼弟之责，凤珠亦慷慨自任。现在，她的幼弟正在受小学教育，学费及衣食所需，一切都由凤珠负担。凤珠还是个不满二十岁的女孩子，但她的肩负却着实不轻。

凤珠执业于饮食肆，已数易寒暑，而罕有男女之私的事迹流传，这孩子在聪明韶秀之外，更能洁身自好，实在难得。很希望她能够早谐凤卜，获得一个如意郎，那么她也准是家庭间的一个贤主妇。

《导报（无锡）》1947 年 8 月 13 日

谈瑛的老师

一晚，谈瑛小姐打了个电话给我，她说："我在凯歌归[①]请苏先生吃饭，他是我民立女中读书时代的老师，你也是我们的老师，希望你能够来。"

我坐了车子赶到凯歌归，发见谈瑛小姐的一桌，在座的三人，都是女性，谈瑛小姐给我介绍，我才知她所说的苏先生，原来是一位女教师。在座者，一个是苏先生，一个是苏小姐，苏先生的女儿。

餐毕，我们又同诣大都会小坐，从风仪上看起来，苏先生和谈

① 凯歌归酒楼，位于江宁路 56 号。

瑛像是姊妹而不似师生，这位苏先生不仅雅擅词令，舞也跳得很好，尤其是她那位苏小姐，华尔兹、伦巴都会跳，而且很熟练，我似乎比她长了一辈，不敢问她的年龄，大概在十七八岁之间，据说已经在义务学校执教鞭。由女儿的聪明，可以看出母亲的干练来。悬想她们的家庭，也一定是个非常开通的快乐家庭，谈瑛小姐早年即有师如此，宜乎能得那样的拘拘于世俗末节了。

图 77　大都会花园舞厅全景，刊于《中国建筑》1935 年第 3 卷第 4 期

《导报(无锡)》1947 年 8 月 14 日

凤尾虾

上海的九如食品公司，偏促在六合路上，范围虽小，但他们的湘菜近来却大大有名，其中有凤尾虾一肴，最为食客所嗜。

凤尾虾的烹饪法是去其头壳，尾部则保留，和咸菜同煮，厥味与炒虾仁、油爆虾皆不同，而烹制则甚简易，须注意的是不宜太咸，得多加一点儿糖。

我在无锡、苏州都吃过虾，好处是新鲜，制法也有多种，但凤尾虾一馔似犹未见。无锡不乏名厨，不妨如法炮制，使食谱增一新页。

《导报(无锡)》1947 年 8 月 15 日

哈密瓜

哈密瓜产自西北，上海的市廛间无法购致，因此遂成为珍品。生平曾饱啖各地佳果，但哈密瓜则还是最近才初快朵颐，原来新雅酒楼获得了空运大队的协助，将经常自兰州载运哈密瓜来沪，以飨海上人士。周二之晚尝招待报人尝新，下走遂得先啖为快。

哈密瓜分两种，一种是原来的哈密种，瓤作虎黄色；一种是美国的变种，瓤作翠绿色，厥味都与黄金瓜近似。瓤有茎，亦与黄金瓜无异，实际上和一种白皮圆形的黄金瓜是一体，不过瓜身较巨而已。瓤极甘甜，缺点是没有瓜汁，这是不及西瓜的地方。

哈密瓜是国产，不幸以交通不畅之故，遂使东南人士未能恣口腹之快。现在幸赖空运大队之力，这个过去惟有豪门权贵可以力致的佳果，我们也有得饫馋吻的机会了。

《导报(无锡)》1947 年 8 月 17 日

摩天厅

国际大饭店的十四楼，厥名摩天厅，是处有冷气设备，坐在皮垫椅子上孵孵冷气，实在是一个最理想的去处，不过不足以言“厉行节约消费”耳。摩天厅的屋顶有活动天窗，开启后凉风习习，来自天上。这是摩天厅胜迹之一。不过在冷气开放的时候，是并不开天窗的，盖须防走漏冷气也。

摩天厅上最可憎的是技术与魔术之类的表演，占去了一截宝贵的时间，足以减少嗜舞之士的躚步机会，而所表演的又老是那么一套，其效果仅是徒乱人意而已！

《导报（无锡）》1947 年 8 月 22 日

丁芝的天才

丁芝小姐在《大众夜报》最近又出由记者而兼任编辑，《大众夜报》为她特地辟出了一版，命名《丁香山》，由她主编，第一天开门见山，就大有苗头。

能者无所不能，丁芝小姐仿佛就有这一点能耐，演戏、播音、演舞、当新闻记者，这几个部门性质各不相同，但她都干得来，这还可以归诸她的资质聪颖，惟有编辑这个行当，非有经验不办，假使平日缺乏体验，也许铅字的类别都搅不清，何能发稿？然而《丁香山》的辑务，丁小姐终于满不在乎的掮下来了！编排的方法她似乎还十分内行，这一份天才，真不知她是打从哪儿带来的？

《大众夜报》的主持人，过去是干政治的，对于新闻事业是外行，有一天，在编辑室里没有发见丁芝，主持人以为她缺席未到，问采访主任道："今天丁先生没有来吗？"采访主任说："早已写好了稿，回家去了！"丁小姐的千言立就，使主持人感到了惊奇，于是由记者而升任编辑，这差不多就是加一级录叙用的意思了。

《导报（无锡）》1947 年 8 月 24 日

《山河恋》遭遇的挫折

越剧十女伶在黄金大戏院演出《山河恋》，曾一度被当局勒令停演，据说真正的原因并不在于登记手续的欠缺，而在于当局曾接获某种情报。十位越剧女伶，企图建造一个合符理想的剧场，创办一个培植人才的学校，她们没有奥援，但观众是存在的，于是准备以演戏来实现她们的计划，这简直是一种不可能的毅力，于是神经过敏者有了自作聪明的猜测，谣诼遂亦由此而生，一度勒令停演的原因即在于此。

事实上，谣诼之起也非尽无因，那是有几位前进人物在为她们作文字上的鼓吹，女伶总喜欢有人捧，能够捧她们的，她们自然乐于接近，她们又哪里知道此中有着色彩的分野，于是这些捧场者不自陨灭，终于祸延女伶，捧之乃适足以害之了。

不过，所谓情报这东西，毕竟也是可笑的，习惯于观看分崩离析，互相倾轧的事态，对一种精诚团结的力量便视作反常，秉政者存着此种心理，国家民族安得有救?

《导报(无锡)》1947 年 9 月 9 日

两丹蘋

上海的社交名姝中，出现了一个施丹蘋，与下走恰巧名相如，而更巧的是丹蘋小姐也是武进人，与下走又是同里闬。

最近由朋友的介绍，男女两丹蘋在逸园作历史性的会见，丹蘋小姐由凤三兄伴驾而至，御玄裳，显得她的肌肤更莹洁。在乐声中我们起舞二次，丹蘋小姐腰肢纤细，颇有“约来腰不盈三握”的感觉。

丹蘋小姐的故居在武进娑罗巷。娑罗巷施家在武进是名门，因此丹蘋小姐的气度也十分雅娴，异于一般惊红骇绿的交际花。

我问丹蘋小姐:"你的小名是不是叫阿巧?"她很惊奇,问我是怎么知道的?我说:"在准备拜识你之前,我是曾经向同乡方面探询过一番的。"原来我们的同乡女记者蒋蕴薇小姐,对于施小姐的身世知之甚稔,这个小名的秘密,我是从蒋小姐那儿批发来的。

《导报(无锡)》1947年9月13日

国际饭店的电梯

影人白璐为了乘国际饭店的电梯,一脚踏空,失足而死。未臻上"乘",竟落下"乘",这是上海最近一件不大不小的新闻。

国际饭店的电梯,共有三乘,白璐拟乘之以升的是第一乘,电梯门上镌有图画,恰好有个仙子坐了云轿出现于云端,谑者遂曰:"此是白璐归天图。"

图78　影人白璐,刊于《联华画报》1937年第9卷第6期

白璐死事至惨,而某大报因董事长与国际饭店有关联,竟不惜歪曲的记载,梁岱庵先生拟讽之以诗,得断句曰"电梯降升成栈道,舆论歪曲讬陈仓(谐音)",极妙,但因故未足成云。

《导报(无锡)》1947年9月15日

孟小冬的归宿

孟小冬在杜寿堂会中露脸,演《搜孤救孤》,居然歆动一时,没有机会看戏的,都在无线电收音机畔听转播,在这个时间里的收音机,差不多百分百都是收听这一出戏,场外的盛况亦复空前。

孟小冬这一唱,报纸上忽然出现了一个尊称,叫做“冬皇”,真有点莫名其所以然,盖自来只有东皇,“冬皇”二字实在生僻得很也。

孟小冬过去曾是梅兰芳的外室,分袂后一直隐晦着,现在据说已跟了某豪客,豪门有一位太太娶自梨园,豪客既年老力衰,他的太太遂与小冬结为闺中密友,以此渊源,小冬无形中也就属诸豪客。这是传说如此的幕后新闻,是否可靠,就无从下断语了。

《导报(无锡)》1947 年 9 月 16 日

舞女泪

中枢颁布节约令,禁舞列为主要项目之一,起初以为还有宽放的希望,现在则是斩钉截铁,限期九月底,非禁绝不可。于是新仙林的舞业会员大会,在小北京孟燕领导下,终于演出了“恸哭六军齐缟素”的一幕,惟“冲冠一怒为红颜”的人则尚付阙如。

厉行消费节约的办法,传闻是某副院长所拟定,副院长乘龙快婿浸淫于舞,娶了一个舞女做外室,害得副院长的女公子因此寻死觅活,节约而必须禁舞,据说就是种因于此。

遗憾的应该是,未有大人先生的千金小姐为日寇奸污而死,否则开放对日贸易一事,也不至于如此的提倡不遗余力了。

《导报(无锡)》1947 年 9 月 17 日

张丽近状

孙了红兄曾写过一个中篇小说,以《张丽的丝袜》为篇名,这是

《侠盗鲁平奇案》之一，小说中的女主人张丽，过去是国泰的首席红星，但是归宿并不良好，不久即劳燕分飞了。货腰女儿的遭际往往如此，张丽亦不能幸免。

最近，忽然接到了张丽的一封信，我还没有来得及裁笺作答，她的电话倒来了。她告诉我，也许将重理旧业，进大都会伴舞。我约略问了问她的近状，知道她还没有找到第二个对象。电话挂断以后，倒不免有一点黯然，我并不是怜悯她什么红颜薄命，不过揣测她退休了那么久，一旦重上火山，看着那些后起之秀的活跃样子，她必然会有一种不尽低徊凄怆。这孩子吃亏在太忠厚了一点，要和初生之犊争妍斗胜，只怕是太吃力了。我看见过她的盛时，现在再看她为了生活而挣扎，实在有一点不忍。

《导报(无锡)》1947 年 10 月 25 日

豪门帮闲报

《时事新报》近以帮闲之姿态出现，屡为豪门资本作辩护，近更发表《民社党与张群》论文，指张群为巧宦，谓张群不应恋栈尸位，遂为《铁报》据为笑谑之资料，作《最好请孔祥熙上台》长文以讽之。《时事新报》在潘公弼主持笔政时之一番光荣历史，今日已因帮闲而荡焉无存矣。

《时事新报》在上海为晚刊，在外埠为日刊，内容无殊而日期不一，此乃有报纸以来之创格，孔门智囊团之画策，有时固有想入非非之妙也。

《导报(无锡)》1947 年 10 月 28 日

巨蟹在上海

今年的蟹,较之去年简直是身价十倍,巨型之蟹有售至五六万元一只者,普通一点的也在二万元左右。但持螯之士并不因之而减少,故蟹贩亦不需抑价以求售。在上海,毕竟讲究享受的人极多,节约也管不了他们也。

最近,影后胡蝶与胡西园伉俪游苏州,据说曾在观前买了二百余万元的蟹携回上海。以其数量之巨,曾使观前的蟹贩大吃一惊,诧为从来未有的大主顾。其实,苏州未必有巨型之蟹,巨型之蟹多数均运至上海,以求善价,所以估计起来,胡西园先生在苏州选购的蟹,大概每只的代价不出二万元,则行囊中之无肠公子,亦仅百来十枚而已!

要吃丰满肥美的巨蟹,其实尽可在上海物色,不必遥远地求之于金阊市上也。

《导报(无锡)》1947 年 11 月 1 日

台湾的女侍

上海禁舞,看来已势在必行,舞女的出路自然大成问题,而嗜舞之士则可以无虑缺乏之蹁步的所在,因为第一流的酒家及咖啡馆,大都辟有舞池,雇有乐队,非营业性的跳舞固是无悖于节约令的。

据从台湾的高雄市归来的人说,台湾本有舞厅,但美军撤退后,舞厅即为长官公署所禁,原有的舞女遂一律改充女侍,台湾的舞禁略有不同的是女侍兼可伴舞,事实上与舞女并无分别,不过多著了一袭白色旗袍与围上了一条饭单而已!所以名为禁舞,办法却比较松弛。

网开一面，使弱女子赖此可以自存，也未尝不是仁者之政。

《导报(无锡)》1947 年 11 月 2 日

贤达的不智

为了厉行节约而下令禁舞，题目是光明正大的，但据说力主禁舞的是某贤达，而贤达的必欲禁舞，则是他的乘龙快婿爱上了一个舞女，气得他的女公子竟服毒身殉的缘故。论动机却是私而非公，就未免不十分光明正大了。

报间一度刊载行政院决议，对禁舞令非贯彻不可，虽上海亦未能例外，跳舞场的命运，看来已濒于绝境，货腰女儿势非立刻向护士学校报名不可了。但现在消息传来，禁舞问题似乎又有了变通办法，仍将授权地方政府，视必要情形而决定处置办法。

禁舞以后，最受影响的是税收，上海市政府的经费本来不敷甚巨，这一笔税收一旦分文无着，行政院能贴补吗？贤达在声色俱厉的时候没有想到这一点，结果遂招致了没趣，这是贤达的不智了。

《导报(无锡)》1947 年 11 月 5 日

惊鸿影的交换

吴惊鸿厕身电影圈垂十年，始终未能腾达。她在银幕上的演出，往往也像她的大名一样，只是惊鸿一瞥。最近，我的一位老友在捧她，预备让她独当一面，主演一部片子。惊鸿有的是丰富的经验，开麦拉翻司[①]也相当美，如果有机会让她窜起来，她是可能不负

① “开麦拉翻司”，指上镜。“翻司”，即 face 的沪语音译，“面孔”之意。

众望的。

惊鸿在去年，曾经要我给她写一支歌，原因是她对于歌唱正在从事基本训练，她希望有一支代表她自己的歌。她的志向是可嘉的，我预备在短时期内撰一曲以报命，完成她的愿望。同时我将向她索取惊鸿影一帧，作为交换。她的照片，我的歌曲，这样的交换大概也没有什么不相当吧？一笑。

《导报（无锡）》1947 年 11 月 24 日

还珠楼主印象记

还珠楼主以《蜀山剑侠传》《青城十九侠》两书享盛誉于时，是北派武侠小说作家的盟主。楼主的原来姓名是李寿民，蜀人，久居故都，胜利后迁居沪渎。我和他初见时，准备以国语和他交谈，谁知他却说的是一口柔软的苏白，原来他的老太爷曾宦游吴门，他是从小生长在苏州的。楼主十分健谈，腹笥既富，足迹又曾遍历边陲僻壤，见闻甚广，听他抵掌谈天下事，真可忘倦。

楼主躯干甚肥硕，为人脱略不羁，夏日往往穿了一身拷绸短衫裤，出外访友。他工于编剧，又写得一手好字，但近来因患目疾，不恒临池，连日常的小说稿，也是一面口述，一面倩朋友笔录的。不久以前，楼主在苏州买进了一所住宅，大概将作为他日的退居之所了。

《导报（无锡）》1947 年 11 月 27 日

韩菁清的闺课

在上海的孟德兰路[①]上，有一幢房子叫瑜伽精舍，歌后韩菁清

① 孟德兰路，今江阴路。

的寝宫就在精舍楼上，最近以歌后的宣召，一度履其绣闼，椒壁所悬，尽是歌后的玉照，每一帧都看了使人神移，对歌后不敢过分谛视，而她的造象则使我浏览良久。

歌后的起坐室中，置有《三希堂法帖》二箱，这就是某达官送给她的一份礼。我还以为歌后的师事马公愚，不过是一时高兴，她未必真有临池的耐心，但事实证明了她倒是挺用功的，我在一旁眼看着她搦管挥毫，她临的是欧阳通的《道因上人碑》，一笔不苟地临摹着，写得真还不错。歌后以此为闺课，每日规定至少写十张。以歌后那样好动的人，居然能够习静，至少她的生活是有一点改变了。

陛辞之际，歌后以法书一页见赐，这是御笔，我将学着柳絮兄珍视她的唇印一样地庋藏着它，永宝用享。

图 79　韩菁清手书，刊于《铁报》1947 年 12 月 2 日

《导报（无锡）》1947 年 12 月 4 日

少年警察的悲哀！

节约令实施后，在上海首当其冲的是酒菜馆，有少年警察执行检查及劝导的任务，食客规定每人点一只菜，逾此即以违背节约论，将受到少年警察的指责与检举。但，少年警察来自难童教养所，过去他们是街头的流浪儿童，出身不高，于是遭遇到了食客们的种种侮辱，冷言冷语，不一而足。

冷言冷语的代表作是：少年警察查到菜肴中有鱼翅，期期以为不可，食客说：“侬吃过伐？这叫做烂糊肉丝，并不是鱼翅，侬阿要尝尝味道？”少年警察既去，则往往有人顾其后影，窃窃私语曰：“还是倒冷饭去吧！也配管我们？”少年警察原想为服务社会尽一点力，但结果社会人士给予他们的不是同情，而是渺视，不是温暖，而是冷酷。

现在，少年警察交卸了他们的任务，带了一份悲哀的情绪，重回他们的难童教养所去了。他们看到了这个社会的狰狞面目，也饱尝了人情冷暖的苦涩味。而代之以起的，将是所谓女子警察，换上了一批女性，届时她们所受的侮辱，不知又将达到何种程度？

《导报（无锡）》1947 年 12 月 6 日

歌后的御膳

韩菁清自膺“歌后”封号后，不能避免世俗的酬酢，人家看到她服饰的漂亮，以为她的起居享用，亦必极尽奢侈，其实她在吃的一方面，倒是相当节约的。最近，有一位同文造访歌后，歌后留客同膳，桌上罗列菜肴九簋，其中之一是红烧莱菔，之二是莱菔汤，之三是酱莱菔，九只小菜，莱菔倒占了三样，而其余六簋则尽是冷盆，最贵重的仅有板鸭一味，此外仍是酱瓜之类极平凡的东西。歌后的食前方丈，竟是如此简单，因之同文述其事既竟，曰：“这真是出于想象之外的。”

以想象推测一个人的私生活,原未必准确。由于歌后的享用之有时而俭,可知在她的生活中,并非没有"恬淡"二字的。

《导报(无锡)》1947 年 12 月 9 日

新疆歌舞初睹记

新疆歌舞团莅沪,六日之晚在皇后大戏院预演,吴市长伉俪、潘公展、方治、谢仁剑均到。《新夜报》女总经理金振玉穿了一件对襟滚边的红色短袄,打扮绝似盖三省,有人说:金"国代"大可加入新疆歌舞团表演一番。

图 80 新疆歌舞团康巴尔罕速写,刊于《前线日报》1947 年 12 月 4 日

是晚演出之节目共二十四个,皆大同小异,女孩子乌莉雅表演《我的同伴》,以及男孩子库提洛克与阿布都克里木合演的秧歌舞,最受欢迎。"维族之花"康巴尔罕,长得又高又大,只演出了一个单人舞,叫什么《弗修克舞曲》,舞服非常漂亮,似是新制。

演出之前,有难童代表献花,由康巴尔汗接受,继之是丁芝小姐献花,由副团长伊敏接受。丁芝出场时,费穆与洪谟在台下,笑不可仰。

伴奏的乐队,多数用的是弦乐器,较特出的是一支笛子,吹得极好。

《导报(无锡)》1947 年 12 月 11 日

盖叫天的顶子

盖叫天号称“江南伶范”，论艺事自足以使人翕服。但此老个性的特殊，则亦属伶人中少有，此可于下列一事觇之：

有一位同文在报上穷捧盖叫天，尊之曰“五爷”，文中言盖五亦引之为知己。但事实上却满不是那回事。据说，这位同文碰到了盖五，跷起了大拇指说：“五爷的玩意儿真好！”盖五的答词是：“好在什么地方？你知道吗？”完全是触这位同文霉头的口吻。同文碰了这个软钉子，无词以对，只有贼忒嘻嘻①，付之一笑而已。

盖五有个倔强傲岸的脾气，妙在这位同文，也是爱好玩世不恭的，即使盖五存心抬杠，这位同文也不会生气。

《导报（无锡）》1947 年 12 月 13 日

关于大钞

大钞发行，物价随之而腾跃，但上海之报纸，论调至不统一，有痛斥大钞者，有为大钞之发行叫好者，盖前者代表小百姓说话，后者则代表资本家及官方说话，立场不同，遂因之而利害攸异也。

上海某报有经济版，经济记者之笔下歌颂大钞，而第二版则有“关金新券又登场，数日忸怩一扫而光，平定涨风无善策，发行大票有原方”之咏，对大钞之问世，极尽婉而多讽之能事，论者以为同一报纸，论调奈何自相矛盾？该报第二版编辑乃曰：“同一国家，尚且不能统一，何况报纸？”闻者为之莞尔。

严独鹤先生于《新园林·谈话》中，称二万元、四万元、十万元大钞为一产三胎，甚妙。惟十万元钞（即五千元关金券）今犹在镂

① “贼忒嘻嘻”，沪语，形容嬉皮笑脸，或鬼祟不安状。

版中，两胎已瓜熟蒂落，尚有一胎，则犹需时日，乃颇有难产之势也。

《导报(无锡)》1947 年 12 月 17 日

女丹蘋的喜讯

与下走同乡而又同名的施丹蘋，过去见到她时，总觉得她有一点忧伤憔悴的样子，但最近却又一变而为容光焕发了。一次在丰泽楼[①]遇见了她，她穿了一袭黑丝绒的旗袍，衬托着她的白如凝脂的皮肤，似乎格外漂亮了些。

最近，丹蘋有喜讯传出，据说有人对她一见倾心，很快的就谈到嫁娶，现在青庐已在布置中，仅待择吉开张而已。丹蘋的未来手杖是谁？这一点尚未公开，但她的忽有愉容，则可以窥测到她近时的惬意。丹蘋为人温婉，希望她的伴侣多金之外，亦解温柔。

《导报(无锡)》1947 年 12 月 20 日

游击喝咖啡

孵咖啡馆成了习惯，遂以国际三楼作为经常的会客室，其地的优点是比较清静，柔软的沙发坐着也相当舒适。但，遗憾的是咖啡的售价一再改码，坐一个下午的代价，由一万五千元涨至三万元，一个月的耗费近百万金，虽然不能算浩大，但究竟不甚节约。于是迁地为良，近来的孵咖啡馆采取了游击式，不是西青就是光明咖啡馆。西青的饮料售价相当于国际三楼之半，是处有水汀设备，可作庇寒所，但地窄人稠，时常客满，迟到即有向隅之虞。光明咖啡馆

① 丰泽楼京菜馆，位于国际大饭店二楼。

前部太嘈杂，我喜欢在它的后进觅座，不但比较清静，而且玻璃门内窥，可以看到观影的双携之侣翩然而过，兼有眼药可揚[①]。

《导报（无锡）》1947 年 12 月 25 日

韦锦屏的没落

韦锦屏是早年皇后咖啡馆的女克泼登[②]，其人颊上有疤痕，因此有“刀疤美人”的雅号，在杯盘女郎中她是前辈，也是享名最盛的第一人。

韦锦屏虽然颊上有疤，但一经施足映白后，还饶有妍态，但此人似乎有一个朝秦暮楚的脾气，她的执役地盘，一再更换，因此有一个时期虽曾成为洋场少年追逐的目标，但近年则“韦锦屏”三字，业已阒焉无闻。

最近一度在东亚又一楼[③]发现此人，穿的是西装裤子与旧大衣，脂粉不施，憔悴的面容，已浑不似当年的韦锦屏。和她在一起的，也是个不甚登样的男子。由于此姝的落拓，可以揣知她的见异思迁的个性，毕竟是害了自己了。

《导报（无锡）》1947 年 12 月 27 日

贺年片

虽然为了国事蜩螗而影响及于心绪，但投寄贺年片的兴致我还是有，原因是睽别已久的朋友可以由此维系情感。

不过今年我寄出的贺年片，尽是答礼而并非我先寄，所谓礼尚

---

① 揚眼药，沪语，与“看野眼”近似，此处指看时髦妙龄女子娉婷走过。

② “克泼登”，captain 的沪语音译，“领班”之意。

③ 东亚又一楼，位于南京路先施公司三楼。

往来，情形和酬酢没有两样，少年时代印了大批贺年片分寄诸亲好友的那一点童心，毕竟是驷马难追的了。

今年收得的贺年片，仍以Y小姐的一帧为最美。一年一度，她的贺年片总是在圣诞夜之前就递到，积之已六七年了。每一帧我都珍如拱璧地庋藏着，友情的珍贵，往往使我为之低徊不尽。

歌后韩菁清小姐的贺年片初次光临，她签的是西文名字，我辨认了半小时才参详出来。后来，我问起她："为什么信封上不写上一个姓？"她说："我要让你猜上一猜呀。"这孩子真是促狭。

《导报(无锡)》1948年1月8日

郑毓秀一场立委梦

郑毓秀为了竞选立委，曾数度在沪大请客，又在《新闻报》刊登巨幅广告，此外并有定制竞选走马灯，以及遍令台湾驻沪各机关职员代拉选票(每人拉廿票)的种种方法，在郑不可谓不努力。

但煞风景的是上海的《铁报》刊出了《我们需要郑毓秀这样的立委吗？》连载长文，列举郑毓秀在上海地方审判庭长任内舞弊侵占，监委高唐提起弹劾，以及被律师公会开除会籍的种种事实，正在郑倾全力竞选的当口，遭此当头一棒，未免大受影响。

而更不幸的是被人查出郑毓秀原为国民党党员，照例应由政党提名，但郑却采取了五百人联署的方式，按照规定，虽当选亦作为无效。郑毓秀身为法学家，竟不知此点，结果一场立委梦，只怕是要化为泡影了。

《导报(无锡)》1948年1月20日

吃斩玉

戚冉玉被捕后，已有大队长降而为阶下囚，这人过去曾一度与之共樽酒，为人甚洒脱，平时也喜欢跳跳舞，舞女尊之为“戚家伯伯”者甚多。他的出入舞场，对人说起来是“搜集情报”，但到了紧要关头，这却不成其为理由了。

镇扬人吃狮子头，称之曰“吃斩肉”，与“戚冉玉”三字谐音，论者早私议其姓氏不祥，不想竟成恶谶。戚之部下，有金驼子其人。谚云：“骆驼跌筋斗，两头弗着实。”今戚冉玉终于为金驼子牵倒，盖亦误于用人不当也。

《导报(无锡)》1948 年 1 月 22 日

关于洋场八仙

韩菁清小姐发起八仙结义，我被推为老大哥。下走向无领袖欲，无如叨长了几岁，也就只好勉为其难，在新闻界早年我是小弟弟，现在成了老大哥，自顾马齿徒增，毫无成就，惟有老大徒伤悲耳。

结义典礼在菁清小姐的寓邸瑜伽精舍举行，精舍房屋极宏敞，佛堂的布置尤精洁，无愧为何仙姑的洞府，而下走则忝为八仙中的张果老，却连一头代步的驴子都没有。结义典礼未获股票巨商杨长偲贲临观礼，为一大遗憾。

《导报(无锡)》1948 年 1 月 24 日

预测杨岫晴

杨啸天氏的第三女公子岫晴小姐，长得极美，在上海经常有献

图 81　杨岫晴，刊于《寰球》1947 年第 24 期封面

花演出，名女伶白玉薇结婚，她做女傧相，捧了一束鲜花，姗姗登场，仪态万方，人花俱妍。她的倩影，不久以前曾被巨型画报采作封面，我敢预料，三年以后杨岫晴小姐必然是上海最出风头的一个女人。

岫晴小姐现在肄业于大夏大学，在学校中她也是皇后，许多男同学像众星拱月一般的追逐着她，此外对她相思刻骨的还有大律师与参议员，她的罗曼史尚在发轫时期，但交际场所已不时有她的踪迹。她喜欢跳舞，最足以代表热情的"勤脱尔排"她也会，而且十分精娴。这一点，就可以代表岫晴小姐的活跃的性格。三年后上海的首席小姐，我敢断定非她莫属。

《导报（无锡）》1948 年 1 月 25 日

爱国艺人

梅兰芳博士在敌伪时期蓄须明志，胜利后舆论一致誉之为爱国艺人。就下走所知，爱国艺人更有视梅博士为积极者，则为吾友朱国樑。

朱国樑为苏滩盟主，顾其所能不限于苏滩，类似今日筱快乐的正义感歌曲，国樑亦优为之。有一年的岁暮，黄金大戏院主人金廷荪公馆举行消寒之宴，兰亭兄和元声小开邀我参加，晚餐之后有堂会，朱国樑唱《地球一角落》，丑诋穷兵黩武的希特勒、墨索里尼与倭寇，歌词极长。其时上海在敌伪势力控制下，外间无法听得如此激昂慷慨的歌曲，国樑一气呵成唱完之后，请求在座者保守秘密。在座者多名伶，听了无不感动，我是简直要下泪了，为了他的歌词编得太好。中国不亡，所赖者民间犹有正气耳！

《导报（无锡）》1948 年 2 月 3 日

溜冰

报载南京的玄武湖与杭州的西湖，大雪之后均已冻结，湖面上可以滑冰，因此可以想象到故都的北海与中南海，此时一定也是溜冰之群云集，说不定化装溜冰大会亦在热烈举行了。

上海的气候即使降至零下二十度，也没有天然的湖面滑冰场，这大概就是溜冰在上海始终兴不起来的缘故。我对于溜冰并不在行，但宋雅海妮的《凤舞银冰》姿态，却是我所爱看的，以此真想跑一趟玄武湖和西湖，甚至瑞士我也有兴致去，可惜我不是冯玉祥、贝祖诒，没有出国的机会。

蹦蹦戏名旦喜彩莲，往年曾以中南海溜冰摄影见寄，姿势的曼妙，无逊于好莱坞的宋雅海妮，女艺人中使我最惦记的其实是她，已经三年不与喜娘通音问了，不知道她的近况奚若？

《导报（无锡）》1948 年 2 月 4 日

丹蘋儿

最近有一个舞女下海，名字叫丹蘋儿，报纸上刊登着广告，我对着“丹蘋儿”三字看了半晌，忍不住学着勤孟二弟的口吻说：“怪不怪？”海上有三丹蘋，女丹蘋是施丹蘋与唐丹蘋，男丹蘋是我。现在这一位舞苑新人，也来轧闹猛，而厥名则曰“丹蘋儿”，似乎有点讨便宜的意思。丹蘋之儿尚在学龄时代，不会反串舞女，如果是想收我做干儿子，那么有例可援，华香琳[①]收录一个义子的见面礼是五一派克金笔一支，下走德高望重，起码一九四八年派克汽车一辆。

不知这一位丹蘋儿是怎生模样？很想会见一下。我预备破费关金券若干纸，请这位以过房姆妈自居的舞娘坐一只台子，这叫做“出关见娘”，为了未来的派克汽车着急，我是愿意搅落一笔小本钿的。

《导报（无锡）》1948 年 2 月 14 日

《花溅泪》

禁舞会造成了一场大开打，上海社会局因此被捣毁，舞业职工与舞女被捕者甚众，经过研讯后释放的释放，起解的起解，舞女联谊会的四位代表，孙致敏、金美虹、孟燕都在交保释放之列，惟有洪

图 82　禁舞潮中上海舞女联合舞业公会、乐师公会人员举行舞业大会，向当局请愿，取消“禁舞”令，刊于《南洋》1947 年第 25 期

① 华香琳，为昆曲演员华文漪之母。

小萍，为了她是莺嗔燕叱中实际动手的一个，不幸而成了笼中之鸟，现在已经解送地检处，说不定要在囹圄中消磨若干时日了。

洪小萍固然不幸，孙致敏与金美虹亦以此次事件受刺激甚深，愤而辍舞了。孙致敏预备择人而事，金美虹对未来的出路尚在踌躇，有一出话剧叫《花溅泪》，演绎的是舞女的悲凉故事，现在上海的货腰女郎，已有居积者仅属少数，多数都成了《花溅泪》中的人物。而力主禁舞的贤达副院长，则拥着一妻一妾，正在暇豫地度着他的富贵荣华生活。

《导报（无锡）》1948 年 2 月 16 日

国际咖啡厅的音乐

上海的国际饭店，其初在三楼辟有咖啡室，以供旅客憩坐，但问津者殊寥寥，座上客辄有小猫三只四只之观。及饭店的大门扶正，咖啡室移至楼下大厅，生涯忽大盛，每至下午四五时，即有人满之患。若论光线，则楼下晦黯，远不如三楼的明朗。有人说："上海人是不喜欢阳光的。"此言固幸而有征者也。

每逢周二周四，有乐工在此作克拉雪克①的演奏，时间自下午五时起，乐工于四时半左右至，先进西点，喝咖啡，俄延至五时，始徐徐举乐，在客人的眼光中有"架子奇大"的感觉。而所奏的乐曲，也未必为座上客所欢迎，盖来此小坐者，大都为抗尘走俗之徒，了解声乐者，固绝鲜其俦耳！

《导报（无锡）》1948 年 2 月 23 日

① "克拉雪克"，为 classic 的沪语音译，"经典的"之意。

阴森的巨宅

韩菁清的寝宫瑜伽精舍,已成为海上的有名巨宅,精舍的建筑系西式,极宏敞,前面有一个小花园,"精舍"二字并无夸大的成分,由于主人的无意经营,此中遂缺乏花木之胜的佳趣,兼之菁清僦居楼上的一角,而其双亲则别居于楼下,长幼之间有类隔绝,于是这一所巨宅,在宏敞中不免带有一点阴森。

图 83　韩菁清,刊于《寰球》1948 年第 38 期封面

最妙的是精舍楼下有佛堂,陈列的佛像无不妙相庄严,而诸般法器也一应俱全,说明了主人是佞佛甚谨的。但菁清却未能获得双亲的慈爱,转是老人家的咒骂之声不时使她感到难堪。父母有宝爱子女之心,而菁清的二老则反是,这与佛堂之设颇不相称。菁清近来的心境不好,家庭间的缺失天伦之乐是主要原因。

《导报(无锡)》1948 年 2 月 24 日

康脱维拉之游

去夏,曾与女侣趁车觅虹桥路上的宵游地点,不幸车夫与我同样的路径不熟,误打误撞,结果是便觅不获,只得废然而返。

直到最近,始一履西名康脱维拉的虹桥夜总会,小妹子韩菁清熟识这个地方,做了导游者,我与二弟勤孟、五弟雪莱扈从而往,车子于暮色苍茫中驶抵目的地,坐下后夜幕已垂,从玻璃窗向外眺望,看到的是灰黯的一片,了无景色可供欣赏,倒是此间的烹调着实不坏,牛茶与夜总会三明治,厥味都甚可口。此刻还不是夜花园当令的时候,座上客除了我们之外,仅有的另一桌有一位女宾,赫然是退隐女歌手郑霞,其人游兴之佳,可算是不下于我们了。

《导报(无锡)》1948 年 2 月 25 日

不通庆吊

有一个时期极惮酬酢,婚丧喜庆的场合,我往往是礼到人不到。近来渐渐喜欢凑热闹,洋场八仙结义以来,子夜的酒食征逐之会,我也会轧一脚了。我自喜不再像过去的颓唐,可能逐渐恢复十年前的元龙豪气。

朋友中不通庆弔有甚于我的,有大书家邓粪翁。粪翁书刻诗文,俱极高古,但生平有怪癖,与朋友不通庆弔之外,任何戏剧都不屑一看。第八艺术的电影,甚至被目为妖孽,男女相拥而舞,在他更是深恶痛绝。如此食古不化,全上海殆以粪翁为第一。可是他也有一样好处,便是到了酒酣耳热的时候,则阮籍猖狂与淳于风趣,却又萃于一身了。

《导报(无锡)》1948 年 3 月 3 日

曲樊英印象记

号称为"五层楼之花"的曲樊英,自经众笔交誉以后,俨然已跻于海上名雌之列。有一天,在国际八仙厅见到她,则觉得报端的揄扬,不免有一点溢誉。此日,曲樊英穿了一袭对襟的短夹袄,无钮,代之以拉链,在裁制方面,倒有一点与众不同。但她的腰身不适宜于穿短袄,穿了短袄就觉得不够苗条。另一缺点是瓠犀微露时,下唇曲折而成V字形，使移之毛巾上，便成了三角牌了。此实罕见的异相。

我向来反对用“飞盘面孔”一类字眼批评女人，曲小姐的脸型在我看起来是很有福相，若论昳丽，则首推“一阵风”王凤珠，至今尚无出其右者。

《导报（无锡）》1948年3月9日

屠夫人的冤枉

丁芝小姐为了割治盲肠炎而卧病犹太医院的时候，病房门外的牌子写上了“密昔司屠”的英文称呼，有人前往探病，见之而扬言于外，报间遂有“丁芝至今犹以屠夫人自许”的记载，其实是冤枉了丁芝。则因为丁芝奏刀的一位德籍医生，还是丁芝未与屠光启离异前认识的，越时数年，医生但知丁芝是屠夫人，却不知早就离了婚。丁芝入院，没有声明这一点，于是医院给丁芝写上了“密昔司屠”，而丁芝则犹懵然无知。天下事尽多“事实俱在”，而又并不尽然的，这就是一个例子。

《导报（无锡）》1948年3月15日

法庭上的李珍

十六日起了一个早，趋车至地方法院，看毛秀珍控告洋囡囡一案开审。此案已成尾声，到场的记者不多，旁听者也并不拥挤，毛秀珍对沈鞏伟当庭撤回了告诉，毕竟有着夫妻的情分，终于和解了。对李珍则仍请求依法审判，但律师的辩护指出过去毛秀珍对丈夫的纵容，这是有利于被告的。李珍这一天甚至未交原保，判决时可能宣告无罪。

李珍站在被告栏内，御豹皮大衣，回答庭上的询问时盈盈欲涕，声音也有些颤抖。沈鞏伟站在她的旁边，御长袍，头发殆已经过修剪，光可鉴人。他的样子很忠厚，与佻达少年毕竟有别。如果不是在法庭上而是在礼堂上，谁能说他和李珍不是很好的一对呢？

李珍的妹妹湘兰，于开审后半小时赶到，漂亮胜过乃姊，不久她将下海伴舞，走红是可以预料的。

《导报（无锡）》1948 年 3 月 20 日

丁芝上银幕

丁芝小姐过去曾登银幕，但她的戏并不多，最近开始独当一面，担任了《芳魂归来》的女主角，此愿之偿，在丁芝小姐又是展开了生命史的灿烂之一页，应该向她道贺。

如果以好莱坞女明星和丁芝小姐打比，她该是东方的琪恩·泰妮，这一点我曾向她提过，她却不以为然。其实我并非说她的脸型像琪恩·泰妮，而是认为她演《狂恋》一路的戏，定能胜任愉快。现在屠光启兄终于挑选她主演《芳魂归来》，这正是一部心理谋杀片，可知英雄所见，正复略同也。

《导报（无锡）》1948 年 4 月 19 日

神秘女郎

苏飞燕小姐有个“神秘女郎”的雅号，近来我和她晤对的时间较多，因略知其身世。过去数年间，她是《风萧萧》中的人物，宜乎神秘，现在她却什么工作都放弃了，已无神秘可言。

她寄居在她的干妈家里，经常和她作伴的是她干妈的一个女儿，以及哈巴狗飞飞。她至今还是孑然一身，兼之不谈恋爱，这是唯一启人疑窦的原因。其实她有着一笔丰富的遗产，所以虽孑然一身，亦能优游岁月。

沪上某报说她将加入中电拍戏，她否认。事实上仅是试过一次镜头而已，事情未臻成熟，报端已预为宣扬，可能使中电疑惑她招摇，因此她十分懊恼，遂拟于日内离沪出游，以避谣诼焉。

《导报(无锡)》1948 年 4 月 20 日

复兴公园的逗留

三青园的樱花，我没有来得及去欣赏，前天倒是溜达了一趟复兴公园。这几天，复兴公园为了要布置什么展览会，也停止开放了，我幸而赶在早几天去，乃能略窥这春浓时节的园林景色。复兴公园一片清旷，除了树木之外，其实也没有什么可看。春虽深，但花朵极少，无姹紫嫣红之观，有许多人围着喷水池，看水柱喷射之状，这是复兴公园里唯一的佳景了。

我们在另一大池子边上坐了下来，泡了两杯茶，闲坐曝阳，看孩子们在池边垂钓，有一个孩子居然钓得了一尾很大的鱼，但既得之后，终于又放回了池子里。我对这孩子有了一点敬意，由于他志不在鱼，能懂得垂钓的真旨趣。

我总觉得，复兴公园缺少一点峰峦之胜，如果能像苏州的狮子林、江湾的叶家花园那样，堆起一座假山，让游侣们在山洞里钻来钻去，则有孩子时代的捉迷藏旧梦可寻，青年男女之游园者，必然不待周末，亦将纷纷来归了。

《导报（无锡）》1948 年 4 月 27 日

杜骊珠重视舆论

在国际八仙厅数度晤杜骊珠，杜来自北国，北国女儿的谈吐应该是爽直的，杜骊珠并不例外，因此我们虽然素昧平生，但她也毫不隐瞒地告诉了我关于她的许多往事。她最后说："我吃够了苦，但社会对我并不同情，我给北平的报纸骂够了，到了上海，报上还是挖苦我。"但她也承认，揄扬的文字并非没有，则又表示感激。她的这些话，证明了她是重视舆论的。

杜骊珠对我叙述了一件某人胁迫她陪同夜游的事，我说："你的胆子未免太小了，沪西有夜总会，也许他们的目的，仅是约你作竟宵之游，未必有什么歹意。"她又承认对上海的情形不甚熟悉，因此遂具戒心，所以待中电合同期满后，她就预备遄返故都了。

《导报（无锡）》1948 年 4 月 28 日

韩菁清胖了

国大开会期间，小妹子韩菁清晋京观光，曾有书抵海上诸兄，报告莅京以后，肌肤为骄阳所炙，已经成了个小黑炭，问我们相信不相信。

最近，我也到南京去了一次，事先就曾致书菁清，报告行程。她一早就带了秘书陈小姐在车站上接驾，我才下车，她已经笑着迎上来了。我首先注意到她的肤色，则小黑炭之说并不可靠，她不仅还是那样的白皙，而且丰腴了许多。

过去她在上海，环境不许可她宁静，于是影响了她的健康，我曾劝过她："你不如出一次门，作一次短期旅行，对你的健康一定有帮助。"现在她果然丰腴了，可知阿兄的劝告非谬。

我在南京，仅逗留一日即返沪，而菁清则因旅中闲散，有裨健康，暂时还不想回到嚣扰的上海来。

《导报(无锡)》1948 年 5 月 1 日

田淑君生财有道

在京时曾荡舟于玄武湖上，田淑君也带着她的女儿四小姐在游湖，我们的船上有位费参议院，大声叫着"妈咪"，因此我才知道那是田淑君，在她身旁的我以为是杨岫晴小姐，费参议员说："非也，那是四小姐。"

有人告诉我，田淑君在南京，曾一度邀宴国大女代表，应邀而至者二十余人，席半，李宗仁夫人郭德洁翩然而至，向在座各女代表敬酒一巡，便告辞而去。至此与宴者始知田淑君是受了郭德洁之托，目的在为李宗仁拉票。

据说，在南京包办拉票的集团，很多很多，有时接受了甲的馈赠，另外又接受乙的馈赠，好在投票是采取不记名式，一家女接受两家茶毫无问题，一般善于钻营的人，便视此为生财之道了！

《导报(无锡)》1948 年 5 月 3 日

作协花絮

上海市小型报作者协会筹备经月，终底于成，文艺界在五层楼[1]举

① 五层楼酒家，位于大新公司五楼。

行成立大会，下走被推为主席团之一，担任了最吃力不讨好的宣读会章任务。下走一再询问有无异议，但台下并无开炮之声，草案竟在全体无异议之下一读通过，其顺利殆为自有讨论会章以来所未有。

潘公展议长莅临致词，有警句曰“报不在大”，获得了一片热烈的掌声。

二弟勤孟，担任筹备委员会秘书于前，成立大会之日又被推为秘书长，因得“作协洪兰友”①之号，惟作协洪兰友完全为义务职，不支公费旅膳费，十分清苦，此则为不逮国大秘书长之处耳。

蔡西泠美丰仪，有人提议尊之为作协美男子，竟选理监事，之前孙怡小姐为勤孟拉票，有人说，此当名之曰作协蓝妮。

《导报（无锡）》1948 年 5 月 8 日

苏苏与闪闪

有人说，和王文兰搭档的苏苏（也有人写作苏素），就是过去的女歌手闪闪，如果真是此人，那么此人和我，倒也有过一段翰墨因缘的。

这应该是三四年前的事了，我在南华酒家有一个兼职，女歌手姚玲和我介绍一位小姐，厥名闪闪，我觉得这个名字太奇怪，后来才知道她也在舞场里担任歌唱，她约我过一天上那儿玩儿去，我无可无不可的答应了。过了两天，却接得了一封从苏州寄来的信，署名“章威乃”，信上开始是向我道歉，以下叙述了仓惶出走的原因，

① 洪兰友（1900—1958），江苏扬州人，毕业于上海震旦大学法科研究院，赴英国留学。回国后在南京成立法官训练所，自任所长，创建中华法学会，创编《中华法学志》，1948 年任国民代表大会秘书长，1949 年赴台湾，1958 年病逝于台北。

有几句说："上次报上说我拿了人家的东西，那完全是谣传，我虽是风尘中一平庸女子，但还懂得一点道理，决不能轻描淡写拿人家东西，对方也不是小孩子，哪能这样……唉！我真怨命，何故要吃这碗卖笑脸的饭？"这封信突如其来，我揣详了半天，才省悟是闪闪的手笔，她在信笺上写了个地址，要我给她回信，我没有写，辜负了她的盼望了。但这一封信我倒是藏诸箧中，到今还保存着。

王文兰与苏苏结为朋友，我在八仙厅见过她俩一次，但我竟没有注意到苏苏是不是从前的闪闪，这却是误于目不斜视了。

《导报（无锡）》1948 年 5 月 14 日

银幕新星陈琇薇

电影圈发掘的新人，年来并不多见。陈琇薇应考昆仑[①]被录取，迅速地在《新闺怨》中演出，这是较幸运的一个。

一度在凯司令座上见过这位陈小姐，羞怯而不很喜欢说话，这当是陌生的关系。但在史东山先生的指导下，她在《新闺怨》中的演出也同样的拘谨，少女的羞怯未能在摄影场上解除，于是阻碍了演技的发挥，兼之戏又是那么少，这一颗新星遂无能炫耀她的光辉。但，陈琇薇究是大家闺秀，她的容止之静娴看来会使你觉得很舒服，比较舞女出身的什么小北京之类毕竟强得多。

《导报（无锡）》1948 年 5 月 18 日

俞昭明家的狐异

东吴系女作家俞昭明小姐，近年移家吴下，住在东翠莲巷八

① 昆仑影业公司，位于中正中路（延安中路）533 号近茂名路口。

号，上月游苏州时一度登门造访，那是一所有花园的西式洋房，园子里有几株浓荫如幄的树，以及各种彩色的花卉，还有一架紫藤，我曾羡慕这一位女作家的清福，她是生活在一个景色幽蒨的环境里。

最近俞小姐到上海来，谈起她苏州的住宅，她告诉我其实那是一座凶宅，初搬进去住的时候，晚上时常听得捶击桌面声，椅桌搬动声，但开亮电灯察看时，却并没有人，椅桌也仍在原处，因此吓得几于不敢睡。所幸只惊恐了一个星期，以后便寂然了。她猜测可能是有什么狐仙，大概一星期以后是肃静回避，乔迁到别处去了。

说起来，这自然是事属迷信，但事实毕竟是事实，看起来一部《聊斋志异》，有一部分也许是信而有征的。

《导报（无锡）》1948 年 5 月 22 日

陈小翠与顾佛影之恋

陈小翠女士擅诗书画三绝，是上海的几位金闺国士中最杰出的一个，但她的婚姻不甚美满，闺房之乐丧失已久。最近，她的女儿翠雏已经出阁了，同时她自身却传出了将与所夫判袂的消息，一俟离婚手续办妥后，可能与大漠诗人顾佛影论嫁娶。

图 84　陈小翠，刊于《妇女杂志》1929 年第 15 卷第 7 期

顾佛影是女画家顾默飞的长兄，默飞与小翠友善，此后如能成为一家人，小翠的闺中生活，必然比较过去为理想。不过这一段恋爱并非绝无波折，关键在于小翠与其藁砧的脱辐交涉，是否能办妥还没有十分把握。小翠迩时曾有《悼樱词》之作，词甚哀怨，盖不仅为落英惜，兼亦有自伤身世之意也。

《导报(无锡)》1948年5月23日

项墨瑛的才情

过去见过项墨瑛的一张照片，梳的是所谓头发团，我以为她的年龄当已在三十以上，谁知相见之下，她却是像香扇坠那样的娇小，一娇小便显出了她的嫩，看起来真有“楚腰纤细掌中轻”的感觉。

曾两度小坐于项小姐香闺，一次听她唱流行歌曲与弹词开篇，又一次听她唱了一段《坐宫》的青衣，一段杨宗保的小生，在上海的几朵交际花中，惟有项小姐不仅丰于色，抑亦多艺。这是一个乱世，乱世应该有佳人项墨瑛，就仿佛是明末的卞玉京、李香君、顾横波、柳如是之俦，虽然拟于不伦，但她的那份才情，是可以与明末诸婵娟打比的。

《导报(无锡)》1948年5月24日

与任问芝同生肖

由苏州移植上海的交际花任问芝，最近已迁居大华公寓，在迁居之前，曾一度招饮于其天乐坊寓所，名女人的香闺，无一不焕若王居，任问芝绣闼中的陈设，更是富丽矞皇，可惜她已经答应将房间回顶给二房东，否则我真想接收过来。

我发现问芝香闺中的小摆设有两只雏形的鸡，壁间悬有一幅立轴，画的也是鸡，于是断定她生肖必然属鸡，问之果然。我说：“我也是属鸡的，如果你需要配偶，我可以勉为候选人。”问芝说：“我正缺少一头公鸡呢。”问芝口才便给，偶涉谐谑，她总是不以为忤，有时转使下走为之嗫嚅难言。在名女人的面前，我是显得拙于辞令了。

《导报(无锡)》1948 年 6 月 1 日

介绍人

李芳菲小姐与我的朋友刘同绎兄恋爱成熟，将于五日在丽都花园结婚，下走便推为介绍人。我这个介绍人倒是货真价实的，并非滥竽充数的现成媒人。

新郎新娘在结婚典礼中，是否将报告恋爱经过，现在还无从预测，但我的介绍经过倒不妨预先宣布的：有一天下午，我和几位同文在凯司令喝咖啡，刘同绎兄亦在座，一会儿，李芳菲小姐忽然也翩然光临，下走逊之就座，这一次是芳菲小姐与同绎兄的初见，引见的则是鄙人。现在，刘李缔结秦晋之好，芳菲小姐要我担任坤宅的介绍人，这也许是饮水思源。

《导报(无锡)》1948 年 6 月 3 日

一个热忱的青年朋友

抗战时期，我在上海编《春秋》月刊，是唯一不向伪组织登记的一本杂志，甚至大胆刊载内地作家的作品，陆续发表的有巴金的《长夜》与《灯》，茅盾的《鼠》与《人物表》，以及王西彦、朱光潜、郑君里的小说与论文。这些在上海无法征集的珍贵材料，完全是羊文贤先生所供给，其时羊先生在屯溪《中央日报》任职，我和他实在是素昧平生的，然而他却帮了我绝大的忙，一方面不断剪寄内地名家作品，一方面更关心我的安全，他的热忱无异是给我壮胆，当时《春秋》获得的一点口碑，可说完全是羊先生的帮助。

胜利后，羊文贤先生由屯溪来沪，继续在《中央日报》工作，至此始遂识荆之愿，他不但比我年轻得多，而且非常诚恳。直到现在，他当年的那一份好意还是使我念念不忘，他是我的青年朋友中最富于热忱的一个。

《导报（无锡）》1948 年 6 月 14 日

诗谶

昔年予辑《万象》月刊时，有竹居主人陈子彝先生以诗见贶，有句曰："宇宙无言涵万象，书城壁垒一军新。"越六载，予又有《宇宙》月刊之辑，有竹居主人诗所谓"宇宙无言涵万象"，乃包括先后两种杂志之名称，一若竟有先见之明，亦一奇也。

《导报（无锡）》1948 年 5 月 11 日

大千画展

蜀人大千居士张爰，在上海中国画苑举行画展，最伟大的作品是临周荃的《鹰犬图》，以牡丹作背景，设色极鲜艳，大千在题识中说明先后画了二十五日，这是可信的，盖的确颇费功夫也。类乎此者尚在八帧，都是非卖品。"非卖品"三个字更提高了画的身价，此次展览诸作，巨幅者大都需一亿数千万元，非卖品殆非二倍其值不售。有一部分作品作于成都昭觉寺，这应该也是增高画值的一因，如果写的是作于上海静安寺，便不怎么吃价了。

有一幅双蝶图我倒很看得中，这是一幅尺页，配了个玻璃镜框，标价三千万，已为人定去。我谛视了半刻，觉得三千万虽不算多，但在我还是一笔巨款，自揣能力有所不及，否则我会复定一幅的。

《导报（无锡）》1948 年 5 月 11 日

钱与泉

任问芝自杀获救，最近已渐康复矣！尝探视问芝于医院，问芝方罢浴，御女式茄瓢衫，胸前悬一金钱，系之以练，意者当为钱姓客所贻，叩诸问芝，问芝不承，谓是自置耳。海上盛传问芝与弹词家蒋月泉有往还，“泉”即“钱”之古字，实二而一者，问芝亦可谓与“钱”有缘矣。

《导报（无锡）》1948 年 7 月 6 日

和平之果

潘伯鹰先生从北平回来，下走以不速之客的姿态，作了一次专访，因此得以拜读了伯老以及章行老（士钊）、江翊老（庸）的几首唱酬诗，由三老的诗囊之丰收可以揣想到此次的和平收获，一定也相当丰富。

在伯老府上，吃到了他从北平带回来的苹果，伯老说：“北平的苹果有一特征，苹果在幼之年的时候，苹果园主人往往在纸上写了‘福’‘寿’一类的吉祥字，黏在苹果上，苹果长大了，将纸撕去，字迹便嵌印在苹果上，无异方块字。说也奇怪，我们在北平吃到一只苹果，上面竟然有‘和平’二字。”给伯老这么一说，我又多吃了一片苹果，临走时，我向主人致谢词：“谢谢和平之鹰的和平之果。”

《导报（无锡）》1949 年 3 月 7 日

憎恶瓜皮帽

对于国产电影，我有一个原则，如果里面有戴瓜皮帽的人物，即使女朋友请我，亦决不一顾；反之，我也不说什么“月亮是外国的好”，偶然看看的胃口是有的。我在看电影之前，尤有这么一套审查手续，必须先问个一清二楚。

如果你说我这是怪癖，我也不辩。不过当你看到好莱坞影片里有一个戴瓜皮帽的中国人出现时，你难过不难过呢？我的民族自尊心是很强的，因此连国产电影里的瓜皮帽也憎厌！

奇怪的是，马敦和与元元帽庄至今尚以瓜皮帽为出口大宗之一，可惜我非上海市长，否则必下令禁止制造，虽被目为暴君，亦在所不惜。

《导报（无锡）》1949 年 3 月 12 日

图书在版编目(CIP)数据

炉边谈话 / 孙莺编. -- 上海 : 上海人民出版社, 2024. -- (陈蝶衣文集). -- ISBN 978-7-208-19117-4

Ⅰ. I217.2

中国国家版本馆 CIP 数据核字第 2024JB1541 号